波間。弦語。

柳丹秋——著

目次

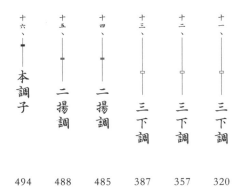

「聽聽音樂。」他把頭歪到一邊，露出狂喜的深情。「你殺不死音樂的，」他說，「你殺不了的。」

——瑪格麗特·愛特伍《洪荒年代》

他覺得自己和那棵樹很像。不知是什麼樹，也不想知道。那樹既無花也無果，只是向著陽光展開葉片，隨風搖曳。那樣就很好。不必開花結果。不必有名字。

——中上健次《岬》

一、本調子

1

倘若從空中鳥瞰，基地的形狀如同一只工整停棲於墨綠色地面的菱形大風箏，頭朝南方。南北向的長邊，即是機場跑道貫穿之處。

實際走訪，便會發覺基地周遭地勢遠非平整。基地並非座落在平野上，而是位處一片挖平的丘陵頂端。南北縱貫向的丘陵臺地，一面朝向市區，另一面朝向大海。向海那側，因為丘陵底部曾流出源源不絕的清澈湧泉，被統治者取了一個頗有他們風味的名字：「清水」。據說那泉的出現與鄭成功有關。當年鄭成功帶兵北上，途經此地，一路無水可飲，人困馬倦之際，延平郡王拔劍往地上一插，霎時間清水泉湧。

在島嶼的西南沿岸，許多地方都有這類插劍湧泉的傳說。想當然耳都不是真的。延平郡王的寶劍再怎麼鋒利、神威浩蕩，畢竟不是地底湧泉探勘鑽頭。會有此說流傳，無非只是當地居民希望自己的故鄉，能夠成為格外受到庇護之地、特別的地方。所有人都抱持類似願望的結果，就是到處都有插劍湧泉傳說，反倒一點都不稀奇了。

何況就逸荷看來，此地不必刻意彰顯，已與眾不同。北島來的異族統治者整治出機場最初的規模，打從那時起，此地便以軍事要塞為發展方向。其後統治者戰敗撤退，又復歸來，但無論他們採取何種舉措，無論他們戰勝，總之都會帶來美軍，更多更多美軍。美軍待著就不走了，直到現在。

乾旱、熾熱、飛沙走石。當逸荷開著她的豐田小車，沿著兩旁毫無商家的中清路劃個大弧拐上丘陵頂端，見到的就是這副景象。從市區側上山，乾旱情況更形顯著。基地簡直座落在一座大沙山頂，周遭盡是些符合地理條件的行業。公墓、亂葬崗跟靈骨塔，還有廢棄物掩埋場、廢車輛和機械分解場、資源回收場等等。後面這些美其名為分解、回收、再利用的店家，其實也就把那些物資堆在泥地上，一放就是好幾年，任憑風吹日晒，所有東西脆裂成為黃土。

怪不得儘管有基地存在，山崗上的商業活動依舊熱絡不起來。倘若她自己也是美軍成員，休假日才不想待在這樣一座大沙山頂。她一定會想到熱鬧的地方去，到充滿水和綠意的公園，大口暢飲冰啤酒，與汗流浹背、渾身溼淋淋的水潤當地人混作一堆。而他們也真那麼做了，每到假日便一車接著一車，轟轟然掀動黃塵下山，蜂擁至山腳最近的市鎮。那裡儼然已成為小美國村，美式酒吧、連鎖速食店、軍用品店林立。

見到基地那頂上纏繞著鐵絲網的水泥圍牆出現在道路盡頭，逸荷靠邊停車，撥通手機。

「黑島先生嗎？我是之前有跟您聯絡的逸荷，我就快到了，已經看得到基地了。」

「啊，逸荷小姐，『未來哪天還要再見（いつかまた会いましょう）』的逸荷（いつか）。」男人不甚標準的中文，夾雜日語透過手機傳來，彷彿在很遠的地方。儘管事實上，他也在這座大沙山頂的某處。

那是一句玩笑話。當初逸荷在自我介紹的時候，對方似乎聽不懂她的中文，於是她用日文的同音字說明。從那以後，對方老是要這麼稱呼她，「未來哪天還要再相見」的逸荷，長長一大串。倘若換作熟識的人，她通常會發火，懷疑對方有意嘲諷，不過這不是熟人。

今天也不是發火的日子。她是來工作的。

「請妳沿著圍牆繼續開，會看到一片彩繪牆。再走三百公尺，過了基地側門，就會看到我們的營帳。我在後面數來第二個帳下等您。」男人說。

逸荷發動車子，依言繼續上路。

她的名字，日文唸作「いつか」（I-tsu-ka）。同樣的發音，寫成漢字還有個更平易近人的詞彙：「何時」。島上的第一官方語言仍是中文，不過從中學開始就得學習日文。實際上的接觸時間則更早，為了不讓孩子的課業落於人後，不少人在小學就被父母送進日語補習班。每當學到時間敘述，逸荷的名字就會出現在無數例句裡。十多歲心性仍幼稚的同學們，每每唸起那幾個音，總要語帶戲謔扭頭看她，而她總也不甘示弱回瞪。久而久之，竟變得像數拍子跳舞似的：一二三，你轉頭，我瞪眼。

不同於他們之間單純明瞭的取樂，那些例句，多半是些泛著氤氳水氣，溼溼涼涼、欲言又止的句子：「假如何時有機會的話……」、「或許未來何時會再相見……」她的名字，是露珠和霧氣的名字。只有三個音節，短歸短，卻非乾淨俐落，彷彿自帶刪節號，語尾消失了，疑問仍漂浮在空氣中。

何時……？

與多數島民分屬不同民族的統治者，歷經大戰的挫敗後，重新回到島上來了。異族統治者回來了，在一部分島民大肆歡慶、熱烈歡迎中，另一部分人誓言子孫代代永不屈服、反抗到底的詛咒中，他們重新踏上原以為永不復返的，領土中至南之島。

那也已是四十七年前的往事了。

統治者在此定居、治理——當然也有完全不同的說法：占據、殖民——時間長度已益發迫近上一段歲月。

2

基地在近幾年略有變化。許是為了打造美軍的親民形象，那段長而又長、冷冰冰的水泥外牆，每年年底都要辦彩繪活動，邀請鄰近國小的親子檔報名參加。灰牆上有不符現實的鮮紅色飛機，靛藍色的鳥，藍黑與白色相間、皇帝企鵝似的巨大夜鷺，此城常見的大王椰子樹，以及不可能生長於此地的蘋果樹，當然也有穿綠色軍服的金髮美軍。每個人物臉上都掛著大大的笑，繪者還格外費心，用藍色弧線勾出美軍帶笑的眼睛。

這些稚氣的彩繪稍微減弱基地的暴戾之氣，不過實際上，來到亞洲邊陲的美軍成員，多數不是金髮碧眼的高加索人種，反倒是以拉丁裔、黑人、印第安混血為多。在地居民也絕對忘不了，幾年前曾有一架練習機，在上課時間一頭栽進小學操場，即便當時所有學童都待在教室裡，無人傷亡。

是以，抗議運動的出現可想而知。過了彩繪牆再往前去，逸荷先看到了大大小小的抗議布條。這些布條有些被繫在看來性命堪憂的路樹上。多半是樟樹，若非才種下不久，就是環境條件令它們生長遲緩，樹幹都是雙手可以環握的寬度，冠幅不比一把傘更大。枝幹上白色、黃色的手寫布條，更令那些樹木看起來像骨折後上石膏的病患。有些布條被繫在水泥牆頂的鐵絲刺圈上，或許軍方曾派人清除，刺圈上殘留有不少褪色的布片纖維。有些是海報，直接貼在水泥牆，牆面上有撕了又貼、貼了又撕的厚厚膠帶痕。

最不客氣的，就屬直接往牆面上噴漆了。被噴得花斑錯雜的牆下恰好有停車格，逸荷就近停車。標語混雜了不同語言，一如島嶼現況，有激烈的中文「美軍滾回去」、「還我土地」、「土地徵收不公不義」，日文的「基地無しシマ返せ」，也有比較溫和的「we shall overcome」，沿用自逝去多時的嬉皮世代。

儘管多數的噴漆都是正經八百的陳抗語句，還是少不了一些亂七八糟、湊熱鬧的留言——「陳××到此一遊」、「憶茹我愛你」和「歹勢啊憶茹她愛我」，充滿強烈民族意識的「龍的傳人，世界華人團結一心」與「喜迎大和真祖國」。這些內容互相矛盾的留言，同樣也非常貼近島嶼現況。

光看那些張牙舞爪的留言字跡，彷彿讓人可以直接感受到熾烈的反抗心與活力，然而那些目前待在墨綠色棚子下的示威者，卻遠非那麼回事。晴朗的三月天，島嶼上多數地方春光正盛，但在這座乾旱的沙山頂端，季節像被跳接剪輯，直接切換到酷暑難耐的夏天。也不過早上十點左右，陽光已像正午般刺眼，使得棚子底下的人們益發委靡。

逸荷從棚前走過，原本預期會看到一雙雙警醒戒備的眼，卻根本沒有任何視線投來，大夥垂頭喪氣地倒得滿地。有人光裸著一雙沾滿沙土的腳，躺臥在棚下酣睡。她毫不費力就找到她的聯絡人——黑島是整串棚子底下唯一一個站立著的。逸荷快步走上前：「請問是樂團團長，黑島先生嗎？」

他比逸荷足足高上兩、三個頭，得要彎下身，才能跟她平視握手。「蕨音桑有自己打電話，跟我講過大體的狀況。」他的中文帶著口音，不過既然對方沒有主動用日文交談，逸荷也跟著講中文。

「哇，連老闆都親自聯絡過了，看來我什麼都不用解釋了嘛。」

「也不是這樣講。我帶妳去見她。」

他身穿印有白色反核標誌的黑T恤與迷彩褲，留著一頭長髮，在頭後面梳成一個圓形黑亮的髻，脖子上一條牽絲帶縷、瀕臨報廢的鮮豔粉紅色毛巾。逸荷猜想他有參加過南島本地的進香繞境，那種顏色的毛巾通常是繞境贈品。她跟在他後面走出棚子，基地圍牆在此拐了一個彎，牆上頂著蓬頭亂髮似的深綠色九重葛灌叢，現今一朵花也無。

他轉進通向荒廢草地的小路，往上攀爬。陽光傾瀉而下，左側植有一排瘦弱松樹，樹後整齊停放豔紅與鮮橘色相間的巴士，應該是遊覽車出租公司的停車場，但現場不見辦公室之類的所在。

「我聽蕨音說，她之前有訪問過你。」逸荷試著攀談。
「對，對。她那時候幫我拍那個，影片……」
「訪談紀錄片。」
「對，但是，她說這次不一樣，不拍影片，而且這次要訪問立夏，她比較……shy。我不能幫她決定，妳要自己給她說。」
「她不是你們團員嗎？彈三線的？」
「對，對。」
「你們不是常常要上臺？」
「啊，那個不一樣，上臺表演她不會。她很棒的，演奏唱歌都很棒，但那是在臺上。不熟的人要跟她講話的時候，她就……在那邊。」
在那群巴士盡頭，有一棵孤單的大構樹，底下又搭了棚子，看來公路上棚子坐不下的人，就待在這邊休息了。
「樹下才有水龍頭。」黑島解釋，順手撈起那粉紅毛巾抹臉。「這裡太熱了。」
那個叫立夏的女子，正在顧一口裝滿水的鍋子，見黑島走來，她關掉瓦斯，上前招呼。她圍著頭巾，脖子上也套著圍脖，胸前掛一副太陽眼鏡，手上有袖套，逸荷還真看不出對方的本來面目，不過講起話來中文流利，聽口音是南島人。引介完畢後，黑島便留她倆談話，自個兒跑到水龍頭邊洗毛巾。立夏比了一下鍋子：「妳介不介意……？」
逸荷立刻會意：「啊，請便，妳忙妳的，不要緊的。」
兩個南島人，又都是年輕女性，即便初次見面，溝通起來果然還是有種無形的默契。逸荷思考，不知這默契是藏在語言裡，抑或是藏在細微的表情動作裡？立夏重新開火，眼望那口黑乎乎的鍋子，一面攪拌，一面皺起眉頭。

「我有聽說採訪的事，黑島有傳給我一些蕨音小姐以前的作品，但我不知道……哎，這種事情，找我合適嗎？確定我是對的人？」

立夏的個頭略高，卻不顯瘦，說起話來有點緊張，不過因為身形適中，上臂些微肉感的關係，仍流露出一股四平八穩的氣勢。

「挑人選的是蕨音，這是她的創作計畫，我只是負責執行的助手而已，她才是老闆。」逸荷如實陳述。

「這整個計畫，是要訪問幾個人在中部的藝術家，讓他們講一講自己的心路歷程，對吧？我有聽黑島解釋過。」立夏偏頭露出煩惱的樣子。「你們之前訪問黑島，那當然沒問題，他是資深的音樂人，絕對有很多值得大挖特挖的經歷，但我就……我實在不知道，連音樂我都是半途學會的……我很難解釋，我們在做的事情是不是藝術。如果被這麼界定，說真的我很心虛。」

她站定了，直視著逸荷。「因為蕨音小姐打電話來過很多次，我想這些情況應該當面講比較清楚，也讓你們看一看現場的狀況——很難稱得上有什麼藝術吧？」

「呀，說真的，藝術的事情我也很難說什麼，畢竟我是被派來訪問的……」

「此外、此外還有。」立夏打斷道：「我也很難跟妳約一段確切的時間。有時候一整天都很閒，什麼都沒發生，但有時候，工程車一輛接一輛進來，忙得不可開交。目前我們還沒辦法掌握他們施工的確切方式，所以那種，一整段好好坐下來談的時間，我想我是沒有。」

這是要拒絕的意思了。逸荷飛快想著該怎麼說服對方。

「我懂妳的意思，不過我們用不著這麼急著下結論嘛。」逸荷努力用輕鬆的語氣：「這不是一般的採訪，不是要寫成報導文章或剪輯成影片。儘管我不是創作者本人，不能完全替她說話，但我想，蕨音小姐真正關心的，是整個基地外的抗爭活動，以及那一個個投入抗爭的人，他們的想法跟歷程，不管是不是藝術家。其實呢。」逸荷打開自己的手提袋，撈出黑色遮陽帽、墨鏡跟防晒外套。在對方狐疑的注視下，她把帽子戴上。

「不只是妳對我們有疑慮，我們這邊也希望能在進行下一步前，先觀察一陣子，把握大概的狀況。就當是有志工自願加入，一起活動一天，這樣好嗎？」

聽到不必即刻決定，立夏的表情稍有和緩。她點頭表示同意，問道：「所以……妳今天要陪我們一天？」

「是的。」

「很無聊，而且很熱喔？第一次參加的人通常很受不了。」

「嗯，看來是那樣沒錯。」逸荷聳肩。「我有用保溫瓶帶了些冰塊。」

「啊，那很不錯呀，準備很充足。所以妳……妳的本業是什麼，妳是記者嗎？」

「那倒不是。就是個努力在社會上生存的人而已。」

逸荷不想說實話，但也不願說謊，破壞原本就已夠稀薄的信任基礎。看見對方困惑的眼神，她補充：「我以前學過一陣子音樂，應該是這樣才派我來的。」

「哪種樂器？」

「中華音樂的三弦。」

「啊……那確實，有一些共通。」立夏露出拘謹而禮貌的笑。「那是三線的祖先。」

看樣子，不宜直接切入主題。逸荷指著那口黑黑的鍋子問：「這要怎麼弄？」

「噢，這是青草茶，加糖就完成了。然後就可以叫大家來喝了。」

「我幫妳去叫吧。」

逸荷戴上墨鏡，往公路走去，明顯感受到立夏在身後鬆了一口氣。看樣子，這是一個不情不願的訪問對象，她可能得花更多時間。幸好她有的是時間。

蕨音是逸荷中學跟高中時代的朋友，後來變成了藝術家。怎麼變的，以及為什麼稱得上是藝術家，逸荷不太清楚。就她所知，蕨音在學生時代，從來不具備特出的美術天賦。她們倆曾一起編校刊，頂多會寫寫文章，懂一點初步的排版罷了。

蕨音的作品令她困惑，諸如從一百棟被拆掉的老房子蒐集碎瓦，並且拼成馬賽克圖畫；替化學工廠的汙染受害者拍照，並把他們的臉依序投影在白色的球體上；親自去溯溪，採集幾條主要河川源頭的水質樣本，放在玻璃罐裡，然後排成島嶼形狀……等等。盡是些吃力不討好的傻事。

不過所謂的老朋友，約莫就是如此：無論對方變成什麼樣，都不感到驚訝；就算還沒親眼見到，都已準備好要全盤接受。認識一個人夠久，往後每次見面，似乎都只會看到那些不變的部分，因此在逸荷看來，蕨音做什麼都不奇怪，而且也不會變老，只是磨損，但依舊長著同樣一張臉，仍然是原本的她。

至於逸荷自己，與藝術毫無瓜葛的壽險公司上班族，怎麼會扯進這樁創作的事情裡，她心裡有譜。大概跟她辭掉北島的工作，回到故鄉南島照顧母親，並且順帶聯絡在地的老朋友蕨音出來喝一杯有關。大概跟她酒後講的一些瘋話有關。反正酒醒之後，蕨音打電話來，說她跟美術館簽約，要做一件展品，需要找個會開車、人在中部、有耐心的助理；能寫文章，最好要學過樂器。逸荷正好通通勝任。許是看她精神上需要幫助，或是看她經濟上需要幫助，更可能兩者兼具。

這樁差事可以怎麼幫到她自己，以及蕨音除了想幫她一把之外，到底看到什麼性質認為足以勝任，逸荷還搞不清楚。有薪水可領這點倒是實實在在。南島有自己的步調，會計年度在年底，徵人隨時進行，不過許多與北島往來密切的公司，會配合那邊的進度，一年中只在四月聘用新人，人選則在前一年已決定。錯過上一波就職轉職潮，年間她很難再找工作，這筆薪資剛好能填補找到下個工作前青黃不接的時期。

3

正當逸荷往公路走去，一個理著男孩似的短髮、小個子的女生，匆匆與她錯身而過。小個子脖子上掛著對講機，手上拿著大聲公，卻沒有使用那擴音裝置，扯著嗓門朝著樹下大喊：「來了來了！工程車來了！」

霎時間，那些倒臥在各處，死氣沉沉的抗議者們，忽然都活了過來。他們從地上、從樹下、從草叢，或是其他逸荷先前沒有注意到的角落坐直起來，拍拍灰塵站起身。連立夏也無暇去管那鍋青草茶了，丟下湯勺，慌忙抓過鍋蓋掩上。

「來了嗎？現在在哪裡？」

「已經到路口了！」

「這麼快！」

一夥人匆匆忙忙往公路方向跑，有的連鞋子都來不及穿，赤腳踏在滾燙的柏油路面。逸荷追在後頭，也不曉得自己要看什麼，只是緊跟在後。不一會所有人都來到通往基地的公路上，路邊那些墨綠色棚子底下也已清空，所有抗議者傾巢而出，大約四十幾名的參加者，有老有少，從衣著來看男女兼有，通通坐在柏油路面上。逸荷不解其意，姑且先站在一旁觀察。

不一會，所謂的工程車開到了，逸荷本以為會是砂石車或怪手之類的重型機具，親眼看到不禁失笑：那是一臺橘黃色、前方擎著大滾筒的壓路機。抗議者們似乎不在意來者噸位如何，嚴陣以待，坐在第一排的人們手牽手站起身來，把那臺壓路機團團圍住，拿大聲公對上頭的駕駛喊話：「大哥，不要這樣啦，不要幫美國人蓋基地啦！」「這也是你家鄉，你希望自己家變戰場嗎？」
那駕駛是亞洲人，膚色黝黑，從五官看來，八成是南島的自己人，戴著白色安全帽坐在有頂棚的座位上。雖有遮蔭，畢竟沒有空調，在豔陽下大概也晒壞了，語氣不耐地回嘴：「閃啦！麥來亂啦！」
「大哥，拜託了，行行好把這開回去吧！」
「大哥拜託你！」
「不要基地，要和平！」
眼見抗議者像蟻群一樣，嘴裡唸唸有詞，通通圍攏上來，基地那方也有動靜，側門的鐵柵拉開，從那跑出一群淺藍色制服的警衛，清一色是年輕男子。由外往側門內望去，只看到一面蓊鬱的相思樹林，不見有什麼建築物，不知如何調派來這麼多人手。他們有的吹響哨子，有的跟抗議者一樣叨唸不休：「大家冷靜一點，不要這樣啦，拜託拜託啦！」、「美國人在看，太難看了吧！丟臉丟到國際喔！」
嘴上說得平和，警衛手上的動作卻相對粗暴，用力扯下抗議者纏繞在那臺壓路機上的肢體。一個老先生被撥下來後，仍不願離去，躺倒在路中央，被兩名警衛像抓山豬似的離地扛起。大聲公現在在一名老太太手上，她站在基地門口，朝著裡頭排成一整排的警衛，用日文喊話，同時一面閃躲著，不讓她身邊兩名警衛搶走她手上的擴音器：「你們，你們都是沒有見過戰爭的世代，知道打仗是怎麼一回事嗎？那可不是說著玩的啊……」
「這位奶奶……阿嬤！好了啦！」
混亂只持續了大概十五分鐘，警衛們終究清出空間，讓壓路機得以通過，轉身喀啦喀啦地闔上基地的鐵門。
沒有車聲，也無行人通過，只剩蔚藍天空，彷彿什麼事情都不曾發生過。抗議者們或坐或臥，垂頭喪氣的散落一地。逸荷聽到啜泣聲，轉頭看到是那小個子的女孩，正跟另外一個長髮女孩子抱成一團，名符其實的抱頭痛哭。逸荷猜她們應該是大學生。

「還是，還是讓他們把車開進去了……」那短髮女孩子，抽抽搭搭地對她的同伴說。

逸荷搜尋她的目標人物，看見立夏坐在人行道邊緣，正拿開太陽眼鏡，揉著自己的太陽穴。剛才在混亂中，她大概也曾試圖去爬那臺壓路機，手掌染上黑色的柏油印，長褲的兩個膝蓋頭也油亮亮泛著光。她皺起眉頭，把手掌往人行道上捺了捺，拍掉塵土站起來。

「好了，大家辛苦了。」立夏的語氣平靜，聲音卻很清晰。「青草茶煮好了，來喝吧。」

黑島也在旁附和：「天氣熱，要多補充水分，才有體力繼續。」

一夥人於是慢吞吞轉進小路，走往那大構樹下。構樹正在開花，掉滿一地綠毛蟲似的花穗，枝葉也很稀疏，無法完全擋住日光，落葉落花被蒸出一股餿水似的微酸，不過這群疲憊的人們似乎不在意，隨便往地上一坐。立夏打開鍋蓋，把茶舀進一只不鏽鋼杯，讓沒有杯子的人傳著喝。少數幾個有帶環保杯的就自己動手，把青草茶舀進杯子裡。逸荷用的是自己的水壺，她還來不及喝，聽到人群裡有人叫嚷起來：「怎樣啦，今天的特調苦死了！忘記加糖嗎？」

聞言逸荷啜了一口，的確不是她所知的青草茶滋味。那茶又苦又澀，雖然隱約回甘，仍壓不住濃厚的臭草味。

鍋子旁的立夏報以苦笑：「不是忘了，是不想。你不覺得今天不是吃甜的心情？」

「對！說得好！」立刻有人附和道。

「吃得苦中苦，方為人上人！」

「哪個沒用的想吃糖，自己去加啊！」

氣氛稍有緩和，逸荷覺得這是插話的好機會：「現在喝熱青草茶，不會越喝越熱嗎？」

「這位是今天新加入我們的逸荷小姐，是個藝術家。」黑島在一旁解說。

「藝術家的助理。」逸荷趕忙糾正。她沒有蕨音那種苦行僧似的能耐，也不希望旁人對她產生什麼不切實際的期望。

「老實講啊，是來不及放給它涼啦。」那個剛才被抬出場的老先生說道，一面喝著，一面用毛巾抹去滿臉汗水。

「別嫌了，否則等下立夏會哭喔。這都她親手摘來的，很辛苦哩。」他身邊的一個大伯說。

「真的啊！妳很懂草藥——她很懂草藥嗎？」逸荷本來要問當事人，但是立夏躲得老遠，只好轉頭問身邊其他參與者。

「其實，大概不懂。」短髮的女生回答：「我跟著去摘過，她都摘當季的花草，什麼都摘，不管能不能吃。我小時候聽我媽說過，牽牛花有毒不能吃。我跟立夏姐講了，但她照摘不誤，說是因為顏色很好看啊。」

逸荷聞言，立刻把杯子放下。女生爆出一陣笑，其他人也吃吃笑起來：「沒關係啦，每種都只放一點點，不會死的，頂多拉肚子吧！我們大家都喝了，每天喝！」

逸荷皺著眉頭拎起那杯茶，仔細端詳杯中黃褐色的液體。聽到是不能吃的雜草煮成，感覺這茶的味道又更難入口了。「為什麼要喝這麼……奇妙的青草茶？」

「牽牛花只有小毒，必要的時候也可以入藥。」這時立夏插話了，她的聲音遠遠涼涼的飄來。「藥也是一種毒。妳覺得大家每天吃的維他命、幾個月吃一次的感冒藥，那些人工提煉濃度很高的東西，跟濃度低的新鮮草花比起來，誰更毒？」

「這個嘛……但是，有必要每天喝嗎？是想要治什麼？」逸荷問。

「她在開玩笑的啦。」黑島說：「我們不是在吃藥。妳也看到，我們很多人，不是當地人，只有立夏住清水。我們來這裡抗議，坐很久，好像怪怪的。所以立夏就說了：吃一點這裡生長的植物吧。吃下去，讓它成為自己的一部分，大家就不是外人了。」

「啊，是這樣的意思……」

「嗯，所以叫基地特調。很難喝沒錯，每天換不同的配方，但全都難喝。」短髮女生笑吟吟的說：「可妳不覺得很有這塊土地的味道嗎？基地附近長出來的植物，難道該是甜的？」

「別再說了，好像很那個，很苦……那什麼，苦情？對吧，苦情。但偶爾我們也有很多朋友，很熱鬧的。」黑島接話道：「假日的時候，比較多人能來，我們就會辦活動，辦音樂會。妳應該也要找個有活動的日子來看看。」

黑島侃侃而談的態度，以及表達的意願和能力，令逸荷很能理解為何此人會是樂團團長。他很清楚自己要做什麼，具有顯而易見的領導魅力，是屬於群體的人。相較之下，立夏顯得低調許多。她不主動參加談話，只是站在陰影下，默默替眾人添茶，偶爾才插個一兩句話。儘管她當然也在團體裡頭，有一半的她像站在場外眺望，遠遠漂浮於邊線上，獨立在群體之外。

看她那樣，逸荷也不好冒然上前攀談，感覺太咄咄逼人，也太不懂得尊重個人空間。

一整天裡，就只來過那麼一輛工程車。除那之外，基地再也沒有其他動靜。五點過去不久，終於有一群文職人員的轎車從裡頭魚貫而出，準時下班。缺乏刺激下，外頭的抗議者們也顯得死氣沉沉。

逸荷觀察了一陣子，見他們短時間內不似會產生任何變化，兼之天色漸暗，雲霞滿天，她忽有想法，遂離開樹下，打算找個寬闊地方。因為是在山丘頂上，她想著不知道趁此時向西邊望去，能否看到夕陽沉入海面的景致。

巴士停車場周圍被雜樹環繞，逸荷往公路去。隔著生有褐色紫錦木灌叢的分隔島，路的對面有消防局，建物兩邊都是公園。她依稀記得在開車來的時候，曾瞥見裡頭有大片草地。

她往較高方向的公園去。公園沿著斜坡興建，外頭沒有圍籬，旁邊的公路不斷有大貨車呼嘯而過，裡面卻別有洞天，錯落種植著大樹，充斥夕暮歸巢的嘈雜鳥鳴。有在乾燥丘陵常見的相思樹，常用於公園綠地的老榕，還有一株苦楝，已是花季末期，遠遠她就聞到那粉餅似的淡淡花香，兼有花蜜被太陽晒壞的酸餿味。她走往苦楝底下的塑木平臺，那裡看來地勢最高，卻赫然驚覺這人煙稀少的公園已有先客。只有一條人影，立夏在樹影底下，手邊一星橘火。

見到彼此，兩人都吃了一驚。

「找廁所嗎？」立夏先開口。

「呀，不是，我想說這裡不知道能不能看到海。」

立夏搖頭，抖掉香菸的菸灰。「妳如果不急著趕回家，待會離開的時候，可以沿著公路繼續往清水方向開一段。到了有白色天橋的路口，就能看得到了。」

「這樣啊。這是在這裡抗議很久的經驗談？」

「嗯，倒也不是……我老家就在下面一點而已，附近我很熟。」

「原來如此。」

見她還沒有要離開的意思，立夏又補充道：「公園裡是看不到的，這邊還不夠高。妳可以試著往前走走……？」

言下之意，是要她別待在這裡，也別在附近多逗留。逸荷聽得出來，但又覺得需要把握機會跟對方混熟。她假裝不懂暗示，自顧自說起來：「其實我還滿想學抽菸的。這樣子當妳想一個人獨處，又懶得跟別人解釋，就可以找到名正言順的理由。更棒的是還可以擋掉不想加入的對話，因為嘴上顯然有個東西——吵到妳了嗎？」

立夏叼著菸，給她一抹淡淡微笑。

「如果我覺得吵，就會說聲抱歉，然後走開。」她噴出一大口白煙。「我懂妳的意思。大齡女想學吸菸，真的需要決心。」

「是啊，周圍會唸個不停，說女人吸菸歹看啦，手指會黃掉啦，二手菸大家都討厭啦……之類之類。」

聽到二手菸的話題，立夏有意無意的把持菸的手轉開，挪得離逸荷遠一點。

「會熏到妳嗎？」她問。

「如果我覺得熏，就會說聲抱歉，然後走開。」逸荷說。

這下子，立夏真的咧嘴笑開來，靜而無聲的笑，但是她倆都感覺到有某種原本封閉的東西被開啟打通。彷彿之前說過的話都不算數，因為真正的溝通從現在才開始。

「我覺得如果折壽個幾年，拿受損的肺可以換到一些平靜，還滿划算的。」逸荷說。

「我懂妳的意思。」立夏把菸蒂丟在地上踩熄了。「我很有同感，真的。」

後來，立夏斷斷續續說起她學習音樂，投入運動之前的往事。她覺得那久遠到彷彿上輩子一樣，但倘若認真計較起來，也不過是九年前。那時候的立夏，還不是她自己。

那時候她叫冬玫。

冬玫自認為是個乏善可陳的平凡女子。她什麼也不是，也不認為可以憑自己做成任何事。

二、二揚調

1

冬玫才剛伸腳踩上斑馬線，一輛機車轉彎飛馳而過，喇叭急響，嚇得她陡然縮回人行道上。還沒來得及讓她在心底叨唸兩句，砰的一聲震天巨響，地面晃動，眼前景物騰地而起，燦然炸開，煙火似漫天亂竄。

她生根一樣呆立原地，望著那滿地被混凝土車撞碎的紅白殘片。

被掀倒的機車車輪還在兀自旋轉，飛起又落下的人體則不再動彈，四周散落不知是哪部分的肢體。馬路上流淌的鮮血暗紅而泛光，不像真的，比較像是電影上看到的人造血漿。有人在大吼大叫，嚷著救命、喊人幫忙。

有人在經過她身邊時撞了好大一下，差點讓她跌倒，不過這一切的形象聲音，看來好不真實。

反正我經常被罵遲鈍，現在也只是正常發揮而已。冬玫想著，僵立原處。

應該說，更要緊的是，有一滴血漿還是腦漿，總之某種溫熱液體，伴隨那聲巨響筆直飛來，沾到她額頭上。既然噴射力如此強大，都能噴得到臉上，難保沒有噴到其他地方。穿著這身沾染死傷者鮮血的衣物，哪裡都不能去，得回家換一套才行。

原本只是跟客戶談完，吃過午飯後走回公司的路上，誰曉得會撞見如此事故。冬玫調頭踉蹌行走，打算往捷運站，一面摸出面紙，擦去那抹血，看也不看地慌忙揉成團，擒在掌心。想到裡頭包覆陌生人的新鮮血液，柔軟的紙團頓時像有生命之物，在她掌中突突刺痛，彷彿擒著一隻奮力掙扎的活鳥。

她心慌奔走。四月末的南島已悄然入夏，溫度騰升，汗水浸溼頭髮，她胡亂把它們攏往頸後。路人側目以對，有北島人冷涼的眼，瞟來蜻蜓點水的一瞬目，又迅速收攏。

對吧，不過是個表情悲愴滿地竄行的女人，確實不須大驚小怪，她想。何況就算現在她立刻脫光裸奔，估計他們投來的眼神也差不多，不會多幾分溫度或驚訝。在這充斥北島人的北部大城，她曾目睹有位穿洋裝的女子，背後拉鍊沒拉，裸著一線天似的白背脊，就這麼穿街過巷，不見任何人上前提醒。

說好聽是假裝沒看見、處變不驚，或者說，丟臉是你家的事——北島人大多會作如是想。

此事的另一個極端，就是偶爾會有真正的奇裝異服者，刻意作出想挑戰大家顏面神經的打扮，好比渾身肌肉隆起、手腳粗黑密林綿延的熊大叔，頭戴及腰螢光粉紅長假髮，身穿亮緞面水手服逛大街。

這會是個分辨民族的好時機——吃吃竊笑、不掩好奇，還會轉頭多看幾眼，更甚者拿出手機拍照的，絕對是南島人；至於北島人，即便心裡咋舌，臉上神經仍永遠癱瘓，一片祥和。

有個男人突然竄出，一把攔住她。當然是南島人：「小姐，妳在流血。」

「啊……沒擦乾淨嗎？」原來如此，怪不得路人都往她的方向看。冬玫有些尷尬：「剛剛我在車禍現場被噴到。」

「不是，是妳頭上。妳沒有帶鏡子？過來這裡看。」

那人指著路邊未營業店家的黑暗櫥窗。冬玫望著自己倒影，這才發覺從右額直到耳際、下巴都被染紅了。手往髮間一探，一掌殷紅。不知道還好，一旦曉得頓時便覺頭昏眼花。怪不得她腦中思緒亂哄哄如跑馬燈。當時飛濺而來的恐怕不是鮮血，而是某種尖銳碎片。

又或者死傷者的鮮血確實濺來了，只是如今混在自己的血裡？她忽地再也踩不住腳上那雙跟鞋，彎身軟倒在人行道的紅磚上。

一輛腳踏車飛馳而過，打老遠便刺耳地向擋路的她猛按車鈴。

「要幫妳攔車去醫院嗎？」那熱心路人道。

向公司請了下半天假，往醫院掛急診縫合傷口後，冬玫向建禾打電話。他的評語是有夠衰小，沒事就好，早點休息，晚上再聊——連韻都押了，大概只差沒編成一支歌來唱。他覺得沒啥大不了，事實上也不是什麼嚴重傷勢。她沒心思繼續，簡單提及一週後拆線，便結束通話。這幾年來她太常跑醫院，習慣到無論為什麼理由進去，都再激不起半點漣漪。

可是今日大概真有什麼不同。當她走出那熙來攘往的玻璃門，忽然發覺戶外灰濛空氣中，飄著細細雪雪即將落盡的苦楝花，粉味清淡，迎面而來。南島上的春季向來如是，不是百花怒放、炸響十里花海式的，而是信步走著，忽覺腳下些許碎花散蕊，細小花瓣一地散亂。像在人叢裡，見到一熟齡美婦迎面走來，乍看之下不特別如何，直至錯身時，對方霧紫色的薄紗衣襟拂過臂膀，不禁心頭一跳，訝然回望。

又是春天，四季之始。又費去毫無收穫的一整年。

她忽然橫下心，不按習慣朝捷運方向走，揮手攔一輛計程車回家。除了陪上司或客戶，她不曾在一天之內為自己叫過這麼多次車。

她內心隱約有種壓抑後的平靜，不過她選擇忽視那些感覺，一如往常，繼續處理該辦事宜。日常洶湧而來，永遠都有該辦事宜，倘若時不時停下審視所有感受，那還得了。

回到他們居住的公寓小套房，才關上大門，冬玫便迫不及待地扒掉渾身髒衣服，一路脫到浴室門口。家中牆壁甚薄，和鄰戶聲息相通，她很討厭這點，然而在平常日的白天，毫無聲響也令人發慌。約莫所有居民都外出工作了。澡是非洗不可，只是頭髮可麻煩。醫護叮囑傷口不能碰水，她拿溼毛巾仔細搓過頭上各處，洗下一巾淺紅，愈發驚駭。驚的不是血液，而是原來傷口有這麼大。多數成年女性對如何處理鮮血早已駕輕就熟，見怪不怪。

在多數人租屋而居的大城市裡，他們很幸運地住在建禾親戚免費借予的小套房。「幸運」大概可作為冬玫目前為止人生的總結，沒遇過什麼大的不順遂。她按時肄業、工作、結婚，就差生個孩子。旁人的說法是一路順遂，從前她也覺得自己幸運。

然而最近幾年，再聽到這類讚美，只讓她聯想到溫室栽培，趁著露水未乾、夜半收成的水果，迅速送上生產線後一路流利的脫皮、烘乾、真空封袋，成為產地直送的果乾。對吃的人而言，非常保鮮；對果乾自身而言，假設它有知覺，從未照過天光熬過蟲害的果子，不知怎的聽來不像個活物。

回首檢視那些從玄關開始散落，沿路褪下的衣物，有些或許就該丟掉才能感到安心。

冬玫首先撿起了絲襪。這種消耗品，可以毫無懸念扔了。島上夏日格外漫長，一年中大部分時間她穿短裙或七分褲上班。建禾一直希望她像北島女人一樣，有雙光潔無毛的美腿。至於絲襪：

「那是給懶得除毛的邋遢女人用的。」他嗤之以鼻。

她雖不苟同，仍舊照辦，只是遲遲不敢挑戰除毛膏甚或蜜蠟之類，需要長時間貼膚的品項，擔心有什麼化學物質會滲入皮膚。最後採取的是刮刀，但老是刮不好，經常留下刮痕，還是得用所謂懶女人的絲襪掩飾。

對此，建禾姑且承認她的努力，沒有進一步要求，不過她曉得，只要他開口，終究她會不情不願妥協。這一年多來，他們陷入冷戰，只保持最低限的必要對話，不過與其說「戰」，不如說她陷入單方挨打的局面。她從來沒學會奮起抵抗任何事。如此關係由來已久，打從婚前交往的階段，便是他命令而她全盤接受，因為始終沒學會該怎麼拒絕。更精確說來，打從初見面開始便如是。

冬玫與丈夫建禾，是在研究所修同一門文化人類學的課上認識。建禾是外系生，這事本身並不特別，總會有些人莫名其妙對人類學感興趣，比較特別的是，他的興趣在此由整體的人類行為，轉移到個別單一的「某人」身上。

建禾看上冬玫，起初她只覺得一切教人吃不消，翻成白話叫可怕極了。事情是這樣開始的：某天下課，他筆直朝她走來，自我介紹系所名字，然後跟她要名字、學生宿舍的房號，這樣他才可以打電話給她。那是個手機還不流行的年代。冬玫不懂該怎麼回應，一頭霧水，傻傻照做，甚至沒多想說為何這陌生人知道她住校。

研究所的必修課不多，大都集中在午後。隔日清早，還沒到第一節課的時間，她們全寢四個研究生被連續不斷的電話響吵醒。由於電話放在誰的桌邊都不公平，老早就被她們放到房間外的鞋櫃上，這下子整個走廊都是電話鈴響，睡在門邊的冬玫不得不爬起來接。原來是宿舍門房阿姨的來電，說有她的親戚來訪。

她睡眼惺忪、滿頭問號地踩著室內拖鞋下樓，才發現是他來送早餐，要求門房立刻打電話叫人。

「你下次別送來了，這麼一大早的，讓你太麻煩了。」

冬玫說得委婉，其實是擔心室友被電話打擾。她很快就學到，他不容任何質疑或否定，無論委不委婉。

「那就別吃，拿去扔了！」建禾砰然把早餐擱下：「我愛送是我的事，妳愛吃愛扔都隨妳。這樣行吧？」

遇到神經病。

剛開始她的評價就是如此。有點火大，不過她不擅發火，只是笑笑搖頭。

從此這不受歡迎的送餐舉動便持續下去，隨他有課的日子，每週一三五必定送達門房，上頭一張便利貼，不冷不熱寫著她名字跟房間號碼，沒有多餘的問候。上課時他們碰面，她沒特意理會，而他也不多加糾纏或主動搭話。

但接下來發生一件事，令她的求學之路驟變。她的指導教授，突然身體不適請了長期休假。他們學校創立於第一次統治期，仍保留許多北島學風，特別是那些不利於學生的。在教授病假、離職或退休之前，必須託孤似的將底下指導生一一安排去處，否則他們將面臨沒有老師敢貿然收下的窘況。

偏偏她的指導教授，無預警地啪嘰倒下，來不及顧念底下的小雛們。冬玫和同學們四處尋找願意代理指導的老師，老師們個個都推說去問系辦；而系辦只回覆，一切等到原本的老師恢復健康再做決定，大家暫時先按兵不動。意思是他們短期內最好都不要畢業了。

沒有人知道短期內是多久。冬玫的學費是貸款，眼見日子一天天拖下去、指導老師沒有要回學校的跡象，她先是暴瘦，之後全身紅疹體重暴增，半年來驟增七公斤。抗焦慮藥物不起作用，醫師說這挺罕見，不過確實有這麼萬分之幾多的例子，跟被雷劈中的機率差不多。當然，沒人想要這種「幸運」，冬玫過著每日痛哭的日子，不敢經過宿舍穿堂大鏡子前面。

在此期間，不請自來的愛心早餐仍維持每週三天送來。終於有天她耐不住疑惑，跑下樓去問他為何還沒放棄？她原來的面容，早已消失在圓滾肉堆裡，不是當初他中意的女孩了。

「我看上的女孩子，不管瘦了胖了，在我看來都好看。」不知哪裡來的自信，建禾理直氣壯回答。

這話一刀刺中她了。讓她覺得從漆黑汪洋中被人撈起，渾身溼淋淋的，充滿感激。

2

冬玫從未交過如此狂妄的男朋友。跟他在一起，她也跟著變膽大起來。從前她連請服務生加個水都不敢，如今她進化到能舉起手來呼叫、敲桌子吸引注意力，並得到他讚賞的目光。體重逐漸恢復標準，她好似成為全新的人，一切盡往好處發展，而且如他所言，延長修業年限也沒什麼大不了，反正她拿來付學貸的不是向家裡伸手，而是靠自己的打工錢，不過就是把同樣的生活延長而已，不曉得從前是在怕些什麼。

唯一要注意的，是他的自信不允許任何澆冷水。這在早餐事件便已領教，不過她正在熱戀，覺得一點都不成問題，她很樂意為他變得更好。他首先提議改造一下外觀，大肆批評了她慣穿的深色或自然色系、寬鬆棉麻服裝，說那些鬆垮垮沒曲線的衣服，讓她像個等待照X光的病人。她應改穿那些有蕾絲緞帶亮片珠飾的服裝，少穿褲裝多穿裙子，換言之就是多點女人味。就算不到北島女性的程度，至少出門時也該化妝。

亞熱帶的南方島嶼，就算化了妝也很快花掉。北島常見的多層次穿搭，也會因出汗不已黏得滿身，難以穿出同樣效果。

冬玫內心疑慮，卻也沒說出口，換了個比較不冒犯的理由：「我想那是因為，從以前開始，大人們都會告誡女孩子不能喜歡打扮，也會被同學笑。被笑久了，自然不敢在外表上花工夫了。」

「有嗎？我怎麼不覺得，你們南部真落伍啊，鄉下地方。」

別傻了，連在北部的大學裡，無論男生女生，都還是會圍著穿著花俏的女生起鬨呢。冬玫想著，沒說出口。

「我住中部。」

「那不就比這裡南邊，不就叫作南部？妳家人可能想省錢吧，但妳都這把年紀，該學學了。有女人味是種優勢，妳不覺得稍微打扮之後，遇上的人都對妳客氣幾分嗎？我帶出去也有面子。」

冬玫恍悟：因此所謂好女性的標準，是因時制宜了。小時候也許是家人想省錢，就努力醜化那些愛打扮的，長大後身邊人愛面子，忽然間打扮就成為必備技能。

只可惜想出這些標準的人，沒考慮過穿搭術和化妝都需要經驗，不是一蹴可成。不打扮的省錢好孩子，到底要怎麼在長大後，忽然就無縫接軌變成時髦女郎？冬玫賣力練習，偶爾仍出現惹男友搖頭的怪樣。某日她去系辦公室，跟一幫學長姐學弟妹閒聊，不禁有所感嘆。恰好當天負責櫃檯的，是一個還算熟的學弟，立刻反應：

「我懂！就像在我家，讀國、高中的時候，爸媽都嚴禁交女朋友，連寫下女生的電話都不准！現在上了大學，有一天我爸忽然就問：『你怎麼都不帶女孩子回家？下次帶回來給我們看看啊』——我靠！以前都不准交，現在忽然就要帶回家？是怎樣，要是我真的都沒交過，不是要從路上綁一個回來？」

「所以你也不是真的沒交嘛？」一個學姐追問，引起眾人哄笑。那學弟滿臉尷尬的傻笑：「無論怎樣，帶回家也太那個了，不是會把人家嚇死嗎？」

「有什麼嚇死，你古早人嗎？來家裡玩而已，又不是說就要你們結婚。」

「但我爸媽不那樣想啊！一臉就是要看媳婦的樣子！」

冬玫傻笑著陪眾人起鬨，心中想著建禾，對他粗魯的追求感到同情。的確，男生也會遇到類似的事啊。冬玫覺得建禾大概就是乖乖聽爸媽的話、從沒追過女生，導致人際處理極為拙劣的好孩子。他們這年紀的人，都在即將踏出學校前，才慌張笨拙地摸索如何扮演合格的大人。

這麼想著，頓時覺得建禾的一切行為都可原諒了。連他後來帶來一疊北島的女性時尚雜誌，叫冬玫要好好研讀、深入學習，她都不以為忤，認真鑽研起來。

從雜誌上，冬玫學到一個新名詞，叫「女子力」，指的是身為具備吸引力的女子應有的行為和穿著打扮。好比會做打氣便當給心上人，或是隨時可以掏出手帕之類。她並驚恐地發現，原來從前學校教的、掏出熨燙整齊的乾淨白手帕這招，早已成為過去式。如今的北島小姐流行的是印著各種不同花樣、有花邊或緞帶、小動物裝飾，模樣可愛的小手巾。

原來要成為一個合格女人，需要這麼多技巧，這麼多金錢。反過來想，她倒不在意建禾是否具備「男子力」還是「男友力」。說起他的外表，齊眉瀏海的馬桶蓋髮型，底下一對倒翻魚肚形狀的單眼皮眼，厚唇短鬍渣；身高略比她高，卻明顯有橫向發展的傾向；最喜歡的衣服是系服，或是上面印有一些標語跟主張的廉價棉T恤。這一切都不太陽剛或男子氣概，但看久了也挺「膨皮古錐」的。她的愛是一種退讓，長相好看、性格體貼、幽默風趣等等，她從前想像過未來男友應具備的所有條件，如今都可拋棄不顧。

反之他的愛則否。就算他愛她，那些條件她還是得一個不漏的遵守。幸而倒也有些捷徑可循，雜誌上充斥快速達成「女子力」的撇步，好比可以快速跟上潮流的一週穿搭，以最少件數達到最多排列組合。倘若真看得六神無主，還可以整組網購寄來。冬玫覺得自己還沒淪落到要整組網購的地步，她可以拿類似的衣物來組合，只是需要練習和研究。她遂拿出考研究所時的拚勁，硬是將一疊雜誌生吞活剝、全背起來，倒真的增長了對流行服飾的眼光。

冬玫的改變，引來她從高中以來的死黨激烈撻伐，希望她清醒點。死黨先寫了一封措辭激烈的信，而後親自北上要與冬玫深談一番。當死黨見到她挾香風一身蕾絲緞帶飄飄然登場，頓時淚崩，指責這男的試圖讓她放棄一切自我主張，根本不尊重人。冬玫好言相勸，發誓說自己雖衣著改變，內心卻不會輕易動搖，兩人抱頭痛哭。

眼淚掉得發自真心，不過冬玫覺得事情沒那麼嚴重。她不過就是換件衣服，或者說換一個衣櫃罷了，沒必要這麼戲劇性。她還太年輕，不曉得人可以為愛退到什麼地步。一旦退一步，接下來只會越來越容易，骨牌似的兵敗如山倒。

冬玫早早便發覺，建禾崇尚北島，他們全家都崇尚北島，同時也是南島的民族自決擁護者。這兩種互相矛盾的自我定位何以能夠共存，以身為南島人自豪的建禾一家，難道不認為奉行北島標準很奇怪？冬玫無心細想，只猜測那大概是要證明「南島人也做得到」之類，但那都無所謂。她當時認為，這些政治、複雜的問題，在「愛」的面前，通通都無所謂。

對冬玫而言，此事主要的影響，只體現在婆家認為她該在婚後成為全職主婦，像真正的北島女子那樣。然而光靠一份薪水，實在無法撐起一個家，特別是在北部的大都會裡。研究所學分修完後，眼見論文仍無頭緒，她遂放棄文憑，步入婚姻。

之後她草草換過幾份不同工作，每一個都被建禾嫌說是黑心公司。「妳不覺得這種薪水太虧待妳了嗎？」、「為什麼妳一個堂堂名校研究所肄業生，起薪跟大學生一樣？」、「今天又要加班？他們有付妳加班費嗎？」等等。

到頭來，冬玫發現一切抱怨的根本，就在她不能滿足他對主婦的理想。就算不能當全職主婦，他希望她至少要以家庭為重，工作就當兼差或者興趣，別投注太多力氣。冬玫做不到，是以不管換什麼工作都會被嫌棄。

儘管不太認可，畢竟新婚，他還會哄她開心。上班用的黑皮包就是他買的，是她手頭上唯一的真皮包。

「如果沒有我，妳哪裡買得了這麼好的東西。」——假如沒有補上這句話，一切堪稱完美。

冬玫不是買不起，有錢她寧可先存起來，不過奉承建禾一下也不會少塊肉。

「對啊，老公好棒喔！」她甜笑回答。這種話說久，或許連她自己都信了。

何況也不是所有話都不中聽。有時他會提出將來的願景：「等以後我找到穩定的工作，升到主管職，妳就待在家裡帶孩子，把那什麼狗屁爛工作都辭了。反正對於工作，妳也沒什麼熱情跟想法不是嗎？到時候妳就每天陪孩子玩，培養一些興趣。」

冬玫確實沒什麼大想法。當個主婦，似乎會好過目前為止那些只有基本起薪的苦力活。當時她對未來仍是有些期待的，願意相信或許哪天一切真的會變好，一如他所規劃。

3

真皮包要怎麼清理，如此艱難的問題姑且擱下。她把皮包倒空，裡頭的必需品裝進棉布手提袋。接著，拎起扔在地面的上班服，雪紡的V領襯衫上衣跟橄欖綠窄裙，淺灰的針織衫，全是不起皺的化纖材質，倘若倒楣碰上氣爆會全身燃成火球、熔化在皮膚上的那種。好穿歸好穿，卻並不可惜，盡是便宜東西。

天然材質的好料子才容易起皺。如今把衣服熨平這檔事，還得是有錢有閒、買得起好衣料的夫人們才有的家事項目。她把衣物放進垃圾袋，袋子擱在皮包旁邊。

轉向玄關繼續追蹤，今天穿的是米色絨面細帶瑪莉珍鞋。保養得還算好，卻是元老級的舊鞋。她一直穿不慣跟鞋，雖然以梨沙小姐的解釋「沒超過七公分不算有跟」，這雙五公分跟鞋應該歸為平底鞋了。那是建禾哥兒們的妻子，建禾很鼓勵她多跟梨沙小姐這樣的北島人妻學習穿著打扮的技巧。梨沙小姐在談到鞋子的話題時，建禾也在一旁默默聽著，隔天他就拎回這雙米色的瑪莉珍，跟梨沙小姐的櫻花粉色鞋同款不同色，冬玫的第一雙跟鞋。

「我請她幫妳買的。別擔心，我有拿妳鞋子去比，尺寸剛好。」他說著，一臉得意。

這不僅是個禮物，還是要求：冬玫必須變成會穿這種鞋的女人。所以，削足適履的古老訓誡不只是玩笑，還真有人身體力行，讓衣服穿人，而非人穿衣服。冬玫學會用電棒把頭髮捲得蓬鬆，再加上順從的微笑，好讓自己配得上輕飄飄、滿是花邊蕾絲的甜美系衣裳——不管原先是哪塊料，全都可以藉這一切，把自己打理成軟綿綿的乖巧棉花糖。

現下望著這鞋，她忽然發起狠，揪下新的垃圾袋，猛然將之拋入。今天之所以腳軟，這雙難走的鞋不需負部分責任嗎？她早就該放棄跟鞋了，穿了三年都不適應還緊揪不放，打腫臉充胖子折磨自己。連帶的她把鞋櫃裡所有鞋跟高於三公分的鞋子全掃出來，封進垃圾袋、袋口紮緊。

如今所有要丟的東西，全被封鎖起來。這些或許沾染上他人之血的物品，就算附上傷者甚或死者身上幾縷魂魄，現已封裝，再也不能出來作亂。照理說可以鬆口氣，不必再驚慌，但她好像丟東西丟上了癮。

冬玫打開衣櫃，想把那些輕飄飄的甜美服飾都掃出來，但數量實在過於龐大，把想留的挑出來還比較快。冬玫找來大購物袋，一面揀出幾件壓在最底下、棉麻材質、料子較好的深色寬鬆衣物——建禾最討厭的款式，很久以前她的衣服——逐一摺疊好放入袋中，同時也懷疑，自己過去不曉得是被什麼東西附體。而當她像現在這樣抓狂，又不知該說是附體的東西走了，或者正如火如荼的熱烈發瘋中？

想來該是後者比較合情合理。因為要附到她身上，那可要排好長的隊伍。本就纏在她身上的靈魂已經夠多了，且淨是些厲害角色。至於她為何知道，則是因祂們還活著的時候，都曾折磨得她求生不能、求死不得。

至少會有一對較大的左右護法，是她認識四個月的雙胞胎，更別提那些成功授精後，卻在其他環節上出錯，沒能走到最後一步的。全員集合起來，說不定就像江戶時代情色小說《好色一代女》的插圖——女主人翁畢生風流韻事不斷，如今成了垂垂老嫗。當老婦望著窗外回想往事，窗下也有八、九個小人兒，正奔跑呼嘯而過。祂們頭披荷葉，看不見臉孔，下衣則被產血浸溼，幽幽嚷著「我好恨啊……」一支小小軍隊。

冬玫的小軍隊不是風流韻事造成，而是想藉科學之力對抗天命，卻仍功敗垂成的結果。無論人為或天然，那些未出世的孩子，以日文的講法叫作「水子」，泡沫之子。

據說那名稱由來，是創世神話中兄妹神祇結婚，因為沒有遵循男尊女卑的戒律，產下沒有骨骼的畸形嬰孩水蛭子，只好將之放流海中，任祂隨水而逝。此後，凡是夭亡的胎兒都被稱為「水子」。

在北島人聚集的北部大城，也有他們信奉的佛教宗派所開設的寺院，每逢八月盂蘭盆節將至，便會掛起各類供養的招牌。在頭一次流產後，冬玫過上一段恍恍惚惚的日子，數度停步在那些毛筆寫成的「水子供養」招牌前。她曾考慮過本土的地藏庵，不過島上的地藏庵多半金光閃爍氣宇非凡，她覺得跟自己的心境不太相合，全無跨入其中的意願。

於是還是選擇了水子供養。住持用日語解釋，所謂的「水子」，並非南島盛傳的那些脾氣暴烈、心中含恨的「嬰靈」。水子們的形象甚至有些感傷——由於在還未誕生前，水子們便已犯下「比父母早死」的大不孝之罪，死後會直接墮入地獄。水子們沒有資格渡過三途川，只能在河原上堆著為父母祈求福報的石塔。若能完成石塔，便能渡往彼岸重新投胎，卻總在最後一刻被惡鬼推倒，只好哭泣著重新來過。就這麼哭而復堆又復哭，換言之，是一群嬰兒版本的薛西弗斯。

能夠渡化水子們的，惟有發願「地獄不空誓不成佛」的地藏菩薩，因此水子供養時，會祭拜穿紅圍兜的地藏王。在寺院中祭祀水子的角落裡，有著父母們所奉獻的成堆地藏王雕像。祂們身穿紅色或粉色圍兜，頭戴毛線帽，面前供有奶嘴、零食和玩偶。失去胎兒的母親，將憐愛或虧欠之情轉移到地藏王身上。

冬玫想著那一大群小薛西弗斯，淚眼汪汪。她的孩子也在河岸邊堆石頭嗎？她告訴住持，說她也想奉獻，為孩子立一尊地藏王。

住持表示理解，翻開桌上的價目表。

「小尊的三萬，大尊的十萬臺幣？」冬玫驚呼。

她幾乎是落荒而逃。儘管也非完全負擔不起，只是同樣的數額，似乎該花費在能使人生往前推進的事物上。

經過這麼一嚇，雷劈似的，她好像醒了，數天後便振作起精神，回醫院繼續「療程」。

她的努力不是如今才開始。早在結婚之初，他們夫婦倆不曾避孕，因為那是冬玫長久以來的願望：擁有孩子，組成真正的家庭。只是好幾年過去，肚子毫無動靜。冬玫沒膽提出可能會有損先生雄風的意見，只能暗自焦急，幸好婆家出面督促，把兩人都押去看醫生。婆家其實不缺孫子，建禾的哥哥已育有一對兒女，不過孫子永遠不嫌多。

結果很慘，問題在她身上，年紀輕輕卻有卵巢早衰的毛病。醫生只說了一句：「快做試管！搶啊搶時間啊！」她聽得愣笑，覺得醫生的態度好誇張，當這是大拍賣嗎？

回到家就笑不出來了。建禾為自己強壯帶種得意洋洋，聲稱接下來他不會再陪她回那間該死的醫院，有夠丟臉，要是被人誤會他不行怎麼辦？要做試管她自己去，這本來就是她的錯。原本講話小心謹慎，擔心傷害兒子自尊心的婆家，也放心的大鳴大放：「沒法度，伊新婦就是袂結啦！」

不結，既指矮小的男性，也是不能生的女人。

不結籽，無實。同樣的漢字寫成日文，意思是無辜。她犯下的是無辜之罪。

一方面，她覺得自己並非無辜，而是確實有罪。畢竟他不是在她最糟糕的谷底時刻，小心翼翼把她捧了起來嗎？除了他還有誰會那麼做？她不是理應報答這份知遇之恩，像鶴妻還是田螺姑娘那樣滿足他所有願望嗎？——這些話，她已不記得究竟是自己推演出的邏輯，還是婆家人塞給她的。好像她在遇上他之前都不算個人，真的是只田螺似的。

然而如此罪責，她比任何人都更希望不要發生，何況也不是她能控制的。在自責的同時，她心底也有一個小聲音在說：但，我是無辜的啊！

漫長的跑醫院生活就此展開，送精子去醫院、打排卵針、照卵泡，回到家裡還要吃藥抽血，往陰道裡塞快孕隆並出門散步至少十五分鐘促進藥物吸收……其他夫婦一同克服的種種難關瑣務，冬玫一個人流著眼淚完成了，然後發覺這所有瑣務，跟胚胎植入後的狀況相比，竟然都還算小事。她發覺自己有害喜體質，嘔吐不已，可以從植入的頭一天吐到流產為止，一天要吐個十多次，幾乎到滴水不能入喉的地步。如此耗費心力、精力和財力，三次植入胚胎，都以流產收場。

從頭一次呆若木雞的震驚狀態，重複幾回後逐漸麻木。在懷胎最久、四個月仍流掉雙胞胎以後，她甚至覺得自己對一切病痛駕輕就熟，只問醫師：「所以我明天可以回去上班了嗎？」

很奇妙的，她變得只擔心請太多病假，會遭同事白眼。當然那不會出現在檯面上。現在她的會社是大公司，同僚多是北島人，自然不會講白，不過從產假育嬰假都寫在條文上，卻少有人敢真的去申請的現況來看，明眼人自然該讀懂其中含義。

假如抱定一輩子不想有人際往來的打算，她大可放任自己是不同民族的優勢，假裝看不懂北島人纖細的暗示，活得很白目。這和走在街上洋裝背後拉鍊沒拉同樣道理：要不學會仗著沒人出聲，盡興走光不覺羞恥，同時大概也沒朋友了；要不就得學會看懂北島人在「並無不悅」表情之下，所隱藏起的不悅。

冬玫想當個有正常社交的明理人。既然請假之事無法強求，只好往自己身上多下功夫，設法減低身體的不適。

久吐成良醫，冬玫發覺自己成為嘔叶專家。症狀通常在下午開始，因此她掌握尚能勉強活動的早晨時光，在隔壁街上的便利商店尋覓能下口的任何食物。通常是流質，太乾的食物到時候會吐不出來，所有奶製品都異常噁心，她喜歡清涼飲料和喉糖、有酸味的東西，只要她的空胃消受得起。她會花一個上午，捏著鼻子將一瓶飲料小口小口灌下，然後花掉其他所有時間，再把它們通通吐掉。據說要這樣才能保護食道，防止胃酸逆流導致吐血。

為了嘔吐物備料，為吐而吃。這謬論聽起來很像人生本身：為了終有一死而活著。在懷孕期間，有時她會用一片混沌的腦袋如此思索。多數時間則不思考，根本無法思考，只能仰躺瞪視天花板，祈求嘔吐感不要來臨，或至少別那麼頻繁。這些時刻，創造繼起之生命的初心，好像也被嘔掉了，她只覺得時間無比漫長。

建禾則說她很噁心，因為她隨時可以開啟嘔吐開關。無論是在看電視、吃飯時（他吃飯）、說話中，或僅僅躺著不動，都能立刻化身活噴泉。就連空腹狀態都有把戲可耍，偶爾吐血。雖說那也不是什麼危急症狀，純粹因逆流的胃酸灼傷食道，看起來仍舊嚇人。聽著每天沒日沒夜的乾嘔，老婆血盆大口、女人味女子力都被棄之不顧，他嫌生活毫無品質，要求他在家時冬玫不要踏出主臥，好好關緊門，把那些可怕的聲音跟酸餿味阻隔住。他自己則捲了舖蓋到客廳睡，有時則回父母家。

這麼做也許對彼此都好，因為說實在的，聞到他身上的各種氣味，無論是菸味、洗髮精味、食物的味道，也都令她反胃得很。

比較不好的跡象則是：他們之間的對話漸漸少了。建禾推說，誰教他們一講話她就想吐。等她恢復正常，關係自然會回復。至於目前，他們沒什麼好聊的，而且她最好別再張嘴。閉緊了對大家都有好處。

逐漸的，他們從話少轉成沒有要事便不交談。建禾倒是過得像比從前帶勁，早上出門時興高采烈，比往常更仔細的刮鬍子、整理頭髮，把萬年灰濛濛的皮鞋擦得像鏡面。

她開始聽見一些風聲，共通朋友若有似無的暗示。事情也傳到婆家那裡，婆家打來電話，叮囑她：「男人就是要拚出一番大事業，做妻子的要大度一點，懂得適度放手。」雖然不曉得她是哪裡沒放手了。總之，他們認為這只是暫時的現象。只要冬玫能懷上，建禾自然會把注意力轉回家裡。

在失眠與哭泣中度過快一個月後，冬玫恢復冷靜，繼續務實進行她該做的那部分。她安慰自己：事情仍有希望，仍有轉圜餘地，還沒走到最糟那步。她不再向他報告試管最新進展，取卵結果、授精卵分裂得如何，醫生怎麼說云云，反正他都沒興趣。她只是專心繼續做能做的，吃補品、調養好身體、做試管嬰兒，忙著進行一場又一場嘔吐。

事情確實一點一滴偏離了軌道，往她從未預料過的方向滑落而去。她把結婚生子，或就算不結婚，至少也生個孩子、組織家庭，在那千燈萬戶中點起同樣的火光——想得太過理所應當。她不曾考慮過其他可能性，任何其他版本的人生。

她甚至去做了老公絕對不會允許、斥為無稽之談的求子儀式。地點是她母親找的，怎麼找到的則沒有多說，二人無語上路，由她母親開車。或許母親也曾開車走上這條求子之路，在那之前則是外婆，她們都是為求男丁，或多添幾個男丁。

真不知足，冬玫暗想。要是天上神明賜她一子，無論男女都好，她感激涕零都來不及了，還要挑三揀四哩。當然她也不是不明白，她不在乎不代表別人也如是想，若能一舉得男，快狠準堵住婆家那邊責怪的悠悠眾口，確實令人暢快。

那據說相當靈驗的神壇，是一棟佇立在綠色農田間的鐵皮屋。乍看實在不像擁有多少法力，壇前廣場倒是停了不少汽機車。經營者是一對男女，男的在門口櫃檯向上門求助者仔細詢問細節，逐一登記在簿子上；女的則在廟內向參拜者解說現在該拜哪壇、儀式如何進行，並說媽祖婆如何的法力無邊，必定會幫忙云云。冬玫表明來意後，那師姐建議這回可先「探花叢」，讓乩童到地府花園一趟，看一看她的本命樹上有無開花，命中是否註定有子。

師姐在冬玫的右耳上，用黑髮夾別住一朵小小的紅紙花，並遞給她一束香，讓她去祭拜神壇外的四方神明。

隨後冬玫和母親一起坐在長凳上等待，一面用紙杯和免洗筷吃著前來還願的夫婦送上的麻油雞跟油飯。本該是梅雨季的五月，卻豔陽高照，冬玫被日頭晒得毫無胃口，仍然努力嚥下沾有「喜氣」的飯與湯。

待湊足一定人數的參拜者，男子走到廟後漱洗，返回大廳內脫下鞋襪，赤腳跨坐在長板凳上，師姐則在他面前點起一炷香。不用多久，男子渾身顫抖，口中唸唸有詞，飛沫汗水四濺。起乩了。師姐旋即拿過原本在櫃檯上的那本紀錄簿，依照順序向神明詢問。

排在前頭的，是一戶人家的老奶奶，前些日子傍晚走失，被找回來後神情恍惚六神無主。那戶人家的孫媳婦帶著奶奶衣物上門，拉著師姐不斷哭訴，說眾人都責怪她沒有盡到看守之責。乩童用方言半唸半唱的頌出禱詞，師姐在旁用中文翻譯，包括事主的年齡、住處、事由，並轉達會讓神明護送奶奶丟失的魂魄回到家裡。

乩童唸出的那些，其實都是當初寫在簿子上的個人資訊，並無什麼怪力亂神之語。冬玫暗自揣想，與其說那有什麼神通力，倒不如說那乩童真是記憶力驚人，寫過一趟便全部記在心裡——

花公花婆有請，子弟有請，觀音姐姐有請，

帶阮過薛冬玫，三十二歲，帶阮過這株花叢。

那乩童朗聲頌唱，輪到她了。

既然沒有神跡，沒有憑空猜中的通天本事，為何這廟還是人潮絡繹不絕？冬玫暗想，大概人都希望得到個解釋，希望世事不是一潭見不了底、濁得發綠的藻水，希望命運不是毫無來由。凡事只要有條理便有因果，有因果便還有救，還有可努力的空間。雖說努力就有收穫這種邏輯，大概只有小孩子才會信。

但現在別提這個。

她努力驅散心中那些努力卻沒好報的過往經驗，跪在拜墊上，專心聆聽禱詞——

這株花叢，蜘蛛網生在樹頂頭，真正拉颯。
花公花婆麻煩祢，給伊四處拭拭，給伊清幽，
花公花婆望祢照顧，給伊再生發芽，
薛冬玫，給這株花蕊趕緊來開。

用不著旁人提醒，她也知道自己如果是株花樹，一定是結滿蜘蛛網、垂頭喪氣髒兮兮的樹。師姐在旁解釋，這便是善緣不足，要多做善事、孝順父母、對人和氣、嚴以律己。冬玫側眼瞄見那孫媳婦，對師姐又拜又謝，師姐說叩三個頭，便一連叩上五、六個，她也就跟著做了。有拜有保庇，努力求過總歸是心安，冬玫拜託乩童請求神明顧好她的本命花，跪到拜墊上，彎身叩首。

而奇跡依舊沒有降臨，即便她借助科學、借助神佛之力，甚至開始定額捐款，想要累積一些不知該說是陰德還是緣分的東西，似乎都對她的狀況使不上力。最後一次進到診間的狀況，她只有模模糊糊的印象：一片乾淨整潔的粉紅色空間，醫生穿著洗舊的白袍，吐出數個關鍵字。聽完後她雖心裡吃驚，也沒大哭大鬧，十分冷靜的跟醫師討論起是否還有其他可能性，只是不記得自己究竟說了什麼。最後，她終究只能直挺挺從椅上起立，彎身向醫師道謝，踏出診間。

從那一刻起，有什麼東西夜幕般降下，令她彷彿置身黑井。

而今，或許是車禍的衝擊力所致，驚蟄的雷霆再度破天落下，令黑井裂出一縫。雖僅透進一絲微光，對她這

長期處於黑暗中的人而言，已亮得睜不開眼。

若非希望組成家庭，她不會一直跟他在一起、忍受至今——這發現令她悚然而驚。她並非對痛苦無知無覺，卻一直在等待情況好轉，安慰自己只要老公升遷就會好轉，生孩子就會好轉。就好比小學時候總等待週末，其間渾渾噩噩度過的平常日，只能算襯托之用的綠葉，真正的重頭戲在後頭；然而一旦到手，卻發覺不如預期，只好興起下一場等待。等著寒暑假，等待升國中，等待進高中大學，等待結婚，等待工作等待孩子，等待孩子長大進好學校找好工作……煩惱無窮盡。

終於，她可以不等了。反正再也等不到，也就自由了。

「原來我截至目前為止的人生，都只是一場等待跟忍受嗎？那真正的人生，何時才要開始……？」

她發覺自己雖負傷而頭暈目眩，卻仍不撓不休進行的，原來是收拾行李啊。

一旦意識到自己正在做什麼，事情便不再困難，因為現有的物品中她想帶走的實在不多。甚至於她根本也忘了自己本該需要什麼、喜歡什麼、夢想過何事、是個怎樣的人了。

「這不是我想過的人生。但是，說不定我連人生該是什麼都不知道，就這麼渾渾噩噩過著，眼見已耗去了大半。要是當時被撞死，就是全部了。走到盡頭我居然還不曉得自己要什麼，只是等待著，事到如今是不是一切都太遲？」

小學時候，她從課本讀到一篇非常天真的文章：髒鬼因為得到一束美麗的花，從找出一個乾淨花瓶開始，到清理出一張乾淨桌子、一間房間、整個家，最終發覺最髒的是自己，於是下定決心，此後變成一個乾淨體面的人，劇終。

可喜可賀的轉變。

要讓一件小事翻轉人生，從此義無反顧邁向光明璀璨的康莊大道，實在太過困難了。如今冬玫感到，比較可能發生的是因一件小事，讓原本就有裂痕的生活，徹底崩解、崩潰，四分五裂。

並非稻草終究還是壓垮了駱駝這麼單純明快。被壓垮的駱駝，休息之後或許還能再站起，調勻呼吸後重新把稻草上肩，繼續踏向眼前的苦路。然她面臨的毋寧是一場水患，且在水漲之前，甚至不曉得自己身上有那麼一條大河。

她一直當那是彎清淺小溪，直到水漫過堤防，潰決騰溢，吞沒四野，轟轟然不可遏止，再也無法恢復原狀。

三、本調子

1

幾天後，當逸荷再度造訪基地，在快要開上山頂時，發覺後方有幾輛黑色的大車，正加速逼近。她轉換到慢車道，看它們從旁呼嘯而過。

打頭陣的黑色箱型車，前門印有放射狀的旭日旗，側面寫有「尊皇赤心會」的白色楷體字，車後擋風玻璃上印有金銅色的菊花紋樣與「指揮官車」的黃色大字。後面跟著三輛黑車，同樣屬於「尊皇赤心會」，不同之處在於頂上設有站臺跟擴音喇叭。站臺上面目前都沒人，不過臺子側面的空間倒是被充分利用了，寫滿聳動的標語，諸如「國賊一掃」、「甦醒吧大和魂」、「堅決反對外國人投票權」、「殺一救多的武士心乃我等行動的根幹精神」等等。

還在北島工作的時候，逸荷看過這類車輛，比想像中來得常見。換句話說，容忍乃至支持這類右翼民族思想者，比她所以為的更多。

儘管常聽人說亞洲諸國命運相似，民眾想法雷同，她覺得說那種話的人，應該認真見識一下北島的極端民族主義。他們必會驚訝發覺，長期擁有君主和階級制度的北島，對上以移民為大宗、經歷多次政權更迭的南島，雙方在想法上，毋寧異多於同。

停車後她往棚子走去，老遠便發覺已經有人集結在抗議的棚子前面鬧事。有兩個警察在場，手上雖拿著攝影機，卻沒在蒐證，好整以暇地站在邊上，大概是嚇阻的意味居多。集結在棚子前面的車輛以黑底車輛占大宗，偶爾參雜幾部白廂型車，但總之都印上旭日旗、雙頭鷹、櫻花等等，令人回想起過去帝國時期的圖案，上頭寫明團體名稱，「民族同志會」、「碧血會」、「義勇軍」等等。其中那臺義勇軍車，正大聲播送男低音演唱的雄壯日文歌——

你我皆為同期櫻
軍校庭院齊綻放
花開花謝終有時
光榮散落為祖國……

旋律聽上去並不熟悉，不過從那鏗鏘節奏，以及歌詞內容判斷，大概是過去戰爭時期的軍歌。都事到如今了，逸荷皺著眉頭想。他們怎麼還會認為，南島的人們，會對「血」呀、「軍」呀、「祖國」之類的字眼感興趣呢？

至於那群義勇軍，在大熱天裡仍穿黑色的長袖長褲，像中學生般的制服，只是後襬拉長呈燕尾狀。在軍歌伴奏下，他們從車上陸續搬下充當站臺的啤酒箱、廣播設備、充當擴音設備的行動卡拉OK與麥克風等物。啤酒箱四周由他們自己的黑衣人一字排開護衛著，外側則站著衣著雜亂、披掛毛巾、表情疲憊的基地抗議者。

逸荷在人群裡走了一下子，找到一臉憂鬱的黑島。他正交叉著手臂站在棚子下，一副無可奈何的模樣。她向他打招呼。「一早就這麼熱鬧。」

「很吵。」黑島嚴肅地說。

「這就是你之前提過的音樂會嗎？」逸荷打趣說。

「什麼？」

「你說過的呀，說有時候你們會辦比較有趣的活動，例如音樂會。」

「啊，那個！」黑島這才聽懂她的玩笑，露出一絲苦笑。「是的話就完蛋了！」他搖頭，又繃起面皮。

那群義勇軍看似布置完畢，滿意地排成直列站到兩旁，關掉軍歌播放。有個穿著二戰時期陸軍軍服、戴軍帽的中年男子，踏上充當站臺的啤酒箱。那身軍服太新了，怎麼看都是仿製品，而他本人也太年輕，應是不曾見過戰爭的世代。此人對於太新的軍服或自己，似乎都無不滿，一臉春風得意貌，拿起麥克風用日文說：

「各位早安！平常日的上午，各位不務正業，既不去上班，也不留在家裡做事，只會來這邊坐著，真是南島國民的好榜樣！」

男子的口音濃重。逸荷思索，不曉得他本人有沒有意識到這點，在場若是非日語母語的南島住民，他講的東西，怕是只有七成左右會進到大家耳裡。

男子清了清喉嚨，續道：「請各位捫心自問：自從南島加入我國，這四十多年來有被虧待過嗎？沒有吧！不僅沒有，考量到過去曾經占領過的歷史，還給你們種種優惠，考試有保障名額，島民占員工比例較多的企業有補助金，你們該滿意了吧？我們大和民族，向來都是單一種族的國家，破例納入你們，還當成少數民族看待，該知足了吧？結果我們換來了什麼？」

就算無法完全聽懂，從軍服男的衣著、語氣和態度，傳達出的意思大概也夠明確了。他走下啤酒箱，那群黑衣的義勇軍隨侍在側，抗議的群眾則自動讓出一條路，不想跟他靠太近。軍服男走到圍牆邊，隨手撈起一塊抗議布條，高高撩起、展示著。

「七十四年了。戰爭已過去七十四年了！美軍基地在這裡，也有七十四年了！你們為什麼還不接受事實？寫這什麼？『we shall overcome』？沒有『we』！是『you should overcome』吧！只有你們的腦子，還停留在戰爭時期！戰爭早就結束了，知道嗎？都結束了！現在大家都是同一國的國民了。只有你們南島，一面享受當國民的好處，卻不肯盡應盡的義務！」

眼看演講還要繼續一陣子，逸荷已經失去興趣。她轉身問黑島：「立夏姐來了嗎？」

「來了，她去摘草。」

「我去找她。大概在哪個地方？」

「巴士停車場附近。」

她正要走，隱約聽見不知何處飄來某種樂音，不禁停下腳步。軍服男似乎渾然不察，繼續演講：「身為國民，不是應該好好遵守法律，倘若有所不滿，就堂堂正正地循法律途徑解決嗎？你們每天來這裡鬧事，像什麼樣子？」

樂聲越來越近，逸荷本以為是又有其他右派團體來助陣，但見那群義勇面面相覷的樣子，又不太像。

軍服男大概總算也聽到了，提高音量說話：「所以說，不要怪別人對你們有歧視，這是自找的，知道嗎？你們自己無法培養出國民應具備的素質，就別怪大家叫你們南島土人！」

音樂聲大到可以聽出旋律了。透過廣播器，女中音富含情感的拖長唱腔顯得有些滑稽，這次播放的是中文歌——

請為我唱一首出塞曲

用那遺忘了的古老言語
請用美麗的顫音輕輕呼喚
我心中的大好河山……

在樂聲悠揚中，色彩繽紛的車隊出現在道路彼端，朝基地前的抗議帳篷直駛而來。那些車輛是改裝後的小發財貨車，車頭維持原本的豔藍色，後方車斗兩側裝上不鏽鋼欄杆，頂上則有橘底綠邊的頂棚，周圍鑲滿整圈小燈泡，活像廟會時才會出現的藝閣車或鼓陣花車，下一輛車的車斗上甚至還有木板搭建的中式涼亭。應該根本就是從藝陣團體那邊租來的。差別在於現在上頭沒有鑼鼓陣，也沒有勁歌熱舞的辣妹，而是綁上紅色、藍色等鮮豔色的布條。布條上印有「世界華人同心會」、「華夏聯盟」、「龍的傳人」等團體名稱，他們的標語則有「支持南島獨立建國」、「甦醒吧沉睡的東方巨龍」、「華人要替自己作主」云云。

一個中氣十足的女聲，用清晰的中文大聲呼喊：「各位基地抗爭的夥伴們，辛苦啦！感恩啦！來給你們助陣、送飲料了啦！」語畢，從帶頭的花車上，兩個一胖一瘦的大嬸跳下來。兩人都穿著印有國府時代旗幟圖案的衣服，一身紅藍交錯，十分搶眼，手中則提著塑膠袋，袋裡裝著舒跑、寶礦力、黑松沙士、蘆筍汁等清涼飲料。

這倒好了，逸荷無奈想著。另一頭講著血統與軍隊，這一頭講的是「心」、「華夏」、「世界」，竟還微妙地互補呢。

其他抗議者對這聲援勢力作何感想，她還不得而知，不過發飲料的舉動確實不會引發反感。

兩個大嬸一面說著「辛苦啦！好熱的天啊！」沿途將飲料分送給現場皺著眉頭的基地抗議人士。兩人走起路來連蹦帶跳，狀似相當愉快。逸荷懷裡也被不由分說地塞上一瓶，冰涼涼且淌著水滴。在後面跟著的幾輛車陸續停妥，走下更多身穿旗幟裝，發放飲料的男女老少。還有幾人從車上抬下大寶麗龍箱，裡面是滿滿的粽子。

「我還想說是誰呢，原來是你們這些賣國賊！被外國勢力操縱的華人民族主義者，右翼團體！」

軍服男見狀大步上前，手拿麥克風，用日文質問：「我問你們，你們現在的國籍是什麼？難道不是日本人嗎？」

瘦大嬸轉身用中文回嗆：「誰才是賣國賊！你們大大方方歡迎美軍進來，這不是賣國是什麼？」

「美軍進來又怎麼了？我就問你們一句：你們有繳稅吧？有加入健保吧？身為國民，享受福利是應該的，但繳稅也是應盡的義務吧！基地的事情就跟繳稅一樣！要先有付出，才有享受……」

瘦大嬸打斷他：「是義務的話，你們北島人幹麼不盡，把基地蓋你們那邊呀！北島把幾乎所有的美軍基地都遷到南島，還怪我們不盡義務！」

「這是歷史因素，怪不得別人啊！誰教你們南島是前線，是唯一一個有美軍登陸的地方……」

「都推給歷史，自己不願意負責，我說，這就是歧視，是大小眼啦！」

「什麼大小……」兩人各講各的語言，但軍服男恰好聽不懂這個地方俗語：「講那什麼東西？你們是日本人，講日文！」

「你現在人在南島，你才講中文！」發完飲料的胖大嬸，這會也來加入戰局，連帶的還有一大票華人同心會成員，跟著在後頭叫陣：

「講中文！講中文！」

「推翻倭寇，南島獨立！」

「華人要替自己做主！」

軍服男的日文聲音，即將被這群人的中文給淹沒，但他仍不放棄：「吵死了！你們這些叛徒、獨立分子！你們都是拿了支那人的錢，這是外國勢力的陰謀！是外國勢力在背後資助慫恿，想要挑起內亂……！」

忽然間軍歌大作，兩方叫陣的聲音都被蓋過。義勇軍裡有人跳上宣傳車，再度打開播音器——

仰望南天夕陽餘暉！

先頭戰機一去不回！

另一頭的華人同心會不甘示弱，那最先捲入爭端的瘦大嬸，快步跑回她駕駛的花車，同樣轉開中文歌曲，大聲播送——

如果你不愛聽那是因為！

歌中沒有你的渴望！

兩邊音樂都震耳欲聾，逸荷把飲料夾在腋下、摀上耳朵。她身旁站了個身穿旗幟裝年輕小哥，理著極短的平頭，見狀露出抱歉的笑，順勢展示一口嚼檳榔後染色的牙齒：「歹勢啊，吵到你們了吧？很快就會結束的，這些鬼子通常棟不了太久。」他咧嘴擠出輕蔑的表情，向義勇軍隊伍遙遙比了個倒讚。「菜逼八、日本仔，晒兩下就會倒了！讓他們知道，誰才是這尚大尾的！」

「沒差啦，在我看來兩邊半斤八兩。」逸荷說。

「什麼？」

「你們的車比較好看。」黑島插話，順勢打開舒跑，咕嘟咕嘟大口灌下。

「是厚？哥你內行，這很貴捏。」年輕小夥說，瞇起眼睛。「我們也不是討厭所有北島人啦，像你這款有常識有禮貌的，就沒問題。」

「我不算北島人。」

倒是逸荷，聞言瞪大眼睛：「真的假的？你比較喜歡這種車？為什麼？」

「很多顏色啊。」黑島說。

正說著，從巴士停車場的方向，立夏領著一票人往這邊跑來。「抱歉我們走得太遠。噢，今天也來了……」

當她發現現場都是些什麼人，不禁皺起眉頭。

「妳來得好，正精采的！」黑島說。

「立夏姐！」逸荷跟著喊：「我是來找妳的，但……」她的訪問過程全程錄音，不過看這情勢，錄音訪問一時之間恐怕難以進行。雙方音量又開得更大聲了——

你我皆為同期櫻！
縱然今日各飄零！
靖國神社櫻之都！
春日枝頭將再會！

而我們總是要一唱再唱！
想著草原千里閃著金光！
想著風沙呼嘯過大漠！
想著黃河岸啊陰山旁！

「平常像這種情況，你們都不做些什麼嗎？」逸荷打算好聲好氣的問，但是因為拉高了嗓門，搞得她像來踢館。連忙追加補充：「我是說，你們對這個，有什麼看法？」

「哎，能有什麼看法。」立夏說。

「什麼？」

「隨他們去吧！」立夏不得不跟著提高音量回應：「我們有試過，唱卡拉ＯＫ跟他們拚場！」

「然後呢？」

「沒用的，根本聽不見自己在唱什麼，很掃興，浪費電而已！還有去檢舉過噪音汙染，也沒有用，警察根本不願意來測音量！」

「我們平常！就已經讓警察，很不高興了！他們不想幫我們！」黑島補充，幾乎是用喊的。「但我們其實！也不想他們幫忙！」語畢，他從口袋裡掏出螢光綠的耳塞，自己戴上了，走到棚子最外圍，看熱鬧似的眺望兩派人馬拚場。

「警察只會說，你們活該！」立夏說。

「那怎麼辦？」逸荷問。

「來硬的，我們不行，沒那麼多錢可以燒！只能比耐力，想辦法熬過去，看誰先覺得無趣！」立夏轉身往棚子深處走，逸荷跟著走去，見立夏拿出一個黑箱子。她眼睛一亮，曉得那是樂器的琴箱。

「這就是傳說中的三線！」她說，其實心情沒那麼激動，不過在這種場合，所有情緒都被加乘放大。「妳現在彈，聽得見自己在彈什麼嗎？」

「聽不見！」

「也讓我試試好嗎？」

立夏點頭同意。由於在此刻，實在太難用言語說明彈奏方式，立夏比手畫腳，先把一塊毛巾當成止滑墊，安置在逸荷的左腿上，這才把那柄黑木三線交到她懷裡。接著，再從樂器盒內拆下墊著琴頭的軟墊，原來那背面有著收納口袋，從裡面掏出黑亮的牛角製指套撥子。她比手畫腳，讓逸荷知道該把那套在右手食指上。

逸荷點頭，一俯身彈奏起來，左手在琴桿上快速滑動，行雲流水。那靈活的運指，一看便知相當老練。

「妳彈得好好！」立夏驚詫道。

「妳在開玩笑吧？我可是在開玩笑喔。」逸荷說。

「什麼？」

逸荷揚起她的右手，食指笨拙套在牛角撥子上，像小孩穿著過大的衣服，鬆散無力。「我右手的撥子，根本都還沒碰到琴弦！因為不知道這怎麼用啊！」她彎身大笑。「反正聽不見嘛，無論真彈假彈！」

她倆都爆笑起來。笑聲同樣被外頭的音波嘈雜淹沒。

2

雙方人馬盡皆散去，已是下午的事。逸荷中途離開，開著車子去吃了頓遲來的午餐，順帶在路邊買了橘子當伴手禮。這時節橘子已來到季末，就算外表看似完好，皮色黃綠相間，裡頭卻已風乾。不過這類方便存放、容易剝皮、不會沾手的水果，拿到戶外是受歡迎的禮物，何況中部是橘子的主要產區，當中應該還有狀態不錯的。她盡量挑出手感掂起來沉重多水分的。

當她回來見到那些宣傳車都已散去，只剩下滿地的傳單，不禁大大鬆口氣。要在那種吵鬧、混亂的環境下坐一整天，她還真受不了，最主要是什麼正事都不能做，不曉得這些抗議者怎麼吃得消。

她在路邊的棚子沒找著立夏，轉進巷子裡的巴士停車場。果不其然，立夏又回到那裡，正在把採來的野草加進鍋子，彷彿什麼事都沒發生過。

「真是太誇張了，那些北島人。我不懂你們怎麼受得了。」逸荷說著，把那袋橘子放在鍋子旁邊。

立夏點頭表示感謝，但她說，那些人是不是真的北島人，也還真說不準，因為聽說在右翼團體裡，通常會有不少的南島人、在日朝鮮人參與。

「妳說的是哪一個右翼團體？」逸荷扁著嘴，克制自己不要露出譏諷表情。「在我看來兩邊都是右翼。乍看之下主張相反，其實一模一樣。」

「大和武士那邊。」

「那邊！真的啊？南島人參加那幹麼？他們自己不就是要被排除的對象？」

「正是因為受到排除，才更要參加。藉由打壓自己人，才能顯示出他們可以做得比『血統純正』的大和民族更凶更絕呀。這也是一種表現的機會。」

「唉。」

「人總是很容易覺得自己是最委屈、最不幸的，因此想替自己爭取的時候，也輕易認為自己理直氣壯。但是……誰知道呢？換個角度看，不見得是那麼回事。」她把鍋蓋蓋上，在袖套上擦了擦手。現在她兩手都閒了下來，好像覺得不太習慣，順手拾起掉在地上的構樹花穗把玩。

「像那群北島人，他們一定覺得，自己都已經是戰敗國了，還要被託管這麼一個異民族的地方，是委屈的；看在我們南島人眼裡，好不容易脫離了殖民時期，又要重回大和民族底下，是委屈的；而跟我們比起來，夾在南島跟北島中間，老是受到忽視的『中間的島』，或是南島山上的原住民，他們一定也覺得，不管誰當政，都對他們相當不好，百般忽視，他們才委屈。」

「這麼說來，妳彈的三線，那是中間的島……沖繩的傳統樂器對嗎？」

「樂器是整個沖繩一直到奄美大島都共通的，但精確的來說，我專彈八重山地方的歌曲。那是整個群島裡面最南端，跟南島最靠近的地方。那裡的語言文化，跟其他的島不同。」

裝著三線的黑色樂器箱就在她身後。立夏轉身，打開箱子，抓了三線到腿上，徒手彈撥起來，來自異鄉的旋律流洩而出。

「這什麼曲子？」

「《亞古加瑪節》……翻成中文，大概叫作《團扇蟹歌》吧。這曲子很難，手彈的旋律跟嘴上唱的旋律，兩邊完全不一樣。彈唱這曲子，很能讓人體會身心分離的剝裂感，不過它是最能代表八重山人心情的名曲。」

逸荷拿出錄音筆跟手機，用眼神示意。立夏表示她並不介意。逸荷於是問：「可以彈大聲一點嗎？」

立夏再度俯身，拿起牛角撥子套在右手食指。她提高音量朗聲開唱，歌聲有些嘶啞——

官廳附近無物不威風

連團扇蟹都在唱《作田歌》祭天呢

一旁的招潮蟹　只有彈三線伴奏的分

我等生來就是弱小螃蟹

只能盼吾兒　將來長成擎大螯的梭子蟹

然而　初夏夜漁時　持火炬的漁夫多駭人

即便梭子蟹的大螯　也被輕易折斷
啪嚓一聲　響音真淒涼
快快逃走吧　躲進紅樹林裡　快躲起來吧

一曲唱畢，立夏放下樂器，低聲解釋：「團扇蟹是一種很小的螃蟹，經常被其他螃蟹欺負。即使在沖繩群島那麼小的地方，也還是有過得好跟過不好的人。在八重山，人們都受到本島來的官員壓榨、服勞役，他們一定覺得，自己比沖繩本島更委屈。」

「妳是想說，加害者跟被害者都是變動的，這樣嗎？螳螂捕蟬，黃雀在後？」逸荷說。

「是的，就是那麼回事。大螃蟹身後，搞不好埋伏著更大的螃蟹，也還有會把所有螃蟹通通抓走的漁夫。誰輸誰贏，哪裡是人說得準的？」

「那我們該怎麼辦呢？要怎麼脫離這種，儘管被人傷害、轉個身卻可能是我們在傷害另一批人的輪迴？」

「不知道……也許就像歌裡面說的：逃吧，快快逃走吧。」

逸荷笑起來。「逃離危險，活到最後的人才是贏家，是這個意思？」

「啊，歌裡可能是這樣的，但以我自己而言，指的不是逃避問題或投機的意思喔。有時候暫時脫離風暴中心，到更遠的地方走一遭，會有些別的想法。回頭再看時，會發覺從前那些爭執很無聊。蝸牛角上爭地而已。」

鍋子開始從鍋蓋邊緣吐出蒸氣，以及熱騰騰的青草味，像在豔陽下打滾在溫熱草皮上會聞到的味道。立夏關掉爐火，打開鍋蓋，在氤氳的熱氣後瞇起眼睛。

「我準備好繼續了，隨時開始都可以。」她說。

四、二揚調

1

冬玫緊盯窗外，幾乎要把臉貼扁在冰涼的壓克力飛機窗上。就快降落了。

客機低空盤旋在海面上，在海灣上方轉了一百八十度的大彎。明明飄著細雨，灰雲頂上卻裂出一道口子，透出幾絲的陽光，筆直射來臉上。

她瞇起眼睛，驚鴻一瞥地瞧見，在日光照射下的陸地盡頭，連綿數重陰鬱山脈拔地而起，籠罩其上的暗雲，正橫竄過銀絲般細密的電光。

正待看個仔細，機身又是一迴旋，黑藍色綻著碎花細浪的海面，倏然占滿窗格，在她以為是否就要衝向海裡時，平整的機場跑道乍然出現。

這是她首度造訪北島。

在匆匆逃離北部的家後，冬玫躲到娘家思考數日，終於一橫心辭掉工作，搬回娘家。搬家過程意外沒受到太多刁難，冬玫原本預期一場大吵，著實感到害怕。依照往例，她總是在衝突升溫至爭吵前先一步敗下陣來，如今嘗到這事的惡果。她的吵架經驗值太低，不懂得怎麼運用話語跟人周旋，觀察弱點攻其要害；倘若真吵起來，絕對是單方面被言語的利刺戳得傷痕累累，毫無還手餘地。

幸而結果證明，她實在大大低估建禾的自信。他冷眼看她搬家，一面擺出高高在上的姿態，假意殷勤地詢問：「所以這個妳需要嗎？拿去嘛，不是當初妳一直想買的嗎？這個礙眼的置物架，若不是當初妳堅持，我才不屑它咧。還有這舊型電鍋。拿去拿去，妳會需要它的。我說帶走，就他媽的給我帶走！妳要不現在拿，就等著待會看我把它從陽臺扔下樓，操！」

接著又口出狂言，說她連一個月，不，一星期都撐不過去，定會速速返家，跪地搖尾懇求原諒。

婆家也來過電話勸和，主要原因，大概也是她來不及提到試管中心醫師的種種診斷。事到如今當然更不必提，否則他們會覺得她的離去再明智體貼不過，不生的女人確實該一走了之。她已無意在他們面前當個好妻子，寧可被當成無理取鬧。

要壞就壞到底，她索性拒接電話。就讓他們去煩惱、迷惑一切到底怎麼回事。

經歷一場被鬼矇眼的婚姻，她仔細思忖，驚怖於自己竟任憑擺弄，停止思索關於自己的一切。原來要投降是這麼輕而易舉。所謂的自我，在旁人認定的所謂「責任」、應該扮演的角色之前，是如此不堪一擊啊。她想。

糊裡糊塗中，冬玫總算摸上正確的巴士，越過海灣，抵達約好見面的車站。來迎接的是大學時代的室友知菱。兩人相見，恍若做了一場大夢，知菱勾住她的脖子一陣乾嚎：「小玫呀——！小玫呀——！」彷彿叫魂。冬玫知道她嘴鈍，心裡有些好笑，默默由她摟著。如果能靠這樣回魂就好了。

知菱畢業後上北島繼續拿學位，在得知冬玫的近況後，力邀她來住上一段時日，說是旅行可以轉換心情。這傻姐兒為何走上學術路，還研究情感纖細的日本古典文學，冬玫至今搞不太清楚。

她們年紀相當，科系不同，相識完全偶然，靠的是學校宿舍的隨機分配。熟識後就一塊去修了些選修課，變成同學。

其中令冬玫印象深刻的，是體育選修的氣功與養生經絡。第一堂課上，老師要求眾人閉目打坐，感受體內「氣」的流動，有所感應的人即可起身，隨著「氣」流所向自由活動。冬玫坐上許久，好不容易感受到背脊上有些竄流的痠麻，試著左右擺動身體，轉頭瞄到旁邊人不見了——知菱老早就離開座位，繞著木地板教室滿場跑了。眾人低聲竊笑，老師連連稱讚，覺得這學生悟性極高。無論是偷笑或讚賞的，知菱絲毫未察雙方反應，自個兒跑她的，完全聽從「氣」的召喚，令冬玫佩服不已，覺得親眼見證何謂大智若愚。

要如何才能做到這般心無旁騖啊。

知菱的租屋處在大學附近。她倆搭上電車，中間換乘過幾條線，下車後又在狹小、塞滿冷氣主機的巷子裡東拐西繞。冬玫暈乎乎的東西南北莫辨，只知道商家的燈火越來越少了。

途中甚至經過一墳場。天色已暗，那夾在暗巷、民宅、便利商店之間的小墳場整理得挺乾淨，立著高高的木製護摩，微光中可見墓碑前插著新鮮的黃白菊花。

無論有多整潔，墳墓終歸是墳墓。冬玫心底發毛，不敢多看，走在前頭的知菱則絲毫不以為意。她只好自我安慰道：如果旁邊當真竄出個什麼白飄飄的東西，只好對祂說中文，假裝成完全不懂日文的觀光客。既然活著的北島人很怕遇上日文不通的場面，死後應該也是，這樣該令祂知難而退了吧？

北島住居多半狹窄逼仄，跟南島人習慣的空間感覺大不相同。這事冬玫早有耳聞，實際見識到，才真正體會箇中滋味。那是電影或電視劇上常看到的集合住宅，入口處是細長的花園，受到兩側房屋夾擊，僅剩一條不到一公尺寬的小徑。

路已經夠窄的，偏偏其中一側還種著成排筆直的南天。

冬玫在路口遲疑，不曉得粗手重腳的自己，會不會打保齡球般，用行李把整排灌木全數撞倒，卻見知菱拿過行李，踏上稀疏沿階草與粉團蓼圍繞的方形飛石小徑，一溜煙似的從窄道滑順通過。

只得笨拙地跟上。

花園與左右鄰之間，僅間隔著高度及胸的鐵絲編織圍籬，看來他們對治安頗有信心。隔壁戶種植一大叢蓬亂的羽衣茉莉藤蔓，未經剪理，層層糾結，胡亂披在圍籬上，像是被用到壽命盡頭，牽絲帶縷的一團綠抹布。本該是晚春時節綻放的花，許是此處日照不足而晚開，在初夏尚有些許白色殘存。

整條小徑都飄蕩著那太過強烈，以致透出苦味的黏膩濃香，像泛出虹光的油汙一樣浮在空氣裡，讓人緩不過氣。直到她們進了公寓，走道上殘存的一抹餘香，才變得好聞起來。

三層樓高的套房公寓住宅，一條走道上十來戶人家，進入時卻不可思議的沒碰上任何人。冬玫感到慶幸，整天搭乘各式各樣的交通工具，連遇到陌生人這種小事都令人疲乏了。

不過接下來的數日，每回進出都如是，慶幸變成了好奇。那似乎已成為某種居住上的默契。當冬玫與知菱站在玄關，而她即將推門而出時，被知菱一把按住手臂——走廊上，傳來其他人通過的腳步聲。

「有必要躲成這樣嗎？」腳步聲遠去後，冬玫問道。

「不知道耶，不過他們都這麼做。我本來也沒發現，是我男友發現的，照做就好啦。他們有很多我們不懂的規矩。」

「妳知道隔壁都住些什麼人嗎？」

「大學生。」

「怎麼知道的？」

冬玫很快就得到答案。公寓的牆壁極薄，當冬玫與知菱停止講話，隔壁寢的動靜便一清二楚。每天晚上十點，左邊那戶的女生準時與家鄉父母通視訊，雖然聽不清內容，講到最後總是帶哭腔。右邊住著情侶檔，總是半夜才回來。一到家就扭開古典音樂電臺。

同理可證，他們一定也曉得這戶最近來了講中文的客人。

不曉得他們是否能分得清自己領土中的至南之島，講華語的島，跟世界上其他中文語區有什麼差別。

在知菱出門上課的白日，四下靜極。外頭有一小陽臺，望出去是門戶深鎖的對戶公寓和一電線桿，常有烏鴉在變電箱上叫囂。這很新鮮，南島上常見的麻雀不見蹤影，取而代之的是這些巨大的藍黑色烏鴉，並不懼人，常停在可以與人平視的高點，朝著人豎毛喊叫。

冬玫躺在木地板上，除了此起彼落的烏鴉叫以外，尚可聽見久久一輛腳踏車打從底下經過時，那碌碌旋轉的齒輪聲。偶有婦女們在路上相遇，拔高音調的日語問候。雖不是聽不懂，畢竟非母語，還沒到憑直覺便可理解的熟稔浸透，也就不費那氣力。人聲遂成鳥語的一種，入耳自動忽略。

更靜了。靜到思考渙散，一切行動欲望灰飛煙滅，她覺得自己可在這昏暗斗室內，就此枯坐成一棵樹一片苔，四周被「物」給包圍。

原來如此，她想。北島人梨沙小姐，就是出生成長在這樣的地方嗎？

房裡只容得下一床、一對書桌椅、一只兼為暖被爐的茶几。玄關兼作廚房，流理臺正對著乾溼分離的廁所和浴室。設備可謂一應俱全，可也真都塞在仿若麻雀肚腹的小空間裡。

冬玫只能在房間正中央打地鋪，知菱不介意地上多出一床被子，不過她自己覺得不好意思。這趟度假長達兩週，是知菱邀請她來的，已經值得感激，她不想再添麻煩。於是照北島人的作法，在晚上睡覺時，撤掉茶几改鋪地鋪；白天則收掉地鋪，改放茶几跟坐墊。

就這樣，每日在那小空間裡，將少數幾樣東西移來挪去，感覺確實會養成一種重視形式、方圓規矩，錙銖必較的個性，冬玫心想。

從梨沙小姐那裡學習北島人的收納術後，冬玫覺得自己人生中首度強烈感受到「物」的存在。從前，當她感受到「物」，往往是它們消滅之時，好比面紙沒了、雨傘壞了、杯子砸了，令她感到闕如，進而意識到「物」曾有過的存在。但在梨沙小姐的教導與要求下，她開始留意起擺放的美感、節省空間的祕訣，隨時思考如何更加精進整頓之術。自此，她總覺得家中所有的「物」，都在等待照拂跟擺弄。它們彷彿都生出了自我意識，並且對她每次變更擺放方式交頭接耳、加以評斷。這些本該屬於她的「物」，都對她虎視眈眈——如今，是她屬於它們。

怪不得大和民族有所謂「八百萬神明」，萬物有靈。亞洲多數民族都傾向多神論，但冬玫覺得，大和民族的神祇存在於特別奇怪的地方，好比縫衣針、抹布，或長年使用的蚊香豬這類瑣物上。現在她終於能體會何以如是。這些生活器物上的小神明並不友善。在她的想像中，祂們說起話來的語氣，跟梨沙小姐或她老公如出一轍。她總是達不到祂們的標準。

她們結識的開端是她老公。建禾在換過幾個工作後，最終如願進到北島廠商開設的大公司。這類會社每年度總會招進近百名新人，不問原本專長為何，通通送去作一至兩年研修，重新訓練成自己人。也因此，打算成為上班族的北島人，多半不重視大學系所。即便是進入印語系之類的冷僻科系，只要進好大學、能被會社認定為潛力股即可，故有國高中都在補習班苦讀、進入會社後又要苦幹一輩子，只能趁大學時期好好玩足四年的說法。

在此風氣下，大學是北島人生涯中少數遊戲人間的時刻。系內班上的凝聚力多半七零八落，社團才是主場；大學裡的人際也不用當真。進到會社後的一切，才真正要緊，因為那可能是要相處大半輩子的同事，幾乎等同半個配偶。

建禾就是在這種狀況下，結交了同歲數的北島人萩野。兩個男人從新入社員訓練起，就緊黏成一對好哥兒們。

或者說，情況由不得他們不黏成一塊。新訓頭三個月，是全員住宿式的密集班。白天裡眾人參觀公司各分部，外加相關聯的上下游工廠，晚上聽課，內容從公司內部狀況到一般性的商務禮貌，鞠躬應該彎幾度，不同彎法有何含義，名片該怎麼遞，電話該怎麼接。

排得滿滿的班表，簡直是重回高中時代。聽者表面上不敢喊苦，私底下亦不敢，只能結作一團團小群體抵抗壓力。建禾跟萩野，則是相當罕見的已婚組。多數打算成為上班族的北島人，其生涯規劃，亦有一套常見的標準作業流程。這類人不外乎是大學或碩班畢業，進入公司，此後不但做上一輩子，連老婆都從同事裡挑選。

在此風氣下，女性社員就算不被委派重任、工作上沒得表現，可也一點都不介意，心甘情願地端茶送水、擦桌。畢竟，如果能藉機展現宜室宜家的本領，被男同事娶回家去，也就辭職不幹，安分當主婦了，何必在工作上太賣力，搶走男同事的風頭，徒然惹人討厭。

既然辦公室戀情是多數婚姻的基本款，像他們倆這般學生時期談戀愛，畢業即結婚的，倒成為神祕的稀有動物，因而能分享許多旁人插不上嘴的家庭話題。

兩個男人混得如此熟絡，進而也希望他們的太太如法炮製。從住宿期間起，冬玫就不斷在電話上被老公提醒，一旦「出獄」——離開宿舍後，兩家人就要碰面，親親密密的一同行動。

這讓冬玫頗感壓力。

說穿了男人所謂的同梯情誼，還包括相互較勁；所謂聯絡感情，同時也是暗暗品評鑑賞，看誰的老婆跟家庭更勝一籌。多數南島男性都對據說溫順可人的北島女性趨之若鶩，一心向北島看齊的建禾吏是如此。屆時，她該如何當個讓人有面子的老婆，著實令人傷腦筋。

求學期間，冬玫也曾有過幾個北島同學，只是沒有交情特好的。多數北島人傾向把子女送回去，會進南島學校的，都是家裡已下定決心在此落地生根。這些北島人學生的習性，也就跟島民相去不遠。像萩野家這樣「產地直送」的北島人，還真的沒來往過。

煩惱來煩惱去，結果是對方主動聯絡，提議在兩家庭聚會之前先來趟「女子會」。萩野太太的E-mail寫得溫文有禮，化去冬玫大半擔憂；甫見面，對方便細聲細氣地敦促冬玫直呼其名——梨沙小姐。

梨沙小姐初來乍到，對島上事物樣樣驚奇。當冬玫說完自己的名字，梨沙小姐對她從名到姓都感到奇怪：

「冬天會有薔薇（玫瑰）啊？我們那裡的薔薇到了冬天，都是葉子落盡在休眠的呢。」

「梨沙小姐喜歡薔薇嗎？這裡有座從前的官邸，花園很有名，冬天正是梅花跟玫瑰的花季。」

「官邸？是之前的政府……」

「對對，就是上一個政府領導人住過的宅邸。」

冬玫忽然有些尷尬。她不曉得普遍而言，北島人對南島的歷史知曉多少，不過跟剛結識的北島人，提到抗日、將漢文化重新引進島上的國民政府，總有些微妙，好在話題很快轉開。

「其實我不喜歡賞花。」梨沙小姐說：「花不都有花粉嗎？油膩膩的，很髒耶！春天的時候會大堆大堆的飛來，跟灰塵混在一起，沾在剛洗好的衣服跟車子上。那樣的東西真讓人傷腦筋。」

「啊，我聽說溫帶的花粉很嚴重，還會讓人得花粉熱。」

「沒錯沒錯，實在太可怕了！我們生活在文明的城市裡，真不曉得該怎樣才能隔絕那些不衛生的東西，讓它們留在野外就好。」

「請放心吧，這裡沒有那種問題。」

「真的嗎？一點都沒有嗎？那我很期待南方的春天呀。」梨沙小姐露出鬆一口氣的微笑。她繼續問起冬玫的姓，為何跟先生不同。

「這樣不是很不方便嗎？好比在認識新朋友的時候，怎麼曉得誰跟誰是一對的？」

「自然就會曉得呀。我反而覺得結了婚就要去改戶口名簿、銀行存摺、寫信昭告親友，才真的很麻煩。」

「冬玫小姐的想法真是有趣。那怎麼會麻煩，不是很甜蜜嗎？姓氏一樣，不才有一家人的感覺？說起來，這裡的父母姓氏不一樣，那小孩子要跟誰？」

「兩種都可，不過還是跟父姓的多吧。」

「照這樣下去，生了孩子以後，全家裡不就只有媽媽的姓氏不同？像被全家人排擠一樣，多寂寞呀！」

「會嗎？」

「換作是我，一定超寂寞的呀！」梨沙小姐嚷道。

後來冬玫在電話上說起這事，本想當成有趣的文化差異博君一粲。梨沙小姐的話，勾起從前她對人類文化的興趣：同樣是把原為「外人」的妻子納入「我族」，中華文化底下的記錄方式會抹去名字留下姓，保留與其他氏族結盟的印記；好比她如果被記在建禾家的家譜上，大概會變成「薛氏女」吧。在此記錄方式下，個人的名字不重要，重要的是家族間的關係。相反的，人和民族卻保留名字抹去姓氏，徹底切斷並清除女方與娘家的連結，成為「我方」人馬。

建禾也修過人類學課程。只是出乎意料的，他的回應沒什麼知性成分。

「我從來沒考慮過這個問題。她會那樣想，真是心思細膩，不愧是北島人。」建禾誇讚道。

「怎麼樣，妳寂寞嗎？我記得我們也有人冠夫姓的，妳想嗎？」他打趣說，冬玫卻不覺得這提議有什麼有趣。

「那不是老爺爺老奶奶做的事嗎？不用特地吧。」

面對老公意想不到的回應，她只能訕訕回應。建禾對北島文化，簡直不分好壞、五體投地的支持，那時她還嗅不出其中的危險氣息。

2

電視上說，梅雨鋒面正從九州一路北上，也來到她們的所在地。關西地區正式入梅，冬玫第一次聽到如此鄭重其事的說法。南島上的季節，彷若連綿不絕的蔓生植物，難分頭尾，從沒聽到氣象局宣稱什麼時候春季結束了、入梅了、入夏了。這裡的氣象廳，卻好似真有那個把握，信誓旦旦地斷定季節就該從何結束、從何開始，樣樣都得交代個清楚明白不可。像是生怕人們沒有發覺，時間正無情流逝。

氣溫從將近三十度，一下子跌落至二十初頭，雨勢大得令冬玫想逼自己出門都無法。晴天變得彌足珍貴。在偶爾放晴的日子裡，冬玫總算找到動力逛進大學校園內，坐在野餐座或長椅上發愣。

鎮日呆坐的結果，她大致可以分辨出哪些是初來乍到的外地、外國學生。外來女學生多數留著一頭不須打理的省錢直長髮，不染不燙。二十度左右的傍晚，對當地人來說氣候剛好，宜穿短袖再罩件薄衫，所謂的洋蔥式穿著。卻有那麼些女孩，散下長髮遮住後頸，穿著厚重的絨布外套甚至羽絨衣，圓滾滾毛乎乎、雛鳥似的。如果不是披著面紗的穆斯林姑娘，而是東方面孔的話，一看便知，那是畏冷的南島學生。

知菱亦曾是其中一員。即便適應了氣候，不再穿得圓滾滾，仍披散一頭不染不燙的長髮，說是可以擋風。聽聞知菱留長髮的理由，冬玫不禁取笑：「妳這不叫『留』長髮，叫作懶得剪而已。」

「沒辦法啊！我們的頭髮這裡的設計師又不會剪。」知菱嚷道：「不管妳是圓是扁，一刀剪下去，通通同一個樣。我去剪過，桐生說簡直分不清我跟路人的差別。」

「不能跟設計師溝通嗎？說妳想要作點變化？」

「這就是問題：叫他們作點變化，好像會要了他們的命。別說頭髮——比方說吧，車站附近的麵包店有很好吃的檸檬派，買的時候會包上兩層紙盒子。我想說不要那麼浪費，有一次自己帶著保鮮盒去裝，結果搞到店員把店長給請出來，討論後才能決定『檸檬派是否能裝在不是它原本的盒子裡？』的問題。」

「結果呢？」

「結果是可以。但是，當下一回我又帶了保鮮盒，因為輪值的店員不是同一個，又把店長請了出來。」

知菱笑起來：「他們很容易受驚嚇的，一點變化都要請示上級，所以還是饒了他們吧！別想要作什麼改變。」

「那就換個角度想。」冬玫提議：「妳若在這裡剪髮，變得跟大家一樣，就能藏樹於林，不會讓人發現妳是外地人。」

「開口沒講幾句口音就露餡了。緊接著對方看妳眼神就不一樣了，還藏什麼藏。」知菱幽幽地說。

知菱饒過了髮型設計師，而顯然很多外地女學生也那麼做。校園裡，留著所謂「懶得剪長髮」的女學生真是多，足見生活有多忙碌，哪還有心力顧上頭髮。

這絕對是所謂「沒有餘裕」，冬玫想起梨沙小姐的教誨。是以，他們北島人一定覺得這些女孩子都「不美」。

但她不是北島人，也不像建禾，奉北島標準為最高原則。現在的她，並不追求那種有餘裕的美。生活不就該是這樣，磕絆碰撞，即使不至於見血，也還有些狼狽悽惶，但牙一咬、抬起頭仍繼續走嗎？何必還要逞強，故作餘裕呢。

冬玫老在住家附近活動，並不打算走往更遠的地方，知菱也看在眼裡。她先是怯怯地提醒，大學城附近也就一般的住宅區、一般的小鄉鎮、一般的商店街，實在沒什麼好逛的。可以的話，應該往遠處散心、參觀風景名勝。

見冬玫不為所動，知菱也不再硬勸，倒是連續幾日都帶回不同的電車月報、旅遊傳單，一張張攤開擺在書桌上。

對冬玫而言，在大學裡頭發愣、混入學生食堂吃東西，然後在住家附近繞上幾圈，看看那些庭院整潔的住宅區，晚上吸著與南島此刻截然不同的冰涼空氣，便已相當足夠了，堪稱體驗到北島氣氛了。但對東道主而言，大概顯得招待不周。

即便冬玫實在沒力氣遠行，朋友的好意也不忍無視。眼見假期將盡，冬玫努力提起精神，挑出其中一則廣告。那是一幅在綠蔭下的長長石階參道，兩側羅列紅色的木製燈籠，一直沿伸到遠處階梯盡頭的山門前，朱紅對比碧綠，色彩十分鮮烈。

「選得好呀！我也還沒去過，一直想去一趟看看呢！找個天氣好的週末，一塊去吧。」能讓冬玫有點反應，知菱高興極了。

於是在假期尾聲的週末，難得的大晴天，知菱領她老遠跑了一趟山中的避暑勝地，古城北方山中的貴船神社。臨行前知菱說明行程，說那可是女性祈求良緣的勝地。另一方面，神社後方更深的山裡，還有祭拜貴船神社主神「高龗神」的另一張臉、「闇龗神」的奧宮。那裡則是詛咒勝地。

「不會吧？」冬玫一驚。

「是真的，連作法都很詳細呢。」

「那我好像真該去詛咒我老公一下呢！」冬玫想開玩笑，卻一點也不好笑，反倒讓自己皺起眉頭：「——前夫。我還改不過來，真可怕。」

知菱同情地望著她。「別再為過去的事傷心了。妳是來度假的，我可安排了好行程呢。」

她提議冬玫應該花個大錢，她倆都該花個大錢享受一下。她預約了晚上的昂貴川床料理，在古城工作的男友也會前來集合。白天時間，則可在神社周圍盡情晃蕩，吸收有益身體健康的負離子。

從此地到貴船，倒真有段距離。先是搭了將近一小時的電車。沿途知菱解釋道，為何貴船神明既是結緣之神，也是詛咒之神。貴船供奉的雙神，一為山峰上降雨的龍神，一為谷地間流淌的河川之神、氾濫之神，兩者其實一體兩面。

以大和民族的想法，世上事物總是一體兩面：神靈在心情祥和之際，是保佑人類的強大力量，一如在本社受到敬拜、保佑風調雨順的高龗神；在憤怒之時，卻會轉變為作祟的不可理喻之物，此即奧宮的闇龗神。

既然神力有兩面性，用在結緣一事上也是相同道理。該地既然是結緣勝地，也會是好散不成時詛咒對方的名所。

在電車上她們還有閒情細聊，到古城內可就不同了。難得的好天氣，翠綠的初夏時節，滿坑滿谷的觀光客。知菱得拉著冬玫的手，才能穿過人車洶湧的四條大橋，不至於走散。隨後又轉往地下乘地鐵。

東南西北莫辨的冬玫，沿途又是暈頭轉向，搞不清究竟走過哪些地點。陽光也太強烈，她懷疑因為緯度的關係，連日照角度都不一樣。這裡的日光格外刺眼，銳利張揚地當面扎來，雨傘加帽子都擋不住。

直到她們換乘路面電車，遲鈍的感官總算清晰起來。車廂內有一排普通座位，一排數量較少的觀景座，面朝大片透明窗。她被知菱推著坐上僅存的觀景座，和一群興奮的北島老太太們肩並肩。

起初的市郊景色並不特別。越往山區，隨著綠意漸增，觀景窗開始顯現其好處。鐵路兩側植有楓樹，紅葉季節想必相當壯觀，不過眼前的新綠也不遑多讓。每通過一排樹，滿窗滿眼亮燦燦的綠，老太太一片吱喳聲起，然後靜下，浪濤似的。就這麼過了幾個浪頭，忽然間窗子被綠葉盈滿，他們通過楓樹簇擁的綠色隧道，電車漂浮在綠海中，不見樹幹或鐵軌。

這下不只老太太們，全車旅客一片驚呼，紛紛掏出手機相機。一旁的老太太也激動地轉頭向兩旁訴說：「真的是好美啊！」「就是呀！」「對呀！」臉上堆滿笑與光。她也轉往冬玫的方向：「好美啊！」

冬玫張口結舌，心底竄過荒誕的念頭。她想問這素昧平生的老婦，看上去有她三倍年紀，也就是有三倍人生經驗的大前輩：我說不出話來，思考斷絕，眼淚來不及流出就已乾枯，該怎麼辦，妳教教我好不好？

老太太得不到預期的回應，轉向另一邊，跟同伴說話去了。

而電車也在通過綠色隧道後旋即靠站。知菱上前來拍她肩膀，示意著在此下車。

此地位處古城北面的淺山之中。天色明亮的上午，空氣溼熱，間歇飄著細雨。多數人步出車站後繼續等巴士，排成一長列，知菱提議用走的，沿著車道散步前往神社。

許是連日降雨之故，路上遊人不多。兩側森林一側是闊葉樹林，一側是筆直整齊的杉木，樹型巨大。偶爾在樹木上頭，會攀覆蔓性的木天蓼，拖著長尾巴的心形葉片，在梅雨時節轉成白色，於一片綠意中相當亮眼。

車道沿著貴船川而建，來自溪底的一陣陣風是沁涼的。溪流淺緩，偶有可以走近水邊的沙質淺灘。有幾個帶著幼童的北島人家族，鋪開了野餐墊在沙岸上，婦女們打開重盒與保溫瓶吃東西，小孩子則在溪邊玩水。北島人的家庭，不知為何，看起來總像雜誌上的照片一樣光滑明亮。

冬玟第一次跟著老公拜訪萩野家，也有如此光滑明亮之感。那回的經驗很挫敗，冬玟正在換季過敏中掙扎，鼻水長流不舍晝夜，樣子狼狽，覺得自己像只脫毛綻線的舊布偶。老公堅持不肯改時間，說頭一次拜訪就這麼多毛，對主人家太過失禮。冬玟只好戴上口罩，皮包裡揣著自以為足夠的面紙出門。在那光潔如樣品屋、以淺色擺設為基調的客廳裡，她的面紙彈盡援絕。冬玟臉上帶笑，心裡無比焦慮——放眼望去，這客廳裡沒見到任何角落，探出一截面紙頭。

眼看兩男子談得興起，甚至決定搬出電玩主機打電動，絲毫沒有結束拜訪的跡象，她越來越心急。梨沙小姐上茶上點心，點頭微笑附和兩位男士，不留單獨搭話的空檔。萩野夫婦都穿著適合夏天的淺色系衣物，戶外中庭藍天綠草，整幅景象跟變頻空調廣告一樣和諧，她卻不得不打斷這一切，開口求救，問說不好意思面紙到底在哪裡？

她開口發問了，一面在心裡絕望地想：像萩野夫婦這樣，活像廣告裡走出來的模範人物，搞不好是不用面紙這種俗物的。他們也絕不會在這麼漂亮的房子裡流鼻水或放屁。

「要面紙？就在這裡啊！」

梨沙小姐纖指一探，粉紅水晶指甲的金蔥粉自空中劃過一道亮，從冬玟原本以為是茶几擺飾的竹編鴿子背部抽出紙來，然後又是一探，把下一張紙的紙頭重新塞回了鴿背，不著痕跡。

原以為這種糗事只要發生一次就夠了，就足夠丟臉的。不料用完了紙，冬玟發覺遇上同樣問題——找不到垃圾桶。

「在這裡喔！」

水晶指甲再次劃過一道閃光。這回是在書櫃最底層的假抽屜，按下後，可以打開彈出式的垃圾桶。丟完紙團，梨沙小姐推了抽屜一把，令之縮回書櫃中，垃圾桶又不見了，同樣船過水無痕。

後來當梨沙小姐成為她的導師，熱切分享如何優雅的理家，冬玫學到兩個新詞，兩者息息相關，分別是「生活感」和「餘裕」。梨沙小姐告誡，居家收拾的中心思想，就是要排除「生活感」。舉凡披掛椅背上的衣服、隨手放置的文具眼鏡書本、使用完畢後的電器等等，透露出屋主生活樣貌的物品，都是需要排除之物；食物氣味、菸味、香水味等等，更是無法容忍。

「簡潔俐落會令人有美的感受，但是更深層的理由，是因我們從中看出一種餘裕。」

梨沙小姐解釋：「屋主把生活裡會產生的東西，吃過的零食、穿過的衣服、看過的報紙，通通變不見，可見得是一位有閒時間的人。那麼，為何她有閒時間而旁人卻沒有呢？可見得她對時間的安排比別人優秀。這便是『餘裕』。我們感受到屋主本身的性質優於旁人，連帶也覺得她的屋子格外美麗。」

「我大概理解妳說的美感。」冬玫疑惑道：「但我既然在房子裡生活，還要排除掉『生活感』，那不就像沒有溫度的樣品屋嗎？」

「啊，我明白妳的意思，就是一種無機質的感覺對吧！最近無機質的家居布置最流行了。對，就是該布置成樣品屋的樣子，彷彿沒有人在裡頭生活。」梨沙小姐回應，一臉理所應當。

冬玫不太確定自己會想住在無機質的家裡，不過顯然梨沙小姐對於排除生活感的信念深厚，她也就不打算爭辯。

何況，在當初造訪萩野家的時刻，她確實驚奇於梨沙小姐的家事能力，驚訝於梨沙小姐如此頻繁地刷刷伸爪，又是全職主婦，是怎麼保持完美的水晶指甲？就連對老公怨言幾句，也是輕聲細語，一言一行堪為雜誌所述「女子力」的化身。想來這便是所謂「餘裕」吧。

貴船神社周遭人聲喧囂，深山裡竟有如此熱鬧的所在，先前沿路上的自然風景好似幻覺一場。衣著鮮豔的遊客自私家車魚貫而出，神社周遭料亭林立。社前的參道，便是冬玫在廣告上看到的風景。

本殿前面，早早豎立起一片用於七夕、溫帶特有的華箬竹林，上頭掛滿五顏六色的許願籤。上頭淨是些希望交男朋友、年內結婚、終成眷屬等等願望。冬玫定睛細瞧，來到此地的遊人，也以女性或情侶居多，不愧有著結緣神社之名。

「再往前走嗎？」知菱問道：「更往前去，深山裡面是那個喲——貴船奧宮。」

冬玫篤定地點頭：「就讓我見識一下詛咒勝地。」

兩人沿車道繼續前行。知菱沿途解說，此地的詛咒傳說，保留在能劇《鐵輪》裡。在久遠久遠以前的平安時代，有一居住在京城的女子，因為丈夫移情別戀而被休棄。聽聞貴船神社神明的神力，特來參拜——

「就算蛛絲可堪繫烈馬，亦無人能喚回薄倖郎」——一如古諺所云，奴家原也道薄倖之人不值得託付。孰料人心難測，輕信薄情郎之言，以致誤託此身，也是自個招來的孽緣。如今不求來世報應，但願負心人今生可得惡果。懷此心願，連夜速速趕赴貴船。

京女感嘆著，自己算親身應驗這舊時俗諺了。隨後又描述起，她是如何離開熟悉的城市，連夜趕到深山的貴船祈願，要詛咒移情別戀的前夫。

本該是段陰風慘慘的路程，時隔數千年後，她倆白日裡走來，感覺卻大相逕庭。還沒進入盛夏，臨路的料亭已急著在溪流上鋪設川床，好讓客人坐在水面上飲食，享受當地著名的流水細麵或其他京料理。沿岸架設起阻擋視線的竹籬笆和掛簾，整條溪都被遮不見了。

雖然在溪流轉彎或高低落差較大之處，大概架設不易，透出幾截空檔，得以窺見湍急清澈的流水，以及川床座位的模樣，但這樣的地點畢竟有限。多數時候都只見綿延無盡的竹籬笆，人聲車聲不絕於耳。

過了位處神社本殿與奧宮之間的結社以後，冬玫與知菱找到長椅，坐下來吃冷飯糰。隨著河面漸窄，不再適合川床架設，溪流總算能舒口氣。只是那也成為流淌在深樹叢底下的野溪了，但聞水聲不見其形。

約莫是少有遊客往奧院之故，周遭回復山裡應有的冷清。車輛大減，料亭消失，她們得以放寬心走在車道正中央。

杉樹林下，立有和泉式部的歌碑，不時也可見到「和泉式部．戀之道」的指示牌。女歌人和泉式部據說一生風流，是日本文學史上少有的浪女。同時代的才女紫式部曾言，雖敬佩和泉式部作的戀文跟和歌，對其行為難以苟同。

以今日角度看來，所謂韻事「不斷」，不過就是結過兩次婚，中間再交往過一對短命而死的兄弟當情人，合計四人罷了。何況式部的一生也算坎坷，愛一個死一個，連心愛的女兒都早逝，最終所愛之人全都先她而逝，式部遁入空門，浪跡天涯。如今在許多偏遠鄉鎮，都宣稱他們保有式部的墳塚，是她最終的落腳之地。

歌碑上題詩的典故，據傳是式部長年與第二任老公不和，老公移情別戀。為求挽回，式部特來貴船奧宮祈願時所吟。時值初夏，正是如今的時節，沿途流螢紛飛，景致如夢似幻，式部卻是愁腸百結——

池畔愁腸轉，汎汎流螢飛；

疑是奴芳魂，幽幽出身外。

正式紀錄到此便中斷，只知道式部從貴船返家後，與老公重修舊好，可見貴船神明神通廣大。然而在逸聞裡，尚流傳著詳細的祈禱經過。

巫女領著式部，同到流經奧宮前面的御手洗川。那是供參拜者漱口、洗手以進入神域的淺溪，橫向注入貴船川的一道支流，如今因著和泉式部的典故，更名為「思念川」。兩女淨身完畢，巫女親身示範令男子回心轉意之法——一面擊鼓，一面用力掀起衣襬，秀出光溜溜的下體，口中大喝「看啊！」展示自己原始的動物性魅力，連續三回。

好一個把周遭所有靜謐、神聖、古城的傳統優雅，全數砸得粉碎的祈禱大法啊。

話說回來，大和文化似乎對裸體不加排斥。大澡堂裡，眾人不都理所當然似的裸裎相對？相比之下戀人在公共場所手牽手、耳鬢廝磨講悄悄話，當眾親吻，這些才教大和民族感到害臊。

據說式部的老公雖花名在外，卻無法容忍妻子可能不忠。他察覺到式部行跡可疑，擔心她是去私會情人，因而偷偷跟隨在後，一路尾隨到貴船奧宮。見式部為了挽回夫妻之情，如此紆尊降貴，秀出平時罕見的動物性魅力，不禁慾火焚身，再也按耐不住，迅速上前將式部帶回家裡。

可喜可賀的轉變。

至於冬玫遇到的問題，自然不是露下體能夠解決得了的。

不同於神社本殿前帶有神祕感的斜坡參道，奧院門口，是平坦筆直的大路，兩側植有高挺的杉木，底下與本社同樣有著成排的紅色立燈。整條參道皆鋪上厚厚的砂礫，一腳一陷落，彷彿沙灘般難行。

冬玫期待參道盡頭能出現一幅陰森可怖的景致。現下可是她一生中最膽大的時刻，就連探看浸透無數女子怨念的詛咒之地，也毫無畏懼。反正再沒什麼珍惜期盼的，倘若真有什麼鬼怪冤魂現身，人命一條，提去便是。

只是白日裡看來，這裡不像有鬼。山谷間一片透綠明亮。清風習習，四周是由翠綠楓樹和墨綠山椿構成的靜謐森林。神社本殿被夾在兩山之間的谷地中，深褐色無上漆的古樸建築，頂上積了一層厚厚落葉。

冬玫頗為失望。僅有的只是在角落處，杉木遮蔽的陰影下，立著一張木牌標示那段典故。謠曲史蹟保存會所做的立牌，記錄貴船與能劇《鐵輪》的淵源。被丈夫休棄的京女，大老遠來到荒郊野外的貴船祈願，卻非心存善念——

夫妻仳離情緣盡，離卻塵囂故路失。
糾之森兮深泥池，夜來風景宿昔識。
我心鬱鬱如暗夜，憂思百轉無絕時……

京女的唱詞，透露出她如何一路向北，走過古城北側的糾之森與深泥池，踏上遠離人煙的山路，離開熟悉的城市，也彷彿離開原本熟悉的夫妻舊情。貴船神明答應京女的請求，並教導她詛咒之法——她需要穿上特別的裝束，包括一身紅衣，面抹硃砂，頭上反戴置放火缽的三腳鐵架「鐵輪」，三腳上還要綁著燃燒的柴火。只要作如此打扮，並在接下來的數個夜晚，連續在半夜丑時懷抱怨恨之心參拜貴船奧之院，即可化身鬼女，作祟於前夫跟他的新妻。

冬玫聽得詫笑：「這算什麼方法，聽起來大風一吹就會燒到頭髮，變成火球的啊。」

「都要詛咒人了，頭髮算得了什麼？燒掉算了。」知菱笑道。

「那為什麼不在自己家裡，還要頂著那麼一頭火圈到山裡來？半路熄掉不就尷尬了嗎？」

「因為要化身為鬼，遠離人境是必要的。」知菱解釋：「無論是嫉妒啦、還是像式部那樣展現動物魅力，這些在文明城市裡，都是不被允許的。女人做這些是不被允許的。」

當京城女依照神諭行事，身上果然發生變化——

市原野邊露沾裳，鞍馬川上月來遲。
凝眺彼橋端——即抵貴船宮，即抵貴船宮。

京女的面貌，隨著她越入深山、越趨醜惡瘋狂，在踏入奧宮時，終於化為不折不扣的鬼女。此時能劇使用的面具，名作「生成」。那是一張兩眼充血，眉頭緊蹙，太陽穴青筋暴起、突出皮膚成為一對短尖角，髮絲凌亂、嘴巴大開的醜惡面容。倘若再不回歸正道，女子便會化身為能劇中最為人知的厲鬼「般若」。

儘管般若面具經常被誤會為鬼面，它與天生的妖物或鬼怪不同。般若原為人身，且必為女人，因為嫉妒是專屬於女子的罪愆，一如文字本身所示——嫉和妒都是女字旁。是以，般若面是被嫉妒扭曲、迷失本心的女人面。這些因為太過軟弱、無法控制自己心靈，咧開血盆大口、額上生角的女人，無論面貌如何恐怖，都有一雙痛苦流淚的眼睛。

冬玫聽得默不作響，許久才答一句：

「有這麼難啊？要她們嫉妒、發怒、流露情感，有這麼難啊？」

3

北島人的情緒化反應，冬玫不是沒有領教過。這事又得從她前夫建禾說起。

隨著他們和萩野家的來往日益密切，建禾對梨沙小姐的崇拜之情也與日俱增。或者說，舉凡提起大和撫子，全世界男性多會同聲稱讚，他不過是其中之一。從前他只能朦朧憧憬，覺得北島女子性情溫婉、長相秀麗、膚色白皙、聲音悅耳、品味高雅、舉止得宜、小鳥依人、夫唱婦隨……他可以如此羅列出一百條不著邊際的好處，不過具體而言究竟如何，品味很高是多高、何種性格叫溫婉，其實也說不上來。

他過去所知的北島女子，跟多數南島人一樣零星片段，一大部分來自影視節目裡。另一大部分，則是眾亞洲男性的共通記憶，從那不可公開談論的管道——網路的免費或付費影片，以及電腦D槽裡。在那裡頭，從高中生至熟女人妻，他的認識深入衣服底下，曉得北島女子從半脫至全脫後的模樣（她們的內衣褲必定成套，沒有例外），卻不知她們平時怎麼過日子。

如今終於看到可供比較對照的實體，唯一且堪稱完美的一個，使他的要求益發具體起來——梨沙小姐準備的愛妻便當五彩繽紛，拿出來好有面子；梨沙小姐永遠只穿裙裝，即便冬天也不向長褲屈服；當她穿著高跟鞋來公司送東西，走起路來搖曳生姿……

每當他有新發現，總是第一個告訴老婆，希望她如法炮製。最後，他乾脆直接告訴冬玫：何不去問問梨沙小姐，肯不肯指點一下妳的穿著打扮跟家事？

梨沙小姐答應了。冬玫開始跟她固定一週一次的午餐會，偶爾也換成週末的下午茶。此事在剛開始，也算挺有樂趣。

起初，冬玫確實穿不慣跟鞋或甜美的粉色系蕾絲邊輕飄飄衣裳，但看到自己變成全然陌生的模樣，她也感到一絲有趣。原來衣著打扮真的是魔法，讓人變身為連自己都不認識的人。

當他們兩家一道出遊，旁人誤將兩位妻子都當成北島人，用日文跟她們交談，建禾笑得闔不攏嘴，嘴角都要咧到眼邊那麼高。

只是日子一久，他又逐漸感到不滿。他得到一個形似北島人的太太，卻畢竟不是真貨，缺乏一種重要性質：

建禾自己或許也並未理解其中差異，亦即他所嚮往的，或許不是嘴上說的種種女性特質，好比美麗、順從、廚藝或收納術。他最想要的是承認，證明自己不比北島人差，而這只有真正的北島女性才能賦予——倘若能被北島女子仰慕，才真的證明他這人的價值，眾人將視他等同於北島人。

當冬玫展開積極的造人行程，跑醫院做檢查、做試管，建禾開始往萩野家跑。最初是每週五晚上去小酌，半夜才回來。冬玫沒說什麼，畢竟她已自顧不暇。

逐漸的，週五酒聚變成一週兩趟；到後來，甚至週末也往萩野家跑。當冬玫提及此事，問說是否去得太多了，建禾勃然大怒，指責她光學了樣子，沒有真正學會北島人妻的體貼。他每天工作如此辛苦，怎麼還能要求他要寸步不離的在旁照顧妻子？再說他也幫不上忙，冬玫的嘔吐不是任何人可以阻止的，她還不如指望老天。

冬玫雖離不開床跟臉盆，倒是沒瞎。她不是沒看見老公隨時緊抓手機不放，形跡鬼祟的傳訊息，或對手機吃吃愣笑，好像終於被電磁波燒壞腦袋。她也不是沒趁老公以為她會乖乖待在主臥，而在洗澡時放心把手機留在沙發之際，偷偷把那拿來查看。

老公的手機密碼是結婚紀念日。當初建禾做了如此設定，還得意洋洋地秀給她看，以顯示自己在她面前沒有祕密。那時她覺得這舉動多甜蜜，誰知還真有用上的一天。

建禾與萩野夫婦成立了一個小酌群組。冬玫仔細檢視對話內容，只見他賣力對梨沙小姐示好。梨沙小姐的回應沒有太多曖昧，倒也有問有答，經常對兩男子傳圖片。

傳圖片實在是個偉大發明，不必點破發言者真意如何，也不會留下「語氣」供人揣度，人們重新回到象形時代，看圖解意。偏偏又有那麼多形形色色的圖片，教人琢磨不透。梨沙小姐最常使用的，是麻糬系列的動圖。有筷子夾麻糬、炭火上烤麻糬、湯裡頭載浮載沉的湯麻糬……好比說，當建禾問她晚上是否要一起來喝酒，回答是一張圖片「good」，加上動圖湯麻糬……

看樣子酒是要喝的了，不過除此之外，湯麻糬又是啥意思？琢磨不透，正好不用負責，就讓看圖的人自己解釋，用想像力自給自足。倘若推敲錯誤，那可不能算在送出圖片的人帳上。這一招，倒真適合不喜歡講明的北島人。

冬玫想起建禾的自大脾性，他一定腦補得厲害。只要沒聽到明確拒絕，他一定都會認為對方也有意，甚至就算被拒絕，仍然我行我素不是嗎？就像他們初識那樣。

繼續跟老公抱怨恐怕沒啥用處，冬玫決定採取行動。她撥電話給梨沙小姐。經過一番高來高去的對話，眼看體力都要被耗盡，話還不到點上。冬玫忍不住打斷，直接切入正題：她覺得老公跟萩野夫婦小酌的次數太多了。

這種毫不修飾的說話方式，不曉得是否嚇著對方。梨沙小姐拔高聲音，迅速道歉，先是堆疊了各種道歉詞彙，把冬玫所知的日文道歉句型全都展示了；接著，表達出對過去發生之事的懊悔，不該讓建禾老泡在萩野家不走，丟下懷孕中的妻子不顧。最後，則訴說對未來的期望，說她會好好勸丈夫，兩人一起減少與建禾飲酒聚餐的次數。

冬玫當下就放了心，確信梨沙小姐毫無惡意。梨沙小姐用的都是最高等級的敬語，句子長之又長，繞了又繞，一串啁啾鳥鳴似的，又好像用開花的藤蔓織出整面花團錦簇的網，朝冬玫當頭罩下。日常生活中，可從沒有人對她用過這麼長、這麼尊敬的語法，她還得屏氣凝神才聽得清楚。

話都說到這分上，這麼大的誠意，哪還有不放心的道理？

打完電話的第一週，建禾的作息沒有任何明顯變化。再一週，她安慰自己說，以建禾的脾氣，萩野家也需要時間慢慢勸服。一個月後，依舊沒有起色，建禾仍三天兩頭的往外跑，週末晚上更待在萩野家過夜。

總算，當他好不容易回家，冬玫偷偷趁他洗澡時檢視手機。會話群組中的喝酒邀約並無減少。建禾是沒變化沒錯，但是萩野家，那對她信誓旦旦、說要一起協助勸服的梨沙小姐，也沒流露出任何節制跡象。

冬玫打了第二通電話。她得到的回應，是第二張花團錦簇的道歉語句之網。梨沙小姐再度搬出所有最高等級的敬語，似乎也是誠心誠意地道歉。

放下電話後，冬玫姑且接受對方的說詞，決定再等看看，只是不敢像先前那樣篤定了。

結果依舊是毫無改善。當冬玫猶豫再三，最後還是撥了萩野家號碼後，接到電話的梨沙小姐，把話筒轉給老公。萩野先生說起話來客客氣氣，跟他太太不相上下。

「妳的怒氣完全可以理解。男性一家之主的首要任務就是他的家人，而不是工作、或工作之外的應酬。他沒盡到家庭內的責任，身為朋友，我們和妳一樣感到遺憾。當然，我們不是說我們完全沒有錯，這件事情上，我們確實也該負起一部分的責任。但我想，如果您身為夫人能夠再稍微、稍微，再體諒他一點點，或許情況會更好。您先試試看，未來如果還有問題，請再聯繫吧。身為同事，我們都是很樂意跟妳談的。」

萩野先生婉轉動聽的說辭，令冬玫認為，對方這回總該是真有誠意、打算負責了吧？否則何必連先生都搬出來，而且還提及「有問題再聯繫」之類的具體保證呢？

冬玫這次也信了。不過，當她之後再用家裡電話跟手機撥打萩野家的號碼（怎麼也打不通），乃至換用公共電話（撥通後她一出聲問候就被掛掉），都吃上閉門羹後，心裡越來越不篤定。直到建禾狠狠罵她一頓，要她別再「騷擾」萩野家，冬玫這才總算確認，萩野家不打算幫任何忙。

許多年後，當冬玫變成立夏，跟熟識的北島朋友聊到此事，提及萩野先生的話語是如何令她一頭霧水，不曉得哪個時間點上觸怒對方，朋友認為雙方的文化誤解實在有夠好笑的。

「他是北島人，而且還是商務人士，用的是商用口語！高來高去的那種！商用語所有的話，都不能照字面的意思去看。」

「可是當時他們是我們家的同事兼朋友耶！」立夏辯解：「我怎麼能假定他會騙我呢？」

「他不是在騙，只是展現了高端的商業談判技巧，對妳使用委婉的拒絕，希望在不傷和氣之下落幕，但妳一點都沒讀懂空氣。」

「這整段話哪邊有拒絕的意思？」

「溝通又不只有說話，還有行為啊！從妳朋友不願意跟妳談，而把電話轉給她老公，就是在拒絕了。從這時刻起，他所說的每句話，妳就該反著聽，都要認定他是在拒絕妳！」

因此，萩野先生的話應該這麼理解：

「妳的怒氣完全可以理解。」——我不曉得妳幹麼這麼生氣。

「男性一家之主的首要任務就是他的家人，而不是工作、或工作之外的應酬。」——男性一家之主首要任務就是他的工作，當然也包括應酬。

「他沒盡到家庭內的責任，身為朋友，我們和妳一樣感到遺憾。」——身為朋友，也就是外人，這完全不關我們的事。

「當然，我們不是說我們完全沒有錯，這件事情上，我們確實也該負起一部分的責任。」——這件事情上，我們完全沒有錯。

「如果您身為夫人能夠再稍微體諒他一點，或許情況會更好。」——身為妻子，請妳務必要做到要體諒他，否則誰都沒辦法。

「未來如果還有問題，請再聯繫吧。」——這件事到此為止，請不要再打來了。

在當時，就算話語方面不能完全理解，拒接電話的反應，也不由得冬玫不明白。萩野先生畢竟是建禾的同事，要他選邊站的話，會選建禾也是人之常情，但最令冬玫感到難堪的是梨沙小姐。

冬玫以為在經歷過這麼多的午茶會、女子會，還有在萩野家的「家事指導」後，她倆應該多少算得上有些私人情誼，不僅止於「丈夫同事的老婆」，或許稱得上朋友。面對她的質問，梨沙小姐卻沒半點解釋，眼看道歉不被接受，連編造理由搪塞都省了，就這麼把電話交給丈夫處理，顯然梨沙小姐根本沒把她當一回事。成年後她很少錯判人際到如此離譜，彷彿重新被打回青澀駑鈍、充滿挫折的中學時代。

4

前塵往事揮之不去，令冬玫烏雲罩頂，不過她已經決定，到晚上就要換副好心情，至少看上去必須如是。她沒見過知菱的男友，希望能在朋友重要的人面前，博個不失禮的第一印象。何況知菱如此賣力安排今日的行程，還砸大錢陪她一塊吃高檔料理，不能令朋友失望。

從溪流所在的山谷底往上看去，並不開闊。天暗得早，傍晚一到周圍迅速變得黑沉沉。想必就算月亮出來，也要待爬升到山谷正上方，才可為此地帶來些許光明，當真是「鞍馬川上月來遲」，何況此地是更加上游的貴船川。

幸而貴船川邊的料亭都集中在同樣幾處，她倆站在料亭門口等待桐生搭公車來會合，也就並不孤單。計程車一輛輛呼嘯而過，想來，會在晚上特意來這深山、享受昂貴川床料理的，絕少是像她們這樣的窮學生跟小上班族，多數是口袋頗深的食客，再不然就是不介意砸錢的外國觀光客，大可叫車來去。她倆站在店門口，見來人個個衣香鬢影，也就有那麼一丁點灰溜溜。

好在沒有等太久。知菱的男友桐生，是細長的瘦高個子，甫見面便像西洋人似的握住她的手上下甩動，冬玫幾乎要站立不穩。

「妳來得好，難得有同鄉的朋友，多陪她講講話。她挺想念以前的。」他熱切地說。

桐生來自對岸大陸上的國家。他跟知菱從同一所大學的碩士班畢業，沒有繼續往上讀，在古城找了工作，目前正在參加公司為期一年的新訓。雖不是住宿式，要學的東西正多，難得跟知菱見面。

之前冬玫乍聽他的名字，第一個反應是：「北島人嗎？這是他的姓？」

「不不，那不是姓，是名字。」知菱說：「這挺有趣的。同樣是華語圈，我們受日文影響，看了覺得是姓；對純粹華語圈的人來說，卻只覺得是名字而已。」

就冬玫所知，不少島民對那大國抱持好感，原因無他，就是在文化和血緣上覺得親切。她沒遇過幾個大國來的人，不過每回遇到，對方總是「同胞同胞」地直嚷，令人聽了心裡舒服，儘管雙方皆知那不是真話。無論島上發生什麼，那大陸國的政府和人民都愛莫能助，反之亦然。北島人民則對這種關係恨得牙癢癢，說南島之所以會有獨立思想，都是受到那大國的蠱惑慫恿。

但總之，被叫作「同胞」算是好的。有些北島人分不清南島島民與大國國民的差異，通通喚作「支那人」。分得清也不見得更好，他們會特別把南島民稱作「高砂土人」，那可真是夠尊重人的。

他們徒手推開細目格子門，進到料亭內。知菱報上名字，便有餐廳侍者出來，領他們走往溪邊的川床。料亭內部雖有不少座位，不過夏季晚上可沒有人願意坐在室內，來客都是為著架設在貴船川上的川床。為了製造出川床這一季節性的「風物詩」，溪流在每次颱風後都會重新整治，出動怪手將溪床盡可能挖平，消滅帶來危險性的深潭和暗流。嚴格說來，貴船川幾乎是條人造溪了。

無論人造或天然，水似乎都能帶來奇妙的好心情，不管那是夏天的溪水海水，或冬天的雪花。大概裡頭真有負離子或什麼能量吧。當他們換穿店家的止滑拖鞋走下溪邊，冬玫確實覺得心情變好了。

竹搭小徑相當狹窄，桐生讓兩女子走在一起，自己落在最後頭。冬玫覺得不好意思，對那情侶檔說：「你們倆走一塊吧。」

「沒事兒沒事兒，我們要見容易。」桐生說著，又退到後頭去。

白天裡，冬玫和知菱也看了不少川床景致。沿途所有料亭的川床，都用竹簾和籬笆遮蔽，好讓客人在用餐時保有隱私，但溪流畢竟是天然之物，不能盡如人意。一旦水流轉彎或高低落差甚劇，便沒有遮擋，可從車道上稍微瞥見內部情況。

下午經過時，冬玫覺得那川床甚是狹小逼仄，一如此地所有建築物給人的感覺。如今進到裡頭，隨著天光盡皆褪去，店家打起成排的白色燈籠。光也不亮，每盞只能照映出周圍幾公尺的距離，其餘都是黑暗，竟頗有修飾效果。原本狹窄的溪流兩岸和樹林，如今顯得深不可測，川床彷彿漂浮在一片廣大水域上。

木條架設成的川床上頭，先是鋪了一層柔軟的紅布，再鋪一層藺草蓆，每塊川床上有一扇屏風和一至兩張桌子，周圍擺著坐墊。他們的那塊是一張桌的，等於是他們三人便霸占了整塊川床，感覺相當奢侈。

面對那方四人桌，桐生自顧自走到對面，讓冬玫跟知菱坐在同一側。冬玫待要退讓，他說：

「妳們坐一塊吧。女孩子跟閨蜜吃飯，不都要妳吃一口、我吃一口的嗎？妳們就湊一塊吃去。」

「你們兩個，不是才應該你一口我一口嗎？」冬玫問。

「他不跟人吃來吃去。」知菱笑說。

桐生給她一個白眼。「自己的飯自己負責，有啥不對？為何要拿給別人負責？」

坐在溪流上確實涼快。川床架設極低，甚至可以坐在其邊緣，將腳放進溪水裡，不過夜晚的野溪看來一片黑。冬玫提不起勇氣造次，與那水岸保持距離。知菱倒是在位子上放好東西後，馬上撲向水岸邊，探頭下望：

「啊！好近喔！」說著，連手腳都下去了。

桐生也去了水邊，跟著把手腳放進水裡。

「日本人就是花樣多，不過大部分的東西，還不都是從我們那裡學的。」他一面說：「好比曲水之宴，妳們知道吧？就前陣子，四月底才剛搞過，在京都這裡，完全就是學的，還講到王羲之呢。這川床如果好好去查我們的古籍，一定也能找到典故。」

「是是是，都你們最行、你們好棒、大家都學你們的，這樣可以了吧？」知菱回答：「那你就回去復興傳統文化呀！開一家川床餐廳，兼辦曲水之宴呀！」

「那大概馬上就倒閉，我也要跑路了。」桐生笑道：「我們的河，妳看了就不想靠近。也不用看，那氣味，幾里外就能嗆死妳。妳朋友怎麼不玩？」

「妳過來嘛！水很淺的，很冰喔！」

冬玫笑笑搖頭。

「樣樣大驚小怪，顯然這桌就一群鄉巴佬在擺闊。」桐生笑說，回到桌邊拿手巾擦手。知菱也跟著回來，順手拿起桌上的筷子套：「你剛不也玩了嗎？啊，是式部的和歌。」

她轉向冬玫：「妳那邊也有嗎？好像跟我的不一樣呢。」

冬玫就著昏暗的光線觀察：「看來不太一樣。」

「但這兩首都是很有名的歌。你看，筷子架是楓葉的形狀呢。連小細節都很用心呢。式部跟楓葉，都是貴船這裡的名產。」

「和泉式部是人，不是名產。」桐生吐槽說。

桐生是上海人，冬玫不知這是否就是所謂的「海派」，不過在初次見面的人面前，他確實顯得落落大方，看來也跟知菱相處融洽。光就座位的事，如果是建禾，就絕不會如此退讓的，不會讓她跟朋友坐一塊，定要把她搶來挽在手上。知菱是少數跟外國人交往的朋友，看來桐生的為人挺好。她暗自鬆一口氣，也覺得這場面適合說些比較深入的玩笑話。

「我認識很多女生來玩，都會買筷架回去送人，或是自己留著用。」冬玫慢條斯理地說。

「是吧！北島的筷架種類超多，而且都做得很可愛。」

「可愛當然要緊，不過很多人是為了許願。」冬玫瞟了她一眼：「筷架，諧音不就是『快嫁』嗎？跟月老紅線一樣可以帶桃花，但妳是用不著了啦。」

「唉呦，別提這個啦。」知菱忙說，桐生笑起來。

這時上前菜了，他們暫時安靜下來。黑暗中只聞淙淙流水，以及杯盤碰撞桌面的聲音。冬玫順手把那筷子紙套收進口袋裡。

這兩個人，說是在學校附設的日文班認識的。倒不是因為同屬華語圈的緣故。在北島的留學生以華語圈占最大多數，整間教室嘈嘈響著中文。課堂上經常需要兩人一組練習，知菱找坐隔壁的湊組，練到一半，對方換成中文回答：

「誒，妳講不講中文？那講中文好唄！我累了。妳一直講都不累啊？」

下次上課，知菱換坐別的位子。這回的搭檔是個顯然跑錯級數的越南學生，講得支離破碎，後來那人便從課堂上消失了。

知菱又換了位子。這回是個不知何處來的瘦長亞洲人。他倆認認真真講滿整堂課的日文，沒有放水，彼此都感到滿意。於是再下回，他們心照不宣的又坐到一塊。就這麼一直坐到現在，坐到冬玫身邊。

「搞了很久，我才發現她說中文，我還以為她韓國人呢。」桐生說。

「我才以為你是韓國或新加坡人咧。因為他都沒跟其他自己人講話。」知菱對冬玫說。

「妳不也是？妳有跟自己島上來的講過話嗎？」

「我身邊又沒有同鄉，而且我有加入同鄉會好不好！只是人數太少了，除了每年辦迎新，也沒在做什麼。」

知菱描述，南島學生說多不多、說少不少，總人數少於韓國，更遠遠少於對岸的大國。多數島民但求融入北島人之間，很少朗聲講著家鄉話，也就難以辨別。當然更不會像大國來的學生，組織嚴密的留學生網，平日互相交換食衣住行各項資訊，買賣書籍、家具及各式生活用品，逢年過節還會辦活動，彼此關係緊密。

當冬玫讚美說這才是留學生會應該有的功能，桐生搖頭。

「寧可像你們那樣好。自己人少一點，身邊都日本學生，環境單純，就是學習。」桐生說：「同一國的學生，人一多了就要內鬥。」

「鬥什麼？」冬玫問。

「啥都可以鬥啊。鬥分數、鬥獎學金，鬥老師怎麼把那個助教缺給你不給我？可又不敢跟日本學生鬥，盡是找自己人麻煩。就是這樣，鬥自己人最會。」

「那是因為你們社科有錢才有得鬥吧。文學院大家都沒錢，也就沒什麼好鬥的。」知菱說。

無論如何，大部分華人都無須理會，桐生如此總結：「他們多半是來玩的，學習一點都不上心，理他們做啥？這裡就是近，又比美國便宜，一大堆人都來短期的，開口就是今天去哪玩兒、明天去哪玩兒，土豪得很，花錢隨意，跟我們這些窮屌絲總說不到一塊去。有人來兩年拿到碩士，日文只會打招呼。」

「這樣也能拿啊？」冬玫問。

「理工的唄。全英文的研究室，論文用英文寫，像話嗎？真不知來這做啥。若要找人搬家、開車旅行、買賣家具，留學生網是好用，也有一些你們的人會加進來，不過就是圖個方便，想省錢嘛。可那些不跟留學生扯上關係的，我也不覺得有什麼錯。大家都是辛苦來這，總得有自己的盤算，如果真想待長久，就不該老跟留學生混。有錢人可以盡量跟自己人玩兒，我們哪，下定決心要在這生活的，每天練日語，想方子省錢，可忙的。」

「你不回去了嗎？」冬玫問。

「至少是不想回國去了。霧霾什麼的，環境太糟糕。這裡薪水高，先在這兒工作幾年，再看看要不要去你們那邊。落葉歸根嘛。同樣是華語圈，待起來還是比較舒服。」

「你們已經待了這麼久，果然還是會覺得跟北島人有些隔閡嗎？」冬玫問。

「會喔，他們什麼都不說，經常要妳自己去猜。」知菱說。

「是吧，你們也覺得跟他們有隔膜吧？總要去揣摩別人的心思，看破又不能說破，真心累。比起他們來，咱們同文化的人更親近，妳說是吧？」

「他開玩笑的，妳不用回答。」知菱忙打岔。

「每次講到這種話題，他老是要比較說北島跟他們，哪個跟我們島上比較親？他說不跟華語圈的學生來往，我倒不覺得好。偶爾還是跟華語圈的人講講話，放鬆一下，別把自己逼死了。」

冬玫想了幾秒鐘。她認識的對岸國民不多，不曉得總體而言是什麼情況。許久以前，從那裡來的國民政府，曾經在南島上大搞獨裁統治，但那也是父母輩的事了。隨著最後一支反攻大陸的艦隊在海上沉沒，美國託管、南北島合併，她們這代對前塵往事毫無記憶。

相較起來，儘管國籍相同，北島人卻占盡好處。光是買個東西送往島上，運費都是北島的兩到三倍，更別提租房子、進好學校、擔任公職時受到的種種白眼。每當島民起來抗爭，想要爭取權益，網路上便是一片撻伐：

「賣國賊」、「非國民」、「都是被支那煽動的」、「高砂土人果然不可信」……

「當然是跟你們比較親了。」冬玫於是笑說。

「是吧？來來，我們喝一杯。」桐生說，揚手叫了三杯啤酒：「我用中式的乾杯自己乾了，你們喝不下的就隨意吧。」

「我們就用日式的乾杯吧。」知菱笑說。

「是啊，喝而不乾。」冬玫也舉杯。

他們又扯了些別的。酒過三巡，冬玫覺得可以問些敏感問題。

「妳畢業後也不回去嗎？打算就在這裡結婚工作嗎？」她問知菱。

桐生和知菱互看一眼，知菱說：「再看看吧。先在外面找個工作，跟桐生過個幾年吧。他們那邊，妳也知道生活品質不好，他是一定不回去的。至於要待在北島或回去，就再說。」

「既然妳都讀了這麼高的學位，將來應該是教書囉？進北島的學校容易嗎？」

坐在知菱旁邊的桐生大搖其頭。

「想歸想，太難了。」知菱說：「全世界都在少子化，北島更是，競爭非常激烈。他們不會用外島或外國來的老師，所以他後來就看開了，沒留在學校，到外面找工作。」

「那哪叫看開，叫死心。」

「好吧，死心啦。除非教中文吧，否則在學校裡實在沒什麼機會。」

「那不是挺好的，妳也可以教中文啊。」

「其實他們不喜歡南島的中文。」知菱放下酒杯，正色道：「嫌我們口音不標準。他們要的是對岸的發音，因為很多人在那做生意。我教過補習班，一天到晚被學生投訴說發音被我弄糟了。投訴多到我都沒信心了！我都懷疑起自己：結果我的母語真的是中文嗎？還是一種跟方言、日文混在一起，其實不知是什麼的語言？」

「難道沒有那種對南島有興趣，專門想學我們的中文的嗎？」

「有啊，我以前教過一個阿伯，他就是專門要學南島中文，因為他每年都要去旅行三、四趟。他還想找我伴遊。」

「不錯啊，可見他是真的有需要。」

「哪裡不錯，他都會摸我大腿或屁股。」

「他亂摸妳？」

桐生在旁點頭如搗蒜。

「連在桐生面前也照摸喔！有一次那老伯找我看棒球，我故意邀了桐生，希望他收斂點，結果完全沒有，也滿厲害的。」

「在日本很容易遇到色鬼，妳不知道。」桐生說。

「他什麼來頭，這麼大膽子？」冬玫問。

「他在清潔公司，是幫大公司或學校掃廁所的工友。」

「那樣的人有閒錢經常旅遊啊？」

「有錢啊！在這裡連工友都很有錢。聽說從島上嫁來這邊最大宗的，就是酒店小姐，因為南島的風俗店比較便宜，連工友都會特地去消費，所以……不知道耶，他們好像就是那樣看我們的吧？校園裡當然不會，但是到外面，不管妳學歷多高，總會有些人覺得，反正南島來的就次等人，可以隨便對待。」

話題有些沉重，他們靜默了一陣。隔壁的川床，傳來一陣女人的驚呼聲，大過底下川流不息的流水聲響。那桌似乎是兩對年輕夫婦的組合，衣著筆挺，看來派頭不小，點的是更高級的套餐。那陣驚呼，是因為侍者送上了牛肉火鍋。

「你看，這才叫大驚小怪好不好。」知菱小聲說。

「日本女人不知為啥，總是要對吃的大嚷大叫。」桐生說。

「她們一定覺得自己那樣子很可愛吧，一副感情豐沛的樣子。」知菱回應：「不可愛嗎？」

「天曉得，我沒感覺啊！我又不是日本男人。」

會覺得那樣子可愛的，還有希望躋身大和民族的男人。冬玟在心底暗自補充。

桐生問她：「妳待到什麼時候？」

「後天下午的飛機。」

「那不才待兩個禮拜？兩個禮拜怎麼夠呢，多待一陣子嘛。這附近京阪神奈，能玩兒的地方可多了，都特地來了，不多看看怎麼划算？妳就住知菱家，去買張周遊票，一個禮拜內都能用的那種。」

「你不要給她亂規劃啦！」知菱拍了他一下：「別理他。妳想怎麼做都看妳。要是想多待幾天，繼續住我家也不要緊。妳覺得好最重要。」

冬玟苦笑著。

待下來能做什麼呢？她想不到。現在的她絲毫沒有玩心，也不能做任何建設性的事務。但反之，回去也一樣。她大概暫時無心找工作，只能行屍走肉似的躺在家裡。這麼一來，似乎待在哪裡都沒差。

三人走出料亭時都有些微醺。冬玟本來挺怕喝酒，不過在略有寒意的夜晚，酒後的微熱恰到好處。他們在旁邊一處兼作公車站與迴轉處的大廣場等車，四周已有其他零零星星的北島人在候車。桐生要搭的路線和她倆不同，公車已經停妥在馬路上等待發車時間，車上燈光明亮。他揮手跟兩人道別，走沒幾步又像想起什麼，叫住她倆。

「你們這些沒骨氣的，啥時要振作起來建國，不要再被日本人管啊？」桐生嚷著，朝她們揮手。

「醉啦？」冬玫說。

「醉了。」知菱道：「他太嗨了，很久沒跟我以外的人講中文吧。妳等我一下，我拿個涼糖給他醒酒。」

冬玫看著她朋友小跑至對面，兩人細細碎碎地講話。有其他酒足飯飽的客人通過，是群醉得走路不穩的中年男子，三三兩兩彼此支撐著，看樣子是費了些力氣才離開底下川床區。男子們扯開嗓門大喊大叫，好像跟朋友不是肩搭肩走著，而是隔個一條街或一條河。

路的對面，桐生不知說了什麼，讓知菱急忙打斷，而他大笑起來，轉身走上車。

像知菱那樣心無旁鶩、照自己步調前進的人，居然也有著急的時候，她看著覺得真可愛。想當初，她真該找個像這樣即便說話被打斷，仍舊能夠哈哈大笑的男子。

她站在密生高草的廣場邊緣，谷風從底下吹來，帶著草味，透心沁涼，甚至有些冷。她把手收入口袋裡，摸到一物。是那筷子紙套。她把它掏出來攤平，就著不遠處店家的白燈籠讀它。從這裡望去，那些燈籠像一成排拉長的白色圓月，隨風微微晃蕩。

紙套上印著和歌。知菱說過，那是和泉式部的作品——

長夜路迢迢，還復入幽冥；
願得山端月，遙遙照我行。

五、本調子

1

模模糊糊間，似乎憶起某種旋律。
記得誰人曾說，那是首儀式歌曲，描述靈媒受託前往地府花園，為事主一窺命運——

直入花園，是花味香。直入酒店，都面帶紅。
田蜞飛來，都真成陣。尾蝶飛來，都真成雙……

遙見冥陽嶺上，是風光蹺蹊。阮今過此冥陽，是滿心歡喜。
這便風風火火奔上前去。
她看不見自身形貌，卻知道如今自己還是小女孩，否則怎會沒規沒矩的掀起裙角抹臉拭汗？還跑得不顧髮髻鬆散，一心只顧念著要快快奔上山丘，到那端立在丘頂的六角亭。
只是近看，那亭子卻非六角。格局方正，屋頂兩側彎起兩道尖角，斜飛插進陰沉、堆滿雨雲的天空，橫看豎看，都像小時候玩耍的那座老公園裡的望月亭。這麼一想，她定睛細瞧，亭中果然高掛那塊暗紅大匾——「曲奏迎神」。

迎的什麼神？

她隱約記得國小時候那些交頭接耳傳遞，彷彿多了不起的祕密，其實也不外乎是從《玫瑰之夜》之類胡亂聽來的怪譚故事：知道嗎？很久很久以前，望月亭北面，也就是掛著「曲奏迎神」匾額的那一邊，是一大片墳場……

那麼在越過亭子後，便是冥土了。

據說人雖活在陽間，元神仍會以樹木之姿留駐冥土，故來冥間花園觀樹，即可參透命運。她聽了偷笑過：世間幾十億人，會是多大一片森林？想找到特定某人的元神，還真是不得了的好容易啊。

她笑著走到亭後，卻見那裡，僅孤單立著一株連理雙生樹。

沒料到事情如此發展，她不禁呆了幾秒。話說回來，這麼設計的確有點道理。她想，這大概就所謂平行空間、第六次元吧。現在花園裡，或許正擠滿樹和看樹的人，熙熙攘攘如陽明山花季，只是互不妨礙，眾人眼裡只有自己，以及自己要找的那株。

儘管看不見但實際上人擠人，想來是有點恐怖，不過確實方便辦事。她筆直往樹走去，近看才發覺那樹並非雙生，而是似曾受過損傷、被火燒過的單一樹木，從焦黑基底裂成兩株。樹身相互交纏，往上卻各自生長，一枯一榮。

尪姨探花叢。若委託人為女性，還要計算命中注定的子女數，白花生男，紅花生女，人數一如花數。抬眼見那活樹那方，滿樹生花，更有無數花苞。她不禁皺眉，就算把兒孫輩的兒孫輩都算上，數量也還是太多了，斷然不該這麼解釋。人又不是老鼠，一胎生一打，一年生十趟。

而且這顏色是何意？初綻為白，盛開帶一抹粉色，接下來便逐漸垂頭披髮一絲絲醉成酡紅。隨時間推移，一花三弄，究竟該定調為何色？

她絞弄裙襬，急得不知所措，忽然感到身後有旁人在。倏地回首，有人從山坡底下走來，隔著亭子與她遙遙相對。她莫名有股理直氣壯之感，張口大聲道：「誰啊？這我家耶！你走錯了！這是我的樹！」

話甫出口，她驟然醒悟——這趟旅程並非受到旁人所託。她特地前來一探究竟的，是她自己的命運樹。

那就更沒理由退讓了。她雙手叉腰，氣勢洶洶，來人被她的態度驚得腳下一頓，躊躇片刻，終究繞過亭子緩步走來。

「別過來，別看！」

到底什麼人，膽敢窺視她的命運？她下意識要擋住那樹，卻見對方，不是向樹，而是朝她，筆直走來。隨距離接近，對方繃緊的臉部線條鬆開成一抹會心之笑，彷若久別重逢。她怔一下，旋即了然——原來，原來是那個人啊。她張口便要笑喚，熟悉的呼喚已來到嗓眼。

然後就醒了。

逸荷發覺自己今天睡倒在客廳的藤編沙發上。

已過去三個月，她還改不掉過去上班時的夜貓子習性，幸好終於能勉強配合老媽的起床時間。她會在五點前就睜眼，一邊聽著老媽躺在床上活動關節的聲音，一面半閉著眼睛，把麵包扔進烤箱，從冰箱摸出蛋和培根。

老媽其實希望得更多，不光是準備食物，還得要全家——目前就她們兩人——聚在餐桌一起用餐，那樣才是真正合格，不過逸荷沒那麼大本事。當老媽終於能下床，拿起助行器，一路格登格登打房間出來，差不多是逸荷得躺回去的時候，她會暈頭轉向摸回自己房間。今天更慘，連房間都回不去。通常當她睡完回籠覺，老媽都已出門，趁人車稀少的清晨，在社區周圍繞上至少兩大圈，把僵硬的膝關節走到比較開通活絡為止。

單層公寓的家裡空無一人，逸荷燒水泡咖啡，拿過錄音筆和手機，把藤椅上印花的棉布椅墊拉正，重新坐好。她聽過許多正養育嬰幼兒的朋友講述顛三倒四的生活，覺得跟她現在頗相似，不過當然有差：嬰幼兒會日漸成長，而對老人家，只能期望他們不要退化太快。

以及，跟幼兒的回憶現在才正要開始，而她跟老母則有太多過去。獨自在家的早晨，會令她想起不甚愉快的青少年時期。從逸荷的國三到高一，老媽通常一大早六點不到，就急著出門前往任教的國中，說是導生裡面有幾個問題家庭，好比家長會酗酒打人，令那學生每天天亮便早早逃進學校云云。身為導師，她不能放未成年的學生獨自在校，她要趕去開門看顧。

丟下準備升學考試的親生女兒跑去照顧學生，想當然耳，不會讓逸荷留下太美好的印象，何況那時她倆還在吵架。老媽對她放棄音樂、打算報考普通高中相當責怪，讓逸荷不禁認為，什麼家庭有問題的學生是騙人的。老媽讓她獨自在家醒來，做為一種處罰。

事隔多年，她自認為已不再為舊帳怨恨，而且也準備好負起責任，要照顧母親的老年生活。否則怎會接到老媽充滿哀嘆的聯絡後，二話不說，辭掉工作從北島回來？只是大概環境使然，大學離家後她就不曾長住老家，如今一下子搬來，舊時回憶與習慣登時湧現。

逸荷打開錄音筆，將昨天做到一半的逐字稿音源存進雲端作備份，然後拿過茶几旁譜架上的塑膠資料夾。蕨音給她的助理工作經常占用週末，因此她能在週間選擇休假日。逸荷選禮拜四，老媽上社區大學音樂課的日子，也是復健師看診的日子。這麼一來她就可以代為參加，讓老媽不能拿社課當藉口，不肯復健。

好笑的是，老媽竟對社課如此執著。當初還是逸荷建議她做的，本人原先不情不願。是逸荷堅持，說她應培養固定的嗜好，才能替一成不變的退休生活帶來生趣，硬是要她從社區大學課程裡選一門。

要唸別人很容易，換作逸荷自己，卻無法提起精神去培養什麼帶來生趣的嗜好。工作也是說辭就辭，毫不留戀。追根究柢，她覺得原因出在她懂太多了。她的同輩人都有同樣毛病，比父母輩知道得更多更廣，會使用至少三種語言，太快就把對世界的好奇心耗損殆盡。

放在塑膠資料夾裡的，是毛筆字寫成的工尺譜，南管樂譜。寫得最大的字是歌詞，旁邊下跟著兩排小字，分別為音高和節拍。自從大學畢業後，她已久未彈奏，拍子的數法忘掉大半。幸好還有錄音檔，她可以從播放出的樂曲的節拍數，回推工尺譜上那些頓點、圓圈、上撇點，以及L型記號的意義。

她從最基本的入門曲開始：《直入花園》，出現在夢裡的音樂。這是請靈媒「尪姨」入地府「花園」的儀式歌曲，多數館閣都把這當成第一首唱曲。她彈奏起來無須思索，就像反射動作。

樂器都在客廳裡。過去她讀音樂班時，老媽每天都要親自監看。十多年前的往事了。當時還有一臺立式鋼琴，不過自從她北上念大學，後來又往更北的北島工作，就送給她表姊一家，荼毒剛上小學的表姪女。

聽到鋼琴送走的消息讓逸荷覺得慶幸。鋼琴實在太占空間，久未使用更會逐漸耗損。雖然她不喜歡鋼琴，但那不是樂器本身的錯。幸而鋼琴還會有人要，永遠有更小的女孩要步她後塵。

至於逸荷學的另一種樂器，則徹底乏人問津。

鋼琴搬走後，餘下的空位先被塞進一把茶几，牆面釘了掛架，她擁有的三把形貌各異的三弦，兩把高掛其上，樂器行似的。第三把送去維修，它的位置還空著，只剩掛勾。

原本它們都被收在樂器盒，藏在衣櫃裡無人聞問。某天，老媽忽然想到要把它們晾起來透氣。就這麼掛到外頭，還是客廳的牆面。

大概日日望著牆面上的三弦，逐漸受到什麼奇怪的潛移默化，某日逸荷跟老媽通視訊，老媽提到她最後報名了社區大學的南管班。

「報名什麼？」逸荷覺得自己聽錯。

「南管啦，很難的那個『難』管。」老媽呵呵笑道。這是個所有南管樂人都喜歡拿來自嘲的冷笑話，看來老媽的老師也說了，不過這不是重點。

「不是啊，妳怎麼會想學那個？明明有那麼多別的可以選！妳怎麼不去練瑜伽呢？」

逸荷在海的另一頭，對著螢幕大聲嚷嚷，完全忘記北島公寓的隔音有多差。她想說而沒出口的是：妳不是最討厭包括「國樂」、民族音樂等等，這些「沒有用處」、「乞丐戲子的音樂」？

「妳不是叫我要培養興趣、報名上課嗎？反正樂器都在家裡，送人沒人要，賣也賣不掉，不用白不用，總要有人彈嘛。」

所以學南管的理由是節儉與惜物。這很有老媽的風格。

牆上有一把所謂的國樂大三弦，整體尺寸比其他兩把都來得大，琴桿也更長。琴桿是暗紅色的老木，琴身圓潤，覆著蛇皮，琴頭貼著一方小宣紙，以毛筆行書寫著「補拙」二字，紙張已泛黃。

另兩把都是小三弦。其中之一是戲曲常用的梧桐木三弦。淺褐色的琴桿，琴身四四方方。最後一把目前不在場，是同樣覆著黑色蛇皮，琴身墨黑的南管三弦。

在這裡頭，屬國樂三弦「補拙」的年紀最長，製作於不知保育為何物的年代，為了一把好琴，人們砍伐熱帶林、宰殺巨蟒毫不手軟。使用老料的樂器現已稀少，價格水漲船高，成為原本的三、四倍。要不是琴頭曾經摔斷又黏回去，大可拿去樂器行轉賣。有缺損的樂器價值都要被大砍大殺，她也就寧願自己留作紀念了。

這是託她那綽號「毛筆」的啟蒙老師買的。整批訂貨的學生裡，逸荷拿的老紅木琴最好，蛇皮薄、鱗格寬闊，顯示出那是有歲數的老蟒背皮，而非火候欠佳的年輕蛇皮。毛筆對它格外欣賞，特別拿來一方小宣紙，題上「補拙」二字，蓋上親手刻的紅印，用透明膠帶貼在她琴頭。

拿著受到特別關注的樂器，令逸荷在當時頗得意，也覺得這兩字相當勵志。直到後來，她離開國樂教室，改到老師家裡學藝，看見牆上掛著眾多彈撥樂器，有成排三弦，一支中阮，兩支琵琶。除了琵琶以外，多數琴頭上也貼有類似的小紙，寫著如夢似幻的字眼：松濤、清音、海波、漱玉、守樸……

毛筆說，那是那些琴的名字，根據音色和外觀而取。琵琶的小紙看不見，則是因構造不同，貼在琴頭背面。

自此，逸荷的高興之情徹底消滅——這把全新、音色琤瑽的老紅木琴，就算不是演奏家用的頂級品，仍是把不錯的樂器，更是她人生中第一把琴，老師居然認為應該取作「補拙」！

如今「補拙」純作擺設。眾三弦裡，最常被使用的是那把送修中的南三弦。由於山蟒後來成為保育動物，熱帶雨林的硬木也管制出口，晚近的樂器品質便每況愈下。那琴原先是大學南音社裡的公共財，不過琴況實在太爛，即將淘汰，逸荷便收歸己有。

它的琴身蒙著海蟒的僵硬皮革，勉強在外觀上有蛇皮的樣子，音色遲鈍死板，遠不及山蟒薄皮的Q彈。琴框跟琴桿雖塗成黑色，當然不會是熱帶硬木。天知道是什麼樹種，漆塗太厚完全看不出來，歷屆南音社的三弦社員都在桿上留有立可白的按弦標記。至於琴弦，其實是釣魚線，因為製作琴弦的撚絲手藝早已失傳。

總之，南管三弦的全身上下，實在亂來一通，但人會對用久的東西產生感情。何況自從「補拙」被老媽摔過，逸荷已決定不要用太高檔的樂器了。就她看來，南三弦破敗得恰到好處：差一步就會徹底變成廢物，但又還危顫顫地貼在「樂器」的邊線上，恰巧守在微妙的平衡點，增一分減一分都不行。

南三弦不在，逸荷拿過那把作為替代之用的梧桐木三弦。這把就更乏善可陳了，四方型的琴身使得它看起來大上一圈，實際上它的音域與南三弦完全相同。因為蒙著木料，共鳴效果大打折扣，連海蟒皮都不如，唯一的優點大概就是粗勇便宜，摔到也不心疼。這是南島上最常見的三弦形制，據說是在物資匱乏的年代，弄不到蛇皮與硬木的先民們想出的替代方案。

她先暖指，右手練上下琶音，然後練輪指，三條弦都練過。接著換暖左手，揉弦與上下滑音。

毛筆曾說，只要一天不練習，技術就會倒退三天。自從聽到這種說法，她便疑惑：按照此法計算，每當放長假，那些個徹底玩瘋、荒廢練習的日子，琴藝不就退化成負值？幸好這事從未發生。不練琴的後果，只會是指頭生疏、僵硬笨拙，老師拿軟尺拍在上頭。

但她的手指從未真正失憶。逸荷從小就知道，身體與頭腦不是完全相連，手指有它自己的記憶、反射、好惡。儘管多數時候，頭腦帶動著身體，就如同她現在，強迫手指將這些動作反覆演練、一個個吃入指尖；養成習慣以後，便能讓身體帶動頭腦，切斷思考，純粹只是順著指尖的感覺走。

也因此，錯誤的習慣一旦養成，便成地獄。小型地獄，好比在錯誤的小節慣性彈錯音、用錯指，導致挨上不知第幾個音樂老師責罰；大型地獄，好比慣於錯誤的感情。後者沒什麼好解釋，就是地獄。

2

打從幼稚園，母親便送她進鋼琴教室，眼巴巴要把女兒培育成音樂家，不是因為發現什麼驚人天賦，只是跟多數家長想法一樣：學個氣質，學點才藝。將來假如失業，至少還能當鋼琴老師，荼毒更多小朋友。或者，替未來的醫生娘、律師娘奠定基礎，因為聽說醫生律師的太太們，多是學音樂出身。

這大概就是她身為國中老師的媽，能為女兒想像出的最好人生了。至於逸荷自己，才四歲的她啥也沒想。上了國小，她還是沒想出中斷的理由，雖說也沒表達繼續的意願，於是便繼續。爾後畢業在即，又像多數從小學音樂的同學一樣，以進入國中音樂班為目標，努力練習。

要進音樂班，光靠努力還不夠，至少得學會主修和副修兩種樂器。據說為了讓班上各類樂種比例均衡，主修的樂器越稀罕，越容易錄取。於是老媽，還真挑上一樣其冷無比、多數人此生都不曾留意的東西——三弦，一種古老的樂器，常被用在戲曲伴奏裡。

這就是逸荷與三弦的相遇，完全出於功利考量，沒有愛，沒有憧憬，更不是傳承文化之類的偉大理由。說慘有點慘，不過她那時反正啥都不懂。

她學的不是戲曲三弦，而是使用於「現代國樂」中改良後的版本。當國樂團以類似交響樂團的編制合奏時，三弦會被使用來彈奏低音部，是極少有的低音樂器。在逸荷學琴的年代，多數國樂團必得配備一位三弦手，而老媽便是在多方考量後瞄準這點，確保將來無論在國樂洋樂，必有她女兒的一席之地。

可惜的是，三弦一直有著太過溫吞、不夠響亮的毛病。即便經過改良，音量與音色仍是那麼可有可無。在大編制的國樂合奏裡，缺點益發明顯，後來便逐漸不流行了。如今的國樂團，多以柳琴或阮咸來作低音部，甚至乾脆用大提琴。最後這種東西合璧的作法褒貶不一，不過確實效果甚佳。

逸荷進入毛筆門下的年代，正是國樂團對三弦的需求走下坡之際，無怪乎毛筆總是滿臉鬱悶。就連國樂這名字都有得好吵。在逸荷出生前，自從南島「回歸祖國」與北島合併，島上原有所謂的「國樂」，便全部歸入「民族音樂」底下。因此實際上，她彈奏的樂器在正式分類裡，是屬於「漢族」這支少數民族音樂。但在私底下，或至少在南島，圈內人還是會順口稱自己的音樂為「國樂」，有別於北島人的國樂——「邦樂」，即大和民族的傳統「和樂」。

一國之樂變成「民族音樂」，據說這項降格待遇，曾讓許多圈內人覺得羞辱。其他樂師如何，逸荷不清楚，不過毛筆看上去確實很崩潰。如同綽號所示，毛筆最大的特色就是愛用毛筆。當他們第一次上課，毛筆攤開簇新的樂譜，並掏出黑色自來水筆，用楷書寫下他與逸荷的名字，然後換用紅色自來水筆在今天的課題曲上標示日期，逸荷覺得實在不可思議。她第一次見識到可以像原子筆一樣隨開隨用的毛筆，而且感到走進古裝劇的世界。

整個國樂教室，也跟平常學鋼琴的音樂教室氣氛完全不同。推門入內便會聞到焚香，大廳擺滿暖色調的木製家具，牆上除了樂器，還掛有字畫，以及銅錢和葫蘆配上中國結飾品。玻璃櫃檯上有銅製三腳小香爐，還有一盆白色蝴蝶蘭，教室裡的財位方向——北方——擺有水晶球排列的七星陣，旁邊是原木裁斷製成的矮桌椅組，上頭一套青瓷茶具。音樂會海報上的人都穿民族服飾，暗色馬褂或顏色鮮麗的旗袍，活像從電視劇裡走出來的。毛筆本人也常穿深色緞面唐裝與棉製寬褲，頭髮微鬈，掛著圓框眼鏡，活像來自〈再別康橋〉插圖，這一切都令她目瞪口呆。

所以，剛開始還滿好玩的。國樂教室不像冷冰冰連鎖西樂教室般千篇一律，學員臥虎藏龍，有精於吟誦詩歌的、插花的、編中國結的，下課後就聚在櫃檯旁泡茶聊天，而且他們人人都穿唐裝或漢服。有時毛筆會邀她加入，泡茶的部分也還算有趣，但他們聊的話題都太政治，動不動就要抓她當年輕人代表：「那我們來問一下在座最年輕的好了：妳上課有讀文言文嗎？可以背一首李白的詩嗎？」、「妳叫得出各省的名字跟省會嗎？」諸如此類。

每當逸荷聽不懂問題，或答得不如他們所願，他們就一副世界末日的樣子，哀嘆大陸上的國家經過文化革命，傳統文化所剩無幾，而島上碩果僅存的，眼看就要被阿本仔的同化教育消滅了……之類之類，讓她覺得愧疚尷尬。雖說她也不明白為何這些都算她的錯。

毛筆跟其他國樂老師的那輩人，似乎是國民政府時代的精英，難以忍受自己刻苦學來的技藝越發不受重視。如今回想，逸荷覺得老師對境遇的憤怒，全都發洩到學生身上。他抱怨她身為三弦主修生，下的功夫從來不夠，也完全學不會比技術更重要的東西，亦即對文化傳承的熱誠。毛筆不敢打學生，大概知道多數家長對民族音樂的要求，遠不及鋼琴和小提琴等熱門樂器，期望的是適可而止。所以他只會自己發飆抓狂，說些奇奇怪怪的話。

「朽木不可雕也。」他會眼神哀怨地瞪視她：「糞土之牆不可杇也。《論語》有沒有學過？學校有教？不錯嘛，我還以為妳們都被鬼子徹底同化了。」

「國文老師說過，《論語》是重要的傳統。就算我們跟日本成了一國，身為漢人後代，還是要學《論語》。」逸荷囁嚅道，試圖緩和毛筆的情緒。

「所謂重要，也不過就是通通背下來，考試的時候默寫吧？考試一結束，妳們還不是乖乖進補習班，強化日語會話去了。」

逸荷想了一下兩者差別：「因為很多人想上北島工作啊！考試歸考試，日語是生活。」

「是吧，妳是這樣想吧！所以我說糞土之牆不可杇也，妳就是那個糞土，大便！妳懂什麼是大便吧。腦袋空空，技術也空空！」他憤怒地說。

這些都還算是有條理的對話，更多的是純粹情緒性的吶喊：「彈錯彈錯彈錯！噠、噠噠——噠、噠！拍子有那麼難嗎？妳的數學都不及格嗎？我就不信妳彈鋼琴會錯這麼多！鋼琴的邱老師可是會罰跑步跟青蛙跳的，我可沒看過妳被罰，為什麼到我課上就學不會？為什麼妳就是要彈錯彈錯彈錯！嗯？哭什麼？有什麼好哭鼻子的，我有打妳嗎？有誰打妳嗎？妳回話啊——！」他一面說著，猛烈拍打琴房裡的鋼琴蓋，口沫橫飛噴得逸荷滿臉。

儘管有過各種不愉快，奇妙的是，當逸荷度過遠離音樂的高中三年，進到大學後，令她重拾音樂的契機，仍是三弦。南管三弦。

那是在一次校外的茶藝活動上，逸荷發覺自己從頭到尾都沒有專心品茶，反而一直望著旁邊伴奏的南管樂隊。裡頭有一把南三弦，音色跟她從前彈的不太一樣，更加低調，似乎滿足於自己的不被聽見。手指像蝴蝶翩然舞過琴弦，沒有聲音。

逸荷發覺這才是她所欣賞的，一種無音之音，無用之用。像毛筆那樣，到處宣揚呼喊著自己受人低估、枉受錯待，是何苦來哉？大家都把自己看得太重要了。她喜歡它無論彈或不彈，旁人都聽不太見，所有表現於是只關乎彈奏者自身。偷懶不會有人發覺，賣力彈奏得花裡胡哨也無人喝采，好或不好，都只在自己心底。

音色特質和樂器的材質有關。國樂三弦在彈奏時要纏假指甲，南管三弦則是徒手，用演奏者的手指甲撥奏。人的指甲太過柔軟，使南管三弦的音色不如國樂那麼光滑分明，更遠遠比不上琵琶那珠玉玲瓏、顆顆剔透的音粒。

但逸荷喜歡這樣：每個音都是圓鈍軟糯的音糰子，外皮黏爛的紅白小湯圓，在有蓋的鍋裡悶悶滾沸。一個不留神，力道下太重，便會被擠得稀扁凹陷，因此務必輕巧以待。所有音糰子黏成一串，成為流淌在樂曲最底層的陪襯旋律，一道溫吞暗流，過耳即忘，絕不令人印象深刻。經年累月，暗流也會留在右手拇指與食指的指甲上。南管撥弦奏者的指甲上都有一道白痕，琴弦的痕跡。

自從大學畢業離開社團，她的指甲上已很久沒有如此紋路，直到最近才重新刻劃。熱身過後，她彈起最近在練的小曲《夫為功名》——

夫為功名往京都，
名標金榜，因乜不回顧？
袂記得枕邊共君，恁說出千般話，
今旦掠阮棄覓，獨對孤燈苦……

真是好選曲，她想。時間點也恰好，選在老媽不能去上課的時候。否則她老媽，一定要把這曲子唱成歌仔戲的哭調仔。所有閨怨曲都會被老媽唱成哭調仔，大概是因為內容太過切身，對細節描述又有夠鉅細靡遺的：獨守空閨的等待、等出猜疑來、回憶過往好時光自我說服、還是猜疑、化猜測為行動、當面對質、感嘆自己命苦、大罵對方負心漢……這整套標準流程，老媽想必經驗豐富。

是以，逸荷也不是不能理解，為何老媽總是恨鐵不成鋼。

只是那實在，想得太容易了！她一面彈奏一面苦笑：老媽的問題，大概在於太過相信諸如苦盡甘來、學以致用、要怎麼收穫先怎麼栽等等格言。音樂學好、考試考好、進入好大學，眼前的苦頭是未來甜美結局的保證。問題是到哪邊才是結局？永遠都可以列出新的待辦清單：嫁個好人家、找個好工作、生個好娃娃……一旦開始吃苦，有時就是沒有窮盡，不會甘來。不如打從開始就別折騰了。

世事沒有因果，不公平才是常態。既然如此，那她偏要花時間去學無用之物，做無用之事。逸荷隱約記得，那天她跟蕨音約出去喝酒，因為彼此都是所謂適齡生育的女性，也講過類似話題。

「我才不要生小孩！不是不能，是環境越來越惡劣了，天曉得下一代要吸收多少環境荷爾蒙和塑化劑？還有空汙！咱們中部霧都著名的空汙！因為空氣不好，讓他們整個冬天都有好藉口窩在房間打電動，太慘了吧！」

那時在燒烤店，她抓著裝啤酒的玻璃杯大罵，而蕨音好像在笑，尷尬苦笑。逸荷有些醉了，完全不怕丟人現眼：「我若當媽，一定衷心希望孩子幸福健康，一定給他們最好的。可不是送他們去學什麼才藝學音樂，開玩笑！要我說的話，不要出生對他們最好！沒錯，我很悲觀又不勇敢，但反正地球也快完蛋了，所以怎麼做都沒差。」

她好像說了這些亂七八糟的。無怪乎蕨音會認為她需要幫助。

門啪嚓打開，逸荷嚇一跳，反手掩上樂譜，卻讓譜架重心不穩，整個倒在地上。散步完畢的老媽身穿運動服，拄著雨傘當拐杖，肩上披著毛巾進來。

「起來了啊。」老媽唸著，花上一陣子才終於脫掉布鞋。她要先沖澡，換套乾淨體面衣服，上點妝，才要去醫院復健。儘管行動越來越不便，老媽仍然好面子，過分要求整潔。她老是抱怨穿運動服令她顯老、難看，可是做復健又沒有比運動服更合適的。

「怎樣，今天走得好嗎？膝蓋有痛嗎？」逸荷故作鎮定，把譜架拉起來立好。

「沒什麼變化。痛是會痛，但老躺著不動也不行。」

「是啊，妳不是說散步過後會比較好？」

「普普通通啦。能怎麼好？人老了，不會好了。」

幸好老媽對於那曲子毫無反應，可能還沒學過。「妳怎麼能彈那麼大聲，滾指這麼快？在門外就聽見妳彈。」她只是這麼說。

「要介於搓跟轉之間的感覺，兩指間好像有一顆小珠子，就像這樣。」逸荷用實作代替解說。跟老媽談三弦令她彆扭，畢竟從前她倆只要提到這事就吵，她還不知該怎麼平心靜氣。

老媽似乎也覺得怪怪的。

「搓什麼小珠子，沒有的東西我怎麼搓。我還是下次再問社長好了，妳都不會教。」她走往房間。

逸荷假裝沒聽到抱怨。「我要出門了，妳的午餐在冰箱，盤子裡的都是，加熱就好。」

「妳為什麼又用盤子？別再把菜裝盤子了。我都用電鍋熱菜的，盤子放不進去。」

「用微波爐嘛，又不是沒得用。」

「就說太遠了，我電鍋放餐桌上多方便。我有我的方法，妳別教我。」老媽從房間裡喊著：「記得問琴什麼時候修好。」

3

巷口的公車通過市中心、途經火車站，平常日早上的車次乘客不多。否則以路線而言，正好穿過車站周圍的舊城區，是觀光客與補習班學生的常用路線之一，下班時間總是人擠人。

不過現在車上除她以外，只有兩個乘客。一個頭貼在玻璃窗上打瞌睡的馬尾女孩，應是正要前往補習班的學生。一個早起的觀光客爺爺，打從衣著就一副外地人樣，頭戴白底黑帶的巴拿馬帽，手拿導覽地圖，身上穿了沖繩紅型的襯衫，鮮紅底色上浮著細碎密集的紋樣，有藍色蜿蜒的流水，竹葉與桃紅色的鏤空扶桑花或梅花。

老先生專心注視地圖，逸荷從後方座位遠遠觀察，估量他到底是貨真價實的沖繩人，或只是穿沖繩服裝的北島人。對北島人而言，這些南方小島似乎都差不多。如同到夏威夷旅行時興穿上夏威夷裝入境隨俗一般，當他們踏上南島，便會穿上沖繩裝「隨俗」一番，根本搞不清此島彼島有什麼差別。

反正全都是比內地更南的小島，對他們而言。

車子拐彎行經自由路，眼看就要通過母校校門，她不禁拉長頸項多看幾眼。

沿路兩間學校，女校與國小，都在門口圍牆邊種植高聳的大王椰子，乍看之下如同一條受到莊嚴護衛的康莊大道。女校與國小皆歷史甚久，創立之初只有北島人能就讀，現在則全面本島化。女校旁還有一所國中。過去她進女校時，身邊不少人便在十二年間，把這沿路所有學校讀了個遍。一位資深老師的經歷便是如此：讀遍路兩旁的學校，再進入柳川對岸的教育大學。當時她跟同學都覺得，這樣的人生太恐怖了——畢生都離不開這條「自由路」，卻並不自由。逸荷也認為她絕不要過那種狹隘的日子，遲早要離開去看大世界。

現在看來，那只有一條路、一條河的微縮世界，說不定也有它的好處。如同封在雪花玻璃球裡，靜止、安穩、細小。

與那些長年來困守在同一條路上的同學們相反，逸荷進入女校，卻是邁向自由的開始。日復一日，逸荷馱著高出她一個頭的三弦，提著滿袋子樂譜上學，度過漫長的國中小九年。表面上逸荷的主修是三弦，不過對老媽而言，那只是讓女兒進入音樂班的籌碼，重心仍應放在比較熱門的鋼琴。名師換過一個又一個，大型比賽必不缺席，功課也不能落後。每晚回家後，以及一大清早上學前，都要踩著靜音踏板練琴。這令逸荷直到很久以後，只要睡到準備起床時間，仍會不由自主磨牙。

到了國三，眼看畢業在即，她總算萌發出反抗心，說要讀普通班，與老媽又是熱吵，又是冷戰。她曉得母親重視鋼琴，便特意多練三弦，這也造就那樁慘痛的砸琴事件——某天當老媽指出她鋼琴的時數還沒滿，逸荷下定決心不予理會，死賴活賴不肯去練，老媽轉身出了房間，拎著那把「補拙」折返，高高舉起，揚言說要把這乞丐戲子彈的破爛、練了也沒用的破東西砸了。然後也不知是手滑，還是氣極下狠手，「補拙」真的落到瓷磚地上，琴頭斷成三截。後來是毛筆用強力膠黏回去的。

最終還是母親祭出條件退讓：「除非考上最高分的女中」，她終於得以逃脫音樂路。母親從一開始凶神惡煞的硬攔，搬出各種恐嚇：「妳以為學音樂不要錢？投資了那麼多，說放棄就放棄？這些年砸下的錢怎麼辦？妳要怎麼還我？」、「像妳這樣沒恆心，就算不學音樂，做什麼事都不會成的！」發覺沒有效果，改為軟勸，哀哀叨唸：「學了這麼久，現在放棄，妳都不可惜？」

可惜，當然可惜。那架分期付款買來的立式鋼琴，音響旁排列整齊的全套名家演奏CD，從國小到國中的日日苦練，夜晚挨的藤條跟衣架，玻璃櫃裡一張張鋼琴比賽考級證書，民族音樂弦樂部門的獎狀，還有她穿上租來的晚禮服或旗袍演奏的照片……

正因為可惜，也因為珍貴，狠狠砸往地上碎成片時，就越痛快。當真如字面所示，既痛且快。

當時她風光考進女校，每日喜孜孜埋沒在一片鮮綠色裡。連看到郵差，都不免露出會心微笑，暗中覺得親切。雖說那制服顏色，其由來並不平靜，據說是在戰爭時期為躲避空襲的保護色，但學生們是不會多想的。進了高中後，人人都在瘋儀隊，幾乎每個女孩都有崇拜的儀隊學姊。

逸荷想，如果自己現在還是學生，比她大上一輪、看來對生活很有主見的立夏，應會是她仿效崇拜的對象，不過現在她不崇拜人了。她覺得學生時期可以那麼容易仰慕人，是因那時她不懂得生活，認為只要變成別人、比當前的自己更優秀，日子就能比較輕鬆。

但事實並非如此。就算她立刻變成奧斯卡影后，也不會令眼前的難關比較容易，所以她不再崇拜仿效了。看那些美好而特殊的人，只是遠遠欣賞，就像望著長在危崖上的花樹。

放眼望去，過去她所認識的飲料攤、鹹酥雞、蔥餅、豆花等等倒個精光，僅糕餅店仍屹立不搖。直到州廳一帶，附近老字號的糕餅舖林立，也都被女校學生四處閒逛的足跡踏遍。洪瑞珍的滷味跟花生酥糖、太陽堂的太陽餅、一福堂的檸檬餅跟古早味鳳梨酥……當時她們所看到的，盡是這些吃食，可沒人會去注意路名，或就算看到了，也沒真正看進眼裡。

如今她後知後覺地發現，附近路名全都可笑得緊：自由、民權、民族、建國……好像故意羅列島上缺乏的東西。還有繼光街，名稱來自抗倭大將戚繼光。不知統治者二度踏上這片土地，是否曾對這諸般揉合抗拒、歡迎、鄙視的複雜情緒感到困惑？曾有北島人問她，「繼光」是什麼意思？有些硬骨頭的南島人，最恨不得北島人主動挑起這類話題，以便逮到照實回答的機會，但她覺得很無聊。把氣出在單獨的個人身上又能如何？不如什麼都別說。

因此，她當時是倒果為因，滿臉堆笑回應：「繼光香香雞，在夜市有看過吧？那是炸雞創始店老闆的大名呀。」就這麼滑溜閃躲而過。不管她再怎麼不喜歡北島，至少在那學會了不動聲色、隱藏真心話的大絕技。

公車停在古老車驛前，上車的乘客總算略有增加，最顯眼的是個穿運動服、理平頭、戴耳機的老美。人高馬大，上車後就站門邊，明明還有好些空位。

逸荷想起小時候，她怕極這些金髮碧眼、手腳上毛髮叢生的人種。他們太愛笑，太喜歡自認友善地逗弄兒童。最可怕的一次，那時她只有三或四歲。全家人都還在一起，父母帶她上館子，隔壁坐著整桌老美。她伸長脖子偷看，其中一人也從菜單後面探出頭來，對她擠眉弄眼的笑；每看一次，那人都會換上不同的鬼臉；最後，她終於不知如何招架，放聲大哭起來。

後來，那整桌猶如巨人的男人們特地來賠罪，把他們一家團團圍住，英文、不標準的中日文都用上了：「I'm so sorry，真的很包欠，gomen gomen——」但她只是嚎哭得更大聲，完全不給面子。他們顯然不知，兒童如她需要的不是言辭，而是這些巨人們別再靠近了。

現在她不怕他們了。儘管看上去人高馬大，她知道那大多數都只是剛派駐國外的毛頭兵而已。她過去害怕現在則否的，還包括公車正穿越過的車站周遭舊城區。此地從前攤販林立，違章建築亂生，遊民橫行。那時她通常騎在腳踏車上，向著家裡或學校，視野不開，看的也盡是這類不堪的部分。

許久未見，如今反倒多了陌生的新奇；公車高高離開地表，也帶來不同的視野。畢竟是一度受到仔細規劃的好地段，此地在殘敗表面下，依然有些角落散發著作工良好、文質彬彬的氣息。有第一次統治時代的洋樓，某戶人家留下的古老花窗，保存良好的各棟官廳銀行，騎樓下不時可見拱頂設計，新盛橋上的鑄鐵裝飾……只要好好打理一番，恢復過往光彩，喚醒第一次統治時期的盛景不是不可能。

眼下那段風華正被逐步掘出，她卻開始覺得，這些復古美麗的殘留物，透露某種甘受管束的良民味道。反之，那些她小時候曾經害怕過、當時覺得陰陰醜怪，如今已被拆除碾平、不復存在的違建們，或許也有它生鏽的好。

約莫就像她從前因懵懂無知，只會欣賞皮膚光潔、外型姣好的青春之美，看到歷經風霜的老人，恨不得將所有皺褶推平、彎曲扳直了。現在，她終究學會從斑痕形變、或許醜陋或許不堪中，看到某種打熬過後、時光留下的特殊印記。

公車經過老公園，轉過幾道彎後直走，即將抵達她的目的地，逸荷收拾手邊物品，在體育場下車，走往對街的孔廟。

4

中部大城的孔廟，是島上最年輕的一座。色彩鮮麗，帶著尚未褪去火氣的濃烈。

逸荷從運動場往街對面的孔廟走去。小的時候，她曾對廟前橫跨街道的兩座五門白色大牌樓，抱持不明所以的恐懼。理由很難用言語描述。如今再看，她仍可隱約感到那股壓迫。約莫是因牌樓這種建築，原本就是要以高大全之態，產生威嚇效果；而他們這些歷經數個不同政權統治的南島島民，又被認為相當需要脅迫恫嚇，牌樓也就蓋得更加雄渾莊嚴。

如此迷思，大概是因截至目前為止，所有統治都持續得不夠久，她想。

否則，一旦統治者們有機會親眼目睹，此島上所有線條筆直的、界線嚴明的，都在亞熱帶的烈日下，漫長的梅雨與颱風季節裡，逐漸歪斜形變、烘乾脆裂、發起黴斑、積起雨垢、迸出苔癬、被兩層樓高的壯碩象草侵入崩解、被雀榕和構樹壓垮……彼時他們終將會明白，故作凜然不可侵的高姿態試圖威嚇，其實是沒意思的。一切事物總要分崩離析，會垮會塌。一切都是可侵的。

進入玉振門，越過泮池上的白色拱橋後，樹林間是筆直的參道。早先這裡曾是神社的一部分，神社的本殿位在忠烈祠，由孔廟和隔壁的忠烈祠的相對位置上，約莫可窺見那段過去。

那是一段隨著政權更迭，你蓋我拆、我蓋你拆的歷史，活像一群在沙灘上比賽堆沙堡的孩子。神社也好，孔廟也罷，略去所有建築上的文章，這塊受保護的區域，倒有個意想不到的好處——鎮守之森的護樹效果。幾株垂滿氣根的老榕，據聞皆植於神社時期。至今它們仍在孔廟境內，在車水馬龍的市中心擎起一片蓊鬱。逸荷想，無論誰當統治者，其實都該多種樹。長遠來看，樹的好處遠超越任何建築物。

孔廟裡的南音社，聽說最初是居住附近喜愛南管的社長，糾集同好在此練琴，爾後逐漸成形。如今也請了老師指導，正式成為社區大學的一部分。逸荷代母參加，目前為止的次數屈指可數，不過她已大約記住教室裡的固定班底。

因為樂器性質的關係，她習慣坐在琵琶組後方，以便就近跟隨琵琶的動靜。琵琶組員已到齊，只缺組長，也是社團的社長。逸荷在心中稱組員為琵琶三嬸，分別為張嬸、李嬸跟陳嬸，詳細而言誰是誰，則分辨不清。其中兩人頭髮花白，另一人髮色油黑膠亮得異乎自然，明顯選錯染髮劑。

從年紀來看，逸荷稱她們「阿桑」或「大嬸」完全埋所應當，不過以她在北島打滾賣乖的經驗，曉得人要嘴甜可以多甜，能把螞蟻都給膩死。打從開始她就稱她們為「大姐」。

三嬸正談論某人的第幾個孫特愛尖叫之類的話題，見逸荷進來，紛紛湊上前。

「妳媽的膝蓋好點沒？」一嬸問。

「一般般吧，時好時壞。」

「她到底什麼問題，這麼久了都好不了？」第二嬸說。

「噢，就退化性關節炎，加上一連串意外。」逸荷回答。

這類生活保健話題，深受大嬸們重視，妳一言我一句接起話來：「她去年秋天下樓梯時滑一跤，扭傷膝蓋」、「從那以後，一直抱怨說腿軟，不是還問過妳葡萄糖胺的事嗎」、「當老師的好像經常會這樣，膝蓋不好，從前上課站太多了」、「幸好現在女兒回來了，女兒最貼心了，跟兒子不一樣」。

講到最後的結論，三人都感到安心滿意。一嬸說：「幸好妳回來了。我都跟徐老師說，妳女兒真友孝，一叫就回來。那妳工作怎麼辦，重新找嗎？哎，像妳這麼優秀，要找的話隨便都嘛有！」

逸荷笑而不答，只想趕快結束話題。

「我也會膝蓋痛，吃了止痛藥，也是過來了。」第三嬸，那個頂著異常黑髮的板著臉道：「妳要勸妳媽，與其待在家裡這痛那痛，不如多出來活動。都說活動活動，人要活，就是要動啊。」

「好喔，我會跟她講。」如果勸得動的話。隨著行動力漸失，老媽變得陰晴不定。有時堅持著不肯復健、說寧可來社團，想要快點回復跟以前一樣的生活；有時卻又一點都不願見外人，連自己姊妹都不見，更別提社團朋友了。

「妳作女兒的，要多勸她。」黑髮嬸仍不放棄：「當媽的最禁不住女兒撒嬌了。」

逸荷停格一拍：「——好喔。」

不巧的是，她在外用的甜言蜜語，在家裡說不出口。即便說得出，恐怕也不管用，她覺得老媽會一眼看穿她的戲法。

在她後排的位子，經常坐著一把二弦，演奏者是左手指法神乎其技的安靜老先生。隔著走道，對面座位的前三列留給老師。再來是一對同進同出的男女，分別演奏二弦跟洞簫，總是銜著她友善微笑。他們究竟是夫婦或兄妹，她還不曾過問。

還有一名被喚作「主任」的平頭男子，總是抬頭挺胸跨著大步走路，逸荷不知他到底是何種主任。主任志在歌唱，在老師示範時，總會埋頭辛勤地在樂譜上作記號，並悄聲哼唱。無論他哼得再小聲，依舊聽得一清二楚，因為主任的歌聲荒腔走板。

當逸荷首次代替老媽踏進教室，聽到眾人演奏，才聽第一個音，便險些沒風度地失聲噴笑。琵琶三嬸的三支琵琶，音高都不一樣。主任唱得自信滿滿，走音跟走拍同樣聲勢浩大。二弦老爹素來無視其他樂器，自顧自走他的，一下便不知滑到哪個段落。剩下洞簫與二弦夫妻檔，表現最堪信賴，還在努力挽救。

這些學員多半都是學過好幾年的老樂友，每週來教室兩次，但逸荷發現他們的進步很有限。第一次視譜時彈錯的樂句，幾乎就註定往後每回都錯，無視老師的糾正。好歹也算科班出身的逸荷，剛開始簡直不知該怎麼合奏。若奏出正確的音高節拍，旁人沒一個跟得上；倘若去配合旁人，她又明知他們沒照樂譜走。

幸好她也沒糾結太久，轉念一想：這種毫無章法，不就正合她意？一種在專業人士眼中不合格的無用音樂。當她意識到此，也覺得無須計較了。就當自己躺在一汪安穩的大池塘裡仰泳，既不計算速度，也無須顧及泳姿，只是安安靜靜飄蕩。

但偶爾也有人，即便在這潭幾乎靜止的池子裡，仍舊顯得出彩。

「就算不是要送琴，你沒事也可以來啊！來吃水果，還是看大家練習，不用客氣啊！你看這仙桃這麼大，自己種的哩！」

老遠聽得社長的大嗓門，眾人皆伸長脖子向外望。只見社長譁然推門而入，身上穿著灰色 polo 衫，推門的右手上掛著塑膠袋，裡頭塞滿淺橘色的肥碩仙桃，左手提著琴箱，腋下夾著一疊影印樂譜。

社長個子不高，卻總是精力充沛，逸荷估算他有七十好幾。他身後還跟著一個瘦長的年輕人，沒見過的生面孔。

眾人紛紛向社長打招呼，親切呼喚後頭的年輕人：「阿茂！好久沒來！」、「有貴客喔！」、「師兄喔！這樣老師有伴了！上次才在說師兄都不在怪怪的。」

逸荷打量那被稱作「師兄」的青年。她聽過這號人物，據說是社團老師很早就收進門的弟子。無論老師在哪開班，他都會一路忠心耿耿地跟到課堂上，是以年紀輕輕，卻被尊為「師兄」。近來似乎是工作忙，較少出現，不過他對木工頗有心得，無師自通，也樂於挑戰各種疑難雜症。班上學員的行頭若有任何損傷，都會先讓師兄救治，練練手也好，真的不行，才會送樂器行。逸荷的老媽，就是因為一直覺得彈不順手，趁最近無法參加社課的空檔，把那把三弦送給師兄調整。

不僅如此，據說師兄在國中時，也曾當過老媽的學生，能在社課上巧遇更是雙重緣分。這島太小，老媽隨處都能碰到以前的學生，無論在銀行、公園或市場，逸荷對此還頗煩惱。通常那些所謂過去的學生，嘴上叫著「徐老師」，眼睛卻都猛往她身上掃。她心裡有數，知道「老師」的兒女經常成為課堂上舉例的對象。那些老學生們，看她都像在看八卦事件女主角，帶著會意且促狹的笑。最沒禮貌的，是一個在百貨公司遇到、據說曾經當過風紀股長、在她看來跟老媽過度親密的大姐，劈頭就問她：「噢，妳就是那個國中時期很叛逆、老是頂嘴的女兒？妳現在有比較懂事了嗎？」逸荷希望師兄既然是木工職人，拜託別那麼八卦。

如今親眼見到師兄本人，卻不如逸荷所想像的那麼職人模樣。整個人有些沒精打采，皺巴巴的藍灰色襯衫跟西裝褲，一頭鳥巢似的亂翹鬈髮，不像是愛好時髦而特地燙髮，比較像是因為失眠，以至於在枕頭上折騰太久的結果。一副厚厚的粗框眼鏡藏在鳥巢下，臉也垂著，朝向地上，導致他的頭就剩那顆大鳥巢。

社長一眼望向逸荷，對她大聲嚷嚷：「結果徐老師還是沒來嗎？她還沒好，她的琴卻先好了。妳來看看，師兄這麼用心，特地把妳媽的琴帶來了！」

「妳媽的琴」！對老媽而言，這搞不好還真是把他媽的琴！——逸荷在心底暗笑，趕緊起身：

「謝謝師兄！師兄好，我是徐老師的女兒啦。她膝蓋痛要去做復健，跟社課撞時間，但是又不想落後太多，所以要我暫時代打一下。」

她露出社交性微笑自我介紹，師兄卻好像沒聽進去，兀自解開手上包袱纏繞的繩子。

他看起來對「老師的子女」不感興趣，令逸荷鬆一口氣，趕緊湊上前。想來那個包裹，就是她落魄的南管三弦。它的外頭被裹上一張花溜溜綴滿火箭、兔子、土星等卡通圖案的水色布作為緩衝，似乎是兒童用棉被。

被子一解開，逸荷頓時發覺，三弦的模樣和她記憶中不同。琴軸的顏色變了，從原來的黑色換成米色。這不打緊。畢竟琴弦、捲弦的琴軸，乃至將弦撐離琴面的琴馬，大凡與弦線相關的部件，全都是消耗品。

「琴身背面的蛇皮怎麼不見了？」她問。

師兄卻只是把琴舉起來，讓她看底下：「琴弦終止的地方，本來直接就綁在木頭倒冠上，沒有美感。我換用弦結固定，學的是沖繩三線的綁法。」

「這樣啊！」這都無關緊要，逸荷急問：「那琴身背面的蟒蛇皮跑哪去了，怎麼變木板了？可以這樣改嗎？我媽是怎樣跟你說的？」

「為什麼不可以改？」師兄總算聽到她的問題，眼睛仍望著地上。

「前面蒙蛇皮，背面蒙木板，我沒看過這樣的三弦。」她說。

她盡量心平氣和，心底卻有些埋怨：確實，這是把爛琴，也很久沒被我彈了，但要大修大改的話，至少先知會一聲。老媽可沒說會變這樣啊！

「妳現在看到了。」師兄把琴舉到她面前：「不然妳彈看看，看有沒有差別。」

逸荷聞言照辦，快速彈過幾個琶音。

乍聽之下，確實沒什麼影響。不如說，或許音變得更渾厚飽滿了些。

阿茂師兄卻搖頭：「太短了，這樣不夠。妳再多試試，彈一首長的，複雜的曲子。」

見她沒有動作，他催促：「怎麼了？快彈啊！」

逸荷臉上掛著笑，心底卻沒笑——啊，又是這招！她想。這些搞音樂的，為什麼每次認識新人，總是這麼迫不及待要掂一掂對方本事？活像兩隻招潮蟹在沙灘上相遇，互相擎起大螯。

身為毛筆的學生，她沒少遇過這類估量。大學時她加入南音社，重新拾起荒廢多年的三弦，但無論多廢，只要出手，老師們便能看出她有底子。接著就會問師承何處？剛開始幾次，她傻傻地據實以報，覺得看在內行人眼裡橫豎藏不住，不如照實說。一旦聽說她是毛筆的學生，接下來會發生的事，就是老師們呼朋引伴聚攏過來，要她「彈一曲聽聽？」意思再明顯不過：想藉由她，來估算據說是「名師」的毛筆，實力如何。

有一回實在推拒不過，她硬著頭皮，彈了《大浪淘沙》。那原本是難度中等的琵琶曲，同為彈撥樂器的三弦也可以彈，不過由於樂器性質不同，三弦的版本硬是高了幾個難度。選這首是因為，她最後一次參加考級測試，自選曲便是《大浪淘沙》。她曾把那曲子背得滾瓜爛熟，但她的三弦也永遠停在該處了。那回的考試，她沒有通過。

因此，當她在老師們面前演奏《大浪淘沙》，她的手早已不是一天練琴數小時，可以在琴弦上翩翩翻飛的手。她不再是立志此道的音樂班學生。眾目逼視下，她覺得雙手發軟，大浪拍不起來。

「挺普通的。某名師的學生也不過這樣。」後來那群老師失望地說。

有過那次難堪，她就下定決心，不再隨意讓人秤斤論兩。時至今日，手骨當然只有越來越僵硬的份，不過變硬的還有她的脾氣。別人憑什麼用她去評斷毛筆？儘管她自己沒少說毛筆的壞話，但她被毛筆教過近十載，對他為人所知甚詳，其他人懂什麼？

以及，關於音樂。倘若今天再遇到那種場面，她大概會用兩倍的理直氣壯頂回去：

「日復一日，在我跟生活對撞得鼻青臉腫、支離破碎的日常裡，偶爾也還是會剝出一點沒碎的自己給音樂。當然，那不會是演奏家的水準，我永遠不能指望回到那種等級了。我的《大浪淘沙》是積滿淤沙的海岸，水流太慢，只剩一點小碎浪，根本淘不了沙，但至少流得自在，練得高興，享受這樣的狀況有何不可？幹麼非得都去追求頂尖級的音樂呢？這是只屬於我、是我一個人的，頹廢的沙灘跟海浪。」

所以，對於今日這種場面，她已經會應付了。

「要我彈長曲子，可以呀。如果你也一起彈，我就彈長一點。」逸荷笑回。同時在心底暗怒：別以為你可以涼涼坐著看人表演。我又沒拿錢，幹麼由著你點歌？

師兄被她如此挑釁，依舊沒什麼表情：「彈什麼好？」

「《梅花操》怎麼樣？有彈過嗎？」她說，又補上：「既然是要聽三弦，就從第三樂章，琵琶跟三弦對彈的部分開始吧？」

那是一套由五個章節組成的南管譜，沒有歌詞的純器樂演奏，描寫梅花盛開的景致。其中的第三段落，是少數讓三弦有突出表現的樂曲。

「意思是我彈琵琶嗎？」

「對呀。可以嗎？」

師兄沉默，從包裡拿出一本厚重、貼滿標籤紙的資料夾，低下頭翻動。空氣中只聞啪啦啪啦的翻頁聲。

「沒找到譜。我有彈過，應該會有的。」他說。

原本在教室別處抬槓的社長兜回來了，聽見他倆的對話，不禁插嘴：「沒找到，你是不會背譜嗎？」

「太久沒彈，不記得整首了。」師兄說。

「算了算了，我來彈琵琶。」社長說，打開琴箱，從中拎起黑色的琵琶放在腿上，咚咚彈奏起來。逸荷無奈，跟著調整音高。社長想要解圍，可便宜師兄了。

5

如同毛筆那般喜歡替樂器取名字的人，面對南管琵琶可失望了。按照慣例，它們的命名權屬於製琴師，在製作時早已刻在琴背，稱為「琵銘」。有些琵銘會描上金銀漆，更講究的則嵌入珠貝母。

社長的那支琵琶，逸荷挺喜歡的。音色有些悠晃，信手拈來的樣子，搖曳如風中之柳，卻非節奏或力道沒抓好的關係，而是本性如此。琵銘是銀色，名叫「五湖遊」，與一首由五個樂章組成的傳統南管譜同名。

那首《五湖遊》是一輕快、金石聲的堅硬樂曲。琵琶「五湖遊」的音色，則像明明演奏莊嚴肅穆的古曲，樂手卻穿褪色的吊嘎跟藍白拖，坐在藤條綻開，眼見即將分崩離析的破藤椅上。椅子放在蟬聲震耳欲聾的盛夏老榕下，樂音與蟬聲的浪濤爭鳴，優哉游哉。

即便性子悠閒如這把「五湖遊」，琵琶仍是琵琶。器樂合奏講求「拋」與「接」，有的樂器擅長領頭，負責拋出旋律；有的樂器擅長跟隨，負責唱和。個性強烈的琵琶總是「拋」得多，自顧自跑給人追，偶爾才停步、回首，接個一、兩下。

三弦通常是負責「接」的那方，不過也有例外。《梅花操》裡的三弦，與其說是琵琶的跟班，更像舞伴，雙方的旋律互相唱和。整套五章的《梅花操》演奏下來，至少也要十來分鐘，多數人都會節選後半段，從節奏輕快的第三樂章〈點水流香〉開始。

社長和她交換了眼色，兩人同時起奏。

少了洞簫跟二弦的陪襯，第三樂章完全成為琵琶與三弦的雙人舞。琵琶踩著響脆步子走前面，像穿硬鞋跳出的踢踏舞，每一步都擲地有聲。像渾圓的銀珠蹦跳，點點滴滴。

相較之下，低音的三弦一步三回望，游移顧盼。時而與琵琶齊奏，時而故意落後，拖出長長的滑音，像知名的「太空步」，倒退著，不疾不徐，時而把琵琶的一個音複誦成一串串碎音符，像溪流裡的小魚，噘起圓形的嘴，試探地啄著漂在水面的花瓣，輕輕頓頓。

第三樂章不長，不過兩、三分鐘的事，轉眼便來到章末的抓打。見琵琶撥完那幾串音，逸荷正待鬆手，發覺社長的琵琶仍舊向前奔，繼續接到第四樂章的〈聯珠破萼〉。逸荷愣了一瞬，下意識地追上前去。畢竟三弦本就是跟隨者，如果琵琶想走，三弦只得跟上。

但這也實在太折騰人。第四樂章的開始，琵琶兀自悠哉地大步單腳跳躍，三弦卻是在低八度之處，用雙捻奏出綿綿密密的音牆，用線性襯托出琵琶的點狀，以忙碌陪襯琵琶的從容自在。

好在琵琶也悠閒不了太久。在三弦的連聲催促下，琵琶在第四樂章的最後以一個高音蹬腳，總算邁開步伐，在第五樂章〈萬花競放〉裡，跨大步跑將起來、越跑越急。面對琵琶千呼萬喚始出來，三弦早感到不耐，一個滑步溜到高音區，兩廂皆嘈如急雨，斜飛交錯，織成一塊令人睜不開眼的驟雨簾子；在那後頭，眾花喜逢甘霖。下到最猛烈處，雨勢驟然收歇，花叢間水珠規律滴落。最終，滴得一點不剩。

社長鬆手，把「五湖遊」平放在大腿上。

「水喔，妳倒是都跟得上啊！」社長稱讚道。

「社長你要害死我呀！要彈到最後也不先說好。」逸荷哀鳴，甩動彈得痠麻的右手，同時斜眼瞄了一下師兄的反應。以孔廟南音社的平均水平來看，她今天這樣表現算是非常厲害的。這下對方總該無話可說了吧？

「——音有點緊。」師兄說，對那些繁複技巧、快速彈奏不太在意。他伸出手，也不問她同意與否，逕自將那把南三弦從她腿上抓走。

「果然還是該用釣魚線嗎？還是說皮的問題……」

師兄自語，把三弦往她眼前的桌上一放，不小心推動到桌子。她的東西，筆盒、樂譜、夾樂譜用的音符型夾子、備用琴弦等雜物，被掃得散落一地。

「歹勢。」師兄說著，迅速彎腰去撈。

「沒關係沒關係！我來撿。」她趕忙跟著彎下腰，但師兄仍不停地撿著掉在地上的東西，小心翼翼地擺回桌上——擺回原來分毫不差的位置。

真是怪人。

不過，音樂圈裡多的是怪咖，她習慣了。

這天是只有社員參加的練習日，眾人演練即將在期末成果展上表演的曲子。想當然耳，其他組別需要更多額外練習。特別是琵琶三嬸，明明是領頭樂器，卻總是彈得零零落落、自信不足。在社長的指揮下，琵琶組反反覆覆彈奏同一個段落。

逸荷跟著琵琶組的腳步伴奏，不過毛病不是出在三弦，沒多久便覺得有些乏。終於，她把樂器平放桌上。

現在仔細打量，這支三弦在改動後，其實也沒那麼不順眼。她留意到，從前一些塗漆不均勻的地方被磨平了，原本泛黃的尼龍弦，如今是清透乾淨的新線。琴馬也換了，上一個塗著黑漆看不出材質，現在換上新的竹製琴馬，刻工纖細，表面磨得光滑。

這麼說來，還沒跟師兄問過修理費。感覺所費不貲。

逸荷轉過頭，看見師兄站在門邊，對她招手。整段社課時間，她沒去留意師兄都在教室後面忙些什麼，現在看來，他是把教室裡公用的樂器都給抬了出來。那些原本存放教室角落琴箱的壞掉樂器，品相脫落的琵琶，蛇皮破損、失去琴馬的三弦、琴弦脫落的二弦，現在都在師兄的位子上，擺滿整個桌面。

「喂……小徐。」

「小徐，妳現在閒嗎？來一下。」師兄說。

「是在叫我？我不姓徐。」逸荷說。

「妳不是徐老師的女兒？所以叫妳小徐。」師兄仍說。他往外走。

算了，反正別人愛怎麼叫都無所謂。逸荷雖不明就理，跟在師兄後頭走。

「師兄怎麼稱呼？我聽其他人叫你阿茂。」

「葉茂。葉子的葉，茂盛的茂。」

「噢。」

逸荷盯著他的後腦勺。如果是指那頭鳥巢，倒真枝繁葉茂。

他們來到孔廟後方的停車場。除了其他見慣的學員車輛，還多出一臺陌生的某公司小貨車。從車子副座，阿茂師兄拖出工具箱，從中掏出一塊黃褐色、脆脆的薄片遞給她。

「蛇皮。」

見她看不出那是何物，師兄於是說：「從琴身拆下來的蟒蛇皮，有一半已經沒彈性，我把還能用的料子蒙回琴身上。這是剩的，妳要就拿去。」

見逸荷一陣發愣，師兄補充：「妳不是很介意我把蟒皮切一半掉嗎？還給妳。反正它是垃圾了。」

「呀，謝謝，但我也不是說想要它啦……唉，不是這問題。」

「不然是什麼問題？」

「沒有啦，沒事。算了，這樣的琴也挺特別的，音色也沒變壞。謝謝師兄幫忙。」

「那把三弦，原本是妳的琴。」他忽然冒出這一句，用的是斷定語氣。

「是啊，怎麼了？」

「徐老師的手勁很弱，可是琴柱已經有點變形了。雖然說那支琴用的是新料，變形是遲早的，但徐老師的手沒有力，還可以將就用。但如果都妳在彈，變形只會越來越快，到這地步修理也沒什麼意義。」

逸荷聽得一愣一愣，無法判斷他說的到底有沒有道理，只能問：「不然要怎麼辦？」

「妳需要一把新的琴，用不會變形的老料做成的。」

「我要怎麼區分老料新料？」

「妳分不出來。」他篤定地說：「外行人分不出來。要是漆塗得很厚，我也很難分出來。最保險的是直接拿老料去做。我可以做給妳。」

「你講真的？」她狐疑地看著他，不懂師兄為何突然這樣示好：「你會做琴？不是只有修理而已？」

「會。」

「那……好啊，太感謝了。價格上大概是多少？還有今天的修理費，我一起付給你。」

「我不收錢，我不收南音社社員的錢。」

「那怎麼行，我不能白拿。」

「不信的話，妳去問其他社員，我都不收他們的錢。」

「我是新來的，而且還是來代打的，不能算是南音社的社員。」逸荷理性分析著：「你至少也要算我材料費，我才敢拜託你。」

「材料費……」師兄好像被說動，眼神飄向遠方——「那麼，四萬兩千塊。我上次做三弦，材料費是這個數。」

逸荷瞪大眼睛：「你沒多說一個零？四萬兩千？這麼貴？」

「我可以不收妳錢，如果妳是南音社社員。」師兄說。不知怎麼，話題又兜回原來的地方：「我不收南音社社員的錢，我都沒收其他社員的錢。」

「不行不行，絕對不行！」逸荷猛搖頭。

「不然就是四萬二。」

「為什麼會那麼貴呢？其實我的技術也不怎樣，不需要用頂級的樂器。你難道不能用差一點的材料做嗎？」

「差一點？什麼叫做差『一點』，差半點都不行。該用什麼材料就用什麼，不能拿其他東西亂湊。」師兄昂起頭來。這下她看到他的眼睛了，厚鏡片底下固執的黑眼睛。

「就是因為做的人都不講究，不用正確的材料，彈的人也不在乎，樂器的聲音才這麼爛！」師兄越講越生氣：「妳那把琴，聲音就很爛！」

「當然也不是要你亂拼湊的意思……」

「妳彈的《梅花操》夠快，是曲子該有的速度，很多人彈不到那麼快。徐老師彈的三弦，就是有氣無力。如果妳用上老料做的琴，聲音會不一樣，會比現在更好。」

逸荷吁了一口氣。

「——好吧，就照你說的，四萬二。」

待。

她也不太明白，師兄的話是哪一點說服了她。明明她已經不打算當個演奏家，也不再對自己的技術有太多期

「那就請你用所謂的老料，幫我做一把好琴吧。只是這麼一來，這個月大概要吃土了。」

「為什麼要吃土？」師兄皺眉，顯然不覺得幽默。

「因為薪水都花在買琴了啊。」

「我沒有現成的給妳，要重新做，等好了再付。」

「要很久嗎？」聽見這話，逸荷反倒鬆一口氣。看樣子會花上好幾個月，這麼一來她就有存錢的餘裕。

師兄掏出手機，確認行事曆，然後說：「從現在開始備料、裁切，擱一陣子脫溼，才能上漆。全部完成大概要兩年半到三年。」

面對逸荷再度露出錯愕神情，阿茂師兄臉上依舊木然，無比認真。

六、二揚調

1

冬玫醒來的時候，覺得背和腰都不像自己的。

她睡在地板上，而那太硬，僅鋪著一層五公分厚的黑色塑膠墊，裡頭大概是泡棉，不過跟上一個落腳處比起來稍微好些。上個地方的問題是地板太軟，整間個室就像一張沒有底座的長沙發椅，她才坐到裡頭，就陷到椅子裡爬不出來。剛開始是挺舒服的，頗有安全感，不過才到半夜就開始腰痛，翻來覆去再也無法入眠，只好在天矇矇亮時，收拾家當落荒而逃。

她已連續好幾晚都在網咖的個室度過，現在待的這家位在車站附近。它們總是在車站附近。起初她不曉得為什麼，後來逐漸明白了。不像南島網咖簡直是辦公室的翻版，這裡的網咖不但以隔板區隔出類似房間的個室，還有點餐服務、冷熱飲、淋浴間、洗衣機跟烘衣機，麻雀雖小五臟俱全，根本是小型旅館。是以那些沒搭上末班車的，或像她這般在車站附近徬徨徘徊如夜蛾的，便輕易受到閃亮廣告招牌的吸引。

雖然除了個室本身，淋浴和洗衣設備都要額外加錢，已比旅館便宜太多，長住更有優惠。她選擇包租一週的套裝方案，僅需商務旅館的一半價錢。

冬玫掂量過自己的積蓄。過去幾年工作所攢下的錢，有一半都挹注在試管和相關醫療費用上。不幸中的大幸是從前他們夫婦借住在親戚家的房子，沒讓她揹房貸，但北島物價較高，即便住在便宜的商務旅館，戶頭裡的錢也只夠支撐半年左右，她要更省吃儉用。

最大的缺點則顯而易見，就是吵，極吵。白天還算安靜，但聞工作人員打掃聲，噴灑消毒劑的沙沙聲。偶爾會有幾人在自己的個室裡睡得呼聲震天，一翻身砰然砸在合板隔間上，引來一陣天搖地晃，不過比起晚上，已是天堂地獄之別。越夜越熱鬧，按鍵聲如大浪拍岸，最可怕的是呼朋引伴一起來打遊戲的年輕人跟醉鬼。他們會大聲嬉鬧，並且在遊戲失手的時候，用拳頭或腳使勁敲牆或地板洩憤。

這些狀況讓日行性的冬玫相當痛苦。即便有隔間，為了安全起見，四周隔板也僅比一人站立要高一些，周遭的動靜聲光，咳嗽擤鼻涕的都盡收耳底。只是她想省錢，不願住旅館，也就剩下忍耐一途。

儘管因為睡眠不足而頭痛欲裂，冬玫仍強迫自己起身。出門買點東西、呼吸新鮮空氣會有益健康，何況她需要找耳塞跟眼罩。

網咖的個室不能上鎖，貴重物品得隨身攜帶，或鎖在櫃檯旁邊的投幣置物箱裡。她選擇帶著。換上外出服後，拿起掛在板牆掛勾的手提包，清點少得可憐的貴重物：手機、錢包、證件等一應俱在。

剛交班上工的櫃檯小妹見她，已經很熟悉了，大聲地道早安，冬玫點頭回應。早上這小妹還笑得出來，傍晚客人漸多，打工小妹也就越來越沒表情。

為釐清自己到底身在何處，她曾在超商買了一本當地的地圖集。當她坐在上一間網咖的公共區域沙發椅翻閱，有個渾身酒氣的青年告訴她網路地圖的存在。他說要示範使用方法，半推半就下把冬玫拉進他的個室，直摟著她的腰不放，看樣子是個參加完二次會、喝完酒後，錯過末班車而回不了家的醉鬼。

冬玫猜男子比她小很多，可能只是個大男孩，不知他有沒有意識到這點。她聽過這種說法：南島的女人不化妝或偏好淡妝，因此看在北島人眼裡，會比實際年齡來得幼小。

冬玫逃離他的手，在公共區域待到天亮。當她結帳要離開的時候，正好遇見那宿醉青年爬起來，經過櫃檯邊要往洗手間。他一臉昏濛望她一眼，又快速移開視線，好像完全不記得昨晚的失態。

這樁小插曲至少有個收穫——她學會用網路地圖，可以丟開那本厚重的地圖集。青年還告訴她，網路地圖可以用來規劃行走路線，說是最近出現的新功能。真是神奇的發明。

冬玫於是知道，自己的所在地名叫「鳳」，是靠近海灣的小市鎮，位處大阪市南方。鳳的南邊緊鄰和泉市，名稱來自久遠以前的和泉國。整片區域包括鳳在內，過往都屬該國範圍，也是和泉式部第一任丈夫的管轄地。

「和泉式部」的稱謂便由此而來：丈夫的官職「和泉守」，加上父親的官職「式部大臣」。

如此由來，再次印證古代婚姻的重點是兩家族的交換與結盟，冬玫想。和泉式部本人的真實名字，從來不見於任何記載；被交換者作為個人的存在印記並不重要。

此地沒有特別出名之物，當然也沒有觀光客。網咖和商店街都在車站附近，典型由車站發展出的聚落。根據網路地圖和近日實際踏查的結果，商店街南邊有超級市場，超市周遭是住宅區。穿過住宅區，有小小的交通警察局和市民會館，會館旁邊有公園。

在短距離內有警察局，令冬玫感到安心，覺得周遭理應治安良好，不過此地的警察與她的認知不太一樣。南島的警察好似服務業，多半會耐心回答迷路者的問題，也會在半夜主動詢問獨行女子是否需要幫忙，或去解決鄰居間噪音糾紛，幫忙找尋遺失的錢包手機等雞毛小事。

當冬玫首度在此踏查，不慎迷失方向，理所當然走進那間小小的交通警察局。年輕員警以狐疑目光審視，聽她用不熟練的日語努力表述迷路之意，聳了聳肩，表示聽不懂，轉身走到裡面。

冬玫以為那員警是去求救兵，等上好一陣子，才發覺人家是懶得理她，連拒絕的話都省了，乾脆直接離開現場。

只能摸摸鼻子，無奈離去。

公園倒是不錯。許多早晨或傍晚，她在超市或便利商店買了吃食，便坐在公園裡默默啃著。又或者什麼也不帶，純粹坐在公園裡發愣。

公園裡的遊樂設施，除了一座溜滑梯，就是一大片沙土空地，大概是給孩子們打棒球用的。入口處搭了一座水泥紫藤架，上頭綠葉茂密，細長的藤蔓亟欲向外探索，紛紛伸出架子外，幾乎就要碰觸到地面，亦無人剪理。底下有兩張水泥長椅，冬玫就坐在這，與無人荅理的紫藤一道。公園矮牆邊環繞了整圈修剪成樹籬的夾竹桃，爭相吐出桃紅色的花。此外還有數株粗壯的樟樹。樹齡不算特老，可是在溫帶，植物不知怎的特別大。同樣尺寸的樹在南島上，絕對會被當成古木，圍上紅布巾供奉。

但在此處，冬玫看得出來，它們僅是一群發福的大孩子。

在理當搭機回島的那天，冬玫也是發上好一陣子愣。電車一路向南，往海灣去。正逢早晨上班時間，尖峰期應該已經過去，卻還有不少西裝筆挺的上班族或制服學生。車內依舊擁擠，依舊瀰漫早晨上班上學的微刺緊張感，以及還未完全褪去的睡意，不少人在椅上打著盹。

有一壯碩男孩穿著洗舊的深藍色制服，拉著電車拉環瞌睡，隨著電車晃動，不時要倒往她的行李箱去，又急忙抽起一絲自我意識撐住。冬玫覺得一陣可憐，眼見車窗外列車正停靠在一從未聽聞、人煙稀少的小站上，她突然決定下車。

她就這麼坐在小站月臺的長椅上，一坐不起。

乘客隨著電車到站，一會大量湧現，不一會又都消失得無影無蹤，像波浪層層湧到岸上，轉眼又消退了。有時也會有其他乘客進站，坐在她身旁的位置打盹，不過只要電車一來，那些人便會急急躍起，恢復成警醒的模樣，和其他的人流一齊流進車廂內。

冬玫坐在月臺上的長椅，望著其他乘客來去，望著她本該搭乘的電車一班班到站、開走，最終發覺走不了。她無法提起任何氣力敦促自己走上塞得滿滿的電車，即便那車隨著時間過去顯得越來越空，結果還是一樣。

打電話到航空公司更改機票，則花去她僅存的精力。特別是對方詳盡而親切地說明，她買的來回機票不能退訂單程，只能更改，問她要改成今晚、明早，還是明天下午的班次，手續費又如何如何；以及，冬玫是否有下列五間公司的信用卡、白金卡，或航空公司的會員身分？這複雜的話題令冬玫昏眩，不知怎麼鬼使神差，啪喳按掉電話，搖搖晃晃走出車站。

她想找個能夠迅速躺下的地方，可在這從未聽聞過的小站，方圓三百公尺內兜上一圈，不見任何旅館或相關廣告。倒是有一家網咖，招牌上大張旗鼓地擺滿照片，宣稱店內環境如何舒適。

冬玫就這麼誤打誤撞，摸進人生第一間網咖。

她不曉得自己在那住了多久，只記得一直去櫃檯付錢，因為那店按日計費。後來實在吃不消那店家收帳囉嗦，她換到另一家三天收一次的，同樣包下個室，倒在裡頭昏睡。

昏眠期間，她曾接過幾通響個不停、執意甚深的電話，分別來自娘家和知菱。這事值得感激，顯示出她的消失並非無人聞問，但另一方面，她實在太過睏倦，只希望快快終止對話——是，她還在北島；沒問題，她有地方去；不要緊，別來找她；到什麼時候，她自有打算；總之別擔心，回程機票已經買好，就等著劃位。關於最後一項，她說的是謊話。

終於，他們不再打來，似乎聽信冬玫的說辭。她也差不多睡夠，恢復些許活力了。

首先該做是認識環境。於是有了買地圖集與之後的插曲。

接著要做的是鞏固據點。上網貨比三家後，她找到最便宜的網咖，就是現在居住的這間。

為了以後的生活，她需要備妥耳塞和眼罩。她常去的超市沒有這些東西，這回她要挑戰向北邊走。地圖顯示有些超市和藥妝店在北邊，在一喚作「大鳥大社」、占地頗廣的神社旁。

大鳥大社入口處立著土褐色矮小的鳥居，模樣十分簡樸。神社範圍卻是異常廣大，是一成片綿延的樹林，被淺綠色的鐵絲網與刻上捐款人名姓的石製玉垣所環繞。從地圖上看來，神社與其周遭範圍呈四方形。

冬玫沿著四方形的其中一邊行走，居然走了十五分鐘，足見那森林占地廣闊。蟬已開始鳴叫，整片森林轟然作響，聲勢完全壓過神社周圍的道路雜音。她在第一間藥妝店買到所需之物，沒有走太遠，在回程有了閒心，把那神社多瞧幾眼。

雖說神社擁有如此大片的鎮守之森，她恐怕無力走往裡頭，更別提要神智清醒地走出來。以規模而言，當中祭拜的應該是個大人物、大神明。這勾起冬玫對其設立緣由的好奇，拎著購物袋駐足鳥居旁的解說牌前。木刻解說牌上的文章由毛筆字寫成，那些有粗有細的線條在她腦海中糾結成球，成為一大群解不開的線團，她只意會到幾個關鍵字：

景行天皇的皇子日本武尊……奉敕命平定東國……遇山賊，薨……化為天鵝降臨此地……遂成本社源起。

冬玫揉揉眼睛，嘗試集中注意在那些拉長手腳、張牙舞爪、毛茸茸的書法字。文字彷彿有生命，在那片蓊鬱蒼翠樹林背景的保護下，開始伸展四肢、舞動不已。

她掙扎一會兒，終究轉身走開去。在精神與體力都不濟的現下，連手寫字對她來說都是刺激物。還是回去網咖個室裡，盯著電腦螢幕比較保險。

2

網咖的淋浴間採租借制，每回使用都要到櫃檯登記排隊，領取鑰匙、臉盆和隨手包的洗髮精沐浴乳。最初冬玫覺得尷尬，特別是值夜班的工讀生多是男性，不過除了適應外別無他法。最短的使用時間有三十分鐘，對她綽綽有餘。速速沖完澡後，冬玫便留在裡頭，拿用剩的沐浴乳洗衣服。

乍看下很奢侈，但網咖提供的東西自然不是好貨，香味太誇張，令她覺得自己像是會走動的廁所芳香劑。更可怕的是整間網咖有三分之一的人都飄著同樣氣味，主要是男性。身上散發出跟其他人同樣的氣味，可不會造就什麼同病相憐的社群向心力，只讓她覺得丟臉；洗淨力也太強，她明確感到雙手在洗完衣服後乾澀皺縮，如同經過化學脫水程序。

又或者不是沐浴精的錯，是溼度過低。在她還住在知菱家時，便已察覺這點。手洗擰乾的衣物，只消掛在個室裡頭一晚，便近乎全乾。這細微的風土差異給人的感覺似乎無甚要緊，不過冬玫畢竟打理過家庭，曉得溼度一事牽涉甚鉅。好比說，南島上黴菌的頑強程度與刷洗它們的絕望感，北島人一定無從揣想；南島人妻們倘若想搆到北島的整潔標準，得額外花上多少氣力，北島人一定無從揣想。

幸好在網咖，冬玫毋須擔心此類問題，善後大可丟給店員。洗完衣服也把自己稍稍打理得八分人樣後，她扭開鎖，推開淋浴間的門。

迎面站著約莫四十來歲、身形微胖的女子，衝著她微笑。

「辛苦了。」女子說。

冬玫定睛細瞧，發覺女子不如乍看之下的老成。她有一雙大大圓眼，一頭染成褐色的長髮，額上切成齊眉的整齊瀏海，開口說話時露出不太整齊的牙齒。虎牙跟門牙往前突出，其他牙齒則擠在後頭，正是日人所謂的「八重齒」，要矯正得大費工夫拔掉好幾顆的那種。

雖說基本上其貌不揚，這女子露齒而笑時，倒有一種稚氣的可愛。越是觀察，越覺得她年紀很輕，搞不好是二十來歲的女孩。

「——辛苦了。」冬玫回應，想了想又補上：「我們之前見過嗎？」

「我們在櫃檯碰過幾次，我都登記在妳後面。女生用過的淋浴間，接著用總覺得比較保險。」女孩說。

「是嗎？」

「妳沒看過弄髒的浴室吧？有一次我還在浴室地上看到大便。」

「真的嗎？」

女孩用力點頭：「很衝擊喲，那個。從那之後，我就一定要排在女生後面。到目前為止果然安全多了。」

「妳住很久嗎？」

「比妳久多了。」女孩一笑，稚氣的臉上表情很老成。她推開浴室門：「我該進去了，已經開始計時了。」

「啊，抱歉，耽誤到妳。」

「不會，妳之後可以來找我，半小時後。我是橙理，就住在右邊數來第二條走道的盡頭。」

冬玫有意識到，這間網咖很少女性住客。多數人都只為了捱過那麼一、兩個錯過電車的夜晚，像她這般擺明長住的是少數。多交一個同性朋友，說不準哪天真有需要互相幫忙的時候。因此約定時間一到，她依言去找那喚作橙理的女孩。

橙理的個室是邊間，緊貼著樓梯下方的三角形工具間，頂上有一根橫梁通過。冬玫從外頭看去，覺得橫梁的存在甚為險惡，給人不少壓迫感，不過橙理一打開門，冬玫立刻發覺此處的優點。

個室裡塞滿大量私人物品，電腦螢幕兩邊堆滿化妝品和保養品的瓶瓶罐罐，收納在剪開的牛奶紙盒裡；螢幕右邊的牆上貼著許多張宣傳DM，上頭似乎都是同一人，髮型相當古典、穿著格紋襯衫的男歌手；地上散著睫毛夾、眼線筆、不知是洗好還是剛脫下的蕾絲襪子球、沒有折疊的粉色系衣物、好幾疊車站裡常見的「求人Navi：阪南篇」週刊。雖說雜物是如此之多，並不掩蓋這間個室特別大間的事實。

橙理已清出一條走道讓冬玫通過，直往她的躺椅。在躺椅上的她穿著近乎睡衣的條紋家居服，外頭再罩上一件牛仔藍外套，外套兩側口袋上綴著許多銀色的星星。整間個室散發淡淡檸檬香精的氣味。

「妳來啦，請上座啊。」橙理說，彷彿那不到一張榻榻米大的空間是她家。冬玫於是也端出進入別人家裡的禮貌：

「打擾了。妳這裡好像比較大間呀。」

「走廊盡頭的都會比較大間，妳也可以等等看，反正我們都要在這裡待很久嘛。」

當然，冬玫可不敢隨便坐到那唯一一張躺椅上。橙理也不再作勢禮讓，一屁股坐回自己的位子。

「妳叫什麼名字？」

「冬玫。」

「Tou-mei？」橙理學著她的發音，眼神瞄向桌上一瓶放在牛奶紙盒中的化妝水：「透明美肌的『透明』？」

「不是。」

冬玫正待解釋，猛然想起上回她用日文解釋自己的名字，是對著梨沙小姐。這麼一想，頓時覺得掃興，不提也罷。

「叫我『玫』就好，跟英文May發音一樣。」冬玫說。

「玫醬。」橙理道：「妳也可以叫我橙理醬。是這樣的，妳既然住在這裡，也有妳的緣故吧。女孩子隻身在外總有許多不方便，多一個伴比較好照應。我找妳是想問說，妳要不要打工？」

這倒是個意想不到的話題。

面對冬玫的遲疑，橙理續道：「有很好賺的打工，剛好適合像妳這樣的苗條女孩。只要跟人通視訊就好。如果妳肯的話，我這裡有攝影鏡頭跟麥克風，可以借妳。」

「通視訊？那是什麼意思？」

「就網聊啦。」橙理說：「不用擔心，不必照臉的，就讓鏡頭對著脖子以下的地方就好，在網咖這裡就可以做了。妳看過樓上的隔音個室嗎？我會補貼妳升級的錢，妳就進去裡頭對著鏡頭聊天，鐘點計價，沒人知道妳是誰。怎麼樣，很簡單吧？」

她頓了頓，又說：「妳喜歡色色的話題嗎？」

「——不用了！我不需要！」

冬玫逃也似的離開。她不禁自責，只因為對方同樣是年輕女生，自己竟如此輕易相信可以交到朋友，實在太天真了。正因便宜，網咖裡龍蛇雜處，她怎能輕易相信別人總是懷抱善意？

回到自己的個室，冬玫認真思考要不要再換一間網咖，想想又覺得不甘心。這裡價錢低廉，她也好不容易摸透四周的環境，對現在的生活產生少許「習慣」的感覺了。只要她堅決不參與色情聊天，那女孩總不能押著她去吧？

至於打工，或許是不錯的主意。冬玫的經濟問題沒有立即的急迫性，不過光靠省錢已不是辦法。如果還要繼續待下去，除了節流以外，也得想辦法開源才是。

不過話說回來，就算錢的事解決了，那又如何。

她待在這地方是為了什麼，打算待多久？還想從這地方、這座北方島嶼知道哪些事？連她自己都還沒弄懂。

原以為溫帶的夏季會比南島涼爽，倒也不是那麼回事。梅雨過後的七月中旬日日豔陽天，動輒也是三十五、六度的高溫。蟬聲嘈雜，路旁或公園樹蔭下，偶爾還可見到掉隊的紫陽花和黃色的萱草花，躲在陰影下錯落綻放。它們原本都該是初夏梅雨季的花木。

如今盛夏到來，氣勢最旺的是美國凌霄花。鮮鮭魚肉色的橘紅筒形花在先端裂為五瓣，動輒開一大串，從民宅屋簷或街坊圍牆頂端大把披落而下。

冬玫常去的公園，某日忽有大批小學生提著水桶跟鏟子前來，沿著圍牆邊緣栽下向日葵花苗。她知那是向日葵，因為每株植物都頂著覆滿碩大綠鱗的花苞。說是幼苗，可都長得十分粗壯，直徑相當於成人拇指，渾身生著肥厚短毛，彷若動物。

這些都是冬玫在故鄉不曾看過的風物。她熟悉的夏季花卉，九重葛、扶桑花、美人蕉或軟枝黃蟬，皆不見蹤影。直到某回，她逛進一條先前從未通過的小巷，赫然在某戶人家花園一角的玻璃溫室，看見九重葛、美人蕉與曇花等亞熱帶尋常花卉，被鄭重其事地圈養在裡頭。

她還不能想像此地秋冬時節的面貌，卻已從這些蛛絲馬跡中窺知答案。每到夜晚，晚風倏然降溫，更可感受到只剩地面傳來白晝的餘熱，一波波一陣陣。庭院和草叢裡偶有蚊子，人們坐在自家緣側，門戶敞開迎接晚風，只點著非常斯文、纖細的小捲蚊香。在冬玫看來，那簡直跟室內香氛沒兩樣，是點來營造氣氛的。怪不得有所謂「納涼」一詞。

在她故鄉的南島上，連晚風都是熱的，島民並不盛行納涼，更別提大批蚊子在暗處虎視眈眈伺機而動。島上的蚊香可一點都不斯文，又粗又大捲，擺明盛著滿滿殺意。

這或許可稱得上是初步的民族誌觀察。觀察方式和要點本該有很多，不過幾年的婚姻與工作，已讓冬玫忘去泰半。有時她試著從一片渾沌中撈取當時的記憶殘片，更多時候她只能坐著發愣，什麼也不能想。

每週一趟，冬玫必須到櫃檯預繳下週的租金，每天晚上也都還要到櫃檯安排洗澡時間。倘若在故鄉南島，這時她應該已和櫃檯混熟，已是會互聊兩句「今天回來晚了啊」、「大夜班還要看櫃檯，辛苦了」之類的地步。只是在這裡，櫃檯的反應就如訓練有素的機器人，就事論事，該招呼的時刻便大聲招呼，從來不曾岔開談其他。

照理說冬玫應該要覺得慶幸，她現在沒體力應付閒聊，但另一方面，她也太久沒有與人進行日常招呼與結帳之外的對話。無論在網咖、超市或拉麵店，最近唯一會令她與外人產生交集的只有結帳。打工小妹永遠只會提及金額和時數，而她依言掏出錢來。

今天也如是，毫無意外的機械性互動。當冬玫這麼想著，從她身後忽然冒出一句話。

「怎麼會算這麼貴！不是有在打折嗎？妳就算她打折的價錢嘛。」

冬玫聽那聲音，心底一驚。竟是橙理，正從網咖裡走出來，看似也要出門。冬玫不想答理，並不出聲招呼，反倒是那打工小妹，好像忽然從機器人變回人類，露出孩子氣的猶豫表情。

「可是沒有折價券的話……」

「我不也剛結完帳不久嗎？那時候我有用折價券對吧？妳就當成是我買了兩倍時數，不行嗎？」

「用不著這樣。」冬玫打岔說。

「要啦，就當是我跟妳陪罪用。上次抱歉啊，突然跟妳說那些。」

「——那跟現在結帳的事是兩回事。」

「啊，妳不要這樣啦，這不是讓我變得像壞人一樣嗎？讓她幫妳打個折嘛，又不是說我幫妳付，只是便宜一點，對不對？」

冬玫抿著嘴不說話，打工小妹看著兩人，遞出改過金額的帳單。

「那這回就先這樣，下不為例喔。」

冬玫結完帳步出網咖，橙理跟在她後面，也不知是故意的，還是偏偏那麼不巧走往同方向。暑熱未消的傍晚，冬玫一離開有冷氣的室內便脫去罩衫露出短袖，橙理依舊穿著牛仔外套。她們與一群穿著浴衣的兒童錯身而過。孩子們手上擎著紙製團扇不住揮動，身上的浴衣顏色是俗豔的嗆粉紅、螢光橘或鮮黃色，樣式多半重覆，應是機器印製的廉價品，看樣子今晚附近大概有什麼祭典。

即便看著這幅熱鬧光景，冬玫沒有沾染絲毫過節心情。她暗自埋怨橙理，怎麼就不懂得落後幾步拉開距離，這麼緊跟在後，實在尷尬。橙理加快腳步追上前來。

「妳要去吃飯嗎？要不要一起吃，我知道便宜又好吃的店。」橙理說，語氣殷切。看來不是剛好同路，而是故意要跟著她走。

「不用了，我只是去超市。」冬玫冷淡回應。

「上次的事，我沒有惡意。有人可以接受那樣的打工，有人不行，我以為妳可以。」

「是嗎？」冬玫說：「我像嗎？」

「誒，其實我不知道啦，我沒什麼觀察力，只是覺得妳身材不錯。」

「謝謝。」

「妳瞧不起我這種人吧。」橙理的聲音也冷下來：「不過對很多女生來說，這法子至少可以安全的賺筆快錢，讓她們多撐過一天。要是我長得夠漂亮，我是寧可自己去做的。好啦，不打擾妳啦，再會。」

說到這個地步，反而讓冬玫覺得理虧了。

「我不是要瞧不起誰……」

「那妳幹麼生這麼大氣？我那時就問一下而已嘛，也沒逼妳做呀。妳覺得我們這種做仲介的，賺的是髒錢吧？啊……」

橙理忽然拉長聲音，然後嘆了一口氣。

「肚子餓了。妳不覺得人一旦餓了，就特別容易不高興，連不該生氣的事都要生氣嗎？說真的，我們去吃飯好嗎？」

冬玫雖跟在橙理後面走，仍不乏有些戒心，不過橙理領她去的地方，原來是開在車站對面的破敗拉麵店。冬玫多次打從店前經過，不曾動念想進到裡頭，因為那店看上去狹窄逼仄，座位形式只有一種，也就是坐在吧檯面對廚房的分。店家大概也曉得自己的劣勢，在吧檯上貼著大大的「小菜、麥茶免費自取」的海報。

雖說那些所謂小菜，也不過就是些醋醃薑片、芝麻牛蒡、辣豆芽菜之類的醃菜。橙理倒是把各式小菜都滿滿夾了整碟，供品似的堆滿自己面前。只是她也來不及動筷，打從坐下後便不住地講電話。

「這樣呀，好啊好啊，我聯絡看看喲，我認為機會很大的，妳就留在原地別動喔？對對，就站在那間LAWSON的店外。如果熱的話，就進去吹個冷氣，不要跑喔。」

她掛掉電話，重新撥號後，換上另一副口氣：「社長呀——你現在有空嗎？我手頭剛好有個符合你條件的孩子。……我知道啦，這回是真的，瘦瘦的，胸前卻很有料的，有C吧，黑髮清純系的ＪＫ……真的啦，真的是真的！現在不能去的話，我要聯絡別人囉？……好喔，好喔，她現在就在居酒屋旁邊LAWSON的招牌下。我會告訴她，等你喲——」

終於，她掛掉電話，改用打字和對方傳訊息，嘴上一面跟冬玫解釋：「這是之前在街上遇到的女孩子，離家出走的。她今晚總算有地方可以好好睡一覺了。」

「妳也做這種……實體的生意嗎？不只是網路聊天的。」

「做呀，其實是差不多意思。很多人網聊到最後，都還是要約出來碰面約會的。」

「這女孩子是妳原本就認識的人嗎？還是說也是搭訕來的？」

「嘛，差不多啦。」

「妳怎麼決定要跟誰搭訕呢？我不是還在生氣，只是想知道標準在哪裡。」

「唉，該怎麼說，也不是說妳看起來很愛玩啦，其實很多女生都不是愛玩。該怎麼說……在妳身上，有離家出走的味道。通常這種人，都想快點賺一筆大的。」

「不如說是網咖沐浴精的味道吧，連衣服都是。」

橙理誇張地大笑起來，露出那口不整齊的牙齒。儘管平日裡看來過度老成，在這瞬間她看起來非常年幼，讓冬玫禁不住感到一股莫名的保護欲。

「玫醬從哪裡來的？」

「南邊。」

冬玫模稜兩可的回應。畢竟剛認識，她覺得不應透露太多個人訊息，不過橙理似乎不以為意：

「喔，我也從南邊來的，我老家在四國。愛媛縣妳聽過嗎？產很多橘子的鄉下。我就是想逃離橘子才會離開那邊，結果誰知道呢？來到這裡，因為沒有錢、不常吃蔬菜，經常便祕，最後還是只能買特價的橘子乾來吃，很好笑吧！走到哪裡都逃不開橘子，居然有人是生在這麼可笑的命運之星下呀。」

橙理嘮嘮叨叨講著自己的事，也不管冬玫能否跟上如此語速。冬玫很早就發現，這裡的人對她的母語並非日文之事毫不關心，也不想了解她的背景，當然更不會為她特地放慢話速。

假裝沒發覺，或許是北島人所認定的禮貌。反過來講，也可說是對人並不好奇，大家只顧說自己想要說的。

「——我很吵，對吧。」橙理頓了頓，又自言自語般說下去：「停不下來啊，沒有辦法。應該說，我天生不能觀察別人的臉色，也不曉得什麼叫看時機說話。我最近去做了檢測，才曉得原來這是病呢。我還有殘障手冊喔。看不出來吧，很好笑吧。」

「像妳這樣，回家住不會比較好嗎？」

「那種地方啊……」橙理說著，手放在那件牛仔外套的衣角上，不斷搓揉上頭那些金屬星星。

「只是個有屋頂的地方而已。我很早就決定，成年以後就永遠不回去了。妳呢？」

冬玫感受到的保護欲，大概有令人口風鬆動的效果，她於是直白地回應：「——我離婚了。」

話說出口，她很訝異這回自己居然沒有感到情緒低落，仍能維持冷靜。大概是因說話對象看上去相當務實，連帶她也被傳染了吧。

橙理篤定地點頭：「到頭來，人還是只能靠自己。妳若想找打工，其實我很推薦郵局，現在他們有在徵短期打工。我之前有做過，工作很簡單，就是分郵件。或者超市內場，可以免費拿到賣剩的便當。不過大家都想拿賣剩的便當，勾心鬥角的，麻煩得很啊那種地方。郵局吧，我果然還是最推薦郵局。」

「那妳自己怎麼不去呢？」

「我去過了，所以才能推薦給妳啊。」

「我的意思是怎麼沒繼續做呢？」

「啊，我其實受不了那種每天機械式的環境啊。我會頭暈，然後就大叫著跑到外面去，要不然就是會一直自說自話，說得比現在更多。因為我看起來很平常，人家也就會拿平常人的標準要求我，很快就受不了我了。妳看，雖然開給我殘障手冊，到頭來一點實際的用處也沒有，也不能換錢，看病也沒比較便宜。真的很好笑。」

「難道沒有什麼醫療團體，還是政府的什麼單位管這事的嗎？幫忙找能讓妳待得下的工作之類。」

「有啊，我定期都要被生活自立支援中心的人約談，就是他們要我去醫院檢測的。不過呢，就算他們介紹了工作，結果還不是一樣，我達不到正常工作的標準。畢竟，我是壞在這裡嘛。」橙理拍了拍自己的腦袋。

「這又不像缺手缺腳那麼明顯，其他同事只覺得做不到是因為我偷懶。我有時候會想，是不是乾脆切掉一根指頭，變得明顯一點，會比較方便？到頭來，他們能做的也只是一直勸我回家，或者去別的縣市，因為這樣就不關他們的事了。不過幸好，大家都說女人永遠不會餓死，只要兩腿一張就是工作，是吧？所以說啊，像我這種做仲介的，即便自己不能下場去賣，也永遠不缺工作。」

橙理說到這邊，終於停了下來，呷了一口冰麥茶。

冬玫也喝了。那麥茶雖涼，絲毫沒有味道，也不知是真的放了大麥下去泡製，或只是壺裡陳年茶漬所沖出來的有顏色的水。

3

聽過橙理的建議，冬玫認真去看郵局的短期徵人。看上去工作不似繁重，也不像櫃檯與客人應對，需要熟練圓滑的日文敬語，只須在檯面下做好分內的事。更何況，只有短短一個月時間。

冬玫下定決心，特地搭電車去一趟比較大的車站，好拿取擺放在站內的求人雜誌，填妥附錄頁的履歷表，也到路邊的快照亭拍大頭照。

投履歷到郵局後，很快便獲得集團面試的通知。說是面試，也不過就是親眼看看應募者是否手腳健全、能夠溝通。至於其他，過往經歷云云，倒不怎麼要求。冬玫感受得到郵局招募人手的急迫性，估算應該會跟著其他一大票人一塊中選。

通知研習的聯絡不久就來了。其他同事包括了家庭主婦、第一次出來打工的高中生、暑假沒返鄉的大學生和留學生，裡頭沒有她的同鄉。這讓冬玫鬆了一口氣，免去被人問東問西的煩惱，不過很快發覺純屬多慮。郵局的工作相當機械化，基本上是面對巨大的分類櫃進行反覆短跑運動，將機器分類完畢的郵件，以手工分送到小格子裡。一天至少做上四小時，每兩小時會休息十五分鐘，休息時間眾人忙著喝水、揉腿，根本沒機會講閒話。

只有在換穿圍裙的更衣室裡，比較適合跟其他人搭話，不過話匣子甚難打開。偶爾，冬玫會拿文化上的疑問討教。雖然她問網路比較快，不過既然來此，與當地居民互動也是極佳的觀察。

好比在眾多郵件中，「初盆」、「暑中見舞」等字眼反覆出現。「暑中見舞」還容易理解，從字面來看，那是「夏季問候」的意思。

相比之下，「初盆」就很難從字面猜透其意。

大部分被她問到的北島人，態度相當冷淡，一臉受到打擾、時間被占用的神情。她一直以為大和民族是喜愛微笑的種族，或至少他們的女性習於露出溫文爾雅的笑，殊不知那也可能是一種服務甚或商品，想要看到還得買得起。再不然就得具備一定資源，令人覺得可堪來往，願意投下社交成本。

如今她躋身他們之間，既非客人，看上去也不像擁有任何資源，微笑也就變得益發稀罕。即便她先笑著打招呼了，多數人仍舊面若冰霜，表情嚴峻，不見得會回以微笑。

被人無視的感覺自然挫折，只不過在那同時，冬玫卻也感到一股惡意的快感。她想起對北島人抱持莫大喜愛的前夫建禾，只靠幾趟旅行，便對北島與北島人產生不可動搖的好印象。如今冬玫待在北島的時間，該是越來越接近他所有北島旅途時數的總和了。從前建禾那些關於北島人總是彬彬有禮、他們的女人永遠溫柔賢淑等等的論調，現在她有資格反駁了：「你看得太少。假如他們永遠那麼有禮貌，那我的同事是怎麼回事？」

被人無視也還算不上最糟的。冬玫在超市購物時，反覆見過一名落魄的北島老伯，經常散發異味或酒臭，其他客人避之唯恐不及。他提著只裝幾樣特價品、空蕩蕩的可憐菜籃，弓著身體蹣跚過市，穿梭在商品櫃間搜尋。後來冬玫發覺，他在尋找胸前名牌寫著外國姓氏的店員。一旦覓得，便用快速而小聲的日語詢問，然後緊揪著對方沒能迅速聽懂的過失，站直了身，扯開嗓門破口飆罵。當其他北島店員聞聲趕來，連忙向老頭陪禮謝罪時，那老頭又恢復成唯唯諾諾的委靡樣，弓著身子離去。

這些北島人對外人越是凶惡，她發覺自己一方面感到遺憾，另一方面卻也竊喜在心。彷彿看見那些責罵，通通都落在建禾頭上，而她帶著惡意，在場冷眼旁觀，並對他說：你看看，這就是你最喜歡的北島人……

光靠這些例子便斷言北島人如何，當然是完全不公平。但人腦總是傾向於擴大、加強記住偶發的不好經歷，忽略日常可見的優點。何況此事牽涉到她的前段婚姻，有了情感因素的干擾，更加偏頗。她覺得自己簡直像在暗中期待北島人的差勁表現。

如果想要得到更加客觀的觀察，需要一套有系統的方法，一套解釋。好比人類學。

想想人類學吧，冬玫提醒自己。

郵局同事們表現出的行為，可說是存在於任何人類集團內相當基本也重要的「交換」；既然提到「交換」，便不得不提及另一個重要概念「互惠」。這群以當地婆媽為主力、少數學生族也多半是當地人的同事們，有些原本早已相互認識，有些新加入，亟欲打進本地的媽媽會跟社群。她們一旦交換了微笑、認識彼此，除非搬家，估計可建立長遠而互惠的關係。

相反的，冬玫是外地人。底細不明，表情悲愴，顯然遇到麻煩。年紀尚輕，應該沒有社經地位，但還有活力與時間到其他地方闖蕩。綜合上述條件，她應該不會在此久待，在她身上花費時間與微笑，擺明是不划算的投資，誰知道她會不會明天就跑路。這裡頭沒有「互惠」。

少數人會對她的微笑招呼有所回應。其中之一，是來此地交換留學的越南女學生，冬玫聽人喚她「瑪古」，不知那是姓或名。她們的班表偶爾會重疊。這其中的「互惠」關係應該在於，她倆都是顯然異於群體的外地人。

「八月中不是有盂蘭盆節嗎？死者過世四十九天後碰到的第一個盂蘭盆節，就叫作初盆，對死者而言是特別的日子，是他頭一次回到陽間的家。所以，要邀集親朋好友舉辦法會，大家一起呼喚他、幫他帶路。這麼一來，以後的每個盂蘭盆節，他就可以自己回家了。」

「所以才有這麼多的郵件往來。」冬玫恍悟。

「對呀，所以才有我們的打工。」越南女孩瑪古說。她是個膚色略黑，留著一頭長鬈髮的小個子。若非她在自介時說自己是日文系的大學生，冬玫會以為她是中學生。她本人應該也有自覺，刻意想作出更成熟的打扮。即便是在必須到處跑動的打工時刻，瑪古仍穿著碎花百摺連身長洋裝，搭配有蕾絲邊的短襪跟白亮簇新的布鞋，耳邊有銀色的小珠串在晃蕩。那頭卷度恰到好處的棕色長髮，打理起來一定很耗時間。

「原來如此，妳懂得真多！」冬玫說。

「對吧？多稱讚我吧？」

「妳好厲害喔！」

瑪古自豪的笑：「我爸爸媽媽告訴我的。」

「妳爸媽對日本文化很熟嗎？」

「啊，我是說我寄宿家庭的雙親，他們要我喊爸爸媽媽。上禮拜天他們帶我去萬博公園玩呢，給妳看照片。」瑪古說著掏出手機，這時其中一個婆媽探頭進來。

「瑪古醬，啊，薛桑也在啊。」那婆媽說：「要開工了。」

冬玫詫異於瑪古已經被親暱地叫成「醬」，後者則對此沒什麼反應。

「來了！」瑪古輕快的跳下椅子，腳步翩翩飛舞而去。

冬玫尋思瑪古跟自己有什麼不同，為何人們會覺得與瑪古互動是更加「互惠」？身家背景相對單純，是可能的理由之一。為了學日文而來交換的留學生，聽起來相當簡單明瞭。

就算不論這點，假如立場交換、冬玫是地方上的婆媽，她覺得自己應該也會選擇對瑪古友善，畢竟她那麼可愛。許是外表、性格，又或者綜合上述各項條件。有些人天生便會散發一股特殊氣場，同樣的話從他們嘴裡出來便很動聽；即便愁眉苦臉，看著也動人。

可愛，可堪憐愛。這確實也是一項資源。

橙理就沒這項資源。

冬玫結束打工，在外頭吃過晚餐回來，發覺那不可愛的女孩正抱著膝蓋蹲坐在冬玫的個室前。橙理穿著北島年輕女孩常穿的花型裙，料子應該是聚酯纖維，裙襬已經開始綻線，在粗壯的腿上是透出肉色的緊身黑長褲，冬玫不懂裙子底下穿長褲是什麼意思。她常提的灰白色袋子是一塊類似窗簾布、上有幾處反光花紋的布料織成，裡頭看來空空如也，像死去的動物般頹然蜷縮在她腳邊。腳上是黑色的合成皮涼鞋，表皮也已剝落，腳趾甲上的指甲油是棗紅色摻亮粉，散發不合年紀的老態，同樣是斑駁的。

同樣是二十來歲的年紀，她怎麼會這樣打理自己啊——冬玫不禁在心中嘆道。

見冬玫走近，橙理手扶著充滿灰塵的地板勉力爬起，乏力地笑：「玫醬，妳回來了啊。」

「妳還好嗎？」

「大概這陣子吃太多杯子蛋糕，不太舒服。我已經兩週沒有上大號了，肚子好脹，好難過。」

「妳幹麼吃那樣的東西？」

「便宜嘛。誰曉得結果是通通積在肚子裡，變成一堆油膩膩的大便。」

橙理說得堂而皇之，冬玫一陣尷尬，幸而鍵盤聲正嘈雜。她忙道：「妳先進到裡頭來吧。」

雖說即便進入個室，差勁的隔音也不會因此改善，周遭的個室絕對都能聽得見橙理對消化問題大發議論，不過至少比站在走道上拋頭露面來得強。橙理毫無扭捏之狀，繼續談論：「很奇怪的是，明明那蛋糕沒有壞啊。就算是壞了，也應該是下痢而不是便祕啊。」

「大概是太油膩了。妳該吃些清淡的，蔬菜水果之類。」

「但那是在超商打工的女孩子給我的，免費的耶，不吃多可惜。」

「比起錢的問題，身體健康才要緊吧。」

「身體總是會好轉。比起健康，錢才更要緊，我最近都賺不了錢啊。」

「妳不是說接仲介的永遠不會沒生意嗎？」

「有嗎？我有說過嗎？世界上哪有那麼好的事啊。」橙理說，似乎真對自己說過的話毫無記憶：「越接近盂蘭盆節連假，生意就越難做。大部分肯花錢的男人都準備帶家人回老家，再不然就是往有祭典的地方，往德島呀、和歌山之類的鄉村度假去了。女孩子多半也會跟朋友出去玩。兩邊都空窗期，我還做啥生意？我最討厭這種家族團聚、大家開開心心的日子了！」

她說得激動，瞧見冬玫的表情，語氣又緩下來：「玫醬，妳開始拿薪水了嗎？可以先借我嗎？」

「妳要借多少？」

「三萬好不好？不然，先來個一萬，之後妳領到薪水再借另外的兩萬給我。妳看嘛，這個郵局的工作，也是我建議妳去做的，我該算有點功勞吧？」見冬玫不語，橙理又續道：

「我已經慘到要跟妳算人情的地步，就連這麼不要臉的話都得說出口。拜託，我只能找妳了，我在這裡沒有朋友，認識的人都是離家出走的女孩子，她們都還要向我借錢的……現在又沒了工作，我都沒法好好吃飯，都只能靠認識的人給的油膩膩過期食品，變得越來越胖……」

冬玫掏出皮夾，拿出兩萬圓鈔放在橙理手上。她慶幸這陣子沒有去領錢，皮夾裡面只剩這兩張大鈔，省得繼續討價還價。

「拿去買些健康的東西吃，別再吃免費的蛋糕了。」

橙理頓時笑逐顏開：「謝謝！謝謝玫醬！我拉到生意就會還妳。」

這下子，似乎肚子也不痛了，橙理挺直腰桿匆匆走出去，頭也不回，冬玫一陣無奈。想必這就是對橙理而言的「互惠」——一個年歲稍長的女人，經濟狀況看似較佳，必要時可以是依賴的對象。

不過冬玫對此也非完全沒有預感。打從跟橙理出去吃飯的那刻，她便多少料到這不會是單方面分享資訊的關係。至於她自己在這關係裡，究竟是好奇，還是圖個北島人的友誼？畢竟她近來都沒什麼像樣的人際關係，可能想要找到出口宣洩。

那都無所謂。

有件事她倒是清楚知道：在那些透過試管嬰兒手術植入的胚胎當中，在她肚子裡面待最久、已具備清楚人形的那對雙胞胎，是一雙大小不等、長得不像的異卵姊妹花。

4

郵務分類可說是一種運動，只是地點位在空氣不流通、充滿黏膠味跟油墨味的室內，似乎無助於健康。無論執行效率如何，每人每天都會得到一樣數額的錢，因為薪水是照時數計算，不過沒什麼人偷懶。沒有人在面對分類櫃左奔右跑時，明顯地刻意放慢速度，這令冬玫有些詫異。

工作基本上枯燥，少數樂趣大概是可以驚鴻一瞥看到沒有封緘的明信片。這些多半寫著「暑中見舞」的郵件，印著彩色的和風應景圖案，諸如煙火、風鈴、漂在水面上的氣球、金魚、朝顏花等等。它們整疊整疊被寄件人送進局裡，讓打工的她們解開橡皮筋、塞入分類機，再手工分送至不同的櫃子。

剛開始時，冬玫驚詫於它們的美麗，那些代表夏日的繽紛色彩、豪華的燙金、和服花紋般的幾何圖樣，川流通過她們無機質的工作場所，像從河川上游飄來的落花，捎來一陣陌生的生活，又迅速隨波而去。

只是每天幾百、幾千張看下來，也就逐漸麻木。何況來自同一個寄件人的整疊明信片，通常會是相同圖案，連問候內容都一樣。多數明信片採電腦印字，應該是整批包給印刷公司處理的結果。有時即便是來自不同寄件人，仍會採用相同設計，想來都是同一家印刷公司的手筆。

當然也少不了看見一些奇奇怪怪的地名。好比在這附近，有著罕見的町名，諸如：百舌鳥、三國、淺香山、我孫子、帝塚山、瓜破、土師之里……等等。到底是出於什麼想法，才會將地名取作並無任何吉祥可喜之處的「瓜破」，著實費解。

在這之中，特別吸引她注意的是「百舌鳥」。冬玫曉得那是日文的「伯勞」，因為牠們擅於模仿其他鳥叫。奇特的地方不在伯勞本身，而是附近與鳥類相關的地名頗多，包括她所居住的鳳，還有大鳥神社的天鵝傳說。很明顯的，當中有某種結構性的象徵意義。

冬玫上網搜尋。首先是「大鳥」神社。據說在四野混沌、怪物肆虐的遠古大和國，現今天皇家的先祖、被評為日本史上最武勇的日本武尊，奉父皇之命，前往各地弭平興風作浪的蠻族與妖物。最終，武尊在與山賊的戰鬥中死去，他的靈魂化為天鵝飛出陵寢，降臨此處。在天鵝停留過夜的地方，竟連夜冒出整片森林，成為如今大鳥大社的鎮守之森。此地遂被名之為「鳳」（大鳥）。

與鳳相隔不遠的百舌鳥町，有著規模甚鉅的古代遺跡「仁德天皇陵」。沉眠其中的仁德天皇，便是日本武尊的曾孫。

與埃及金字塔、中國秦始皇陵並列的這座國王陵墓，最特別之處，大概是它一直沒有徹底觀光化。不像埃及金字塔，連內部也對外開放；或者像秦始皇陵，至少開挖一部分，露出部分兵馬俑予人參觀。仁德天皇陵內的實際情形，外人無從得知。整片區域由掌理皇室事務的宮內廳看管，附帶守衛巡邏，禁止靠近。

在這片皇陵周邊，還有許多興建時期相近的小型墳塚，估計是陪葬者或皇親國戚。這些小型的陪塚開放考古隊勘查，他們因而合理推估，皇陵內部極有可能與其他小型陪塚類似。陵墓內應該會有方形的石棺，此外也該有大量陶器、造型樸實的陶俑、甲冑、鏡子、鞍具等物。從出土的甲冑和金屬物品形制看來，多數金屬物件，該當是旁邊大陸或朝鮮半島的工匠所打造。

在大陸之上，時值混亂的魏晉南北朝。

冬玫心中記掛這神祕的古代陵寢，遂找一個沒有打工的日子，帶著便利商店買來的午餐，在將近中午時分前往古墳旁的大仙公園。大仙公園離她居住的鳳町三個電車站之遙，就位在仁德天皇陵的正對面。

恰逢週末，雖不至於人潮洶湧，路上行人頗多，都是一副攜家帶眷準備野餐的模樣。據說該地在春天適合賞櫻，不過出了車站沿著御陵大道緩步踱行，沿途不見櫻樹夾道的景致，只見一座肥短油綠樟樹所構成的樹林。

更往前走，路旁冒出一座遍植綠樹的停車場。停車場的圍欄上掛著大字布幕，上書「恭賀『百舌鳥・古市古墳群』獲選為世界遺產推薦名單　讓堺市光榮的歷史遺產名揚世界」，底下署名為「堺市市民會之登錄世界遺產加油團」，看來是民間組織的手筆。

在那布幕前是另一番光景。一夥黑衣人頭綁白布條，手拿擴音器或宣傳單。他們有三人是中至老年的男子，可也有一妙齡少女，站在最靠路邊的地方滿臉堆笑地分發傳單。後方那中年男子滔滔不絕地講話：

「只是為了吸引觀光客，對於增進皇室的尊嚴一點幫助都沒有，反而是把神聖的皇陵變成吵吵鬧鬧的觀光地！還有什麼叫古墳？你說這是古墳？我問各位，這是古墳嗎？跟那些你家後面古代人的普通墳墓可以相提並論嗎？這是皇陵呀，是天皇陛下家的皇陵！把皇陵稱作『大仙古墳』，將天皇萬世一系的神聖性淡化，把聖地當作普通的古墳、歷史遺跡，日本人的各位，是可忍、孰不可忍？」

冬玫不禁對這奇特的團體多瞧幾眼。來往行人的反應相當淡漠，沒有人在黑衣人面前停下腳步，連收下傳單者也甚少。雖則如此，演講的男子熱情不減，激昂地說個不休：

「要是成為世界遺產，免不了就會進行探勘。各位，這可不是開玩笑的！如果有人說你祖先的墳墓很有歷史價值，想要挖開來看看，你會同意嗎？開什麼玩笑！你一定會這麼回答，對吧？對吧！天皇是我等日本人共同的根源，天皇的祖先，就是我們所有人的祖先……」

這大概就是所謂的右派人士。冬玫有聽過關於這些人的不好傳聞，不過第一次目睹，新奇壓過反感。她不敢離得太近，保持距離觀望一會，聽那中年男子的演講內容不斷反覆跳針，沒什麼新意，便繼續前行。

終於她來到皇陵入口，對街便是此番目的地的公園入口。資料上說，興建於西元五世紀的仁德天皇陵寢，仍座落當初天皇選定的地點「百舌鳥原」。陵寢占地廣大，相當於十二座棒球場的面積，長度甚至超過秦始皇陵。由空中鳥瞰，可見陵寢本體呈奇特的鑰匙孔型，正式名稱叫「前方後圓」型。

親眼所見的陵寢倒沒有空拍圖來得壯觀。陵寢前豎立著樸素低矮的原木鳥居，高度不高，看上去無甚威嚇之感。她看過空拍圖，曉得陵寢本身實際上相當巨大，但周圍環繞兩重護城河，外人只能進到第一重河的橋上，再往內去便被圍欄阻隔，而在兩重護城河中央的堤防上，又有太多樹木遮蔽視線。於是遠遠望去，整座陵寢也就看似一雜樹叢生的平凡山丘。外人僅能從陵寢前豎立的宮內廳禁入標示，以及巡守的衛兵，窺見此地的異乎尋常。

冬玫走到那第一重護城河的橋上，底下河水是黃褐色。看似沒有活水注入，護城河靜無波瀾，完全不透光，也不像有魚、龜等生物，一片沉沉死寂，河中央的時間彷彿也靜止了。

護城河外，時光已然飛逝。冬玫走過橋面，穿過周遊步道。古墳外頭已被住宅區密實實地簇擁，不時有身著勁裝、配戴耳機的慢跑者通過，也有推著嬰兒車的婦女或遛狗民眾沿著周遊步道行走。

離開那座死寂的古墳後，冬玫進入公園，在草地的長凳上野餐，面對一座被淺溪環繞的雜樹山丘。當她吃完便當找尋垃圾桶時，赫然發覺解說牌的存在，進而意識到剛才面對的小丘也是墳塚，乃是大皇陵的「陪塚」之一。

發現自己面對墳墓吃飯令她小有吃驚，不過持續不了幾分鐘。不僅是冬玫，其餘眾人對這墳塚皆沒什麼敬意，一團團的人群圍坐在旁邊的草地野餐，像她方才所做的那樣。這墳塚也有護城河，不過那只是一窪沼澤，清淺見底，水質乾淨，漂著蝌蚪，周圍稍微立著及膝的木樁和繩子意思一下。一群孩子們正對著水面扔石頭和樹枝，對所謂古墳無敬無畏。

大仙公園內零星分布幾座比較小的陪塚，多半不清楚主人身分。這群古墳同樣有護城河，其形狀如果從空中鳥瞰，也與天皇陵呈類似的前方後圓型，不過規模遠遠不及，看上去也就只是一群佇立在沼澤地中的雜樹林。

冬玫緩步通過古墳群，在往車站方向的步道上見到一座白色的雕像。那是一名神情憂鬱的戴冠男子，一身服裝並不「和風」，反倒像唐土人士，前方立著體形纖小的公鹿。男子右手挽住鹿角，公鹿毫無抵抗之意，頸項癱軟。

男子左手捧著一隻鳥。

依照旁邊的告示牌，該男子是仁德天皇，整座雕像要表現「百舌鳥」的地名由來。因此照理說來，天皇左手上的應該是伯勞鳥了。為了彰顯牠的「主角」地位，雕像設計者將之做得特別大而圓肥，結果反倒過於誇張，像天皇手裡捧著一隻白色的和平鴿。

只是那典故，可稱不上有多麼和平。關於「百舌鳥」一地的名稱，記載在現存最古老正史《日本書紀》中〈仁德天皇紀〉的末段。倭國開國以來第十六位君主——仁德天皇，選擇此處平原作為死後的皇陵所在。日式漢文的文法與中文不盡相同，不過識得古中文者，大致還是能揣度其意——

是日，有鹿忽起野中，走之入役民之中而仆死。時異其忽死，以探其痍。即百舌鳥自耳出之飛去。因視耳中悉咋割剥，故號其處曰百舌鳥耳原者，其是之緣也。

某日，當修築陵寢的工程正進行時，忽然有鹿從野地竄出，奔入建築工人之間，旋即暴斃。仔細探查其死因，發覺有一隻百舌鳥從鹿耳中飛出。原來那鹿的體內早被啄食殆盡，僅剩外層空殼。此地於是被命名為「百舌鳥耳原」，後來簡化為「百舌鳥」。

解說牌上的說明，認為鹿可能是當地神祇或精靈的化身，牠的橫死象徵大和民族在此地開墾拓荒的精神。又或者，公鹿象徵獻給土地之神的貢品，彰顯出天皇家身為神明子孫，具有與神明溝通獻祭的能力。

不過，冬玫對此有著不同想法。

比方說，解說牌只提到鹿，對主角百舌鳥反而避重就輕。究竟這小鳥身上有什麼不能說的祕密？

冬玫認為，答案就在周遭一切與鳥有關的典故裡。仁德天皇的曾祖父日本武尊，也就是供奉在大鳥大社的神明，在死後化作白天鵝。仁德天皇本身的名諱叫作「大雀命」或「大鷦鷯尊」，他的弟弟名為「隼別」，妹妹喚作「雌鳥」。仁德天皇生存的時代稱為「古墳時代」，緊接其後的則是定都於奈良的「飛鳥時代」。

照此看來，倭國王家是以鳥為家徽的「鳥族」了。當時，鳥族尚未完全平定全日本，地方上豪族割據，各擁其王。仁德天皇任內不時興兵，向海外攻打新羅，向極北攻打蝦夷，向山裡征討怪物，那據說擁有兩個頭四隻手、以掠取人民為樂的「宿儺」……

這些不屬於鳥族，散布在國境內外的怪物或動物，譬如說「鹿」，極有可能便是其他部族的代表紋章。百舌鳥啃食鹿的內臟、鳥類以小博大，進而取勝的異象，乃是大吉兆，或至少是鳥族對未來的期許，希望終將擊敗比自己更大的異族勢力。

由此看來，皇陵建造得如此巨大，也是不得不為。這是一種威嚇，昭示並鞏固鳥族至高無上的權力，昭顯其他豪族國王不可與之相提並論。

是以，這些關於鳥與其他野獸的故事，就不會是表面上所見，荒野動物的傳說軼聞，而是關乎如何區分「我」與「旁的一切」。倭國稱自己的國為「豐葦原中國」，充滿蘆葦的肥沃地，世界的中心之國。如此誇口的自信心，可想而知，直接移植自隔壁的陸地大國。

這個位處海島、規模較小的世界中心，想必把自己那群定居耕作的溫順居民，視為國民的唯一榜樣。至於旁的那些，山中、半島或海島上，不事耕作的狩獵採集之民與他們的土地，盡皆非人，標以蟲蛇走獸之名。這些頑劣民族將被文明的倭國所滅，也是理所應當。

冬玫離開那座雕像，打從心底感到古怪與不自在。並非因為傳統上的忌諱，令她覺得墳墓是不吉、充滿禁忌的地方。相反的她覺得擁有千年歷史的古墳相當吉利，其存在就是一種保證，一種人類可以在此綿延千年不衰的許諾。然而這些保障承諾，都不是講給她這外人聽的，單單針對那些墳塚的後代子孫。

她意識到自己正踩在一塊非常古老的土地上，一草一石，山岳河川皆有典故。腳下踩的地面，似乎也傳來那民族血液脈脈流過的鼓動。她可以感受到那股無形壓力，彷若時間凝聚成的重量感，而並不覺得神聖、感動或親切。一切都在提醒著：她是異鄉人。如果他們要把人區分為良善的「鳥」，對上蠻勇無智的「野獸」，那她是野獸。

5

「玫醬，妳在嗎？妳有空嗎，要不要一起去吃下午茶？有個地方可以免費無限暢飲喲。」

冬玫聞言起身，走去打開個室門，橙理滿臉堆笑站在外頭。這算是進步的表現，前陣子橙理總是在敲完她房門後，直接把門打門，親暱得有些放肆起來。冬玫不只一次提醒，終於有些改善。

打從借過第一趟得手，橙理時不時便會來跟她借錢。小至幾百圓的零錢，大至幾千幾萬圓的鈔票。冬玫原本不輕易借錢給人，可是每回聽到橙理訴苦，卻又拉不下臉拒絕。她跟橙理算不上有深交，也不能說特別投契，不過現在大概是她腦波甚弱的時刻，橙理也懂得抓住這點，步步進逼。

「跟妳說——我真的很慘，最近都沒有生意，我每天只剩三百圓的伙食費，實在買不到像樣的東西。」

「三百圓？一餐嗎？」冬玫驚呼。這點預算，幾乎註定只有吃泡麵的分。

「一天，是一天呀！我規定自己一天的餐費不能超過三百，就是三個硬幣。這樣子計算開銷比較容易，我每天把三個硬幣裝在口袋裡，買吃的不能超過口袋裡的錢。」

「可是那能買些什麼？一個波蘿麵包都要兩百多了。」

「就只能到即期商店去買快要過期的吐司，夾上生的小黃瓜跟咖哩粉、美乃滋囉，那樣就算一餐。如果天氣再冷一點，可以在熟食店收攤前用很便宜的價格買到他們煮太多的白飯，搭配百圓店賣的香鬆或小包納豆，就能吃好幾餐了。但現在太熱，這裡又沒有冰箱，根本沒地方放。我好久沒吃米飯了。」橙理拉著她的手臂，哀哀泣訴。

被她這樣說，冬玫也就難以拒絕。錢雖借了出去，橙理的生活看上去並無太大改善，仍舊在吃即期食品或超商的過期麵包。有一次，冬玫忍不住質問：「妳為什麼要這樣吃呢？妳借錢不就為了要吃飯，為什麼不去買些像樣點的東西？」

橙理眼神游移，並不正面回答問題：「誒，想到未來還有很長的苦日子要過，我哪敢浪費，一下子都花在吃的上。當然還是盡量挑便宜的，趁還吃得下就多吃，真不行的話，再去花錢罷。」

「妳這樣子，我借妳錢又有什麼意思？妳的生活根本沒改善啊。」

她稍微加重語氣，橙理馬上眼眶發紅，進而開始掉淚：「連妳也要責備我亂花錢，沒把錢用在該花的地方！我是有規劃的，我是有在動腦的，是有想讓這筆錢能花更久的！妳根本不知道真正的窮是什麼樣子。妳長得漂亮，頭腦正常，很容易就找得到打工；即使住在網咖裡，也還是吃得起一客七百圓的拉麵，根本不知道什麼叫窮得走投無路。我連賣春都沒人要，連妳都不幫我、只會責備我的話，也只能流落街頭，或找個電車站，往鐵軌一跳算了。」

「幹麼說這麼可怕的話！」

頭幾次冬玫會反駁，後來發覺直接塞個五百、一千塊給橙理，會更有效果，更能迅速止住她的悲嘆。反正即便冬玫好聲相勸，事情總不外乎如此收場，若早點跳到最後一步，還能讓橙理少流些眼淚。

橙理沒提過還錢，不過偶爾大概也會對自己予取予求的行為不好意思。有時候，冬玫回到不能上鎖的個室，會在桌上發覺整箱的罐裝柚子茶，或是超辣口味的罐裝薯條，或是柿子種子型的點心。

無論何物，不來則矣，一旦出現總是聲勢浩大，而且都是同一種東西。看樣子，橙理又去討店家賣不出去的商品，也不知該說是與人分享，還是單純吃不完推給別人，令冬玫有些哭笑不得。

因此，當橙理忽然提出喝飲料的點子，冬玫直覺地聯想到那些堆積如山的即期食品。

「如果又是免費喝整箱柚子茶的話就不用了……」

「柚子茶很驚人吧！我也喝得快吐了。」橙理停頓一下，面露神祕的笑：「不是啦，今天我想去一家店。我們出門走走，不要老待在家裡嘛。而且如果運氣好的話，說不定還會有點心，這樣連晚餐都省了。」

她很順理成章地把網咖當成家了。冬玫沒有糾正。

「什麼叫運氣好？」

「不知道啦，我也是第一次去，不曉得有些什麼。是說妳來不來嘛？不會花一分錢的，除了交通費。」

「交通費，是在多遠的地方？」

「也不會很遠啦。反正妳每天除了打工，也沒其他事要做，我們出去喝茶嘛。」

一向對錢錙銖必較的橙理，從沒提議過要出門玩樂。雖不清楚對方葫蘆裡賣什麼藥，冬玫確實被挑起好奇心。

「那是什麼樣的地方，是餐廳在辦活動嗎？」

「算吧。有點像啦，也可以那樣講啦。」橙理語氣飄忽。

「什麼叫有點像？」

被一再追問，橙理看樣子放棄了：「妳聽過『相遇咖啡廳』嗎？有一種咖啡廳，介紹男生女生互相認識，看順眼的話就可以出去約會。男生去要花錢，女生去不用，而且可以有免費的飲料跟吃的東西，都不用花半毛錢。」

「不就是相親嗎？那有什麼好玩，多尷尬啊。」

「相親？」橙理笑起來：「如果是的話就太棒了呀！如果可以有人免費介紹結婚對象給我認識，日子就簡單多了！沒有啦，不是那麼高級的地方。只是先認識一下，也許再出去玩一玩，是讓人輕鬆玩樂的……不過，妳不用想那麼多，我們不是去認識男生的，只是要去喝免費的飲料。要是有人想認識我們，找理由推掉就是了。」

「這樣的店安全嗎？」

越是聽下去，冬玫越發狐疑。

「怎麼會不安全？從頭到尾都有人盯著啊。像玫醬這種女孩大概不曉得啦，不過我們這些在路上討生活的，名堂很多的。很多店家經營得有一番規模了，他們是有制度的，不會讓客人在店裡被怎麼樣。人家也怕出事啊。」

見她不感興趣，橙理訕訕道：「妳怕的話，要不我就自己去啦。本來是想說每次都只能請妳喝一些快到期的飲料，也很那個，今天我想要請客，才想說跟妳一起去……」

冬玫當然不會對免費飲料動心，不過看來橙理要去的意志相當堅定，不免擔憂起來。橙理雖是老江湖，冬玫已經發覺，她並非總是精明幹練，聽到有免費暢飲，更加變得不顧一切。如果結伴一道去的話，要是真的發覺情況不妙，也許可以早一步帶橙理快點脫身。

於是乎不甘不願地，冬玫換過簡單的外出服，跟著橙理出門。後者興高采烈，走路有風，沿途哼歌。冬玫又氣又好笑。

「那是什麼歌？」

「愛是蜉蝣，只有一瞬間的生命……妳沒聽過嗎？怎麼可能，超有名的。」橙理笑咪咪地回應：「我是為了聽他的歌而活在世上的。」

「啊，是妳貼在房間那些照片嗎？」

「對對對，就是他！我的雅人君～～」

陽光依舊熾烈的下午，路上行人稀少，電車上的乘客看來也都昏昏欲睡。她們花了二十多分鐘，搭車去到難波車站。冬玫曉得那是阪南重要的轉運大站，臨近黑門市場、通天閣、心齋橋等熱鬧地區，此外便不甚了了。橙理倒是熟門熟路，一路領她穿過人群擁擠的地下街，來到地面上。

這地方與她們所待的沿海小鎮不同，甫出地面，冬玟便曉得此地必為繁華地段。路上行人明顯增加，而且設有騎樓。除了車站附近的商店街外，冬玟甚少在此地看到騎樓；在這裡，騎樓卻是沿著整條大街設置，足見在下班後或週六日，逛街的人潮應該相當可觀。地上密布口香糖的黑印子，彷彿行人走出的一大串黑腳印。

多數店舖在本應冷清的平日下午，仍然賣力營業，販售著電子產品、燈泡、菜刀、骨董家具、色情光碟、情趣用品、絕版公仔和遊戲等等，內容駁雜。周遭建築看來相當老舊，卻非古老建物給人的懷古氣氛，而是使用過度之感——原本即是品質粗糙的廉價房舍，被毫不珍惜地使用後，變得益發俗濫、益發破敗得令人輕視。

倒是在對街，巍峨聳立著一棟巨大米色建築物。高度並不太高，視覺上卻十足分量感，臨路的側面有著精雕細琢的連綿大拱門，流露出古典而厚重的威儀。懸掛的招牌上寫著「高島屋東別館」。

冬玟停下腳步。

「那間是什麼，百貨公司嗎？」冬玟問。

「它不是有招牌嗎？高島屋旗下的，不知是飯店還百貨公司，我也不知道，沒去過。它很久了，我小時候就在了。應該在我爺爺奶奶年輕時蓋的吧。」橙理說，兀自在前面走，頭也不回。

「妳小時候來過這裡啊？」

「大家都來過吧。附近的電子街、通天閣跟市場，是來大阪一定要去的地方啊。聽說在空襲的時候，附近全都給炸平了，就那棟高島屋東館留下來。有錢的大公司蓋的東西就是不一樣，燒都燒不掉。」

「空襲……」

「對啊，空襲，被美軍侵略呀。妳沒聽老人說過嗎？美軍侵略亞洲。都很無聊的，那跟我們現在有什麼關係呢？老人總是要扯些很久以前的事。」

橙理看來並沒有太大興趣繼續這話題，冬玟也就不再多問。兩人穿過巷弄，來到一棟三層公寓前狹窄的樓梯口。

柏油路面上擺放著店家招牌。桃紅底色的塑膠招牌，上下羅列成排照片，清一色是留著淺棕色長髮的二十來歲女孩們。招牌中央白色字體寫著「相遇咖啡館」，旁邊畫滿愛心，並且用鮮黃字體強調「女性免費飲料、點心吃到飽」。

看樣子，這就是橙理的目的地。只是那招牌外圍還鑲了整圈閃爍的小燈泡，一副絕非善類的模樣。冬玟遲疑了。

「沒關係啦，不會把妳賣掉的。」橙理笑嘻嘻的說：「我們只是來吃吃喝喝的。放心，我會照顧妳，跟著我就對了。」

也不知是誰要照顧誰？冬玟在心底暗想，跟著爬上狹窄的樓梯。同棟建築的一樓是貨運公司，身穿制服的人員忙進忙出搬運紙箱，看都不看她倆一眼。周遭還有中華料理、沾麵的店家，看來這一區確實是飲食店聚集之處，但那咖啡店的玻璃窗是全部塗黑的。

上到二樓，推開貼有廉價霧面貼花的玻璃門後，首先映入眼中的是櫃檯。這地方跟她們所居住的網咖十分相像，除了櫃檯以外，其餘設施一概看不見，似乎都位在櫃檯後方左右兩扇深色的門扉後面了。

櫃檯後方，貼著一張大大的海報，上面再度寫明「女性免費飲料、點心吃到飽」之事。旁邊則是一幅更加嚴謹的塑膠製標語：「禁止賣春」。

冬玟深吸一口氣。

這陣子在此地的生活，已經足以令她發覺，會用標語特別標註出來的，基本上都是人們常做的事。好比電車站內的「禁止癡漢行為」、「酒醉後請勿靠近月臺邊緣」云云。

從店員的舉止倒看不出什麼端倪。年輕的男店員身穿白襯衫與淺紫色的領帶，以非常恭謹的敬語招呼她們，詢問兩人是否已成年。

「還用問嗎？」橙理笑著說。

店員也微笑道：「那麼，女性來店消費是免費的，飲料甜食都可以無限取用。如果被男性客人選上的話，我們會去通知，再請移駕到個室裡單獨聊天。」

「好的，沒問題。」橙理迅速答應，冬玫趕緊抓了她的手臂一把：「等等，我們不要單獨聊……兩個人一起，不行嗎？」

「基本上，我們是撮合一對一的男女……」店員看似有些為難。

「這件事，不能交給你們的男客人決定嗎？」橙理接過話繼續說：「如果能一次跟兩個女生約會，說不定有人會很高興呀。」

「嘛，就像您說的，偶爾也是有這種人啦……」

店員嘴上碎唸，卻也不再提出異議，在電腦上輸入號碼後便放行，指示兩人走往右邊那扇標示「Lady」的門扉。冬玫再度拉了橙理的手臂一把。

「橙理醬，今天……」

「真的只是來喝飲料。」橙理小聲回話：「我知道啦。」

門扉後方的空間，看上去倒是滿正常的。橙理筆直奔向長桌上的飲料機跟零食櫃。整間休息室並不算大，陳設益發類似網咖，有面向黑玻璃窗的成排座位，也有單獨設置在房間中央的圓桌。有些位子上設置了電腦，另一些則配有充電插座、菸灰缸等物。房間裡有書櫃，擺滿整櫃的漫畫和雜誌，書櫃旁釘著三個吊籃，裡頭有髮捲、電棒、髮圈等打理儀容之物，也有一面大鏡子。

房內只有女客，且盡是穿短裙的長髮年輕女性。眾人百無聊賴或坐或臥。有的擺弄頭髮，有的翻弄雜誌，並不理會旁人存在。整體而言，算是挺適合打發時間的空間，只要能無視方才的標語，以及奇怪的黑玻璃窗的話。

橙理替冬玫倒了可爾必思，替自己拿了滿滿一大杯可樂，再裝滿兩疊鬆餅。兩人坐到小圓桌座位上，橙理喜孜孜地啜著飲料：「還有冰淇淋耶！真是來對了。我們這樣，就好像那些上班族女孩在下班以後，跟朋友約出去喝下午茶一樣呢。」

「這店真的沒問題嗎？」

「我有聽女孩子說過更糟的呢。這種店如果是大型店面，一般都是裝雙面鏡，從女生間這邊來看是鏡子，隔壁的男生間來看是透明的那種。然後，會設計一條長長的、兩邊都是雙面鏡的走道，讓女生走個老半天才進到店裡，感覺就像寵物店櫥窗的小貓小狗任人挑選一樣。這是小間店舖，裝攝影鏡頭的，已經是感覺比較舒服的了。」

「舒服嗎？」

冬玫不自在地東張西望，試圖找出隱藏攝影機的存在，橙理在她面前揮了揮手。

「別想那些了。難得出來玩，我們就學那些正常女孩子，假裝是在很高級的店……對了，好比高島屋百貨頂樓高檔的咖啡店喝下午茶嘛。」橙理興奮地說：「玫醬有跟朋友喝過下午茶嗎？我沒有什麼女生朋友，一般女孩子出去玩都聊些什麼？」

「我們不能到真的咖啡店喝下午茶嗎？我來請客。今天讓我出錢吧。」

「妳怎麼還在說這種話呢？如果、如果一定要去的話，我就要付錢，不能讓妳請。」橙理執拗地說：「今天是我的日子！輪到我請客了，妳不能跟我搶。」

妳能拿什麼去付？——冬玫把這句反駁吞了下去。不用說也知道，橙理拿出的錢，要不是從冬玫這裡借去的，就是其他做色情聊天的，或是徘徊路上的女孩們的賣肉錢。

「——好吧。」冬玫終究只能投降，安分坐下來：「一般會聊的，都是生活裡的小事吧。最近看的節目啦，老公、小孩之類的……」

橙理恢復了笑容：「啊，這我可以聊。我也有老公，唱〈愛是蜉蝣〉的歌手，我們祕密結婚十二年了。從我小學第一次聽到雅人唱歌的時候起，我就嫁給他了。在我小學畢業的畢業典禮上，他在學校後門等著，送給我一大束玫瑰花，跟我約定了只要成年就要娶我。」

「妳是指在妳心裡約定的嗎？」

「不要說這種掃興的話嘛！還有小孩子的設定喔，畢竟十二年了嘛，也該有小孩。是一男一女的兄妹，哥哥已經上小學了。有時候我一個人走在街上，就會把左手伸給他。他會像小猴子一樣勾住我的手指頭，一路晃呀晃。只要這樣想著，我等人的時候就不無聊了。然後他會上大學，他頭腦很好，不像我這樣，他會進法學院，變成有名的律師，專門替演藝圈的明星辯護。」橙理喝了一大口可樂，望向塗成黑色的玻璃窗。

「妳看，高樓上風景真好，可以看到好遠喔！都能看到大阪城的天守閣呢。」

「……是啊。」冬玫不置可否地回應。

「玫醬妳呢？妳老公怎麼樣？」

「是前夫，我不太想聊這個耶，抱歉。」

「那，妳有小孩嗎？」

「……有過。」

「丈夫是前夫，小孩是有過。」橙理唱歌似的複誦著：「玫醬的事情，怎麼都是過去式啊。」

「——那個，失禮了，抱歉打擾兩位。」就在此時，櫃檯店員走到兩人旁邊：「有男客人指名，麻煩移駕到個室一趟。」

橙理聞言就要起身，冬玫趕快應道：「不能不去嗎？我們才剛坐下沒多久……」

「玫醬！」話還沒說完，一旁的橙理已經猛搖頭，試圖用眼神制止。

「如果連見面都不肯的話，就只好請兩位出去，不能繼續待在店裡了。飲食的錢也必須結清。」那店員說，依舊溫和有禮：「我們這裡的規矩是如果被男客人指名的話，女客人一定要去見面。只是關於約會的部分，當然有合不合的問題，就請在見面之後，雙方一起決定吧。」

橙理還沒玩夠，顯然不甘就此被轟出門去。冬玫心想反正只要見個面、當場拒絕即可，何況她們有兩個人，想來大概五分鐘就能搞定。姑且是容忍了這種狀況。

第一個客人是年約六十來歲，身穿深藍西裝的紳士。無論從何種角度來看，都像電車遇到的尋常上班族。雖說如此，紳士一開口的話題就很不尋常。

「其實我是想點這位苗條小姐。」那紳士道，兩眼直勾勾盯住冬玫：「妳們倆一定得在一起嗎？今天是怎麼樣，朋友一起出來玩？嗯？一起出來賺零用錢？」

「嗯，是的。」橙理掛起那天冬玫在拉麵店見到的營業表情，唯唯諾諾地陪笑：「她第一次來這種店玩，很不放心，所以我們約好一定要在一起。」

「不用這麼害怕嘛！」紳士笑說：「會做什麼事情，都是事先談好才會開始進行，沒有人會強迫別人做什麼。我們都是明白事理的大人了，用強的有什麼意思呢？是吧？」

「當然了，我們當然不會懷疑這點……」

「我是這樣想的：苗條小姐跟我一道去，草莓價中田氏以及另外付；而另一位就在外面等，什麼事都不用做。我會給妳兩千的零用錢，妳就去喝杯茶、看場電影，怎麼樣？我也是很慷慨的。」

「啊，這條件有點……」橙理笑著回應。

「怎麼，第一次就中田氏太嚴苛了嗎？不然，提高到兩倍價呢？再不然，結束後請妳們吃燒肉，這樣子夠好了吧？不能再多了。」

面對雙方黑話橫飛，冬玫插不上嘴。橙理倒是熟練地編了個藉口。

「我們今天其實是來等朋友的，沒有要跟人出去啦。」

「這樣子啊，進來這裡面等朋友……因為這裡有冷氣跟免費的飲料嗎？」

「是啊。」

「不然一起去喝杯酒怎麼樣？兩個小時，我給妳們各兩千塊的零用錢？」

「這個……不好意思。」

紳士前腳剛離開，店員後腳便踏了進來。

「啊，稍等一下，先別急著走。其實剛才有兩位客人都指名要見妳們，直接見下一位好嗎？」店員說。

接著進來的，是一位年約四十來歲的壯漢，看上去似乎做的是體力活。雙方簡單寒暄過後，壯漢重重地落在長椅上。

「妳們倆是新面孔啊。」那壯漢說。

「是的。」

「真好啊，我就喜歡新鮮的。其他的女孩子都是老臉，已經膩了呢。」

與方才的狀況類似，橙理老練且迅速的接話，絲毫不怕生。冬玫發覺，自己雖抱持著要幫橙理一把的打算，才決定進到店裡，但面對眼前場面，她著實派不上任何用場。

「是這樣的，大叔我因為平常工作都是體力活，太過操勞，全身痠痛，希望可以有人幫我徹底的按摩按摩。」那看來像工廠作業員的壯漢說。

「按摩啊……」

「我聽說妳們兩個要一起來，我完全可以。半小時每個人兩千，怎麼樣？」壯漢說著，眼望向冬玫：「我會像這樣、平趴在桌上，由妳來站在我面前負責上半身；那個妳，就負責按下半身，如何？」

「這個有點……」

「不然給妳們每人三千呢？——是不是誤會了什麼？我沒有要進去啦！我沒有要裝作不懂行情喔，大叔我好歹也是玩過很久，懂規矩的。只是互相舔一舔、摸一摸、親一親，不進去就有三千塊，應該很划算吧？」

「這個……抱歉啊，其實我們在等朋友耶。她就快要回來了。」

「朋友？是女生嗎？女生的話，也可以叫她一起來啊。」

「不好意思……」

於是乎，作業員似的壯漢也被打發走了。緊接著踏入個室的店員看來對此場景司空見慣，態度依舊客客氣氣，說是暫時沒有其他指定，兩人可以回到女客休息室繼續待著。

「接下來要喝什麼好？我也去拿一杯可爾必思好了，看妳喝我也變得很想喝了。對了，也拿冰淇淋吧，放在飲料上做成冰淇淋漂浮！妳也要試看看嗎？」

踏出會面用的個室，橙理馬上恢復輕快的語氣，滔滔不絕地說著，一面走往女客休息室，看來心情絲毫不受影響。

「我們剛聊到哪裡？啊對了，聊到小孩。玫醬的小孩是男生還女生？」

「……女生，兩個女孩。」

「真的呀，是姊妹花呀！她們是怎樣的孩子？」

「她們……」

冬玫煞住腳步。

「——抱歉。」

她迅速轉身，飛奔往黑暗走廊的盡頭廁所。方才在進入個室之前，她瞄到那邊有往廁所的指標，遂急衝往廁所、關上門，對著洗手檯乾嘔起來。

6

郵局的中元郵務整理進入最後階段，工作益發忙碌。同事中開始有人心不在焉，經常請假，理由多半是為了準備家中法事而耽擱，周遭彌漫連假將至的浮動氣氛。冬玫已有一陣子沒見到瑪古。雖說如此，她也沒有要特地打聽。

好不容易見著人影時，是在週三下午的工作時段。瑪古帶著一大盒蛋糕在休息室裡大分送，看樣子是去過什麼景點觀光後，特地帶著土產回來了。

冬玫遠遠觀望，並不加入。南島上也有類似習慣，總歸是做得比較隨性。更何況是在這解散在即的短期打工，實在沒有刻意經營的必要，瑪古卻還是鄭重其事帶來比實際人數要多的點心。在這方面，身為外國人的瑪古做得倒像個真正北島人。

眾婆媽跑了一個早上已是筋疲力盡，看到瑪古的點心，不禁面露笑容，大讚她實在太貼心了。

「正累的時候，能吃個甜的真好。」

「妳去了和歌山嗎？是『鈴屋』的蛋糕呀！」

「聽說皇太子的弟弟秋篠宮殿下跟紀子妃，曾經親自到鈴屋吃過他們的點心。這很有名啊！」

冬玫躲在角落裡，本不想引人注意，瑪古卻東張西望找人，最後捧著整盒點心來到面前。今天的瑪古打扮依舊無懈可擊，長髮綁成兩根麻花辮，耳上那銀色的小珠串依舊晃呀晃，耳邊髮際插有櫻桃髮夾。郵局的黑圍裙底下，是最近日本女孩流行的牛仔布連身裙，搭配麻製的針織短袖上衣，看來十分涼爽。

「薛桑，吃蛋糕呀。」瑪古笑盈盈地招呼：「這是旅遊的土產。上週末我爸爸開車載我們，全家一起去和歌山旅遊，看了一個大瀑布，好像是日本最大的瀑布。」

「謝謝妳啊，我就不用了。這幾天胃不太舒服。」冬玫強作微笑回應。

「那妳要不要嘗個味道呢？聽說這很有名耶，連天皇家的人都吃過。要不妳掰一口嘗嘗，其他的我來吃呢？」

雖然飽受當地婆媽疼愛，瑪古特別親近冬玫，大概是認定兩人同為外地人，更有共通之處。冬玫一方面覺得感激，另一方面，眼見瑪古總是乾淨光鮮，不知怎的感到傷心。

「真的沒辦法，抱歉啊。」

「呀，那妳等一下。不能吃東西的話，我有別的東西要給妳，不過得等大家都不在的時候。」瑪古小聲說道：「是只給薛桑的喔。」

眾人收拾了私人物品，繼續下午的郵務分類。冬玫原本無心閒話家常，她的情緒還停留在前幾日與橙理外出時遭遇的震撼之中。然而，瑪古緊接著提及，接下來因為要準備回國，白天要辦理諸多手續，往後幾日的班表都會移到晚上。

如此算來，由於冬玫集中火力在白天工作，兩人只剩下這個時段的交集。

意識到居然馬上就得跟瑪古告別，冬玫一下子回過神來。

「所以說，這既是土產，也是餞別禮物喔。」

趁著短暫休息喝水的空檔，瑪古將一個小紙袋交到冬玫手上。

「怎麼就這麼不巧，剛碰面就是最後了呢！抱歉啊！我什麼都沒準備，我不曉得今天是最後一次。」冬玫急道。

「啊，不要緊的，那有什麼關係。」瑪古說：「妳快打開看看。」

躺在紙袋裡的，先是一枚烏鴉形的吊飾，吊飾上卡通式的黑色烏鴉瞪著會滾動的塑膠眼，有著鮮黃鳥喙與三隻黃色的長腳。

「我們去看了熊野的那智大社。裡面祭拜的三腳烏鴉『八咫烏』，聽說是神的使者，可以保佑旅途順遂。我想我們都在離家很遠的地方，很需要平安。」瑪古說。

「妳真貼心。不過，妳也很快可以回家了啊。」

「對啊，好快喔。最後的自由時間轉眼就過了。」

「自由時間？」

「對啊，之後回國就要好忙好忙，我爸爸媽媽——我真正的爸媽，安排了很多相親。接下來就要一直挑對象，一直約會，直到碰到合適的為止，很難再出國玩了。」

「妳要相親？」冬玫驚呼：「妳才幾歲，為什麼就急著要相親？怎麼不先去談個戀愛。」

「啊，要是有戀愛對象的話，當然也行啊！只是妳看，我都大二了，目前沒有男朋友。再這樣拖下去的話，就不能在大學畢業的同時結婚了，所以我才要趕快找對象。」

「妳打算這麼早結婚嗎？」

「不早啦！」瑪古猛搖頭：「我因為上大學，現在才開始準備，已經比別人晚很多了。我以前的同學都生第二個了，我要趕快追上她們的進度。」

「這樣啊……」

冬玫遲疑著，終究還是忍不住好奇，問道：「妳們那邊，或說妳自己，果然都以結婚生子為目標嗎？即便讀到大學，還到國外交換留學，也都還是這麼想？」

「當然了，這是每個人人生必然的、也是最重要的目標呀。」瑪古答得斬釘截鐵。

冬玫不再言語，繼續看向那紙袋。裡頭還有一明信片，她把那掏出來，上頭印著看似相當有歷史的古畫。乍看之下，那畫面通片火紅，烈焰中的山嶺。

凝神細瞧，卻不是火焰，是一片赭色的土地，上頭細細描繪了朱紅的神社，飄著煙霧般的橘紅雲朵。整座神社被火焰形狀的尖銳黑杉環繞，於是乍看之下，一片橙紅錯雜著焦黑，好似火焰在整個畫面上燃燒。

除了正中央的神社外，四方還繪有其他景物。畫面下方是暗色的大海，海上有古老而裝飾繁複的唐船。左邊黑色的杉木森林上方飄著一朵祥雲，上頭乘著一輪黑色滿月；右邊有崇山峻嶺和白色的瀑布，一男一女的惡鬼正挾持一名修行人佇立水中央。瀑布上方同樣飄著一朵祥雲，雲上是金色的日輪。

更加仔細地分辨，會發覺畫中有非常多小人兒，螻蟻似的散落地表各處。想來該是參拜神社的香客。

「這是什麼圖畫？」冬玫問。

「好像是有名的古畫，我看很多明信片跟月曆上面都有印。媽媽講了一個詞，我完全記不住，也聽不懂說明，又不好意思讓她知道她把話說得很難。媽媽說她帶過很多外國寄宿生，對自己的說明能力很自信的。」

瑪古吐著舌頭：「但是但是！我有請她寫下來，因為我在郵局這裡有通曉漢字的姊姊啊。」她翻開一本藍白布封面的手帳，遞到冬玫面前：「妳瞧，這什麼意思？」
冬玫看向手帳，清麗的字跡躍入眼中。彷彿飄著檀香味，能嗅到教養良好的氣息。
熊野曼陀羅——上頭寫道。
全是漢字，怪不得瑪古記不住。
至於冬玫，這裡頭每個漢字她都認得，但當它們全兜在一塊，她也說不出個所以然。只好搖搖頭。
「這樣啊，連漢字圈的薛桑都不知道意思。」
「抱歉呀。」
「沒關係，這樣我們都學到了新單字。」瑪古闔上手冊，收回皮包，再把包收進置物櫃裡。休息時間結束了。
「薛桑，我會記得妳的，所以妳也要記得我喔。」
「會的，當然。」冬玫回答：「妳要保重啊。」
「嗯嗯，妳也是。」
她們都沒說再聯絡云云，也沒有互相擁抱。互相道過再見後，瑪古便回到郵務室繼續工作，而冬玫則結束了今日的輪班，換下圍裙準備回網咖。
這樣很好，因為說什麼再聯絡之類，都只是會被時間耗損的場面話。她覺得與瑪古點到為止的道別再好不過。如此一來，從相識到結束，瑪古在她的記憶裡，就一直會是個真誠可愛的人。
車站商店街附近，人潮似乎比平常來得洶湧。連假前日，在城市工作或讀書的人們盡皆返鄉，一路上摩肩擦踵。冬玫常去的超市前面擺滿水果籃、中元禮盒，一旁的花店前排已不見夏日常見的香水百合、向日葵、橘色的唐菖蒲、鮮紅火鶴等人氣花卉，而是被優雅的大朵白菊、雪白百合、茂密圓潤的橘黃色金盞菊、白色滿天星、像假花的紫色星辰花、白蝴蝶蘭或黃文心蘭取代。

也有店家搭配好的供花花束，裡頭樹葉占去一半分量，紅淡比枝條的深綠圓葉子搭配上松樹枝條，看來是取其長青之意；周遭配花是白與黃的小菊、藍紫色的龍膽，前方襯以一顆橘紅色的鬼燈果實；中央主花竟是荷花粉嫩的花苞，也有換成蓮蓬的，樣子十分別致。

冬玫在花店前站上一陣，望著這些要供奉給亡者的佛花，不知怎麼竟有一點過節的心情。大概是街上實在熱鬧，又逢打工結束，感覺了卻一樁大事的緣故。何況她已連續幾天沒心情好好吃飯，遂走進超市裡，擠在熱烘烘的人流之中，看著旁人大肆採買，便也隨波逐流地拿了壽司、炸雞、幾盒看不出是何物的油炸熟食。眼見不少人的購物籃中都有成打啤酒，她也跟著走到冰涼的酒類冷藏櫃前挑了兩瓶。

提著大包小包，冬玫回到網咖，發覺戰利品分量超過她所能負荷。猶豫一陣後，她決定找橙理幫忙。自從那天不愉快的午茶後，她還沒有跟橙理見過面，不過有免費的食物，想來對方應該會很高興。

至於她這邊，基本上只要待在網咖裡，跟橙理的來往便還算單純。有過上回經驗，只要以後別再一塊出門，想來也很難發生什麼超出掌控範圍的狀況。當然，即便是上回那樣，她也不算受到什麼實際損傷，只是關於橙理的生活方式，她還沒準備涉入太多。

冬玫在心中轉過許多思緒，終於下定決心去找橙理，可是真到她個室前，發覺人根本不在位子上。即便稍作等候，也沒有要回來的跡象，看來不只是短暫離席。冬玫發覺自己鬆一口氣，便將打算分贈的炸花枝跟啤酒放在個室進門處的地板，姑且算了結這樁事。她提著剩下的晚餐往外走，到常去的小公園野餐。

天色已近全暗，空氣中飄著若隱若現的煙味，有些人家收拾著玄關或庭園前的陶盤，上頭有燃燒後的黑灰，那是點來指引逝者回家的火光。與之相對應，在盂蘭盆節全部結束以後，還會再點上送行的焚火。

同樣是過中元，氣氛竟會如此不同。南島上的中元普渡，渡化非特定對象的好兄弟或孤魂野鬼；此地雖會舉辦類似儀式或法會，真正的重頭戲仍放在迎接往生的自家親人，是以來得更私密，更為「家庭」。不會有徘徊的孤魂野鬼，自然也不會為了避免被抓交替，而有禁止搬家、禁止戲水等等禁忌。所有陰魂都有該去的地方，一個蘿蔔一個坑被安放在該有的位置上，看不見的彼岸與此世同樣井然有序。

即便在中元節，北島人的此世依舊安全，境界線只受到些許擾動，滿溢闔家團圓的溫馨感。有些家庭拿著水管在門前沖洗火缽，年幼的孩童順勢玩起水來。孩子們沖得滿身溼，發出愉快的尖叫聲。

無論溫馨或團聚，冬玫自是沾不上邊，卻不討厭盯著這幅光景。她當然還聽過要用茄子跟黃瓜製做精靈牛馬，以及盂蘭盆舞等等。諸般例行公事，有時稱為繁文褥節亦不為過。然而面對親人往生，她倒還真希望有一套如此嚴謹繁複的公事、這麼多的秩序，可堪遵循依靠。只要生者依照慣例辦理，便能得到每年與逝者團聚的許諾，就像牛郎織女的鵲橋相會。那該有多浪漫、多美好。

冬玫默默就著公園的孤燈吃買來的壽司，吹在身上的晚風已絲絲透涼，地面卻仍舊滾燙，兩種溫度攪和在一塊的結果還是有些悶熱，讓人脖子、背上都浮起汗液。草叢裡似乎有蚊子，隱約可感受到那令人不快的細碎飛鳴。她喝起啤酒，把從瓶身滾落的水珠擦在手臂上。

總算在外閒晃夠了，冬玫朝網咖方向走。約莫七、八點左右，沿路商店街的店家多數都關門歇息，霎時間路面上已冷清不少，比平日所見的更早，想必是為了連假而提早打烊。餘下的路人皆行色匆忙，只有便利商店附近還有聚成團的人群，如同燈下的夜蟲，久久不散。

那群四、五名左右的男子，聚在便利商店門口肆無忌憚地大聲嬉鬧，話語中帶著醉意，咬字有些口齒不清。

冬玫目不斜視，快速從旁邊經過，卻赫然從他們之間的隙縫中，瞥見地上坐了個女孩。

她不由得停步。

那些年輕男子，看上去絕非善類。這事的具體標準真不知該從何說起，大概是因其中一人抹上髮蠟、朝上豎直的麥稈色頭髮，或是其中兩人穿著頗具設計感的黑T恤，卻蓄意把下襬紮進牛仔褲的褲頭，刻意露出繫有長長鐵鍊的腰帶，足蹬不合腳的過大尖頭茶白雙色短靴之故。另兩人相對平凡，其中一人刻意將藍色襯衫拉出西裝褲頭外，另一人是穿著緊繃黑色連帽外套、褲子拉低令褲腳垂在地上拖行的胖哥。總之他們打扮的宗旨，似乎就在於違逆衣服原本的設計。

這群令人不安的組合，正輪流伸手去拉一個坐倒在便利商店門前地板的微胖女孩。女孩恐怕也喝了酒，棕色長髮披散臉上遮蓋住表情，動作有些緩慢，看得出她試圖撥開男人們的手。他們則對她的反應嬉笑不已。

「站起來啦！」

「明明還能走，還裝！」

冬玫原本不敢確定，在旁徘徊著，不過當她瞄到那個死氣沉沉的褪色白布手提袋，趕緊湊上前去。

「橙理醬！妳還好嗎？妳聽得見嗎？」

男人們在她身後發出噓聲，捲著舌頭朝她不知說了些什麼。當然不會是好聽話了，帶著淫靡的笑，不過她無視他們，蹲到地上去看橙理。男人們又嘟囔一陣，大概念及這是人來人往的店門口，遂沒有造次，悻悻離去。

「妳還好嗎？站得起來嗎？」冬玫問。

橙理依舊垂著頭，重複叨唸什麼。冬玫聽了好一陣，才聽出她在說「為什麼」。

「——為什麼多管閒事？妳把他們嚇走了啊。」橙理有氣無力地說：「本來那裡面或許會有人帶我回家的，這下子全沒了。」

「帶妳回家，妳家不是在很遠的地方嗎？」

「玫醬是裝傻還真不懂？」橙理笑起來：「怎麼可能是回我家！我死了才要回那種地方。當然是回他們家，或者旅館，有床的地方都可以啦！不過我比較喜歡家裡，比較有生活味。」

冬玫倒抽一口氣：「妳不是說妳只做仲介嗎？」

「說什麼蠢話，怎麼可能有那種事！」橙理粗魯回應。

所謂酒後吐真言，無論在南島或北島，酒精都有令人露出另一副面孔的效用，冬玫用喝過啤酒後暈乎乎的頭腦想著。特別是北島人，她有聽說他們喝酒過後會變得格外放肆，酒前酒後的落差程度比南島人還要誇張。然而在此明顯不只是程度問題，或說程度其實是很大問題。喝酒後的橙理，簡直就是另一個人。

「是沒得做的時候，才會只做仲介好不好！傻瓜！」橙理說：「要是有得做，當然是這種才好賺啊！而且久了之後大家也都互相認識，只要看到我在路邊，他們若有零錢，就會順手給我三、五百圓，我就指望那個了。現在他們都走掉啦！妳要怎麼賠我？怎麼賠我！」

「妳……妳就為那麼一點錢……」冬玫啞口無言。

「我也不是都吃虧的，我又不傻！我很願意的呀！睡了那麼久的網咖，妳難道不會想念人的肌膚嗎？偎著個什麼人，溫溫暖暖的在早上從同一張床上醒來……更何況，他們人都很好，都沒有打過我，他們對我好極了！我就當旁邊睡的是雅人君，我心愛的老公。我會小心翼翼、不吵醒他的爬起來，替他做早餐……」

「那都是想像而已。」

「想像又怎樣，那樣想我高興呀！」橙理暴怒嚷道：「妳就是這樣，因為結過婚了，覺得自己最懂男女關係，高高在上是吧？結果還不是離婚了！事到如今妳還能回去過一個人的生活？不要騙人了！妳不行的，妳什麼都不知道，什麼都不懂！妳一個人活不下去的！」

提起前段婚姻，冬玫不禁有些動氣：「扯我的事幹麼？跟這沒關係，我只是要說妳這樣過生活不是長久之計。」

「對啊，妳最懂生活，妳乾淨、苗條又漂亮，咖啡館的男人都搶著要點妳，跟妳比起來我過得爛透了是吧？告訴妳，我很搶手！像玫醬這樣的人，不知道的事可多了。真正會玩的人，光是跟漂亮女生做已經沒意思了。他們要蒐集，想嘗試老太婆、胖女人跟白癡。我就是白癡，我有身障手冊，一拿出來，大家可搶著要的咧。因為我是真貨，而且可以比真的更真，我會裝得比平常更糟糕，假裝嘴闔不起來，一直滴口水。他們可高興的咧，覺得幹到貨真價實的白癡，然後就會推薦給朋友，讓我經常有生意！他們對我很好！」

冬玫僵在原地，橙理越罵越起勁，搖搖晃晃從地上爬起來。路人對她們倆投以好奇的目光，不過僅僅是一瞥而過，迅速別開眼神。當然不能指望有人多事上前調解了，連竊竊私語都不會有。北島人冷涼的眼。這陣子她對這種反應越來越習以為常了。

橙理還在罵罵咧咧：「妳們這些外地來的，搞不清東西南北，是我帶妳們從頭摸清一切的，但妳們每個人都忘恩負義，久了變得熟門熟路了，就會扔下我走掉。好呀，沒關係呀，我看得多了，已經不驚訝了。反正妳也是要走掉的，所以不要假惺惺的裝得好像妳在乎。比較起來，那些男人對我才好咧！至少他們不會走，一直都會待在這個町上。」

既然溝通無效，冬玫決定不再忍受下去。她轉身離去，這一舉動令橙理更加光火，提高音量在後頭持續叫罵：

「妳看，我說得沒錯吧！妳轉身走掉了。好啊，妳走啊，妳快點逃走啊！逃得越遠越好！」

冬玫踉蹌離開，沿商店街直奔網咖方向。她擔心橙理追在後頭，奔逃一陣，才發覺人家根本沒那個力氣。商店街盡頭連接到大馬路上，周遭霎時開闊起來，稀稀落落的行人與她錯身而過。

對街有個花壇，黑燈瞎火看不出栽植何種花卉，不過高度看似正好。冬玫走過漆黑的馬路，停步倚靠其上喘息。她覺得反胃，彷彿又回到害喜時那段吐個沒完沒了的時光。

冬玫悚然而驚。她發覺再也受不了這個地方。甚至連要她待在網咖熬過今夜，都艱難如同入刀山。她想要一鼓作氣離開這裡，不再回頭。

既然如此決定，冬玫咬牙速速起身，快步往網咖方向走。所有貴重物品都在身上，那間個室真要收拾起來，應該也不會太困難——只要大部分東西都擱下不要就好。這段生活積累下來的物品，多半都在百圓商店或超市購得，與生活內容同樣痛苦而廉價。一切的一切，都令她想盡快拋諸腦後。

橙理的遭遇和責難令她驚駭，但冬玫發覺，自己並沒有因受到莫名的指責而惱怒。不是惱怒。不知為何，她只覺得虧欠。

照理說來，從頭到尾她不欠橙理什麼，不過是個萍水相逢的朋友，如今恐怕連朋友都稱不上。卻不知怎的，她暗自認定自己該當承受橙理的指責與憤怒。

大概是因為盂蘭盆節到了，冬玫心想。

她沒有點上引路的焚火，但說不定該見的人已經來了。帶著對她的怨懟與怒火，從黑暗的彼方歸來了。那是她來不及睜眼的孩子，對人世的執念與憤怒。

七、本調子

1

很長一段時間，逸荷覺得自己都不曾打橋上通過，無論是水面上的橋梁、馬路上的天橋，或風景區的吊橋。只要過橋，她不由得就會在橋上待很久。那樣很花時間，最後乾脆避開。

至於她在橋上忙些什麼，通常她會往下望，想像自己摔在底下的畫面。她會估量，落點應該要在何處、哪塊石頭上，才能直接到位，一擊斃命。畢竟所有從高處往下跳的人，目標當然都不是半身不遂，給看護把屎把尿的餘生。

儘管出現這類想像，但逸荷自認不算個悲觀主義者。精確說來，她覺得自己應該叫作樂觀的虛無主義者，既不刻意求死，但死亡打算降臨時，也一點都不抗拒，樂觀其成、主動迎接、靈活想像。

歸根究柢，大概在於他們這輩人執著太少，懂得又太多。曉得要有禮貌，開口閉口都是請、謝謝跟對不起；盡量別給旁人添麻煩；曉得人類直接消失，才是對環境問題最友善的根本解決之道；曉得要懂得感恩。是以，她對未來的規劃，首先要把拉拔她長大、單打獨鬥的老母，奉養到生命盡頭。

這樁最重要的任務完成後，她自己的一條人命，就可以拿去做個什麼既揮霍又有貢獻的使用了。好比說，自願成為新藥或疫苗受試白老鼠。倘若過程中出了差池，至少可以成為數據，供後續研究者參考，化身奠定未來成功的地磚之一。至於當中圖利到何人、何種廠商，反正她地下無知，也就一點都不在乎。有新藥面世，對全人類總是挺好的。

這就是當車子沿公路行駛時，逸荷望著與公路平行、偶爾交錯，跟個水圳差不多寬的筏子溪水面，內心所想。溪流以西是隆起的丘陵，丘陵北端就是美軍基地，靠南的這邊則是中部大城的邊緣，有大學、工業區、交流道、醫院，還有許多墓園和靈骨塔，對多數市中心居民而言也算陌生。逸荷望著外頭，努力想從過往時光中撈取跟這地方相關的記憶碎片，發覺多數都是清明節。她甚至不認得路，只對橋上的白色拱型斷片裝飾稍有印象。這條溪上凡是有裝飾的橋，無論是眼前這座，或是遠方隱約可見的粉色虹橋，都透露出一種勉強撐起的花俏，以及難以抵擋的頹敗。

幸好不是她開車。倘若駕駛人像她這樣望著窗外或橋下胡思亂想，一定出車禍。

自從阿茂師兄提議要做一把新三弦，逸荷對樂器製造產生了興趣。她發覺即便彈過那麼久，自己從不知道三弦的製程。她主動詢問，說能否去觀摩製作？阿茂一口回絕，說他還在備料，而且有其他排在前面的樂器，還沒輪到她這件。

逸荷沒因此打退堂鼓，覺得應該打鐵趁熱。既然她現在感興趣，就要把握機會，否則好奇心很快就消退了。於是又追問：「那就不一定要看三弦，你說要修理別的樂器？看那個也行。還是說你製作的方法需要保密嗎？」

阿茂說，沒什麼好保密的，他的方法多半不是自創。有些是向老師傅問來，有些是書上記載，更有不少是在網路上跟同好討論的結果，都不是祕密。只是能動哪種工，依材料而定。他所使用的是天然素材，這方面得看老天賞臉，也經常得去蒐集，無法保證會是哪類製作。

「那我也就隨便看，只要是跟樂器製作有關的就行。你要工作或找材料的時候，聯絡我一聲，我去觀摩可以嗎？」

她這麼說，阿茂總算覺得能接受。後來就跟她聯絡，說是要進行例行巡邏，到市郊的舊木材行去碰碰運氣，大概一個上午的時間。

逸荷預先打點了母親的午餐才出門，迎接她的是一臺淺茶色的本田。即便對車子一點都不在行，逸荷也看得出那是相當古老的車款，車窗甚至是手搖式，開了冷氣卻完全不涼。阿茂先問起徐老師最近如何，指著後座說，他在嘉義買到純正黑麻油，請帶去給徐老師，聽說麻油煎龜鹿二仙膠對退化性膝蓋很好。以及他能否到家裡探望？可以幫他跟老師約個時間嗎？

逸荷選擇忽視這些過於殷勤的提議，認為沒必要客套成這樣。她不覺得聽母親提過這學生。她老媽勢利得很，經常說起的，都是那些成績特好、後來當上醫生律師，或嫁做他們太太的。阿茂師兄完全不像那類人，大概只是他一廂情願對老師恭敬。她轉移話題，關心他開來市中心會不會很遠？路上塞嗎？然後她不禁打趣：「這車看起來很像我小學那個年代的。開幾年了啊？」

「妳是問它幾歲，還是我買幾年？」阿茂目不斜視，從後照鏡瞟她一眼。後照鏡底下吊著一件紅底金線小衣服形狀的護符，正中央的圓框裡印著「天上聖母」。

「都問可以嗎？」

「二十八歲。買滿兩年。」

「所以你是買中古車？為什麼要買這麼老的？」

「我喜歡方型車。」

「現在新出的車就不方嗎？」

「妳說呢？」阿茂指著外頭路面上。

「我看不懂呀。」

「圓的。」他說。

一旦說起不感興趣的話題，他的每句話都很簡短，好像在比賽快問快答。逸荷心底暗自覺得好笑。他們穿過市中心，沿著鐵路而行，過了一會，阿茂才說他有煩惱，臨時得去高鐵站接一個朋友，對方會跟他們一起去舊料行。

「他也在做樂器，今天剛好有事下來，要我去接，我拒絕也不是。」他煩躁地說，一面大力換檔。逸荷表示她完全不介意，能跟兩個專家一起逛木材店，對外行人來說太划算了，但阿茂看來沒比較欣慰。這不禁讓逸荷疑惑，那朋友不知是什麼麻煩人物。

她轉移話題，問他的工作。他是倉儲物流出租公司的員工，負責開堆高機，將客戶指定的貨物運進運出。貨品可能是電子產品，也可能是運動飲料或洗髮精，端看租用者而定。

「為什麼做這個呢？」她問。

「隨便，有什麼就做什麼。」阿茂滿不在乎地說。

他是私立科大畢業，家裡原本對他的期許就是拿到大學文憑。在他父母輩的年代，大學文憑是工作的同義詞。只是如今時代不同，文憑成了一張人人都有的紙，還得讓他揹上學貸，算來真不划算，但沒有又不行。

「真奇怪，我們比父母上更多學讀更多書，也沒過得更好。」他自言自語地說。

就算有好學歷，如今也不見得能成為工作的保證。在這努力也不一定收獲的年代，他對未來並無太多想像，不認為能過上有穩定職業，將來儲蓄、投資、買房成家的人生。

但那都無所謂。

阿茂的住處，是向大學時代的學長承租，幾乎只要付水電費，開銷很低。對他而言，只要賺夠吃飯買材料的錢，以及能定期償還學貸就好。即便母親覺得他不爭氣，但他既不跟家裡拿錢，母親領勞保不靠他奉養，三節他還包紅包回去，因此家人的評價對他而言無所謂。

阿茂說，他母親不久前才剛在電話上碎唸，說他們這輩人過的生活渾渾噩噩，就像在大雨滂沱中瞎開車。既看不清前後左右，也沒有路燈，只能看到車頭前方三十公分，目光短淺如豆。

儘管境遇跟阿茂大不相同，逸荷覺得他母親的觀察有些道理。即便有好學歷、去過遠方打拚，她也常覺得自己的生活，如同置身一片視線不清的暴雨中。

當逸荷這麼說，阿茂冷哼一聲，說他不覺得有啥不好。「看那麼遠幹麼？」他表情木然，用死板的聲音說：「開車該做的都一樣：保持定速，變換車道要打燈，不要撞車。反正都一樣，幹麼知道那麼遠？」

他跟過去並無瓜葛，對未來沒有期盼，但他有的是現代的科技新知，曉得如何獲取必須資訊，而那可是無窮無盡。他只要埋首在自己的一方天地裡就行。

逸荷不禁笑起來。幾天前她去基地外的抗議現場，又碰上來鬧場的人士，大和民族主義者與他們的南島支持者。乍看之下，這兩派應該水火不容，支持日本民族純血論的大和派，本不該與南島島民混作堆，不過世間無奇不有。只要雙方利害與共，看似奉為圭臬的主張也可扔到旁邊，待到事過境遷，再若無其事端回來。

在那場合，有個約莫逸荷母親年紀的南島婦人，手拿擴音器，朝棚下靜坐的年輕人們大喊：「像你們這些年輕人，都還沒生小孩吧？沒有小孩的人，當然愛怎麼樣就可以怎麼樣，因為你們不用負任何責任，不必認真考慮將來。你們自己就是一群永遠長不大的小鬼，憑什麼對國家未來發表意見！」

在場的抗議者們面無表情，知道面對踢館，最好的方法是充耳不聞，不過逸荷心想，男性們漠不關心或許是真的，但像她這樣所謂適齡生育女性，聽了應該有氣，覺得這番話衝著她們來。大凡生子擇偶類的問題，通常被歸因為女性的錯，她們近年來學歷太高、賺得太多、標準太嚴、子宮又不爭氣云云。逸荷偷眼看身邊的立夏，雖然表面上不為所動，但可能也憶起種種不愉快的過去。

阿茂這番自我封閉的主張，正對逸荷的胃口，因此她附和：「是啊，我也覺得人不用看太遠。要撐過現在都很不容易了，還管未來？」

發覺彼此價值觀相似，令逸荷覺得阿茂的面無表情、簡短回答，乃至缺乏抑揚頓挫的聲調，都變得親切幾分。

她問他是怎麼跟民族音樂沾上邊，阿茂說是機緣湊巧。從前社團的南管老師，就住在他老家隔壁，經常聽見鄰戶傳來琤琤瑽瑽的彈奏聲。久而久之，他也想學，但首先需要樂器，而他家不太優渥，他想到何不自己動手？古人學音樂，只怕也沒有音樂教室或系統化教學，他就不信自己製造樂器，外加土法煉鋼，每天聽音自學不能學會。他上網查詢樂器構造，開啟了自製樂器之路。

2

車子來到高鐵站時，阿茂口中的朋友已等在一樓上車區。那是一個瞇著眼睛笑盈盈的大個子，穿著淺灰色汗衫，年紀跟他倆差不多。他上車後自我介紹，說可以叫他卡比。他似乎期盼逸荷露出會意的笑，但她一臉摸不著頭緒。

「妳沒玩過寶可夢嗎？」卡比說，明顯有些失望。

「沒有耶，抱歉。」

「沒關係，一點都沒關係。」

倒是阿茂，似乎覺得大有關係，劈頭高聲抱怨：「你要搭便車，是不會更早說？昨晚聯絡今早就要搭，我改計畫有這麼容易？」

「喔？你不方便嗎？」卡比愕然：「不方便的話，就別答應啊！你遲到了快十五分鐘，我都想去搭公車了。是想說都跟你約好了，才繼續等的。」他似笑非笑：「說有這樣的？等人的都不追究了，遲到的那方反而發脾氣。」

「不答應行嗎？你說沒來過，分不清東西南北，不知道怎麼搭車，我是當地人我能說不？我咧幹——麼不早講！害我變更計畫，害我遲到！」

阿茂連髒字都用上，卡比連忙緩頰：「好嘛好嘛！都是我錯，就說我也是臨時被聯絡代打的咩！」

兩人鬥得激烈，逸荷也打岔緩解氣氛：「卡比是來辦什麼事？」

「我來辦工作坊，等一下要到大學去。」卡比回應。阿茂則以平板的音調補充：「教人做塑膠樂器。」

這對朋友是透過臉書認識的，因為雙方都有製作民族樂器的興趣，但手法可是大異其趣。卡比做的是濾水器業務，對塑膠製品甚有了解。他自己開發出一套水管樂器工藝，到處開課教人，今天要教塑膠二弦，採用三吋PVC粗水管代替竹筒，晒衣竹充當琴桿，鐵絲做成琴弦。至於琴弓則是買樂器行的現成品，因為馬尾鬃毛實在太難取代。

在逸荷聽來，水管製琴簡直異想天開。「那樣子音色好嗎？」她問。

「有點像蛇皮二胡的效果。」卡比說。

「不錯。」阿茂也幫腔。自從卡比上車，氣氛變得比較熱絡，他話也變多，但可不盡然都是幫朋友說話。他緊接著說：「要推廣，那也算個辦法，但你既然會做，不去挑戰真正的樂器，老是鋸水管。」他最終哼了一聲，代替評價。

儘管阿茂沒說出口，卡比沒有忽略他的輕視，回嘴道：「挑戰『真正的』樂器！可以呀，那也不是不行，前提是你知道什麼才是『真正的』。」

逸荷糊裡糊塗地聽他們爭論，不明白重點在哪。

在此之前，逸荷從沒去過舊木料行，甚至不曉得有這種店家，不過隔行如隔山，世上多的是她不懂的事情。

第一間店位在大馬路邊，占地廣闊氣派，招牌醒目，周圍用鐵皮圍牆圍起，而且還剛好有一條灌溉溝渠沿牆通過，儼然成為護城河。阿茂把車停進密生咸豐草的渠道邊。逸荷從副座打開車門，只見滿滿鬼針，差點下不來，可是兩名男士看也不看，逕自走進那座圍城，她只好從駕駛座爬出來。

店家的主要建築，似乎是某種廠房改建而成，或許前身就是一座木工場，如今成為堆置回收木料的倉庫。廠房三面的圍牆都被撤除，留下鐵皮頂蓋跟後背的牆壁，連接到辦公室。倉庫內有幾名店員模樣的人閒站著，眼見他們走來，卻都只是瞄上一眼，沒有走近招呼。阿茂跟卡比不以為意，東翻西找，熟練得很。

逸荷跟在他們身後，面對眼前堆積如山、毫無標示，看起來顏色都差不多的木板，實在不曉得在看什麼，只好問阿茂：「你知道自己在找什麼嗎？」

答曰：「知道。」

「所以你都不用找人問？」

阿茂聳肩，壓低了聲音，說這間大店基本上不會有他要的東西。舊木店之所以存在，是因近年來南島上的山區天然林禁伐，使得專挑島上樹木的買家，只能收購老家具跟舊房子拆下的回收木。這間店裡進的主要都是寒帶山地樹，紅檜和俗稱黃檜的肖楠，其他的溫帶樹種次之，例如亞杉。這些木料都是高價品，店員也心裡有數。

「我們太年輕。」他簡短解釋，卡比則說：「我們這種客人，顯然買不起。他們在等的，是那種會指著一堆檜木，說『這批全要』的大設計師。」

卡比說，這裡有不少珍貴木料跟再生作品，是個可以大開眼界、刺激新點子的地方。外加他本人是創新派，格外喜歡這間店的豐富品項。阿茂則指著倉庫盡頭的辦公室旁邊，有一間上鎖房間，要她透過玻璃窗看裡面。

「那我們幹麼來？」

儘管外牆是鐵皮，卻鑲著木框玻璃窗，窗框也是古物，稜角上有些凹痕，碰撞與歲月的痕跡。逸荷湊到不甚乾淨的窗玻璃上，看見裡頭是一間客廳模樣的樣品間。有整塊漂流木製成的茶几，樹頭作的椅子，最醒目的是整面邊牆，由深淺不同的褐色木板拼貼而成。

那牆上總算有貼標籤了。暖土色的均質木板是桃花心木；淺棕色、泛出一陣陣音波似的花紋，那是臺灣扁柏；大批銀白蚯蚓在雨後紛紛出土，扭扭捏捏橫向過街，那是白櫟；徑切紅檜的平行細紋，如同用鉛筆和尺劃出來般精確筆直；在黃砂底色上爬滿細細皺紋似的暗影，又像從木板中心向外噴發出黑色的日冕烈焰，是楓木的樹瘤……

阿茂從她身後，用死板的語氣說話。逸荷發覺他一旦進入狀況，儘管還是有些嘴鈍，其實也挺能說的，像用手機的自動語音讀維基百科。他說，南島上的方型梧桐木三弦，發源自大陸的小三弦，原本該採用紅木琴框與蛇皮蒙皮。但是島民多數生活匱乏，用不起那麼好的材料，琴身外框改採其他硬木，蛇皮則用輕木——梧桐或泡桐取代。由於都是替代品，該採什麼樹種、用何種形制，向來因製作者而異，從來沒有定見。

他最後下結論：「總之，島上動亂太久，人們還沒有空去管到樂器。都是堪用就好。」

反過來講，形制未定，也表示製琴師可以參考他種樂器的做法。三弦後來往北傳到沖繩，在那裡成為用牛角指套撥奏的三線。

「三弦在琴弦末端的固定，要把三根弦彼此隔開。很多人會釘根釘子，或是鋪上皮革墊片。也有人鑲木頭。

那都沒有美感。我幫妳修的時候，用沖繩三線的繩結。」阿茂說。

不僅如此，沖繩三線繼續向北傳播，到了日本近畿，又演化出象牙或玳瑁撥子撥奏的三味線。由於已是溫帶，此地缺乏三弦與沖繩三線琴身需要的熱帶巨蟒，三味線的琴身蒙皮改採貓皮。在琴身外框的用木上，也演化出不同於它的圓形祖先們的美感。

好比在琴桿，樂器最顯眼的部分，他們會使用虎皮斑紋的紅木，使它在燭光下看來波光粼粼；三味線的琴身，是四片木板拼成的方箱子，兩側的木頭，則使用有山型紋或同心圓的弦切材。琴師自己看不到，但臺下觀眾仰望的時候，就會剛好看到琴身兩側的圓形紋樣。阿茂望著屋內那面拼貼牆，最後說道：「我很喜歡參考三味線的方法。」

卡比笑著插嘴：「這就所謂『禮失而求諸野』。我們不知道三弦的傳統做法，只好參考它的子孫。」

阿茂聞言，卻一臉不快。「野，為什麼？為什麼人家是野？」

「說說而已嘛。」

「人家是野，我們不是。你、你講的好像別人都學來的，跟我們學的。」

「就三弦而言，確實是這樣啊。沖繩三線跟三味線，源頭確實都來自三弦呀。」卡比不甘示弱地回應。

「誰先誰後，那又怎樣？有值得學的，就該跟人家學。你老強調自己是祖先，就你自己最聰明，別人都學來的。」

「他老是這樣，一點玩笑都開不起。」卡比對逸荷說：「抓著你話裡頭幾個錯字，一直一直辯。」

「那不是錯字！」阿茂語調仍舊平板，但瞪突了雙眼，大不贊同，口吃益發嚴重：「隨口講的話，就是人真正的想法。你、你、你覺得亞洲各國，都是學中華圈的。你，是個大中華主義者！」

「並不是好嗎？有時候人講的話，不見得就會流露出潛意識啥的，只是透露出成長環境。常聽常用，自然就脫口而出了。我的成長環境就文謅謅，所以我講話也文謅謅。但我們別爭這個了。」

卡比脫口就吐出這麼一長串。在口舌之辯上，阿茂顯然不是對手，但他似乎不甘心就此罷休，怒沖沖地說：

「你跟她講愛、愛心洞的事！」

卡比嘆了一口氣。他說，他跟阿茂之前嘗試要改善木板三弦的聲音，因為用木板取代蛇皮後，聲音聽起來比較沉悶，最後覺得在背板上挖洞的效果甚理想。在試過圓洞、方洞等基本造型之後，意外發現挖成愛心洞的共鳴效果最好，原理不明。他們自以為是了不起的新發現。

隔幾年後，卡比到泰國出差，才發覺人家從十四世紀開始，就流傳有類似的傳統樂器——椰殼製的三弦胡琴。它長得像三弦，卻非彈撥，而是像胡琴、二弦一樣擦弦演奏。琴身由椰殼製成，後方的音洞形狀是三葉草型，比愛心洞還多出一朵圓瓣。

「做樂器經常是這樣：你以為自己有了新發現，其實只是懂得不夠多。」卡比最後說。

「交流也變難了，不然我們應該懂更多。」阿茂補充。

「為什麼會變難，不是有網路嗎？」逸荷問。

「大家都這麼說。」阿茂摸著身旁的木條，隨手從邊緣撕下幾縷切割不平的木皮。逸荷聞到一股山楂餅似的微酸馨香。她伸手把那木皮要來，放在鼻子下細聞。

「亞杉。」阿茂拍掉手上的木屑。「樂器，樂器是要看到比較準。看得到，摸得到。」

卡比解釋：「手藝的東西嘛，親眼見到一定比透過網路準確。再說我在網路上要怎麼跟國外的人溝通？英文？很多民族音樂高手都是一般人。就算我會打英文，對方也不一定會啊。還不如回到從前那樣。大家自己開船來貿易，沒有海關什麼的，在港邊就能見到形形色色的人跟東西。能親自見到面，就算語言不通，用比手畫腳、用音樂，能傳達的東西一定更多。」

他們在樣品屋外大發議論，引起店員注意。一個小夥子走上前來問：「要找什麼嗎？」

「沒有特別，碰碰運氣。」阿茂回答，似乎很習慣了：「最近有做成什麼大筆的？」

「還真的有，要看嗎？」

小夥子領他們繞到樣品屋後面，那裡另有一座棚子，比前面的倉庫來得小些，所有的木料上頭都貼著「客訂」的紙條。棚底中央清出一塊空間，放著工作檯，檯面上擺著一塊長而寬的黃底木料，有一艘單人獨木舟那麼大，上頭橘金色的紋路隨不同角度的光線擺動，像燃燒的火焰，又像孔雀羽毛紛紛飄落，甚至連羽毛上的眼紋都有。小夥子指著它，得意地說：「整塊黃雞油原木，可不是拼接的。」

「從哪找到這麼大的啊？」卡比問。

「是吧？現在已經沒有這麼大的樹囉，只能在舊料裡找。」小夥子滿臉得意。「要做電視櫃的。雙面刨光保留原色，只噴一點平光漆，就已經黃到流油，美吧？」

「美，很美。價格一定更美。」阿茂說。

「講到價格就傷感情。」那年輕小夥乾笑：「反正不是我們用得起的。」

他們離開，往車子走去。阿茂邊走邊說，這種高級的店看看就好，他要找的樂器材料，偏巧都是旁人眼中上不了檯面的爛樹，諸如龍眼木、杉木、梧桐、泡桐等等。還能採伐的平地淺山樹種，因為不是非用舊料不可，相對而言不受回收行青睞。雞油、臺灣樟或許還能找到，但更低階材料，杉木、龍眼木或相思木，就很難在高檔的材料店裡找了。

「這就是你的問題所在：你覺得應該要恢復傳統的製作知識，跟鄰近的文化多交流，這我都沒意見，畢竟很多祖先的知識都流失了，是該找回來沒錯。但你堅持要用跟從前一樣的材料來做琴，我就不贊同。」卡比說。

卡比認為，民族音樂遇到的問題，是它如今已不再是人們生活的一部分。既然如此，當務之急應該是要令它重回生活，變得容易接觸、方便取得。如果製作樂器的材料太難找，不能夠人手一把，就算阿茂將它復原得再「正確」也沒用。

「所以說，ＰＶＣ水管真的好處多多：容易取得，材料便宜，做起來快。不必像木材，光是等到完全乾燥就要好幾年。塑膠琴還可以開課ＤＩＹ，讓不想演奏的人至少能體會製作的樂趣，一個下午就人手一把。我真覺得不要拘泥在傳統的材料上。」卡比說。

「傳統材料，是有道理的。」阿茂板著臉，對卡比的意見不以為然。他用平板的語調解釋，說梧桐跟泡桐長得快、材質輕，在溫帶還能做木格子或抽屜，但在潮溼的南島，容易腐壞變形，完全不實用。託它沒啥大用的福，先民才有材料做樂器。另一方面，生長時間短，材質均勻平滑，不會吸音，音色會響亮。很多樂器採用梧桐跟泡桐之類輕質的爛木，不是沒有原因的。

「原來如此，我以為是文化因素，『鳳非梧桐不棲』之類。」逸荷說。

「那是後來才出的。先發現梧桐好用，後來才造故事。」阿茂果斷地說。

「塑膠也有它的道理呀！要說文化的話，它也有文化。」卡比並不服氣。「有段時間，我們的祖先還真的用塑膠做琴！就在戰後不久，因為美軍空襲，蓋房子的木頭大缺，就連爛木都不夠了，哪來的材料做樂器？戰後的水管琴就是當時『真正的』樂器。你不能說只有美麗的故事才算文化，千瘡百孔的過去就不算。」

話題兜回兩人一開始爭論的「真正樂器」上。經過前面一番爭辯，逸荷總算聽得比較明白了。卡比強烈主張，所謂「真正」與否，是相對而非絕對的問題。

「我們現在正是來到需要塑膠的時代。你說三味線的琴身，有同心圓的弦切材很漂亮，但那種切法，在我們這種高溼度地區最容易變形了！如果讓人買了樂器之後又要買防潮箱，還要保養，那會剩多少人要學？塑膠做的至少不會發霉。」

「明明就會！水管、臉盆勺子，都會發霉。砧板也是。」阿茂吐槽。

「發霉也是擦一擦就好嘛！塑膠就是方便，永遠不會壞，刷完後又像新的。」

「你、你要永遠？」阿茂又哼了一聲：「你要永遠，你要速成！那就不是民間音樂！」

他們來到第二間店。那店藏在一間歇業檳榔攤後的小巷子裡，既無招牌也沒店名，甚至連圍牆跟大門都沒有，茶色本田就這麼一路開進巷內，抵達盡頭一戶人家前廣場。廣場兩邊是比人高的七里香樹籬，正值花期。只是太久沒下雨，花朵看起來比正常尺寸小了一輪，樹籬下滿地零亂的白色碎花，已然乾縮。

這間店看起來就沒規矩得多。店鋪主體是一幢兩層樓的建築，二樓看起來是住家與佛堂，透出暗紅色的燈光，頂上還有加蓋的鴿舍。底下一樓包括騎樓則充作店面。木材並非全部儲存在有遮蔽的騎樓下，有幾堆木板條、一些木門木柱，以及其他看不出原先用途的木塊，被立置在騎樓前的空地，任憑風吹雨淋。

空氣中飄著七里香清苦的氣味。逸荷覺得，儘管香或不香是非常主觀的問題，有幾種氣味，想來該是多數南島住民能夠認同的記憶公約數。好比在漫漫長夏，頂著令人汗滴腳邊的炙熱豔陽，或是走在帶點蚊香味的溼熱晚風裡，在群蚊嗡鳴的小路上，某個轉角，乍然聞到某戶人家的七里香。

現場不見任何店家人員，後面的辦公室倒是傳來電視的聲音。阿茂停妥車，逕自往那開放的騎樓下走去。他似乎有什麼發現，不一會從木材堆裡鑽出來，手上拿著一片方正的淺褐色木板。阿茂把那拿給卡比，兩人討論一陣，都覺得是某種合板，可是又不能確定。

卡比揚聲叫喚，過了好一會，才有一身形肥壯的中年男子，一面挪動頭頂上褪色的宮廟鴨舌帽，一面慢吞吞從後面的辦公室走出來。

「老闆這什麼木？看上去像梧桐木，轉到後面一看又是合板。」卡比問。

「風化梧桐木。表面有用一層原木，打磨過後只留下木紋的梧桐木。」胖老闆把那合板前後翻一翻，還給阿茂。

「因為你用全梧桐板，在南島這邊，很快就變形了。可是梧桐木顏色又很好看，有些人就喜歡，所以就出這種貼片合板。美國很流行。只是在我們這邊，兩、三年不到，還是會發霉變黑。」

「那這能做什麼？」卡比接著說。

老闆懶洋洋地打了個呵欠。「這收進來，我也不知道能幹麼？有些設計師大概會有想法吧。不知道，設計師的想法跟我們普通人不一樣。」

看樣子，這店老闆沒什麼計畫性，對於收進店內的材料不太在乎。店裡堆滿各式雜物，破損的鳥籠、歪斜的嬰兒床、半面焦黑的神像、垮掉的衣櫃、破洞的門板、發霉的木條澡盆……

即便逸荷完全外行，她都覺得這些物品需要解體歸類、還原成木料，才比較好販售。否則胡亂堆置，一眼望去實在嚇人。與其說是回收木料行，倒不如說像家具的墳場。

但阿茂對此店相當中意，轉身又回到廢家具裡尋寶。他想找尋的廢材，恐怕還真能在這種毫無規劃、亂七八糟的地方找著。卡比則說在塑膠以外，他對美麗的好木頭比較感興趣，背著手在外頭觀望，不打算跟進。

逸荷見狀，向他搭話：「小提琴有百年名琴，但好像沒聽說過有百年三弦，或百年三味線。這裡不會有那種古樂器嗎？」

「其實是有，但只剩文物價值，沒辦法直接拿來演奏。」卡比一面回答，隨手觸摸身邊的木條。那些木條放在露天環境下，飽受日晒雨淋，結構都已損毀。他伸出手指敲了敲，木條發出空洞的聲音，他皺起眉頭。「三弦琴身的梧桐木，是輕薄的脆木，很容易壞，算是消耗品。」

「那可惜了，否則應該可以產生西方名琴那樣的收藏文化。」

「沒辦法，這是構造問題。小提琴是擦弦樂器，發聲原理是用馬尾琴弓去摩擦架高的鋼絲弦，鋼弦沒有直接接觸木頭的琴身，所以消耗的是馬尾。三弦類是彈撥樂器，琴弦直接打在琴柱上。久而久之，琴柱會被削薄，越來越不能用。東方的老樂器要能演奏，全都要拆開，把各部件重新修補。這也是為什麼我不喜歡用傳統材料，太沒擋頭。」

「你是想擋多久，幾十年？幾百年？你自己能活多久？」阿茂似乎有所斬獲，拖著一片上半部已然朽壞，原本大概是漆成淺綠色的門板冒出來。說是杉木，不值錢的木頭，卻也是傳統的樂器材料之一。

「民間樂器本來就這樣，活得跟人一樣長。沒有要留在世上幾百年。」他撫摸那塊半朽的門板，拍去灰塵，端詳厚度，似乎越看越滿意自己。

「是啊，壽命短又難維護，所謂的『水某歹照顧』。這也是一種魅力，但對初學者而言，太麻煩了。」

「那些嫌麻煩的，可以找別的興趣。」

「不用那麼凶吧。」卡比嘆氣。

「既然這麼重視傳統，那你反對改良囉？」逸荷插話道。

「不，那、那並不衝突。我有在妳的三弦上改良，半蛇皮半木板的琴身？妳那時很生氣。」

「只氣一下下而已啦。那就是改良？」逸荷問：「所以你的標準是什麼？音質？美感？」

「音質要顧。」阿茂點頭。「然後要能做到當下，你能做的最好。」

卡比替他解釋：「我懂他的意思。很多人會覺得，傳統就是在過去找到一個標準，去比較現在有沒有做對，但不是的。過去的就過去了，但我們跟音樂都還活著，還會往前走。如果當下的最好是梧桐木，梧桐木就是正確的；如果是ＰＶＣ水管，水管也是正確的。」他戲謔地望著阿茂：「你是這意思，對吧？」

「水管在現在，並不是最好！」阿茂氣呼呼地反駁。

「是啊，這點我們沒有共識。」卡比說。

這對朋友的想法天差地別，連說話風格都互斥，不過在把卡比送到目的地後，車上氣氛冷卻不少。阿茂本想把卡比送進校園裡，逸荷對此小有期待。位處丘陵上的私立大學，上次她來還是小時候，當時是為了等待外公遺體在隔壁的火葬場火化，被媽媽帶去那打發時間。儘管沒留下太好的回憶，但她頗想乘車看一眼校內的相思林，但卡比堅持要在校門口下車，說是要買完午餐再一路散步進去。

阿茂提早放人，有點抱怨。他說卡比的想法沒有道理、太過單純，因為還沒死心，還想搞推廣云云。抱怨歸抱怨，語氣跟剛剛比起來無精打采許多。

逸荷心想，這兩人倒是一對寶。儘管都在場時爭得沒完沒了，像兩尾靠得太近的鬥魚，鼓起鰓蓋威嚇不已，但缺少其中一個，另一個也消風，好像把今天的氣力額度都用罄。

「意思是你就死心了？」她反問。

他點頭：「會來的人就會來，不會的人就不會。用不著推廣。」

「所以你覺得這樣也ＯＫ，一直做很小眾的樂器，堅持一些大概只有樂友在乎的工法？」

阿茂聳肩。「反正，只要我在，它不會消失；等我不在，也就什麼都不知道了。」

「你是說要跟它同生共死！」

「同生共死……？」阿茂皺著眉頭，反芻這幾個字。「我是說，沒有人管得到死後，但在我活著的時候，還會有人懂它。」

「就是我說的意思啊，跟它同生共死！」逸荷驚呼。「這是真愛耶，好浪漫！」

「哈。」阿茂回答，語氣中恍然大悟的訝異多於高興：「是嗎？同生共死？可以啊。」

他們都沉默。只聽得外頭車水馬龍的喧囂。

3

許是受到全球性的氣候異常波及，明明已進入梅雨季，島上滴雨也無。更別提向來缺水的中部。逸荷特別欣賞中部的雨，覺得個性乾脆，不會像島的北部，空氣中飄動著要下不下的躊躇雨霧。也不像北島，規劃精良，當氣象廳說雨季開始便應聲而下，說雨季結束則聽令收兵。當然雨是無情之物，不管怎麼下都沒對錯，不過人總能為自己熟悉偏愛之物找到許多理由。

中部的雨，要麼絲毫不下。無視雨季到來與否，照舊苦旱連綿焚風炙地，草木焦黃蒙塵，景物在熱浪中扭曲。要麼便是突如其來的急襲，傾刻間風雲變色天空開裂，草木歡騰翻滾，人被雨箭擊打得滿頭滿臉，措手不及，雨傘沉重得難以單手支持。就連穿雨鞋出門，都能被灌上兩筒子亮晃晃的免費天水。

然而今年，梅雨鋒面遲遲不來。儘管立夏說過，不下雨比較好，否則基地外的抗議帳篷環境將變得相當惡劣。由於基地圍牆外空間有限，緊臨馬路，又沒有人行道，因此那些棚子實際上是搭在乾水溝上。天氣晴朗時，沒有加蓋的乾溝可以拿來存放物品，再蓋上一塊對街廢木場拖來的舊棧板，人就能坐到上頭，儼然成為地下儲物空間。但雨天就折騰了。由於地勢起伏劇烈，即便雨勢不大，溝裡的雨水仍可以湍急流動。存在溝裡的東西都得拿出來不說，光是坐在棚子底，也會覺得周遭水花四濺。

更糟的是臭味。一旦下雨，基地周遭便會彌漫刺鼻惡臭。沒處理好的化糞池——如果這就是理由，那還值得慶幸，立夏說。許多美軍基地底下都埋有劇毒廢棄物，因為那些東西無論在哪裡都不能回收處置，當然更不會運回美國本土，通常是就地掩埋。在南島，由於越戰期間曾是轟炸機基地，許多退役美軍都曾證言，此地埋有大量沒用完的橙劑和有毒空桶。

「就算土地收回來，可能也會好幾十年、幾百年不能使用，連地下水都可能受汙染了。」立夏陰鬱地說。

逸荷沒料到關於雨的話題，會喚起這麼嚴肅的聯想。相比之下，今天她不用去基地，而是到蕨音家討論，氣氛該會比較輕鬆愉快。

蕨音還住在從前的家裡，逸荷在高中時期去玩過幾趟。三十出頭的人還住父母家，給人的感覺似乎不太爭氣，實際上這樣才真能省錢，無論對蕨音或逸荷皆然。何況她們碰上的，也是空前絕後的富裕父母，戰後嬰兒潮的奇跡世代，靠著平凡穩健的工作就能存到不錯的積蓄、購置房產。蕨音的父母在郊區另有一小塊田跟農舍，退休後就搬到農舍裡享受田園生活去了，把市中心的舊家留給女兒照看。

能夠時不時跟依然單身的老朋友見面，令逸荷有時錯覺，一切似乎未曾改變。高中時期，她們在校刊社一見如故，從認識的第一天就覺得對方很好聊，儘管旁人都不這麼看待。身形壯碩、總是板著臉、滿臉痘痘的蕨音，表面上不好親近。老有人問逸荷，為何能跟蕨音那麼好，她明明看起來一臉生氣樣。

「嗯，是啊。但那會怎麼樣嗎？」逸荷回應。蕨音確實看上去很凶，但不知為何，她不害怕。即便蕨音真的生氣了，她也不會被嚇退。這就註定她們可以當長久朋友。

感覺歸感覺，她們當然早就變了。逸荷去到北島工作，交過幾個不值一提的另一半；蕨音待過緬甸、尼泊爾的慈善機構，在撒哈拉寫生，還去西藏、南歐等地徒步旅行。她們都不復當年校園裡的單純無知了。

她準時抵達蕨音家外的社區警衛室。約莫十分鐘後，身穿淺灰色上衣、手臂套在花色袖套裡，頭戴黑色半罩式安全帽的蕨音，終於騎著老舊的深藍色山葉機車現身。因為就要晚上了，她先把車停進地下室，再上來接人。

逸荷幫忙接過一些掛在手把上的東西。

「抱歉讓妳等。要喝飲料嗎？但已經不冰了。」蕨音從車前掛鉤處，舉起一杯袋裝的手搖飲，低頭看杯子上的標籤：「──珍珠梅子烏龍奶茶。」

「才不要，那是什麼鬼？」

「不是我點的啦。我撿到一個迷路的人，送他去火車站，繞了點路。」

「這是在開玩笑嗎？」

蕨音說，她在來時路上遇到一個軍裝小夥，很明顯的東張西望。她停下來問對方發生什麼事，小夥子說他在成功嶺的自衛隊基地當兵，遇上休假出來玩，要去趕火車，卻遇到手機沒電。他是第一次進市區，人生地不熟，正在煩惱。

蕨音告訴他，公車站就在前面的轉角，但剛剛開走一班了，下一班可能要一、兩個小時。她問他的火車幾點？小夥說了時間，蕨音回答：「那別等了，你留的時間不夠，就算搭到公車也來不及。你是要叫計程車，還是你不介意搭陌生人的車，就讓阿姨載你去？」

那小夥選擇搭蕨音的摩托車。臨走前把他的飲料送給她，說是剛買的還沒開喝。

逸荷聽了不禁驚呼：「我靠！妳搞什麼，打算當天使嗎？」

「啊？」

「我是說，社會需要更多妳這種善心人士！但注意一下安全吧，我可不敢隨便停車，在路邊載不認識的男人。」

「才不是男人，他看起來比我們小，是小朋友啊。」

「妳說他從成功嶺基地下來？那就男人啦。」逸荷說：「我們都老了妳不知道？比我們小的如今也算男人了。」

蕨音把車騎進社區的地下道，逸荷望著眼前川流不息的街道。隔兩條街就是綠園道和美術館。從前沒人料得到，蕨音後來的工作會跟美術館有關，也是誤打誤撞。

只要新市長上任，這一帶是務必大興土木修整的模範生活圈，幾條南北向的主要道路名稱都帶個「美」字：美村路、華美街、中美街……乍看之下，這似乎與綠園道盡頭的美術館相關，真正的理由，其實是此地美軍眷舍林立。

儘管實際持有土地的國有銀行，因著房市熱絡供不應求、市中心往南擴展等因素，已經收回大半地權並且轉賣，緊臨大路的兩側均建起簇新大樓，仍有一部分的眷舍並未改動。傍晚時分綠園道上的跑步者，依然可見白種人和黑種人身影。

附近綠地充足。逸荷小時候，一家人也曾像多數有孩子的家庭，放假時到這一帶散步，對巷弄間夾道的美軍眷舍嘖嘖稱奇。眷舍都以白色為基調，斜頂房舍的形制大致類似，也都有頂上鑲空心花格磚的水泥外牆、紅色鐵門，庭院卻各顯其巧。有人種植楓香，也有種木瓜樹的，或是圓葉子的福木、近幾年甚為風行的山櫻花，有一戶長了綠瀑似的大叢茉莉花。

如今，只剩一部分眷舍還沒拆遷，維持原樣。隨著城市擴張，軍眷搬遷到更多富人居住的南邊重劃區。鄰近的區域則一如既往，美國風味濃厚，充斥美式咖啡廳、美式餐館、PUB、健身房。

蕨音家在七樓。逸荷記得從前來時陽光刺目，公寓內悶熱不堪，蕨音媽媽為了顯示好客，特地打開久未使用的冷氣，那老式窗型冷氣機工作得隆隆作響，彷彿戰車。今日再來，裡面卻是薄紗籠罩般陰暗，周圍都建起更高的大廈。

餐桌上散亂許多白色壓克力的小螺旋，看不出個所以然。蕨音說，那是同時進行中另一個案子的模型，她已經沒日沒夜地趕工了好幾天。客廳表皮破損發黃的米色沙發跟茶几上，則都堆置著美國漫畫，逸荷還滿詫異蕨音有這種嗜好。畫中男人都一身隆隆肌肉，女的都有鮮紅色的豐唇跟茂盛頭髮，動不動就吐出有橘色、螢光綠色等鮮豔色彩的大寫字母。

蕨音一面把書撥到旁邊，說這都是參考資料，一面講起她的計畫：「簡單的說，主辦單位給我進入展區後第一個轉角的位置。那裡相當顯眼，旁邊是玻璃帷幕牆，從外面也看得到，我想好好利用這點。」

「噢。」

「這附近很多美國軍眷，傍晚在美術館外的草地上，我希望引起他們的注意。就算他們本來沒打算走進美術館，從外面看到我的畫，也許就會……所以，我想採用他們熟悉的美式漫畫風，誇張的、強烈的風格。」

她說這些時兩眼放光，一頭蓄勢待發的獵食動物，等不及要大顯身手。不曉得為什麼，逸荷有些煩躁。大概是嫉妒。蕨音擁有她所沒有的，對自己的明確定位，以及對生活的篤定感和期待。

「哇……聽起來妳已經很有想法了嘛。」逸荷回答，希望聽起來中肯冷靜，但又不要太事不關己。

「是的，我希望跟妳一起抓出幾個採訪稿裡的重要場面，最好是顏色漂亮的。」

蕨音滔滔不絕地說，以目前她看到的採訪稿內容，清泉崗的美軍基地，這個最重要的主題，是一定要放，但不能在太顯眼的位置，讓人一眼看穿作品的企圖。也許先用一些有東方特色的要素吸引他們。貴船神社不錯，還有那齣怨靈出場的能劇；網咖跟援交女孩應該，也很符合老美對東方的想像；至於巨大的古墳，那就算了，聽起來不顯眼……

「意思是說，找一些獵奇的場面？」逸荷冷然插嘴。

「可以這麼說。就是對美國人而言陌生，卻又有某種美感存在。因為基地這主題，太嚴肅太苦悶了，需要多點包裝，弄得熱熱鬧鬧、顏色鮮豔。」

「這方向性，聽起來很像廣告商要賺點閱率啊。為什麼不乾脆做動畫算了？會動的東西比較吸睛。」逸荷說，清楚曉得自己語氣發酸。

「做動畫很花錢，我沒分配到那麼多預算。」蕨音認真回答，停頓了一下，大概發覺逸荷的不滿，抬起頭來直視她。

「嘿，我不是故意要炒作，只是覺得這議題既然重要，首先要弄得有趣好玩，吸引更多人注意。妳的採訪稿不也有提到，有人跟我意見相同？說要辦音樂會的那個？」

「是啊，妳向來不走華而不實路線，除非逼不得已。這我知道。」

「妳不贊成？」

「那聽起來實在有點……不知道怎麼說。但當然，這是妳的案子，妳的創作，妳說了算。」

「當然不是我說的算。我找妳不單是想要個助理，也想聽妳的意見，妳向來很有獨特見解。所以是哪邊不好？」蕨音是個熱心的大好人，但凡是人都有地雷：她對自己的作品非常固執。逸荷聽出她的語氣僵硬起來了。

「不知道，很難講，我只是覺得把吸睛當成主要目的不太對。」

「難道該把不吸睛當成目的？」蕨音笑出來：「還沒聽說過有這種作品。當然啦，很符合妳的風格，因為妳喜歡低調。」

「是啊，外行人憑感覺說說而已。妳要問我的意見，就會有這種問題：我不是藝術家。」

逸荷一方面告訴自己：妳沒剩幾個朋友，不要亂發脾氣；另一方面，又無可遏止的想要高聲吼叫。聽蕨音講計畫，讓逸荷覺得像回到小時候，從圍牆外仰望美軍眷舍，想像裡頭的人過著幸福快樂的生活。

她起身拉開客廳紗門，往外走到陽臺上。就如立夏說過的，這種時刻，要是會抽菸就好了。就有超完美藉口，得以暫時離開現場。

陽臺上有一整排盆栽，容器各自不同，有紅褐色的陶盆、白色塑膠掛籃、廉價的磁製水藍色大象，裡頭種的清一色都是斑葉黃金葛。逸荷曉得理由：蕨音是盆栽殺手。一旦開始埋頭工作，便會忘記外界的一切，包括植物的需求，最後只有黃金葛能活下來。儘管如此，她卻又有實際需求：因為風向關係，中部盆地在冬天霧霾嚴重。據說在家戶通風口擺放植物可以吸附 PM 2.5，搭配室內空氣清淨機，效果加倍。

陽臺外面，街道上的招牌正從暮色中一盞一盞亮起。賣漢堡跟牛排的美式餐廳、健身房、溫水游泳池跟花園西餐館，還有儘管從這角度看不見，其存在感卻不容忽視的美術館，如同這一整個區域質感高級的保證。現在應該已經閉館，只是打亮周圍草地上的照明燈⋯⋯

由此大概可以想像，居住在模範生活圈內那些美軍及軍眷的日常生活：清早先沿著兩條綠園道和美術館晨跑，如是假日，不妨帶著全家老小及貓狗到美術館的草地野餐或日光浴，下午到花園餐廳喝茶，再去旁邊的溫水游泳池來回個幾趟，晚上則去 PUB 狂歡⋯⋯有著綠意、健康汗水、精實肌肉、適度放鬆而充實。

簡直是廣告或電影裡走出來的，美式模範好生活：夫婦加一對孩子，住在有綠地的市中心精華區，養一條黃金獵犬，開休旅車。

沒什麼不好，只是逸荷偏打了個寒顫。更精確來說，憑藉直覺，她感到這樣的「好生活」並不歡迎她。

「沒錯，我對未來沒啥期望。」她想對那片風景大喊大叫：「我只想盡到責任，把我媽好好送上路，這樣我自己也可以上路了。但是，但是在這等待的過程，盡完責任前的等待，就實在是太長！我的時間太他媽的多！」

身後的紗門被拉開又闔上，蕨音也走出來了。

「我會在睡飽一點後，再看一遍妳的採訪稿，想想看別的做法。我知道我花在這案子上的時間確實是不太夠，我都把心思放在趕工另外一個。」她求和似的說。逸荷還是有氣，但朋友都放低姿態了，她也不禁有些愧疚感。

「沒啦，我也沒資格說什麼……我是自己壓力大啦。妳是看在我需要幫助，才聘我當助理的吧？」

蕨音皺著眉頭。「我怎麼會覺得妳需要幫助？妳是我認識的人裡面意志最堅強的。」

「妳確定？我不是跟妳說了一堆瘋話，不生不婚安樂死，世界要毀滅了之類。」

「是啊，但妳還說要領養小孩呢。」

蕨音認真盯著她，停頓了一陣子。見後者滿臉空白，又續道：「妳不記得了？我有點感動的說。」她思索著用詞：「就像在很燙的柏油路上，依舊開出酢漿草的小黃花的感覺。」

「那算啥？裝什麼可愛？」逸荷嘴硬地回答。她完全不記得了。她有想過領養小孩，但不記得曾對誰說出口，當然不認為有對蕨音說過。

蕨音轉述當天她的話——

「其實，我也不是真打算完全不養孩子。我只是，該怎麼說……我真正想做的是野鳥救傷中心。每年的梅雨季或颱風天，風雨不都會吹落許多幼鳥嗎？我小時候常會撿來養。養得多了，後來只要有同學撿到，通通會帶來給我，認為我特別有經驗。現在的話，撿到雛鳥可以送到野鳥學會，從前沒有這麼完善的機制，那時的我就像野鳥救傷中心。我會去學校跟公園裡捉昆蟲，動員全班同學捕蜻蜓，把蟲子拔掉翅膀、撕碎了餵給鳥吃。這可不是人人都做得到喔。就一直養，直到牠們都長大，再帶到原本撿到的地方放飛。

「所以有朝一日，等我的存款夠了，而又還不到可以死的時候，我想去領養。我不想再製造人口了，可是對於已經來到這世上的鳥，我可以把牠們領來，給牠們很多，然後在某天，等牠們準備好了而我也是的時候，放手讓牠們飛走。像這樣的野鳥救傷中心。」

她們都不再說話，望向陽臺外的遠處。雨始終沒下，更遠的地方，在那些閃亮亮招牌之外，從這裡可以望見綠園道一角，在傍晚蒸騰熱氣中昏沉沉的綠。那是逸荷在北島上常想念的亞熱帶，鮮少開花，或就算開花也很低調的路樹們。漫漫長夏，油肥濁綠。

八、二揚調

1

柑橘園位在南方半島的谷地中，在一個號稱終年都有不同種類柑橘採收的農業小鎮上。另外的特產是稻米，由山泉水灌溉狹窄山坡上的梯田所栽植出來的米粒，據說格外清甜。只是礙於地勢陡峭、耕地有限，終歸是難以大規模耕作的丘陵地帶，再美味的稻米也無法大量生產，遂難以走出縣外，只能原地靜候恰巧路過的旅人，於用餐時間來場驚喜相逢。

如此機會說多不多，說少不少。旅人多的理由，是因此地位在著名的信仰之道、熊野古道的路途上。古道串聯起千年前便已建立的熊野三山神社，自古從全國各地前來參拜的香客便絡繹不絕，順道造訪此處也就理所應當。更何況如今古道的主要路段及周邊的宗教勝地，皆被劃作世界遺產，更吸引了來自世界各地的觀光客與健行者。

另一方面，古道四通八達、分支頗多，只有主要幹道被劃進世界遺產裡頭。遠離了參拜目的地的熊野三山神社，位在南面谷地通往伊勢神宮的這截古道末端，偏偏成為沒有劃入世界遺產的漏網之魚，使得遊客數量不上不下。

漏網的理由或許是地處偏遠，不過此地風光相較於古道的主要路徑其實並不遜色。由於位處真正的深山與山腳的海邊城鎮之間，可說是一緩衝地帶，包圍谷地的周遭山勢也就不甚險峻，樣貌多半平緩連綿，連顏色也相當一致，皆是人造杉木林的暗墨綠色，襯托著谷地中盡皆平房的屋舍，一片溫和宜人的田園風光。

然而在這片人為造就的寧靜風景中，仍有些不受管束、野性而神祕的物事，會從看似充滿秩序的景物中脫身而出。

好比本該是白色，如今卻在朝陽底下顯得有些橘黃的晨霧。它們一面變換形狀，一面快速爬上密植整齊杉木的低矮山嶺，然後便沿著山坡陡降，入侵人之領域。

當冬玫戴著拉高到鼻子上方的圍脖，隔著自己呼出的漉漉水氣往上望時，看到的便是這樣一幅景象。

西天被朝陽染紅，如同經過充足日晒後的柑橘色澤，底下是霧氣之海，彷彿真正的海洋般波濤洶湧。先是一路推擠著爬上山嶺頂端，沒有就此溢散，反而被某種看不見的力量牽引，一路平貼、摩娑過山丘表面所有杉樹的尖頂，再順勢滔滔流淌而下，你推我擠的灌入整座谷地。

且自始至終靜寂無聲。一道接一道的無聲浪頭。

濃霧大軍來襲，身旁柑橘園的樹影開始變得模糊不清。冬玫不禁伸開戴著棉布手套的右手探入霧氣之中。原是白色的手套，已經因為連日不斷觸摸橘子、樹液跟運送籃，染上斑駁的黑印子，不過在濃厚的霧氣裡，看來又恢復成白色了。

「──風傳降。」

後面有個聲音說，同樣隔著圍脖巾，所以聽起來霧濛濛的，帶著水氣。冬玫回頭，看向身後站著的瘦女人。那人也包得密不透風，眼睛是兩道縫，透出一絲晶亮骨碌的黑瞳仁。

冬玫還認不得所有在柑橘園工作的同事，倒是記得此人。別人都喚她「Mo-mo-ka」。雖不曉得那名字正確的寫法，冬玫姑且在心底將之轉換為最常見的漢字組合：桃花。

這麼一轉換，便容易記憶得多。她深刻體會到，自己真的是全漢字語系的使用者，與北島人不同。北島人似乎不急著知道名字的真正寫法，只要有聲音便足矣。任由那幾個音的意義，在腦內排列組合、恣意浮動。冬玫卻無法憑音記名。她發覺自己一旦被告知某個名姓，便想盡快確認漢字寫法，希望那些不安分的音節立刻被捕捉，牢牢固定下來。

雖說那人給冬玫的感覺，可遠遠不是什麼桃花笑春風的印象。那人年紀可能跟冬玫差不多，雙眼細小，棕膚暴牙，在圍巾布底下的面孔，是滿布晒斑的堅毅方臉。整體來說相貌並不突出，卻有一種野生動物般的生猛感。

「風傳降？」

「那座山是風傳嶺。」桃花伸出同樣戴著麻布手套的手，比了比眼前並不特別高聳的墨綠色山嶺。

「它是整道山稜中比較矮的部分，終年都有風通過，秋冬吹過風傳嶺的落山風，會把夜間聚積在上面盆地的雲海吹下來，變成雲瀑，就是『風傳降』。不是那麼容易看到的，今年來早了。」

「很壯觀啊。」

「是吧，沒見過這種景象吧？不過妳的手停了。」

「——抱歉。」

約莫就是這種態度，令冬玫不記住此人都不行，不過也沒什麼好埋怨，因為桃花自己手也沒停，俐落剪下一個又一個柑橘，扔進側背籃。上回她突然冒出來，則是指出冬玫修剪的橘子蒂頭不夠平整，進入分裝作業時可能會刮傷人。

這股嚴厲有沒有針對性，冬玫還看不出來，只是這矮小的女人老是無聲無息從某個角落冷不防竄出，像真正的野生動物一樣，令人突如其來撞見，搞得冬玫神經緊張。

原本橘紅色的天空，已在不知不覺間轉成早秋特有的高遠晴藍，只在靠近山頂處鑲了幾枚鱗狀雲。天完全亮了。

柑橘園的工作從早上七點開始，中午休息一小時，下午從一點開始持續到日落。自從過了盂蘭盆節，日落時間些微提早，本來到七點天仍大亮，現在已提前至六點二十左右。工作項目盡是體力活，包括採摘、搬運、送進作業場、選果跟包裝，每天五點天剛亮就得起床。優點是除了薪水之外，連交通食宿都全部包辦，對於人生地不熟的外地人相當方便，吸引不少想要短期體會山村風情的年輕人。

這一票打工借宿者將近二十人，裡頭為數最多的是獨自行動的成年男子，不少人一副嬉皮模樣，留著或直或鬈的長髮跟鬍子；再來則是結伴打工的大學生，後者自個聚成幾撮小集團。

這群人裡面，冬玫很難說跟誰比較熟識，也還搞不太清楚誰是誰，不過為期一個月的採收也才過完第一週，剛進入比較適應的階段；在那之前，她也實在沒閒心去認識任何人。

她原本就算不上體力特好，外加沒有運動習慣，頭一週痛苦不堪，每天因為不習慣的早起生活暈頭轉向。當初她投履歷面試時，農家老闆對這點便頗有質疑。那是個看上去大約四十多歲身強力壯的黝黑小夥子，與他抱著幼子的圓滾滾妻子，據說是農園第三代的經營者。聽到冬玫既沒有務農經驗，也沒在做運動，臉上遲疑之色越發濃厚，最後問她能否適應早睡早起的生活？冬玫用力點頭，強調自己已經過了一個多月的背包客生活，對於惡劣環境相當有忍耐力。至於體力，難道不是每日鍛鍊就會有的嗎？

那年輕老闆皺了大半天眉頭，最終勉強同意，冬玫想他們大概真是缺人缺得緊。

體力活雖一時難以適應，好處卻顯而易見。自從來到農園，她只要身體接觸到任何平面，即刻便能陷入深沉昏眠。無論是中午短暫躺臥在樹下髒兮兮的泥土地，或在排隊等洗澡時坐倒在木板走廊上，她已不曉得失眠為何物了。

在冬玫連夜匆匆逃離鳳町後，一時不知該往何處去，勉強允許自己奢侈一回，住進一家她曾留心過的商務旅館。旅館位在小巷內，櫃檯前發黑的紅地毯上滿布黑腳印。房型只剩吸菸房，裡頭內裝破敗，滿室菸味，窗簾沾著灰塵。冬玫原本估計自己是要嗆死在裡頭了，不過大概太久沒有獨自一人的空間，不消多久便打起瞌睡，直到午夜才又醒來。

接下來該上哪去？

尋思一陣，她掏出瑪古送的臨別贈禮，躺在床上就著夜燈仔細端詳那張「熊野曼陀羅」古畫。在瑪古眼中，這大概不過就是一處風景名勝，所謂「全國最大瀑布」，以及或許是當地的信仰聖地，與別的名勝、溫泉或海灘也沒什麼區別。觀光客可以蜻蜓點水式的點到為止，不過冬玫覺得自己理應看到更多、追究更深。

冬玫到旅館大廳使用公共電腦。那古畫並不難找，輸入關鍵字後，立刻跳出許多與之相似的圖案，看樣子頗富盛名。它的正式名稱是「那智參詣曼陀羅」。當中繪製的景象，乃是全國最大瀑布那智大瀧，以及其周邊以那智大社為主的神社群落的地圖。那智大社與另外兩座神社熊野本宮、速玉大社，合稱「熊野三山」，乃是全國流行的「熊野信仰」的根據地。

冬玫繼續搜尋，查到那信仰的原型，乃是跨越和歌山縣、三重縣與奈良縣的紀州半島上，崇拜大自然的地方山岳信仰。所謂「熊野三山」，指的倒不是三座山峰，而是座落在群山間的河川中州、巨石底下、瀑布對面的三座神社，分別供奉樹木之靈、巨石之靈與瀑布之靈。由於紀州半島山巒眾多，甚至有「紀伊山地三千六百峰」的稱號，自古便有「木之國」之名。三間神社所祭祀的對象，便是此地連綿山巒間所蘊藏的無盡自然物。

在眾山之間，位處半島正中央的主要山脈，名為「果無山脈」。

果，日文裡指「盡頭」。果無山脈，翻成中文是「無盡之山」。

冬玫忽起一念，打開衛星地圖查看機場與這多山半島的相對位置。她想到很久以前的那日，當她第一次搭上前往北島的飛機，正要降落在海灣裡的機場時，曾從窗戶往東南方驚鴻一瞥。那個瞬間，她瞧見連綿數重的陰鬱山脈，以及山峰上的暗雲閃著絲絲電光。

地圖上，鳳町與百舌鳥原的南側，半島沿海側的山峰是東西向的和泉山脈，和泉式部丈夫的封地。沿著山脈的稜線走，地圖標示出金剛山、葛城山、岩湧山、二上山等山峰。光聽名稱便覺堅不可摧。

往更南方去，通過沿著紀之川展開的狹長都市帶，便是一成片擁擠的暗綠之海，凝固的波浪。有高野山、吉野山、大峯山等山峰，連顏色也與其他的不同。海拔更高了，無數山巒覆滿整座半島，唯沿海地區稍有開發。

果無山脈，無盡之山，不過從中文字面意義來看，無果，不結實。庸庸碌碌而徒勞。

這不恰好，就是她至今人生的寫照。

2

午餐照例是分派便當，有時是老闆夫妻親自載來，有時是當地店家驅車直送。有一回，居然還是桃花開著貨車下山去載。她似乎是附近山村的人，與老闆一家熟識。當老闆或老闆娘都不在場時，桃花便儼然一副班長派頭，指揮眾人做這做那。而且到了晚上，眾人都睡在大通鋪，只有桃花一個人在單人房，待遇很不一般。

所有人都領取便當後，便在柑橘園找地方坐下吃飯。以冬玫南島人的想法，由於多數成員並不熟識，會覺得應該保持距離，才能給予彼此舒適的私人休息時間，不過這裡的人不如是想。頭一回，當冬玫領到自己的份，打算走進果園裡頭尋找遠離人群的地方，轉頭發覺所有半生不熟的成員毫無各自散開的意思，仍逗留在發放便當的平坦草地上，而且最後還就地坐成一個大圓圈，中央放置麥茶紙巾垃圾袋等物。冬玫著實錯愕，不過入境隨俗，只能走回來加進圈子裡，跟眾人一起默默扒飯。

事到如今，這情形見怪不怪。不只吃飯，睡覺是男女分別一間大通鋪，洗澡也是一次塞進三個人的共用浴室，橫豎是隨時得跟旁人攪作一塊。冬玫當然聽過這種眾人必須一塊脫個精光的大浴場，不過聽是一回事，要毫不扭捏地實際操作是另一回事。何況這遠非「大」浴場，各自在位子上沖洗完畢後，所有人還得通通擠進一個五公尺見方的浴池，人人各自環抱膝蓋坐好，才不會碰到彼此的腳。要這樣近距離與旁人裸裎相見，甚為尷尬，冬玫本想在淋浴後直接離去、不要泡澡了，奈何全身痠痛，無法抵擋泡在熱水裡舒緩筋骨的誘惑。

起初她也想過要更早起——也許四點左右，趕在沒有旁人的時候舒舒服服地占用浴室，不過才工作兩天，她便曉得那完全不切實際。先是一早起床，驚愕發覺浴池裡根本沒水，看樣子只有在晚間才會注水。再來是她不可能還有多餘氣力縮減睡眠時間。就連下工後保持清醒洗完全程都是難事。

不過，冬玫還真有一回起了個大早，趁著四下無人，獨自溜到外頭——那是開始工作的第三天。可不是為了偷洗澡，她打算不告而別，連前兩天的工資都不要了。第一天上工，採柑橘的單肩揹籃便把她的右肩磨破，隔天只好換揹左邊，於是換成左肩也破皮起泡。雙肩刺痛出水，連衣服都快穿不住，冬玫完全無法想像第三天該怎麼辦，光是套上上衣，便讓她痛得眼角泛淚。務農生活遠比她想像中來得辛苦，不僅僅是早睡早起那麼簡單。

除了自行開車或搭便車，此地唯一的交通手段只剩公車，她聽說過站牌的位置，就在農園出去的小徑接到柏油路上的三岔口的地方。雖然來時路上她來不及細瞧，不過聽起來算是好辨認，而且那柏油路再往前十來公尺，便是這山村裡唯一一間販售酒類飲料的雜貨店，目標相當明確。老闆曾介紹過環境，特別點出這間酒水來源的雜貨店，誰料到冬玫需要的竟是它前面的公車站。

打工者們過夜的閒置農舍就在柑橘園裡。女性住在附有餐廳、廚房跟衛浴的主屋，男性們在不遠處的小屋，小屋的浴廁獨立在外頭。老闆一家則住在農園外的村落裡，每天會驅車來視察狀況。平日雖然眾人都聚集在主屋作息，不過就寢時間一到，便回到各自的區域並鎖上門。起床時間是五點，不過四點一到，天色未亮，冬玫輕手輕腳打開主屋門鎖，捲了行李，狼狽地逃出去。前兩天上工時，早上她都得在床鋪上掙扎一陣，不過這會大概是出逃導致腎上腺素分泌，打從醒來後她始終兩眼雪亮。

走過十多分鐘的碎石子路，總算來到柏油路面上。冬玫找到了三岔路與藍色的公車站牌，但這候車處與她所想的不一樣。她以為至少該有一張椅子，或一片屋簷，哪曉得只是一根牌子孤伶伶佇立在荒地裡。周圍民宅一片黑暗，只有路的對面一盞白色的路燈還亮著，冬玫湊近站牌仔細看時刻表，發現首班車要八點才會開到。還得等四個小時。

牌子的後方有幾篷支架，裡頭養了看不清模樣的作物，另一邊倒是有一堵半人高的矮磚牆，牆面上鑲著一個消防用品箱。如果那牆空曠些，冬玫是很願意爬到上面坐的，只是那上面已有先客了，是一叢毛茸茸的大松樹，不偏不倚把整個樹身擱滿牆頭，一點縫隙都不留予旁人。對面是梯田，梯田最下方的那層，則又種了橘子樹。

冬玫在黑暗裡杵了一會，倦意開始湧現。反正時間綽綽有餘，她走往對面的梯田，來到最上層。那裡有一片空曠的高草地，草是茂密了些，但看上去還算乾淨，裡頭沒有垃圾。她在草堆裡找到幾個不算大的石頭，稍為能坐人，幾乎被草掩蓋住了。她走過去把周遭的高草踏平些，坐在上頭。

然後便是等待。

不知等了多久，冬玫只覺得自己都瞌睡過一趟，復而驚醒過來，但天依然沒亮，仍是闐黑一片。

時間似乎停止流逝，反倒是她的決心流逝了：明明她只要老實待在通鋪上，就還可以再睡一個小時的，這麼做真傻！天知道能多睡一個小時，是多麼珍貴、多麼重要！她願意洗一個月的大澡堂，就為了交換在床鋪上多睡一個小時。

最後冬玫還是沒能捱到天亮，草草放棄逃亡計畫，灰頭土臉的踏上農園前的小路。當她回到主屋，正好也是眾人的起床時刻，平白浪費掉一個小時的睡眠時間。

當天的工作，她只記得肩膀特別痛，一有機會就把揹籃放在地上，還因此受桃花的責備，嫌她這樣沒有效率。

「但我肩膀實在是太痛了，都磨破了！」冬玫兩眼含淚辯解。桃花不為所動，倒是旁人安慰道：「那妳要多吃橘子，補充維他命C，破皮才會快點好。幸好這裡多的是橘子，可以放心吃！」

也不知是哪個旁人說的，冬玫連道謝的力氣都沒有。她只覺得自己隨時可以昏死在地上，再也不會爬起來。但她終究沒有死。

那天的洗澡又是另一場酷刑，與疼痛的搏鬥，可是細節她記不清了。不知何時，傷口逐漸癒合，長出堅韌耐磨的新皮，揹帶上肩也不再有感覺。她好像也隨之認命、習慣了。連洗大浴場都習慣了。她可以一邊打瞌睡，一邊下意識地抹肥皂沖水，雙眼迷離坐進澡池。浴室內蒸氣朦朧，她自己神智不清，旁人的狀態大概也差不多。既然如此，也沒什麼害羞，反正人人都是睜眼瞎子，沒有心思偷看旁人。

這場不成功的逃脫記，只留下一個微不足道的後遺症：短暫得空時，好比五點下工後，其他人要到雜貨店去買啤酒，冬玫會一起上路，遠遠地落在後頭，然後趁旁人不注意，拐去她的目的地——三岔路口的梯田。

她坐在梯田頂端的草地上，望著對面的公車站牌，想像公車到來。公車會開上公路；四通八達的公路，又會通往她之前去過的所有地方——鳳、白舌鳥、海中央的機場、知菱住的城市、她們一起走訪的古都、古都北山的貴船……

這麼想著，頗能帶來一些安慰，不過她一直沒有遇上公車剛好經過。

以及，可惜公車與公路都無法跨越海。

早上天氣晴朗，接近中午時分，周圍山區開始湧現霧氣，天色晦暗不明。山區的氣象本就多變，只是一週來都還沒遇過壞天氣。如今該來的總是會來。看樣子那稀罕的「風傳降」，應該也是因水氣增加所致。

按照農園的規矩，只要天色轉壞，眾人就得收工；一旦收工便是自由時間，可以選擇回到打工者們暫居的農舍，也有人驅車前往海邊城鎮，採買日用品或零食。

當冬玫快要解決完午餐，逐漸陷入昏昏欲睡的休止狀態之際，一頂大草帽來到她旁邊，並且不由分說地開始講話。過去一週，冬玫已經學到此地並無睡午覺的風氣。來人要挑這種時刻聊天，也沒辦法，只能強自振作打起精神。

「天氣預報說明天下雨機率有六成，我打算跟其他人到新宮市。」對方說。

「真的啊。」

住上這一陣子以來，冬玫已經學到，此地氣象預報中降雨機率的準確度極高。只要機率超過三成，通常就是真的該帶傘出門的日子。「怎麼去，你們要搭公車？」

「老闆要去送貨，可以順便載我們一程，走海岸的話半小時就到了。我覺得也差不多該去把新宮走一趟，光是說著說著，一直沒有去。每天都太操了。」

「是呀，真的很吃不消。」冬玫回應。

若是在從前，冬玫會覺得這種無意義的附和，是一種沒話找話的社交性敷衍，而打從心底感到排斥。最近她終於學會其中妙處，得託眼前這位男子的福。

此人叫草津，冬玫暗自在心裡喚作眼鏡宅男，因為他不僅外表是那般模樣，就連內在也徹底被宅氣滲透。他自稱是讀文學的研究生，鑽研某個出身此地的作家云云，一旦開口，永遠離不開自己鑽研的宅話題。

他們第一次說上話，便開始得沒頭沒腦。果園裡，冬玫搬著裝滿的黃色塑膠大方籃要送上臺車。柴油發動的臺車會在垂直穿過梯田果園的單軌上運行，集滿十個大籃後，便由桃花或老闆親自駕駛著回到倉庫前。據說這文明的利器，已使得採收作業比從前人力運送方便許多，不過冬玫仍覺得要裝滿並搬運大籃，是一項重勞動。

吃奶的力氣——一般是這麼形容。冬玫記不得自己嬰兒時期被哺育的狀況，覺得如此比喻缺乏實際。實際情形是：她最近體會到用湯匙吃飯的好處，因為握著一支湯匙比握著兩根筷子來得手穩。以及，當她回到宿舍、光著腳時，如果打算要拾取放在地上的物品，會先試著用腳拿，真的不行才改用那顫抖不已的手。大致如是。

冬玫在臺車旁邊偶然碰到草津，同樣也是來搬貨。她瞄到對方籃子只有八分滿。想起有聽過桃花的抱怨，問說到底是誰，總是還沒把籃子裝滿就送上車？

原來就是此人。不過她沒有檢舉的心情，只是點頭道了早安。對方回應了，並且這麼說：

「我一直覺得這裡應該是個很封閉的山村，明明說最主要的行業是伐木業啊。再不然就是製炭業、捕鯨業，盡是些農林漁牧的東西，沒想到外地人滿多的，還有很多年輕人跟外國背包客，意外的很有活力啊。應該都是託世界遺產的福吧。」

「什麼？」

這話題令冬玫完全摸不著頭緒。

「我研究的作品，都是以熊野和紀伊半島為故事背景的。」

「你是學生啊？」

「是啊。我是研究生。既然研究這樣的作品，我覺得實際走訪現場、住上一段時間很重要，偏偏又沒有那個錢，幸好有打工換宿，否則其實我對橘子不感興趣。但就偏偏這麼不巧，一直沒遇上雨天，沒有足夠時間讓我到處走走啊。」

儘管沒來由地被迫聽他講述自己的經歷，這事有個好處，就是冬玫其實喘得說不上話。一個大方籃裝滿橘子後，重達二十公斤，能夠不用怎麼發言，純粹站在聽者的角度，倒是滿省力的。

每日的晚餐，是由眾人輪流排班準備。人生地不熟的冬玫沒有特別想要一同值班的對象，就讓上頭隨機安排。某回她跟草津被排在一塊，也就有了更進一步的認識。她發覺草津的說話模式，就是丟出一大串複雜的內容，使得她不得不反問、確認一下他話中的細節。如此一來，對話便會持續好一段陣子，直到草津滿足於被她「訪問」、自動離開為止。反之，草津則不會問她問題，對她的經歷背景不感興趣。

起初她完全弄不懂他這樣說話用意何在，後來覺得他可能單純是在閒聊，缺乏談話技巧的閒聊。這聊天內容有些單方面、一意孤行的味道，完全不顧聽話對象感興趣與否。

怪不得其他人跟草津保持禮貌而微妙的距離。他和另外三人，兩女一男的大學生是一夥的。起初，冬玫以為他們四人是同班同學，後來聽那三人總是尊稱草津為「桑」，而不像他們彼此間親暱地稱呼「君」或「醬」，才曉得草津是那三人的學長。甚至，那夥人也不是相約好一同來打工的。裡頭只有兩個女生是相約報名的，兩男則是出於湊巧。是以，這四人也說不上彼此非常熟悉，特別是身為研究生的草津，跟另外三個大學生沒什麼交集。

以冬玫身為南島人的習慣，倘若遇到這種狀況，不消說，所有人一定各自為政、互不干涉。頂多有少數幸運兒，會正好看到同學平日裡罕見的一面，覺得意氣投合，然後就以此為契機增加了新朋友的吧。然而這裡的風氣顯然並不如是，一旦人數超過三名，不知怎麼，就會凝聚成和平日裡位階分明的大團體相仿的小團體。那三個大學生，無論早晨準備上工，或者傍晚下工解散之際，都會聚攏在一塊，等待草津前來並發號施令。全員集結完畢後，這四人便組成有點無言而尷尬的小團體，展開集團行動。

草津似乎是把冬玫當成同年齡層的人，才會在最初主動搭話，雖說冬玫實際上比這群學生族都大上一輪。從此，在上下工或吃飯等等需要群聚的時刻，這票學生族會站在離她不遠處，彷彿若有似無地將她納入其中，使得冬玫得以就近觀察到當中大致的互動。看樣子，草津單方面的聊天攻勢，也令其他人困惑不解，但仍維持表面上的禮貌，假裝聽得十分認真、津津有味。

吃不消卻又不說破，更有甚之，還把草津奉為集團領導人似的對待，他所到之處眾人亦步亦趨。為何要如此折騰，冬玫感到難以理解。

不僅跟隨者的行為令人困惑，倘若她處在草津的位置，後面隨時有一群小鴨子似的人群眼巴巴跟著，鐵定也要受不了，不曉得他怎能泰然自若。

不過就眼下而言，這種奇怪的集團性對她尚且無礙。她目前還處在一個既可參與其中，又能隨時脫身走人的安全位置。

而眼下，她選擇參與其中。

「你們要去新宮的話，我也可以去嗎？假如還有位子的話。」冬玫說。

「好啊，沒問題啊。我想沒問題的。嗯，應該可以啦。」草津回答。

當晚果然下起雨來。他們借宿的農舍，不知是何種材質，屋頂看似瓦片、卻非真正的陶瓦，而是某種具有迴音效果的金屬層板，雨點打在上頭砰然有聲。拉開窗戶，外頭的雨絲細細綿綿，聲勢不大，可是天花板的迴音效果，令冬玫錯覺自己正躺在瀑布底下。

隔天早上，山區霧雨齊下，能見度不到十公尺。果園裡的事暫且不用忙了，老闆要往鎮上送貨，冬玫跟那群學生搭便車一道去。五個人裡頭，有三人得跟車斗中成箱的橘子坐在一塊，另兩人跟老闆在前座。這種時刻，她格外好奇會怎麼分配：是長幼有序、女士優先、還是猜拳決定？她尚在揣想，草津揮著手招呼她，理所當然似的走向前座車門。另外三個大學生，有兩人自動走向車斗，不過有個叫蘆田的女生走上前來。鵝蛋臉、長頭髮，冬玫認為這女孩挺漂亮的。

「我也想坐前座，車斗裡完全看不到風景。」蘆田說。

「啊，是啊，車斗裡什麼都看不到。不過妳看吧，現在大家趕著要出發了，不要再管座位的事了。是啊，回程再說吧，不一定都要照原來的方式坐回來的嘛。」草津說，把她打發了。

貨車前座原先設置的位置只有兩個，第三人的座位，在兩座之間本該是扶手的地方。扶手被拆掉後的空間裡，被安上一塊止滑墊，以及一枚歪歪扭扭的褪色靠墊，成為一個可堪置物，或者勉強能塞進一個瘦子的狹縫。草津領著冬玟到車門前，卻沒有要上車的跡象，自顧自退開了。

顯然禮讓女士云云，在這裡並不流行。冬玟識相地讀懂了氣氛，率先開門爬上車，擠進那狹縫裡頭，草津跟著入座，成為兩男夾一女的態勢。

老闆發動引擎，開始移動貨車。

「蘆田醬實在是……真厲害啊。」他一面這麼說，帶著笑意，不過連冬玟都聽得出來，這不是讚美的意思。

「是啊，聽說她是獨生女。」草津回答。

「獨生女，難怪了。」老闆說。

車子出了山路後，沿著靠海的國道行駛，海面是蒼藍色的，表面上翻著一條條細白碎浪。由於山區多雲霧，給人非常深山之感，實際上要進入市區不用半小時；而所謂市區，也就是個房子密集些的海邊聚落，不是都會區那般高樓密布的熱鬧所在。在貫穿市區的這條國道兩旁，多數建築物都只有兩層樓高，頂上沒有加蓋或水塔等雜物，更多的是僅有一層的平房店面，一派低伏安適、不想再向外擴張之感。泰半建物大門深鎖。

他們卸貨的柑橘店是整條路上看來最興旺的，店外寫滿「爆便宜」、「產地直送」等等的大字報，且不知為何，兼賣泡菜──「職人每日新鮮手作」。究竟是什麼樣的客群，會來到這樣的海邊小鎮，並且特意去購買每天由職人做的泡菜，冬玫難以想像。

市區沒什麼雨勢，只有零零星星的雨滴。他們幫忙把橘子抬下車、送到店後的倉庫，老闆還要前往下一個地點送貨。

「全部送完以後還要辦點事，大概下午三、四點左右會折返。看你們是要一起走，還是自己搭巴士，都可以。」

「知道了，我們討論好之後會再聯絡您。」那三人組中唯一的男生、一個叫作藤島的回應。另兩個女生則在一旁點頭致謝，冬玫見狀，也去加入道謝的行列。至於草津，早已拿出單眼相機，滿停車場跑著拍照了。

這一趟短暫出遊，每個人的目的地都不相同。除了新宮神社是所有人的共識之外，接下來草津想去浮島，以及往車站附近找尋作品中的場景；蘆田頻頻詢問從新宮走往神倉神社的距離；剩下兩個人，雖然沒有意見，不過似乎對位於市中心、稍為有點名氣的景點，例如浮島或徐福公園比較感興趣。

如此缺乏共識，兼之時間有限，冬玫以為他們會決定就地解散，約個時間地點再回來集合，不料結論竟是：

「那麼，就先到新宮去，然後照順序去每個人想去的地方，能走多少算多少。」草津如是說。

所謂的順序，自然是長幼順序了。排在第一的草津，想來不用擔心他要去的地點時間不夠；但是其他人，居然也對此安排毫無異議。

雖說是古老的「三山」之一，正式名稱是速玉大社的新宮，規模不如想像中威嚴壯大，藏身在蜿蜒小路的盡頭，周圍綠蔭深深。據說是古老神木的梛樹，也並不龐大，比起冬玫在家鄉常見到的、圍著紅帶子的榕樹王，要來得秀氣多了。只是外圍被重重柵欄和告示牌環繞，顯然被悉心照料。

出了神社，一行人轉往近在咫尺的解說中心兼土產店。那建物原本是附近的古老民宅，屋主似乎和神職人員有什麼淵源，因此宅邸位置極佳，就近被整頓成解說中心。裡頭不僅有過去的照片、解說牌之類，湊齊一定人數後，更會在榻榻米的隔間由身穿古裝的導覽員進行講解。

解說的道具居然便是那幅「那智參詣曼陀羅」。冬玫以為自己已將那圖畫查得夠仔細了，不過隨便聽上一段，仍有許多未曾發現的細節。這圖畫繪製的目的，是在十六、七世紀時，為了籌措神社修繕費用並推廣信仰，神社派出大批比丘尼前往全國各地傳教，她們身上便攜帶這幅繪有神社及周邊風景名勝的「導覽圖」。

既然是人手一幅的傳教必備品，當然是大量繪製、傳抄的產物，也就免不了有許多不同的版本，也會在傳抄的過程中有所疏漏和增補。因為是低階畫師大量製作，上面既沒有落款，筆觸也粗糙拙劣，並不具備美術上的價值，只在民俗、宗教研究上有史料功能。目前最有名的抄本，也就是眼前這幅，是在江戶時代所製，正本已不可考。此外，與那智大社齊名的另外兩山，應該也都擁有自己的「參詣曼陀羅」，只是如今都已佚失。

雖說在美術上沒有價值，不過應該也有不少人像冬玫這般，儘管不解其中深意，仍被圖面上複雜豐富的內容吸引；而且聽著解說，還能益發看見更多過去未曾留意的景致。好比說，她還真沒發覺，整幅畫裡在不同場面中出現的兩名白衣人，都是同一對夫婦。由於古代交通不便，前來熊野參拜對當時難以出遠門的平民百姓而言，幾乎是須要抱持赴死的決心了。是以信徒們都會穿上死者下葬時穿的「白裝束」，以示決心——

看到了嗎？在鳥居前跪拜的信眾們，有人身穿死者下葬用的白裝束呀！許多到熊野參拜的信徒，都會穿上象徵「踏入死境」的白裝束呀。

導覽員身著灰白和裝，頭髮攏在白色頭巾底下。冬玟不曾見過如此裝扮，不過這身修女似的行頭，倒可輕易推知應是神職人員。這尼姑、或是假扮成尼姑的導覽員，一手拿麥克風，一手拿細長的銀色伸縮棒，唱歌似的滔滔講解，十分熟練。她說，畫中那對身穿白裝束的雙人組，一人蒙面、一人佩刀，顯示出他們是一對男女；至於從何得知是夫妻檔，則是因為當時人們認定，結為夫妻是人一生中必然、也是最基本的生活樣貌。因此，這對夫婦便是一般人的範本。

豈止是「當時」，現今人們不也是作如是想。冬玟在心底想著。

這對夫婦走過大門坂，渡過一之橋、二之橋，來到那智大社參拜。只是當他們來到第一座橋頭時，佇立一旁的女人，可不是什麼優良人生的典範——

看到了嗎？橋頭盛開的櫻花樹下，站著穿紅色十二單衣的女性。那是據說結交過一千個情人、直到八十歲都有月事的戀之罪人——和泉式部呀！無論貴賤、汙穢與否，所有人都能參拜熊野大權現，和泉式部就是證明呀。

直到八十歲都有月事！想想她一生要用掉多少衛生棉還衛生巾？冬玟不禁被這誇張的形容給逗得笑了，但偷瞄四周，發覺完全沒人在笑，趕緊斂起表情。

導覽員說，式部也曾到熊野參拜三山，但好不容易抵達山腳下，忽然發覺月事來了。這下子因為身體不潔，好不容易成行的參拜之旅也可能得被迫折返，不禁扼腕。身為歌人的式部於是照例，作歌一首，表達鬱悶惋惜的心情。不料到了夜裡，熊野的神明居然出現在式部的夢中，並且大發詩心的作了一首答歌，表示毫不介意信徒的身體潔淨與否。式部遂在隔天，歡喜地繼續旅程。可喜可賀。

不過，在這典故之中，無論是式部的和歌或熊野神明的答歌，都相當不如何，不像出自所謂中世三十六歌仙之一的和泉式部手筆。應當只是穿鑿附會之說，用來凸顯熊野神明的寬宏大量。這故事所需要的，只是一個出名又骯髒不潔之人；而顯然，出名又骯髒的女人會比男人更加適任，可為整個故事增添風雅浪漫的氣氛。這代代相傳的導覽內容一方面把「戀之罪人」描述得不潔不堪，一方面又要用畫面中的櫻花和十二單衣裝飾她。

冬玫的思緒被草津打斷。他問她還要繼續聽下去嗎？要的話還要聽多久？

冬玫抬起臉，發覺這顯然不是個問題，因為其他人都已穿好鞋子，站在榻榻米外頭，一副靜候吩咐的模樣。

冬玫再度識相地讀懂了空氣，跟著起身。

「不，可以走了。」她說。

說起來，觀察北島人的行為態度、做事方法，本就比觀光風景名勝更引起她深究的興趣。

冬玫逐漸體認到，自己留在此地打算一探究竟的，是一個文化差異上的謎團，而那不僅僅是關乎文化。或許，那也會是她不幸的婚姻生活的謎底？

冬玫與學生們一行走在大路上，沿途找尋吃午餐的地方。都會常見的連鎖餐廳在此不見蹤影，多是私人開設的小飲食店，主打的也是烏龍麵、拉麵等尋常食物，也有所有鄉村地區常見、號稱當地蕎麥製成的蕎麥麵，不過最令冬玫驚訝的東西是鯨魚。特價鯨肉料理的廣告，隨處張貼在告示板、店家門口的看板上。照片裡暗紅色毫不透光的鯨魚生魚片，模樣就像血塊。

「這個鯨魚，指的是海豚嗎？還是深海裡很大的那個？」冬玫不禁疑惑。

「就是很大的那個呀。海豚的話，就不用特地宣傳了，太普通了。」草津回應。

「那是一般大家會吃的東西嗎？我是指，這很尋常？」

「說尋常也沒那麼尋常……不過一般都是吃過的吧，好歹也吃過鯨肉罐頭。」草津說著，回望向後頭跟著走的三個大學生，眾人點頭如搗蒜。

「妳沒吃過嗎？說起來，南方是不是鯨魚比較少啊？不然就找一家有鯨魚料理的吧。妳該吃吃看，很好吃的，而且又是紀州半島的名產。」

「啊，不過，沒吃過的人說不定會不習慣，有一股特殊的味道。」叫菅原的女生說。

「也是啦，不過，沒那麼嚴重吧。這間如何？炸過的味道會好一些吧。」草津說著，在一家寫著炸鯨肉丼飯的小店前停步。

店內只有少數上年紀的客人，穿著樸素，看樣子都是當地居民，一面動作緩慢地撥飯入口，兩眼直勾勾地望著櫃檯後方的電視機。牆上貼著不少從沒聽過的人的簽名，還有一幅裱框起來、已然褪色的解說圖「世界上的鯨魚」。

冬玫點了普通的生魚片丼飯，在草津執意推薦下，眾人又合點了一份炸鯨魚肉跟鯨魚生魚片。

「要往浮島的公車，站牌就在這附近嗎？」藤島問道。

「嗯。」草津隨便回應，兀自盯著觀光摺頁。蘆田則不死心：「真的不去神倉神社嗎？那麼有名的地方耶。而且都去過速玉大社了，不連那個一起看完嗎？」

「下次還有機會吧。」藤島說。

「今天下雨耶，不好啦。聽說那在山上，有很多石臺階，地應該很滑，太危險了，改天吧。」菅原附和。冬玫覺得這兩人挺有常識的，幸好有他們倆在場。她自己也幫一把，將話題引到別的方向：「浮島是怎樣的地方？」

「找到了，下一班公車還有五十分鐘，時間綽綽有餘。我說那個浮島啊，是像這樣。」草津終於放下觀光摺頁，並把它們推到冬玫眼前。她稍微翻看，見所謂「浮島」正如其名，是一漂浮在沼澤上的水生植物群落，為國家的天然紀念物，裡頭有許多特殊的生態相云云。

「好像滿有趣的。所以你是對植物有興趣嗎？」她問。

「與其說植物，不如說是對周遭的地理環境。」草津說：「剛才我們從山邊的新宮神社往市中心走來，幾乎都是下坡路，放眼望去整座新宮市幾乎沒什麼高低起伏，是向著海邊一路斜下去的大平面吧？這是幾十年前市區重劃整治出來的。要不然在重劃以前，原本順著鐵路的方向，有一條小山脈橫過市中心，山脈周圍都是沼澤。現在這麼平，是把山挖掉、填進沼澤裡面去的結果。市中心的浮島，可以說是從前沼澤地的痕跡吧。」

「這樣啊。」冬玟回答，其他人則發出非常整齊的「誒──」之聲。

冬玟曉得這個反應的術語：「相槌」。指的是順著對方的話，適時發出一些聲音，以表達出「我有在聽喔」的反應。

道理很簡單，實際操作卻沒有想像中容易。相槌的反應可以是發語詞「誒」、「喔」，可以是感嘆句「真的啊」、「這樣啊」、「好像很有趣啊」之類。如果是一對一談話，自然是無所謂，不過像這樣一對多的場面，冬玟就會發覺，自己在選擇相槌的用語或做出反應的時間點，常常跟其他人不一樣。相較之下，另外三人卻總是能夠很有默契地，在同樣的時刻做出相同的反應，訓練有素。

「所以，你是為了去看從前留下來的沼澤囉？」藤島說。

「正確來說是為了看現在已經不在的山吧。那座山還有周圍的沼澤區，從前都是同合地區。」草津說。

除了冬玟以外的三人，又都發出了然於心的「喔──」一聲，接著便有些彆扭地盡皆沉默下來。剩下冬玟在狀況外。

「那是什麼意思？」她問。

「玟桑，那個啊……那些事情不太好公共場所討論。」為求方便，冬玟在柑橘園自介時，便自稱是「玟」。

菅原一面解釋，同時放低音量：「要不然，就是要講小聲一點。」

冬玫只得跟著壓低聲音：「這樣啊——為什麼？」

「他們有很多人，會加入黑道、或什麼犯罪組織的，要是被他們聽到有人在談論……」

「不過，現在這裡看起來也不像啦。」草津插話道。

「說不定這餐廳的老闆……？」菅原仍一臉警戒。

「那就趁他不在的時候講吧。玫桑有聽過部落嗎？」草津問。

「你指的是原住民嗎，原本就生活在島上的人？」

「啊……好像也有這種用法吧？這個詞，好像原本指的是小村落的意思。但我指的不是原住民的村落。我們沒有原住民啊，大和民族自古就生活在這裡，我們就是『原住』啊。該怎麼說，他們也是大和民族的人，但是呢……」草津很難得地斟酌著用字：

「妳也知道，大和民族是一個階級社會嘛。既然這樣，就會有上下之分，那些在最下面的，就叫作——剛講的那個。他們一般都會住在城市裡最不好的地段，沼澤地啦、河邊會淹水的地方、刑場或屠宰場旁邊之類，然後做一些沒人要做的、低下階層的工作。」

「所以是藍領階層的意思嗎？」

「嗯，沒那麼簡單，他們的身分是世襲的。一旦出身是『那裡』，世世代代都屬於那個階層。」

「到今天還有這種問題嗎？我以為已經都現代化了。」

「嘛，照理說是不該再有身分的問題啦，不可以歧視、計較從前的身分之類，所以才會有『同合』這個詞啊，『同胞融合』。但是在私底下，要完全不介意是不可能的。還有不少企業都有所謂的黑名錄，記載著這些……人民，他們遷移到什麼地方、有沒有改姓、什麼姓氏的人可能是他們的後代之類，就是要避免讓他們進入好的公司呢。」

「你也介意嗎？從剛才起，你就一直要迴避『部落』這個詞。」

「我是介意，但不是像其他人那種……歧視的意思。是這樣的啦，談到這種事，大家都會變得比較敏感，要不然怎麼會取個新詞『同合』來迴避掉原本的呢？我認為避開不好的字眼是個好的開始，才有辦法減少差別待遇嘛。」

說到這裡，草津不知怎的顯得有些亢奮：「這是有立法規定的呢！『賤業歧視禁令』：凡是那些人從事的相關行業，都不能作負面描述。例如說吧，妳出身的南島上，有女流作家用中文寫了殺豬戶的小說，還寫那殺豬戶最後被妻子殺死了。有這本書吧？」

「好像是吧。」

「誒——玫桑是南島來的啊。」藤島插話道。

「是吧，我沒說錯吧？」

「是的。」冬玫回應。

「那書在翻譯成日文的時候，差點就不能在北島出版，因為有觸犯歧視的疑慮，醜化屠夫之類。聽說當初翻譯的教授跟出版商，都非常緊張，好在最後沒有演變成那樣。」

「但是，有些內容也只是如實描述他們的日常生活，也不一定都是歧視吧。」菅原說道。

「他們那群人就是很敏感，隨時在糾舉作家的文字裡有沒有歧視，一旦扯上了就會變得很麻煩，所以一般都盡可能要避開這類話題。」草津解釋道。

「但是，態度有別是一定的，不能說那就是歧視呀。階級社會裡頭，本來就會有人在上、有人在下。今天就算不是這批人在最底下，也還是會換成其他人在下面，總要有人當最底層的那批啊。」

「我不太懂。不是歧視的話，那是什麼呢？」冬玫問。

「一般人對他們的態度的確不一樣，但那不能算是歧視。」菅原回答，顯得有些激動：「我認為大家是帶著感激的，感謝有他們存在，擔起那最下層階級的任務。」

「什麼叫擔起最下層階級的任務？」

「我懂菅原桑的意思。在我們這裡，不可能達到西方那樣的平等。東方社會跟西方不同，西方人的平等也不適合我們。有人說，社會上的高、中、低三個階級，分別占總人口的一成、八成、一成。」草津拿起兩個筷架，以及他自己的茶杯，在桌上比劃著。筷架放在杯子兩邊，他抽走原本在左邊的筷架，卻又拿出一個筷架補上那個空缺：「就算說，現在處理掉原本這批底層人民的問題了吧，也只是換成另一批人要去當那一成左右的最底層。既然總會有人去當，也就沒有辦法，這是機運嘛。我們今天這些沒輪到的人，的確對他們態度不同，但那應該是對他們的感激。感激他們讓大家過上正常的生活。」

「對，就是這樣。」菅原附和。

「所以你們的意思是：不去談他們的問題，就是對他們的感激，是這樣嗎？」冬玫說。

氣氛一下子凝重起來。一直沒開口的蘆田，這時怯生生地加入對話：「那個……可以打個岔嗎？」

眾人轉頭向她。蘆田感受到無言的鼓勵，續道：「——這話題還要繼續多久？」

蘆田的插話在冬玫聽來不算什麼，但對其他北島人而言，應是既直白又粗魯，不過白目約莫就是為了打破尷尬場面而存在的。眾人迅速爆出一陣鬆口氣的笑聲，蘆田也跟著笑了。

「是吧？為什麼我們要討論這個啊！我們在觀光地耶！好不容易出來玩的，為什麼要討論這麼可怕的事啊！」

恰在此時，店家也上菜了，當然更不能多說。冬玫在眾人慫恿下試吃炸鯨魚塊，調味下得重，表皮鹹甜酥脆，但那鯨肉吃起來則一如外表，像是浸滿海水的鹹腥血塊。她不習慣那滋味，無法多咀嚼，只能草草吞下。

另一方面，鯨肉生魚片切到極薄、幾乎可透光，色澤同樣暗紅，看起來就像火鍋用的牛肉片。在芥末醬油的調味之下，本身沒什麼味道，當然也說不上有什麼美味。

「怎麼樣？」草津問她的感想。

「感覺……沒什麼特別的。」冬玫囁嚅著，既無法坦率批評，又難以假意奉承，於是選了一個中性的回答。

「誒，這樣啊。」

「你覺得好吃嗎？」

「我嗎？對啊，很美味啊。嗯，是這樣沒錯。」草津說著，一副吃得很鮮美的樣子。

看來要能欣賞這樣的食物，應該也是習慣使然。

「這麼說來，南島的文化的確很不一樣啊。」菅原問：「你們是母系社會嗎，習慣讓女生出來到外地工作？」

「應該跟這裡沒什麼差別吧，無論男女想到外地工作都是可以，不過，會跑這麼遠的大部分是年輕人，像我這樣年紀的確實比較少。」

「咦——妳幾歲了，結婚了嗎？」蘆田問。

冬玫簡單答覆，略去求子、不孕、離家出走等等不幸部分。女生們一陣驚呼，蘆田更是一再追問：「妳跟妳老公是怎麼認識的？他是妳第一個男朋友嗎？」

「怎麼了，妳想交男朋友？」冬玫招架不住，不禁問道。

「想！」蘆田斬釘截鐵地回答，似乎完全把這裡當成女生們的聚會，毫不在意現場另外兩位男士。

「妳現在沒有男朋友嗎？妳明明長這麼漂亮！」菅原說。

「沒有啊。而且我從來就沒交過。」

女孩們熱烈討論起交往的話題，冬玫忽然瞥見，身旁早已解決掉午餐的草津，在百無聊賴之餘，脫下了手錶，並將之擱在右手靠牆的桌面上。

從現場情況來看，冬玫大致了解他的意思，不過精確而言，她並非團體中的一分子，這「讀空氣」的任務，似乎不該由她來多嘴。遂裝做渾然不察，繼續聽那兩個女孩聊天。另一方面，她也有點好奇：如果其他人一直沒有讀懂草津的「空氣」，他到底會不會親口說出想要表達的話？

草津低頭看著手錶一陣子，發覺沒有效果，大概認為擺放的位置不對。他把手錶拿下桌，換到左手上，然後彷彿剛脫下手錶一般，非常自然的將之重新上桌。這次換到了左邊。

這回，他對面的藤島，總算發現手錶的存在：「唉呀，是不是該走了？」

「喔，沒有啊，也不趕啦，還有時間。」草津說：「只是如果想走得悠閒一點，現在出發差不多。」

「那就走了吧？」藤島說。

「好啊。」草津順勢回應。

幸好，終究有人讀懂了空氣。眾人魚貫起身走出店外，一路上蘆田緊跟在冬玫身邊，甚至挽住她的手臂，問個不停：「妳是怎麼知道自己喜不喜歡某個男生呢？」

「這個嘛，我好像也沒得好選……」

「那妳是因為沒得好選所以結婚的嗎？妳怎麼知道現在這個就好，而不是等待更好的？」

「這個嘛，我如果知道答案就好了……」

冬玫有些哭笑不得。她實在想說出關於離婚分居不孕等等的事，打破這女生滿頭的粉紅色泡泡，但又不想再透露更多私人訊息。

她抬眼搜尋四周想岔開話題，忽見對街走著數人，一對孩童跑在前面，其中髮長及肩的大概是女生，後方跟著兩個年輕女子，其中一人推著空的娃娃車，大概是孩子的母親。空手的那人有些眼熟，定睛細看，居然是桃花。

冬玫微感詫異，不過轉念一想，倒也尋常。桃花今天當然也放假，又是本地人，而離柑橘園最近的市鎮便是此地，這裡的大街也沒幾條。那兩人正說著話，桃花有些漫不經心，望向街道方向，恰與冬玫的目光碰個正著。

冬玫微微點頭示意。桃花不知是沒有瞧見，抑或裝做沒看到，毫無反應。那四人閃身轉進小巷裡不見了。

3

直到最近，冬玫才意識到自己從來都不懂得生活，雖說這麼迷迷糊糊過著，也「生活」過大把歲月了。她認為所謂的生活，是對凡事都有自己的一套看法、堅持、或者信念一類東西。建禾便是那樣的人。過去的她曾認為，只要跟著他走就好。只要找到喜歡而且可信靠的人，從此用一種崇拜的態度，以他馬首是瞻，凡事只要圍著那人轉——她曾天真以為這樣就好了，就夠幸福了。從古到今許多女人不都是這麼過活的，憑什麼她就辦不到呢？

沒料到還真辦不到。

如今她得重新建立自己的生活觀。目前在橘園裡，冬玫覺得最懂生活的，該屬一對姓芳賀的夫妻。他們長她幾歲，渾身散發出一種穩定的氣息，或者該說不同於旁人的奇妙氛圍。她會注意起這對夫婦，是因為每回輪到他們煮飯，配菜裡總會出現許多「山菜」，亦即野菜。

這事若沒人提醒，冬玫恐怕也無從察覺。中午吃便當時，因為是買來的現成貨，吃的人多半沒什麼意見；可是在早晚兩餐有人輪值的時刻，冬玫發覺，大聲盛讚料理者的巧手，似乎是此地女性必須完成的任務。當然，年紀越大的女性，講起這番話來越容易，想來還是有些長幼次序的問題，不過年紀輕的也不是就沒事做，同樣也要跟著誇讚幾句。

那天首先開口的，是一個大嬸級的同事。面對炸豬肉捲，大嬸在眾人動筷之前，便搶先問道：「這就是你們昨天下午摘的葛草嗎？」

「是啊。」芳賀妻說：「最近越來越有秋天的感覺，葛草是秋之七草，附近又很多，就想應景一下。」

如此說來，自從盂蘭盆節過後，氣溫確實倏然直降，晚風吹在身上的感覺都不一樣了。這是冬玫首度在此地經歷季節更迭，的確與她在亞熱帶家鄉的體驗大不相同。九月以後，夜裡開始有鈴蟲出沒，整片田野迴盪著規律的蟲鳴。季節的差異是如此明顯，也難怪此地會有所謂季節風物詩、或是應景與否的話題。

「我家田裡也長很多，我都當它是害草，從來就不曉得能吃。」大嬸還在繼續談論著葛草。「吃起來就像普通的蔬菜呀！這怎麼做出來的？」

「炸肉捲用的是葛草的嫩莖，很簡單的，就把藤蔓最前端大概十公分左右，徒手就能折斷的部分摘下來就好。要用的時候得先燙過，去除苦味，再來就剩捲在豬肉薄片裡下鍋油炸的步驟了。對了，各位手邊的天婦羅，是葛草的花穗下去炸成的。」

這麼一來，眾人連聲稱讚：「真的呀！」「好有風情！」

「花穗也要先燙過去除苦味嗎？」一長髮的男子問。冬玫覺得此人頗有嬉皮風味，竟然也會對野菜感興趣。

「野菜都要的。葛草的話，因為花穗又更苦，所以要用熱的醋水，不能泡太久，否則花的紫紅色都沒了，快速燙過後立刻浸到冷水裡。然後就能炸天婦羅，加蜂蜜做成甜口味的醃菜也很合適。」

「這麼費功夫！」大夥又讚嘆。

冬玫雖不曉得什麼秋之七草，反正聽來應該是秋天的應景物，覺得有些新奇。後來，當芳賀夫婦的輪值次數多了，她發現摘野菜似乎是這對夫婦的興趣。遇到雨天眾人放假休息的時刻，他們便會在周遭山地採集，然後在輪值時加進伙食裡。

野菜是好聽的說法，講白了就是可以吃的野草，比起一般蔬菜更為粗糙，多毛多刺多纖維，不少種類都帶著苦澀味。雖說芳賀夫婦自有一套料理手法，野菜的味道仍與家常蔬菜不同。與冬玫在一塊的那群學生族全是都市孩子，私下老是抱怨，但誰都不願意把話說開，去叫芳賀夫婦停手、別再把野草端上桌。

儘管對野菜料理相當陌生，冬玫倒覺得這對夫婦有點意思。像那樣的人，就算沒有工作、沒有存款，孑然一身站在野地裡，想必也死不了。如此一來，一定哪裡都能去、在哪都能活，像野草一樣。那該有多麼自由自在。

率先伸出友誼之手的是芳賀妻。有回冬玫走出浴室，正巧與她在走廊上相遇，對方開口問冬玫需不需要襪子。

「襪子……什麼襪子？」

面對突如其來的詢問，冬玫摸不著頭緒。

「什麼襪子──各種襪子啊！」芳賀妻說：「襪子這東西，不是很可愛嗎？而且又不貴。我唯一允許自己添購的新衣服就是襪子，結果常常不小心買太多。我整理了一批，都是只下水洗過一次的新東西，不嫌棄的話就拿去用吧。」

芳賀妻臉孔白淨，頸紋很深，眼邊也出現了魚尾紋，有一雙老是笑著的眼睛，並把頭髮挽成一個高髻在頭頂。綁在髻上的有時是黑髮圈，有時是原子筆，有時是木簪在末梢垂著一串銀細鍊串起的橡子，但比起髮髻來，在她耳邊擺盪的長耳環更加醒目。有時是皮革剪成的成串小花朵，有時是一對糖果紙折的紙鶴。

今天的耳環，是兩顆彩色毛線纏成的軟絨大球。雖然盡是些不發出聲響的柔韌綿軟物事，不過從後頭看它們在她頸項間晃來撞去，冬玫總覺得聽到風鈴聲。

「妳的耳環，好可愛呀。妳自己織的嗎？」冬玫試探地說。面對不熟的女性，稱讚對方的衣著打扮向來是表達善意與打開話匣的法門。即便是文化不同的此地，應該也不例外。

芳賀妻回過頭，微笑著：「這是回收絲線。」

她解釋道，這看似毛線的耳環材質，原來並不是毛線，而是來自印度或尼泊爾的回收絲線。雖稱之為「絲線」，卻只是一種通稱，並不表示它們都是純蠶絲，也有可能是尼龍或羊毛材質，總之是南亞婦女們將廢棄的紗麗抽撿而成的細線，可說是一種回收再利用的環保素材。藉由將回收絲線賣往世界各處的手工藝店，當地婦女得以增加收入、改善生活。

「打扮得漂亮當然是每個女人的願望，不過我盡可能不想耗費太多地球資源。我身上的衣服，也都是回收的二手衣。」芳賀妻解釋，又連忙補上：「不過襪子除外。我要送出去的襪子都是新的，這妳不用擔心。」

沒想到看似日常的物品，居然有那麼人的學問。冬玫驚訝於對方在選擇物品之際，不光考量實用性或美觀，還把遠在世界另一個角落裡人們的生活都納入考慮。顯然這個人身上，擁有冬玫目前正缺乏的思考和決斷能力，足以過上一種充滿主見的生活。

同時，她也隱隱感到困惑，雖說這困惑是什麼，一時半刻也還說不上來。

冬玫跟著芳賀來到大通舖，果然看到木地板有一倒空的棉布袋，周遭圍著三五女同事，也有那老是讚美芳賀妻料理手藝的大嬸。折好的襪子球堆積在旁，有幾雙已被打開，成雙成對地放平在地上。沒有一雙是素色，上頭是些兔子、柴犬、小雞、小熊等等圖樣，也有幾何圖形，粉彩三角旗飄揚。或許有些小孩子氣，倒是很好的休閒用襪。

「有喜歡的就別客氣，儘管拿。」芳賀妻說。

「全都要送走？這種日常用品，很快就壞了，妳自己留一些有什麼關係。」冬玫問。
「那就到穿壞的時候再買呀。老想著以後會用到、先買著預備，只會讓東西越囤越多。」芳賀妻說。
「那我可以拿給我的小孩嗎？」一人問。
「當然！小孩的話，要可愛一點的吧！這裡有動物圖案的，多拿一些去。」
見大家人手一襪，冬玫空手杵在旁邊，反倒顯眼起來，約莫就像同事帶土產回來在辦公室傳著，到眼前也不好意思不吃的道理。她也就上前挑了一雙暗色的圓點襪。
芳賀妻見狀說：「妳喜歡深色嗎？深色的還有別款呢。」說著蹲到那襪子堆前迅速翻找。
冬玫連忙勸阻：「不用麻煩啦。這也不算非常多，妳自己留幾雙有什麼關係。」
「不行。我跟我老公約好了，每個人的私人物品不能超過一個行李箱。要是光襪子就這麼多，我都不用放別的東西啦。」
「超出行李箱會怎麼樣嗎？可以再買其他袋子啊。」
「不行，約定就是約定。」
芳賀妻笑得意味深長，那大嬸湊上來解釋：「他們夫婦是極簡生活主義者，妳曉得他們開來的那輛車，就是他們的家嗎？」
冬玫搖頭。
「所以說我們家真的很小。要限制一下私人物品的數量，免得『家裡』都被東西給塞滿。人啊，並不是擁有很多東西就會幸福，寬敞的空間也是一種生活品質啊。」芳賀妻說。
芳賀夫婦身體力行極簡生活，聽起來頗有一番學問。但即便不到他們的程度，冬玫也覺得北島人對日常生活格外有探究的心思。這恐怕和長久以來他們的女性，在婚後習慣成為家庭主婦的傳統有關。從前冬玫在學習收納術時，也曾在梨沙小姐家，看到大批關於居家整理、服裝搭配、打掃訣竅等等雜誌。

彼時北島婦女對生活的鑽研，已令她歎為觀止，不過跟芳賀夫妻比起來，冬玫發覺她見識到的只是冰山一角。

那大嬸開始滔滔不絕地告訴旁人，芳賀妻的職業是所謂的「生活顧問」，專門在網路上給予客戶種種關於生活的建議，教人如何過得節約又環保。好比決定哪些物品該扔，舊衣服或廢油的回收再利用方式，或者用手邊現有的服裝作出新的穿搭……等等。冬玫頭一次曉得，如同她曾向梨沙小姐討教，原來世界上像她這樣，覺得自己並不懂得生活、打點家裡的女性如此之多，甚至還能撐起「生活顧問」這種行業呢！念及此處，倒讓冬玫寬心不少。

另一方面，最初她感受到的困惑也益發強烈了。趁著其他人的注意力放在大嬸的解說上，冬玫悄聲詢問：

「妳這種極簡生活，簡直就是修行啊。但是，要怎麼知道修行確實是有成果的呢？」

「什麼意思？」

「比方說回收絲線吧。妳要怎麼知道南亞婦女的生活，確實因為有人購買了她們的產品而改善了？如果花上這麼多的功夫，結果卻發現徒勞無功，環境沒有變得更好、貧窮的人們經濟沒有改善、資源沒有被節約，那所謂極簡生活，不就沒意思了嗎？」

芳賀妻微笑著。「玫桑是喜歡思考的人呢。」

「抱歉……」

「不不，別覺得抱歉。這是好事。如果想過極簡生活，懂得思考是第一步。玫桑很有極簡生活的潛力。」

芳賀妻正色道：「重點不在知道與否，重點是要相信，相信這麼過下去，對自己和旁人都會更好。」

「被妳這麼一說，好像宗教。」

冬玫想起梨沙小姐那番關於收納和整理的教誨，那些關於「生活味」的討論，以及最後她感到自己被包圍，被物品和物品上的八百萬小神明們虎視眈眈的感覺。

雖說芳賀妻努力減少生活中的物品，但是她對每件物事的由來如此追究執著，不也正陷入另一種對物品的極度迷戀，成為別種形式的「拜物」信仰嗎？

「啊，或許有點像宗教，不用拜神的……」芳賀妻沉吟著：「不過，還是有點不一樣。我奉行極簡生活的理念，不是在找尋慰藉。我拋掉很多東西，相對的，也就曉得哪些是我拋不掉的。那些就都是對我而言真正重要的事物。我學會了好好把握，這就是我的收穫，我更認識自己了。好比說，我知道了自己其實不能完全克制、不買新東西。不是買了太多襪子嗎？」

「那怎麼辦？」

「能改的就改，至於改不掉的——也不能怎麼辦呀！只能接受事情就是這樣。不買受不了，買了又後悔，逼著自己送人，就會知道心痛了。就可以維持一陣子不亂買了。」

「妳說一陣子……」

「對，只有一陣子。一陣子過後，同樣的事再發生一遍，我會再犯錯、再後悔、再去補救。不過，這就是人啊！」芳賀妻咧開嘴，大笑起來。

「襪子還算小事，有些東西怎樣就是戒不掉，明知道不好，仍然一邊心痛、一邊繼續燒錢！有缺點和弱點，這就是人啊。」

冬玫不解其意，不過聽到她們的談笑聲，其他人開始聚攏過來。那大嬸急切地問道：「什麼？妳們在笑些什麼？」冬玫便不再繼續，讓芳賀妻回到人群裡。

她對極簡生活的環保理念其實不那麼感興趣，不過經過襪子事件，倒讓她感受到芳賀妻身上，確實有些想法值得一學。與其說那是「生活」顧問的知識，不如說更像「人生」顧問。冬玫不禁有些認真地欽佩起來。

雖在兩人談話時不及細問，不過隔些時日，冬玫不經意間察覺芳賀妻所說的癮頭，而且發現那也不是什麼祕密。

當天又輪到她跟草津值班，兩人起了個大早，睡眼迷糊地互道早安後，便開始手腳遲鈍地做早飯。天色仍昏暗，山鳥卻似都已甦醒，晦暗的雜木林中細碎的啁啾聲、樹木枝條被踩踏的晃動聲不絕於耳。當冬玫昏頭脹腦地走到戶外要洗菜，被冷風吹拂得瑟然一抖，赫然看見不遠處林間有一星橘紅色微光。她發覺那是芳賀妻，正一個人站在樹下抽菸。

這下子，冬玫完全醒過來了。地上相當潮溼，草葉上滿是露水，不過芳賀妻似乎不在意，穿著拖鞋，任由露水和潮溼的葉片貼在腳上。她沒有察覺主屋的動靜，或者就算察覺了也不在乎，手上夾著菸，逕自往更深更暗的林子裡去，走得看不見人影。她走的方向在上風處，即使看不見人，仍有淡淡菸味乘風飄來。

正巧草津也來到戶外，冬玫順口告訴他這個發現，評論道：「總覺得很帥呢。像那樣子，生活起來很有一套、游刃有餘的成熟女性。」

「啊，是啊，抽菸有時候看起來滿帥的，如果是男人抽的話。」

草津的回應，跟她簡直牛頭不對馬嘴。他說：「聽說抽菸之所以看起來帥，是手勢的關係。就像男人看女人會注意到身材一樣，女人看男人，聽說會留意到手的樣子。」

「女人抽菸也很帥啊。不是手勢什麼的，而是那種不用在意旁人目光的生活方式，我覺得很有個性。」

「可是那樣不是很不負責任嗎？」草津瞪大眼睛：「聽說尼古丁對女人的影響，比對男人更強烈，特別是會影響到卵子的品質。女人將來還要當母親的，就不能只顧眼前自己享受，犧牲掉孩子未來的健康。她老公都不提醒她，實在很奇怪。當然啦，這是他們夫妻的事。」

草津無論如何都要批評，讓冬玫聽得不太高興，不禁反駁：「那她如果不打算生孩子，就沒這問題了吧。」

「啊啊，那當然是，不過經濟上也要沒問題才行。我聽說他們住在車上，過著什麼樸實的生活。香菸不是很貴嗎？說什麼樸實，結果還不是戒不了菸。」

冬玫覺得掃興，便不再接話，轉身回到屋內。草津見狀，也繼續準備工作。被冰涼山風沖淡的菸味隱隱約約傳了進來，夾雜青草、泥土的味道，不知怎的，她覺得不太難聞。在此之前她明明很討厭二手菸的，大概跟菸的品牌，以及抽的人都有些關係。

畢竟是習於「讀空氣」的北島人，草津應該也察覺到了她的不認同，不過他可沒有要認輸的打算。當天在休息時間，他頂著大草帽來到冬玫身邊，硬是要她看一篇在手機上的文章。

「嫌麻煩的話不用看太仔細，看結論就好。」他說：「我上次說尼古丁會影響到卵子的品質，這實驗就有證明，卵子不但品質降低，數量也下降了。我說的話都有科學根據，不是光憑印象隨口亂說的。」

草津雖然人不壞，不過現下，冬玫只覺得麻煩。

無論是草津或建禾，為何這些男人都如此強烈地想證明自己才對？明明她在乎的事，和對錯與否根本無關。

冬玫想跟芳賀夫婦多學習生活的訣竅，不過這不容易。廚房輪值總是兩人一組，他們夫婦倆向來同進同出，平常工作也待在一塊。至於休息時間，眾目睽睽之下，冬玫又沒有草津那種可以隨意向人長篇搭話的本領，總覺得不是討教的好時機。

要找到自然而然的閒聊機會，實在太過困難。冬玫決定直接詢問芳賀夫婦，下回遇雨休假的時候，能不能跟他們一起採野菜。

在眾人散開至橘園內工作之際，冬玫特意留心芳賀夫婦分配到的區域。到了上午的休息時間裡，她便橫越過大片園子去找人。柑橘樹下的雜草，原是放任其胡亂生長、不加打理，不過在柑橘採收期間，為了方便作業，入園的頭幾天眾人便合力把草都剃了。

只是這幾週下來，因為有雨水滋潤，剃平的草莖上紛紛抽出新芽，又是一副欣欣向榮的模樣，又開始礙人手腳。雖說園子裡其實還有兩隻負責除草的白山羊，不過牠們嚼食的速度遠不及野草的生長。當冬玫終於找到芳賀夫婦，褲管也都被草叢裡的露水浸溼了。

芳賀夫婦在裸露的草坪上晒太陽，身上的袖套跟帽子上的遮陽巾都是頗為一致的花布，大概又是什麼二手衣改製而成的。他們正輪流用同一個保溫瓶蓋當杯子喝東西，見她走來，芳賀妻揮手招呼：「來喝咖啡。」

「我喝咖啡睡不著……」冬玫說：「抱歉。」

「妳怎麼老是在道歉？這個不會。這不是真的咖啡，是像咖啡的野草茶。喝看看嘛。」

說著，便把那保溫瓶蓋傳到冬玫手上。冬玫想想，這或許就跟茶道喝濃茶時，把同一個茶碗傳遍眾人一樣，遂把那碗轉個方向，從他們夫妻倆沒沾過的杯緣，隔空把那黑褐色的茶湯倒一小口進嘴裡。野草茶有著經過煎焙的酸苦味，的確有點像咖啡，卻又隱約回甘。

「這也是你們自己做的嗎？」

「沒有啦，哪來那麼大的本事。」芳賀妻說：「朋友做的。野草茶又是另一門學問了，裡面應該是炒過的全麥和蒲公英根。還有什麼啊……」

「我記得有很多種的樹葉，柿葉、銀杏葉、甘薯葉……」芳賀夫在旁補充。

「對對，還有枸杞葉、桑葉跟竹葉。」

冬玫從來沒有跟芳賀夫說過話，不過這對夫婦的氣質很類似。芳賀夫的個子不高，只比他太太高上一點，臉比較大而方，同樣面色偏白，也掛著和善的笑，跟他的妻子兩人一搭一唱。有些夫婦的性格是互補，好比冬玫和她前夫從前那般，不過這對夫婦除了外貌不一樣，冬玫覺得他們簡直是彼此的分身。跟他說話感覺就像跟他妻子說話一樣。

冬玫表達想跟他們一起出去採野菜的意願，他倆互看一眼。

「可以是可以……對我們來說，當然是很歡迎。」芳賀夫說，看著他的妻子：「小桃應該不會有意見吧？」

「我會跟她說，應該沒問題。」芳賀妻說。

冬玫一時會意不過來，後來才發現他們口中的「小桃」指的是桃花。冬玫覺得吃驚，居然有人能夠跟桃花打成一片，還叫得如此親暱。

「你們說的是桃花？她也摘野菜嗎？」冬玫問。

「小桃才是本地人，最了解這裡的動植物，我們正在跟她學呢。要不要出去摘野菜，得看她的方便，我們的時間倒是其次。」芳賀妻說：「她懂得比我們多，只是沒空弄給大家吃而已。她孩子還小嘛，一有空檔經常都得趕到山下。」

這麼說來，冬玫想起了在山下的新宮鎮上，確實看過好像是桃花的女子，跟其他的年輕媽媽走在一起，帶著一對很小的男孩與女孩。

「所以我該直接去跟她說嗎？」意想不到的發展，讓冬玫遲疑了。

「能那樣做當然是最好，不過也沒關係啦，也不是什麼大事。下次要出門前，我會跟她提。」芳賀妻說。

「她真的不會介意吧？平常我都被她唸得滿凶的。」

芳賀妻帶著笑意看她。

「她挑剔妳，然後她有教妳該怎麼改進嗎？還是只是亂發脾氣，之後就不管妳了？」

冬玫回想了一下：「她有教我。」

「她大概也是緊張才會那麼嚴。」芳賀夫說。

「小桃太年輕了。被朋友託管果園當半個老闆，幫忙管著來打工換宿的人，還要跟大家一起吃住，應該不太適應吧。」芳賀妻說。

離開芳賀夫婦，回到自己負責的梯田區域上，冬玫沿路都因為邀約成功而振奮。雖說多了桃花，不過有共通朋友在場，想必不成什麼問題。她開始期盼雨天，並發覺自己已許久不曾期盼過任何事物。

當氣象預報終於說出接連幾天都是陰雨天氣，冬玫趕緊去找芳賀夫婦，確認他們是否有出門採集的打算。隔天早餐結束後，冬玫換上平常採果用的全部裝束。外面雨不大，不過無論如何，橫豎她手邊只有兩樣雨具，百元商店買的輕便雨衣跟透明傘，不知哪種更好用，便全數帶上，另外還帶著一只塑膠袋，在主屋門口的玄關等著。

先出現的是桃花。她穿著全副武裝的上下截雨衣和長筒雨鞋，腰上掛著採集籃，竹編的圓籃子，用一條童軍繩在邊緣打上兩個結。桃花瞟了冬玫一眼，沒對她的裝束說什麼，只問：「聽說妳今天也要去？」

冬玫點頭。然後就沒有下文了。

沒多久，芳賀夫婦一齊現身，穿著同色不同款的雨衣，手上也挽著採集的竹籃。見冬玫的樣子，芳賀妻說：「玫桑！妳怎麼穿那麼薄的雨衣，很容易勾破的。」

「沒關係，我還有傘。」

「摘野菜的時候哪有手撐傘？我還有一件輕便雨衣，比妳的厚，用我的吧！」

在冬玫換上芳賀妻的雨衣後，桃花領著一行人往果園後方的山坡地走去。冬玫被夾在芳賀夫婦之間，迅速發覺自己是裡面腳程最慢的。儘管跟在後頭的芳賀夫相當善解人意，總會與她保持一段距離，避免追得太急造成壓力，不過從他臉不紅氣不喘的模樣，冬玫曉得目前的步調對他而言一定太慢。他們全隊都在配合她的腳步，不禁覺得有些抱歉。

路兩旁是荒廢的梯田果園。雖也生長著柑橘類果樹，由於長期無人照料，只零零星星掛著瘦小的果實。也有掛著成串綠色圓果的樹木，但那樹型風姿明顯和柑橘樹不同，葉片柔軟，排列得整整齊齊。芳賀妻回頭告訴冬玫，那是野生的鬼胡桃。

「香味很濃，一定跟妳吃過的任何胡桃都不一樣。殼也不是普通的硬，一般胡桃鉗也打不開。」她說。

眼下還不到胡桃成熟的季節。芳賀妻解釋，初秋對採摘山菜而言有些青黃不接。草木嫩芽、花苞花朵都減少了，植物準備休眠或枯死，剩下的都是湯湯水水的漿果類。要入菜有點難度，比較適合做果醬、甜點和醃菜。得等到深秋，方能迎接另一場重頭大戲：紅葉季。那會是蕈菇與堅果大出的時節。

說著，他們來到廢棄果園的邊緣。冬玫是頭一回走到園子的盡頭，赫然發現那裡居然圍著鐵絲網，範圍相當廣，一路綿延到林子裡去，想來該是把果園整個環繞起來。在路的中央，有一扇同樣由鐵網構成的鐵柵門，上面有扣環可以鉤在門框上。照裡說那扣環上應該還要再加上一把外掛鎖，上頭卻空空如也。桃花熟練地打開扣環。

「這是做什麼的？」冬玫不禁好奇。顯然這鐵柵門不是用來防範人類的，因為任何人都能輕易開啟。

「主要是防野豬。」桃花說。

「山裡有那麼多動物啊？」

「很多喔。」芳賀妻說：「有山豬啦、鹿啦、猴子、兔子跟狸貓。山豬尤其麻煩，很會挖地。」

「這是第一道防線。果園下面那片田還有電網，是第二道。」桃花說。

「這麼多道。」冬玫驚道：「牠們真的闖得進來嗎？」

「會啊。」

「闖進來了怎麼辦？」

桃花沒說話，做了一個開槍的手勢。

「很好吃喔，鹿肉咖哩。」芳賀妻說。

一行人都走到果園外頭，桃花轉身又把門扣回去了。

這一帶的森林以筆直的杉木居多，樹齡不大，卻已相當高聳，遮掉不少雨水。在林下行走時，除了會偶爾滴落的大顆水珠，幾乎不會感受目前正下著雨。雨勢本就不大也是原因，空氣中彌漫著濡溼針葉的氣味。

杉樹的根部不時開著黃色的五瓣小花，那花明明甚小，底下卻墊著厚實的深色大葉片，葉上有著斑駁的深淺痕跡。芳賀妻說，那草叫做矮雞杜鵑草。杜鵑草家族是秋天代表性的草花，因為它們跟杜鵑鳥一樣，有著斑駁的紋路；矮雞則是因著這花在杜鵑草家族中格外低矮，「短腳」之故。

冬玫彎身去看，忽有一批橘色生物，從草花底下一哄而散。她吃了一驚，往後退開，又定睛細瞧，發覺那居然是一群螃蟹。每隻都只有六、七公分大小的陸蟹，亮橘色的外殼，就像塑膠製品一樣鮮豔。

林下晦暗，偶爾會遇到雜樹或箭竹叢，不過大部分的地面都是一片空曠，亂石磊磊，上頭積著一層枯萎針葉。這座森林顯然經過人為整治。即便有些野花，模樣大都相當樸實。有開著纖小白花的圓錐鐵線蓮，粉紅花的秋海棠，以及葉子比花更醒目的鳳仙花。深秋才會綻放的朝熊龍膽，則已抽長了花莖，探出先端微帶紫藍色的花苞。

走在杉木林下，冬玫總算能向芳賀夫婦問起他們的生活。芳賀夫婦原本都是首都圈內普通的上班族，結識於一間以環保為理念的社會人學校。說是學校，其實也不過是群理念相近的環保運動人士，租下市中心一角廢棄不用的倉庫空間，在下班後的晚上開課，教導些廢油自製手工肥皂、陽臺上的有機農園、舊衣再利用的內容，或是傳授概念性的話題，好比碳足跡、斷捨離之類。簡而言之，是一群有共同嗜好的人們聚集在一塊分享情報，社團性質的地方。

在那裡，當時還是銀行員的芳賀夫，遇上服飾店店員的芳賀妻。出於對環保理念的共識，以及發覺彼此都厭倦繼續假裝安於「正常」——那種以囤積物品、年資、經歷為目標，接下來還要囤積孩子、以及孩子的經歷——的生活。兩人一拍即合，決定攜手進行一場龐大的實驗，就以人生作為實驗對象。

他們雙雙辭去工作，賣掉大部分的家用品，退掉租屋處，試著在沒有工作、居無定所、只有少量存款的情況下過活。為了確保不會有人臨陣脫逃，他們決定結婚——那時，他們也才認識兩個月。

起初這對現代游牧民族夫婦，居住在公園一角的密林裡、河濱廢地、無人居住的殘破廢屋裡。日子不至於過不去，但也變得離群索居，和原來的朋友都斷了聯繫；而且儘管他們的生活型態近似遊民，跟長年在街上討生活的人比起來，他們又太光鮮乾淨了，無法打進街上的圈子。

與人毫不往來，並非他們原本的目標。相當好運是，過去一同在社會人大學的同伴，告訴他們網路上的訊息，說在北面海縣的某偏遠山村裡，地方政府正在進行為期一年的實驗性計畫，免費提供耕地與房屋，招募三十五歲以下的年輕人居住，也會輔導耕作，希望可以解決農村老化與人口外流的問題。

這項訊息不啻為一場及時雨，令他們找到解決眼前問題的突破口。此外，也讓他們發覺即便是過著極簡生活，仍無可避免的，會需要一輛車。而要養車，免不了便要加油、保養、繳稅，總會有非用到錢不可的場合。

於是在小農生活之餘，芳賀夫去學了汽車修理，芳賀妻則開設網路諮詢室，教導人關於衣物搭配、斷捨離等觀念，正式成為極簡生活的線上顧問。

山村補助計畫在一年期滿後，並未繼續執行，芳賀夫婦必須繳回耕地和房屋。不過他們發現，全國各地都陸續有類似這樣的計畫在進行著；同時在農村裡，每到收穫季節，也常有如同柑橘園這般的打工換宿。

他們去了東北收成蘋果，住過佐渡島養殖牡蠣，在鎌倉的廢屋裡與其他小農擺過地攤，也曾在急需一筆收入的時候，雙雙進入物流公司，沒日沒夜地打工。兩人一直流浪到現在。

「所以，你們實驗的結論是什麼？」冬玫問。

「還沒有結論啦，我們都還活著啊！實驗跟人生都還是現在進行式。」芳賀妻笑說：「不過我們也結婚七年了，沒死沒病沒離婚，證明這不是不可行的。」

前方忽然一片開朗，原來是一處杉木倒塌後所形成的裸露地。日光大亮，雨點灑落下來，原本應是杉木的位置被其他低矮雜樹填補，樹上掛著厚實的藤蔓，幾乎要把那些雜樹拉垮似的。藤蔓上的向光處，懸掛著冬玫從沒見過的紫色、形狀圓潤的野果，形狀像小一號的圓茄子，但又沒那麼紫黑光滑，而是更加明亮的薰衣草色，帶著遲鈍的霧面光澤。有的果實已經打開，平整的從中間開展成兩半，卻並不掉落，依然掛在藤上，如同一對尾部相連的紫色筊杯。

「——真是驚人，這是老樹了吧？」芳賀夫繞到那底下，撫著那跟手臂一樣粗、纏繞在樹木上的藤蔓。他循著藤蔓找到那株植物的根部，又是驚歎連連，根部約莫有一個籃球直徑那麼粗大。

「不知算不算得上老樹，應該是杉樹倒掉以後才長的，是這附近最大的木通。有二、三十年了吧。」桃花回應。

看來這景象對桃花而言已不新奇。她領著眾人來到此處，便完成了領路的任務，開始漫不經心地在周遭東翻西找，用鞋尖撥弄草叢。

「要在林地的破口，才會有比較多的野菜生長。」芳賀妻惋惜地解說：「這片林子是人造林，附近的山也全都是人造林了。人造林太整齊劃一，也比較密集，其他的植物不容易生長。」

「那原本的森林上哪去了？」冬玫問。

「紀州備長炭，有聽過嗎？是全國品質最好的木炭之一。原本的森林變成那個了。伐木業也興盛過一陣子。」芳賀夫說。

「還有紀州材。在大戰前，紀州木材是供應到全國各地的主要建材，當然也有運到離島。」桃花說，眼睛盯著冬玫。她表情平靜，冬玫卻覺得從那話裡聽出挑釁的意思。

「我聽到的說法不太一樣。島上的人都說，北島人從島上砍走很多樹木，如今在許多神社都還可以看到南島檜木做的大梁或鳥居。」冬玫說。

「木材的等級不一樣啊。我聽說南島野生檜木的品質很好，是高級用材，所以現在才看得到。紀州材是普通的杉木，就算老遠運到離島，大概也只會被刨成木板蓋老百姓的房子，再不然就是拿去當鐵軌枕木，都是撐不了幾年的消耗品。」

「妳想說與其像那樣蓋些普通房子，最後在都更被拆掉、消失得無影無蹤，還不如被鄭重其事的供在神社裡，下場比較好嗎？」

「哪有什麼好或不好，反正，原本的森林都消失了。」桃花說：「有『木之國』稱號的紀州半島，已經不是老一輩口中的樣子，而且也回不去了。只是這樣而已。」

她們談話的同時，芳賀夫開始工作。他只戴著一只手套，空著的右手從腰間拔出一把鐮刀，開始對付眼前糾纏在一塊、或枯萎或鮮綠色的細藤。芳賀妻也戴妥手套，上前將紫色的果實摘下，放進腰間的竹籃。

「這次要採的就是這個，木通果。」芳賀妻解釋，木通果的果凍狀果肉可以生吃，也可以當作浸漬醃菜的醬料，果皮則可炒了當蔬菜吃，是一種多用途的植物。

在芳賀夫婦的慫恿下，冬玫試吃了一個已經成熟且裂開成兩半的木通果。果肉是白色半透明的果凍狀，塞滿了黑色堅硬的種子一如百香果，只是滋味平淡，沒什麼特殊香氣，大概就像過度熟爛的軟柿子。眼見旁人並沒有緊盯著要她一定得吃完，冬玫吃過兩口後便擱下那果實。想來比起直接食用，這果實做成果醬或調味料更有道理。

藤蔓分布的面積極廣，已枯死的枝條和還活著的枝椏錯雜交織，形成一褐色與綠色相間的大布幔。如同在果園裡的工作那般，他們分配了每個人負責的區域，便各自散開。冬玫負責的位置在正中間，那裡的果實位置比較低，容易採集，想來應是考量到她是初學者，缺乏技術之故。

冬玫向芳賀夫婦那邊望去，看見他們在藤蔓與森林接壤的林緣。芳賀夫用草刀整理藤蔓，似乎是想將錯雜的枝條理出個頭緒來；芳賀妻戴著布手套，從丈夫砍除下來的枝條上採集果實，兩人合作無間。她也將較粗的枝幹收進袋裡，大概又是要拿去泡茶的。

要如何修剪才不會傷害植物本身，這方面冬玫全無概念，無法採用他們的方式。她只能針對果實本身，老老實實地逐一摘採。

「──妳眼前的那些變成紫色的都熟了，可以摘了。」

聽到桃花的聲音，冬玫猛然回頭，發覺桃花不知何時在她身後，正在對付一叢半個人高的大草。那大草有著翠綠色的薄葉片，並且向上方抽出不知是花抑是果的長形穗狀物。橘紅或橙黃色的穗子，就像一簇一簇的火焰自綠色的植物體上竄起。

「我知道。那幾顆是我要留在樹上的，沒有要摘。」冬玫說。

「為什麼？」

「不是說在人造林底下，其他植物不容易長，所以果實很少嗎？那鳥要吃什麼？我想留給山上的鳥。」

「是嗎？」

桃花一副不置可否的樣子。冬玫按捺不住，不禁想問個明白：「怎麼了，我這樣摘太少嗎？」

「既然妳已經沒事了，來幫我摘這草。」桃花說。

反正眼前的藤蔓也摘得差不多，冬玫擱下那袋木通果，走向桃花與那叢大草。桃花指示她去拗折先端的嫩莖，如果能剛好折斷，發出清脆的斷裂聲，便是可食用的部分。

「這是什麼？」

「虎杖。」

「可以怎麼吃？」

「切細絲，做成金平煮。」桃花思考了一下：「就像牛蒡絲或蓮藕絲那樣的涼菜。也可以做果醬。」

「喔。」

對話到這裡又中斷了。冬玫一時找不著話題，只能繼續埋首工作。一股帶有酸味和草味的清冷味道，在空氣中彌漫開來，就像有什麼人把一滴果醋滴進玻璃製的沁涼水盆裡。那草莖在淺綠中帶著深紅色斑紋，看上去倒頗有秋天氣息。

不消多久時間，芳賀夫婦也回來了，腰間的竹籃看來沉甸甸，收穫頗豐的模樣。芳賀妻問：「怎麼樣，戰果如何呀？」

「摘了不少呢。」冬玫說，暫時擱下採到一半的虎杖嫩莖，走回去拿裝木通果的塑膠袋，打算給芳賀妻評定。她打開那袋戰利品，卻立刻驚呼一聲，自己把那袋子拋得老遠。

桃花走過去，撿起那袋被她拋出去的木通果。

「別打開！」冬玫忙喊，桃花卻完全不以為意。

「怎麼了，有蟲嗎？」芳賀妻問。

「是蛆。都爬出來了。」

桃花伸手進袋子裡，當著冬玫的面，把那些蛆蟲一隻隻挑出來扔掉。冬玫瞪大了眼睛。

「沒關係，多看幾次就習慣了。」芳賀妻笑起來：「蛆也是大自然的一部分。」

秋雨鋒面仍停留在半島上空，沒有離去跡象。長雨連綿，對務農者而言反倒是難得的連續假期，不少同事都下山到新宮市區觀光，有些人甚至往更遠的勝浦去。那隊學生族也要再度挑戰市區，繼續上回來不及逛完的行程，不過冬玫估計今天也要跟芳賀夫婦上山，便婉拒了草津的邀請。

只是當她找到芳賀妻時，才發覺他們另有計畫。

「我們要到鎮上去辦點事。」芳賀妻說：「不過小桃會留下來，妳可以問她有沒有要上山。」

冬玫覺得自己只猶豫了幾秒鐘，不過似乎沒能逃過芳賀妻的眼睛。

芳賀妻笑了笑。

「妳說想學採山菜。山菜這東西，確實不像人工栽培的蔬菜那麼容易入口，會有澀、苦、酸味，處理起來也費工，可是樂趣也很多。包括說在山裡突然發現它的驚喜；因為花費力氣去採摘處理，所以吃的時候更懂得珍惜；以及量通常不多，懂得的人也很少，會有一種『這是只有我才知道的味道』的感覺，就像在獨酌。像這樣，願意花時間去了解的話，會別有一番樂趣。」

「——我懂妳的意思啦。」冬玫苦笑。

「很多人都怕小桃，不過玫桑是懂得思考的人，妳不要怕她。」

冬玫其實已經不害怕桃花了，只是覺得沒什麼話聊。在她看來，桃花沉默而神祕，有些難以親近，但芳賀夫婦對桃花讚譽有加，或許除了在地的知識之外，她身上還有什麼值得學習的地方。

冬玫走往桃花獨自借宿的小間，那是一間只有兩個榻榻米大、原本該是儲藏室的地方。那裡現在門戶大開，裡頭空無一人。房內收拾得整整齊齊，墊被、枕頭和其他私人物品都不見蹤影，想來是都已收進櫃子裡面。

在甫來到北島、借居知菱家的時期，冬玫也過起類似的生活，每日搬動、收拾就寢道具跟私人物品。時至今日，她依然覺得這樣每日不厭其煩地收拾，實在勤奮得不可思議。

起居室的方向似乎隱約有人聲，她改往那邊去碰運氣。那裡有農舍裡唯一一臺電視，果不其然，電視開著，數個男女同事或坐或臥地盯著直看，播映中的內容是某地的B級美食探訪。無論是食物或節目本身，看起來都沒什麼營養。也有人躺在地上，翻弄不知幾年前的過期農業雜誌。

玻璃拉門是打開的，戶外有三人站在樹下，一面淋著細雨，一面抽菸。那夥倒是清一色男子。所有人都是一副百無聊賴的模樣，連冬玫進來也不看她一眼，正好省去她打招呼的工夫。

桃花不在這群人裡，不過玻璃門外的緣廊方向，傳來幾聲奇妙聲響，不可思議地既清脆又低沉，似乎是由數種不同的聲音揉合而成。

起居室裡的眾人絲毫不為所動，冬玫幾乎懷疑自己聽錯，不過那綿長的尾音在空氣中振動，久久不散，不像是錯覺。她遂穿過敞開的拉門往外走，果然看見了要找的人。

緣廊的另一端，桃花閒坐著。她身穿休閒時間的家居服，上身是印著大顆星星的深藍色帽T，底下穿著運動長褲，旁邊擺著棗紅色的軟袋子，袋中的物品已被她拿在手上。冬玫雖不曾親眼見過實物，不過從那醒目的白色的琴身與黑色琴桿看來，應該是一柄三味線。

她嘴上銜著齒輪狀的紅棕色小笛，一面輕吹發出笛音，一面轉動琴軸，正在調音。直到冬玫都走到旁邊，她才終於停止動作，把三味線擱在木地板上。

當然，冬玫實在是多此一問了。看這模樣，桃花的答覆可想而知。

「下雨天呢，哪有每天都出門的道理？昨天摘的那些也還沒處理吧。」桃花懶洋洋地說。

「那麼，我去處理。妳教我怎麼弄。」

「今天很多人都下山了，吃過晚飯才會回來。人太少，應該不會開伙，晚上大概會叫便當吧。別把自己搞那麼忙。」

冬玫聞言搖頭。「……我不找點事情忙不行。」

「是嗎？」

冬玫想到起居室裡那群人，覺得沒有心情加入，也不知那是在看電視、還是被電視看。她望向桃花，後者自顧自整理起樂器。

「這是三味線嗎？」

「是啊。」

「介意我待在這嗎？」

「然後聽我彈琴？好害羞啊。」

冬玫看了她一眼，見桃花面色坦然，遂回嘴：「騙人，妳才不會呢。」

冬玫望著從屋簷滴落的雨水，以及作為背景的墨綠近乎黑色的山巒。此地離海岸比較近，對面的山，已不是她當初從地圖上看到的果無山脈，無盡之山。這裡的山峰低矮，不過因為雨霧繚繞，現在它的底部被遮掩不見，像一座孤島漂浮在霧氣中，倒給人極為高聳的錯覺。冬玫忽然想起，桃花有說過這山的名字，叫做風傳嶺，是風的通道。

想起桃花，她的意識遂被拉回現實之中。她發覺旁邊琤琤瑽瑽的聲響一直沒停過，逐漸響成她認識的旋律。

「妳現在彈的曲子，我有聽過。」冬玫說。

「日文的嗎？」

冬玫搖頭，用中文輕聲哼出她所知道的歌詞——

讓我們敲希望的鐘呀　多少祈禱在心中

讓大家看不到失敗　叫成功永遠在……

她記不住所有的歌詞，不過整首歌都是勵志與希望的內容，這點倒是記得。冬玫把歌詞大意翻成日文，桃花聽過以後，說道：「那麼，這是我知道的版本。」

桃花開口，朗聲唱著——

盂蘭盆節後　育嬰增煩擾

紛紛細雪飄　娃娃更會嚎

盂蘭盆節時　豈有得逍遙

夏衣穿不起　腰帶沒半條

娃娃鬧不休　晝吵夜顛倒

時時勤照拂　勞累人枯槁

但求脫身早　離開此惡牢

遠眺思彼郊　我爹娘草寮

桃花解釋，這是一首流傳於古都南部的傳統民謠，描述窮苦的童奴到主人家幫傭，照看嬰兒的辛苦。她停下來，觀察冬玫的反應。

「很可怕吧？怪不得所有人都想幫它改歌詞。別說中文了，就算在日文裡，大家也常幫它換歌詞。明明旋律很好聽，令人不禁想要傳唱的曲子，為何要讓悲慘的歌詞掃興呢。」桃花說。

冬玫想起草津以及其他幾名大學生，在新宮市食堂裡的對話，那些關於感謝、關於北島人想要隱藏掩飾，用尷尬笑容草草帶過的話題。她搖頭。

「怎麼會掃興，我反而覺得該照原本的唱，比較有感覺。」

「啊……妳指同情的感覺？」

「是更加了解北島的各種事情。我來這裡，不是只為了知道好玩有趣的事。」

「是嗎？」

桃花這樣簡短回應不是第一次了，不過這回的答覆，冬玫聽得出桃花的語氣有點高興，大概沒想過冬玫竟有如此好奇心。

說起來，桃花似乎時不時會觀察她。或許就如冬玫對北島的好奇一樣，桃花是否同樣也對外地人感到好奇？

冬玫於是追問：「妳膽子很大呢，一般人不是都會避談這個話題嗎？」

「因為我是夏天生的吧。聽說夏天生的人比較衝動。」

「哪有這道理。」冬玫笑起來。「夏天出生，那為什麼叫桃花？」

「桃花？」

「漢字寫作桃子的花，不是嗎？」

「不是的，不是那樣。並不是那麼溫柔優雅的名字。」眼前的女人說道。「漢字寫作『百紅』，百日紅去掉中間的『日』字。是盛夏的花，盂蘭盆節前後會開的花。」

桃花——現在是「百紅」，一面說著，一面露出嘲諷的笑。「而且，我大概不算一般人吧。我們整個家族，恐怕都不是。」

冬玫沒見過百紅露出這樣的表情，有些驚奇。那表情令她看起來益發難以捉摸。以及，令人覺得相當古老。

冬玫思考那話中含義，想到百日紅與中華文化淵源頗深。大和民族最喜愛的唐代詩人白居易，曾寫出「紫薇花對紫微郎」之句，句中的紫薇花便是百日紅。冬玫也想起混居於北島的外國民族後裔，人數似乎相當多。

「妳是韓裔嗎？還是中華裔？」冬玫問。

百紅搖搖頭，換了話題。

「妳來到這半島，應該到處都看到三腳烏鴉、八咫烏的標誌吧？妳覺得那是什麼？」

當地人問出這種基本常識等級的問題，實在不知何意。冬玫雖摸不著頭緒，也只能照本宣科：

「那是這裡代表性的標誌，建國神話中天神派來的使者，帶領首位天皇穿越紀州半島、前往奈良盆地建國，有三隻腳的領路烏鴉。因為跟熊野這裡有地緣關係，現在也被供奉在熊野三山的神社裡。」

百紅那雙漆黑鳳眼，直勾勾瞪視著前方。

「對我們家族來說啊。」她緩慢開口：「那一定，是個卑鄙的叛徒。」

冬玫看著眼前的倔強女子，盛夏與酷暑之花的百日紅，忽然覺得入秋後飄著細雨、涼颼颼的山間，驟然升溫。

九、二揚調

1

夕陽西斜，百紅駕著白色小貨車行駛過山間蜿蜒小道。冬玟靠在副駕駛座的車窗上，漫不經心地望向窗外風景，忽然被某種顏色鮮豔之物吸引注意，直起身來坐好。不知打從何時開始，在金綠錯雜的稻田間，原本該是青翠細長的田埂，如今已被赤紅花朵填滿。金綠與火紅的對比相當鮮烈。

「那是什麼？」

冬玟指著窗外的稻田問。開車的百紅只抬眼望了一下，視線立刻回到前方。

「喔——妳說彼岸花，是秋天常見的野花。」

「野花可以開成這樣！」

怪不得此地自古在各類裝飾紋樣中，有那麼多的鮮麗色彩。原來這諸般繽紛，紅色、胭脂色、赤色、酒紅色、銀朱色、猩猩緋色、莓果色、柿紅色，本就存在於他們的日常生活風景中。

「看起來就像人工整理過的花圃一樣，太過分了。」冬玟感到有些不平，南島上沒有如此華麗張揚，整片盛放的野花。

「人工整理……也不能說完全沒有。」百紅回答。「彼岸花很好用，農家在除草的時候，會特別把它留下來。彼岸花在生鮮的狀態下有點小毒，長在田地周圍可以防鼴鼠。」

「原來如此。」

「而且，煮熟處理後就無毒了，可以當救命糧食，聽說從前遇到饑荒有派上用場，後來大家就習慣留著。」

「怎麼處理？」

「麻煩得要命，妳不會想知道的。」

「是妳懶得講吧。」

百紅瞟了她一眼。「對。」她自顧自說著：「今年也很準時啊……一旦彼岸花開，就是秋分節了。」

在原本的柑橘園採收團解散後，冬玫並未像多數短期打工者，收下薪水便打道回府。周遭農園柑橘的種類繁多，不少地方都貼出採收作業的徵人啟示。從初秋九月開始溫州蜜柑成熟，接下來還有秋天的極早生蜜柑，冬天的早生蜜柑、早香椪柑、柚子，直到隔年初春的越冬完熟蜜柑、清見橙和伊予柑。長達半年期間，半島上橘香四溢。在沒有柑橘類水果的夏天，則要採收著名的紀州梅。

假如想要打工換宿，這個農業半島可以讓人待上很長一段時日。何況經過整個月的訓練，冬玫覺得自己對採橘作業頗有心得。當百紅隨口問起之後的計畫，冬玫說她打算先下山，也許先在新宮市，或是更北邊一點的熊野市找個旅館待著，一面向其他的農園丟履歷。

百紅表示不解。「幹麼這麼麻煩？妳要進別的農園幹麼不問我，我去講一聲就好。這段時間妳可以住我家啊。」

冬玫睜大眼睛。「妳認真的？不是客套話？」

就算兩人近來變得比較熟識，畢竟也才認識將近一個月。如此大方提出邀請，讓冬玫覺得百紅不太像北島人，不過百紅很篤定地點頭。

「這附近都是觀光地，旅館太貴了。妳來農園做體力活，不就是想存一筆快錢？」

倘若換作旁人，冬玫可能會覺得是有意挖苦，但百紅只是淡淡描述，沒有看不起的意思，好像那再尋常不過。她接著說：「既然如此，就不要隨便浪費錢，來我家住比較省。」

儘管冬玫的主要目的不是要存一筆快錢，不過解釋起來麻煩，姑且就讓百紅這麼認定。

「那我會貼妳水電費。」冬玫說。

「開什麼玩笑。」

百紅擱下簡短的評語，又問：「結果到底要住不住？當然啦，不會像旅館那麼高級，就是可以過夜的地方而已，妳要自己做家事。如果妳猶豫的是這個。」

「當然不是了。」

冬玫自己也感到訝異。在打工團解散之後，她持續往來的對象不是友善的芳賀妻，而是乍看之下態度嚴峻的百紅。大概是因多知道了些私人背景，覺得彼此距離拉近的緣故，現在的冬玫，已不再覺得百紅的態度神祕難捉摸。當初令冬玫感到困惑、覺得猜不透的冷面皮跟冷淡語氣，習慣之後也不成什麼問題。她知道她的新朋友只是講話比較簡短而已。

儘管沒有明說，冬玫覺得似乎曉得百紅意有所指之下透露的出身。百紅或許就是那「不可說的一群」，因為受到不同於一般人的待遇，才會稱自己為局外人，獨立於大和民族之外。

前往百紅家的路上，她們先到農園出入口的雜貨店採買一陣。撇去其他理所當然的生活用品跟食物不談，冬玫留意到百紅抱了整箱的罐裝啤酒，另外又拿了散裝的各類酒品。回到車上，百紅告訴冬玫，下一個工作已經找好，在另一處離她家比較近的果園，同樣是採橘子。冬玫不曾料到可以這麼快找到下一份打工。看樣子，儘管不少果園會貼出徵人公告，不過能有熟人帶著朋友跟工具投靠，省去訓練陌生人的麻煩，他們會更加歡迎。

只是接下來眼看兩天後就是秋分連假，為了不要工作兩天就又要放人，因此果園跟她們約在連假後上工。這意味著接下來她們會有五天的連續假期。

在彎道處，她們的小貨車與另外一輛噸位略大、車體方正的老款白色貨車相遇。百紅暫時停車，對方亦然。

「百姐！果然是百姐。」

對向貨車搖下車窗，探出一小鬍子青年，另有一個高中生模樣的男孩坐在副座上。兩人都熱切地向百紅招手。「今年不來我們家幫忙啊？」

「我帶了朋友，是新人，就不過去了。」

兩人好奇地打量冬玫，冬玫略為點頭示意，對方的注意力很快又移回百紅身上。「是喔，幸好。還以為妳嫌薪水少呢。」

「別傻了。」

那小鬍子青年嘻嘻直笑。「新人沒關係啊！既然是百姐的朋友，可以破例一下，我去跟我爸說就好。」

「破什麼例？不要破例，事情該怎麼辦就怎麼辦。」

百紅嚴肅以對，貨車上的小鬍子青年又是笑，對百紅的態度完全不以為忤：「知道了啦！聽百姐的就對了。」

兩車交錯而過。百紅說，那是山頂上一間有機農園的人。即便在最繁忙的秋冬季，也只僱用採收經驗在三年以上的老手，因為他們的園子不噴防黴劑，所以格外注意採收時橘皮不能有任何損傷。相對的時薪也比一般柑橘園高上許多。

冬玫第一次聽到這種說法，她還以為自己工作過一個月後，已經算得上是有經驗的老手。當她這麼說，百紅用鼻子哼一聲，毫不留情地嗤之以鼻。

「老什麼手，才剛開始而已。頂多就是能讓橘子離開樹的程度。」

冬玫忽略掉那些酸言酸語。相處過這陣子，她已知道那些表面上的張牙舞爪，其實也沒什麼特別意思。「真抱歉啊，帶著我讓妳少賺一筆了。」

「無所謂啦，反正每年都有。」百紅漫不經心地說。

2

百紅家是一幢位在山腰的兩層樓木造宅子，周遭完全沒有任何圍牆柵欄，車子能直接開到玄關口。像現在她們要把從雜貨店採購的物品搬進屋，可說是挺方便的，不過冬玫覺得這實在毫無防備到令人擔憂。

玄關左手邊是緣廊，廊前一小片綠地，原本的規劃看來是要用作花圃，不過目前雜草叢生，只有一株松樹稍微帶著些許人工養護的意味。樹旁是一小片東倒西歪的花稈子，有些在末端還垂著扭曲變形的黃花，看來有點像菊花。冬玫還以為這群亂生的花朵是野花。

「是向日葵，種給我女兒看的。」

百紅見她盯著花看，便如此解釋。「夏天開成一小片，很好看呢。現在季末不行了。該找個時間鏟掉，只是一直沒動手。」

冬玫並不感到意外。在新宮市那趟短暫的觀光，她曾親眼撞見過。

「妳女兒住家裡嗎？」她問。

「秋天我都在到處工作，家裡沒人，小孩子一個人不能待啦。明天就能見到她了。」她說孩子都被寄在表姊家，不過因為之後的秋分節，親戚們要去廟裡掃墓，會把孩子送回來。

玄關是水泥地的土間，進門後踏上左邊的木階，便是四間連在一塊，呈田字型的榻榻米房間。緣廊在最外層，把四個房間都包在裡頭。靠近前院的兩間是客廳跟臥房，後兩間則是佛壇跟儲物室。房與房之間的拉門是紙糊的，大多已經泛黃，把手附近更布滿手印子。靠近緣廊的那側的拉門則是木格子，上下糊紙，中間留出一段鑲著毛玻璃的透光窗。最外層的緣廊同樣是木格子，上下鑲著霧玻璃，中間留出一段透明的觀景窗。沒有任何一間房裝有窗簾。

冬玫提著行李站在客廳裡，望向那隨暮色逐漸轉為橘灰色的窗玻璃，心想這屋子到早上，一定會被晨光毫不留情徹底穿透，簡直是逼人不得不早起的態勢。幸好在一個月的農務訓練後，她也差不多習慣日出而作了。

「妳先跟我們一起睡臥室。等之後我有空了，再把儲藏間整理出來。」百紅說著，帶冬玫去認識周遭環境。緊連在玄關後面的是廚房，同樣是水泥地的土間。在那後面是浴廁分離的浴室，冬玫十分驚訝地看見有一叢箭竹，從浴缸旁邊的水泥隙縫裡長出來，浴缸陶瓷表面爬滿細密裂紋，看來頗有年紀。

「浴缸很久沒用，也不知道會不會突然裂掉，妳可不要坐到裡頭。只能淋浴。」百紅說。

冬玫點頭。看這情況，她壓根也不想坐進去。

「如果妳很想泡澡的話再跟我說。找個好天氣，我們可以來弄。」百紅一面出了浴室，往屋後緣廊走去，短暫思考了一下。「我看明天就來弄吧。正好蓉子也要回家，她很喜歡。」

「弄什麼？」

「泡澡啊。」

冬玫跟著來到緣廊上，透過打開的玻璃拉門，只見屋後面對山坡密林，有一小片開墾出的空地，左側植有火刺木的高樹籬，紅色與橘色的小圓果實纍纍垂掛，右側是一間木板屋，應該是倉庫。左右兩側的遮蔽物，令這片小區域自成天地。正中央擺著兩個大鐵桶，看起來像儲存原油用的，一只外漆盡皆剝落，呈鉛灰色，旁邊靠著一把板凳。另一只還留有大半的藍漆，旁邊則有小階梯。兩只桶子上面都蓋著木板蓋，底下用空心磚和大石架高，留出的空隙中有升火痕跡。

「不會吧！認真的？」冬玫驚問。

「認不認真，妳明天就知道了。這比熱水器溫暖多了。」百紅關上了玻璃拉門。

倉庫後面的田地似乎種有不少蔬菜，只是天色越來越暗，冬玫無暇細看。百紅拿著塑膠盆出去，不一會帶著秋葵跟茄子進來。連同冰箱裡的高麗菜、胡蘿蔔跟牛番茄，兩人胡亂做了味噌蔬菜雜煮拌飯。

冬玫原以為今晚也就這樣了，沒想到飯後百紅提著兩打啤酒上車，說是要趁孩子回家之前，到鄰居家喝一杯。她邀冬玫一道去，冬玫完全不懂這邀約的用意。

反之亦然，百紅也不懂冬玫在困惑什麼：「妳問為什麼要去鄰居家喝酒？因為這裡很偏僻，沒有居酒屋也沒有便利商店。想要喝酒，就只能到某個人家啊。」

「不是，我跟這裡的人完全不熟，突然跑去人家家裡喝酒，很奇怪吧。」

「是很奇怪啊，但是那有什麼辦法？多喝幾次就不奇怪啦。」

「我的意思是，為什麼非要跑到外頭去喝呢？為什麼不留在家裡自己喝？妳也太精力充沛了。」

「為什麼跑到外頭……因為明天蓉子回家後，為了顧孩子，我就很難出門了，一開始不就這麼說了嗎？」百紅瞪大眼睛。

如此這般，兩人雞同鴨講好一會，最後只能承認，彼此完全不明白對方的價值判斷。冬玫在客廳裡，目送著百紅的小貨車離去後，獨自坐到緣廊上。引擎聲已完全消失，但周圍並非悄然無聲，來自四面八方的蟲鳴益發清晰起來。有如鈴響的單音，有像小線鋸勤奮工作的吱嘎聲，有的彷彿超迷你馬達，可以連續轉動不已。她所在的房屋後山，升起一枚纖細弦月到半空中。

在這寂寥但並不算安靜的秋夜裡，她明白為何有人想要喝上一杯，只是依她的看法，現在應該比較適合獨酌。什麼時候要跟其他人聚作一團，什麼時候才該獨處，這種關乎北島人「群性」的問題，至今她都覺得難以掌握。

直到深夜，冬玫才聽到小貨車回來的聲音。玄關燈亮，百紅躡腳走上榻榻米，帶著一身溫熱酒氣，像夜行動物般只藉用一點微光，在室內熟稔地忙進忙出，鋪床放棉被。見她確實到家，冬玫翻個身又繼續睡，不去深究酒駕之類的問題。在這偏僻山村，似乎自有一套事物運作的邏輯，不是外人能夠置喙。此外，一個月來的集團生活累積不少壓力，現下只有她們兩人，著實放鬆不少，令她迅速墜入夢鄉。

隔天一早，確認冬玫已經起來後，百紅便揹上柴油割草器，戴上圍有遮陽布的圓盤帽，先把前庭那群半死不活的向日葵全都貼地割斷，接著又轉往田裡，活動得毫無停歇。

在清晨的陽光照耀下，冬玫總算得以看清那片田地，是兩塊高低不同的梯田，高的那塊與森林之間隔著鐵絲圈，裡頭作物種類繁多，高低參差不齊。底下那片倒是整齊，是一片約莫到腰際高度的秋葵。百紅在底下對付秋葵，不一會已經打理出一塊圓形低窪，如同神祕現象麥田圈那般。

冬玫不好意思在一旁觀看。她自認已經習慣了農園裡的勞動生活，閒著什麼都不做反而發慌，於是主動提議要幫忙。百紅拉開臉上的遮陽布，一臉狐疑瞅著她。

「幫忙可以呀，但妳應該不會用割草機吧。」她指著倉庫方向。「屋簷下有鋤頭，妳可以把割過的地方土翻一翻。」

這還是冬玫生平第一次拿鋤頭，沒想過有那麼重。翻不了幾下，掌心一片灼燙。她離開田地，打算走回屋子去拿手套，被百紅叫住。

「戴手套的話，鋤頭很容易飛掉喔。」她倚著割草機的長桿，叉腰站在田裡，手套脫下來塞在褲子口袋，冬玫不爭氣地覺得那模樣挺帥的，一副游刃有餘貌。「妳又不是來打工換宿，能做就做，不能做的話在旁邊看就好。這不是一、兩天可以上手的。」

話都說到這地步，冬玫只好乖乖在田埂上坐好，見底下百紅割出的麥田圈越來越大，終於讓半面田裡的秋葵都倒下。

「妳做幾年了？要能做到熟練果然要從小開始吧，妳們家在這多久了？」趁百紅放下割草機，站直身子掃視自己的成果，冬玫隨口問道。

「妳說下田嗎？小時候是有幫過一點忙，不過真正認真經營，是搬來住之後才開始的。這是我媽媽娘家，田跟房子都是外婆的。我以前只有偶爾才會來。」百紅拿起圍在脖子上的白毛巾，擦拭臉上汗水。「我是古都人，在市區出生長大的。」

「這樣啊！」

儘管冬玫也才去過一趟古都，但那些歷史悠久、色彩鮮麗的華美神社，長期修剪導致結節腫大的樹木，貴船川上的清涼川床，小巧精緻的料理，她覺得都太過矯飾了，更別提種種昂貴的開銷。那些充滿人工痕跡的事物，看來都跟居住在農地與森林交界處，渾身草屑的百紅毫無關聯。她差點說出口，迅速想到這可能很失禮，又把話吞回去。

「大家都說看起來不像。」當事人倒顯得毫不在乎，迅速說破冬玫的想法。「反正，我也沒有特別希望看起來像。」

「啊，可是妳會彈三味線呢。這麼說來，果然……」

「果然古都人都會有傳統素養，是嗎？」百紅露出類似苦笑的複雜表情。「民謠三味線，或許也可說是傳統素養的一種吧？但我之所以後來能一直彈，不是因為它傳統，而是因為它可以跟我去到任何地方。」

大概是心境相似，冬玫從中聽出一絲遠颺逃離的意味。她想到自己漫無目的漂流，求的也是一個「故鄉以外的任何地方」。

「妳從以前就想離家嗎？」

百紅點頭。她說，這半島上的外婆家，雖然過去不能常來，卻是她自幼憧憬的地方。特別是外婆近乎自給自足的生活方式，她向來覺得很適合自己。她從高中就開始打工存錢，希望能買下母親繼承的土地持分，好讓這棟房子和田地都維持原樣。

冬玫感到不可思議。百紅跟她差不多年紀，卻從高中就開始規劃未來的人生。她回想起自己的高中歲月，只記得寫不完的模擬考卷、放學後的補習街跟補習班，少數的小樂子是跟同學傳紙條或在考卷上塗鴉。光是對付眼前的難題都已手忙腳亂，哪裡看得到未來？

冬玫把她的感想告訴百紅，後者倒嫌她大驚小怪：「也沒到規劃未來那麼誇張，單純只是外婆過世後，我媽媽跟阿姨、舅舅都各分到一份土地的持分。我媽一直想要把那賣掉變現，我不希望那樣子而已。幸運的是，因為是深山裡的田地，本來就不好脫手，價值不高，才讓我能花好幾年存錢買下我媽那份。而且最大持有者是我舅舅，他在新宮有很大的農園，根本懶得處理老家的田，連要賣都嫌麻煩。聽到我肯幫他照看，高興都來不及。後來我就搬來住了。」

「可是過這種生活，不是需要很大決心嗎？」冬玫不禁驚詫。她雖有心理準備，此後也得過著一個人的獨立生活，但百紅過日子的方式實在太激進了，遠超乎她對「一個女人獨立生活」的想像。

「我是說，這裡的生活這麼不方便，萬一遇到危險，山下的警察要上來也要兩個多小時吧。妳都不會害怕嗎？」

「我外婆年紀輕輕就守寡，一個人在這裡把孩子帶大，也活到了七十好幾。死因也不是遇到什麼危險，單純就是大限到了。」她指著田邊一角，被倉庫陰影籠罩的角落。「我外婆就倒在那裡死的。真的是死都要下田。」

「她都一個人住嗎？」

「我舅舅以前好像有想要接她走，不過她說一個人好得很。中間有臥床過一陣子，輪流在我家跟舅舅家住，後來好轉，又吵著要回來。有時候我會想，假如在她康復後硬把她留在城市裡看顧，不知道是不是……」

她停頓下來，搖了搖頭：「她就是死也要死在山上。到死都還在忙，就在稀釋液肥的途中，根本沒意識到自己接著就要倒下，連水都還沒關，一路淹進田裡。我覺得那樣很好。不是躺在病床上，也不是關在老人院裡，玩些踢紙球、拉毛巾之類的愚蠢復健操，吃果汁機打碎的食物。活成那樣即便還能動，又有什麼意思？」

她看向不遠處的森林。儘管半島上造林盛行，不過村落附近多是傾斜的畸零地，並未遭到林業公司開墾，田地周邊生有許多順著地勢而生、基幹歪斜，甚或從中分岔的野生杉樹。「我覺得我外婆，活得就像一棵老杉樹。立在那裡，不是為著什麼原因，沒有等待誰，也不為了庇護誰。就算有些人或動物躲進它的遮蔽下，也都只是碰巧或順便，不是它本身的意思。就這樣過了很久。即便裡頭都被白蟻蛀空，也還是立著，直到某天頹然倒下。我希望我也是那樣過日子。」

到了下午，山區布滿雲霧，百紅的表姊把蓉子送過來，稍微寒暄幾句就離開，沒有久留，說是還要替明天掃墓做準備。小女孩今年三歲，留著及肩的長髮跟修剪整齊的瀏海，活脫脫一個傳統日本娃娃。冬玫對幼兒不太熟悉，對這年紀的孩子居然會說那麼多話感到非常驚訝。

蓉子剛開始似乎有些怕生，一進到家門，直嚷著說要找她的玩具，迅速消失在紙門後頭。當百紅在後院準備柴火，冬玫幫忙在兩個鐵桶裡都注入六分滿的水，百紅跟柴火奮鬥，小女孩不知何時從後面的房間冒出來，拉了拉冬玫衣角：「妳要不要看蓉子的樹？」

「那是什麼，妳是指妳的玩具嗎？」

「不是。」說著跳下緣廊，光著腳站在地上，眼看就要往泥地跑去。冬玫趕緊彎下腰，果然在挑高的緣廊底下找到深藍色的，印有黃色小鴨的兒童拖鞋，就把拖鞋送到蓉子腳邊。女娃穿上鞋子，一溜煙往火刺木灌叢的後面跑去，伸出食指朝向庭院一角：「這是蓉子的樹，花比較大。」指向另一邊：「媽媽的樹，花比較小。」

冬玫順著望去，與其說是樹，其實是一大叢分岔枝椏，約莫一個人高，翠綠鴨掌似的葉片，樹頂聚生著碗大的柔粉色花。花量雖多，沒什麼香氣，只是散發出淡淡粉味。另一頭同樣是分岔眾多，找不出主幹，灌叢似的小喬木，葉片圓而小，如同一片片綠色銅板，枝條末端著生桃紅色的小花，形狀像是褶皺的緞帶。花朵雖小，數大便美，整棵樹頂上紅豔豔的，偶爾錯落一些細小的蒴果。

原來如此，夏芙蓉與百日紅，夏季之家。

「妳們兩個，到底要不要來幫忙呀。」

遠遠聽得火刺木灌叢對面百紅的呼聲，冬玫和蓉子相視一笑，吐吐舌頭，趕緊回到院子中間去。只見那兩只大鐵桶底下都堆了柴火，百紅正拿個團扇往那其中之一送風。蓉子見狀，吵著也要拿扇子。

「不行，小孩子不要靠近火。妳去幫忙拿木柴。」說著把另一把團扇遞給冬玫。她倆分別坐在板凳跟大石塊上，不斷往金屬底下的火堆送風。這還真不是容易的活，約莫煮了一個半小時。而這已經是運氣好了，在冬天的時候，百紅說最久可以搞到三個多小時。

「這麼久！」最令她吃驚不是數字本身，而是這數據得來的過程。這還不是做木工之類，儘管繁瑣、至少完成後可以用上好一陣子的物事，不過就是燒洗澡水而已。百紅居然試了三小時都沒放棄，花用時間的方式如此奢侈。

「山裡最不缺閒時間，慢吞吞的生活。妳住久就知道。」百紅淡淡回應。

剛開始蓉子還在旁幫忙，拿一些小木片，拿毛巾，沒兩下子就失去耐性，追著蜻蜓不知上哪玩去。百紅叨唸小孩就是這樣，毫無耐性。對想要孩子的冬玫而言可不然。在她看來，長相可愛個性又活潑的蓉子簡直是夢想的化身，完美的小女孩。

百紅對此嗤之以鼻：「才不是。現在是因為有外人，所以她把惡魔的一面都藏起來了。否則蓉子一旦鬧起來，整間屋子都要被她掀掉。」

「無法想像，怎麼個鬧法？」

「就是……」百紅遲疑一下，最後搖搖頭。「沒有，算了，我都忘了！日子總要過下去，我才不要去記那些惡魔發作的時刻。」

「妳說這話，真的很有當媽的架勢耶！」冬玫不禁感嘆。

「有了蓉子之後我發現，母親不是天生的，是學來的。」

「我也是小米的媽媽呀！」不知何時，蓉子又出現在院子裡，聽到她們講話，不甘示弱的大喊，看來也想加入話題。百紅解釋道：「小米是她的玩具。」

「不是玩具，是孩子！」

「是是是。而且妳也有幫小米洗澡，真是好棒的媽媽呀，對不對？」百紅敷衍地回應，丟給冬玫一個白眼。

冬玫不禁笑了出來。

「對！」

直到那六分滿的水似有滾沸跡象，她們才熄滅柴火，放些冷水下去調節溫度。桶底鋪有竹踏板，只要水溫得宜，坐在桶子裡不會感到剛才直接接觸火焰的桶底滾燙。待百紅說出可以下水，蓉子立刻快手快腳地脫去衣物，放在地上的臉盆裡，沿著矮梯迅速爬進桶內，直挺挺地站在裡頭。以她的身高，大概沒辦法坐下來，只能這樣直挺挺的泡湯，但她似乎已感到相當滿意，直呼水裡太溫暖了。冬玟看了不禁抿嘴而笑，因為那看起來，活像插在杯子裡的吸管。

一旁的百紅也俐落地寬衣解帶。她們母女兩人都長得健美，脫衣服時毫不害臊扭捏，身上既沒有多餘贅肉，也不是肌肉隆隆的類型，就像一對美麗而野性的母子獸。冬玟脫衣服就很彆扭，儘管上個月，她也曾經歷過每日在眾目睽睽之下脫衣洗澡的生活，不過時日不長，仍舊難以保持平常心。她只能盡量裝做不介意。

母女倆浸在藍色的大桶裡，她就走往旁邊，踏著板凳爬進褪色的那桶。桶子不大，乍看下並不會比能讓手腳伸展的浴缸更舒服，不過實際坐到裡頭，竟然意外地還不錯。大概因為桶深的關係，底層的水溫可以維持很久。

舒服歸舒服，冬玟並非全無疑慮。「妳們經常這樣泡湯嗎？都不擔心被人看到？」

「誰要看啊？在這種深山？何況後院周圍灌木長這麼密。有沒有鹿或猴子在偷看，就不知道了。」

既然屋主如此充滿自信，冬玟也就稍微寬心，專心享受熱水帶來的溫暖陶醉感。從冒著蒸氣的桶中望向周遭，微光下的黑色樹林霧氣厚重，近處的枝椏間結有不少蛛網，網上每根絲線都凝滿盈盈水珠，令這些本應出奇不意的小陷阱原形畢露，成為一個個玻璃碗。椋鳥在樹頂大聲怪叫，彷彿新學練唱，用嘶啞的咿呀聲湊合出奇特旋律。聲音宏亮的暮蟬，像是音高失準的擦弦樂器，尖銳的鳴聲在四處迴盪。夏末的寒蟬僅剩零星幾隻，但牠們的音量絲毫不比暮蟬遜色，發出小引擎似的振動聲。

再更遠一些，那些樹勢扭曲的杉木，百紅口中所謂「立在那邊但不為著什麼」的巨樹，就完全隱沒到霧裡，一點都看不見了。

3

果園裡的工作和上一回相去不遠，只是少了風傳降的奇景。園子朝南，照理來說本該是面海的方向，可是南邊被一座更高的山頭擋個扎扎實實，半點都無須期待，放眼望去只有一片極其普通的丘陵。

所有人員照舊睡在大通鋪，百紅則一如既往受到禮遇，另有一間臥室。冬玫是跟著百紅過來的，隨之雞犬升天，不必跟其他人擠一塊，可以跟著睡在那間獨立房間。對此，冬玫覺得感激，不過兩人相處的時間增長，不免就聊到各種隱私話題。

百紅似乎對冬玫的前夫甚感興趣，而冬玫總是盡可能迴避，只是有一回晚餐結束後，農園主人請大家喝啤酒。已經是休息時間，不是非得聚在交誼廳裡不可，不少人都早早回去洗澡，她們便把那拿回自己臥室裡，邊喝邊聊。百紅對前夫的話題窮追不捨，外加酒精催化，冬玫還是不禁說了，不小心講得太詳細，把自己搞得一把眼淚一把鼻涕。

百紅一把抓住她的手：「別傷心了，聽起來就是個爛人嘛。妳該慶幸離開得早，否則等你們生了小孩，妳就更走不開。」

話本身說得四平八穩，沒什麼問題，冬玫還覺得頗有道理，但為何要抓住手，令人不太明白。女性間的友誼本就經常伴隨著肢體接觸，互相吃對方盤子裡的食物云云，只是冬玫總覺得還有其他更合宜的表達方式，拍肩膀、摸頭頂之類。只能歸因於北島人的選擇跟表現，對她而言仍舊是謎。

自從冬玫留意起來，陸陸續續有了更多觀察。好比說從以前開始，百紅便老是盯著她瞧。當時她倆還不熟，起初冬玫認為那是在挑新手的工作毛病，後來發覺不是，又向自己解釋說，大概是同為邊緣人的同類相憐。如今她開始注意，覺得不只那麼回事。當她們在農園裡頭，近處除了柑橘樹以外再無第三者，百紅會冷不防從後面勾住她手臂，搞得冬玫神經緊張。她不想抗拒得太明顯，搞得朋友難堪。更何況她放假還會住到百紅家，受人照顧。她不想顯得不知感激，但又沒有心力玩曖昧遊戲，給對方錯誤的期待。

煩惱了好一陣子，沒想到解決之道竟意外的簡單。那天晚上她們熄燈就寢，不過兩人都還沒睡著。這類時刻，冬玫最為警戒，深怕營造出什麼不該有的氣氛，因此她通常會講些無害的家常話題，好比抱怨每到秋冬，自己便有手腳冰冷的煩惱，連帶得就會難以入眠。

「很多都市人都會這樣吧，血液循環不良，活動量太少的緣故。妳在山上住久一點就會好了。」百紅回答。

「意思是多下田就可以改善嗎？」

「是啊，多多活動。我的腳就一點都不冰，妳看。」說著，忽然就把一雙暖烘烘的腳伸進冬玫的被子裡。冬玫嚇得魂飛魄散，覺得再也不堪負荷，只好說實話：「說真的，妳別老是突然動手動腳的，我都快被嚇死了。」

「啊，是嗎？」

話已至此，冬玫只得搬出她這陣子反覆思考後的臺詞，諸如在她看來也覺得百紅是有能力、有魅力的對象，在深山獨立謀生的本事，更不是普通男性可以匹敵的，只是現在她才剛結束跟前夫的關係，心力交瘁，實在無心展開另一段關係，無論那是何種關係。

「是嗎？那真可惜。」百紅答得乾脆，並不多糾纏。「要是改變主意了，可以再告訴我。」

「短期內大概不會。」

「好吧。」

說也奇怪，她們攤開來講後，一切都變得好辦多了。冬玫認為，或許是因為在此地，很少有人像她這麼直白、打開天窗說亮話，劃出兩人來往的底線，省下彼此猜心的時間精力，反而讓事情比較容易。也可能是因為，百紅其實對她沒那麼執著，單純是被交到新朋友的新鮮感所惑，順勢試探一下，見她沒有回應，便就此打住。

百紅仍舊動不動盯著她直瞧，但不再有突如其來的肢體接觸。倘若四下無人，冬玫還可以抱怨個幾句。好比在大浴場裡，要求坐在浴池裡的百紅不要看向她洗澡的方向。

「放心吧，不會對妳怎樣，沒那麼沒禮貌。更何況隨時都會有人進來，用不著緊張。」百紅說，完全沒有換方向的意思。

「可是妳一直盯著看啊！」

「不然我還能看哪邊？只要近處有會動的物體，人本來就會不由自主盯著看啊。」

冬玫只得加速完成沖洗，跟著進到浴池，和百紅並肩坐到一塊。這麼一來，就能保證沒有誰盯著誰的問題。

在上一座農園時，由於冬玫剛開始接觸農務，每天累得暈頭轉向，晚上泡澡總是神智不清，無暇多想。如今她比較習慣這樣的生活，開始有了想東想西的餘裕。大浴場實在是個奇妙地方，無論平日從事何種行業，職級在上或下，年齡是長或少，入浴時間一到，橫豎全部都要剝得赤條條，浸到同一池熱水裡。

怪不得日語中需要階級區分嚴明的敬語，因為生活中有太多時刻，界線被汗水、熱水浸融得模糊不清。身為階級社會的一分子，想必感到焦慮不已，必須抓住某種東西來確認自己的位置，好比說語言。

冬玫這樣告訴百紅，後者冷哼了一聲：「界線才不會消失呢。就算把人剝光也不會。每次我跟一般人一起泡澡，我都很想說出口，告訴她們現在正在跟什麼樣的人一起泡。她們不嚇得立刻逃走才怪。」

「你們的人不跟一般市民泡澡的嗎？」

「我們有自己的錢湯。儘管沒有特別區分說誰才能進來，會來的都是自己人。反正，腦筋正常的外人也不會想進來。聽說這幾年有好一些，學生族會因為貪便宜，特地到我們地盤上的錢湯來。」

「你們的地盤，那是在哪一帶？」

百紅認真盯了她幾秒，似乎在揣測這問題的用意，然後試探地問道：「是說，南島好像沒有我們這種階級。

妳是來這裡才第一次聽說過部落民嗎？」

「是的。」

「那就不能怪妳不懂了。這位小姐，這是不能問的問題。」

「是嗎？」

「沒錯，不過，這很無聊。」百紅撥弄著水面，濺起一陣小小水花。「反正大家都知道了，幹麼還要裝模作樣、神祕兮兮？好像只要不提，就可以裝作不存在一樣。說也無妨，我們就住在國鐵的總站附近。如果有去古都觀光的話，或多或少都會經過。」

「車站附近？那不應該是精華地段嗎？」

「才不是。」百紅笑起來。「外地人不懂啊。剛好相反。」

4

除了遇雨則休，農園的工作每週休息一天，百紅通常趁這時候到山下陪蓉子。頭一回冬玫選擇留在空無一人的家裡，獨自看家，後來稍微有點往外走的閒心，打算搭公車來趟小旅行。她對此地所知極其有限，於是把行程目標訂在上回工作地點附近的雜貨店，打算採買些日用品。

去程的公車在早上下午各有一班，還真是沒得選擇，冬玫必須搭乘早上七點半出發的車次。幸好她已習慣在五點左右起床準備，不至於消受不了，可以在吃完早餐後出發。從聚落徒步行走，約四十分鐘後可以接上國道，那裡有公車站牌。

車內冷清，只有三個當地居民似的老人家。國道一路沿著北山川開闢，在上游附近，沿途都可見白色的礫石灘與碧綠川水。那水乍看之下絲毫沒有流動跡象，平靜無波。周圍的樹林則因開墾已久，露出覆滿淺棕色岩石的地表，上頭生長的要不是人工植下的年輕杉林，就是初期生長在裸地上的耐旱樹種，多半都是松樹。

想來雜貨店不會一早就開張，冬玫於是在山谷聚落的入口處下車，打著悠閒散步的如意算盤，沿著岔出的縣道慢吞吞往下走。然而開車一下就能抵達的路程，沒想到走起來竟然那麼久，她走了一小時，只見路兩旁盡是田埔，偶爾夾雜幾間民宅，她所熟知的熱鬧聚落中心，卻總在遙遠的前方。

比較值得慶幸的是，由於此地是個小盆地，沒有高低起伏的地勢，至少不用爬上爬下的耗費體力，不過她已然決意回程絕對要搭車了。路途並不輕鬆，但因溫度略低，還算宜人。稻田多半已收割，留下的稻稈被紮成一捆一捆掃帚狀的小堆，整齊排列在田間。那些在秋分時節令她驚豔的彼岸花消失得無影無蹤，就像當初出現時一樣突然。如今沿著田埂邊生長的，是一叢叢膝蓋高度的野菊，指甲大小的白花簇生在植株頂端。陽光明亮，幾乎刺眼，不過路旁不時出現樹蔭，可供她暫避其下。那些樹木皆非行道樹，全長在私人的田產或房產上，因此多半是開花樹，最多的是桃紅色花的百日紅，只遇過一棵白色的。儘管躲進了私人土地上，那些地產內空無一人，不曉得人都上哪去了。放眼望去，一片沃野寂然無人車，只聞鳥鳴。

古人來到此處，不曉得是否跟她同樣心情？路旁時不時就要出現的大解說牌，令冬玫想要無視此地的歷史都很困難。大概是沒有被劃進世界遺產的緣故，反而激發本地政府更想強調在地重要性的競爭心。這裡是熊野古道中的「伊勢路」，往西通向位在崇山峻嶺間的本宮大社，往東連至位在海岸側的伊勢神宮。伊勢是另一個古老的信仰中心，重要性不遜於熊野三山。古代人相信來到半島後，如果能在參拜完三山之餘，順道拐去神威強大的伊勢，將得到最大的福佑。

冬玫不得不注意到畫在解說牌上的古代地圖。在那張圖示上，伊勢神宮與當時的首都，如今的奈良橿原，位在東西向的水平軸上。橿原與熊野本宮，則位在南北向的垂直軸上。儘管手邊沒有其他佐證，兩條完美相交的九十度線，不禁讓她認為，這些信仰聖地和太陽崇拜有點關聯。很多古老的太陽信仰都會作出相似的布陣。

一路磕磕絆絆，總算還是讓她走到了上回的雜貨店附近。冬玟本來還擔心自己是不是弄錯了路，但說實在的，要迷路倒真不容易。她仔細觀察整個山谷聚落，發覺南北向的主要幹道，也不過就兩條。回程的公車會在下午兩點發車，冬玟先找間家庭餐廳吃了一頓提早的午飯，全店裡頭只有她一個客人。之後才又走往雜貨店。

與其說這店賣雜貨，不如說這是一家私人經營的超市，冬玟從之前來時就有此感覺。在這樣偏遠的山區，大概無法經營像城市裡那樣專賣生鮮食品的大超市，只能讓小規模營運取而代之，因此這所謂的雜貨店裡，不僅有菸酒、小包裝的肥料農藥、白米，店頭還有沾著泥土、看來相當新鮮的蔬果。

冬玟本想採買一些在百紅家附近沒有出產的蔬菜，不過仔細一看，大家栽種的東西都很類似。葉菜是高麗菜、春菊、青江菜，水果就蘋果、柔軟的筆柿跟堅硬的紅柿。至於柑橘，大概所有人光是看到都覺得害怕，根本沒有上店頭販售的餘地。冬玟只得隨便挑了些罐頭，又買了一點糖果零食。她想起百紅的嗜好，最後又抓了半打啤酒。

那老頭子老闆始終都是同一人，跟上個月過來時一模一樣。收銀臺無法掃條碼，老闆本來埋頭按計算機，看到啤酒，抬起頭來掃了冬玟一眼，大概在研究她是否未成年，然後忽地發覺道：「啊，妳是百桑的朋友，跟她一起來買過東西的。」

「是啊……」

「百桑怎麼樣，她老公回來了嗎？」

男人也可以囉嗦而八卦，多事的三姑六婆似乎能超越國界，哪邊都有這種人存在，不受性別限制。不過對冬玟而言，她很久沒跟百紅以外的人說過太長的話，外加對方濃重的口音，令她只是愣望著前方，說不出話來。

老頭老闆似乎把她呆滯的眼神解讀作不以為然，趕緊說明：「因為，都快要年底了嘛！大家都在講，說今年總該回來跟她一起過年了吧？否則女人家自己帶著小孩子生活多辛苦。雖然大家可憐她們孤兒寡母，盡量都會撥些工作給她做，但要是家裡連一個男人都沒有……」

冬玫搖搖晃晃提著兩袋子的食物出了雜貨店，來到不遠處空地旁的公車站牌。矮牆上的老松樹毫無變化，空地上那些不明就裡的灌叢作物則益發茂盛，已長得比人還高，每株灌叢周圍甚至都架設了支架。上個月初來乍到，她曾有好一段時間偶爾會來這邊發愣，如今再回到此地，已不是當初的心情。那時她覺得山居生活太過辛苦，也很想家，是百紅親身示範在此安身立命的榜樣，讓她覺得女人要在此獨自生活並非不可能。

只是一般人不懂這些。他們只覺得看見一個獨守空閨、可憐兮兮的單親媽媽。

對於百紅的另一半，冬玫其實頗感好奇，只是不曉得該不該問，擔心百紅會誤以為她想探問這些情報，是因為別有心思，就如同百紅之前老愛問她前夫的種種。另一方面，她又實在好奇，像百紅這樣過著獨特生活的女性，不曉得何種對象才能入她法眼，又為什麼如今不在她身邊。

天還沒暗，百紅就開車回來了。冬玫得意展示她的採買成果，換來一陣大呼小叫：「妳帶這些搭公車太辛苦了吧，還要走路回來耶！下次不用這麼麻煩，我到新宮也會順便去超市。妳要出去玩，就單純去玩玩就好。」

百紅也真採買了不少東西，肉類、蔬果、酒品一應俱全，冬玫納悶光靠她們兩個，在這短短的休假裡到底吃不吃得完。她一面幫忙百紅卸貨，一面不經意地提起她聽到雜貨店老闆的詢問。

冬玫問得小心翼翼，百紅倒一副不以為意的樣子。「啊，那個啊。他們的理解就是這樣，覺得女人不能獨自生活，解釋了也沒有用。老一輩的人嘛。」

「所以妳先生沒有要回來嗎？」

「蓉子她爸不是我先生，我們只是交往過。不過，是啦，妳如果去問旁人，他們會覺得既然都生小孩了，當然算是我先生，我也懶得澄清。反正不是我說得清不清楚的問題，是他們腦袋的問題。妳可以幫我洗米嗎？」

她們在廚房裡準備晚飯，百紅順手給自己開了罐啤酒，揚手拿起另一罐表示邀請。冬玫不習慣這麼早開喝，又不好意思拒絕，再說此地似乎確實有黃湯下肚後更好說話的風氣，還是把那接了過來。

百紅說，那男人是來做田野調查的研究者：「好像在什麼博物館之類的地方做研究。他跟一整個調查隊的同事來這裡做田野調查，先在村裡住了一陣子，後來住到我家。再後來，他就回去了。」

「這樣啊。但我以為妳是那個……」

「哪個？」

大概是酒精的作用，冬玫覺得自己膽子大起來：「喜歡女人。」

「喔。」大概是沒想到她說得那麼直接，百紅揚起眉毛：「我是啊。但這兩件事情，並不相關吧？」

「不相關嗎？」

「半點都沒有。」百紅已經喝完一罐酒，又走到冰箱前，再開一罐。「我是喜歡女人，希望跟女人一起過日子，不過既然老天給了我女人的身體，那就也想體驗看看生養孩子的滋味。畢竟，多少人想生還沒得生呢。過日子跟懷孩子，這是兩碼子事吧？」

「那……孩子的爸，他知道小孩的事嗎？」

「我管他知不知道呢？」百紅語氣甚是冷淡。「我只是覺得，既然他能讀那麼多書，腦袋應該不錯。外表嘛，四肢健全耳聰目明，沒什麼特別明顯的生理缺陷，看上去基因不錯。要生孩子就要找這種的。」

冬玫訝異地笑起來：「基因嗎？妳看的是這方面啊？」

「當然要看了，這不是基本嗎？這也是為孩子的未來著想啊。不是我自誇，我的體力跟適應力都很不錯，加上她爸的聰明腦袋，結果應該很理想，所以就有了蓉子。誰知道他呢，哼，不提也罷。總之，人要是在性格上有什麼毛病，還真不是一時半刻能看出來的。」

「這倒也是。不過，有時候是儘管看在眼裡，在那當下卻鬼迷心竅，覺得可以裝做不以為意啊……」

「是啊，也可能是這樣。我說妳，把刀子放下吧，手都在晃了。」百紅接手她切到一半的蘿蔔塊。「真搞不懂，酒量怎麼能這麼差。」

冬玫搖搖晃晃坐到木頭臺階上。「我比較搞不懂你們這裡，七早八早就開始喝酒，到底喝什麼意思。」

「喝來暖身的。喝來談我們現在談的這種話題。」

「妳真的不會想他，也不恨他？」

「不會。當然要是說起來不會有什麼好話，但早就結束了。」

「要怎麼才能像妳這麼無牽無掛？」

百紅吁了一口氣。「妳說妳是戀愛結婚？妳的情況跟我不一樣吧？我沒談戀愛，當然也就不會是在等他。我只是在而已。我屬於這塊地，不會去其他任何地方。這個半島自古被稱作『樹之國』，守護神是山林樹木之神。它們存在是要讓人遮風避雨的嗎？那只是人類自己自作多情而已。就如同我之前說的：樹如果擋下風雨，不是對人類有愛；倘若哪天倒下砸死人，也不是因為有恨。我就像杉樹，在這裡而不為什麼。」

「妳說他是什麼的研究員？」

百紅伸手指向天花板。「民間故事跟傳說，在說這裡的人祖先的事，就放在二樓。他的東西我差不多都丟了，只剩一些書，還有點意思。妳想的話可以去看。我本來打算全丟的，但仔細想想，他本人就算再討厭，又不是東西本身的錯。我們這裡要買書也不容易，就留了一些有趣的。」

房子的二樓久未使用，是一處堆滿雜物的閣樓。當初百紅帶冬玫參觀室內時曾有簡單介紹，不過冬玫在沒事的時候完全不想往那裡去。榻榻米破損，翹出一束一束的草莖，木頭柱子被啃食，積滿灰塵的衣櫃邊上有磨爪痕跡。百紅說是有一陣子閣樓鬧白鼻心的結果。儘管白鼻心已經捉住，但牠留下的痕跡歷歷在目，偶爾還可以在角落裡發現風乾多時的糞便堆。

平常日子裡，冬玫絕不想靠近那令人害怕的閣樓。塵蟎、寄生蟲、動物的糞便跟毛……光想像就讓她吃不消。如果這是她自己家，她絕對會把那些白鼻心碰觸過的物品全扔了，在院子裡堆成一堆，放把火燒掉。這樣才夠衛生。她不明白百紅怎麼受得了。但在今天，大概因為喝酒的關係，她套上一雙準備扔掉的髒襪子跟手套，居然就覺得安心了，上樓去找百紅說的那箱書。

沒多久她就找到那箱標記著「書」的紙箱子。箱子外頭同樣積了厚厚的灰塵，不過裡頭的書保存得不錯。包括當地旅遊雜誌、土產介紹、民俗學、土著傳說、儀式與慶典……種種主題，激起她過去做人類學研究的好奇心。

其中有一本雜誌《民俗學博物館季刊》，內頁被貼了便利貼，冬玫順手把那抽出來翻閱。內容不太困難，並非研究型的刊物，看樣子是博物館針對一般大眾所做的推廣讀物，介紹最近的展覽，有大量照片，泥土色的石棺，以及模樣不知所以的動物陶器，不曉得是無角的母鹿還是狗。牠咧開嘴，轉頭回望，好似露出笑容。還有一些看故事學歷史之類的輕鬆文章。冬玫發覺，被貼上便利貼的是當中一則故事——

很久很久以前，西南邊的大島住著一群鳥族。他們的祖先似乎是為了躲避戰禍來到此地，是以祖先們決定，永不透露自己真正的根源在何方。他們告訴後代，鳥來自天空，從空中直接降臨此地。久而久之大家都這麼相信了，認為自己是太陽的子民。

鳥族的國王身兼大祭司，據說是太陽的直系後裔，可以直接聽到太陽說話，令栽種稻米維生的他們五穀豐收，生活溫飽。由於人口增加，某天國王說他獲得天啟，帶領軍隊航向海洋，往日出方向前行，尋找上天允諾賜與的良田。果不其然，他們在東方海面上，發現了比原本居住的大島來得更寬廣的土地。

鳥族先在海灣試圖上陸，但遭遇強烈的抵抗，只好退回海上，繼續沿海岸前進，尋找其他可能的登陸點。他們航抵南邊半島的外海，半島上山勢連綿無盡，堅不可摧，卻在南端的山崖上，一片蓊鬱樹林之間露出破口——突出山壁的醒目白色巨岩，彷彿某種暗示。鳥族國王遂選擇在此登岸。

統治半島的，是四隻腳的大熊一族，在這「有熊之野」過著狩獵、鑄鐵的生活。他們不如耕作的鳥族富庶有序，卻武力強大，倚靠森林與礦藏自給自足。登岸的鳥族與熊族發生激烈戰鬥，鳥族節節敗退，熊族卻發生內鬨，其中一支貴族「高倉下」帶兵倒戈了鳥族。他還向鳥族國王提議，重用某個人物，即可打通從半島前往內陸的諸種關節。那是兩足的鳥與四足的熊之間的混血兒，精通雙方語言的「二足烏鴉」。此後，鳥族暢行無阻地通過半島，在內陸建立起新的首都，將負責指引並與當地人交涉的三足烏鴉，尊為神的使者。

戰敗被俘的熊族，被遷移到鳥族建立的山下城市裡。他們被安置在橫亙市中心的荒丘與瘴癘沼澤地上，四周重重圍困，嚴加看守，無人可與之往來。他們被指派進行需要接觸血與汙穢的工作，以令他們「不可碰觸」的身分更加穩固。圍困在城市中心，則是要讓所有人看到，違抗鳥族將會是何種下場。

這方法相當有效，鳥族後來在各地城市裡，都建立起相似的「不可言說之地」，並在後來的每場戰役中，將手下敗將裡那些反抗最激烈、血統最尊貴的，投放到那些不可言說之地上，貶為最汙穢低下的。

久而久之，特殊土地上的居民逐漸忘卻自己是誰，忘記自己身上的高貴血統，不記得祖先曾統領一方。他們只記得被圍困的憤怒，揮之不去的髒汙，以及深怕被發現身分的恐懼。

冬玫聽到上樓的腳步聲，發覺百紅來了。她詢問似地揚起手中的雜誌，百紅點頭表示無誤。冬玫稱讚道：「看文章覺得他人不錯啊，解釋得很明白易懂。」

「是啊，寫得一副很親切的樣子吧。」百紅面露不屑。「想從文章去了解作者是很糟的方式。我當初光看文章也覺得他不錯。」

「也不見得是故意要騙人……不如說，寫文章的人想呈現的，當然都是最理想、最有條理的一面吧。有誰會在文章裡特地表現出抓狂的一面呢？」

「講好聽是這樣。」

冬玫決定換個話題，以免繼續勾起百紅的舊恨：「這就是為什麼妳說，三腳烏鴉是個背叛者嗎？」

「是啊，不過也僅是有此一說罷了，是真是假沒人知道。一切都是臆測，只好寫成童話故事的樣子。」百紅淡淡地說：「反正，也都不重要了。就算我們的祖先曾經是統治這裡的貴族，又怎麼樣呢？絲毫不會改變現在的生活。只能看看罷了，然後覺得真是個可愛的故事啊。」

「是個傷心的故事。」

冬玫再度低頭，在滿覆灰塵的昏暗黃燈下細看那篇雜誌文章。「難道都沒留下什麼證據之類的嗎？」

「幾千年前的事，上哪找證據呢。」

百紅看向漆黑的窗外。從那裡可以看到底下聚落透出一兩盞燈火，除此之外，便什麼也看不見。

「這裡的神社祭祀『素戔嗚尊』，或稱『須佐之男命』。祂是太陽女神天照大神的弟弟，也是暴風雨、混亂與憤怒之神，與天照大神的性質完全相反。祂是暴烈作祟的荒魂，暴漲的河川、死亡與火焰。祂死後的毛髮，據說漫生成紀州半島的密林樹木。文章裡提到的抵抗者，憤怒而高貴的血統，或許跟祂可以沾上一點關係吧。」

5

淺山上覆滿杉木與柑橘樹，二者都是常綠樹。冬玫望著它們，日復一日，幾乎察覺不出季節變化，不過倒是明確體察到，她帶的衣服不夠了。

即便把所有衣物都穿上身，天色一暗，她還是冷得直打寒顫，清早外出也變得益發艱難。某天百紅實在看不下去，翻出幾件顏色黯淡的化纖毛衣，跟一件穿舊的駝色短大衣給她，這才終止了她與寒冷的奮鬥。

「我的衣服妳穿太短了，找個休假妳該跟我下山，買些冬天的衣服。」百紅不只一次這樣碎唸，不過都被冬玫當成耳邊風。

穿著百紅那些尺寸略小的舊衣，她感到心滿意足，想像自己也變得跟在地人一樣堅韌、刻苦、強壯。何況她有點期待休假時能獨自搭上公車，到山谷的小鎮上採買。

一個人搭車購物，一個人前往並折返，一個人煮食，望著一桌子飯菜，然後等待屋主回來。這讓她覺得，自己偶爾也挺有行動力，挺有用處的。她不要讓下山購買新衣服之類的突發事件打亂整個計畫。

當冬玫不知第幾次等在雜貨店旁的公車站牌，赫然發覺，空地上那些不明作物之間，有一群陌生人在忙碌。不知何時，那群有著支架支撐、長到一個成年人高度的植株，已從頂端竄生出火焰形狀的粉紅色的花穗。

冬玫把購物袋放在站牌，站在田邊仔細觀察。那群忙碌的人們看起來像外地人，皮膚白皙，衣著光鮮乾淨，顯然不常下田。若非年邁斯文的老人家，就是帶著小學左右孩童的父母親。不少人手上拿著蟲網。

由於看不出個所以然，冬玫走向一看似領隊的白髮老人。那老人頭戴米色寬簷帽，脖上掛著青藍色漸層的編織帶，帶子末端繫有望遠鏡，正仰頭以裸眼眺望長得比他高出一個頭、伸向天空的粉紅色花序。

「午安，請問你們在忙什麼呢？」她問道。

「啊，午安，我們是昆蟲協會的志工，正在捉青斑蝶。」老人回應。

「青斑蝶……」

這麼說來，冬玫總算留意到，田裡頭不只有這奇特的開花灌叢。因為秋花已近尾聲，如今這灌叢是極為顯眼的蜜源，不少蝴蝶跟蜜蜂在周圍飛舞。

「就是現在在採蜜的那種蝴蝶。」他伸出食指，指向伸向空中的花穗頂端，有幾隻黑底水色斑紋的蝴蝶飛動。

「所以這花不是蔬菜囉？因為種在田裡，我以為……」

「啊，不是的，澤蘭花不是農作物。」老人露出詫異的笑，笑她的無知，但不知為何，冬玫不覺得冒犯。

「紀州半島是蝴蝶飛越日本的中繼站。我們昆蟲協會特別去商請，找到願意協助的農家，在休耕的田地上，種植青斑蝶喜歡的澤蘭花，好讓牠們有地方覓食、休息。」

「為什麼要這麼做？」

「青斑蝶是很特殊的蝴蝶，能夠飛越大海，像候鳥一樣。每到秋冬，青斑蝶會往南遷移，到南方過冬，我們在這裡替牠們做休息站，也在牠們翅膀上標記號。這麼一來，要是國外的蝴蝶志工抓到有標記的蝴蝶，就知道是從哪裡來的。」

南方。那幾個音打動了冬玫。她追問：「往南遷移，那是到哪裡？會有多南邊？」

「就南方啊！一路經過長崎、鹿兒島、沖繩、香港，繼續往更南的地方。」

「那，也會到南邊的島嗎？」

「當然了，也會到南島。在南島上，有人捕獲過這裡標記的蝴蝶呢。」

「這樣啊……」

冬玫回到路面上，坐在田邊望著那片澤蘭園和蝴蝶，以及忙碌其間的蝴蝶志工。不一會，公車來了，停在她面前打開門。她搖頭表示沒有要搭乘。

公車司機看來有點詫異，不過沒說什麼。車子關上門，駛離站牌。反正最晚在四點還有一班車。冬玫繼續坐在那裡。那群昆蟲志工裡有人經過她身邊，飄來探詢的眼神，又急急收回，轉頭繼續談笑。他們要到那間雜貨舖買飲料去。

冬玫繼續坐，目送青斑蝶在花田裡頭忙碌飛動，冉冉上天；目送陽光逐漸傾斜，染上金紅色；目送那群志工招來了他們自己的巴士，開始點名數人頭。她想起之前一起工作過的芳賀妻，不禁覺得如果自己會抽菸就好了。那樣的話，假如她又想待在什麼地方發愣，就可以不必任何解釋。只消揚起手上的菸，就說明了一切。那該有多麼理直氣壯。

十、二揚調

1

睡夢中，彷彿聽到某種身型龐大的困獸，自半島山脈底下的蟄伏處啼鳴。一聲接一聲的單音，渾厚、悠遠、清越，如大砲擊發，連地面都為之震動。

冬玫夢見自己就趴在某種四足巨獸滿覆刺毛的頸背上，附耳傾聽巨獸鳴叫的音波。那震波從底下穿過獸的頸項，一路隆隆，往遠處的口腔而去，在那裡找到宣洩的出口，化作無形攻勢，朝天空開火，令漫天飛鳥如被閃電襲擊，一隻隻冒出黑煙，失事墜毀。

她睜開眼，發覺自己臉頰正貼著百紅家粗糙不平、毛海都給磨得脫落的硬枕頭套。室內空無一人，夢中的啼鳴卻還在窗外持續，聽在如今清醒的耳裡，更像火藥的炸裂聲。

槍響。

旁邊地舖上的蓉子睡得正甜，一頭細細黑髮散在枕上，空氣中飄著幼兒特有的奶香。為了不要把她吵醒，冬玫小心翼翼起身。

倘若在山下，把幼童獨自留在屋子裡看家，恐怕是違法行為，不過在眼下處境，如果把好夢正酣的蓉子挖起來帶出門，未免太可笑。冬玫踮著腳尖離開房間，拉上房門，在客廳裡披上百紅給的駝色外套，穿好鞋襪出去。

草叢裡還有從夏末綻放到現在的白色野菊，花朵越開越小，以及同屬菊科、比那更高挺的淺紫色紫苑，在寒冷空氣中迎風搖曳。冬玫從玄關出去，又繞到屋後的洗澡場，找過倉庫，都沒見到人影，才再轉進屋旁的田裡。

在田地盡頭的稀疏樹林間，她總算看見百紅，穿著平時下田用的墨綠色粗布裝束，外頭加一件不曾見過的螢光亮橘色背心，手上握著獵槍。她將槍口向下指著地面，正打開槍管退彈，聽見冬玫踩在枯草上的腳步聲，似乎微動一下，但仍等到手邊動作全都完成、闔上槍管，方才抬起臉。

「早啊。」百紅說：「吵到妳嗎？」

冬玫搖頭，發覺百紅的右下顎一片通紅，像剛捱過一記勾拳，驚呼：「妳的臉！」

「不要緊，每年剛開始都這樣。很快就好了。」

百紅用泛紅的指尖觸碰臉頰，雙眼精光閃爍，看來神采奕奕，對臉上紅腫毫不在意。「打排球不也是？一陣子沒打，再開始時手臂都會發紅。多練幾天就退了。」

「妳覺得沒事就好。」

百紅說她在趕烏鴉。儘管以她的田地來說，主要栽植葉菜和根莖類，烏鴉不構成太大危害，但可以當作射擊練習。接下來的秋冬季節，會有很多開槍機會，得重新找回槍法。

冬玫第一次目睹真槍，過去她只能從電視跟電影上曉得這武器的威力。百紅橫向捧起那槍給她細看。

「水平二連霰彈槍，準頭跟射程都還好而已，但比來福槍輕。冬天在野外，可是不能缺少的夥伴。」

百紅的語氣平淡，但冬玫覺得她很自豪。她說這槍本來是外公留下來的，後來被外婆使用，如今她是主人。槍托上銀白色的金屬裝飾有些泛黑，上頭一面雕刻著獵犬，另一面是野鴨，整體流露出一股濃厚英倫味。

「妳都打些什麼？」冬玫問。

「烏鴉、雉雞、鹿、貍貓，都可以呀，也打過山豬。但不是妳想打什麼就有，首先要遇得到啊！」

冬玫想起在最初的果園裡，聽百紅說過鹿肉咖哩，不禁咋舌。「那我有點期待呢。要是妳打到鹿，我可以幫忙挑鉛球。」

「挑鉛球？為什麼？」

「不是說霰彈嗎？不就會有一堆鉛球？」

「霰彈槍的意思是『也可以』用霰彈。現在趕鳥，我的確是用霰彈，但遇到鹿的時候，就要換單發子彈，穿透力才夠。」

百紅說，這種形制困難的地方在於，槍管分成左右兩支，瞄準時兩支槍管的準頭有微妙偏差。發射者須格外注意，目前是在用哪邊的槍管對準。另外還有上下二連發或半自動霰彈槍，能夠對得更精準，實用性也更高。

「那為什麼搞這麼麻煩？」

百紅聳肩。「為了好看？老派的浪漫？人家都說水平二連是最美麗、最紳士的槍枝，是藝術品，但真的很難瞄準。幸好我現在也沒有要打中。」

大概發覺驅鳥槍沒有真正帶來威脅，鴉群在上空緩慢盤旋，也不飛遠，又逐漸聚集到樹頂上。有幾隻甚至朝著底下發出啊啊嘶叫，似乎在威嚇。

百紅摸索掛在腰帶上的小包，從裡面拿出一發紅色的管狀子彈。她把槍管朝向地面折開，露出裝填口。冬玫發覺這槍最多只能裝填兩發，確實相當老派。

百紅闔上槍管，舉槍。「這次要打那隻大叫的傢伙腳邊。就不信牠不怕。」她嗤笑一聲。

「萬一打中怎麼辦？」

「剛好加菜。」百紅若無其事說，扣下扳機。沒有打中她所說的那隻鳥，群鴉應聲驚飛，她皺起眉頭退掉彈殼。「只要不知道那是垃圾鳥，味道還不錯，很像鹿的背肉。不過妳現在知道了。」

冬玫倒沒有心理障礙。她發覺烏鴉在北島，取代了印象中麻雀該有的位置，在人煙所及處無所不在，不過在冬玫心中，家鄉烏鴉的形象仍根深柢固。她總覺得那是中高海拔深山才會出現的山鳥，因此是乾淨的，自帶松針跟雲霧的氣息。

「我也可以打看看嗎？」冬玫問。

百紅似乎有點吃驚。「開槍要執照，我把槍交給妳是違法呢。」她似笑非笑地說：「除非讓我抓著妳的手扣扳機？那樣的話，或許還能算成是我開的槍。」

冬玫想起前陣子百紅對她流露出好意，不禁退卻，擔心因為過多的肢體接觸，帶給對方錯誤的期待，忙說：「那還是不用了。」

「說實在的我也不敢。」

這次百紅真笑起來，又伸手到腰帶上的小包，摸索子彈，重新裝填。「我自己會用，不代表知道怎麼教人。妳想學的話，還是去上課比較好，先從書本學起。」

當半島上開始結霜，果園的橘子採收也告一段落，把薪水全都結清。家家戶戶準備過年，冬玫在知識上理解此事，曉得北島這邊的習俗，是把所有傳統節日都搬到陽曆，但要在元旦過傳統新年，體感上仍相當奇怪，一點年味也沒有。當然這只是她個人的感受。百紅積極準備，從十二月二十就把蓉子接回家裡。接下來有天皇生日跟年假等等的節日，一路放假到一月上旬，但百紅沒有就此閒著，每日忙於接打電話。

冬玫原本不知她在搞什麼名堂，不過在接到蓉子的晚上，哄完女兒睡下後，百紅打開樓梯底下向來上鎖的儲物間，搬出一箱零組件攤在廳桌上擦拭。冬玫第一次看，卻隱約知道那是什麼，畢竟在電視、電影上都看過那麼多了：分解後的獵槍。

百紅解釋，由於大部分作物都已收穫完畢，接下來她主要的收入，將會靠打獵而來。這倒不是指野外狩獵，最大宗的反而是接到附近農家的聯絡，說用陷阱捕到危害農作的有害動物時，跑上一趟幫忙補最後一槍，因為不是每戶人家都有獵槍跟執照，而用亂棍打死又太危險。

此事在冬季最頻繁。一方面是草木枯萎，野外食物減少，令動物進到村落裡來；另一方面是放年假，平時在都會工作的青壯人口回鄉，人手正足，有餘力架設、巡查陷阱。

蓉子就睡在木拉門的另一側，為了不要吵醒好不容易被哄睡的她，兩人都壓低聲音，幾乎是用氣音講話。

百紅說，因為她還住在村落，而非完全遺世獨立。一方面她能享受獨居生活的好處，但在現實面，也必須靠著與人互助合作，才可能維持生計。她小聲說：「我想這就是農村生活比較特別的地方。如果是獨居，妳不可能照顧得了一整片夠自己吃用的田地。光是要種上各種不同的蔬菜、根莖類和稻米，技術上就不可行。只能選擇栽種特定幾樣作物，其他的就靠與人交換來獲得。此外，一旦種下去後，農閒的時間很長，必須靠各式各樣的幫忙和打工來支撐。其他人的生活方式也一樣，我們口袋裡沒幾個錢，戶頭裡沒啥存款，但是田裡有作物，山裡有野獸，總有事情做。」

冬玫覺得對半島上的生活又更了解了幾分，而這是她不曾想像過的：沒有朝九晚五按表操課，沒有固定的工作場所跟內容，一切都隨時節轉換，春天採茶、夏天種菜抓魚、秋天採水果、冬天打獵，會有多少收穫則看老天。這樣子毫無保證地過活，居然還能維持一個家。

冬玫不覺得自己能企及百紅的強韌，更不用說需要掌握各式各樣在山野生活的技能，不過看到有人能如此維生，確實帶給她勇氣：即便是這種日子，也死不了人。

2

在此之前，冬玫從沒聽過「有害動物」的說法。她是都市人，而在土地更狹、人口稠密的南島，野生動物是「稀有」的同義詞，她沒在城裡看到比老鼠或松鼠大的野生哺乳類，不可能覺得牠們有害。

來到半島上的柑橘園，冬玫第一次注意到的野生動物是貍貓。當她輪到晚上的洗碗工作，幫忙把廚餘拿到農場裡的堆肥區掩埋，看到牠們鬼鬼祟祟在堆肥區忙碌，在手電筒照射下瞪著一雙雙骨碌圓眼。

儘管那不過就是體形跟貓差不多的小東西，冬玫還是叫得像看到四川熊貓似的，把那些小動物驚得一哄而散，在轉身逃竄之際，露出特徵分明的環節尾巴。

之後又遇過幾次，比較沒那麼稀奇了，但冬玫想拍照，畢竟是南島沒有的生物。她在傍晚帶著相機四處搜尋，卻被百紅警告：「妳要拍照可以，別追太緊。牠們身上有壁蝨，會掉在草叢，然後黏到人的鞋子跟褲管。萊姆病妳聽過嗎？如果倒楣被咬，還可能得狂犬病。」把冬玫嚇得此後只敢遠遠觀望。

也曾在果園裡發現蹄印，以及樹根附近的掘土痕跡。百紅跟園主看得表情嚴肅，不過連同冬玫在內的一票都市人，全都看不出個所以然。直到百紅說那是山豬，眾人才神經緊繃地頷首，講好接下來幾天都要結伴而行。

剩下冬玫還在狀況外，不懂得野生動物闖進園子會有什麼危險。就她所知，危險野生動物好比毒蛇，其實不希望跟人不期而遇。牠們都是害羞敏感的生物，如果選擇主動攻擊，都是因為受到驚嚇。

百紅聽完她的想法，罕見地大笑兩聲：「敏感可能說得通，害羞或受驚嚇，那倒不一定。山豬很危險，牠想攻擊就攻擊。要是牠之後繼續在這附近，我就要回家拿獵槍了。」

野豬後來沒有再出現，拿槍的事情不了了之。冬玫體會到，此地的人獸關係與家鄉大不相同，更為原始緊繃。南島上的動物，許是占了絕對弱勢，才會令人有害羞、躲藏之感。半島上的野生動物不然，牠們更像土地的主人，人類是入侵者、競爭資源的另一種動物，理所當然遭到強烈抵抗。外加山村人口流失跟高齡化，這場人獸對抗戰裡，人類可不一定占上風。

如今在半島，槍枝活躍的時節展開。一方面有百紅說的那些原因，另一方面則是法令規範：狩獵季從十一月直到隔年的二月。每隔三到五天，總能聽到山村中某處傳來槍響。百紅說，多數時候那是跟她一樣在打鳥，再不然就是在處理農地陷阱裡的動物。偶爾可能真的是本地獵戶在巡獵，不過獵戶的人數也所剩不多了。

她說真正的重頭戲在一月中旬。等大家都忙完過年，會選個週末舉辦集團圍獵，把山頭上捕捉整年都沒處理掉的有害動物一次掃蕩，村子裡所有有槍跟狩獵執照的人都會參加。

「會很盛大的，就像村子裡的新年會。」百紅說得迫不及待似的：「要花上一整天，至少能打到一隻，多的時候還打過六隻鹿。然後當場分解了，晚上會辦烤肉會慶功，多的就給大家帶回去。每年圍獵完，我家都有幾個禮拜不用買肉。」她的熱情也感染到冬玫，雖然後者還不能確定自己能否受得了那種血腥場面，但烤肉慶功會的部分聽起來不錯。

不過那畢竟是之後的事。現在百紅要忙的，還是幫忙處理農地陷阱。

在冬玫看來，動物的事情很新鮮，不過這裡的居民想必早已習以為常，畢竟每年都會遇上。照百紅的話說，每回狀況都不太一樣，滿考驗臨機應變的能力。

一大清早接到一戶叫若林的農家聯絡，說他們家馬鈴薯田附近的陷阱捉到山豬。百紅放下電話，抓下掛在牆上的亮橘色背心，立刻就要出門，冬玫也想去湊熱鬧。既然家裡沒人，她們倆把蓉子也帶上，百紅說可以寄在山邊若林家的農舍裡。

若林家是個大家庭，適逢年假，城裡工作的子女們帶著孫子女回到老家，更顯熱鬧。百紅打過招呼，把蓉子跟其他小朋友們放在一塊，便組好獵槍、裝在槍套裡揹在肩上，跟著若林家的一對兄弟往後山的林道去。

冬玫也跟著去。林道入口有一處坍方土石，沒辦法開車通過。才剛踏上林道上，另外三人通通小跑起來，冬玫追不了幾步，便跑得上氣不接下氣。

「有必要趕路嗎？那隻野豬不是在陷阱裡了？」冬玫跑得滿頭問號，前面的百紅回頭丟了一句：「拖越久越可能出問題。」

「什麼問題？」

「比如……」

百紅正要說話，見冬玫已然掉隊。她跟兩兄弟迅速商量，決定讓若林兄留下來陪走。百紅先跟若林弟加速趕去，兩人一溜煙消失在山徑轉彎處。

若林兄解釋，問題有很多。陷阱的繩圈只套到野豬的蹄子尖端，沒有套進比較上面的副蹄，使得獵物掙脫——這還是可接受的失誤。更慘的還有獵物的力量大於預期，陷阱的主繩綁在過細的樹木上，使得獵物折斷樹木、腳上套著陷阱逃逸而去，久而久之傷口腐壞潰爛……

「沒有人希望折磨動物。」若林兄說：「雖然野生動物危害農作，畢竟也是為了吃飯，就像我們也是為了吃飯。可能的話，捉到後盡快給牠們一個痛快，不要拖太長。」

他指著林道旁邊一條岔入林中、往上攀爬的獵徑，領著冬玫往山坡上走去。

就在不遠處，可以看到百紅的亮橘色背心，她已經舉起槍。若林兄示意冬玫停步，留在樹幹後方，直到槍聲響起。

更遠的前方似有某物倒下。也可能是錯覺，冬玫不認為自己有那麼強的觀察力，得以看得到三百公尺外的地方。何況這還是在底層灌木叢生的密林裡頭，不過她確實感到周圍的緊繃氣氛應聲緩解。

「好了，可以過去了。」

若林兄揮手，示意向前，領頭帶著冬玫往前走，一面解釋：「百姐用霰彈槍，穿透力比較弱，有時子彈打到大骨頭會反彈，在她開槍前都不要太靠近。」

百紅跟若林弟也正走上前察看，冬玫趕到百紅旁邊，先看到鋼絲編成的繩索，一端繫在一株年輕杉樹的樹幹底部，樹周圍一圈的草地都被踏平了。接著，她才看到樹後地面上，倒臥著深褐色毛茸茸的生物，身上有一彈孔，正汩汩冒出黑血。

光是流血，並不足以讓冬玫害怕。她抱著不忍跟好奇，正想再靠近點，忽然手臂被重抓一把，使她踉蹌後退；也在此時，她忽然從那無序的毛團中找到那動物的頭部，是一隻山豬，深色眼珠狂亂轉動著，一面從口鼻呼出白氣與帶血的泡沫。

這就真嚇著冬玫了，她倒退好幾步，撞到剛才出手抓她的百紅身上。她不怕血，也不怕宰殺後的動物屍體，但瀕死掙扎的動物可不一樣。

若林兄弟顯得若無其事，弟弟走上前，看了一眼道：「還沒斷氣。」

「怪了。」百紅皺著眉：「角度不好，沒中要害。」

「妳今年第一次打喔？」

百紅執拗地揚起臉。「不會有下次了。下回會一槍斃命。」

「我才在跟妳朋友講，說沒有人希望動物受苦太久。」若林兄說：「結果就來這齣？幸好我刀子應該夠利，上禮拜架完陷阱之後磨的。」

「真的？你講了那麼好的理由？真文明啊。」百紅睨了他一眼，對冬玫說：「他沒講的是：如果讓動物掙扎太久，肉會變難吃。」

「那也是一種說法。我看看，頸動脈……在這裡。好了，這要放血一陣子。」

「所以妳就知道，人家說經常生氣、害怕、緊張會短命，那都是真的。在陷阱裡掙扎太久的獵物，全身肌肉都會萎縮，肉汁都不見了，超柴的。想想看那若是發生在人身上，不會短命才怪。」百紅說。

「百姐，妳執照第幾年了？早就夠格升級來福槍了吧！妳去買一支吧！」

若林弟加入談話，百紅則對他的提議不以為然：「來福重死了，我現在這樣很好。」

「哪裡好，根本打不死啊！」

「你看過近距離被來福槍打的獵物嗎？」百紅用鼻子哼氣，對他的無知感到不滿：「衝力太強，就算打在肚子上，眼珠子、腦漿都會噴飛出去，七孔流血。我不喜歡。」

「那是有點可憐啦。」若林弟訕訕說：「但那麼一來，保證死透啊。眼珠子飛不飛掉也沒差了。」

包括之前在果園裡，這些住山村的男人，不知為何都喜歡跟百紅鬥嘴，大概是因百紅從事的工作中少有女性，但冬玟無心注意他們的嘴上往來。她看向地上那頭血流不已、目光渙散的豬，牠看起來一點都不危險，反而無助又可憐。她不是素食主義者，也絕對能理解，每天吃用的動物製品來自某些生命的犧牲，但眼睜睜看牠們死在面前，感覺並不好受。

察覺到冬玟臉色慘白，百紅走來，同時揮手示意她轉身往後。

「我們要就地分解牠，妳不要看比較好。妳認得回去的路吧？先回農舍等好了。順便幫我們叫有閒的人來幫忙拖。」

「但我想參與到最後。」冬玟其實不太吃得消，可又覺得機會難得，不願輕易放棄。

「參與的方式很多，做不來的就不用勉強。」百紅說。

若林兄也附和：「是啊，我們還會分肉給妳們呢。要是百姐晚上好不容易做了牡丹鍋，妳卻吃不下，就太可惜了。」

「牡丹……？」冬玫聽得困惑。

「山豬肉火鍋。」百紅解釋。

吃肉的話題是冬玫現在不太想聽的，她不得不承認，頭一次親眼目擊動物死亡，確實會對她產生影響，只得往回走。臨走前她往回一望，看到那三人似乎在對山豬嘖嘖。

農舍周遭的活動相對平和。為了讓一票小鬼頭有事可做，若林家把他們趕到田裡，挖掘所剩無幾的番薯，並且就近在旁邊堆起一座由雜木、枯枝落葉構成的柴堆。

為了不要無所事事，冬玫也加入挖掘行列。察覺自己的等級跟小孩子差不多令她有點沮喪，不過挖土是一樁容易看到成果的事，沒過多久居然也沉浸在單純的樂趣中。

何況這活動不只是玩耍，其實一舉兩得。不僅孩子們待會可以在那堆枯葉裡烤番薯，在他們掘過番薯的田埔，若林家的奶奶跟媳婦跟在後頭，提著幾筐洋蔥苗，順手種進被翻得鬆軟的土裡。洋蔥將是接下來在寒冷冬季的主要作物。

眼看挖得差不多，若林媳婦提來兩桶水，領著沒事的孩子們搓洗出土的番薯，包上錫箔紙跟溼報紙。冬玫還在田裡拿著鏟子翻攪，轉頭看到百紅已站在田邊。冬玫朝她揮手。

「妳忙完了？豬呢？」

「就在後面，他們拿推車去載，直接要進冰櫃。我就來看看妳們。」百紅說話時呼出滿口白色的熱氣，兩頰緋紅，看樣子拖野豬不太容易。

「蓉子的話在那邊。我們在準備烤番薯，要一起來嗎？」冬玫問，指著那些洗番薯的人群。

「不要，累了，不想搞得滿手泥。我還要洗蓉子呢。」

「我可以幫妳啊。」

百紅仍舊搖頭，看向蓉子的方向，表情複雜，說道：「唉，那件外套……袖子髒成那樣，恐怕沒救了。這冬天也才拿出來穿沒幾次呢。」

「蓉子今天穿這樣好可愛。」冬玫說。

蓉子今天穿一件水藍色的棉襖，上頭印著開有白花的植物圖案，一球一球的圓形小花長在淺綠色的花莖上，看來很眼熟。百紅說是霞草，冬玫以為又是什麼秋之七草類的傳統植物，百紅聽得直搖頭：「是那常跟玫瑰一起配成花束的小花，在花店裡會看到的那個呀。」

她們雞同鴨講了一陣，冬玫反覆確認，才終於理解日文的「霞草」原來是指「滿天星」。

「太特別了吧！第一次看到衣服上有這種圖案。」冬玫大呼。這麼說來，那衣服的紋路確實有種北歐風似的設計感。百紅聽得似乎有點得意，又有些感慨：「那是從一件我喜歡的和服改的。這年紀的娃娃長很快，與其買一堆將來用不到的，不如從我的舊衣服裡拿一些比較平價的去改。我自己改的，襯裡的棉墊布也是在布莊裡一片片摸過、選過。改衣服花一個禮拜，弄髒只要一個早上！」

「既然是喜歡的和服，妳還改給孩子穿，真是捨得！」

「沒什麼捨不捨得，東西在手邊就是要用啊！那衣服太舊，原本到我手上就已經是中古的，現在我也不可能再穿，擺著除了積灰塵還能幹麼。」

「掛起來當裝飾呀，如果妳喜歡它。」

百紅聽得搖頭：「那樣做，身邊的廢物不是越積越多？擺著不用是一種辜負。這些物品既然屬於我，是要為我所用才來我身邊，那我也就不要辜負，要用到最後。自己不能穿就給孩子穿，孩子不能穿的時候，就拿來做提袋、包袱巾；連那個都不能做的時候，就做成比較小的手巾、團扇面、草履的鼻緒，再不行就變抹布。日常物品的命運本該如此，要一直為人所用直到壽命盡頭。」

「不愧是北島人，對自己的民族服裝很有一套。」

冬玫欽佩百紅的生活智慧，但後者聽了不特別高興，大概還是介意衣服太快被女兒蹧蹋，悶悶說道：「我也是人云亦云，聽喜歡和服的人這樣說的。我自己說實在的，並不真懂這些。」

洗完番薯的蓉子大概覺得手冷，把沾了泥水的手在衣服上抹來抹去，弄得遠處觀望的兩女不禁一陣哀嘆。雖說如此，百紅沒有跑上前去制止的意思，只是感慨：「泥巴這種東西啊……果然還是給小孩，還有童心未泯、對生活仍有熱情的人玩的。到我這年紀，已經太老玩不動了。」

說歸說，她的語氣不像嫌麻煩，倒像悵然若失。

「妳不是跟我差不多年紀？」冬玫問。

「是啊！老了呀！妳不這麼覺得？比以前更容易累，記性也沒那麼好了。」

「啊，可是我覺得女人的三、四十歲，正是最好的年紀。還沒到真正體力下滑的時候，但也不像十幾二十來歲那麼不懂事。」

冬玫回想，那正是她剛認識前夫，從一開始鄙夷輕視、後來莫名愛得死心塌地，任由他輕易改變了自己的年紀，不禁毛骨悚然：「很多人都懷念他們的青春時代，但若要我回到從前，我可一點都不願意。好多事情都是我在那之後學會的，費了很大的勁啊。」

「妳這麼說也是。」

百紅似乎略為釋懷。她看向那群包鋁箔的人：「那邊好像有水果，我去幫忙那個，比較乾淨。」

除了地瓜跟馬鈴薯之外，若林家還提來一桶橘子跟蘋果。百紅跟其他人若無其事地把它們拿出，同樣包上錫箔紙跟溼報紙。原來蘋果跟橘子也可以火烤，大幅超出冬玫的想像。

當番薯全部挖完，所有人坐在田邊包錫箔紙。若林兄弟也回來了，拿打火機跟一本月曆想要點燃那枯葉堆，但不太容易點著，盡是冒黑煙，空氣中散發燒紙、枯葉跟溼土的味道。

有時風向轉變，從房子前面吹來，便會挾帶一股冰冷清冽的香氣，聞起來不甜不膩，很像肥皂或清潔劑的爽利味道。那是若林家門口種的一株蠟梅樹。在亞熱帶長大的冬玫，不曾看過蠟梅這種溫帶樹，卻在看過之後，大概猜得出那是什麼，說也奇怪。大概因為那鮮豔的黃花止如其名，每一枚半透明花瓣，都堅挺光滑如同蠟滴凝成，像精心打造的工藝品，掛在一片葉子也無的光裸枝椏上。樹的頂端還掛著一些杏仁型的深褐色果莢，那是上一個花季結束後的遺留物。

所有的一切，都與冬玫過去的經驗似是而非。她認識梅花而非蠟梅，認識烇番薯，卻從沒見過烤蘋果。她覺得彷彿身處鏡中的倒影世界。

忽有一輛小貨車顛簸迫近，引擎聲轟轟然，引得眾人抬頭觀看。那車子沒有熄火，一個老頭就從駕駛座跳下，身型臃腫，臉色酡紅，戴了一頂螢光橘色的棒球帽。

百紅皺著眉頭，嘖了一聲，若林兄弟快步奔上前。若林媳婦繞過來擋在前頭，冬玫原以為她要阻擋百紅的去路，仔細一看，才發覺她應該是要用身體擋住小貨車那邊的視線。

「給他們處理就好。」那媳婦說。

「不好意思啊。」

「哪裡，是我們打電話找妳的。」

眾人裝作沒事似的繼續忙，百紅接續未完的生火作業，實則注意力都放在老人身上。冬玫也豎耳傾聽，可是老先生講話有口音，外加那臺一直沒熄火的小貨車引擎，她只能捕捉到片片段段的字句，什麼聯絡、鄉公所、耳朵之類。最後那一項，冬玫有點懷疑自己的理解，但那兩個音節，確確實實在講耳朵沒錯。

不一會，老頭子發起脾氣來，爆出一大串罵人話，若林弟也提高音量說話：「你現在拿到耳朵也沒用，還有合照跟申請書啊！在分解前我們就已經照相了，是百姐手拿申請書的合照！現在切都切完了，你要怎麼合照？」

老人還是吵著要耳朵，若林家的婆婆不知何時冒出來，手上提著一個大塑膠袋，往那老頭懷裡塞。

「好了好了，茂村老爹，你拿一些豬肉回去吃嘛！」

老頭子嘴上依舊碎唸，不肯收下，可是婆婆也很倔強，不肯接回。雙方推托一陣，老頭總算不甘不願帶著禮物上車。車子向後倒退，臨走前特地先拐來田埔邊，從車上狠狠瞪了百紅一眼，才揚長而去。

總算鬆了一口氣的百紅解釋，茂村老爹是少數專職打獵的獵戶。本來村裡要是有農家抓到動物，都該先聯絡他。

若林媳婦聽得大搖其頭：「誰還敢呀？這幾年他酒喝太多了，每次見到都醉醺醺的，我們不敢叫他了。多可怕，一個走路都走不穩的醉老頭，手上拿著獵槍進到家裡。不知道他從哪聽來我們捉到山豬的消息。」

「你們家後山傳出這麼大槍響，全村都知道了。」

「說得也是。」

「酒鬼就算了，還有更糟的。」百紅補充：「就算捕到獵物，如果不是鄉公所懸賞中的有害動物，換不到獎金，他就不肯打了，轉身就走，說是不想浪費子彈。一發四百圓，他還不如拿去買燒酒。」

她哼了一聲。「倘若換作別人來吵，我把獎金讓出來也就算了，茂村家老爺子的話，我偏偏不讓。反正他拿了也是買酒。」

「有獎金啊！」這對冬玫來說，也是頭一次聽到的奇聞。

「也沒多大金額，一頭一萬圓，提出雙耳當證明。」

「原來如此。」冬玫恍然大悟：「他們剛才一直說耳朵、耳朵的。」

「是啊，要有耳朵、申請書跟合照，才能領獎金。我們其他人能分到肉、少跑幾趟山下的超市，就覺得划算了，錢是額外的，但他一定要現金，因為那樣才能買酒。」

「聽起來他對這種生活失去了熱情。」冬玫說。

「他對一切生活都沒有熱情啦！」百紅啞著嗓子說：「他的老伴很早就走了，兒女跟他不親，而且也都搬到城裡生活了。現在他只對酒瓶有熱情。」

「噢……」

冬玫覺得心有戚戚，不禁感傷起來。

百紅忽然驚呼，原來是在月曆上的火焰，總算順利移轉到木片上。她們三個女人六雙手，手忙腳亂護住那一星火苗，小心翼翼放置到枯葉堆。火終於升起來了。

3

自從來到半島，冬玫一直希望自己特殊的南島經驗能發揮些作用。比方說，她當過那麼久的自炊人妻，就算廚藝稱不上非常精湛，至少也是熟練且有自信的。她期望用南島料理博得一些稱讚。

可惜巧婦難為無米之炊，這裡不見她常用的調味料。沒有紅蔥頭、九層塔和老薑，蒜頭價位甚高，難以大把大把地爆香入菜。當她在果園的廚房值班，面對的是單調的葉菜種類：千篇一律的高麗菜、青江菜、菠菜跟小松菜，沒有蕹菜、莧菜、芹菜、芥藍、龍鬚菜、A菜、山蘇、過貓……冬玫嘗試要摘園子裡的番薯葉加菜。百紅聞言，十分驚訝。

「噢……好吧，既然番薯能吃，它的葉子應該也能吃吧。」百紅明顯表露遲疑。「妳要做成天婦羅嗎？每個人盤裡放個一、兩片的話，應該是還能接受的，只要妳別說那是什麼。」

話說得很宛轉，不過已對北島人的迂迴有更多了解的冬玫，曉得那就是「拜託別做」的意思。只能收手。

儘管對山上的野菜很有一套，百紅卻對不熟悉的蔬菜懷有戒心。後來冬玫拿大家都熟悉的菠菜要做熱炒青菜，換成跟她一起執班的草津皺眉頭。他建議她不要隨便煮「中華料理」，以免嚇到大家。他們的蔬菜習慣做成涼拌，擰乾水分、拌上昆布跟海味醬汁，放冰箱裡變成黑黑糊糊一片。即便在只有十度的秋日晚間也不吃熱菜。

倒是有一回，農園主人帶回一種據稱新引進不久的蔬菜，說最近頗為流行，原產地中東，歷史悠久「連埃及豔后也愛吃」的營養食品。農場有興趣栽培，帶回一大堆樣本。當天負責輪值廚房的打工族，遂把那跟海帶芽、豆腐一起加進味噌湯。冬玫暗自好笑，北島人一旦遇上不熟悉的食材，全都扔進味噌湯，未免也太方便。

結果那神祕蔬菜煮成的湯，晚餐時她才喝一口，就差點落下淚來——竟是南島中部人相當熟悉的麻薏。

不過，當冬玫提議說麻薏湯還可以放吻仔魚和番薯，所有人又都感到震驚了。

後來她想，人們容易對主食懷抱定見，認為料理方式應遵照他們的習慣，才是所謂的好吃，而且相當堅持，不如改做點心。無論花樣再多，點心只要有甜味，就能算勉強合格。外加分量不大，即便看上去陌生，也不會造成太大的心理衝擊。

當冬玫借住在百紅家，在後院火刺木灌叢裡發現一株桂花巨木，便把心思動到上頭。桂花在北島多半被叫成金木樨，少數花色特別雪白的，則是銀木樨。說來那巨木跟其他的相較，其實也不挺大，不過就一層樓高，然而在南島亞熱帶，長成樹形的桂花極其罕有，在冬玫眼中堪稱巨木，甚至可誇張地稱為神木、樹公了。

那樹站在陰影下，大概光照不足，花期較正常時間來得晚。冬玫來時，只見細細點點的花芽密布，才正在為即將到來的滿樹馨香做準備。因為已經看過其他金木樨開花的樣子，她曉得在溫帶的桂花，綻放時綿延密集的小花裏得幾乎看不見樹枝，而在樹下，可真如字面上所稱的「金沙鋪地」。她喜孜孜地每天到後院檢視，滿心期待花開，並徵求百紅同意，說她想做蜂蜜桂花釀。她想讓這對招待她借宿、特別的母女，過上一個充滿馨香的甜蜜冬天。

百紅歪頭聽完，懶洋洋回問：「所以在南島，人們會把金木樨加在點心裡？」

「是啊！桂花釀蜜茶、桂花釀捲餅、桂花釀湯圓、桂花栗子羹……很多點心加了都會很好吃呢！」冬玫興奮說著，眼神因回憶而閃亮，但不知為何，百紅仍提不起勁。

「應該會很香沒錯，可是，那不會令人聯想到廁所嗎？那樣還有食慾嗎？」

「什麼？」冬玫詫道。

「金木樨在這邊，向來都種廁所周圍。我家這棵應該也是因為這樣，才會在屋後，因為傳統上後院裡有茅廁，除臭用的呀。」

見冬玫一臉驚駭，百紅肯定地點頭：「是真的，金木樨是以前從大陸上的古國引進的吧？原本的用途是怎樣不知道，不過引進後，大家都覺得種廁所旁邊最合適。所以有很多廁所清潔劑，都是做成金木樨香味的。」

冬玫不得不察覺，人們之所以認定某種食物好吃與否，回憶與經驗所占的比重，恐怕遠遠大過於客觀條件。同樣是桂花甜美的馨香，冬玫覺得垂涎欲滴，勾起童年時對傳統甜食的回憶，百紅卻想到廁所芳香劑。

大概不想讓冬玫太失望，百紅緩頰似的說道：「妳還是可以做呀！我就算了，妳跟蓉子一起吃嘛！」

百紅掩口吃吃笑。「她還沒有定見，什麼味道該在什麼地方之類。她一定會喜歡的。只要有甜，她什麼都好，就算吃起來像芳香劑。」

冬玫覺得這還真是個過分的母親，在外人面前大方取笑自家孩子，不過這或許也是愛的表現。她笑完一陣子後說：「要是蓉子能記得的話，以後她聞到金木樨，說不定不會聯想到廁所，而會想起妳呢。這倒也是好事。本來嘛，世上的東西就沒什麼好壞區別，是人硬要去分門別類，判定所有東西的位置，好像自己多了不起。既然非要分類不可，當然是好的聯想越多越好囉。」

這陣子蓉子的確很黏冬玫。因為只能在休假時見面，每到百紅要把蓉子送回山下時，小娃娃總要大哭大鬧，手抓在玄關上勾勾纏，不願上車。待百紅扒開她的小手、鎖上家門，蓉子就改躲到冬玫身後，緊緊抓住冬玫褲頭。

儘管蓉子依戀的對象是母親，但她曉得向母親耍賴沒用，不如去糾纏比較心軟的客人。而冬玫也著實會心軟，幫腔說：「妳看她這麼傷心，不然就再留一陣子，等下午再送下山嘛。」

「我們還要收拾住宿要帶的東西，沒人有餘力一面顧小孩子。」

「不然我們帶她一起在城裡吃午飯，然後買個冰淇淋？現在草莓季開始了，我有看到咖啡廳在賣草莓冰。」

聞言蓉子眼睛一亮。

「不行，小孩子必須學規矩，不能讓她覺得只要吵鬧，就能事事如她所願。」

百紅嚴肅以對。她對冬玫嘆了口氣：「妳這種個性啊，到哪都會被吃得死死的。」

於是乎冬玫的提議，從來都沒被採納過，不過蓉子看在眼底，應該認定她比母親更好脾氣，日後要纏要鬧，便盡是往冬玫身上去。冬玫心裡對身為母親的百紅有點抱歉，覺得這對百紅所期望的管教方式一定沒有幫助，卻也有點甜滋滋，像贏得一頭野生小獸的信賴。不過她也清楚，這對蓉子而言，只是一則短暫的冬日插曲，很快地其他層層積累上來的日常，便會把這一切湮沒。

因此，冬玫還真希望替蓉子保存下來。不用記得太多細節，不用記得具體的人事物，只要能留住桂花的甜香。

當桂花開花，冬玫抱著一只湯鍋去採花，把在清晨裡附著冰冷朝露、睡眼惺忪的初綻桂花，從枝椏上一一揪下。還沒被陽光晒熱的花朵沒有香味，而她的口鼻隨呼吸吐出白霧般的水氣，像一頭噴火龍。待她摘了半鍋之多，陽光露臉，周圍景物開始染上金色，桂花被氣溫喚醒，從先照到光的樹頂開始散發香氣。

她把那半鍋碎花用鹽水輕輕漂洗，小心不要擰破花瓣，以免風味減損。然後攤在大盤子上挑揀，把淡綠色的花梗、枯萎的殘花，跟邊緣受損而泛橘的傷花去除，只留下色澤米白均勻的飽滿花粒。蓉子跟百紅就在旁邊吃早餐，一面饒富興味地看她忙碌。沒多久，吃完飯的蓉子也加入。她眼明手小，挑起花梗竟奇快無比，但小娃娃沒耐心，不一會就膩了，急著跑去玄關，要看媽媽下田。

「啊，妳等一下。妳喜歡什麼顏色？」冬玫問。

「紅色。」

冬玫拿出借來的針線盒，用針穿起紅色的縫衣線，串起三朵桂花的花心，繞成一圈香花紅線戒指。她把戒指套在蓉子食指上，女娃歡天喜地走了。

她轉移陣地到廚房，拿一只乾淨的平底鍋。由於買不到冰糖，冬玫選用紅砂糖，先放進鍋裡用小火煨煮、融化成糖蜜。光是這樣，就已甜香四溢。再放入挑揀過的桂花，一面攪拌一面加熱至起泡。本來這樣就算完成，可以封罐繼續浸漬了，但為增添風味，冬玫又加進一些蜂蜜。

為找到合適的蜂蜜，她著實下過功夫。原本桂花跟龍眼蜜該是好拍檔，所謂「桂圓」，便是因龍眼晒乾後散發類似桂花的香氣，但北島不產龍眼。在百紅的推薦下，冬玫先嘗試超市熱銷的平價蜂蜜，塑膠軟瓶上印著毛絨絨的白色球狀花，說是銀合歡，她還真不曉得那是什麼。回家後一試，滋味可怕極了，像晒過太多陽光的塑膠瓶味。幸好百紅跟蓉子向來使用這牌子，不覺得有何問題，剩下的都給她們抹麵包去了。

最終冬玫發覺，昂貴的野花百花蜜，與她記憶中「正確」的蜂蜜滋味最相近，令她這缸桂花釀本錢大為提升。煮過的蜂蜜營養素跟酵素會受到破壞，不過她求的是滋味好跟放置長久，營養方面只好犧牲。眼看著滾沸在即，這才關火，倒進乾透的玻璃罐裡放涼。

冬玫自覺什麼都考慮到了，天氣卻是出乎意料。她知道北島冬天很冷，知道會下雪。一輩子沒出過南島的她沒看過雪，只是既然全世界的溫帶、寒帶都有人居，想當然耳，雪應該不構成問題。

沒想到竟會那麼冷。隆冬時的氣溫，尖銳刺痛得毫無道理可言。甫入秋時，冬玫眼睜睜看著沒被針葉林跟柑橘樹這些常綠植物占據的山坡地，一點一滴改變顏色。變化太過細微，她幾乎難以察覺，那一絲絲讓人誤為錯覺的黃綠色。後來當葉綠素全數褪盡，樹木各以本色相見，將山坡染成一塊又一塊褐黃或金紅的鑲嵌畫，那便是無從忽視的斑斕秋景了。

此時的氣溫也降得令人極度不適。百紅家有煤油暖爐，但僅限於客廳與房間內，外圍走廊暖氣無法抵達，讓冬玫上個廁所都得小跑步，再跑回客廳暖爐前瑟簌發抖。在睡前鑽進被窩的瞬間也如進冰窖，而每晚暖爐一關，冬玫也都會在半夜凍醒。

倘若在歷經寒冷折磨後能換到一點回饋，冬玫會覺得稍微能接受——她想看雪。身為溫暖南島的居民，她跟很多人一樣，對雪莫名嚮往。約莫就跟北島居民對熱帶小島的嚮往差不多強烈。例如百紅就說，完全不明白雪有什麼稀罕，她寧願故鄉永不下雪、四季如夏。

對冬玫而言，壞消息是百紅說半島鮮少下雪，因為外海有來自南方的黑潮通過，使這裡的氣溫比其他地方「溫暖太多了」。

氣溫出乎意料，使得在食品保存方面，冬玫的常識完全派不上用場。桂花釀從晚秋開始凍結，還凍得頗有藝術感，把所有花朵以及一層薄薄的琥珀色蜂蜜汁留在頂層，其餘白色糖霜落到下面，二者涇渭分明。

三個月後，到了理當開動的時節，桂花釀卻整罐化作一塊硬邦邦的雙色糖蜜磚。湯匙刮不動，菜刀劃不開，用敲用打都不為所動，絲毫不裂，完全不是冬玫印象中瓊漿玉液的模樣。
實在想不出法子，冬玫提議：「不然連罐子一起下鍋煮吧！幸好是玻璃罐，還耐熱。」
「拜託妳了！別那麼可怕！」百紅嚷道：「用熱水倒進罐子裡，一點一點融出來不好嗎？」
冬玫不得不承認，百紅隨機應變的點子更多，腦筋也轉得快。當冬玫拿著熱水壺，一點一滴慢慢融解結塊的桂花釀，那對母女坐在旁邊，放了一鍋水在煤油暖爐上燒，一面拿白玉粉搓湯圓。百紅取笑：「幸好沒有聽玫桑的話，否則我就要喝到這輩子喝過最奇怪的湯——玻璃瓶湯了。連狸貓肉跟烏鴉肉都沒那麼奇怪。」
冬玫窘得無地自容。

季節已然入冬，但是當冬玫把融有桂花釀的熱水倒進鍋子，傾刻間滿室馨香，壓過了暖爐散發的煤油味，這宅子又回到桂花盛放的晚秋。當中還交雜著百花蜜的甜味。蓉子一疊聲喊著好香好香，連百紅都不禁說：「實際聞起來，的確跟芳香劑的人工味道很不一樣。煮起來應該會好吃吧。」
「是吧？這可是我在秋天最期待的一道。」冬玫不禁得意，她就不信真正的桂花釀無法打動食慾。
「蓉子也太好命，正餐吃我打的野味，又有妳給她做桂花釀當點心，整個冬天盡是吃這些，之後回山下怎麼活啊？不就鬧絕食了？」
上回百紅帶回來的山豬肉，口感偏硬，味道就像一般豬肉，冬玫搞不清那到底是不是特別好，百紅說鹿肉才真的是野味。無論如何，蓉子跟母親過的山居生活，確實跟一般的兒童大相逕庭。
冬玫問：「蓉子比較喜歡待在這裡還是山下？」
兩人都看向蓉子，令小女孩有些扭捏，低頭玩糯米粉糰，捏出雪人、小魚等奇怪形狀，就是不說話。
「難說，這裡吃得好又有媽媽在，如果只是短暫回來，她是吵著不肯走沒錯。但住太久又會嫌無聊，在山下有表兄弟姊妹，比較熱鬧。」

「妳希望她將來過著跟妳一樣的日子嗎？」

百紅聳了聳肩。「人畢竟是社會化的動物，有伴比較開心吧！不管怎樣，至少我跟她是有得選的，很多人沒有。雖說在有得選的人裡頭，也只有很少會選擇留下來。」

「妳當初是怎麼決定的？」

「也不是一開始就這麼想的。中間曲曲折折。」

她正要繼續，忽然旁邊的電話響了。冬玫趕緊接替百紅去照看烤爐上的鍋子，眼見水即將滾沸，她把母女倆搓的湯圓下鍋。百紅做的大小一致，蓉子搓的就大大小小，還有一個雪人、一條魚，跟一隻頭戴五瓣花的蝌蚪，蓉子說因為那蝌蚪是公主。據百紅所言，蓉子今年不知為何，對蝌蚪特別著迷，撈了好幾玻璃瓶養在家裡，明明每年田裡都一大堆。而且只偏愛身材圓滾滾的蝌蚪，一旦牠們開始長腳，便興趣全失，通通倒回水田去。冬玫忍著笑，不去講什麼青蛙公主之類打碎兒童美夢的話。

電話那頭講的似乎又是邀請打獵的事，只見百紅聽著一面點頭，兩眼益發炯炯有光。

「說起鹿肉，鹿肉就來啦！」

掛上電話後，百紅開口便說，喜形於色。「圍獵的日子敲定了，就在兩週後的星期六。」

4

除夕時，冬玫跟著百紅母女一起吃蕎麥麵。這習俗冬玫看在眼裡好玩，卻始終沒有真正過年的感覺。她想到南島老家的元旦，這時節離梅花綻放不遠，要是剛好碰上寒流，就能在元旦假期出遊賞花了。中部有好幾處淺山都是梅子產地，年底時每逢假期人車錯雜；到了二月，真正的農曆新年，則換成櫻花開。吊鐘形狀顏色濃豔的緋寒櫻，不用開得滿坑滿樹，輕輕幾筆疏落掃過的紅點，錯落在泛光澤的樹身上，像水墨畫。

北島的新年，梅花跟櫻花都還在冷風裡沉睡，空氣中挾帶水仙花清冷的香氣。水仙在這裡居然也是雜草，一叢叢胡亂長在田邊、樹下、水溝旁，有時被踏得東倒西歪。冬玫覺得倘若北島人看到南島的新年，看到他們小心翼翼用淺瓷盆跟清水養上一盅水仙球根，一定感到莫名其妙。

儘管冬玫早就認得水仙花，可那並非日常生活的一部分，屬於短暫出現的新年風物。花朵雖香，總覺得凜冽高冷不近人情。不像桂花或茉莉，那種可以拿去做點心、泡茶、浸精露水，一份日日相處的親切。水仙花的高冷風情，跟北島冬天裡刺骨的寒凍一模一樣。

「過年去賞梅花跟櫻花？那樣不會很奇怪嗎？」百紅一面聽她講南島上的新年，一面切蔥。儘管百紅憧憬不下雪的溫暖南方，就如同冬玫感到的詫異，百紅也覺得南島生活不可思議、難以想像。

「梅花跟櫻花都是春天的花呀！在這邊的話，至少也要到三月才會開了。」她詫笑著，順口哼起歌來——

梅花開否？櫻花尚早
柳枝款款隨風走　山吹徒花不結實……

冬玫隨她取笑，心中想念故鄉。每逢遇上這類的文化差異，雖然讓她一方面覺得開了眼界、學到新知，但另一方面，也不由得清楚意識到自己果然和旁人不同，是異鄉人。

百紅打斷她的思緒：「別想太多，等會要吃麵了。吃過半島土地上出產的作物，它們成為妳的一部分，妳就不是外人了。」

「啊，妳這說法真好。」冬玫感激地回答。

「事實如此嘛。我們身上的一切，不都是吃進去的東西變成的？」

百紅做的除夕蕎麥麵很簡單，現成的柴魚昆布高湯，加進現成的麵條，再撒上蔥花、打一顆荷包蛋，便是所謂「月見蕎麥麵」——把圓滾滾的蛋黃當成滿月。唯一稍微費工的，是還泡發了一包黑褐色的菜乾，說是去年春天的蕨芽、紫萁芽，去某個農園幫忙時拿的，那園主採野菜跟晒菜乾的手工很好。

「在沒什麼蔬菜的冬天，吃到春天生長的野菜菜乾，會感覺春天的腳步更近了喔。」百紅說。

冬玫聽得滿心期待，結果實際吃起來，她委實分不出這所謂野菜乾，除了形狀以外，跟高麗菜乾、金針花之類有何不同。全都帶著植物脫水後的乾草味，以及微酸的發酵味。

雖說滋味平淡無奇，但吃到不同於平時的蔬菜，即便是脫水後重新泡發，望著那捲曲如螺殼般形狀工整的褐色蕨芽，她確實燃起一絲期待，盼望凜冬結束、春天到來。彷彿感染到覆在凍土之下，在冬日盡頭蠢蠢欲動的福壽草新芽的期待。

圍獵行程從早上開始。百紅整理裝備後，先去把蓉子寄放在村裡的活動中心。一大清早，那裡已聚集了許多婦女跟睡眼惺忪的兒童。百紅解釋，那是因為村子幾乎所有人都會參與，這事跟所有務農人家密切相關，有槍的人加入獵團，沒槍的則來幫忙。人群裡頭也有上回見到的若林家媳婦。她跟若林兄一起來到活動中心，由於不會用槍，就待在中心等待。

身為外行人的冬玫大可留在這裡，不過她選擇當個礙手礙腳的觀眾。百紅對她的選擇皺了點眉頭，不過沒說什麼，開著小貨車繼續上路。車行在顛簸的山徑上，柏油路面開始破碎，不時可見坍塌的邊坡，兩旁森林都不是杉木人造林，而是天然的照葉樹林，在冬日裡樹葉落盡，整片望去都是魚骨般白花花的光裸枝椏。

就在枝椏盡頭，可見不遠處有三叉路口，路兩邊停滿休旅車與貨車，有些還發動著、沒有熄火，目的地到了。

那群獵團成員三三兩兩站在路口，全員將近二十名，要不戴著螢光橘色的帽子、穿著螢光橘外套，就是圍上螢光橘的頭巾。百紅也穿著她的螢光橘的狩獵背心，冬玫這才發覺螢光橘衣物原來人人有份。

「原來螢光橘色的東西是制服啊。」她對百紅說，後者回報以奇怪的眼神。

「怎麼會有制服，大家都業餘的呀。」百紅依舊皺著眉頭。儘管她從好幾天前就在期待圍獵，可是真到了現場，看來卻不是很高興。理由何在，冬玫還搞不清楚。

「穿上螢光色是因為鹿跟山豬都看不見這色，而且在山裡面也夠顯眼，比較不容易誤擊。這是安全問題。」

「噢！」冬玫回應。這陣子當她被百紅糾正或取笑，比較不覺得尷尬了。畢竟事實如此，山裡就是有那麼多她不懂的事。

百紅走進人群裡，彎腰鞠躬跟所有人打招呼，冬玫也跟在後頭照做，畢竟她今天來看熱鬧，得有點禮貌。然後百紅走去跟一個被暱稱為阿大的中等身材中年男子交談，說是獵團的老大。阿大說起話來面無表情，流露出一股穩重堅毅的職人氣氛，百紅說他家裡是種茶的。

「你沒有帶狗來啊。」

「小八最近生完不久，不想讓她太興奮。大將說要帶他的狗來。」阿大說著，不知為何，用奇怪的眼神望向百紅。「妳可以嗎？」

「噢！他要參加啊！我無所謂啦，人手越多越方便嘛。」百紅回應，但眉頭明顯更皺了。

「我就知道，麻煩的要來了。」等到阿大走開後，她對冬玫低聲說，用眼神示意樹下。原來是茂村家的老爹也來了，遠遠地叼支菸，瞇著眼睛瞅著眾人，並不跟任何人攀談。

「大將是茂村老爹的好朋友，也是城裡狩獵協會的會長。」百紅說。

「有這種協會啊！」

「有錢人才玩得起的遊戲。也有人很樸素的，但大將不一樣，每週末都要到靶場去打靶子練手，整個冬天就東南西北到處跑，在全國各地打獵，幾天不能扣扳機，戒斷症狀就要發作。」百紅面露不以為然：「軍事狂。我跟那種人沒什麼交集。」

冬玫發覺，她跟百紅是現場唯二的女性。她來是為了湊熱鬧，穿著剛買不久的暗紫色羽絨衣，退一步站在人群圍成的圓圈外，其他人能輕易忽略她的存在。可是揹著獵槍、身穿打獵背心，站在圈子裡的百紅，就非常惹眼。

又過了一陣子，那被喚作大將的老頭才姍姍來遲，開著銀白色休旅車。因為今天要借助他的狗，對於他的遲到，眾人睜一隻眼閉一隻眼。

大將甫一下車，便令眾人不得不注意到他一身誇張行頭。他身穿迷彩裝，胸前掛著一堆叮叮咚咚響的獎章綬帶，看來不像真正的軍事徽章，而是獵槍協會之流的團體所贈。頭戴螢光橘色扁帽，帽上有銀星，上半身裹在螢光橘背心裡，小腿則裹著螢光橘綁腿，足上蹬著牛皮馬靴，鞋跟上附有硫化銀的馬刺。冬玫承認他的綽號實在挺適合，整個人的造型像極了過氣的將軍，垂垂老矣卻又不服老，並且最終會因驕兵而敗的那種。

大將走進人圈裡，原先躲在樹蔭下的茂村老爹，見狀丟開了菸蒂。他們倆熱絡寒暄，然後跟圈子裡的幹部打招呼，大將交代了犬隻今天的狀況，最後把視線移到百紅身上。

「喔！川口家的姑娘今年也來了。」大將聲如洪鐘，把頭一歪，跟站在人圈外的冬玫對上了眼：「還帶了朋友，我們今天的陣容真華麗啊，好多女人！妳執照還沒過期啊？」

「說什麼過期。大將，人家可厲害的，現在要是有陷阱捕到山豬，他們都先找她，不來找我。」茂村老爹說。

「這樣啊！可是呢，我告訴你，那都只能怪你自己囉！居然被女人比下去？太不爭氣了，你丟不丟臉啊！」

「啊——啊——真的很丟臉，都怪我老了啊！」

兩個老男人一搭一唱，在女性問題上臭味相投。當事人的百紅聽了不吭聲，冬玫在心裡覺得他們無禮，不過不便多說什麼。

早在眾人集結之前，阿大已開著車子勘查過幾個可行的埋伏點。為了將山頭上數量不明的獵物一舉捕獲，他們會將大部分的人手配置在山腰的雜木林裡，每隔一段距離配置一名，用來伏擊。

至於經驗最豐富的阿大，還有帶著狗的大將，則驅車上到山頂，負責把動物驅趕下山，擔負這種工作的人稱「勢子」。由於「勢子」不是非要用槍不可，因此過去也曾把村裡婦孺召集來幫忙，不過這回既然帶了狗，勢子的人數就不必多，畢竟在山坡斜面上，人跑動起來不會比四條腿的狗更方便。

冬玫跟著百紅走出林道外，進入一片地勢極為陡峭的雜木林。地上鋪滿銀褐色的落葉，雖已從枝頭脫離、失去生命，這些樹葉形狀完整，表面光亮，令冬玫走起路來像踩著一地巨大的鱗片，不時滑個四腳朝天，把那些褐色的大鱗片噴飛。幸好落葉層堆積極厚，居然也不痛。

踩滑事小，冬玫擔心在她一路滑壘的過程中，錯過獵物奔下山的時機，或更糟的，在百紅舉槍時笨手笨腳的滑進射程裡。百紅笑說她太緊張了：「根本都還沒開始！大家應該都還在找位子躲吧。」

「是嗎？」

「等到聽見頂上傳來槍響，就是發現獵物、放狗追趕的信號，那時才算開始。」百紅說。

山腹的另外半邊是崩壁，動物不會往那去，因此百紅就沿著稜線找地點埋伏，不要讓從山上跑來的動物一眼望見。最終，她相中一處叢生雜木後面的淺窪地。

「看來這是某隻鹿過夜的巢。」她指著那窪地，讓冬玫看壓彎的枯草和混亂的蹄印。「這樣好，表示山上確實有鹿。我也希望是鹿。如果衝下山的是山豬，會讓人很緊張呢。我們可以躲在這。等獵物來的時候，我可能會移動，妳就繼續躲著不要動。」

「怎麼知道獵物來了？」

「狗身上都有掛銅鈴，牠們會緊跟在獵物腳邊。聽到鈴聲就知道獵物近了。」

百紅負責的區段雖然在斜面上，不過已能從稀疏的林間看到村落。再往下就是村子，用槍會有流彈的危險，無法太過往下追擊，因此務必在這附近就把獵物截下。

她們有一搭沒一搭聊，從遠處響起了槍聲。百紅霎時沉默，警戒地矮下頭，並往上方投以視線。空氣彷彿也隨那槍響而提高密度，冬玫依照先前交代的躲好，心裡有點興奮。但蹲了一會之後，沒動沒靜。

百紅拉長了身子，最後走出樹叢。

「奇怪，怎麼這麼慢？從山頂到這邊沒有多遠啊。」她指著上方一處正好是視線死角的突崖，用氣音悄聲說：「我上去看看。」

「妳小心呀。」冬玫也用氣音回答。

百紅往上爬，剛轉身過到冬玫看不見的地方，許是風向轉變，忽然間冬玫就聽到銅鈴聲了，很近。她瞪大眼睛掃視，張開口不知道該不該叫喚，就聽到頂上傳來百紅的咒罵，接著是槍響，兩道大黑影子飛快從她躲藏的樹叢邊竄過。後方不到五公尺處，兩黑一黃的三隻狗兒就追在後頭，沿途搖響頸上鈴鐺，飛奔而去。

百紅從上面小跑步回來，嘴上碎唸著，聽不清楚在唸什麼，不過從語氣聽來，絕對是在罵人。

「……該死的！運氣真背，我一翻上去就跟牠們撞個正著！因為被那石頭擋住了，我們都聽不到鈴聲！」

「妳沒事吧？」

「就牠們嚇一大跳，我也嚇一大跳，根本來不及打啊。唉，沒辦法，底下還有兩處伏擊，希望攔得住。」

正說著，底下也傳來槍聲，連續五響，以及狗的高聲狂吠、互相撕咬的混濁咕嚕聲。接著，冬玫聽見一種她從未聽過的動物啼鳴，很像仰天狼嚎，但那每個單音都緊湊清亮，帶著絲絲絕望的寒意，穿透枯樹林而來。她不禁起了一身雞皮疙瘩，問：「底下伏擊的是誰？」

「一個叫阿志的，再來就茂村老爹。」百紅皺起眉頭。她沒有拿無線電，無法即時得知其他據點的狀況，不過她說：「狗會那麼興奮，應該是攔下來了。我們也去看吧。」

下一個埋伏點約在五百公尺外，冬玫跟在百紅後面走，還沒看到任何人影，便已聽到撕咬聲。她循聲望去，發覺就在不遠的底下、杉木間的空隙，躺倒一隻不知什麼生物，也看不出是死是活。只見那三條狗一面發出低吼，著魔似的對牠又撕又扯。

那喚作阿志的年輕人跟茂村老爹就站在不遠處，茂村老爹抽著菸，見她倆走來，臉上沒有顯著的表情變化，但冬玫覺得他很得意。他拿菸的手勢、微瞇的眼睛、一腳高一腳低的站姿，全都透露出得意揚揚的氣勢。百紅開口問：「攔下啦，太好啦！總共幾隻？」

「兩隻，都母鹿。上面怎麼樣？」阿志答得很快，語氣興奮，一副意猶未盡的模樣。

「我那邊逆風，聽不見狗來，等了很久決定往上走一段，結果一走出去就跟鹿撞個正著，來不及開槍。」

「啊，難怪。我有覺得牠們好像轉彎了，沒有從預計的方向下來。看到妳所以嚇到了吧。我們這邊開了四槍，兩隻都茂村老爹打中的，其中一隻擦到而已，還沒死透，剛才又補了一槍。」

「能五槍拿下來算快的了。」

「對啊，快啊。幸好有我們擋在下面，替妳收拾善後啊。」茂村老爹終於抽完那根菸，插嘴道。

「是啊，好在被你們收拾了。」百紅不為所動，淡淡回應：「也把狗收拾一下吧。是要讓牠們啃到什麼時候？脖子都要被咬爛了。」

「狗比我們所有人都跑得多，現在牠們想要領賞咧。妳怕咬爛的話可以去趕看看啊！先警告妳，大將家的獵犬很凶喔。喝到生血之後更野了，被咬的話可別怪我沒告訴妳啊。」

「那就隨便牠們吧。」百紅回應。

百紅不想跟茂村老爹爭執，但對方似乎不打算罷休，何況今天還有朋友來助威。當上方隊伍也撤收，大將走下樹林裡帶他的獵狗，聽到百紅沒能把鹿攔下來，沿路不斷嘮叨。

「川口，妳多久沒進靶場？妳去年打幾次？是不是想著只要能維持執照就好，只去了規定的最低限度？那怎麼行啊——我們的會員，有人每週打三天的，那可厲害了。今年有個新入會的小夥子，知道有多厲害嗎？執照考試上，二十五個飛靶他打了一半下來，打了十三個啊！」

「那確實是很了不起。」百紅回答，聲音毫無起伏：「他可以參加奧運了呀。」

「是吧？很行吧？畢竟只要打中三個就合格嘛！」無視她的諷刺，大將兀自滔滔不絕：「真是神槍手。老是打陷阱裡的動物，會讓人誤以為自己很行，但是在圍獵，平時有練沒練就通通藏不住，騙不了人的。」

「大將，你也知道她很忙嘛。又要顧小孩，又要到農園裡面幫忙，事情很多喲。而且靶場那麼貴。」茂村老爹插話道。

「事情很多，那就要有所取捨啊！」大將振振有詞：「樣樣都想做，這麼貪心，只會落得啥都做不好的下場。要嘛把孩子的事放下，專心務農打獵，但我看妳不會忍心。女人天生都是愛孩子的，妳不忍心女兒大部分時間都看不到媽媽吧？妳該像其他婦人一樣，在山下找個工作，每天接她上下學啊。」

「但我喜歡在山上做事。」百紅冷回：「除了打獵偶爾失手外，大部分的活我都做得不錯，很多農場喜歡請我。」

「那是跟那些外地來的幫手、打工仔比，妳可能好一些，但也沒有好到讓人刮目相看的地步。」

大將說著從口中拔出香菸蒂，扔到一塊石頭上，用腳尖踩熄。有鑑於林地裡積滿落葉，冬玫還真怕那會引發森林火災。大將不以為意，兀自滔滔不絕：「跟男人比的話，妳力氣沒比較大，體力不算特好。大概等同男人裡面中偏下的水準吧。憑那點技術，我看不出有什麼好堅持的。小孩子一下就長大了，當媽的卻來不及參與她的童年。妳執迷不悟越久，損失的只會越多。」

茂村老爹不像大將那麼能言善道，不過這些就像他的心裡話，自然再支持不過。他從頭到尾都走在不遠處，拚命幫腔。冬玫看他們兩個老男人一前一後夾著百紅走路，著實生氣。先前聽過茂村老爹的遭遇，冬玫原本有點同情，覺得無論性格有多壞，老人家隻身過著毫無重心的日子，實在有些可憐，但眼下看他們這樣找碴，越來越同情不起來。

中午眾人簡單用泡麵果腹，下午繼續從山的另一側圍獵掃蕩，又多打中一頭尚年幼的公鹿。這回獵物沒有從她們埋伏的地方經過，但歷經一天兩次同樣流程，冬玫比較能了解打獵究竟是怎麼一回事。儘管看上去血腥，不過她想，若是全天下人類的食用肉都這麼來，那一定不會再發生浪費食物、丟棄肉品的狀況。整座山村動員這麼多人力物力，耗費體力和時間，卻只能獲得那麼一些。

圍獵隊伍回到活動中心時，天已經全黑，但活動中心裡頭的白色日光燈大亮。冬玫打從老遠就看見，有一頭鹿被吊在門口的樹上，底下鋪著塑膠布，旁邊圍著一群村民，每個人臉上都掛著興奮的笑，笑得太高興了，看起來有些傻愣。那樹不夠大，另外兩頭沒地方掛，只見眾人七手八腳的抬來兩張會議桌到戶外，往桌子上鋪塑膠布，其功用不言自明。

百紅說要去洗個手，一溜煙走掉後遲遲不見人影。冬玫本想去找人，不過想想她今天一整天也夠累了，不該讓她覺得還要照顧朋友，便自己隨意觀摩。她原以為會很血腥，但一方面是天色已暗，看不太清楚，一方面是眾人群起而上，毫不畏懼，那種情緒大概會傳染。

活動中心前的廣場堆著柴堆，阿大提汽油潑灑一陣，然後把點火的紙片扔向柴堆，周遭頓時大亮。等待已久的婦女們和沒有槍的男人，因為缺乏活動，手腳發寒，各個都被冬衣裹得渾圓厚實，可那層防護並未阻絕他們身上傳出的喜氣，還有熱騰騰的殺意。人人都在毛帽上套了頭燈，額頭間綴有一顆星子似的，手裡握著菜刀、小刀或剪刀，每一把都亮晃晃反射火光。他們擁上前將那三頭鹿團團包圍，幹練地割下獸皮、肢解肉塊。

忙過整個白天的圍獵隊坐在火邊休息，旁觀其他村民把那三頭鹿肢解開來，變成整塊肩胛肉、背肉、長條的蹄膀、一塊塊肋排。有人提來某種飲料，不由分說把紙杯往每個人手裡塞，人人都不問那是什麼。冬玫糊裡糊塗也被塞了一杯，喝一口後發現是甜的，漂浮著甜米碎屑的熱酒釀。

火堆裡有幾個金屬便當盒，有些剛割下來的鮮肉，大概是太零碎不好打包，直接被扔進那些便當盒裡，放在熾紅的炭火上燒。沒人有那個閒心去掌握火候，血水與肉沸騰成一片黑，湧出暗色黏稠的泡沫。

倘若單看畫面，大概很像地獄的景象，但冬玫體驗到的不單是視覺，還有氣味。冰冷空氣中飄蕩著鮮血的鐵鏽味、酒釀的微甜味、松脂和汽油味，而火堆裡的便當盒，則傳出香噴噴的烤肉味。儘管料理方式粗獷單純，算不上有怎麼處理，那表面燒焦的黑褐肉塊，仍在火焰中蒸騰出強烈的鮮香，冬玫從不曉得烤肉能發出這種味道。或許跟肉的種類有關，畢竟她這輩子還沒吃過鹿肉。火邊只有兩雙長金屬筷子，眾人輪流把火堆裡的肉塊夾出來送進嘴裡，那筷子在所有人手裡傳來傳去。冬玫見狀，大概有兩秒左右覺得好像不太衛生，但是當筷子傳到她手上，她吃得一點都不猶豫，燙口的肉塊就像火焰通過喉嚨，除了美味之外，也令她感到溫暖和力量。大概就像百紅說的，她已不是外人了。吃過半島上出產的食物，她跟其他人的差異漸少，半島已滲透進血肉裡。

烤肉不足以果腹，活動中心裡正在準備火鍋，若林家的媳婦出來叫大家進去吃飯，瞬間身旁一片人行雜沓。冬玫跟著眾人魚貫而入，以為應該會在裡頭跟百紅會合，但她端著碗走來走去，把整個活動中心都繞過一遍，也不見百紅的人影。

她想著百紅總該不會昏倒在廁所裡了，或者在暫時充當托兒所的隔壁教室陪蓉子，便推門出去，跟隨指示牌把建築物繞了整圈。同樣一無所獲。

冬玫只得從另一側的走廊往大門走。廣場上的柴火如今無人理會，快要燒到盡頭了，但還有一些餘溫，使得這一側的走廊比其他地方稍微溫暖。冬玫才走幾步路，忽然發現她要找的人。百紅正懶洋洋倚坐在走廊外的花臺上。冬玫快步走向她。

「原來妳在這裡！怎麼不待在裡面，妳吃過了嗎？」她問。

「我有喝酒，有酒就夠了。」百紅撿起放在身邊的半滿紙杯向她示意。

冬玫看她臉色發紅，也不知喝了多少，不禁笑問：「妳是特地待在外面醒酒的？」

百紅臉上卻沒有笑意。「喝這麼一點點哪會醉啊！我待外面是因為這裡適合我。」

透過有點蜘蛛網的玻璃窗，百紅望向發光的室內。村中婦女們分妥並包裝好了生肉，如今又忙著端茶遞酒，往火鍋裡頭加料。至於白天參與圍獵的獵手們，可成為晚宴上的英雄了。他們什麼都不用做，一手拿著啤酒或紅酒，另一手則端著碗，自動會有熱心婦女往他們碗裡添湯加料。

「我做男人的工作，他們不把我當一分子；女人的工作，我不感興趣。在哪邊都尷尬，不如在這裡好。」百紅說。

冬玫想起白天那兩個老男人，沿路追著百紅不斷找碴，不禁有氣：「才不是那樣！之前我們打工的那些農場，他們是真的很禮遇妳。」

百紅嗤之以鼻。「他們就是缺人手，而我頂多是比完全外行的都市打工仔好一些罷了。」

冬玫皺起眉頭，數落起來：「妳是累了、心情不好，才會把那些話當真。明天妳仔細想想就知道，他們講得一點都沒道理，連我都聽得出來。怪妳沒有成功把獵物攔下來，可是在妳前面還有好幾個伏擊點呀！那些人不也都沒攔到？我看其他人，就算不是自己開的槍，只要隊伍裡有誰成功打到，大家都是一起高興的，就只有他們倆一直囉唆，怪東怪西，明顯是他們不好。」

聽她說得臉紅氣喘、忿忿不平，百紅似乎比較釋懷，也有點不好意思。她大概不知該作何反應，眼睛盯著手邊的杯子，最後只說：「這燒酒拿到外面一下就涼了，香味都跑掉了。」

冬玫順著她的話題：「我第一次看到酒喝熱的。」

「在南島不喝熱酒嗎？那冬天很冷的時候怎麼辦？」

「酒不會直接拿去加熱，但是我們很多酒料理。」冬玫說得滿心嚮往：麻油雞酒、花雕雞、薑母鴨、羊肉爐……她細數那些令人回想起來食指大動的冬令進補，百紅卻聽得毫無共感，大呼小叫起來：「什麼東西，太奇怪了！真搞不懂你們。」

冬玫一點都不能服氣：「才不奇怪，下次我來做吧。吃過就知道，冷天吃起來超暖和。」

「不用不用，我們還是各自過適合自己的生活，吃自己喜歡的東西吧！」百紅說著，若有所思：「不符合自己本性的事情，試了也沒用。」

「知道了啦。我不會逼妳吃燒酒雞，我做了自己吃總可以吧。」

「不是在說南島料理。我有試著過普通的生活，但那是沒用的。不符合自己真正天性的生活，勉強也沒用。」

「這樣啊。」

見她已有醉意，冬玫好奇問道：「——妳的情人希望妳那麼做？」

「是啊。」

「噢，果然。」冬玫皺起眉頭，想起那些時尚雜誌，想起她為達成「女子力」付出的各種努力。「我們都給自己所愛的人太多權力了，多到可以改變我們。」

看到冬玫回應得一本正經，百紅忽然放聲大笑。

「開玩笑的啦！她不是我的情人。我給人家權力，人家還不一定要咧。」

百紅說，那曾經停駐在她心中的人，是個三味線老師。

十一、三下調

1

「冒昧打擾一下，請問您是川口商店的人嗎？」

百紅拉開印著「川口商店」字樣的暗色玻璃拉門，準備出門上學時，迎面而來的女人詢問。對方撐著黑色的蕾絲遮陽傘，身穿樸素的淡粉色小紋和服，端莊優雅。

百紅還不太能分辨成年人的年紀，倒是憑習慣看出那身和服等級不錯，又不至於太過正式，是適合低調談生意的款式。女人的圓臉看上去有些孩子氣，即便燙了一頭故作成熟的濃黑大鬈髮，也許年紀只比她大上一點。

這樣的對象，居然對她用敬語。

雖說面對完全不認識的人，講敬語是一般常識，不過百紅穿著高中制服，而許多人都懶得對未成年的孩子太禮貌。女人謹守分寸的態度，令百紅一開始對她略有好感。

「有什麼事嗎？」

「川口老闆在嗎？我想跟老闆談談。」女人說。

家裡有人來談生意，並不是什麼新鮮事，不過一大清早就來拜訪，時間點有些不尋常。百紅一面領著女人進到店裡，隨口問道：「談哪方面的事，是豬皮還是小羊皮？」

女人搖頭。

「我想要『獻皮』。」

百紅聞言不再作聲，快步走進布簾子隔開的店後，那裡有他們家的工作室。父母跟兩個叔叔、一個嬸嬸，這會兒都還沒上工，機器才剛打開在預熱著。百紅低聲告知父母，她父親便板著一張臉，習慣性地往已然斑駁的圍裙上抹一抹手，慢吞吞掀開簾子出去。

百紅原本也要跟去。她不在乎家裡的生意，只是要穿過前門上學，被她母親初枝攔了下來。

「讓妳爸跟客人好好談，不會太久的。」母親說。

百紅瞥了母親一眼，不太想跟她講話，不過總是乖乖站在簾後等待。近幾年來，他們家已不曾遇上打算「獻皮」的客人，想必父親多半是要拒絕，花不了多少時間。

「您從哪裡聽說我們的事？」父親的聲音從店前傳來。

「三味線的石田屋。」

「石田老闆……也實在是個傷腦筋的人。」父親長嘆。

「啊，請您不要責怪他，是我一直纏著不放，他才勉為其難地告訴我。沒想到就近在同一個城市裡，居然還有使用古法製皮的作坊，能見到您我很榮幸。」

「我們現在已經很少接樂器皮革的生意，改做普通的小型皮革加工。而且，也只接認識的批發訂單。」

「但是，您確實有那樣的技術吧。」女人不死心。「現在能夠手工處理三味線皮的作坊已經沒剩幾處了，我覺得是很重要的手藝，倘若就這麼失傳……」

「倘若就這麼失傳，表示不再有人需要它，也沒什麼好可惜的。」父親打斷她。

「怎麼能說不可惜，我很需要啊。我有在彈三味線，鞣皮技術對我而言很重要。如果將來手工鞣皮全消失了，只剩從國外進口、機器處理的皮，三味線的聲音也會跟著消失。好不容易我們留住了傳統的三味線，卻沒留住它真正的聲音。」

「您是內行人，那您也應該很清楚這是什麼皮吧。」父親放緩了聲調：「您說想要『獻皮』，那您的皮是怎麼來的？」

「是的，我當然知道。」女人鄭重地說：「我要獻出的是，上個月過世的，我養了十二年的貓。我把牠冷凍起來，之後就一直在找可處理的工坊。」

「您養的貓，那您捨得剝牠的皮？」

「牠就像我家人。」女人小聲，卻堅定地說：「我知道這事有爭議，讓你們飽受攻擊。」

「說攻擊都還太客氣了……」

「即使如此！即使如此，我也不希望手工鞣皮消失。」女人不再讓父親打斷。「所以我覺得至少該從自己做起。這張皮革的鞣製，會是飼主全權同意的，我把牠——把我家人交給您。」

父親停頓了一會。

「您很有勇氣。從前我們還在做手工鞣皮的時候，偶爾也會有想要獻上寵物皮的客人。對這樣的客人，我們是很尊敬的，因為他們能夠切身體會製作樂器皮的難處。」

「那麼……」

「但是就像我剛才所說，我們不接非批發的鞣皮了。理由大家都心知肚明：承受的非議太大，而替傳統說話的人太少。您現在聽得到機器的嗡嗡聲嗎？那是削刀機的馬達聲。從前我們都是一刀刀徒手削肉，才好控制皮革的厚度，那也是需要工匠技術的地方，如今我們引進機器了。傳統作坊只會越來越走下坡，時代一去不回了。」

接著是一片好長的沉默。

百紅聽那對話難以為繼，索性掀開簾子走出去。父親板著臉，雙手環抱在胸前，神情嚴肅，嘴唇緊抿。對百紅而言，這是他一直以來的狀態，並不特別嚴厲，但坐在椅子上的年輕女人滿面通紅，快要哭出來的模樣，一面不安地絞動雙手。女人的臉形明明有些圓潤，蒼白的手指卻又細又長，充滿稜角，像一對白蜘蛛。一雙神經質的手。

即便身穿和服，現在百紅覺得女人一點都不端莊優雅，反倒像個緊張兮兮的怕生孩子。她朝兩人點頭致意，快步通過。

這是一座棋盤式的古都，橫貫左右的大道路名稱，由北而南，依序為一條、二條、三條……直至十條。然後便出了市區。越往南去，隨著「條」數增加，土地價值也越發輕賤。百紅的家在八條附近。

再往南邊，去到沒有條數的地段，就更不值得一提了。

早年南方屬於河川下游，經常淹水，不宜人居。儘管現在在八條大道上，巍峨聳立著多條鐵路共構的國鐵車站，據說還是出自知名建築設計師的手筆，對於拉抬地價並無太多助益。

出了車站後走過兩、三條街，便進入冷清的區域。街道上商家門戶緊閉，空蕩蕩的店舖永遠在招租。有許多圍著鐵絲網的空地，鐵絲網上捲著槭葉的朝顏；秋來時則竄起與人同高的背高泡立草，黃色花穗隨風搖曳。以及過多的停車場，根本沒那麼多商家能招來客人。停放在那的汽車，都是擱置後再也沒開動，只能靜靜沉睡成風景的那種。一成片蕭條寂寥。

經過疏通和整治的河川下游，現已鮮少淹水。何況有了車站，照理來說不該如此，車站周圍理當是一座城市的繁華中心，然而一般人仍望之卻步，原因與「他們」的存在脫不了干係。「他們」這一血脈難以被言說，長期因為身分之別，難以見光。

在以首都圈為主的關東地區，由於外地工作者大量遷入，即便是「他們」居住的區域，只要地段便宜，求房若渴的年輕家庭同樣趨之若鶩，使得「他們」的傳統領域與一般人的界線變得不太明顯。相較之下，在歷史悠久、富於傳統的西半部，人們較少遷移，使「他們」的存在格外醒目。

由於地價便宜，這裡除了「他們」自己，也吸引其他的陰影之民，好比來自外地遷入的「他們」；略靠外圍，則有偏遠農村出身者；更往南去，從車站一直延伸到九條，則是著名的朝鮮區，住有戰前被大批引進古都工作的朝鮮族後裔。區域的最外圍則租給外國學生和打工族，他們多半年輕、錙銖必較，不管地段好壞，只在乎租金便宜，而且絕大多數也搞不清狀況。

百紅要去的學校，位在車站西南側的古寺附近，已脫離「不好」的地段，不過由於地緣關係，周圍所有學校還是會特別加強「同胞融合教育」，簡稱「同合教育」課程。這類課堂上，一定會播放著名的《竹田搖籃曲》，藉由熟悉曲調喚起同情——

但求脫身早　離開此惡牢

遠眺思彼郊　我爹娘草寮

民謠源自古城南邊的竹田地區，同樣也是「他們」的地盤。在還有階級制度的年代，他們全都要到世族家裡工作，連小孩子也不例外，得要幫忙照看主人家的娃娃，形成小孩顧小孩的奇特情況。是以所謂「搖籃曲」，並不是唱給主人家的娃娃聽，而是這群小保母與同病相憐的同伴們，互相安慰打氣之用。

通常老師說明到此，就會出示一些老照片，有衣衫襤褸的人，表情愁苦的羸弱孩子，也許就是那群小保母，

「他們」悲慘的祖先。最後所有學生要逐一起立發言，發表對此事的感想，講一些政治正確、空泛同情的話。

總是不脫這些手段，沒什麼新意。第一次知曉這一切時或許會有新鮮感，不過在小學、國中、高中課程裡都反覆出現，學生很快就麻木了。

怪不得有人取笑「同合」教育，其實正確的寫法應該是「同情融合」──用可憐的歌和悲慘的照片，吸引民眾的同情心。沒半點用處。

以及，百紅經常也得在這類課程後，面對同學的好奇詢問。不僅沒用處，還增添她的麻煩。

「川口，妳家就是住在那一區的吧？妳是那個嗎，那個……」眼前不太熟悉的女同學，一面問一面掩嘴竊笑。

百紅從沒跟她說過幾句話。只有在這種時刻，受到好奇心驅使，對方才會想起百紅的存在。

「我們是後來搬進去的，因為那邊的房子很新又便宜。」百紅淡淡地說。這也不算全然謊話。

「但是你們家的鄰居，一定也有很多都是那種人吧？治安不會很差嗎？」

「就說是新社區了。都是外地搬來的住戶，我也不知道有沒有妳說的那種人。」

像這樣，百紅會盡可能說得事不關己，阻斷同學無謂的好奇心。

不過那都無所謂。

都無所謂，她的心思不在這些事情上。

2

每週有四天，百紅在書包之餘另外帶上運動服。家裡跟她比較有互動的母親和一對堂弟妹，大概都以為她參加運動類社團，不過就算不是，他們也不感好奇，反正她向來會打點好自己的事。只有學校一個座位在旁邊的朋友，曉得她其實是「回家社」的社員。

三點半下課後是社團活動時間。百紅匆匆離開學校，搭公車前往更北邊的社區。那裡靠近真正的市中心，又還不到商業活絡的地段，是整潔乾淨的好人家住宅區，有熱鬧的公立幼稚園、小學，以及連鎖老人之家「葵之鄉」的分店。

百紅的目的地是「葵之鄉」老人院。她抵達後，先進更衣室換上帶來的運動服，外面罩上制服圍裙，胸前別上名牌，將私人物品鎖進櫃子、消毒雙手後，就可以到職員室報到打卡。接下來的工作，是跟其他人一起到交誼廳，撤下剛結束的午茶時間用剩的茶點跟小盤子，一面把大廳布置成可以進行下個節目的狀態。

午後的節目由院方全權安排，百紅只需要聽命行事，好比在卡拉ＯＫ時間準備歌本、大字報，測試麥克風跟放映機；也可能是外面的才藝老師跟表演團體來教學或義演，這時就必需張貼介紹海報，並且在後方的白板上用磁鐵黏貼裝飾用的彩色紙環。活動結束後，將會是日、夜勤職員的交接時間，這時稍微有點趕，她必須快速收拾場地，然後到玄關櫃檯或職員室的電話總機待命，填補人員四下移動、青黃不接的交班時刻。

照護員需要特別的證照，沒有證書的工讀生如百紅，能做的盡是這類瑣事。跟她同梯進來的工讀生原本還有一人，畢業後或許打算轉行去做護理的男大生，不過還沒結束試用期，那人便消失了。剩下的新手兼職只有百紅一個，其他的都是工作過數年的婆媽。

當初百紅來老人院打工，倒不是抱持什麼服務社會的博愛精神。她想賺零用錢，而在看遍所有可僱用學生的徵人啟事後，無論是飲食、百貨、花店、書店，總不外乎是要求受僱者「個性開朗、常保笑容、積極樂觀」云云，再不然就是強調工作場合「愉快、熱鬧、溫馨的職場」。

這一成片閃亮亮暖色系的描述，相當不能鼓舞她的幹勁。反倒是老人院的徵人吸引了她的目光——「環境安靜單純。高薪。體力活。無誠勿試」。這些可能令普通的學生打工族退避三舍的粗礪句子，卻真正引起百紅的注意。她喜歡這些形容，所有人動用勞力，安靜樸素地工作，不用要溫馨或搞得熱鬧，而是把自己活得像一株樹或一塊岩石。當然，「高薪」一詞也非常有吸引力。

優渥的酬勞有其代價。面試時，主考官劈頭就問，她能否忍受幫陌生的老人家換紙尿布？

「而且還有熱烘烘的大便在裡頭的喔。」那中年男子強調著。開始工作以後，百紅方才曉得他就是這間分店的院長。

單憑嘴上說說，誰都辦得到，更何況是老人院的面試，可想而知會有這種問題。百紅覺得他們真該拿著沾屎的尿布到現場，直接測試應徵者的反應才準確。

想歸想，她還是知道怎麼回答得四平八穩、不引人注目，而那才是她真正需要的。百紅回答，她曾幫忙照顧中風後行動不便的外婆。這答案顯然令所有的考官，包括院長和職員們滿意，他們心領神會地點頭，露出一臉「難為妳了」的表情。

後來她也發覺她想像的測試場面難以實踐。「葵之鄉」是中高價位安養中心，講求服務過程尊重客戶的隱私與尊嚴。目前為止，百紅度過一個半月的試用期，還不夠格直接面對客戶。她面對的是客戶的晚餐餐盤，更私密一點的，也只是準備飯後用的漱口杯和潔牙道具。漱口杯是客人從家裡帶來的私人物品，花色各有不同，她要能辨認每個人的專屬杯子，並在用完後掛回貼有名條的掛架上。她還沒贏得足夠的信任做到更近身的服務。

如此工作相對輕鬆，也比較沒錢，因為薪水的計算方式是在底薪之外，依照每人提供的特殊服務次數來加價，包括輔助上廁所、換尿布、幫忙刷牙、幫忙洗澡。所有服務都要逐筆記錄，次數越多薪水越高。先前百紅的工作內容，讓她的薪資跟一般便利商店打工相去無幾，根本沒嘗到甜頭。

好在近來她的能力受到肯定，開始會在職員在做近身服務時，跟在旁邊輔助。雖然頭幾次也還是基礎文書工作，負責書寫照護紀錄簿，登記客戶上過幾次廁所，攝取多少水分云云。

照護紀錄簿上也有日勤人員記下的白天活動。百紅首度了解到都市高齡者們一日生活的全貌。竟有那麼多的交流互動，那麼多的復健，那麼多的娛樂。除了可以想見的社團活動，諸如麻將、插花、打毛線、書法、下棋等等，還有文字接龍（訓練腦力）、用腳尖傳遞繩圈（訓練腳的末梢神經）、折紙（訓練手的末梢神經）、傳大氣球（體操的一種）、疊紙盒（訓練手眼平衡）。每個月要辦慶生會。母親節、父親節、兒童節跟敬老節，都要辦特殊的慶祝活動。歲末年初，職員要演戲娛樂大家，劇碼是灰姑娘、鶴妻之類的童話故事。

這地方是如此的忙碌、規律，以及……溫馨。她實在難以想像，會想住進這裡的高齡者或他們家人，到底都抱持什麼心態。

要是把她外婆放進這裡，要她跟別的老人玩腳尖傳繩圈，外婆一定會勃然大怒，掀掉桌子、撞開椅子，拚盡所有剩餘力量也要離開這裡。倘若換做百紅她自己，反應大概也差不多。

幸好她身為員工，不必體會到太多溫馨。或許是職業性質使然，這裡的同事大多穩重且體力好，習慣勞務，百紅覺得相處起來挺自在的。聽說真正難纏的是客戶，不過橫豎她不會有獨自面對他們的時機。

她有時會想，自己成為局外人的理由，不知是家世因素多些，還是性格使然。她看著周遭人們，有時就像在觀看一幅遙遠陌生的斑斕圖畫，雖說她畢竟還小，難以全然置身事外。有時她也覺得自己彷彿被捲入漩渦，或是像紅燈時被卡在道路分隔島上那般，混亂、狼狽又無從脫身。

3

那天下午，本來也該是個遙遠如畫中風景的尋常日子。百紅按時在四點的活動開始前抵達，收拾完午茶時間的用品，著手布置場地。今天的節目是外面的歌手來義演，這很尋常。周邊學校的音樂類或才藝類社團、市民團體，經常前來慈善表演；以個人名義前來的表演者，則多半是附近音樂教室、才藝教室的老師，或在民謠餐廳駐唱、名不見經傳的小歌手。

然後百紅就看見那個人了，某天早上忽然闖到她家，表示想要「獻皮」的年輕女人。

百紅曉得那人是三味線的彈奏者，可沒想到會在這種地方見面。她現在曉得那人的名字——清水霞，民謠、小唄、俗曲的歌手——這些介紹，就印在她必須負責貼到白板的海報上。清水小姐今天沒有穿和服，而是簡素的白色蕾絲上衣，搭配夏季的薄料子黑西裝褲，腳上是低跟的黑皮鞋，鞋尖結著有黑色水鑽裝飾的蝴蝶結，模樣一派輕鬆。頭髮也放下來，濃黑的波浪垂在肩上，柔軟的線條令她看上去相當親和，但那雙手，白而多節的細長手指，百紅覺得果然是記憶中的那人沒錯。

百紅不希望對方注意到自己，盡量躲在大廳的角落忙碌。畢竟兩人只有一面之緣，別讓清水小姐看到名牌便是；就算看到了，世界上的「川口」如此之多，也沒啥特別，百紅如此說服自己。何況演奏開始前，正是最忙的時刻。

而確實，清水小姐測試隨身麥克風，調整音高，根本無暇顧及其他。

當清水小姐擺妥三味線，氣氛截然一變。開場歌是眾人耳熟能詳的古老歌曲，小唄《梅花開否》。原本該是帶有豔麗風情的宴會歌謠，被清水小姐唱得清新悠揚，而且她還把最後的歌詞「歡迎來到——吉原！」改了，變成「歡迎來到——葵之鄉！」逗得老人們一陣哈哈大笑。

百紅發覺，今天的清水小姐平靜沉著，完全不是那天在店裡看到的手足無措。那把黑沉沉的三味線，似乎令她周邊的空氣都變平穩了。

接著演唱的也是古曲，小唄《伊勢參拜》。清水小姐用說書人的口吻，吟唱出輕快的曲調。經過開場歌的活化，在座的高齡者似乎精神全來了，不少人跟著哼唱。雖說歌詞內容可一點都不輕快，描述一場不幸的老少配不倫戀。在前往伊勢參拜的路途上，十三歲少女和比自己年長三倍、已婚的和服店老闆相識相戀，兩人最後投河殉情。

彷彿為了驅散古典歌曲帶來的悲劇氣氛，接下來安排的是一連串熱鬧的民謠。有北海道漁歌《梭蘭節》、飲酒歌《黑田節》，合唱的歌聲越來越大。唱到壓軸曲前，清水小姐將手上的黑木三味線立置在腳旁的琴架上，拿起另一柄琴頭附有背帶的紅木三味線。她彎腰的時候，幾縷髮絲落到了臉上，她拂了幾下沒拂開，順手用手腕上的黑色髮圈紮起頭髮，然後推開椅子起身，立在麥克風前演唱。曲目是適合跳舞的《東京音頭》。

能夠起身的高齡者，此時紛紛在職員的幫助下離開座位；站不起來的，則高舉起雙手，隨著歌聲節奏舞動。

清水小姐帶動氣氛的功力令百紅微感詫異，不過僅此而已，她沒忘記自己的任務。還沒聽完她就離開大廳，到廚房準備晚餐，把二十二人份的雞胸肉撒上酵素粉，靜置一段時間軟化後，再交給廚師調味。這裡的伙食是容易咀嚼的柔軟食，也是多數老人之家的標準程序。除此之外，他們的廚房還有其他講究，希望在口感柔軟之餘，還能兼顧外觀，不要和普通的食物相差太遠，因為視覺效果對促進食慾相當重要。為此，他們盡量不使用果汁機絞碎食材，而是使用酵素軟化、肉槌敲打等等。

醃製需要時間，百紅轉而到大廳收拾。她料想經過這麼一遭，表演者應該早就離開，便十分放心地從關著的大門入內。

門甫開啟她就發覺自己錯了。大廳裡老人們坐的椅子都已排回原位，但白板前表演者的位子還在。清水小姐仍在裡頭，隻身一人，正在收東西，大概是演奏結束後有人上前攀談閒聊，這才耽擱到。看樣子還耽擱了頗久，久到其他職員已經把大廳恢復原狀。

聽到開門聲，清水小姐抬起頭來，與百紅四目相接，露出禮貌而客套的神情，點頭示意。她的視線下移，留意到百紅胸前的名牌，忽然間眼神亮了。

「川口小姐……妳家，莫非是川口商店……是嗎？」她支吾著。

「妳怎麼會記得啊。」百紅嘆口氣，頓了頓：「……清水小姐。」

清水小姐臉紅了，又恢復成百紅記得的樣子，有些慌張無措。在看過她剛才大方沉穩的表演後，百紅感到這落差挺不可思議。

「唉呀，真的是妳啊！我就覺得背影有點像。真的很抱歉，那天突然跑到妳家，應該嚇一跳吧。請、請幫我向老闆轉達歉意，好嗎？」

「好。」

「妳……妳在這裡工作嗎？」

百紅警覺起來。在葵之鄉，她照例端出那套慣用說詞，說自己一家是新搬來云云，也一如既往沒有引起不必要的興趣。但清水小姐親自到過家裡，曉得他們一家子，確實做過傳統上『不可告人』的工作。

「妳不要擔心，我不會講出去。我能跟誰講呢？」

彷彿看穿她的憂慮，清水小姐連忙補充。「那個……很辛苦吧，家裡是那樣的行業。但我很敬重傳統手藝的，就算一般人不能理解。」

「沒什麼辛不辛苦，那是我爸那輩人的工作，跟我有什麼關係？再說現在也不做了。」百紅感到有點生氣。眼前這穿得整潔漂亮，演奏時神采飛揚的好人家小姐，說她理解且敬重鞣皮師的工作。

「人家都說鞣皮師、製琴師、演奏者對三味線音樂的貢獻是『三位一體，缺一不可』，但演奏者是地位最高的吧？可以得意地把自己的頭銜印在海報上，也不必擔心別人說壞話吧？最好妳還真能理解。」

清水小姐瞪大眼睛，沒有回話。而說實在的，百紅也害怕她的反應，遂在對方回神之前，匆忙逃離現場。

百紅也說不清自己為何還會感到生氣。對於三味線，她明明已經再無瓜葛。

對她而言，鞣皮確實是上一代人的工作、與她無關，但她也並非嘴上說的，是徹底的局外人。真要論起來她甚至曾是演奏者，從六歲到十二歲為止唱過六年的小唄。直到她懂事，才發覺歌曲內容她很不喜歡。

4

小唄是所謂的「座敷曲」，即傳統的宴會音樂。由於在戰後與圍棋、高爾夫一起成為上流紳士的三大嗜好，增添不少高級、高雅之感，不過小唄的由來，本是用以傳達紅燈區遊女、藝妓們與男性的愛恨嗔癡，歌詞多半是些男女調笑的內容——

梅花開否？櫻花尚早
柳枝款款隨風走　山吹徒花不結實
奈何奈何……

就拿《梅花開否》來說，它是家喻戶曉的名曲，在許多小唄流派裡頭都算基礎的入門歌。表面上似乎在描繪百花盛開的美景，實際上的由來，卻是在前往當時的花街「吉原」途中，撐船的船夫向客人調侃風月場的遊女，又或是遊女們向客人迂迴地說壞話的場面。不同的花名，影射的是不同的女子。說直白了便是——「梅花」懂得男女之事了嗎？「櫻花」妹子年紀還太小；「柳」是個隨波逐流的花心浪女；難以結實的「山吹」，總是沒法有好結果，真沒辦法呀。

如今，學唱這類小曲並賴以維生的人，要不是音樂天分特高，打算將來成為三味線歌手，因而要學遍包括俗曲、小唄、民謠、津輕，乃至傳統嚴肅的長唄、地唄等等的樂種；等而次之者，也會是將來打算當藝者的人。

小學畢業時，百紅還不能預見自己的將來，即便如此她也知道，她沒有足夠的音樂天賦，也絕不想變成坐在傳統料亭裡，身穿高級的西陣織和服，和人唱著古典小曲調情的藝者。當她大到可以明白這道理，便再也不願學了，浪費時間。

倒不是因家傳手藝的淵源令百紅拿起樂器，這點子出自她母親。從南方多山的半島嫁來此地前，初枝曾一度懷抱成為藝者的明星夢，為此還買了一把不錯的三味線。也許因為有過那樣的夢想，才令她透過相親，大老遠嫁來北邊文化薈萃的古都。母親的家族，也是半島上「他們」的血脈。

因此，百紅才不相信什麼「同胞融合」。即便進入現代社會，他們始終只能在村內互相通婚，再不然就是與其他地區的「他們」聯姻，像母親那樣。

初枝的學藝之路後來不了了之。當百紅出生，初枝大概希望好好栽培家中的唯一女孩，送她去學點鋼琴之類的才藝，但他們就住在店面二樓。一樓是皮革作坊和店面，沒有多餘空間擺鋼琴，最終她仍選擇了現成的三味線。在百紅滿六歲進入小學時，初枝便將家裡的老三味線送去維修，換上初學者用的人工皮革，然後遵循古法，在六月六日送女兒到三味線教室拜師學藝。據說，那是一個萬物初萌發，適合開始學習傳統技藝的日子。

六月梅雨季的氣溫回升，昆蟲開始出沒，即將進入有蚊子的季節，街上響著修補木框紗窗的鐵鎚咚咚聲。出來迎接她們母女的師傅，穿著和服，個頭嬌小，跟百紅的外婆同樣輩分。百紅上課時，初枝就坐在教室門口的板凳上，眼神警醒地緊盯室內。

師傅解釋，除了宴會藝者跟少部分走現代風的民謠歌手會自彈自唱以外，正式的三味線表演，唱曲和彈奏是要分工的。三味線僅只是伴奏，真正的主角是唱曲者的歌聲，不過彈奏者當然也得通曉唱法，才能搭配得恰如其分。於是在上課頭一天，師傅都在指點百紅唱一首在學校教過的童謠。

頭一次課程還算輕鬆，像小學音樂課的延伸，但在在第二回，當百紅單獨面對師傅，就沒那麼愜意了。師傅花了整堂課時間，教她如何正確跪坐，叩首行禮。她必須彎身趴在榻榻米上，兩手平貼成三角形，額頭貼到三角形中間。

「學習傳統樂器，禮儀和正確的儀態是基本功，先做好了才有後續的習藝。」師傅說。

在敦促之下，百紅反覆做了不知幾回，直到姿勢正確為止，否則她就還不夠格碰樂器。而且以後每回上課前，百紅都得這樣向師傅跪禮。

百紅這才發覺事態嚴重。三味線教室似乎是個極其嚴厲的地方，不過木已成舟，師也拜了。當時年僅六歲的她，又沒有力量反抗。

三味線教室留給百紅的回憶並不算太愉快。比起唱曲或彈奏的技巧，百紅發覺她掛心的，大概是清水小姐的演奏態度，她甩著馬尾唱《東京音頭》時愉快自在的模樣。不只是《東京音頭》。從第一曲、第一個音開始，即便唱的是冶豔的《梅花開否》，清水小姐就顯得非常快活了。這麼快活的小唄，百紅從來沒聽過。

5

這陣子帶百紅工作的職員，是染著滿頭稻草般棕髮的芹澤小姐。百紅暗自認為棕色不太適合她，不過或許也沒什麼適不適合。芹澤小姐經常搽螢光橘色的口紅，把身上能改變色澤的部位都盡量弄明亮，大概是想跟黝黑的膚色互為映襯，但這一切都沒能讓她整體變得更柔和。她身型壯碩，肩膀厚實，從背影看上去簡直像一名大漢，差別在於正面同樣緊繃雄偉。百紅發覺，老人院的職員們要不是肉眼可見的孔武有力，否則便是肉眼不可見的孔武有力。芹澤小姐是前者，百紅是後者。這裡沒有贏弱之人。

百紅對芹澤小姐抱持著感謝，以及略帶畏懼的厭煩，剛開始是感謝之情占比較多。這裡的職員多是古都本地人，具備嚴以律人律己的精神，許多事情看不順眼，卻不見得願意說出口。芹澤小姐是唯一會主動指點百紅的人。

當晚餐撤下後，還沒等芹澤小姐開口，百紅快手快腳的找到抹布擦桌子。擦到一半，芹澤小姐走進餐廳，滿臉不悅的喊停。

「桌子不是隨便拿條布擦的，抹布有很多種。」她說。

「我從寫著『桌子』的抽屜拿的。」百紅拿高手中的抹布，令對方可以看到用馬克筆寫在一角的「桌」字。

芹澤小姐仍舊不高興。「既然能看到抹布上有寫字，怎麼就看不到四個角上還寫了數字呢？」

百紅細瞧，果然看見抹布的四角都有編號，羅馬數字一到四。芹澤小姐說，即便是抹布這種耗材，也須愛惜使用。擦拭任何物品，都不應該整片抹布攤開來，而是對摺再對摺後，從數字一的那面開始用起；直至髒得不堪使用，才能換到下個數字那面。如此才能延長抹布的壽命。

百紅覺得完全沒道理。難道桌子上的髒汙，會因為抹布折成小塊就減少不成？既然髒汙沒有減少，附著到抹布上的總量沒有變化，理當不會有延長使用壽命之效。話雖如此，畢竟她只是個收錢辦事的打工仔，也就默不吭聲，照辦便是。

後來指點的次數多了，有一回芹澤小姐拿一張印好的時數表給百紅，要求她確認無誤後簽名。百紅這才發覺，原來「指導新人」是芹澤小姐被分配到的工作項目，還是按時計價、領有鐘點的。從此百紅心中的感謝和厭煩比例有了變化，兩者分庭抗禮，各占一半。

雖曉得芹澤小姐的指點是工作，百紅倒慶幸被分派在她底下，特別是開始練習換尿布時。此事手續繁多，需要莫大耐心。芹澤小姐對細節的注重和要求，想必可以給予相當詳盡的指導。

第一位實作對象，是名為富野太太的和善住民。她是一名比百紅更加矮小的灰髮老太太，人雖活潑，行動力也夠，照理說她們應該盡量帶這樣的居民上廁所，才能夠維持她的肌力，不該倚賴尿布，但富野太太有尿失禁問題。為了顧及客人的尊嚴，這個月來她們嘗試替她包尿布，以防萬一。

芹澤小姐指點百紅將必要的用品諸如毛巾、拋棄式手套、溫水瓶、溼紙巾、毛毯、防水布、替換用的新尿布，都備妥在推車上，然後造訪富野太太的房間。她將臥床調整到適合工作的高度，放下床邊柵欄，將毛毯折疊後放在富野太太的胸前，擋住客人往下窺探的視線，接著便一面操作講解，一面讓百紅練習實作。

「不好意思啊，這樣麻煩妳們。」更換過程中，富野太太不斷致歉。

「哪裡，哪裡，是我們要感謝您的配合。」芹澤小姐說：「請您幫我一個忙好嗎？用手按住毛毯，不要讓它垂下來。對對，就是這樣，今天您的手也很有力呢。哇，這個握力，不輸年輕人呢。」

芹澤小姐雖然在吹毛求疵的時候相當嚴厲，但當她展露出面對客人用的和善態度，簡直像十里春風拂面吹來。

在毛毯的遮掩下，芹澤小姐帶著百紅，快手快腳地解開尿布、擦拭沖洗、翻身、更換，再把人翻回原位。共有十多個步驟，依客人的身體情況而定，如果是行動不便，不能抬腿的客人，步驟還會更多。

「這算最容易的。富野太太只是偶爾失禁，基本上尿布都不怎麼髒。」兩人退出房間後，芹澤小姐說。

「沒髒也要換嗎？」

「要，規定就是定時換。晚上是七點半吃完晚飯後要換掉，不管有沒有髒。」

「那如果是量比較大的呢？也只換七點半一次嗎？」

「是啊。沒辦法，我們又不光是換尿布，還有很多別的事要做。不過現在的尿布吸收力都很強，沒什麼好擔心的，不會外漏，頂多不太舒服而已。」

她們把使用過的汙物、手套、髒毛巾替換掉，溫水瓶也洗乾淨並重新補充，換上新的備品，到下一間芹澤小姐負責的客戶房門口。

房間內，關根先生坐在輪椅上，兩眼直勾勾看著電視上的賽馬重播，對兩人造訪毫無反應。

「關根先生，晚安。怎麼樣，小栗帽今天的成績也很好嗎？到換尿布的時間囉。」

「啊，啊……」老人咧著嘴，不知是在回應芹澤小姐，或是在對電視發出聲音。百紅從照護紀錄簿上讀過，這位患有輕度認知障礙。

「我們要移動到床上去囉。來，關根先生，請抓著我的肩膀，站起來好嗎？」

「啊……啊……」關根先生扭動著，拒絕芹澤小姐的攙扶，只想將視線對準那臺被推車擋住的電視機。

「唉，不要鬧脾氣，還有很多人在後面等著呢。您不換的話，其他人都換不了。我們移到床上去了，好不好？」

「啊啊！」關根先生揮動雙臂，猛烈反抗著，芹澤小姐看了百紅一眼。

「你今天的表現很不好喔。你看，我們有實習生，年輕的高中妹妹，她在笑你呢。你在她面前，不該表現得好一點嗎？」

百紅稍微挪動了推車，關根先生找到空隙，兩眼又緊盯著電視瞧，不發一語。芹澤小姐嘆氣。「好吧，那我們等會再來，到時候你可不能再拖了。」

兩人退出房間。芹澤小姐說：「就像這樣，會有各式各樣的狀況，不過我們這邊也是時間有限，要盡可能在時間內把所有人的份都換完，否則會耽誤到晚上的工作。」她看了看錶。「當然，妳現在要做的是把所有步驟都記住。等妳記住以後，就要開始要求速度了，原則上每間房不要花超過十分鐘。」

她們進入另一間房，裡面的住客是單腳痲痺的加藤先生。芹澤小姐讓百紅主導更換，自己在一旁輔佐。這趟著實多花了些時間，當一切結束後，百紅發現已超過十五分鐘。退出房間後，她向芹澤小姐致歉。

「對不起，我記不太住，步驟真的很多。」

百紅以為嚴格的芹澤小姐會很不滿意，不過對方的反應很尋常，聽不出什麼情緒。

「沒關係，按部就班來吧。畢竟沒有人從一開始就是天才。至少清洗的部分，妳做得不錯。」

「我有幫家人洗過……」

「啊，好像聽妳提過那麼回事吧。是妳爺爺？」

「外婆。」

「家人啊。」芹澤小姐說：「雖說很多老人院都標榜賓至如歸、把客戶當家人對待，不過我是覺得呢，幸好他們都是客人，我也才有辦法端出服務的態度。若真是家人，我可不准他們這樣耍任性。」

兩人換過備品，又回到關根先生房門口。芹澤小姐說交給她負責，帶頭走了進去。電視上正在播廣告，也不曉得那賽馬節目結束了沒。

「關根先生，大家都換完囉，就剩下你了。我們今天已經看了夠久電視了吧。」芹澤小姐不由分說地，進門就把電視關掉。

「好了，我們要到床上去了。請把手放在我的肩膀上……好吧，你要抓腰也不是不行。你要抓緊囉。我們數到三，然後你的腿也要出力，我們就站起來囉？來，一、二……」芹澤小姐深吸一口氣：「三！」

她托住老人的腰部，奮力將他提起。同時，關根老人的手也猛力一握，不偏不倚地，往芹澤小姐的臀部抓去。

6

時序進入初夏，入梅後的古都白天溼熱難耐，幸而夜晚又會回復成十來度的涼爽氣溫。「葵之鄉」正在準備六月初的端午節慶祝活動。照理來說，給男孩子們過的端午節跟老人們並不相關，不過他們每個月都得辦一次大型活動，六月便選中端午。

百紅也多了一項美化環境的工作。她推著一箱子的色紙花，裡頭有小朵的紫陽花、剪成圓形或水滴型的藍色紙、褐色的蝸牛剪紙等等，全是客戶們利用早上活動時間剪出來的。芹澤小姐帶著一票包括百紅在內的兼職人員，把剪紙裝飾在走廊、電梯的布告欄，以及最常使用的大廳內。

除了百紅，另外兩個兼職人員都是婆媽等級的人物，一個是活潑的圓眼鏡，另一人是秀氣的長直髮。

「這樣的美工勞作，不是最該問年輕妹嗎？川口醬的手藝很行吧？」圓眼鏡說。

她是典型的關西阿婆，應該與客戶們是同輩，已在「葵之鄉」打工多年。從第一次見面起，就叫百紅「川口醬」。她總是穿得花枝招展，特別熱愛不同顏色的豹紋服飾，好比螢光粉紅色的豹紋緊身褲，而且經常能從身上某處的隱藏口袋掏出糖果來，往百紅手裡一塞。百紅覺得自己大概被她當成孫女了。

「對啊，手工卡片啦、畢業相冊啦……真懷念，我不曉得多久沒做了。」長直髮說，一臉感慨。聽說她是隨著老公調職，從關東地區搬過來的家庭主婦。由於人生地不熟，既沒小孩又沒朋友，因此想藉打工來拓展人際關係。「我們大家就聽從川口醬的指揮吧！」

對於三人投來的殷切眼神，百紅直搖頭。「手工藝的事我一概不會。」

「不然妳們都玩些什麼？」芹澤小姐問。「社團的學長姐畢業的時候呢？妳不做卡片的嗎？」

「我沒參加社團。」

「那妳都在做些什麼？川口醬總有些興趣吧！追明星、聽音樂、收集娃娃、收集信紙之類的？」圓眼鏡說。

百紅想了一下。「我小時候收集過雉雞毛。」

「什麼？」這下眾人都瞪大了眼。「雉雞毛？」

百紅點頭。「我外婆家在山上。長假的時候，我跟我哥會回山上住，會跟她一起設陷阱。如果抓到成年的公雉雞，我哥就會把雞脖子上藍紫色的小羽毛拔下來給我。不是每隻雉雞都有那樣的毛，所以很珍貴。」

圓眼鏡一把勾住百紅的肩膀，放聲大笑，同時用力揉捏百紅的臉頰。「川口醬，妳怎麼這麼有趣！」

「這就是女人心還沒覺醒之前的少女，真青春啊！」長直髮也感嘆。

百紅不曉得哪裡有趣，但並不討厭圓眼鏡婆婆的舉動，任由對方抓捏。儘管性格完全不同，大概是輩分的關係，有時候這人令她聯想到外婆。

她們布置了走廊，這任務比換尿布輕鬆得多，不過百紅始終抓不住訣竅。其他人一直糾正她，說把紙花排成一直列很不自然。在百紅看來，紙花這東西本就不自然了，即便均勻散布也不會更自然，不懂有什麼好計較。眼前這些事於她都無所謂。現下她最掛念的，是依照目前的速度，她的存款不知能否來得及達到目標。

走廊的正中央是職員室，正巧這時裡頭走出一人。百紅抬眼望去，居然是清水小姐。她今天沒帶樂器，放下長髮，穿著麻料的米色格子洋裝，手提竹編包。

乍然相遇令百紅有點尷尬，對方似乎也是，只見清水小姐臉上一紅。百紅站在圓眼鏡跟長直髮的身後，清水小姐大概難以說些什麼，只是望了她一眼。圓眼鏡以為那是針對她投來的視線，點頭招呼道：「妳好。」長直髮也跟著點頭。

清水小姐拘謹地回禮，然後頭也不回，速速從她們身邊通過。

「是哪位的家人嗎？」清水小姐消失在走廊上後，圓眼鏡問道。

「不知道。是來推銷健康用品的吧，最近來的業務很多都很年輕，大學剛畢業的那種。」芹澤小姐說。

百紅為她們的毫無印象感到詫異。明明清水小姐上個禮拜才來表演過，這幾人當時也在場，而且應該在大廳裡待得時間比她更久。清水小姐唱的小唄那麼特別，一點都不冶豔哀愁，一反常態地輕快、流暢，應該很容易讓人印象深刻才是。她那甩著馬尾唱民謠的模樣……

百紅意識到，或許不能怪旁人記性太差，而是只有她自己，對清水小姐的演奏格外留神觀察。這一定是因為只有她學過小唄三味線，才能辨別出清水小姐的表演如何與眾不同；而且在那之後，她還跑去說了那麼失禮的話，沒來由地把怒氣發洩在素昧平生的對象身上。

思及此處，百紅忽然覺得過意不去，得去跟清水小姐道歉才行。這裡是二樓，對方應該還沒走出老人院。她推說要去洗手間，把那一車子紙花跟文具交給其他人，順著廁所邊的安全樓梯下了樓，直奔走廊盡頭。清水小姐正要出玄關，聽到後面傳來腳步聲，回頭張望，見來者是她，露出詫異的神情。

「那個……我只是想說，上一次失禮了。」百紅說，覺得無比尷尬。清水小姐認真盯著她瞧，旋即快速搖頭。

「不，我才是失禮了。我自己是彈琴的人，也認識製琴的師傅，然後就以為所有相關行業的人應該都差不多，就像一家人……是我太沒分寸。妳說得很對，我對鞣皮師的處境一點都不了解。」

沒什麼好了解的，我認識的人，都恨不得擺脫這一行，或至少讓子女擺脫——百紅心裡這麼想，不過她好歹也懂得看場面說話。她是來請求原諒，不是來把場面弄更僵的：「我父親要是聽到演奏者把他視為一家人，會很高興。」

「我是真的很敬重川口師傅的工作。」

「您是來談表演的事嗎？」由於不知道還能說些什麼，百紅隨口問起。

「啊，那在上次已經結束了。葵之鄉想找能定期來帶社團活動的邦樂老師，我們音樂教室打算派我，所以讓我來談細節。對了。」清水小姐從竹編提包裡抽出一張釘有她個人名片的傳單，遞給百紅。傳單上寫的是一間百紅也略有耳聞的連鎖音樂教室，不過她以為那間教室只教鋼琴、小提琴、吉他之類的西樂。

「邦樂是教室最近新開發的課程，有在打折。如果妳有朋友感興趣的話，可以來看看。試聽課免費喔。」清水小姐解釋。

「邦樂啊……」

這勾起了百紅的回憶，她努力假裝若無其事。「現在的學生很少接觸這些了吧。像是三味線、琴、尺八之類的，不都給人一種很那個……的感覺嗎？」

「門檻很高，一般人高攀不起的感覺對吧？我懂我懂！」

清水小姐熱切地說：「傳統技藝就是因為這樣，只懂得維持舊有的尊嚴，學的人才會越來越少，根本本末倒置。如果完全沒有年輕人想學，尊嚴還有什麼用呢？我們教室就是想改變邦樂界『通風不良』的風氣，用西洋音樂的方式上課，可以租借樂器，有小班制、團體課或一對一，想換老師、缺課想補課，也都很自由。而且如果不挑著名流派出身的師傅，願意讓音大學生來教的話，學費可以非常低價，對初學者而言很友善。」

清水小姐忽然臉上一紅：「——這不是在強迫推銷喔。我只是覺得傳統藝術的弊病太多了。」

百紅點頭表示理解，雖說她其實有點嚇到。「您對邦樂好有熱情。」

「因為，太多人不認識它了。明明那麼有趣……」清水小姐囁嚅著。

7

百紅認識的三味線，大概難以用有趣之類的字眼形容。她參加的小唄三味線教室，裡頭絕大多數學員都不打算以三味線音樂維生。他們多半是有錢有閒的退休紳士，或時間多到打發不完的貴夫人，邦樂不過是休閒娛樂。百紅絕對相信，傳統技藝教室裡的繁文縟節，是為了讓這群人有事可做、有地方砸錢，才得以保存下來。

教室三天兩頭就要舉辦發表會跟聚餐，名目多得令人目不暇接——春天有新名取和新師範的入會儀式，櫻花季有賞花會，晚春有新綠會；夏天有七夕會、夏祭發表會、納涼會、浴衣會；秋天有紅葉會、重陽敬老會、秋菊會；冬天有尾牙會、忘年會、新年會……此外，當流派本家的真正繼承者，也就是「宗家家元」的師傅過生日，在全國各地開枝散葉的所有教室師範，都要帶著他們的子弟兵，集合到家元現在居住的首都，包下整間料亭，或至少一間大宴會廳，舉辦祝壽發表會。

這都還是些教室內的活動。除此之外，舉凡周邊地區大型的藝文活動，他們向來也不缺席，而且跟那些搶免費、看熱鬧民眾不同。他們會參加的，都是真正歷史悠久、富有傳統的活動。以下半年度來說，七月在古都的市中心有「祇園祭」。由於他們之中不少人都和工商協會有關係，得去監督祭典是否順利舉行，得要到八月才有空聚會了。

八月，在隔壁商業大城的南邊河川上，有傳統祭典「天神祭」，晚上則有煙火大會。他們教室的成員，可不會在悶熱的室外會場人擠人。有一師姐，家住摩天大樓頂層，剛好在會場附近。每年他們教室都會在那師姐家舉辦浴衣納涼會，一面吟唱小唄，一面喝啤酒，欣賞近在眼前的大朵煙火。

又或是寒冷的入冬時節，在古都南邊的舊都中心地帶，會舉辦古老而傳統的「春日若宮御祭」。那是一連長達八小時的傳統祭祀馬拉松，向神明奉上中世紀流傳下來的雅樂歌舞。對於不懂門道的一般遊客來說，也許就走馬看花，看看那些顏色豔麗的傳統服飾，但他們的學員裡有舊都人，一位退休醫師與他的妻子。他們住在神社的信仰圈內，每年都會奉上不少香油錢。只要一通電話確定人數，神社主辦方就會在祭典終點的御旅所前，保留他們的座席，還會附便當跟暖暖包。

百紅逐漸發覺，琴藝絕非重點。貴婦人們大秀新近購置的服飾，預約到不靠關係便難以進入的知名料亭，見識一般人難以窺見的傳統祭典……這種種特權，反而格外重要。發表會上，男士只要穿略為正式的便裝，甚至不用穿到西裝，女學員卻要各顯本事，盛裝打扮，依照發表會的不同主題，穿上相應的服飾。普通的發表會，可以穿繡有季節風物的小紋和服，祝壽的正式大會要穿訪問著，浴衣會或納涼會當然要穿棉布浴衣，夏祭得穿晚宴用的小洋裝……

在這類事情上，初枝打從開始，就灌輸百紅絕不可輸給旁人的觀念。

「女孩子是宴會上的花，要打扮得美美的才行，而且每一朵都要與眾不同。」母親如此主張。

他們聚落裡大部分人的職業雖特別，卻並不窮。百紅家雖經營小型的樂器鞣皮手工作坊，不過在祖父那輩，也曾擁有過大間的製鞋工廠。過去在戰爭時期，軍靴需求量大，製鞋職人生意鼎盛，也有許多人直接前往俄羅斯，為進行得如火如荼的日俄戰爭就近供貨，大賺一票後，意氣風發地回到故鄉。他們家的餐桌上從來不缺烤肉，串烤牛雜、牛舌、烤豬皮，一方面是從四周的屠宰場、肉舖就近取材，另一方面，則受到居住在同地的朝鮮族嗜食烤肉跟內臟的風氣影響。

戰前遷入的朝鮮移工，男人到古都北邊挖煤礦，女人到河川兩側的染布廠，用有毒的藥劑洗染布匹，為古都的傳統工藝「西陣織」製作底布；不少人也會就近在聚落裡工作，從事鞣皮、製鞋的相關行業。朝鮮人與他們世世代代一同在此，自暗影中撐起古都的光輝。

因此，比起那些久久吃一趟烤肉就大驚小怪的同學們，百紅從不覺得家裡很窮或不比旁人，只是特別而已。母親初枝的高傲和自尊，也顯得理所當然。

發表會通常在下午。一大清早，百紅就得跟著初枝出門，先去和服出租店挑衣服，然後帶著租來的和服，到幫忙穿衣打理的專門美容室。在那裡，阿姨會幫她穿上租來的兒童用印花襦袢，順道把頭髮和妝容都一併打點好。頭髮梳成髮辮後高高盤起，上面插一朵布花。至於化妝，百紅還是小學生，就簡單擦個桃紅色口紅，別讓衣服的鮮豔色彩壓過臉色太多就好。

能穿上平時沒機會穿的和服，的確讓百紅有些雀躍，約莫就像女孩過七五三的心情。何況在當時的教室，就屬她年紀最小，所有的師兄師姐都稱讚她非常可愛，像個日本娃娃。

受到讚美的虛榮，令百紅在剛開始的一、兩年內，都很期待發表會的到來。只是在她把出租店裡所有同價位的和服幾乎都穿過一輪後，師兄師姐的恭維，聽起來就不是那麼發自真心了。

發表會結束後還有聚餐。以平民的習慣而言，無論是畢業典禮、成人儀式或發表會，為了節省租金，在中途換回平常便裝，趕在下午五點出租店打烊前快快將衣服歸還，是一般常見的流程，不過三味線教室的貴婦們自然不來這套。師姐們穿的都是自己的衣裳，發表會結束後直接去晚餐，一套到底，不必為了考慮租金，中途還得手忙腳亂地更衣。

百紅中途都會換衣服，如此一來，所有人都知道她的衣服是租的。她也不記得自己租過哪套，不過顯然其他人記得。有一次，師姐當著她的面，稱讚她今天穿得超可愛，「妳上次租的時候我就覺得這種大花樣很襯妳」。於是在那回的發表會上，百紅完全不記得自己的演奏如何。她想起母親「絕對不能輸旁人」的教誨，自己身上的平價印花和服，卻真是慘輸，丟光她的臉。

回家後接連幾天百紅都悶悶不樂。初枝不耐煩地斥責了幾次，她才如實說出自己的煩惱。這下她那好強的母親可不能等閒視之，初枝拿出和服出租店的型錄，問說其他人都穿什麼等級的？

目錄越後面的衣服價位越高，兒童和服的選擇比較少，一般而言，母親都讓百紅穿中間價位的服飾。他們家能夠負擔的金額是多少，百紅不太清楚，不過既然重點在於不能輸人，那錢應該不是問題。其他女前輩衣服的款式和材質，都比較像在目錄後半本，她也就指出一件列在後頭、水色繡有手鞠紋樣的兒童和服。

他們為此鬧了一陣子家庭革命。父親直喊說太過分，百紅只是學了一年半載的毛丫頭，哪需要穿到一天租金超過兩萬圓的正絹和服？而且她們母女倆，居然妄想發表會後到晚餐要一套到底，不要中途去還衣服，意思是得租上兩天，共花上四萬多圓。這太離譜，簡直癡人說夢。

初枝則主張要學就要有個樣子，搞得不上不下，只會更加丟臉。要是老給別人看到他們一家打腫臉充胖子，明明付不起，卻硬著頭皮讓女兒學三味線的模樣，還不如別學。倘若下不了決心投資，怎能期待將來會有相應的回饋？

母親口中的回饋，顯然不在琴藝方面，而是進入另一個世界。她會有如此想法，應該也非近幾年的事。或許早在當初帶著三味線嫁來遙遠的北部古都時，她便打過這種算盤，因此爭起來氣勢洶洶，毫不退讓，絕對要在女兒身上實現當年的夢想。

百紅的父親不會不懂初枝的堅持。翻身願望他們人人都有，最終父親妥協了，百紅得以趾高氣昂地穿上正絹和服，從發表會一直穿到晚餐結束。

當別人驚豔地問起，她便端出事先討論好的說詞，說這是母親小時候的衣服，最近從倉庫找出來的。如此一來，那群勢利的師兄姐，看她的眼神還真不一樣了。

約莫也就打從那時候起，百紅她哥開始跟她冷戰。無論她說什麼，哥哥一律不回應，只是眼神凶惡地躲回他們共同的房間，砰地摔上房門，並且上鎖。他也嫌她彈琴的聲音太吵，把三味線連同一干道具全扔出房間。初枝罵也沒用。

百紅當然知道哥哥生氣的理由，但當時的她跟母親都陷在虛榮裡，且致力維護那份榮耀。她們天真地認定，只要維護得夠久，滴水穿石，假的也會成真。她們為此奮力拚搏，哪還有心思去管旁的事。

8

如同清水小姐所預告，「葵之鄉」沒多久便宣布調整午後的節目，改為社課形式，由園藝、邦樂、書法、下棋等四科的專業老師帶領，各科課程每個月一節。

對職員而言，改採外包形式應該省下不少思考節目的腦力，可以更集中心思在上午的復健活動、平時的照護工作，以及每個月的大型活動上；對百紅之類的兼職人員而言差別不大，反正他們只要聽令行事。

起初百紅以為所謂社團，就像學校社課那般，規規矩矩上課，學員們還要在課餘時間自主練習，下回上課讓老師驗收云云，不過見識過頭一回，她就曉得完全不是那樣。

打頭陣的是園藝課，百紅見過這位中年女士，是曾經在五月分來帶過午後節目，教大家做康乃馨胸花的花店老闆。看樣子，四位老師都會是熟面孔。

這一回，花店女老闆教的不是插花。她帶來幾盆黑眼花的花苗，要種在一樓大廳窗外的草坪上，並且在地面到窗檐之間，架上讓植物攀爬的綠網。如此一來，當真正的盛夏到來，大廳窗外將有天然的綠簾遮蔭，並可欣賞它金黃或橙色的五瓣小花。

規劃是規劃，實際操作則不盡完美。當有意願參與的學員們在職員陪同下換好遮陽裝束，戴上帽子，圍上工作圍裙，或俐落或哆嗦著來到戶外草坪，也過去十幾二十分鐘了；當九十分鐘的社課結束，學員們也只完成了除草、翻土、撒下基肥的作業。

光是這幾個步驟，就已經令眾學員氣喘吁吁揮汗如雨，自覺完成一樁大事。至於離原本規劃好的進度還有多遠，反倒沒人在乎。

看樣子社課的主要用意，是讓客戶們用各種不同的方式活動筋骨。綠籬是否真的能靠客戶們完成，則完全不是重點。後來，植苗覆土、搭建綠網等等，都由葵之鄉的院長領著職員一同完成了。

這群垂垂老矣、學習能力跟體力都已極度退化的客戶，既不能學太複雜的彈奏或唱曲，也不能像百紅參加過的小唄教室，隨季節在服裝上爭奇鬥豔，上高級料亭、辦發表會、賞櫻會或品茶會，玩些上流人士的風雅遊戲。

既然琴藝跟傳統教室的禮儀做法，在此地都不復存在，那邦樂還能教出什麼名堂，百紅抱著一絲看熱鬧的好奇等待著。

那天下午，清水小姐搭乘連鎖音樂教室的廂型車抵達，開車的人穿著教室制服，應是教室員工。除了清水小姐自己的樂器箱，兩人帶著一整車廂的初學者用三味線，總共六柄，浩浩蕩蕩地抬進交誼廳。內容物沒什麼，都是蒙著練習用人工皮的低價三味線，配上練習用的木製琴撥，全部擺得滿桌後，陣仗倒是挺壯觀。清水小姐穿著朝顏花般藍紫色的和服，繫鶯綠色腰帶，頭髮也盤起來，上頭插一片鑲有淡水珍珠的銀葉子，模樣相當鄭重，不輸給傳統小唄教室的架勢。

與清水小姐的莊而重之相反，葵之鄉的學員或坐輪椅，或講話口齒不清，或唱歌五音不全。儘管學員們捧場地拿起樂器，依樣畫葫蘆地撥出幾個音，畢竟他們光是手腳還能聽使喚，便已盡了相當努力，到底不能期待真有什麼學習。

剛開始三十分鐘，在清水小姐下場逐一指導下，他們的成果是彈出歪歪扭扭的《小星星》。後面一小時，樂器課程便不再繼續。清水小姐發下歌單，拿起她自己那柄黑色的紫檀木三味線，帶著眾人合唱民謠，曲目是上回演奏過的《梭蘭節》。

這安排比較合乎學員們的胃口。拿起歌單的他們變得活潑起來，甚至慫恿聲音清亮的富野太太起來獨唱，不過她只記得第一段歌詞；其他人記得的更少，只能在副歌「梭——蘭，梭——蘭，嗨喲！」出現時加入合唱。其餘部分，眾人便非常有默契地安靜下來，面露傻笑，嘴巴閉得緊緊，像一群受到驚擾的花蛤。剩下清水小姐兀自伴奏著，努力要教導眾人讀懂歌單，把他們記不住的部分補救起來。

百紅沒有看完全程，轉身就到廚房忙去了。今天要準備的柔軟食，是三色的「手球壽司」——大廚自己取的名字，把搗碎的米和魚漿重新塑造成壽司模樣。百紅負責的部分是搗魚漿。這工作不須要用腦，只要反覆做著搥打動作，她於是心不在焉地一面動手，一面胡亂想著剛才看到的社課風景。

像這樣不專門的學員、不專門的授課內容、毫無歷史與文化氣息的上課環境，換做她從前的三味線師傅，一定會認為有失格調，絕不可能接下這種工作。不知清水小姐是太沒原則，還是太過缺錢。

這麼胡亂想著，百紅搗完了鮭魚漿跟鮪魚漿，接下來的壽司塑型沒她的分，便自告奮勇推著茶車到大廳收杯子。

出乎意料，大廳裡面氣氛挺愉快的。社課已接近尾聲，老人們三三兩兩聚在一起研究歌單，或研究三味線的彈奏法，清水小姐在底下針對各個小團體進行講解，看到百紅進來，朝她笑了一下，低頭繼續講解。課程結束前，清水小姐帶眾人又唱了一遍《梭蘭節》，跟頭一回唱得差不多，都很差勁。

在百紅看來，一個半小時的社課胡亂唱過兩首歌，授課內容未免也太不精確。她從前學小唄的時候，頭一個月都在學習正座、禮儀、樂器的拿法跟讀譜，接下來才進入正式的曲子課程。短的曲子每首至少要磨個一、兩個月，長曲的話，唱上半年、十個月才過關也不奇怪。今天這樣簡直亂來一通。

何況下回來上課的會不會是同一批學員，還未可知。他們的社課跟過去的午後節目一樣，採自由參加形式，不想加入的老人們若不是在其他公共空間裡活動，便躲在自己房裡看電視。好比關根先生就沒有現身。比起學音樂，他應該更關心賽馬。這麼一來，下次上課又得從零教起。

就算為了缺錢不得不接，清水小姐似乎是音樂大學的學生。這樣的好人家小姐，怕是一輩子沒見過這麼爛的學員，心底搞不好大受打擊。百紅看準學員問完問題的空檔，走上前去打招呼。

「都還順利嗎？」

「啊，川口小姐。很不錯啊，你們的學員學習能力都很強，氣氛很愉快呢。」清水小姐客套地回應。

倘若這是真心話，那她的標準未免也太低了。見旁人並未留意她們倆交談，百紅低聲說：「這把年紀了，哪有什麼強不強的。逗得大家開開心心就好，反正下次也不記得妳教過些什麼。」

大概沒想到百紅會如此直白，清水小姐露出詫異的眼神，噗哧笑出來，又趕緊收住笑容。「也是呢，我會多準備一些讓大家熟悉的、唱得開心的老歌，謝謝妳的提醒。」

「算不上什麼提醒……」

百紅猶豫著，終於還是忍不住問出口：「教這種課真的開心嗎？妳說妳是音大的學生？平常教的應該都是程度很好的學員吧。」

「如果是在音樂教室，當然有很多以演奏家為目標的學員了，不過偶爾教社會人班也挺有趣的，像在唱卡拉ＯＫ。」

見百紅皺著眉頭，清水小姐說：「對他們而言，技術當然不會是重點。我想跟學員們一起，磨練出他們『最好的音色』。」

「啊，妳是指『人聲是世界上最美、最有表現力的樂器』的那種說法？」

百紅暗自冷笑。人一旦學了音樂，似乎很容易覺得自己高人一等，特別優秀，足以替其他人判斷什麼叫做最美，什麼叫最正確，如何穿衣或安排活動才叫做有文化。就像她過去待的三味線教室那些前輩一樣。

清水小姐卻搖頭。

「那種說法，只是把練習的對象從身體外側，轉到身體內部而已，畢竟還是在追求技術吧。我認為所有的習藝，都在幫助人們了解自己，發出『最適合自己的音色』，那才是我所謂的『最好』。」

這說法跟百紅猜想的完全不一樣。她的困惑寫在臉上，清水小姐見狀，補充道：「有些人在剛開始學的時候，就非常放鬆自然，發出很美好的音色；有些人非常努力，聲音卻僵硬緊繃，而且越是想做好，反而彈得更不舒服。光用說的很難描述，川口小姐要不要試試？」

她將自己的三味線送到百紅面前，一併將琴撥、防滑指套也脫下遞來，細心指點百紅把指套套在左手。儘管這些事情，其實不用她教。琴撥製作得細緻，撥頭是帶有褐色花斑的半透明玳瑁殼，把手處是另一種白色有光澤的材質，不知是牛角或牛骨，邊線已被摩娑得圓潤，整體手感非常厚重好摸。

百紅以為，在經過三、四年的徹底停頓後，她早已忘記如何彈奏，可是當所有熟悉的裝備上身，她發覺她的手還有記憶，在琴桿上自然滑動到該去的位置。她撥出幾個音，接著試彈一段旋律。音色正確到連她自己都感到詫異。

百紅抬眼見到清水小姐的表情，對方比她更詫異。

「《水之出花》……」清水小姐喃喃說，認出那段旋律，低聲哼唱起來——

二人情誼　如水之出花　滔滔滾滾……

被她一唱，百紅反倒停下來。這是一首非常短的古典小唄，只有一個章節。在許多小唄流派裡，它都是初學者的入門歌，不過百紅的手感自然不像初學者。

清水小姐問：「怎麼不繼續？妳彈得很好耶，很有味道呢。學很久了吧？」

百紅將那柄三味線平放在桌上，放下撥子，脫掉止滑套。

「因為我不喜歡。」百紅說：「傳統小唄，不都是些愛來愛去的歌詞嗎？這跟日常生活有什麼關係？」

「就是因為跟日常一點關係都沒有，才是小唄的好處啊！」清水小姐的眼神閃亮，熱切地說：「唱小唄的時候，為了投入歌詞，我會想像自己活成另一個人。偶爾不都會有這種想法嗎？即使不能成真，也想體驗看看跟現在截然不同的生活？變成有錢人啦、變成大小姐啦、變成眾人仰慕的美人花魁……妳沒想過嗎？」

「不知道……」百紅回答，眼神游移著。

無論百紅對三味線還抱持著多少興趣，橫豎她是不打自招，承認自己並非圈外人。從此之後，每個月清水小姐來帶社課，如果剛好百紅在場，她便會找機會攀談幾句。起初百紅只顧擔心，清水小姐是否會不識相地叫她在眾人面前表演。有些惹人厭的老師特別愛來這套，一旦知曉某人有什麼專長，迫不及待就要公諸於眾，以為這對任何人來說都是一種褒揚。

幸好清水小姐懂得察言觀色，曉得百紅希望保持低調，百紅也就不排斥跟她說話。雖說清水小姐的閒聊，說來說去總離不開三味線。

「妳的小唄是哪個流派的？」清水小姐問。

「清水小姐呢？」百紅反問。「音樂教室的介紹上，沒有寫出妳的師承。」

清水小姐吐了吐舌頭。

「也對，是我習慣不好，遇到同行就想問人流派。確實我該先報上自己的——我沒有流派。可以說是『自由派』吧。」

百紅頭一次聽到這種說法，不解其意。「沒有流派，是指妳沒有通過『名取』考試嗎？」

「我有考過呀，但後來我決定離開，就把雅號還給師傅了。」

清水小姐說得輕鬆，百紅卻捏了把冷汗。好不容易得來的雅號，居然還回去不要，真沒聽過這種做法。舉凡所有傳統技藝，包過邦樂、武術、插花、茶道等等，光是在教室裡頭習藝，還不能算是入門，得要受到

「名取」制度的承認以後，才能稱得上師傅的「弟子」。否則即使參加得再久，也只是「有在教室裡活動的學員」而已。通過名取認定的弟子，將會擁有一個冠有家元師傅姓氏的「雅號」，也就是「藝名」，正式成為流派大家庭的一員。

各流派對「名取」進行考核的方式皆不相同。年輕或冷門的流派，為了廣招子弟，只要進到教室一年半載，學會了基礎的曲目，有些教室便會自動給予名取資格。百紅去的教室是淵遠流長的古老派別，規矩繁複得多。每年年底，他們會包下演奏廳，舉行明年度新名取跟新師範的考試。考生必須演奏一首指定彈奏曲，一首在現場三選一的隨機出題，最後還有唱曲考試。所有考生都要穿上和服，事先找好教室的前輩幫忙伴奏。全國各地教室的大師範們也會齊聚一堂，充當監考官。

倘若通過年底的考試，隔年春天便會舉辦新名取的命名儀式。為了進行儀典，同樣得包下一間料亭，新名取必須跟家元師傅喝過交杯酒、行拜師之禮，才能獲得寫有「雅號」的木製名牌。更講究的派別，還會獲得印有流派家紋的和服外褂。名牌會由指導師傅帶回去，掛在平常練習的教室裡，與其他通過名取儀式的前輩名牌並列；有家紋的和服，則在每年家元師傅的壽宴發表會，或是與其他流派的交流會上穿。在頒布儀式的晚上，最後一個節目，則是當年度的新名取跟新師範合辦的演奏會。新合格者將在同門師兄姐的見證與祝福之下，昭示他們的演奏技術。

百紅的小唄三味線，差不多就學到名取考試通過一年後。由於教室師傅雅號「佑里」，所以教室弟子的雅號得是師傅的名字再加一到兩個字，讓人一聽就曉得師承與輩分。取名的方式通常是自己決定，或選出兩、三個候補名稱，再交由師傅作最終選擇。多數人都會取跟本名相近的名字。百紅的雅號跟她的本名一點都不像，是她母親擅自決定的，叫「佑里枝」，來自母親的名字「初枝」。

儘管不喜歡，百紅仍曉得考取並維持雅號，需要大費周章，特別是要砸下相當多銀子。整個名取授與流程，包括考試與命名儀式租和服的錢、場地費、包給伴奏前輩的紅包、監考官的禮金、家元師傅的拜師禮金、製作家紋和服跟名牌的花費，林林總總加起來，會超過一百萬圓。

此外，通過名取的正式弟子，也將要擔起自家流派的存續責任，換句話說就是要繳更多學費跟雜支。正式弟子的學費，會比沒有「名取」的學員高個兩、三倍，逢年過節還要給師傅包紅包，並在重要節日跟祝壽日，給宗家的家元師傅包紅包。每年的學雜費支出，也要一百萬圓。

既然砸下這麼多金錢，即便後來百紅不學了，也不敢提出放棄雅號的要求，算是給她母親留個將來或許還會回到門下的念想。那塊寫有「佑里枝」名號的木牌，現在應該還懸在師傅家教室的牆壁上，默默地累積灰塵吧。

相比之下，清水小姐的做法可激進多了。她說：「我跟師傅討論過，如果我以後都想要用自己的風格演奏，就不能再以流派的弟子自稱，連老師的名號都不能說。因為如果說出師承，旁人便會把我歸進流派底下，意謂著那個流派承認我的演奏法。那會給人家添麻煩的。我把雅號歸還、名牌拿掉，從那以後，我就是『無流派』了。」

回家後，百紅翻箱倒櫃好一陣，才終於掘出那柄陳封已久的三味線。她仔細端詳這柄樂器，彷彿頭一次看它一樣。她哥很討厭三味線，不過他早已離家、上首都圈念書，百紅一人占據一間房，用不著擔心。

三味線的琴桿很長，如果要整支原封不動收納，相當占空間。此外，被稱為「太鼓」的琴身外殼，在盛夏裡，容易受溼變形。傳統的保存方式，是放置在能夠保持乾燥並且防蟲蛀的桐木箱子裡。只不過桐木箱不便宜，越大的箱子越貴，於是三味線發展出分拆的方法。為減少體積，琴桿可以被分解成三截，琴身單獨一個，整把樂器分解後可收進一只公事包大小的琴箱裡。

百紅的那只公事包琴箱，外殼是塑膠，只在裡面鑲上一層薄薄的桐木板。即便是這樣偷工減料的桐木箱，也要三萬圓左右，全部實心桐木板的收納箱就更驚人了。這是她母親初枝當年跟樂器本體一併購入的。

百紅的三味線是演奏輕音樂的細桿琴。琴桿是紅木材質，雖說「紅」木，由於是品質甚佳的老木，顏色甚深，近乎黑色。太鼓部分是熱帶硬木花林木，琴軸是黑檀。各個部件的顏色，細看之下不盡相同，這是三味線的特點。相較之下，三味線的前身沖繩三線，或者是更源頭的祖先、來自大陸的三弦，就沒這麼多講究。

蒙在太鼓上的皮革有前後兩面，前面那張對音色影響較大。師傅說，百紅都通過了名取考試，繼續用初學者的人工皮說不過去，因此她的琴在前面蒙的是犬皮，後半面才是人工皮。

犬皮較厚，音色混濁遲鈍，對小唄而言不算最正統的材質，不過要蒙到易破且高價的貓皮，她也不到那等級。否則在三味線音樂中，只有津輕民謠使用犬皮，因為津輕的曲風粗曠激烈，會用撥子拍打琴面，得要犬皮才承受得住。

她還從母親那裡繼承了一把撥弦用的琴撥子，材質是堅固的白牛角，不過用不用撥子要看流派傳統。小唄因為是室內樂、座敷曲，講究嬌柔慵懶之美，不需要強而有力的撥奏，他們教室是徒手彈奏派的。因此這琴撥子還很新，幾乎沒有使用痕跡。

琴弦是由純蠶絲撚捻成束後，再染成鮮黃色。小唄的絲弦比較柔軟，音色較輕，出產這種絲弦的工坊就在古都裡，除此之外別無分號。那店的招牌是三片竹葉，因此小唄琴弦又被暱稱為「竹絲」。

百紅打開包裝紙倒出三束捆好的竹絲，經過這麼久的放置，居然還沒脆化。

當百紅的年紀夠大，對事物有自己的意見、不再任憑母親擺布後，開始對流派的種種規矩束縛感到不滿，不過她能想到的，只有從三味線徹底逃開，從來未想過別的辦法。她以為三味線非得跟那所有規矩綁在一塊，沒有想過兩者居然能分開。

清水小姐正面違抗傳統技藝的老規矩，卻又不捨棄三味線，怪不得能彈奏得那麼優美、自由自在。

百紅拉開抽屜，探手進一堆雜物的最底下。那裡躺著一張紙，她收到後便摺疊起來，塞進抽屜底層去，眼不見為淨。那是釘有清水小姐個人名片的音樂教室傳單。

十二、三下調

1

每當向外人介紹百紅時，霞小姐都會說「這是我的第一個弟子」。那不全是真話，但既然霞小姐希望那是真的，百紅也就不戳破。她倆都希望那是真的，好像藉此就能增添某種特別的關聯性。

正確說來，百紅是霞小姐離開連鎖音樂教室「單飛」以後收的第一個學生。接到百紅打去的電話當下，霞小姐──那時還是清水小姐，感到相當吃驚，並且毫不掩飾。

「我以為妳討厭三味線音樂。」

電話另一頭，清水小姐的聲音聽起來比平常高，感覺更少女，不過那帶點幽怨的語氣，確實是出自成年女子。

「沒有啊。」百紅回答。

「而且也討厭我呢。」

「不會啊。我討厭三味線教室，但跟妳學的話應該還行。」

「只到還行的程度啊。」

「看妳怎麼教吧。」百紅停頓，想了想。「妳的演奏聽起來滿順的，讓人有想繼續聽的感覺。」

這話似乎終於讓清水小姐滿意。她告訴百紅最近的計畫。由於已在連鎖教室累積起一定的口碑，也待到可以解約的年限，目前她正考慮出來開獨立教室。如此一來，學費不用經過教室抽成，可以算得更便宜。這的確是百紅相當關心的話題。

「有多便宜？我還是學生呢。」

「可以再給妳學生折扣。不然就半價吧，慶祝單飛以後收的開門弟子。」清水小姐倒很乾脆。

對百紅來說，此事更加強了學習意願。畢竟要學才藝，已經會縮減她的排班時間，更別提還要練琴。她不想在家裡練，免得母親扯到從前的舊事，好比說既然要重拾三味線，怎麼不回去從前的教室云云。阻礙已如此之多，若能減輕經濟上的負擔，自然再好不過。

唯一的缺點，是清水小姐暫時不會有固定的教學空間。她的多數客戶都是退休人員或兒童，採用上門教學，但百紅可絕不希望清水小姐到家裡來。清水小姐的住處似乎是一人獨居的套房，也沒有多餘空間挪作教室。

「我們就一邊試看看，一邊決定怎麼做吧。」她提議道。

她們約好的上課地點，距離「葵之鄉」不遠，是一間古商店改建成的民謠餐廳。沿路兩邊都是格局相仿的古老町家，原本在江戶時代是做些布匹、白米、味噌之類民生必需品批發生意，如今有些還有人居，有的則像這家一樣改成餐廳，或販賣飾品等與原本用途毫不相關的小店。清水小姐說，她最近常在這餐廳表演，在演出前可以借用場地。

離晚上開門還有段時間，狹長的店內光線昏暗。百紅心想，常聽人說這類建築有如「鰻魚的睡床」，當真是如此。僅有一工讀生閒散地走進走出，淨是打點些看似也不急迫的工作，並在錯身而過時，毫不掩飾地對她倆投以好奇的目光。百紅不太自在，清水小姐倒不以為意，大概是早被人看慣了。

因為旁人的注目，百紅決定等到清水小姐開始催促時，才要動手拿出樂器。誰知清水小姐也不急，先問了晚上的表演次序、最近來客都有哪些人、幾名熟客還在不在，稍微寒暄了一陣，直到那工讀生走回廚房忙去。

「妳覺得她聽起來怎麼樣？」工讀生走後，清水小姐問。

「聽起來？」

「對，聽起來。假如人也是一種樂器，妳覺得她的音色如何？」

由於不解其意，百紅只能努力回想。「她的腳步聲很大。然後，她端著的那疊玻璃杯，沿路一直喀喀響。」

「我不是指她實際上發出什麼聲音喔。」清水小姐笑起來。「而是更本質的：她是怎麼樣的人？悠悠閒閒的，還是匆匆忙忙？」

音樂課突然間變成了哲學討論，令百紅覺得尷尬。她以為她們應該立刻端起樂器演奏，把她過去荒廢的技術早點補回來才是。

「匆匆忙忙吧，我也不知道。這很重要嗎？」

「很重要喔，應該說是在我的課堂上最重要的事情了。當然，今天是第一次上課，妳還掌握不住感覺是很正常的，不過接下來我希望能逐漸教會妳聽各種聲音，樂器的聲音、人的聲音，也包括無聲的聲音。」

「無聲的聲音？」

清水小姐沉默下來，百紅也就識相不再言語。一陣微風通過緊閉的前門旁敞開的格子窗，穿過她們所在的榻榻米室內，搖動蘆葦掛簾。

「偶爾還是有點涼風的呢。」清水小姐說。

「是啊。」不曉得如何回應的時候，就用「相槌」帶過，這點百紅也是知道的。「明明還該是正熱的時候。」

「說是正熱，妳不覺得只要盂蘭盆節一過，氣溫就降得很快嗎？當然白天還是熱，可是到夜裡，突然就切換成秋天似的。」

「會嗎？一直都熱啊。不都說夏天的古都是火盆嗎？」

說起來，盛夏還有百紅的生日，但她早就不再慶祝生日了，只感到溼熱難耐。雖說她在半島上的外婆家，溼熱程度跟這裡該是不相上下，但她總覺得同樣是夏天，在古都度過的格外漫長。

清水小姐開口：「在我們旁邊這座小小的、四方形、周圍都被房屋環繞的院子，叫做坪庭。妳知道它有什麼作用嗎？」

百紅不置可否地轉頭望向那不到四疊大小的空間。她或許不知坪庭的作用，但裡頭簡素的植栽相當好認，都是些常見的里山植物。有一叢細瘦的布袋竹，撐起稀疏的三、五根竹莖。竹莖腰處矮小的灌木，是秋天會結出鮮紅果實的萬兩，但現在只是一叢油潤的暗綠色。對面石頭旁邊的修長葉子是春蘭。地面上是苔蘚和碎石礫，除此以外再無其他長物。

「這類細長格局的町家建築裡，中間常會留出天井式的坪庭；房子更裡面，則會再有一片比較大的『奧之庭』。一方面當然是為光照，白天的時候可以透光，製造明暗交替的光線變化，令房子裡有不同的情趣，但不只是如此。」

清水小姐起身，領著百紅看向坪庭中的石頭。無論是春蘭旁的大石，或是占去整座坪庭一半面積的深灰色碎石礫，全都映著漉漉水光。

她解釋道，盛夏空氣停滯的無風時節，町家會在多石的坪庭灑水；有些町家擁有許多座坪庭的，便在每座坪庭裡都灑水，但會讓奧之庭保持乾燥。如此一來，坪庭的水氣蒸散後，便會沿著細長的走道流往乾燥的奧之庭，進而產生微風。

「誒，這樣啊……」百紅遲疑地附和，不懂清水小姐扯這些無關緊要的，到底想說什麼。

「有這麼一句話：『庭屋一體』。庭院不是房屋的附屬品或周邊裝飾，而是房屋本身的一部分。儘管庭院並非建築物，而是空曠、留白的空間，建築的斷絕，但『空』與『實』並非互為對立的存在，而是表裡一體。在傳統上，我們把這種特殊的『空』稱之為『間』。它可以是空間上的概念，指空曠、沒有實體的地方，就像庭院；也可以是時間上的概念，指的是『停頓』。」

「──無聲的時刻。」百紅喃喃說道，清水小姐給她一個幽微的笑。

「妳練過六年的正統小唄，技術基礎已經很扎實了，花些時間就可以找回手感。所以我想先教妳的不是技巧，而是傳統的美感。這種美感在許多技藝都是共通的，不只在音樂裡。有時感到很難理解的時候，看看其他技藝的作法也會有幫助。」

百紅低頭看向桌面。關於傳統的美感，她能聯想到的過去經驗，都是關於競爭、特權、繁文縟節。以及金錢，很多很多金錢。她把這想法告訴清水小姐，後者笑著搖頭。

「那當然也是傳統的一部分，不過就像繁複的彈奏技巧，都屬於『實』的部分。比起那個，我更重視靜寂、無聲這類『減法』。有無音的時刻，才成輝映出音樂的存在啊。」

於是頭一堂課，她們接下來的時間都在調整演奏姿勢。清水小姐與百紅齊奏了入門小唄《梅花開否》，過程中一再提醒百紅雙肩放鬆，不要因為肌肉緊繃而無意識地聳肩。此外，諸如左手持琴的角度、琴身放置的位置等基本功，清水小姐也都一一點出可調整的地方，好令姿勢更加自然省力。

清水小姐沒有說百紅原本的姿勢錯誤或不正確，不過百紅自己了然於心，明白到過去走了些冤枉路。她的師傅是非常傳統的教學法，仰賴依樣畫葫蘆，從不會仔細講解彈奏時的各種細節，反正老師演奏一遍，弟子跟彈一遍。如果老師覺得不滿意，也不會具體點出哪裡該改，就繼續反覆彈到好為止。至於能真正學到多少，靠的是弟子的悟性，所謂「拈花微笑」的心電感應。百紅跟從前的師傅沒那麼心有靈犀。現在她發覺自己許多基本姿勢都是錯的，多費太多不必要的氣力在持琴上，導致沒幾下就疲倦。

就這麼反覆調整彈奏同一首曲子，不知不覺也到黃昏。工讀生掛起印有店徽的暖簾，也備妥將要灑在門口路面上的一木桶子水。餐廳即將開始晚上的營業，清水小姐送百紅出到店門口，對她揮著手送別。

「路上小心，天黑的時間提早了呢。」清水小姐說。

「還亮著。」

「但現在是逢魔時刻呀。妳聽過這說法吧？」

百紅點頭。夕暮時分，人影被餘暉拉長，草葉隨風擺動，遠處家人呼喚著回家吃飯，玩過整個下午的友伴互相揮手話別，卻在逆光下看不清彼此面容……事物輪廓微光中曖昧難明，引人遐思，被認為是此世與彼世交疊的時刻。現在正揮手作別的，或許並非我以為的友伴，而是曾經有過某種奇妙緣分的故人或精怪，假藉人類輪廓特來相見——是以名為逢魔時刻。

「逢魔的『魔』（ma），跟『間』（ma）的讀音相同，因此這也是『間』的時刻呢。」清水小姐掩口笑著。「小心別被拐走了，沿人多的路回去吧。」

「知道了。」

百紅背光踏著自己的影子回去，直到走到街口，回首瞧見清水小姐依舊站在店門口，左手挽著衣袖，舉起右手朝她揮了揮，作風非常老派，就像傳統料庭的老闆娘。雖然一手掌理整間店的門面大事，卻沒有架子，總要目送人客至看不見人影為止。換作是百紅從前師範，或其他教室的師範，可從沒一個會這麼做的。她們可絕不會認為自己是服務業。

清水小姐背後是幽深的整列町家，有營業或住人的幾戶亮起玄關燈，其餘仍闇暗一片。町家建築的後面，則襯著滿天彩霞。

逢魔時刻。也是「間」的時刻。

那麼，單名一個「霞」的清水小姐，就是「間」的女子了。百紅一面走向公車站牌一面想。

2

自從清水小姐單飛開業，音樂教室派了其他人來頂替「葵之鄉」的民謠課程。那是一位和藹的胖大叔，不過百紅已不再到交誼廳探頭探腦。反正現在每兩個星期都能見到清水小姐，沒必要再聽其他老師的課。百紅打工的頻率也減少，變成一週兩次。她還是照常放學後在外逗留，所以家人不會發覺她的作息改變，不過現在她是到鐵路總站附近的便宜卡拉ＯＫ店練琴。

從公車站走往民謠餐廳的路上，會經過一座小小的停車場，周圍交錯栽種著高大筆挺的木樨樹。平日裡綠樹成蔭並不引人注意，想來也無人發覺，造景者刻意將金木樨和銀木樨交錯栽種。

一旦進入早秋，整排樹木都覆上細碎小花，一樹金橙與一樹嫩白錯落有致，看起來就相當別致了。木樨花開得快、掉落也早，沒多久樹底便覆蓋一層香毯，空氣中飄蕩濃厚的甜香。

百紅踩著滿地落花，在指定時間來到餐廳，卻不見清水小姐人影。女工讀生傳話，說清水小姐還塞在路上，會晚點到，便自顧自地忙去，留百紅獨自在店裡調弦。

百紅看著工讀生的背影，想起之前上課時，她曾把清水小姐的問題丟還給她本人。當時，工讀生同樣離開了外場。

「妳問過我，覺得她聽起來像什麼。那妳的看法呢？」

「我個人的看法呀……我覺得她聽來很像沙鈴之類，窸窣響的小東西。像在儲存糧食的小松鼠，那種背上有條紋的。雖然已經夠輕巧了，但因為走在落葉上，別人還是會注意到她的存在。」

像小松鼠——！百紅沒有正面答話，不過她的震驚與不認同，一定全寫在臉上。清水小姐吐吐舌頭，百紅注意到她在沒把握的時候就會這麼做。

「只是感覺而已。我沒看過真的松鼠。」

「妳沒看過？那不是很普通嗎？」

「真沒看過，日本有嗎？那不都是進口的寵物？要去哪才能看到呢？」

這一回，百紅的震驚大概寫滿整張臉。儘管對傳統文化類的知識似乎很淵博，清水小姐對大自然實在生疏，是徹頭徹尾的都市人，跟百紅完全不同。打從夏季下旬開始一直到初冬，百紅都是敞開窗子睡覺的。要是聽不見戶外傳來的蛙鳴和蟋蟀聲，她就半點睡意也無。

百紅覺得自己算聽覺敏銳、觀察細膩的，可以分辨大自然中各種聲音，好比動物心情平和的鳴唱與神經緊繃的警戒聲。然而那與清水小姐要求的「聽覺」，又不是同一回事。清水小姐希望她懂得分辨從人身上傳來、乃至於周遭環境的抽象「音色」與質地，也要她學會更多不同的彈奏方法。

就拿琴撥來說，百紅過去學的是直接用指甲彈奏的小唄，不過清水小姐教的不拘樂種，建議她務必學會握撥子。

「這樣可以彈奏的曲子會更多更廣，也會彈得更開心喔。」

清水小姐用撥子彈起《梅花開否》。在堅硬琴撥的碰觸下，琴弦發出的聲音多了幾分凝聚立體，這是武士之都江戶的「端唄」風格。端唄與小唄有許多重疊的曲目，但因用上了琴撥，不似小唄霧濛濛的軟糯，端唄音質顆顆分明，華麗張揚。假若小唄版本的《梅花開否》是自家奧之庭裡，開在陰暗背景下的纖細白梅，可以一人獨享密藏的窗前景致，那麼端唄版本，就是在人來人往的大街上，樹型龍鍾、花色冶豔、香傳十里引人駐足的重瓣老紅梅。

「還可以用看看『津輕』喔。」

說著，清水小姐抬高手臂，用琴撥拍打琴面，頃刻間大雪如萬千飛鳥迎面撲來，來自東北的凜冽暴風雪壓垮梅枝，令所有花朵冰封凍斃。百紅皺起眉頭，覺得不倫不類，卻又感到新奇。端唄倒也罷了，畢竟那也是源自老城市的音樂、小唄的親戚，但她可從沒想過用津輕的方式演奏小唄曲目。像這樣的上課、示範，幾乎是在「玩」樂器，而非「學」樂器了。

「是啊，這是在玩沒錯。」清水小姐說：「好比妳交了新朋友，首先就要一起玩、一起做各式各樣的事，才會混得比較熟。樂器也一樣。要了解它的各種音色，憤怒的、張揚的、溫柔的、悲傷的……這樣我們才會明白，為什麼《梅花開否》適合用小唄跟端唄的方式彈奏，而不是津輕。」

如此這般，清水小姐的課堂專注在反覆把玩、彈奏同一首曲子，對彈奏得正確與否，音準節拍等等倒不怎麼關注，也沒有教新曲。她最常跟百紅強調的就是玩耍：「我們花太多力氣確認自己彈得對不對、正不正確，但是音樂的重點並不在於正確啊。把那都忘了，好好玩一玩吧。」

百紅可不覺得三味線是玩具，不過既然老師都這麼說，她也就努力試著跟三味線「玩」看看。但清水小姐見了，又嚷起來：「不要努力呀！妳一努力，全身就更僵硬了。」

所以到底該怎麼做？百紅到現在也沒弄明白。

十多分鐘後，清水小姐總算到了，開門就是一疊聲抱歉。她說她先遇到電車誤點，改搭計程車，卻又塞在路上。

「已經是這個季節了啊——」百紅說。

「就是啊，觀光客的季節。」清水小姐附和。「路上又開始擠了。妳有去看夜間拜觀了嗎？」

「我從來不去的，人太多了。我爸媽都說每年春秋兩季最好躲在家裡。」

清水小姐笑起來。「真的！外地人拚命想擠進名勝庭園參觀，當地人卻連躲都來不及。但說真在，要是怕人多，更應該現在去。」

儘管楓葉都還沒轉紅，一旦進入秋季，古都裡的禪寺庭院，都會陸續開放夜間拜觀的行程，並且在庭院裡打上夜間照明。

「青黃不接的時候正好呢。遊客還不算多，排隊不用太久。一旦進到裡頭，還能在視野最好的『方丈』裡悠閒坐個半小時。從方丈望向黑暗的庭院造景，原本狹小的空間看起來忽然變得寬廣，打上白光的樹木好像飄浮在空中。」

話題又回到了傳統文化中的「間」，黑暗與光線交融的曖昧之美。這一陣子除了「玩」以外，清水小姐也提醒百紅放慢速度。但百紅實在慢不下來，最後清水小姐乾脆跟她齊奏。齊奏是亦步亦趨的跟隨，旋律、節奏都要完全一樣。剛開始時，百紅真受不了清水小姐的慢調，簡直像邊走邊看風景、遊興甚好的觀光客，有時還會突然被不知什麼景象煞到，走到一半驟然停步，手摸相機，卻又還拿不定主意，要拍不拍。百紅的心情就像被觀光客堵在後頭，卻得要趕電車的人，簡直要伸手推對方前進，或乾脆把那人從路上撥開算了。

對此，清水小姐回以一笑，速度放得更慢了。

「妳看妳，渾身上下都散發出急著趕路的味道。這樣子彈出來的聲音，怎麼會有『間』存在的餘地呢？」一曲結束後，清水小姐如此提醒道。

這樣搞了一個多月，百紅的腳步總算能稍微放緩。清水小姐建議她們可以來試看看合奏，在同樣一首曲子中，各自負責不同的聲部。

「妳也該來試試自己的節拍。《露珠與芒花》學過嗎？跟現在的季節很相襯。我彈主旋律，妳來伴奏。」

「噫。」

百紅挑一下眉，放下撥子，拿起調音笛。清水小姐點頭，露出讚許的表情：「沒錯，伴奏的三味線是三下調。妳調弦吧。」

在大和民族的弦樂中，常見的調弦方式有三種。其中「本調子」最為萬用，適用於所有的三弦類樂器，包括三味線、三線和三弦。方便彈奏，音高穩定，通常給人輕快活潑、明朗純樸的感受，不過因為通用性高，也可用於悲傷的主題，是多數樂曲採用的調弦。

調高第二弦的「二揚調」，予人高亢華美之感，在古典三味線中最常用於戲劇配樂或激昂的曲目。此外，位在沖繩列嶼中最南端的八重山群島，由於語言跟沖繩本島大不相同，也有其獨樹一格的音樂，歌詠月夜的曲子格外著名。輝映在寬廣海面上的月色，與二揚調相當調和。

降低第三弦的「三下調」，則是古典三味線的特色調弦，在豔麗中帶著陰翳和哀愁，多半用於展現女子的愛戀苦惱。

雖說如此，這首兩把三味線合奏，分別使用了本調子與三下調的《露珠與芒花》，與其說苦惱，不如說調侃俏皮的成分居多——

露珠云曾與芒花同眠　芒花卻道不曾不曾
究竟孰是孰非？　但見芒花穗羞紅

明月云曾與清水同眠　清水卻道不曾不曾
究竟孰是孰非？　但見月影映水上

芒草花剛綻放時是酒紅色，結實後的花穗則會長出白色棉毛。秋日原野上紅白交錯的芒花，令人不禁聯想到酒紅芒花是否有什麼心事，才會「羞紅了臉」？這首秋日風情的小唄，便是以露珠比喻男子，芒花比喻女子；女子嘴上否認與男子的情事，緋紅的面頰卻透露出實情。

第二段歌詞裡，清水小姐的姓氏就在裡頭，讓百紅幾乎覺得，那口是心非的女子就是清水小姐本人。她偷眼瞟著清水小姐，只見後者面色坦然，不為所動，大概早習慣了如此別有深意的窺視。畢竟《露珠與芒花》是名曲之一，大概每次唱到這首歌，眾人都會像這般，忍著笑意偷瞄清水小姐。

曲子整體的節奏已經偏慢，但清水小姐仍一再提醒百紅，要加大揮動撥子的手勢，不要急於接續到下一個音，必須讓絲弦振動的餘波得以迴盪一陣子，製造裊裊餘韻。

百紅忍不住問：「所以速度放慢就是『間』了嗎？」

「當然不是了。不光是速度問題。」

「不然是什麼？」

「別急，我們才開始多久而已？慢慢體會吧。」清水小姐露出促狹的微笑：「或者，去看一看秋季寺院的夜間拜觀吧。說不定可以給妳一些靈感。」

初冬時下了幾場大雨，好不容易轉紅的楓葉被打落不少。雖說如此，觀光巴士仍是一車接一車進來，四處依舊可見揹著大包小包或手持地圖的外地客，說著聽得懂或聽不懂的語言。至於內容，無論用的是哪種語言，橫豎如出一轍：商量著接下來去哪吃喝玩樂，以及慨嘆今年紅葉掉得太早，來得真不是時候。

對古城居民來說，只要做的不是觀光生意，溼冷天氣在生活便利性上人有助益：可以把大部分觀光客留在室內吹暖氣。戶外遊人減少，百紅不禁認真考慮起清水小姐的提議。

當她向清水小姐提到這點，後者又是一陣激動，兩眼放光。

「務必要去一趟！妳不是說從沒去過夜間拜觀嗎？雖然紅葉都掉得差不多，就剩最後幾天了，正好不會太擠。」

百紅想到清水小姐一再提到的「玩」。既然她搞不清楚清水小姐的教學，或許也該找機會相約出去玩一玩，就像對三味線做的那樣。她鼓起勇氣問：「我對傳統庭院不熟，去了也不知該看什麼。方便的話要不要一起去？」

清水小姐臉色甚是為難。

「我很高興被妳邀請，但是……離月底也剩沒幾天了。之後的幾個晚上，我都有課。」

「今晚如何，下課後妳有空嗎？」

「下課後我得留在這裡表演。」清水小姐面露歉意，小聲說：「其實就是因為有表演，我才好意思借場地的。等冬天他們辦新年特別演出的時候，我會有一陣子沒有排班，屆時我們也得換地方上課了……」

清水小姐頓了頓，似乎不是在講客套話，而是認真遲疑起來。「——不，妳等一下好嗎，我去確認今天的節目表。」

她起身走入黑暗狹長的町家走廊，再出來的時候滿臉喜色。她告訴百紅，今天的表演被排在上半場，從六點開始的半小時，結束後應該還來得及。

「如果妳不介意等，一起去好嗎？」

「好。」

「太好了！洛北附近的寺院有詩仙堂、曼殊院、圓光寺……嗯，曼殊院應該有夜間拜觀，就到那裡好嗎？只是時間可能會有點趕。」

「我是不介意趕路。」

百紅望向清水小姐的一身行頭。今天的她梳著沒有裝飾的簡單高髻，但還是穿了和服，赤緋底色上綴著白色的女郎花小紋，花間細細密密地交錯著秋草。百紅沒問出口，但清水小姐會意，說道：「穿和服也能跑喔。妳想看嗎？」

「是嗎？那務必見識一下。」

「那就說好了喔！呀，想到工作完還有約會，頓時幹勁都來了啊。」清水小姐說，看來是真心感到高興。

課程結束後，清水小姐收拾了東西，轉到內場去準備。百紅繼續留在餐廳吃晚飯，點了一碗最便宜的烏龍麵，躲在角落的小桌默默吃著。食物本身平凡無奇，不過對於民謠餐廳而言，料理手藝大概不是重點。其他歌手陸陸續續抵達，女性穿著和式的訪問著，男性同樣著和服或祭典用的法被，相同的是所有人居然都相當年輕，約莫是清水小姐的年紀。說不定他們全都是同一所音樂大學的傳統音樂系學生來打工的。

百紅沒聽過清水小姐在「葵之鄉」以外的地方表演，不過想來風格應差不多。她更納悶客人都是些什麼樣的人，猜想會看到一大群銀髮族。畢竟民謠三味線的極盛期，是在廣播節目流行的年代，因此在印象裡，民謠餐廳就是一種專屬於老人的娛樂。

出乎意料的是，五點半開張後，客人陸續進店，裡頭銀髮族與青壯年模樣的客人倒是占了各半。絕大多數都是觀光客，抱著一窺古老町家建築的打算進到店裡來，放好東西後，便不得閒的東張西望，往店裡四處拍照，也有不少是外國客人。

當身穿和服的清水小姐帶著三味線現身，登上離地面只有十來公分高差的矮表演臺，快門聲更是此起彼落，響徹整個狹小空間。清水小姐先是唱了膾炙人口的電影主題曲《祇園小唄》。儘管這裡不是祇園，而且雖題為小唄，這首歌曲根本不是真正的傳統小唄，畢竟是大眾熟悉的流行歌曲，觀眾的反應頗為熱情，齊聲鼓掌。

接下來的曲目是一連串的津輕民謠，大概是為了投合最近多數客人的口味，不過客人們的反應，只在開場時的幾分鐘特別熱烈。過不了多久，等到他們都拍照拍得盡興，餐點也上桌了，便轉回自個兒的桌面，偶爾才會抬頭往舞臺方向瞄一眼。

對此，清水小姐似乎毫不在意，專心致志從事她的表演。津輕民謠是崛起自東北青森縣津輕半島的民間音樂，是三味線中最年輕的派別，以快速激烈的彈奏見長。因為歷史不長，規矩較不嚴格，可以跟西洋音樂、流行音樂、甚至搖滾樂合作，使它迅速成為最受年輕人歡迎的三味線流派。此外，多數的三味線音樂，都是為了伴奏人的歌聲而存在，歌唱才是三味線音樂的重心；唯獨津輕這派，格外重視純器樂演奏、炫技的「快彈」。

彷彿在凜冬時分，遮蔽視線的漫天大雪，猛烈擊打結凍地面的氣勢。

清水小姐今天拿的是傳統的細桿琴。從她幫百紅上課時起，用的一直都是這一把，不能像真正的津輕粗桿犬皮三味線那樣大開大闔，拿撥子拍擊琴身。倘若她真那麼做，只憑現在琴身上的普通貓皮，大概也禁不起折騰。是以，清水小姐的津輕，聽起來不那麼道地，多了幾分小心翼翼、放不開手腳的味道。但在這裡，歷史悠長、人口密集、建築物堆疊出幢幢闇影的古都，百紅覺得，這樣躡手躡腳的津輕，別有一番風味，跟周圍環境頗為調和。

表演結束時將近晚間七點。夜間參拜的入場時間只到七點半，她們匆匆趕往電車站，先把樂器寄放在置物櫃。清水小姐說，搭電車是絕對來不及了，於是再趕往計程車招呼站。

跑步對百紅來說不是問題，不過清水小姐那邊就令人放不下心。百紅刻意放慢速度，但她一慢下來，就被清水小姐超過去。後者還提著裙襬，露出穿著白色足袋和白色草履、在黑夜裡顯得格外亮瑩瑩的一雙腳，而且還反過來催促百紅：「趕快趕快！還沒到呢，別慢下來！」

「我不曉得穿和服也能跑。」

「當然能囉！古人也有趕時間的時候呀。」

一面說著，她們雙雙爬進計程車內。交代完地點，車子便沿著北向的大路疾駛而去，通過多半已閉門歇業的商店區，穿過偶爾點綴幾盞白色路燈的住宅區後。

清水小姐還在解釋她的和服。

「今天大家把和服捧得很高，好像穿上它就得很高尚優雅，但它也是古人的日常便服跟工作服啊。要是穿上就不能活動怎麼行？重點是要把注意力放在膝蓋以下的部分，像這樣。」

她一面說，一面拉高衣襬，露出穿白色足袋的小腿。百紅斜眼瞥見，計程車司機的眼光，不安地投向後照鏡一秒。雖說車內黑成一團，清水小姐的腿又放在座位下，從司機的位置，理當是什麼也看不見。

「別示範了，天氣冷耶。」百紅說。

「不會啦，車裡很溫暖。」

「別啦。」

百紅要把那衣襬往下拉，可清水小姐偏要示範，拽著不放。她們七手八腳地拉扯一陣，最後清水小姐投降、鬆開手。她併攏了雙腿乖乖坐好，而百紅把那衣角塞回原處，撢灰塵似的撢了幾下，把拉扯後的縐褶弄平。

當街燈完全消失，黑暗與沉默便一齊湧入車內。車子開始爬坡，住宅區後方，是綿延在淺山地帶的梯狀旱田。在黑暗中看不清是什麼作物，只能隱約看出是某種蔬菜。這種地形百紅很熟悉，不過市郊小規模的田圃，當然不能跟南方半島上、從山谷底一直延伸到山頂的壯麗梯田相比了。

百紅想起，她在民謠餐廳裡聽過老師的表演後，還沒陳述自己的感想。她客套地讚美幾句，不過清水小姐在黑暗中搖頭。

「妳聽的這種，已經算不上民謠餐廳了。」

「不然呢？」

「現在的民謠餐廳，跟以前完全不能比。現在客人都只是聽歌。我小時候跟爸媽去的民謠餐廳，所有的客人都會唱，甚至比歌手會的曲目更多，還會點歌來自己要唱呢。那時候，歌手跟客人的氣氛很親密熱絡。」

「最近津輕變得很流行，沒有讓更多人變得會唱嗎？」

「津輕是演奏有名呀，又不一定要唱歌。就算再流行，客人還是不會唱，依舊只有我一個人在那裡唱獨腳戲。」

清水小姐的語氣中帶著苦笑：「不過，民謠餐廳還是很好的練習場所，至少冬天在室內比較溫暖啦。否則的話，都只能在路邊或車站前練唱。」

這麼說來，住在車站附近的百紅，還真的看過不少在站前廣場高歌的年輕人。他們有些唱流行歌，有些彈奏津輕三味線，通常程度都不算太好，然後會兼賣自己製作的粗糙ＣＤ。她不曉得像清水小姐這樣正統音樂大學的學生，也會在那種地方開唱。

「音大學生也會到路邊唱歌呀？」

「會呀，大家都有唱過喔！特別是重要比賽前，大家都會在路邊練，對音量跟臺風很有幫助。」她吁了一口氣。

「就算在那麼多人的地方表演，也可以看得出來，往來路過的行人裡，沒有幾個人是熟悉傳統三味線的。」

「……下次我在臺下跟著妳唱吧？但我可不會唱津輕。」

這是個不可能實踐的提案，不過感受到百紅的善意，清水小姐笑起來。

「好呀，那就不要彈津輕，我們來合唱《露珠與芒花》。」

「是呀，既然彈什麼觀眾都聽不懂，不如挑自己喜歡的。」

「其實津輕要在大雪天裡彈才好呢。但這裡不是雪國，下的雪也都是粉雪，終究不夠對味。座敷曲才是老城市的靈魂。」清水小姐說：「等到開始下雪，就可以來彈小唄《雪落深深》了。它的前奏特別美。如果古都的雪飄落有聲，應該就像那樣吧……」

曼殊院原本的正門敕使門，如今是受到保護的古蹟，已不再作進出之用，改走側邊上的小門。也因此，這扇矗立在道路進頭、樓梯頂端的氣派正門，看來頗為冷清，只有階梯下一盞白色路燈的微光照著它。敕使門前著名的楓葉道同樣昏暗，樹上零零落落掛著幾簇枯萎的葉片，底下的柏油路面倒是堆積了滿地落葉，在微明中泛著水光，上頭有車輪輾壓的痕跡。

沿途都沒看到行人或其他車輛，外加看到這幅冷清的景象，百紅跟清水小姐都不安起來。兩人互看了一眼。

「該不會已經關門了吧？」清水小姐問。

司機的回答倒是很篤定。

「不會的，還沒到七點半呢。何況七點半也只是結束入寺，真正關門是晚上八點。看，真正的山門在這邊。」

計程車轉了個方向，來到敕使門左側圍牆的邊緣，只見一盞盞方型的白燈沿路羅列，一直延伸到目前作為出入口的北門門口。見到燈還沒滅，所有人都鬆一口氣。清水小姐和百紅下車步行。

季末紅葉落盡、天氣溼涼，外加曼殊院又位處山區交通不便，看著脫在門口的鞋子，境內加上她們大概不超過五個人。清水小姐興奮得很，悄聲對百紅說：「等於是我們包場呢，真幸運！」

百紅稍微點頭附和，不過她暫且還看不出來，在這間沿途黑燈瞎火、冷冷清清、入口低矮，四周盡是打著廉價白光燈的寺院，就算能包下全場，又有什麼好幸運的？

玄關甚是平凡無奇。她們走過一條黑暗的狹長走道，兩側上方是大片窗戶，只見外頭一面闇暗，隱約可見庭樹的影子，但分辨不出遠近。頂上沒有設置電燈，因此在地上每隔一段距離便擺放著一盞白色的方型紙燈籠，裡頭裝著燈泡，紙燈罩上綴有紅葉圖案。

走道盡頭，是可以望見枯山水庭院的大書院，整座曼殊院的精華所在。大書院與小書院兩間建築並列在一塊，製造出環繞庭院一側的長長L型走道，正好可以從各個角度望盡庭院內部。

清水小姐一陣低呼，快步走到大書院的緣廊，然後坐在緣廊的紅地毯上。整條緣廊都鋪設了紅毯，旁邊點綴米白色的方型紙燈籠，讓人在微寒的季節裡不用直接接觸冰冷的地面。

百紅見狀，跟著走到清水小姐身邊坐下。

從小書院底下的邊腳，一盞白色的強光燈筆直射進庭院的地面，讓人可以看清占據整座庭院最大面積的白色碎石礫。即便對庭院一知半解，百紅多少還是曉得在枯山水庭院裡頭，白石子代表大海。海中有兩座島，島周圍的白石礫被梳理出波型，就像圍繞島嶼的白浪。

大小書院連接的轉角空地上，白石灘被梳理出同心圓。清水小姐解釋，那是深海的漩渦。在場除了她倆以外，另外只有兩名中年婦人，靜靜坐在漩渦旁的緣廊上。

從門口發放的導覽摺頁上，百紅讀到枯山水中央的兩島分別是龜島與鶴島。龜島整體的造型比較圓潤低矮，上頭種植矮松與修剪成圓球狀的山杜鵑。鶴島則顯得修長，上面有樹型奇特、呈匍匐狀的四百歲老松。也許那老松的形狀，是在模擬鶴的姿態也說不定。

庭院深處的配置隱沒在黑暗中，看起來極其幽深，不見盡頭，只有幾處的樹木被零星打上白色燈光，在夜色裡透出青竹的碧綠修長竹莖。還有一處也被打上白光，是幾株楓樹，在秋色正濃之際或許曾十分美麗，如今已走到盡頭，僅剩的葉片是介於暗紅與枯朽之間的鏽色。

「來得不是時候。要賞楓已經太晚，要看葉片落盡的冬景又太早。」百紅說。

「這時候也挺好呀。」

「什麼景都沒有呀，就黑漆漆一片。」

「那更好，就當那裡頭什麼都有。」

清水小姐指著後方那片有竹林生長、看似深邃不明的邊坡，說那並非真正的山頭，而是人為築出來的假山，稱之為「築山」。在築山下方，從小書院的角度望去，在看不見的黑暗裡頭，應有一小座假瀑布造景。溢滿整座庭院的「枯水」便是從該處流瀉而出，通過青石橋、水分石，再流淌到龜鶴兩島四周。整體的庭院配置，可稱之為「高山幽谷式」。

倘若在大白天，望向庭院地上白石子鋪成的假水，以及院子後方的人造假山，說著什麼高山幽谷，百紅一定會覺得可笑至極。她知道真正的高山深谷，半島上連綿不絕的「無盡之山」，那才是真正的山；以及真正的峽谷幽谷，是那條被稱為「龍神」的洶湧大川鑿刻而出。

眼前景象，與那些她所知曉的雄壯山川，當然一點都不能相提並論，但在黑暗的修飾下，所有可疑的、人造的、刻意雕琢的稜角，好像都融化在夜色中，被無光的影子抹除了。

連帶讓百紅那尖銳的性格，似乎也跟著圓潤起來。她沒有試圖去反駁清水小姐的話，只是無言坐在方丈的紅地毯上，一起看向那座不知界線和邊緣在何處、彷彿飄浮在夜色中的假山，心想原來城市人是這樣看山的呀。只看到幾處模糊不清的飄渺景色，便去推測揣想其餘看不到的部分，有多麼的雄偉壯麗。

是以，那大概會比任何真正的山峰都要來得更為壯美。因為想像中的事物往往比真實來得更美好，也比任何真實景物都更切合觀者心中所念。

在她倆身後，大書院的深處，不知哪裡放了音響，低聲播送著佛教的御詠歌，綿綿不絕。那是將佛經內容編成適合用日文吟唱，五七・五七七節奏的「和歌」體裁，搭配上鈴聲所成的簡單旋律。

「『嵐山幽闇螢依稀』……」清水小姐喃喃唸道。

「什麼？」

百紅聽不太懂，不過從音節聽來，清水小姐唸的是五七五格式的句子，也是某種詩句。

「高濱虛子的俳句，描述的也是像這樣的景象。雖說季節跟現在剛好相反……」

清水小姐露出一個略顯抱歉的笑。古都人常露出這樣的笑，當他們違逆季節風物，覺得自己「不解風情」時，不過百紅對那並不在意。她想那是城市人才會有的想法，覺得要時時展現出體察四季變換的敏銳之心。但說實在的，敏不敏銳又如何呢？無論是敏銳地立刻順應，還是遲了些、慢吞吞才察覺出變化，人反正是無法逆著季節過日子。

對百紅而言，自然規律就是那麼巨大的東西，無可違逆。因此她說：「不管冬天夏天，嵐山總是一直在那裡的。」

「是啊，嵐山一直都在，不論季節，不論白天晚上。」

清水小姐順著她的話說。「就算在黑夜裡頭看不到，只要想到嵐山的山影一直聳立在暗處，詩人眼前見到的點點螢火，看起來就更無依無靠、剔透飄渺了。螢火的微小與光亮，嵐山的深邃而幽暗，看似性質完全相反，其實是表裡一體、相互映襯。」

百紅逐漸理解清水小姐的用意，說道：「妳所說的『間』就是像那樣嗎，黑暗中的嵐山？」

「是的。如果音樂有聲的部分是看得見的螢光，那真正的好音樂，應該要讓人能夠想像到看不到的部分，就像現在我們看不到的庭院深處，或是像藏在黑暗裡的嵐山。」

「可是，實際上我們能表現出來的，還是聽得到、看得到的部分。讓聽眾去想像不存在的東西，那不是造假嗎？」

「妳所謂的假，是指什麼？」

「人工的。」

清水小姐微笑。「照這樣的標準，所有的音樂都是造假，所有的藝術也是。」

她們在緣廊上又坐了一會兒，直到身體一點一滴被寒氣浸透，開始絲絲發冷、再也受不了為止。由於急著回到溫暖的室內，後面的小書院、寺內展示的手稿文物，便只有匆匆一瞥而過。倒是在最後要回到玄關的地方，因為掛了兩幅長畫軸，以及看來相當懷有惡意的大字報告示，說絕對不能拍照，否則便會遭受報應，兩人不由得停步多看幾眼。

兩幅古畫是狩野探幽的作品，主題都是女鬼，分別朝向左和右。向右的那個從長有高草的木製卒塔婆中幽幽飄出，向左那個則是半身特寫，散亂的長髮披了一肩。

「很有氣氛呢。」清水小姐說，打了個寒顫。

「什麼氣氛？」

「看得全身發冷。」

清水小姐窸窸窣窣從寬大的袖子裡探出三個指尖，搭在百紅手上。「妳看，有這麼冰。」

那本該帶有光澤的赤緋色袖子在昏暗白燈下看來，像是枯褐色。百紅一把抓住那幾隻像躲在枯葉底下夜蛾般的手指，用雙手搓了搓，才放開去。

「那是因為真的冷了。」百紅說。「快走吧，走了路就熱了。」

「好……」清水小姐點頭，默默把手收回袖子裡頭。

3

有過課外相約的情誼，百紅覺得跟清水小姐已經比較熟識，於是在下回上課時，試著叫她「霞小姐」。清水小姐沒有表示反對，還不甘示弱地回敬：「啊，那我也要換稱謂。百紅醬？小百？嗯……叫百子好了。女生的名字加上『子』，總覺得很有古風，跟小唄很相配。妳若要叫我的名字，我就叫妳百子。」

她們就此成為了「霞小姐」與「百子」。霞小姐告訴她，冬天開始，她倆得要換地方上課，因為新年即將到來，民謠居酒屋會安排知名歌手上陣，暫時沒有她這種大學新秀出場的餘地。既然沒有排班，也就不好意思借用場地。

另一方面，霞小姐說她其實一直想找比較固定的據點。

「三味線的石田屋願意借我一個房間，這麼一來教室的規模也能比較穩定，不過他們整理還要一段時間，也許明年開始吧。」

雖說如此，百紅見霞小姐喜孜孜的，對於迎接新年滿心歡喜。她甚至已經替教室取好名字，試印了幾張名片。遞給百紅的名片樣本都相當素淨，沒有多餘圖案，除了聯絡方式以外，便是三個小小的書法字：「戀紘會」。

「好浪漫的名字。」百紅說。

「是嗎？」霞小姐臉上泛起紅暈。「名字的事先別管。妳看這些設計，哪一個好？」

「不都差不多嗎？字在左邊右邊的問題而已。」

「有時候百子說話有夠直接的。」

「實話呀！上面又沒有任何圖案。」

「沒關係，我就是喜歡百子務實的地方。」

百紅也覺得儘管霞小姐比較年長，做起事情來卻有點飄渺，有太過浪漫的傾向。比起新教室的名片，不是該優先考慮她們的上課地點？百紅提出如此擔憂，霞小姐連忙點頭。

「關於這點，我想問妳的意見。既然我們不能上妳家去，那妳平常都上哪裡練習？」

百紅練琴的地點向來是廉價卡拉OK店，她家附近的鐵路總站前就有幾間。儘管離家近，倒不是她的首選。那些店家瞄準的客戶是那些沒趕上末班車的酒醉上班族，或是迷途、無處落腳的旅客，是以連地板都鋪上了軟墊，一副等著人倒臥在地的模樣。

百紅喜歡去的區域在總站北邊，脫離了「不好」的地段，但也稱不上多高級。許多店家在平常日下午都有學生折扣，或是有無限暢飲的飲料吧，不過附近可不只有卡拉OK店。還有賓館、柏青哥、網咖、電器街、盜版販售的色情影片、燒烤店、破敗的錢湯等等。說熱鬧是挺熱鬧，但偶爾也會一個轉彎，不慎拐進一條陌生巷子，忽覺四下逼仄闃黑，角落裡幾對眼睛從紙箱子後面窺視，乃是正經人在夜間不願經過的場所。

她懷疑霞小姐是否能接受那樣龍蛇雜處的紛亂環境，不過對方聽到學生折扣一詞，表示非常讚賞。霞小姐說，畢竟自己也是學生，即便從事花費不貲的傳統音樂業，平日裡也是能省就省，與一般學生並無二致。

百紅對霞小姐口中的「能省則省」抱持懷疑，但看在對方興致高昂，多費唇舌解釋未免不識趣。行或不行，反正試過便知。

儘管不抱期望，當百紅在約定見面的市鐵車站等待，遠遠看見霞小姐穿著牛仔褲跟駝色風衣外套現身，依然感到詫異——同時也鬆了一口氣。要是霞小姐連上卡拉ＯＫ都要穿和服，真不知道該怎麼辦，她可不想那麼引人側目。

她跟霞小姐說出如此想法，對方樂不可支。

「我當然有普通的衣服啊！還有及膝長筒靴喔，要是妳看到我穿那個豈不是更驚訝？」

「還真的沒看過。」

「好啊，等更冷一點再穿來。」

穿著普通洋式服裝的霞小姐，感覺更像同輩。兩人結伴一起去卡拉ＯＫ店這事也很像，不過說實在的，百紅沒有實際跟同輩朋友一起去玩的經驗。她只是在上廁所或離開包廂的時候，會偶然瞄到其他包廂的狀況。有時能看到與她相同高中的制服——這會使她下回避開該店，不過多數時候都是毫不相干的年輕人。他們成群笑鬧著進來，大聲喧譁，合唱或是獨唱，其他人就認真盯著電視螢幕，並在一曲結束的時候鼓譟拍手。到底有什麼好玩或值得興奮的，百紅也不很明白。

在這方面，霞小姐似乎與她經驗類似。當她們揹著琴、跟在店員身後踏上卡拉ＯＫ店的樓梯，霞小姐說起她的卡拉ＯＫ體驗。

「離現在才差沒幾年，不知不覺間已經變得這麼普遍了。之前還沒那麼多間店，都是大型聚餐的續攤才會去的，有點小貴的地方，不像現在這麼輕鬆，也沒有飲料吧。根本沒想過可以來這裡練樂器。」

「有時候還是會有，我有看過有人在練長笛。」

「長笛！感覺好衝突喔。」

店員走後，包廂裡頭因著那臺被開啟的黑色箱型電視，顯得熱鬧騰騰。只要她們還不開始選歌，電視上就會一直重複播放最近的當紅單曲MV片段。牆頂上那臺已經泛黃的冷暖氣機大概老了，運轉聲也是轟轟然。儘管米色塑膠桌面上的白色菸灰缸是空的，店內沒有區分吸菸與禁菸區，包廂裡菸味濃厚。百紅偷眼看著霞小姐，想她不知能撐多久，會不會奪門而出之類，卻見霞小姐彎身前傾、歪頭忙摸索，想要尋找那臺吵吵鬧鬧的電視開關，一副打算在此待下來的模樣。百紅蹲了下來，熟練地拔掉插頭。

霞小姐給她一個讚許的笑。

「快點準備好，開始上課吧。」

她們取出樂器調音。即便換地方，而且還是如此不搭調，一旦課程開始，一切似乎如同往常，只有百紅覺得稍有突兀。對她而言，髒兮兮的廉價卡拉OK店向來是一個人練習的地方。而且因為隔音很差，鄰室的歌聲自不用說了，連拍手聲、嬉鬧聲、談笑內容都清晰可聞。反過來想必一樣，隔壁一定能聽到這裡有人彈奏三味線，吟唱古老的小唄。

這替百紅的練習添上些許表演意味。每當彈到拿首曲子，她總不禁要多來幾遍，有時候還會聽到隔壁傳來讚美的討論：「是三味線嗎？真厲害呀……」反之，棘手的曲子就少彈幾遍，省得丟人現眼。

現在跟霞小姐一起，百紅就完全顧不上這些小虛榮。大概是經常表演，已經培養出對周遭動靜無動於衷的態度，霞小姐完全忽視鄰室的動靜，兀自彈她自己的，無視周遭有多吵雜，或其他客人經過走廊時，透過門上的壓克力小窗對她倆投來的好奇目光。

直到不知是哪間包廂，傳來數個人大合唱中島美雪的《天空與妳之間》。那群人唱得非常之用力，幾乎算得上過度投入，而且比起充滿情感與魄力的原唱，這個翻唱版本只能用太吵來描述。百紅不禁分心，注意力被那難聽的歌聲拉走。她皺起眉頭，試著要專注在彈奏上，卻聽噗哧一聲，霞小姐已經笑了出來。

「哇──百子平常都是這樣練琴的啊……」她感嘆道。

「很吵吧。」

霞小姐側頭想了一下：「其實也還好，跟音大琴房差不多吧。只是在琴房，聽到的多半是樂器的聲音。妳說有人在這裡練長笛？三味線還算好，長笛那麼高雅秀氣，可就痛苦囉。」

「三味線就不高雅秀氣嗎？」

霞小姐揮動撥子，暗紅色的三味線在她手中鏘然作響。

「妳覺得呢？這樣的音色秀氣嗎？」見百紅不知如何回應，她自己接下去：「會不會有點髒髒霧霧，聲音不太乾淨的感覺？」

這麼說來，在那些經常被寫作「鏘鏘」的聲音裡，的確有種混濁的、曖昧不明，既尖銳又低沉的矛盾聲響。百紅覺得她從前好像都沒有仔細專注地聆聽、思考三味線的音色。

「先不論製作精良與否，就算是同樣高等級的三味線，也還是會發出霧濛濛、不純粹的聲音，這是皮的關係。」霞小姐解釋：「一塊皮上面不同的厚薄跟鬆緊度，會同時產生出好幾個複合音。不只是皮，還有琴身木頭的硬度、紋路、結疤，蠶絲弦在不同溼度下的張力……總而言之，就是跟真正的大自然非常相像，充滿各種變數、影響和雜訊，很難完全掌握在人的手裡。」

百紅在家裡聽過類似的談話，父親在跟叔叔談論削皮與音色的關係云云。完全不會演奏任何樂器，更別提如何分辨音色好壞的他們，恐怕也只是道聽塗說。他們那些職人工匠真正關切的，在於怎麼把皮革軟化、削薄、拉伸、晒乾，整頓成合乎傳統與理想的軟硬厚薄，並不真的了解那會對音色產生何種影響。

家裡唯一識音律的是百紅，不過她過去對製程不感興趣。當時百紅受三味線教室影響，認為重點在於那些華美的衣飾，隨季節更迭而辨的風雅活動，而不在那些冷凍車運來的堅硬皮革、臭烘烘的防腐藥劑、飛濺的肉屑之類的粗活裡。

現下皮的話題又被重提，她仍似懂非懂，只能附和著點點頭。

「我們可不能輸給他們，來一首熱鬧的合奏曲吧！」

霞小姐說著，咚咚撥奏起來。百紅只得趕快跟上，暫時把疑問拋在腦後。

出乎百紅意料，霞小姐似乎對那髒兮兮的卡拉ＯＫ感到滿意，之後就固定到那邊上課了。她們最常去的店家不是連鎖商店，而是一奇怪昏暗的獨立小店，百紅總懷疑那邊到了深夜，大概會順道從事什麼不太正經的生意，否則為何店頭的玻璃要全部貼上茶色的霧面貼紙？好處是有無限暢飲的飲料吧檯。霞小姐用起卡拉ＯＫ裡的設施，可說是順手之至，掌握一切物盡其用的機會。每當進到包廂，她就把暖氣調到最強的二十八度，然後不時起身出去，拿回一杯又一杯的飲料。

既然免費，品質自然無從要求，最常出現的是某種雜牌的乳酸飲料，或是顏色鮮豔到不可能含有天然成分的橘子汽水。不管哪種，喝起來都有點像感冒糖漿，一種百分之百純屬合成的滋味。百紅以為只有她這樣的窮高中生才吃得消，霞小姐這種淑女居然毫不在乎地把它們灌下肚，未免也適應得太好。

有一回，她忍不住要問：「妳為什麼不會待不下去呢？像這種地方，一般學傳統音樂的人根本不屑來吧？」

「啊，我懂妳的意思。感覺上學邦樂的人，應該去歷史悠久的寺廟、神社、宴會、料亭，穿昂貴的衣服、打扮得漂漂亮亮，然後跟一堆有錢又優雅的人周旋？」

難道不該是那樣嗎？百紅想起她過去所待的教室，儘管她並不喜歡。

「很多的藝能教室，玩的都是那套吧？那些祭典、和服、料理裡頭，當然有很多美麗的傳統在，但我覺得光是那樣不夠。不夠讓人了解三味線音樂。」霞小姐彷彿自言自語地說：「和式傳統音樂，跟環境有很密切的關係。能隨時融入環境，觀察、傾聽各種不同的『聲音』，我覺得是傳統音樂人應該要有的素養。特別是三味線，原本是底層民眾的樂器，彈奏者是流浪漢、乞討的盲女、風月場的遊女。如果只是跟有錢人在漂亮高級的地方，我不認為可以真正理解它。」

霞小姐把她的琴平放在桌上。

「就拿樂器本身來說吧。我們都會拆三味線，變成可以收納的三個小部分——這是彈奏者的基本技術，不過百子，妳既然會分解樂器，那妳算過三味線要發出聲音，最基本的組成零件有幾個嗎？」

百紅當然不知。霞小姐說，三味線的基本零件是二十八個。聽起來多，不過跟其他西洋樂器相比，手風琴的基本零件有一千四百五十六個。電子樂器的零件較少，但以鍵盤而言，也有一百七十八個。相較之下，三味線樸實簡單得驚人。

「現在的彈奏者，多半對樂器怎麼做出來的不感興趣。反正要是對音色不滿意，回去找樂器行處理就好——那是十分洋化的想法，覺得樂器像機械一樣，被專業人士大量製造，有問題的時候，就回到原本生產的『廠房』保養。但是三味線甚至它的祖先三弦，原本都是人們隻身闖天涯的夥伴，怎麼會是精密機械？它們應該是手作味濃厚、就地取材，與人患難與共的才對。」

霞小姐說，即便形制已然固定，成為一項傳統技藝，三味線仍然一點都不精密、精準、純粹，反而是靠混濁的「雜音」、多聲共振來打動人心。它的各個部件都可以單獨抽出整修，且不能再修，也能輕易地分解，回歸塵土。

大規模整修需要靠工匠職人，平時的小維修與緊急處置，卻都可以自己動手做。每回彈奏都要重新調整的琴弦，換弦已是彈奏者必備的基本技術。除那之外，正面的鋪皮破了，可以把琴分解了，琴身正反互換，就能繼續彈；要是頂端弧形的琴頭「天神」斷裂，就用強力膠黏；撥子不好使，可以自己用小刀和砂紙銼到順手為止……

如此一來，即便當初的製作條件完全相同，每支三味線依然會在不同使用者習癖與修改之下，成為獨一無二的親密夥伴。彈奏者也要對各部位的構造原理了解、抱持好奇心，才能加以改造、精進。樂器本是這樣來的。

「雖然很老生常談，結果到頭來，我們最需要學習的，是要了解自己呢……」霞小姐感嘆：「表面上談的是怎麼調整琴，其實我們學習樂器，真正需要知道的，還是怎樣的聲音才適合自己，是最想要也聽得最舒服的音色。雖說我也不敢說現在就做得很好，不過我想讓學生們都能體會到『自己的音色』，因此我想盡量不帶偏見的，多接觸各種事情。」

百紅想起她們第一次見面，霞小姐來到家裡的工坊，希望父親把她的貓做成三味線皮。這是為了表示她對三味線的一切，都有理解透徹的覺悟嗎？百紅很想問，又覺得這話題太沉重、也太隱私了。

十三、三下調

1

冬去春來，櫻花再度綻放，古都本地人又過上好一段深居簡出的日子。當繁花落盡，包覆葉芽的越冬鱗片紛紛剝落，積得地上一層細碎如米糠的深褐色、鐵鏽色芽鱗，混合在乾枯失色的皺縮花瓣裡，隨著行人的腳步在地面上滾動彈跳時，晚春的長假便將在藤花盛放中到來。

百紅已在「葵之鄉」待滿一年了。從前初枝會在連假帶兒女回到半島上的娘家，但今已不復往昔。從那以後百紅對長假的想法，向來都是把輪值表排好排滿，不過今年霞小姐有別的提議。

那時她們正聊到和服的話題。從早春開始，古都再度湧現觀光客，民謠咖啡廳又找回便宜的大學歌手駐唱，使得她們偶爾還是可以回去上課。霞小姐穿和服的次數也增加了。幾乎她們每次改在咖啡廳上課，霞小姐都是和裝打扮。

因為三味線教室和母親的緣故，百紅一直覺得所謂「文化」就是裝闊和揮霍，玩一些浮誇飄渺的遊戲，讓某些人可以顯得高高在上，並把另外一些人踩在腳底下。這與她後來決定要過的生活扞格不入。是以，整座由傳統文化凝煉而成的絢爛古都，也和她毫無關係。

霞小姐體現的文化，卻是一種與生活的奇異融合。無論是她的和服，或講述那些庭院、黑暗的話題，都令百紅覺得那並非任何的浮誇顯擺，而是古老生活智慧的體現，在土地上度過悠久歲月的痕跡。

比如說，當她問起為什麼霞小姐老愛穿和服，霞小姐說，因為寬腰帶有助於支撐、保持姿勢正確，不夠的話還可以加上前後背板，而長時間的演奏最需要從頭到尾挺直上身。另外，無論是多精緻昂貴的絲綢和服，表面仍會有點扎手。這些天然纖維，讓三味線可以輕易擱在腿上不會打滑，而人造纖衣服滑順得一把到底，還要在腿上放止滑布。

百紅自小生長在古都，從不覺得那是「故鄉」。直到如今，霞小姐身上那種生活痕跡很奇特地，讓百紅產生與古都有所連繫的感受。

但旁人想必是不會考慮那麼多的。來咖啡店聽歌的本國或外國觀光客，絕對分辨不出那令百紅困惑的差異，只看到傳統文化中浮誇顯擺的那一面。說得更簡單些，他們只看到一名穿著月白底色、蔦葉紋路和服，手臂上挽著灰色毛披肩，梳攏髮髻的女子，臉龐圓潤、肢體纖瘦、年紀尚輕、眼神明亮。而這一切要素都勾起人們的觀賞欲，把她當成一幅活生生的美人畫來注視。

她跟霞小姐抱怨過，說那些旁人投來的好奇、觀察、品評的目光，實在令她不快。那些人恐怕多半都分不清大量印刷、機器刺繡跟手工刺繡的差別吧。在他們眼裡，也看不出霞小姐跟百紅從前往來的那些闊太太的差別，而這點最令她惱怒。

霞小姐反倒勸她：「被人注意是好事呀！音樂是溝通也是表演。表演者能吸引目光，那是一種優勢呢。」

「可偏偏都吸引到些什麼樣的目光呀！那些人根本分不清真貨假貨，把妳跟那些裝闊的假貨看成同類，品頭論足。」百紅仍忿忿不平。

「哎，旁人覺得怎麼樣，我們又有什麼辦法？只能說我們心裡明白自己在做什麼、堅持什麼就好。何況，就算剛開始只吸引到一些浮泛的興趣，也許當中會有某些人變得認真起來，想去學習真正傳統文化，變得像百子這樣。我在做的，就是在撒種子呀。」

「妳這是往柏油路面上撒種子吧！」

嘴裡說得雲淡風輕，對於百紅把自己看作是懂文化的真貨，霞小姐十分高興，大概也有些詫異百紅居然會思考這類事情。她一開心，話就多了起來，說到之後春假的計畫。霞小姐說屆時要停課，因為有一場辦在山裡四天三夜的音樂節，她要去表演。

「要不看百子要不要一起去？其實本來預約了兩人的床位，我跟朋友要一起去，結果我朋友現在去不了，我還沒取消。」

話才出口，霞小姐就露出有點後悔的神情。百紅估量著，不知道她是因為怕聽到拒絕沒有面子，還是覺得這樣的邀約太像朋友，一下子把師徒間的距離拉得太近，有失分寸？百紅不知是哪邊，姑且先試探性的回問。

「妳對每個學生都這樣問嗎？」

「妳是我第一個問的喔。」霞小姐頓了頓：「要是妳不去，我就自己去了。只是這活動比較特別，要住野外、睡帳篷，而且可能也沒有電，怕妳不習慣。」

「住野外哪有什麼問題？」百紅說：「好啊，我去。」

「真的嗎？哇，太好了！因為主辦單位也挺拮据的，取消實在有點不好意思。如果妳要去，就讓我出住宿費，妳不用擔心錢的事，不過那個音樂節，真的比較特別。」

霞小姐顯然真的鬆一口氣。她解釋道，主辦人中的其中幾位，是一對曾經是樂團搭檔的夫婦，如今住在深山裡經營民宿小屋。他們的民宿走環保風，經常邀請音樂界的朋友小住，演變成音樂節才只是第二回的事。為此，霞小姐有點擔心百紅對都市環境的依賴程度。

「雖然沒有電，但是到晚上會圍著營火烤肉，氣氛很棒的。」她補充，希望增添說服力，殊不知自然環境對百紅而言一點都不成問題。百紅反倒擔心霞小姐是否打算穿和服上山。

果不其然，儘管因為要帶樂器的緣故，提了大包小包，霞小姐又穿了和服。大概是因為身為表演者，對外表格外鄭重其事之故。即便如此，百紅還是覺得那身裝束在山裡頭，未免也太不方便。不過霞小姐想必不會同意她的看法。

「古人也是會爬山的呀！要是穿上和服就不能上山，那怎麼行？」——百紅都可以想像她會怎麼回答了。霞小姐總隨時不忘展示各種與傳統物件共存的技巧，百紅最近也變得習以為常，甚至開始會拿些問題逗她。

好比在買完車票後，故意問說：「妳穿的這身都沒口袋，車票該放哪呀？妳這古代人，想必偷偷覺得現代的生活很麻煩吧？要不我幫妳收著？」

「和服的口袋才多呢！」

霞小姐氣呼呼地把所有藏在身上的小東西都掏出來展示：車票可以夾在衣帶跟帶板之間的細縫裡，常用的手帕跟面紙包藏在左手袖袋，抄有轉乘車資訊的小便條紙在右手袖袋，那裡甚至還有一枚小小的絹製綠楓葉形香囊。怪不得霞小姐身上總是傳來一陣淡雅薰香。百紅看她一面臉紅氣喘地解釋，一面手忙腳亂的掏東西，覺得煞是有趣。

她們先搭長途電車，到古都北邊有湖泊的大縣，路上經過的都是重要大站。外加又是連假第一天，四周盡是出遊人潮，他們的興奮雀躍之情讓空氣裡彷彿撒上金粉和彩帶。

即便在如此歡快多彩的氣氛下，一身素淨和服的霞小姐仍引人側目，沿路上都有人回頭多看幾眼，不假掩飾地上下掃瞄。百紅努力嘗試要跟那些人對上眼。倘若成功，她就會使盡全力地，做出最為不屑慍怒的表情，狠狠地瞪視過去，令那些人收起他們無禮的視線。

來自旁人的注目禮令百紅感到惱怒，不過她很快發覺來自旁人的尊重也一樣。她們坐在電車上，很快遇到查票，來者是一名年輕的女性車掌。她見霞小姐從衣帶裡取出乘車券和指定座位券，便在驗過票後，將兩張蓋有紅章的票卡正面相對疊合，免得墨水沾衣，這才遞還給霞小姐。至於百紅的票，車掌小姐就沒那麼仔細了，蓋完後便隨手遞還回來。

車掌小姐走後，霞小姐滿眼亮光，悄聲對百紅說：「真好！只有女性才有這樣的體貼。」

「是啊。」百紅草草回答。不過是來自陌生人一時興起的善意，霞小姐顯得那麼高興，讓她不禁有些酸溜溜：「而且她的體貼用得很謹慎，對我就沒怎麼在體貼。」

霞小姐笑起來：「別在意，那終歸只是演戲啊。她演她的，就像我也在演我的一樣。」

霞小姐向百紅說起她們要去的音樂節，跟兩年前發生的大地震頗有關聯。百紅當然還記得那場大震，震央就在她們所在的西部地區，鄰近的古都震度也相當驚人。當地震發生的時候，百紅還躺在被窩裡，先是隱約在夢境中，聽到遠處傳來遙遠如同困獸轟鳴般的不可思議聲響，接著她的床，忽然就像波浪上的一片浮葉，上下左右劇烈搖晃起來。

說來諷刺，他們從小學開始練習過那麼多次防災演習，什麼舉起書包放頭頂並躲到桌底下云云，真遇上如此大震，百紅腦中卻完全沒有閃現過任何避難念頭。一方而大概也是因為靠在床邊的書桌，在第一波震盪襲來時便應聲倒下，令她無處可躲。即便她躺的雙層鐵架床在震動中一直發出不祥的吱嘎聲，她只是緊閉雙眼忍耐，期盼地震快點過去。正當她覺得久到難以消受，父親大腳踹開房門，高聲喊著快逃。

儘管震度強烈，地震對古都造成的傷害不大。她比較有印象的是，震央所在城市的受災戶被疏散到西部各個主要城市，連他們班上都來了轉學生，一個瘦小的黃膚男孩，怯生生的神情，乍看下十足災民模樣，不過百紅後來細想，他那外貌應該天生如是，與地震沒有太大關係。

當時，他們是忙於考試的國中三年級，每天寫不完的模擬考卷，對那男生無暇多加搭理。雖說如此，檯面上的照顧仍屬必須。學校家長會自發性決定，所有受理轉學生的班級，每個同學家都要輪流幫忙準備便當，讓來自外縣市的受災學生體會古都的溫暖人情。好勝的初枝把握機會表現，每回都要大張旗鼓地放入大魚大肉，好比塞滿半面便當的烤肉。

多數男孩畢竟是肉食動物，那男生每回都吃得稱讚有加，但百紅感到丟臉。當時她還不到全然不在意旁人眼光的年紀，自己吃的是學校福利社，看到母親準備的便當打開後茶褐色一片，一點美感也無，不像其他同學家準備得花花綠綠，心裡嘀咕著覺得很沒品。初枝那些豐盛的肉類料理，就像暴發戶一樣財大氣粗。過沒多久受災地大致整裡完畢，那男生就回原本的學校去了，這事便不了了之。

長幾歲的霞小姐講述的，則是完全不同風貌的場景。當時她正是大學新鮮人，對任何事情躍躍欲試。地震發生後，大學生們自告奮勇組成志工隊，到災區幫忙。救災之類的專業工作有軍隊負責處理，一般人或許使不上力，但除那之外，還有各式各樣的工作需要大量的人手。需要清除滿地瓦礫木板，修繕破損的房屋，在充當避難所的學校裡煮大鍋飯，分發毛毯、食物等物資，並且因為停水，需要人龍合力拉著長長的水管，把水從消防車引到儲水槽……

為此，大量志工湧進災區。為了避免增添災區的負擔——那邊可是沒有自來水的——所有的志願者，後來都會在進入災區前的最後一站，好比在古都，或者隔壁商業大城的電車總站，先上完廁所。是以霞小姐印象最深刻的，是每天早上準備進災區前，在車站廁所總要排隊超過半小時的長長人龍，以及來不及清潔所留下的濃厚尿騷味。

此外，災區更迫切的問題是沒有電。時值隆冬的一月下旬卻沒暖氣，也沒有電燈，是以當地居民們每到夜裡，便在公園、操場、停車場等空地上，燃起一團巨大篝火。火堆燃料就地取材，來自某戶人家掉落的梁柱、破損的餐桌、變形的椅子、脫落的衣櫃門、自五斗櫃彈出的抽屜……如今都只是堆積在馬路兩旁的廢木。許多居民望著熊熊火光流淚。

也在當時，包括霞小姐在內的藝術大學學生、投入志工隊的劇團員、樂團音樂家、街頭藝人等等，發覺自己在搬東西、舉水管、分配睡袋跟煮大鍋飯之外，更應該在其他方面發揮所長。他們開始在晚上的篝火旁表演，與居民一起合唱民謠老歌，或者展示其他的拿手絕活，講漫才、變戲法、演短劇或跳舞。他們讓夜晚取暖的篝火逐漸轉變成營火晚會。

不少人在那時候受到啟發，放下原本最為主流的西洋樂器。專攻古典樂的學生放下鋼琴和小提琴，流行樂演奏者放下電吉他和爵士鼓，開始對比較平易近人、不用插電、容易攜帶的傳統樂器，諸如三味線、和太鼓、短笛、胡弓，乃至於沖繩的三線，都更加感興趣。

那對後來成為音樂節主辦者的夫婦，就是在此時燃起對無電生活的興趣。當時他們還沒結婚，是一個小樂團裡的主唱跟吉他手，在夜復一夜的營火晚會裡，他們放下了吉他與麥克風，領著其他團員在學校的音樂教室借了破敗的民謠吉他、三角鐵、小太鼓跟鈴鼓。爾後災區復興，供電恢復，他們發覺自己最喜歡的演奏場所，仍是夜裡熊熊燃燒的營火畔。這便是野地音樂節的起點。

2

她們轉乘了三趟電車、一趟巴士，在一僻靜的山間小站下車。毫無分岔的山間馬路兩側夾了幾間農用倉庫和私人住宅，住宅門前的圍籬還有零星幾朵上個冬季殘存的桃紅茶梅，此外便再無其他人煙。

百紅以為對霞小姐這樣的都市人而言，所謂深山大概就像這樣，沒想到最後還有一段路。她們在指定地點，搭上音樂祭主辦單位，也就是那民宿老闆開的私家車。百紅可以一整天盡做些除草整地的體力活，不過一連搭乘八個小時左右的交通工具，擠在位子上動彈不得，可就太過折騰。因此當她們搭上民宿老闆，也就是那前樂團吉他手的白色箱型車，霞小姐跟那老闆熱烈寒暄，百紅終於再也抵擋不住睡意，頭靠在玻璃窗上打起盹來。

車行顛簸，她的額頭不時撞在窗玻璃上，讓她短暫恢復清醒，不過一旦意識到還沒抵達，便又昏沉地闔上眼。車身又晃一大下，百紅已作好再度撞玻璃的心理準備，旁邊一隻細瘦的手赫然攫住她的上臂，不讓她往車窗倒去。

百紅抬起頭，看見霞小姐拍了拍自己的肩膀，並把一條小毛巾墊在月白色的和服上。「妳睡這吧。」百紅連回應的力氣都沒，依言向那肩膀倒去。臉上的毛巾軟絨，不過脖子不時會接觸到冷涼平滑、帶有些微扎膚感的絲絹布面。布面隱隱透著若有似無的薰香味，一種穩當的、燃燒過後的木質氣息。

當百紅恢復清醒，發覺她們置身黑暗中。從樹木枝椏間，偶爾可見依舊明亮的天色。黑暗來自頭頂上高聳茂密的杉木人造林。林子顯然疏於管理，已有許多藤蔓雜木混生其間，更添蓊鬱。

她們搭乘的白車筆直駛入林木底下一條泥濘小徑。這路同樣不平，但在滿地針葉的緩衝下顛簸的程度減輕許多。又過了將近半個小時，四周豁然光亮起來，車輛停在一片伐木後的基地上。

地面上每隔一段距離就可見裸露的樹頭，但更引人注目的是一棟棟形狀顏色各異的帳篷。搭出這些帳篷的人，顯然對如何讓建物持久耐用或是力學等等絲毫不感興趣。百紅覺得它們看上去各個岌岌可危，擺明一副強風襲來就會順勢全倒的模樣，牢固程度比她從前暑假回老家時幫忙整建的雞舍還不如。

另一方面，這群臨時建築在裝飾上倒也明白易見地煞費苦心。空地中央的圓形廣場是夜晚生火之用，已經堆了一座木柴山，並清出沒有雜物樹枝等易燃物的空曠泥地。廣場旁是最大的帳篷，採用中央一根主柱的印第安式尖頂帳搭建，帳篷布是白面深藍內裡的遮光布，內面的藍色裡層上貼著許多金銀色紙剪成的不規則狀星星，每枚都有手掌大小。在那印第安帳旁邊，有一座兩層樓高的瞭望臺，用以搭建的是砍下不久的雜木。粗糙斑駁的樹皮、稍嫌委頓但依舊是暗綠色的藤蔓，仍依附其上。

在主帳和瞭望臺之外，廣場兩側是一大群談不上施作工法、胡亂拼湊的違章建築。有些比較講究，用的是新鮮青竹搭建而成，還算有模有樣；有些乾脆連支架都省略，直接把杉樹的枝椏拉低、隨手披上防水布，周圍用瓦楞紙箱阻隔寒風，這就成為一片遮風擋雨的小天地了。防水布底下，各帳篷都用大量雜物裝飾。有一串串不知是否會亮的小燈泡、五色的藏傳佛經幡、印著生命之樹的印度染布掛軸、毛線編織、黑色溪石堆成的石塔、繪在小黑板上的粉筆畫、鯖魚跟鯨肉罐頭空殼做成的風鈴、大概是就地取材的藤編球跟苔球、塞在酒瓶裡開白花的魚腥草小盆栽、蛇的白骨⋯⋯一片繽紛錯雜，也可說是破破爛爛。百紅覺得這些亂七八糟的物事中假如再放進一個推著推車的流浪漢，大概就十全十美了。

廣場的最深處，立著此處唯一的耐久建築物，只有一層樓高的米色房屋。屋頂上深灰色的瓦片附生青苔，有新長的綠苔、已然死去多時化為泥炭的舊苔，無論新舊全都積滿針葉。這大概就是所謂民宿了。

聽到車子的聲音，原本在屋裡的人們魚貫而出，百紅並不詫異地發覺，他們果真像流浪漢。男人大多蓄長髮，要不打赤膊、要不就是穿著磨損褪色的衣服或迷彩服。女人要不剪了非常輕便俐落的短髮，要不就留著長度及腰的超長髮辮，同樣穿著簡便，甚至有人看來是用一塊褐色麻布纏繞身上，鎖骨處一塊黃銅釦環箍住，就當是件衣服。

這群不知該說野性洋溢、或說不修邊幅的人裡頭，有幾個好像是霞小姐的朋友，眼見她下車，便大叫大嚷著衝上前來，像西方人一樣抱成一團。霞小姐有些拘謹不自在，但仍是很高興見到這票人，沒有推拒他們的熱烈迎接。儘管百紅自己不排斥，仍然詫異講究傳統的霞小姐怎會跟這群人混。這裡的人無論男女，不少人都打著赤腳走來走去，足脛或小腿上有刺青，腳上掛著皮繩或植物纖維編織的腳鏈，並把泥土屑跟枯萎的針葉落在緣廊的木地板上。

要到很久很久以後，百紅才聽說「嬉皮」這名詞，並且意識到山裡頭這夥人，其實正符合此一描述。

以及，雖然之前霞小姐就曾說過，這是一場舉辦在深山裡的音樂祭，百紅沒想到會是在真正的荒郊野外。像霞小姐這種都市人口中的深山，她以為大概就是曼殊院那種程度，不料這片山野的蠻荒偏僻跟她老家不相上下。

「這個音樂祭的主題有兩個：一個是與大地共生的音樂，一個是體驗環保極簡的生活。」民宿主人說。

民宿老闆告訴百紅，這是一片已停止營運多年、正逐漸被自然收回的造林地，同時也是供應古都和周邊縣市的水源地，土壤和溪流的清潔受到特別維護。他們來到此處舉辦音樂祭，是經過特別的申請程序，得到相關單位的核可。他們的目的不僅是為了一同享受音樂時光，也是為了要對長期滋養城市的命脈之水表達感謝。是以，他們對水源的維護格外用心，既不能使用肥皂牙膏等清潔劑，儲存在流動廁所裡的水肥也不會排入土壤，將會隨活動結束一同被運下山。

百紅覺得這人說話故弄玄虛，把單純的事情講得很複雜。這不就是她在半島外婆家過的生活嗎？她深深吸入熟悉的野地氣息，感覺渾身上下每顆細胞似乎隨之甦醒。那裡頭混合了去年冬末的枯草、杉樹的針葉、被真菌滲透的朽木、傍晚由樹梢霧氣凝結成的霧露氣息，乃至融冰後尚未分解的動物糞尿散發出的發酵腐臭。

她們跟其他打算住宿的人一道，去民宿領取帳篷、軟墊跟睡袋。扎營地點可以自由選擇，霞小姐想要睡在溪水邊。百紅覺得這實在不是好主意，有違野地常識，不過天氣連續幾天都很晴朗，氣象預報也沒說會下雨，只有兩晚的話還算可以接受。她倆將大包小包輪番搬運到離營地不遠處的溪水邊，那裡已經聽不到主會場的喧囂了。有一長辮子穿短褲的女人，把辮子盤在頸上，坐在溪邊看守玩在水中的孩子。她帶的兩個小鬼約莫三、四歲，全身一絲不掛，在水裡尖聲大笑。

霞小姐看得出神，百紅則無視那群野人，選了一處沒有雜樹又還算稍高的河灘地，那裡長有高聳的綠色羊蹄，以及離開花還有段時間、頂著一身青翠細葉的烏頭，她拿起樹枝把這些原有居民稍微壓平了。

旁邊林蔭下，則有一整片的雪之下，花開正盛，矮小的植物體上擎起高聳的花莖，上頭橫向羅列一排排小花。儘管花朵細小又稀疏，雪白的兩片下花瓣拖得特別長，令花朵看起來像支小風箏。整片開花群落，就像在舉辦一場迷你的風箏展示會。

當霞小姐踱回百紅身邊，一面就著林下昏暗的光線讀組裝說明書，抬頭才發覺百紅已快手快腳的搭起帳篷，不禁目瞪口呆。

「百子常露營嗎？」

即使看了說明書，不知為何，霞小姐仍有看沒懂，只能聽憑百紅指揮，這個遞過來、那個穿過去云云。

「不常啊。」

「妳怎麼知道什麼部分該放在哪裡？」

「看就知道呀。」

「那我看了為何不知道？」

「妳這都市人。」

百紅頭一次參加所謂音樂祭，本以為和坐在禮堂聽表演一樣，每場節目都有既定的規劃，不可中途離席。實際參與才發覺，祭典的運作方式跟那群野人似的音樂家一樣隨性。同一時段經常會有一、兩個節目，分別在不同的地點，聽眾愛來則來、想去則去。甚至也並非全是音樂性質的活動。為了在這片荒山野嶺裡供人吃住，許多看來是有些地緣或人脈關係的小攤販也在場，經營一些奇奇怪怪的生意。飲食類自然不在話下，有墨西哥捲餅、印度咖哩飯、烤溪魚、烤團子跟花草茶，另外還有理髮、舊書攤、舊衣攤、算命與能量石、鹿角跟橡實做的裝飾品、瑜伽示範跟按摩，全都不明所以地集結在此。

後列這些並非迫切需要的服務，為何要特地跑來這種深山湊熱鬧，百紅實在不解，但還真有人把演奏丟著不聽，跑到理髮攤去修剪頭髮的。理髮師一邊剪，一邊隨手把髮屑扔往旁邊草地，好像那些毛髮跟枯草、落葉一樣本就該在那裡。

至於她們兩人，大老遠來此，首要之務當然不是剪頭髮。霞小姐教她看節目表，那是一塊漆成藍色的木頭合板，被很隨便地豎立在民宿門口，上頭列出這四天所有地點的表演者，不過沒寫曲目。看樣子是要聽眾自己到現場去碰運氣。此外，每段時間還有一些特別主題，諸如「女神們的早晨」、「沒有金錢交易的午後」、「不插電的夜晚」、「崇拜泥土的日子」之類。

百紅找到了霞小姐的名字，她的表演被列在「女神們的早晨」裡。

「也太誇張，其實就是把很多女性表演者都集合在明天早上嘛！」霞小姐苦笑。

霞小姐在意的表演，是即將在民宿起居室舉辦的西塔琴演奏。她說對方是演奏這罕見樂器的大師級人物。百紅沒聽過什麼是西塔琴，抱著看熱鬧的心情去一探究竟。室內已聚集不少人，都是衝著大師的名氣而來，讓民宿內的溫度似乎比外頭溫暖。裡頭充斥陳年生活的痕跡，走道上木頭柱子的顏色黝黑，四角都磨鈍了，還有不少深淺不一的刮痕，不過就像用順手的生活器物一樣，給人安心的感覺。

只是不知怎的，當她們來到通往緣廊的起居室，百紅發覺那裡明明鋪設榻榻米，上頭卻擺了一張巨大的褐色皮革沙發，東西合璧得不倫不類。霞小姐不以為意，非常習慣地走到沙發旁邊的地上坐下，百紅也跟著坐定。

屋內昏暗，其他人或坐或臥，散亂在榻榻米或沙發上。那沙發皮面在角落處有些龜裂，但是在經常觸碰的座椅中間、扶手等處，卻被摩娑得晶亮柔韌、呈現牛奶糖色。經常接觸皮件的百紅一看就知，此物保養良好。雖說照著四周帳篷的陳設來看，這沙發很有可能是隨處撿來、被人丟掉不要的東西，不過看得出它在此處受到極大惜愛，才會顯現出這種頗具風味的潤澤。

百紅本以為所謂大師，大概是像電影明星那樣鋒芒畢露的醒目人物。她張望了好一陣子，沒等到那樣的人物進場，不過室內的談話聲漸弱，所有人的注意力如向日葵般轉往同一個方向，卻非向著光，而是昏暗的室內角落。那邊有一個看似普通聽眾的人物，原來竟是大師本人，早就在起居室裡了。

大師個子不高，一頭及肩的蓬亂長髮，穿著褪成藏青色的運動夾克跟牛仔褲，一臉堅毅嚴肅。不過當他開口說話，百紅發覺那只是表象。他的聲音中有某種溫暖人心的柔和東西。令人聯想到剛從冬眠中甦醒，立在春草繁盛的草原中央，腳邊盛開著黃色蒲公英，睡眼惺忪的毛絨絨大熊。

大師向觀眾介紹他的好夥伴，印度的民族樂器西塔琴。褐色光亮的琴身巨大繁複，和一個成年男子同高，修長的琴桿上有非常多弦。這樂器源自波斯，在中世紀時傳入印度。如今供彈奏的弦有三到七根，外加十一至十三根的共鳴弦，構造演變得相當致密，不過它應是琵琶或三弦的親戚。

「這場演奏的主角，是戶外的風光。你們不要看我，請面向戶外坐著，把我當成背景音樂就好。我會躲在陰影裡，在不會打擾到主角的地方演奏。」

西塔琴師伸手比向戶外的綠意。「順帶一提，為了完整表現春天繁茂的景物，演奏長達一個小時或更久，視主角的心情——我所解讀的主角的心情——而定。」

底下一片笑，西塔琴大師也笑了：「如果大家中途想離席，就請自便；要是聽了昏昏欲睡，那正是西塔琴的放鬆效果。就請放寬心，不用不好意思，躺下睡吧。」

說罷，他把琴帶到緣廊的角落，在照不到光的暗影中盤腿而坐，捧嬰兒似的把那支大琴摟在懷中。琴聲並不激烈，每每都要被暮色中傳來的巨嘴鴉叫聲跟椋鳥的尖銳歌唱壓過，卻有種深沉宏偉之感。倘若橫跨夜空的銀河與滿天散亂的星辰會在運轉時發出聲響，大概就像那樣。

不知過了多久，當百紅赫然在掌聲中睜眼，發覺天色全暗。民宿緣廊點起昏黃的燈光，不遠處有發電機轟然運轉，廣場上有幾個男子正在準備生火，拿汽油淋在薪柴上。霞小姐仍端坐在榻榻米上，姿勢跟方才一模一樣。

「妳睡著了。」

但她沒有顯露出不高興的樣子。百紅揉著眼睛撐起上身，弄不懂老師的意思。若說是要責備她在外丟人現眼，似乎也不像。

「他不是說可以睡嗎？」

「是啊，我是說我很羨慕啊。有多少人可以跟妳一樣敞開心胸，說睡就睡的，不會去想會不會失禮、睡相好不好看、旁邊有一群陌生人啦等等，被太多不必要的事情綁著。」

霞小姐嘆道：「妳還真是野生的小貓……不，應該說是山貓、是石虎吧！」

有人發覺她們在現場，聚攏過來招呼。霞小姐適度地寒暄一陣子，不過沒持續太久，她便折回來揪著百紅往外走。百紅問：「現在是上哪去？」

「回營地，或者妳餓了的話可以先去吃飯。」

「那妳呢？」

「我吃不下，我想趕快回營地把琴組起來！明天的表演，我也要換成即興演奏。」

百紅表示無所謂，便被霞小姐揪著往營地去。一路上百紅發覺，霞小姐簡直是興高采烈。

「聽說西塔琴沒有樂譜，只有幾種編曲的格式。學會基本格式以後，剩下的演奏有九成都是即興作曲。好厲害呢！」光線昏暗，不過百紅可以想見，霞小姐現在一定是說到滿面通紅的地步。「讓人覺得聽見夕陽的聲音，草木抽芽的聲音。」

「妳對即興作曲有興趣嗎？」

霞小姐的反應很激烈，點頭如搗蒜：「那是我的夢想！」

「妳想當作曲家？」

「也不是那個意思。」

她們回到營地時，周遭已經暗到連對方的面容都看不清了。霞小姐不管不顧，鑽進帳篷裡把琴匣拖到外面，就著微弱的光線組琴，嘴上也說個不停。

「大部分傳統藝能的教室，都是讓人成為傳統的容器，因為所有的技藝都是靠口傳而非記載。身為學徒，最重要的任務就是把『自我』盡可能地清空、縮小，然後承載師傅的教導。其實我滿佩服那些人，怎麼可以一點意見都不要出、把自我縮得那樣小呢？但我做不到，因此走的是另一條路。」

「即興作曲的路嗎？」百紅問。

霞小姐點頭。

「也包括即興作曲，以及把所有三味線音樂不分流派地演奏，只要是我覺得好的，通通都會拿來演奏。也不是說這樣就一定比傳統的方式更好什麼的，只是以我而言，我會把面對自己當成最重要的功課，因此我收的學生，大部分也都是對這事感興趣的人，而非把自己當成傳承、傳統的容器。

「初學者在意的經常是有沒有彈對，但是在我教室的人，包括我自己，其實都在尋找自己的聲音。彈琴的過程，其實是一段『面對自己』的時光，而最大級的『面對自己』，莫過於即興作曲了。把所有的恐懼、緊張、不好意思通通拋掉，或者，要是拋不掉的話，也要接受自己現在的狀態。唯有處在一個認清自我的狀態，旋律才會湧上心頭。」

霞小姐組裝完畢，空手撥了幾個音，似乎感到滿意。她開始調弦，伸長了手臂要從琴匣掏調音笛，忽然意識到深沉夜色籠罩四周，林蔭下一片化不開的濃黑，只有她周圍罩在黃色的光暈裡。百紅站著，手裡拿手電筒照亮她。

「喔，我都沒發現……！」她激動地說。

「是啊，妳忙得很認真。」

百紅東張西望一陣，最後決定把手電筒綁在一根樹枝上。角度不如用手拿著理想，姑且還是照亮了霞小姐四周。既然琴已經組裝完畢，也就不需要那麼明亮的光源了，百紅總算可以把兩手空出來自由活動。

「這樣妳能看得見吧？我去買晚飯，妳沒什麼不吃的東西吧？」

「可以嗎？太感謝了，百子妳真好！」

百紅遠遠地揮了揮手，以示回應，頭也不回地往黑暗的林子裡去。林子深處，依稀可見橘黃色的火光，會場升起了營火。

3

「女神們的早晨」演奏頗為成功，不過現在百紅知道，成不成功一事對在場這些人而言，大概跟山下多數人的想法完全不同，或說至少跟她從前教室所舉辦的發表會完全不同。彈錯也算演奏成功，隨興作曲、臨時變換曲目，這些看來不守規矩、毫無章法的事情，也全都被允許，不過百紅覺得霞小姐的即興作曲，應是確實有些本事的。她被安排在將近中午時分，於營地正中央的瞭望棚旁邊演奏，觀眾們亂雜雜圍坐在地，照理說氣溫是有些熱，並且因為人群、汗水的加乘變得更加蒸騰溽溼，但那音色沁涼如水，令人感受到夜風、溪水和蟲鳴。

約莫是因為情緒太過高昂，演出前霞小姐幾乎沒怎麼吃東西，如今她打算帶著百紅好好吃上一頓，信誓旦旦地說要把營地裡所有飲食攤子都巡上一輪。不巧的是，她的演出原本就接近中午，演出後又是收樂器，又是跟上前攀談的人閒聊，多數攤子為中餐準備的份差不多都賣光。她倆巡過墨西哥烤餅、烤溪魚，甚至是最樸素的飯糰攤，都已經收攤。

幸好最終，她們總算問到一攤材料還沒用光的印度咖哩。那老闆娘留著一頭及腰的蓬鬆紅棕色長髮，眉心一點硃砂痣，但最特別的是，她手背上布滿繁複的褐色圖騰。聽聞兩人還沒吃午餐，立刻轉身拿出包裹在小冰櫃裡的食材，動手備餐。

「其實這是要做晚餐的材料。」老闆娘一邊忙著，她那肥厚有力的手背正中央，有一朵圓型、花瓣邊緣尖銳的大理花，波浪狀的蕾絲跟火焰般搖晃的葉片則從手指根部開始纏繞，細密綿延直到指甲周圍。

「太感謝了！」霞小姐說。

「別急著道謝，妳們知道下午什麼活動嗎？『沒有金錢交易的午後』。妳們打算拿什麼付帳？」她發覺百紅盯著她的手看，抬眼笑了一下，又低頭繼續忙。「這是指甲花染。」

「不會掉色嗎？」

「可以持續一陣子。印度的花紋，女人在手上畫上這些會有好運的。」

「可以用演出來付帳嗎？我是彈三味線的。」霞小姐說。

「你們這些玩音樂的，每次玩起以物易物的時候都用演奏支付，沒有其他把戲，我覺得實在太便宜你們了。」

「那洗盤子呢？」

「很不巧，我現在最不缺的就是打雜。」

老闆娘伸手指向不遠處，陽光普照的草地上有四、五個年輕男女，正聚在兩個竹籠前面，拿著樹葉什麼的擦盤子。「不然那些不會演奏的聽眾，他們都用什麼方法付帳啊？所有人都只想到要打雜！」

霞小姐陷入苦思。「我現在身上有的，除了替換的衣服、洗髮精牙膏等日用品外，就都是些樂器的耗材，蠶絲弦、以防萬一多帶的琴軸之類。妳覺得這些東西……？」

「完全不行，我全都不想要。」老闆娘說：「看樣子，除了演奏妳還真沒有別的本事啊！好吧，就用演奏結帳吧，妳可以晚餐的時間再來，彈給來吃飯的客人聽，不過除那之外，得再幫我做件小事。」

「怎樣的小事？」

「我也不知道呀，妳自己想囉！」

老闆娘轉身繼續忙碌，霞小姐小聲對百紅說：「怎麼辦！打雜不行，還能做什麼？」

百紅聳聳肩。「修理東西？」

「我怎麼可能會呀！」

咖哩被盛在金屬盤裡端上桌，不過所謂桌子，其實也就是一只鋪上麻布的紙箱，周圍擺了幾個樹頭跟溪石權充椅子。她倆彎著腰吃飯，霞小姐如臨大敵，小心翼翼地捧起和服袖子折在一邊。百紅吃沒幾口，受不了老是躬著身子，遂端著盤子站起來到處走。

不一會，她拿著空盤子跟一把細長堅硬的草稈回來。她把所有的物事都放到櫃檯上。

「妳的指甲。」百紅對老闆娘說：「妳的手染得很漂亮，可是指甲表面都磨損了。」

「是啊，切菜洗碗搬東西什麼的，都很容易刮到。」

「我幫妳磨指甲好嗎？這樣的小事可以嗎？」

「可以呀！總算聽到一件比較不一樣的提議。」

百紅向老闆娘借了菜刀，把草稈切成約莫大拇指的長度。草稈中央是空心的，她把刀尖沿著切面劃下，將那吸管似的草段攤成平面。

吃完飯的霞小姐也湊過來看熱鬧。「這是木賊？經常長在和式庭院裡的那個？」

百紅點頭。「可以當細砂紙的代替品，磨指甲、磨木器都很好用。晒乾之後會更好，不過現在只能將就。」

「妳怎麼知道可以這樣用呢？」

「有住過山裡的話，自然就知道了啊。」

百紅覺得稀鬆平常，不過霞小姐似乎感到很驚奇。她們把兩根木賊做成十來片砂紙，磨亮了老闆娘的指甲，才終於離開咖哩攤。走回營地的路上，霞小姐仍對百紅稱讚不已。

「百子好厲害喔！妳就像那種電視上才會看到的山野達人，隨便摘個野草都可以拿來用耶。」

「哪有那麼誇張。」

「妳的老家在哪邊山裡？」

百紅從沒跟人說過，她打工賺錢圖的是什麼，連家人也不知道。倒不是她故意想要暗中進行，只是覺得講了也沒人感興趣。就如同她也對父母輩的工作內容不感興趣。

如今不知怎麼，她很順口就說了出來，大概因為她們走在溪邊，流水聲不絕之故。順著那潺潺水聲，感覺格外容易脫口說出不該講的話。

在當時，她還未思及將來要過什麼樣的生活，只是想到父母曾在自己身上投資過好大一筆，卻盡皆打了水漂。這讓她母親初枝此後對錢斤斤計較，把腦筋動到外婆留下的土地跟房子上。那地的產權，外婆生前並無規劃，過世後依法均分給三個子女。由於是以持分計算，而非土地分割，要脫手也得經過三人同意。

初枝希望把土地賣掉，賺得的金額三人均分，百紅的小阿姨對此沒什麼意見，她如今居住在九州的大城，老家的地對她而言鞭長莫及，怎樣都好，但在半島上務農的大舅就有意見了。那塊地位處於歷史悠久的「他們」村落，本地買家不會有興趣，外加交通不便，也吸引不了外地人。與其賣個令人難堪的價格，不如放著，也許哪天會想要擴張耕地面積。性急的初枝對此頗有微辭，每回通電話都要絮絮叨叨唸上好一陣。

百紅想做的，便是買下母親那份約莫八百萬日圓的持分。一方面是想對父母有所補償，另一方面是不想看到童年過長假的老家被拆掉。只要最性急的母親沒動作，照另外兩位長輩的性格，土地的事就可以拖很久。依她現在打工的收入，只要維持目前進度，平常日每天工作四小時，假日每天八小時，寒暑假每週五日每天八小時來計算，持續三到四年，她就可以存到那筆錢。

講完後百紅覺得很尷尬，不過她抬眼看到霞小姐聽得很專注，也沒說些哇妳好厲害呀年紀輕輕就有自己的打算之類，溫情鼓勵的廢話。她很認真地反問百紅：「買下之後呢？房子這種東西，只要沒人住著天天維護，很快就壞了，更何況是山裡的房子。有可能出租嗎？」

「不可能，太遠了。」

「其他的持有人呢？妳舅舅……？」

「他不可能的，他住在新宮市，田也在那裡，離老家好大一段路。」

「租給鄰近的鄰居，當他們的儲藏室之類呢？」

「那是個人口外流嚴重的山村，多的是空房子，不缺儲藏室。」

被霞小姐一再追問，原本只是朦朦朧朧的念頭，逐漸變得真實起來。百紅跟著認真考慮起該怎麼處理。

「最好的辦法，應該是我搬去那裡住吧。一開始或許不能很常回去，但如果找到穩定的工作，在每逢長假的時候……」

話說出口，百紅自己也嚇一跳。她赫然發覺，這才是自己真正的心願。

霞小姐一點也沒被嚇著的樣子，也不覺得聽見一個高中女生說想回鄉下老家種田有什麼不好。「聽說最近開始有一些對青年務農的補助，百子可以去查看看呀。說不定妳條件很合適，剛好又有自己的地，多棒啊。」

她吁了一口氣，感嘆道：「妳看了這幾天，應該有發現我們這些玩民間音樂、即興創作的，跟一般學西洋音樂的人不一樣。大家最終在追求的，其實都是人與環境的調和。」

「是啊。」

「妳連學都不用學，原本就是那樣過日子了，真令人羨慕。」

「那是令人羨慕的生活嗎？」百紅不禁疑惑。「只有妳那樣想吧！」

「我不知道別人怎麼想，但如果可以的話，我很想那樣過日子！不過我就是，該怎麼說……只能說是塵緣未盡吧。」

「什麼塵緣？」

霞小姐笑一笑，指著揹在背上的琴袋。

如同霞小姐對百紅感到的驚奇，百紅也覺得這幾天的活動，令她看到老師不為人知的面貌。霞小姐會在晚上熄燈時說出「晚安，祝妳有個好夢」。百紅身邊從來就沒有哪個活人會這樣道晚安，她以為只有電視劇裡的人才這樣說話，不禁大感詫異。

以及，她之前也完全沒有機會曉得，霞小姐居然怕黑，理由相當奇怪。頭一個晚上霞小姐熬夜忙著即興作曲，心無旁騖，大概完全忘了這回事，不過第二晚就不一樣了。她們先是傍晚在咖哩攤上償還午餐費，晚餐是全員一起做披薩、烤披薩，以及有一個來自美國的民歌樂團在營火旁表演。等一切活動結束，已是晚間十一點左右。

廣場上還有不少人逗留喝酒，不喝到天亮不罷休的模樣，不過她倆決定摸黑走回營地拿換洗衣服，才好到主屋排隊洗澡。百紅舉著手電筒照路，發覺霞小姐走得有點畏縮。她明顯緊挨著百紅行走，後來甚至開始揪百紅的手臂。百紅想起她剛才有喝酒，於是任由她抓著，但手臂越來越沉，不禁問道：「妳剛喝太多了嗎？還是看不清楚？」

「什麼？啊，不會呀。」

霞小姐放開百紅的手，仍顯得躊躇猶豫。又走幾步，她才說：「這裡一點光線都沒有，總覺得毛毛的。」

百紅不禁失笑。「妳會怕黑？那妳還敢到沒電的地方露營？」

「是啊，有點後悔了呢。早知道把帳篷搭在主屋附近就好。」

「但是那樣很難睡呢。」

「就是啊，廣場上人來人往的。真難抉擇。」霞小姐頓了頓。「其實只是黑的話，倒也還好。問題是那個。」

霞小姐指向旁邊，那些生長在黑暗中如同幢幢闇影的樹木。「妳看，那邊地面上有好多樹根。我有個朋友看得到鬼魂，他跟我說，鬼魂喜歡出現在『不該出現的東西』附近。像這樣的樹根，就是鬼魂喜歡聚集的地方。」

百紅聽得一頭霧水。「鬼魂幹麼聚在樹根附近？」

「當然不只是樹根。其他還有很多，像是突然在路中央拋錨的車子、從天上掉下來的死鳥、河中央莫名其妙長草的地方……這些不自然的現象之所以發生，都是因為鬼魂的緣故。」

百紅努力在黑暗中盯著霞小姐的表情，想弄清楚這是不是在開玩笑。從語氣聽來，霞小姐相當嚴肅，就像在解釋傳統文化一樣認真。

「我們平常人肉眼看不到鬼魂，所以只能看到表面上的現象。自從聽我朋友說這件事以後，每次我看到不自然的東西，就覺得很不舒服。」

「不自然的東西……妳指樹根？樹根長在地面哪裡不自然了？」

「根這種東西，不都應該長在土裡嗎？跑到地面上的樹根，不就很奇怪……？」霞小姐悶悶地說。

「自然得很！」

百紅覺得在傳統文化與三味線之外，霞小姐的一般常識實在貧乏到好笑。她極力忍住大笑的衝動，鎮靜地解釋：「樹是生物，它也要呼吸，如果土裡太悶了，有些樹根就會長到地面上。」

「是這樣嗎？」

「是的。」

「所以說這並沒有不自然？」

「非常自然。」

霞小姐激動地大喊：「喔，百子！妳真的是……！真的幫了我大忙！好多年了，我一直、一直都很害怕長到地上的樹根！」

氣氛頓時變得輕鬆起來。放開膽子的霞小姐，忿忿不平地嚷著：「原來只是這樣的東西。啊，討厭！我居然被騙了那麼久！」

「是啊，聽起來完全是在鬧著妳玩的。」

「啊！真可惡，那傢伙……真是夠了！」

百紅覺得可以體會那朋友的感受，霞小姐居然這麼容易上當，認真害怕起樹根來，未免太有趣。

雖說樹根的誤會解開，一時積習難改，霞小姐對森林裡的黑夜還是有些遲疑。回程的路上她仍挨著百紅走路，不過總算有了說笑的心情。她勾著百紅的手臂沿路哼哼唱唱，唱的是小唄《山中時雨》——

湯煙氤氳　河鰍啼鳴山中道
乃是奴家　夢迴縹緲愁緒道……

「為什麼唱這個？」
「隔壁不就是北國、石川縣嗎？又在溪邊，當然唱北國民歌呀。」
「有溪是有溪，但這裡可不是溫泉鄉啊。」
「有什麼關係！」霞小姐繼續唱——

唉　相逢僅一夜
露水情緣薄倖郎
恨汝冤家罪孽深……

百紅搖頭嘆氣，霞小姐倒是笑嘻嘻地十分高興：「幸好有邀妳。要是沒有百子在，我一個人還真是不行。」
「是嗎？那我是不是該收點費用？」
「妳要收錢嗎？可是今天是那個呢，『沒有金錢交易的午後』，妳不能收我錢。」
「那妳要拿什麼抵？不會又是演奏吧。我上課聽很多，不稀奇了。」
「不然用身體抵怎麼樣？」
「比拿演奏抵更糟。」
「居然被嫌棄到這地步！」

霞小姐會開這種程度的玩笑，令百紅有些詫異。她覺得霞小姐果然是醉了，不過後者完全不覺得自己有何失態，依舊大大方方挽著百紅的手。

「百子是我在山裡的領路人。」也不曉得是在向誰說的，霞小姐往黑暗中大聲宣布。

4

並非所有發現都那麼有趣。隔天早上，霞小姐說要看一場熟識長輩的打擊樂表演。她們倆起了個大早，趕忙到營地，一面吃早餐，一面等待那位霞小姐口中的葛木夫人。那樂團一行人並未在營地過夜，清早直接從山下城市驅車過來。

據說葛木夫人演奏的樂器是邦樂小鼓，百紅不禁猜測，將會看到跟霞小姐差不多風格、穿和服的傳統女性。因此當留著一頭長及小腿的灰色長髮、臉戴墨鏡、穿著孔雀綠無袖洋裝的葛木夫人，踏著鑲滿金色銅片跟珠花的皮涼鞋，從漆黑的箱型車走下來，著實讓百紅吃驚。霞小姐跟那夫人親親熱熱地抱成一塊，並且盛大地互相誇獎。然後葛木夫人抬起臉看向霞小姐身後，似乎在找些什麼。

「妳一個人來？石田君呢？」她問。

「他有事不能來。我不是一個人，我帶了學生啊。」霞小姐轉頭指著百紅，百紅趕緊躬身回應。

「他有事！他有什麼事，比跟妳一起來見我還重要！」

「我怎麼知道呢。他有他的規劃，隨便他啊。」霞小姐笑著說，但百紅卻得聽出來，她的語氣有些冰冷。恐怕葛木夫人也留意到了。

「吵架喔？我看是妳不想讓他來吧。」

提到這話題令氣氛有些緊繃，不過葛木夫人沒能多聊，很快就忙著準備表演。她的打擊樂團演奏者各個孔武有力，甚至還有金髮碧眼的西洋人。夫人以外的樂手都是一身黑衣，魚貫地從車上抬出各種巨型樂器。霞小姐告訴百紅，她一開始想到要做自己的音樂，就是因為看到葛木夫人提倡的所謂「世界音樂」，才發覺傳統音樂不必畫地自限，一意奉行既有的規矩。

葛木夫人的打擊樂確實是和洋混合風格，除了小鼓、太鼓兩種和樂器之外，另外還加入了木琴。打擊樂器多半龐大，無法搬動，樂手必須在樂器前面保持定點位置，唯有把小鼓放在肩上演奏的葛木夫人，輕巧地全場穿梭。她那身棉製的孔雀綠洋裝隨每次轉身而飛旋，像一隻神祕的綠鳳蝶。到了演奏中段，甚至還有一名穿得火紅的佛朗明哥舞者加入，手拿西班牙響板，與綠衣的葛木夫人相互競逐呼應，顏色煞是鮮麗。

儘管視覺與聽覺上的設計都頗費心思，百紅看得不太專心，夫人提到的男子令她介意起來。要打聽這事沒什麼難，表演結束後霞小姐領著百紅走在夫人身邊，她努力把話題圍繞在表演上，稱讚夫人這回又找到了打擊樂的高手，但葛木夫人可沒那麼容易放過她。

「所以你們是怎麼樣，發生什麼事？」顯然，葛木夫人不問個清楚不罷休，而且完全不擔心百紅就跟在兩人旁邊聽。

「算是……算是小吵了一下。」

「吵什麼？吵到連音樂祭都不來，說小吵客氣了吧。」

「就……被他設計了一個一點都不驚喜的生日驚喜。」

霞小姐顯得尷尬。百紅本以為長輩一再的追問令她感到彆扭，不禁投以同情的目光，卻見霞小姐的眼神閃閃躲躲。

「他不是平常就喜歡鬧妳玩，又不是一、兩天的事了，怎麼忽然就計較起來了？」葛木夫人毫不在意地繼續追問。

「哎，只能說是這次真的是，太超過了。而且偏偏選在我生日，我不禁就發了很大脾氣……」

「石田君有時確實很小孩子氣。也好啦，給他一點教訓，不要讓他覺得可以予取予求的。只可惜了我這回帶來的樂手，打木琴的馬可，他有在修理骨董曼陀鈴。」

「骨董曼陀鈴！有人在做這樣的工作啊。」

「我本來跟他講說石田君會來的。同樣是做古樂器修復，說不定他們兩人可以碰撞出什麼火花，偏就這麼不巧。」

「是呀，真的不巧。」

「唉，大概也是他自找的啦，我說石田君。不過演變成這樣的女子會，也是別有樂趣，妳說是嗎，小小姐？」夫人把視線投向百紅：「妳多大年紀？國中生？高中生？學多久了？年紀輕輕就這麼好學，還知道要出來長見識，真的很不錯啊！」

葛木夫人又問了些其他的，百紅支吾回應，不知該如何面對夫人滿臉讚許的神情。其實她哪有什麼好學，純粹就是霞小姐到哪裡去，她就跟到哪罷了。

好不容易逮到兩人單獨的空檔，百紅問霞小姐：「剛才在講的，是妳男朋友？」

「哎，算是吧……」霞小姐答得含糊其辭。

「原本妳是要跟他來的啊。」

「那個，倒也不是這樣說。只是這裡有很多我們的共通朋友，不是就非得跟他來不可……」

「姓石田的話，是三味線石田屋的老闆？」

「老闆的兒子。」

像霞小姐這樣經常出入各種表演場合、被視為明日之星的青年音樂家，就算有幾個男朋友也不令人意外，不過霞小姐提起這事的態度彆扭古怪。百紅覺得過去兩天放鬆愉快的氣氛全沒了。之前的霞小姐，看起來完全忘了男友的存在，如今被葛木夫人一提，她好像赫然意識到這裡有人認識他們，還記得她過去帶過什麼人、做過什麼事。她開始表現得像個與男友爭吵後負氣出遊的女子。

與其說是表現，更像是「表演」。從前霞小姐就經常半開玩笑的說自己在「演戲」，但百紅覺得她從未像現在演得這麼刻意。她開始哀嘆，小心翼翼地不要顯得太開心，並且適時地在談話中見縫插針，跟共通朋友抱怨男友的不是。

就旁人來看，大概會覺得這就情侶吵架，會在背後偷偷抱怨幾句，也是人之常情。但從百紅的角度來看，卻不僅如此。霞小姐如此賣力演出，簡直就像在懲罰自己前幾天玩得太開心，把男友的事完全拋諸腦後。

連帶的這幾天都跟她在一起的百紅，似乎也被她視作這事的幫兇，因而也成為懲罰的對象。直到今天為止她都跟百紅膩在一塊，不斷地解釋說明各種東西，如今她不解釋了，擺出一副「妳都來第幾天了，應該熟門熟路了吧」的姿態，跟她原本的朋友們在一起。

剛開始百紅不想計較，後來她問道下午要看什麼表演。當時霞小姐正在和葛木夫人帶來的樂手用英文有說有笑，令百紅感到頗有隔閡，而得到的回應也是。

「看哪個表演？我覺得百子可以挑自己喜歡的活動參與，不是非要聽我的推薦呀。」

「那妳要去哪一場？」

「我去哪一場都無所謂吧。在場所有的樂手都很優秀，妳不管去聽哪一場，都會很有收穫的。」霞小姐說著，又轉頭說起英文。

眼見她刻意疏遠，百紅索性走開去，依言自由活動。她心裡有氣，不想去看其他音樂人的表演，轉往帳篷所在的溪邊走去。那溪流在中午正熱的時候頗受歡迎，會有一些音樂人或觀眾的家眷在那玩水，用無患子的果實跟溪石洗衣服。

百紅在溪邊脫掉鞋子泡腳，發覺有幾人揹著竹簍在草叢裡忙著，是那民宿老闆一家，夫婦倆帶著兩個孩子。兩孩子的頭髮都剪很短，穿著也很中性，看不出男孩女孩。她主動上前招呼：「採野菜嗎？」

那民宿老闆自高度及腰的草叢中抬起臉來：「是啊，明天一早想要邀大家一起舂麻糬、做草餅。」

「我可以幫忙嗎？你們是加蓬蒿，還是加母子草？」

「蓬蒿。」

「知道了。」

「會問這個，表示妳很內行嘛。有做過嗎？」

「每年春天在老家都做。」百紅發覺錯誤，立刻更正：「我是說以前，現在沒做了。」

百紅跟著踏進草叢裡。晚春草木萌發，正是蓬蒿長出嫩葉的季節，羽狀複葉的背面覆滿銀白色的絨毛，觸手生香。

「妳會分吧？葉背銀白色、有香味的才是。」老闆娘對百紅說。

「知道。」

「妳家做草餅的步驟是怎麼樣？」老闆則說。

「不就是舂麻糬的時候，把去過灰汁的蓬蒿加進入而已嗎？」

「我們第一次挑戰這麼多人份，份量有點難抓，擔心加太多了會有澀味。」

「不會吧，把草煮久一點就好。」

「是嗎？」

就這樣有一搭沒一搭聊著。百紅本來有點擔心他們會問些問題，好比妳怎麼一個人在這、沒跟著妳的老師之類，但他們根本沒問。多半也搞不清楚百紅到底是誰，只覺得這是個會做草餅、來幫忙的女孩子。

百紅問：「為什麼現在要做草餅呢？離三月三日已經那麼久了。」按照習俗，三月三日女兒節才是吃草餅的日子。

「難得讓大家來到山裡，想說要安排一些可以體會到大自然恩賜的活動啊。否則只會嘴上喊著愛護愛護，到底為什麼要愛護自然呢？其實誰都搞不清楚。但你吃過就明白了：『我就是為了留住這一味、留住這樣的生活，所以才要保護里山的』這樣。」

「講得好像大家只知道吃一樣，層次那麼低。」他的妻子遠遠吐槽。

「極端一點說，也可以那樣解釋啦。因為吃這件事，就是動物最本能直覺的利益呀。」他轉頭對著百紅：「妳昨晚有在嗎？有沒有吃我們做的披薩？裡面也有放。」

「是嗎？我沒吃出來。」百紅努力回想，但不僅是味道沒什麼印象，外加四下昏暗，連視覺上也沒什麼記憶。

「你看吧，我有說要先講，不然沒人知道。」老闆娘說。

「真的，披薩裡面還真是加什麼都可以，反正起司一下味道全蓋掉了，就算我們要毒死大家也沒人吃得出來！昨天很豐富喔，薺菜、碎米薺、附地草的新芽……」

「還有我撿的石櫟！」不遠處，老闆的孩子們大喊。

「對對對，那個，還要一顆一顆敲開來，可費工夫了。」

百紅跟這一家子一起行動，採了一陣子的蓬蒿，隨後他們在溪邊清洗採收的成果，帶回主屋，先進行切、煮、浸冷水去灰汁等等的前置作業，不知不覺已近黃昏。

百紅在那屋子後門外面找到一塊石頭坐著。她的雙手因採摘而沾染上草汁，倘若沒有及時清洗，原本翠綠色的草液便會氧化發黑，變得難以去除，特別容易積在指甲縫裡。這時候拿新鮮的草汁擦洗是解決辦法之一，她從林下隨手摘了一把山菸，慢慢摩搓雙手，並用那長葉柄剔指甲縫。土屋後面的森林裡，滿滿都是蒸艾草的溫熱辛香，不過偶爾吹過的風還是冷的，帶有苔蘚冰涼溼潤的氣息。

「用這個吧。」

不知何時老闆娘走到她身後，遞來一個水勺，裡頭的水是溫的，散發醋酸味。

「謝謝。」

「妳看過大湖了嗎？我們這裡可以眺望到湖。」老闆娘走向那一大片人造林，林蔭下依稀有一道路跡。「往這方向走，向前筆直走個十五分鐘左右，會看到我們堆的石塔。在那邊右轉，再走個五、六分鐘，四周都是巨石跟松樹的時候，就表示到了。務必要去看看。」

「在講什麼呢。」正說著，民宿老闆也冒出來了。

「我在跟她說我們的祕藏景點。」

「啊，妳還沒看過的話，一定要去看看。趁現在還有陽光。」

百紅依言走入那一片人造杉木林。接近稜線，土壤較薄外加風勢強勁，這片林子的杉樹個頭不大，不少早已枯萎，而種植者也明白此處應已是林場的盡頭，栽植得意興闌珊、稀稀疏疏，遂使林子出現不少破口。在那些破口上，眾苗木爭搶天光，有杜鵑灌叢，也有石櫟小苗，都是些耐旱耐風的樹種。

在杉木林盡頭，松樹取而代之成為優勢樹種，眼前是淺山地形中常見的附生松樹的巨石陣。岩石後方，景色豁然開朗。近景仍是丘陵與雜木森林，再遠處是一大片田埔。五月初的水田才剛插秧不久，稻苗還未長滿田間，因此那一塊一塊的稻田水光粼粼，合起來就像一片布滿細縫的大鏡子，共同反映著天光，鏡裡是一團扁圓的金太陽。田埔再往上，是不透光的市鎮，裡頭有一、兩處零星的反光小點，不知是何物，也許是某戶人家的金屬屋頂。

再往上去就是大湖了。空氣中飽含水氣，視野不清，整座湖籠罩在霧靄中，顏色不甚分明，但因為距離遠，頗有寧靜之美。百紅曾到過湖濱公園近距離看過大湖，曉得它其實是有波浪的，甚至還有海鷗飛來此處，隨浪浮在水上，狀甚逍遙。連鳥都不覺得它跟海有何不同，當真是名符其實的「淡海」，淡水的海洋。

可如今因為距離跟霧氣，看上去波浪不顯，橫亙視野的大湖凝成一平滑的發光體，正中央散發刺眼白光，越往外圍，色彩逐漸顯現，有很淡的黃與橙色、霞紅色、霧灰色，到了最遠的兩端，就真的隱沒到霧裡去了，水天一色。

像這樣的景色，百紅可以坐著看上許久，一動也不動，直到起身時才發覺兩腿發麻。理由她也不甚明白，儘管常聽人說，壯闊的風景可以讓人慨歎自身渺小，不過百紅覺得，她在眺望時啥都沒想，自是無從感慨。真要猜原因的話，最近他們學校的物理課正講到重力和引力，說所有浮在太空中的天體都會產生引力，質量越大者引力也越強。她覺得這套說法，套在山川地形上說不定也適用。這些龐然地景既然質量那麼大，理當也是有引力的，令她在它們面前可以不思不想，把一切注意力都投射出去，全神貫注受其吸引。

百紅在那個眺望點坐了許久，直到陽光隱沒，整座湖透出青灰色，才起身折返。原本感受到的鬱結心情，已消失得無影無蹤。

她跟民宿一家一起吃晚餐。並非她老要纏著他們不放，而是今晚格外黑燈瞎火，實在走不遠。今天的主題是「不插電的夜晚」。原本在這荒山裡頭，就靠著兩臺柴油發電機，主要供應演出所需，接在樂器或擴音器上。眾人各自使用的電器如收音機、手電筒等產品都是自己帶的，但「不插電的夜晚」要求這些東西通通禁用，就頗有難度了。

儘管餐桌上點了蠟燭，但百紅還是看不出自己都夾了些什麼菜，要等到放進嘴裡才終於明白。而說到禁用手電筒，主辦單位畢竟不能無視實際需求，因此準備了盛在紙杯裡的蠟燭跟火柴。許多人手捧紙杯端著蠟燭行走，遠看像過早孵化的螢火蟲在夜色中飄來飄去，頗有意趣。百紅也領了一個，心想霞小姐不知領了沒。怕黑的她若是看到燭火，應該會相當高興。

遠遠百紅便看見帳篷裡透著光，看來不像火光。百紅看得頗樂，想來霞小姐在偷用電器，於是加快腳步，想要趕緊去逮個正著、取笑一番。

當百紅掀開帳篷，便發覺完全不是可以說笑的氣氛。霞小姐正背對著出入口整理東西，聽見她回來，頭也不回，只淡淡說了一句：「啊，妳回來啦。」

百紅沒見過霞小姐發脾氣。如今發覺，對方有本事用一句話，讓周遭的空氣瞬間凍結。她想起手上的蠟燭。

「我帶了蠟燭回來。說今晚不能用電器，妳要用這個嗎？」

霞小姐一點都不領情。「別拿進來，多危險啊，吹熄吧。妳一整天都上哪去？」

「妳指下半天？」

「好吧下半天，如果妳堅持的話。所以？」

「妳不是叫我別依賴妳的推薦，自由活動嗎？」

霞小姐嗤笑一聲。「但妳也活動得太自由了吧！我完全沒見到妳人，還擔心妳是不是迷路，或者走丟了。至少要偶爾出現一下吧！我還要負責把妳帶下山耶，我是有責任的啊。」

「我想說妳在忙……葛木夫人他們呢？」

「中午就下山了。我在每個表演場上到處找妳，一直到天黑都還見不到人，偏偏又遇上『不插電的夜晚』，什麼都看不清楚……」

聽她焦急又氣惱的語氣，百紅不禁覺得有些抱歉。她如實道來她的行程，想說這麼一來，應該可以明白解釋為何她人不在會場上，但霞小姐聽完後，卻不像消氣的樣子。

「他們告訴妳那個眺望點要怎麼走？」

「是啊。」

「哇……該怎麼說，真不愧是百子嗎？一到了山裡，就什麼都辦得到哇。」霞小姐酸溜溜的說：「那個眺望點是他們的私房景點，向來不是隨便告訴人的。妳用一個下午就把人家都收服了，真的是……妳很能獨當一面了嘛！那還要老師教妳什麼？」

百紅向來不會應付情緒性的場面，但被霞小姐這樣數落，頓時也覺得火氣上升。她想起今天早上，先是受到刻意而明顯的冷落，如今又不知是嫉妒哪椿，向她撒起這番脾氣。照理說自己徒弟受到旁人善待，老師不該是顏面有光的嗎？百紅這麼想，卻也想不到什麼厲害話來回應，只能直白地說：「妳幹麼要這樣說話？」

「哪樣？」霞小姐立刻回嘴，背脊挺得筆直，一副倔強的模樣。見她竟如此敵視自己，百紅頓時覺得忍無可忍，簡單回答：「——妳說得沒錯。」

她快手快腳地收拾東西，把原本散落在營帳裡的衣服、盥洗包等物塞進背包。

「妳做什麼？」

看她這番動作，霞小姐的聲音恢復了一絲冷靜，但百紅不管，繼續把睡墊睡袋也捲了起來，用它們的外袋簡單打了個結，就能提在手上。

「我的確，不需要老師也可以過得挺好。我出去找地方睡。」

「等等，別這樣。」霞小姐忙道：「是我不好，不該拿妳出氣，我只是心情不好，但那不是藉口。」

「這也給妳，出去上廁所的時候可以用。」百紅說著，放下吹熄的蠟燭杯，頭也不回地鑽出營帳。

「妳等一下嘛！妳不要生我的氣呀！百子，我不想跟妳吵架啊！」

霞小姐還在後面嚷著，百紅大步往黑暗裡走去，曉得後面的腳步追了一陣，但畢竟霞小姐也不願太張揚地使用手電筒，公然違反規定，遂也追不了多遠，沒幾步就停住。想必是在黑暗中不知如何是好。

百紅也不好走，但旁邊就是溪流，溪上沒有樹木遮蔽，可以撒下一些星光。沒多久她就適應了低光度的環境，看見溪流、閃著水光的溪石，以及森林的輪廓，遂篤定地繼續往前走。

即便是百紅，也沒有太多露宿經驗，但她並不害怕戶外環境。唯一擔心的只有蝮蛇，她折下一根枝條當手杖，掃著地面前進。由於擔心霞小姐最終還是會打著手電筒追來，她繼續走向一處淺灘，白天有不少人過到對岸，因此在水灘裡鋪了幾塊大石，她踏著石頭過去對岸。

對岸是一處平緩的沙灘，百紅鋪開睡墊，仰天倒臥。

有滿天的星辰，淙淙流水，黑暗的森林。

若非跟霞小姐鬧得不愉快，眼下這片自然環境該是多麼宜人。百紅努力要說服自己，回想起下午看到的那片大湖，那種整副心神都被吸去的感覺；或至少集中心思，仔細聽身旁有哪些夜蟲……

試了幾次，終究徒勞。無論怎麼自我催眠，她都很難不想起霞小姐，想到她今天一整天陰陽怪氣的模樣。對比上之前，她明明每天都那麼高興；她滿臉通紅地解釋即興作曲、樹根的笑話，以及她抓著百紅的手臂說「妳是我的領路人」……

突然之間，「鏘鏘」兩聲琴弦震動的聲音，穿破夜色和溪水聲而來。

三味線的聲音。

起先百紅以為自己聽錯，畢竟在溪邊，水聲不絕，聽久了也令人為之耳鳴，但緊接著聽到調弦的聲音。霞小姐正在調三味線，調得匆匆忙忙，一點都沒有平時從容優雅的氣氛，連調音笛都沒用上，稍為抓個大概，便譁譁然彈奏起來，彈的是昨天早上表演的那首即興作品。

百紅曾在那首曲子裡聽到流水和夜風，如今霞小姐彈的速度是原來的三倍多，聽起來像午後驟雨，打得人皮膚發疼。

百紅呆坐原地，聽了半晌。她不想回營地，雖說現在回去的話，感覺上霞小姐是會道歉的，但總覺得堆積更多話語，也並無意義。既然霞小姐現在用三味線跟她說話，百紅想到，她也可以用非話語的方式回應。

只是她這回是來當觀眾的，當然沒帶樂器，連調音笛都沒帶，身邊沒有任何會發出聲音的物品。她短暫思索一陣子，抓起那根防身手杖，一面在面前掃路開道，一面往林蔭底下走去。雖然她看不見那邊都有些什麼，但在這種照葉森林底下，理當會有闊葉低木。她一路摸過去，有像殼斗科的粗糙鋸齒小葉片，葉片有軟毛的赤芽野梧桐，茶花厚實的革質葉，同樣圓潤但輕薄如紙的葉子——找到了。

她抓住那應該是女貞樹的枝條，扯下幾片葉子。葉子有大有小，她用觸覺挑出最大的，摸出光滑的葉片正面，貼在嘴唇上。

葉笛。

雖說她只能吹出單音，而且必須是長音，因為她沒辦法快速變換嘴型，但至少還能吹出一點中音域的音階。至於高音低音，那就別提了。

當她吹出頭幾個音，三味線似乎被嚇一跳，陷入沉默。畢竟葉笛的聲音談不上美妙，靠的是柔軟的葉片如同簧片般振動，音色有些滑稽，很像大船的汽笛。不過她們身處夜晚的溪水畔，水聲和夜蟲，以及冰冷的空氣，多少具有近似柔邊的效果。百紅試吹幾個音，等到調整到可以穩定吹奏的角度，就開始吹長音音階。雖說只有長音的曲子，她還真想不出有哪些，只想到《卡農》裡大提琴的聲部，開頭只用六個音在重複循環。她便吹了那個。儘管也才六個音，要讓它們都等長、音量音高穩定，相當費力氣。

霞小姐的三味線聽了一陣子，小小聲地跟上來。雖說是西洋音樂，畢竟開頭的旋律簡單，用三味線也能演奏。

她們合奏了一會，大概是聽百紅的葉笛沒有要中斷的意思，就是很穩健地吹奏那六個音，三味線似乎膽子大了一點，開始往樂曲後面的旋律邁進。百紅聽著那變奏，從低音部的六個音延伸出去，就像沿著杉木逐漸往上爬升的藤蔓一樣，向空中試探性地伸出觸鬚，旋轉纏繞後開出花朵來。就這樣過了幾回合，三味線又開始變奏，百紅發現是那首即興曲，只是移了調子，轉到百紅現在吹奏的音高上。

移調後的溪流即興曲，味道也跟原本的不相同了，多了幾分西洋古典的開朗。百紅聽懂了，遂也不甘示弱，抓住那曲子裡頭的幾個基本音，逐一的把她演奏的六個音抽換掉。頓時原本厚實可靠的杉木傾頹、爬藤跌落，兩支樂器像是一對葉片飄落入水，小舟似的乘湍急水流而行，你追我趕。有時三味線跑在前頭，葉笛追著它抓基本音；有時葉笛聲岔了，三味線回頭一望，可不願放過，抓著這番走音又開始添枝加葉起來。

就這樣追逐一陣，畢竟百紅平常練的不是吹奏，越來越覺上氣不接下氣，步調逐漸落後。三味線跟著緩下來，沿著她那微弱的氣音遊走幾步，然後忽然就滑到前頭，展開一連串細細碎碎的小步舞。她們離開急流，被沖入平緩的大河，最終注入反射夕陽餘暉的寬廣大湖，前方一片波光粼粼。百紅曉得這是樂曲要收尾了，手一鬆，那片被吹皺的單薄葉片跌進黑暗裡。

三味線在湖面上，如海鷗般自在地上下浮沉，消失在波浪間。

四周又只聞蟲鳴，以及流水潺潺。

當百紅模模糊糊地恢復意識，感到脖子上有件軟綿綿的織物。從那傳來熟悉的香氣，穩重的木質薰香。

「會感冒喔。」

百紅微微睜開眼，見天已微亮，而霞小姐蹲在一旁俯視著。她的頭髮還沒紮，隨意地攏在一邊肩膀上，眼睛泛紅，似乎沒有睡好。她的毛披肩蓋在百紅身上。

「……嗯。」百紅沒有多想，伸手去拍了拍那髮絲蓬亂的頭頂，說道：「早安。」

霞小姐像隻家貓似的，被拍得越來越低伏，最後索性弓起身，挨到睡墊的側邊躺下。百紅朝另一邊挪了點給霞小姐一些空間靠過來，又閉上眼。

「早安。」在她闔上眼後的黑暗裡，聽到霞小姐說。

5

假期結束後，百紅跟霞小姐似乎達成某種共識，但那究竟是什麼，具體而言她也說不清。有時她會猛然想起這樁好像明白、又好像徹底不可思議的事情，不過隨後她又覺得，這跟她現階段一心想達成的目標關係不大，便又拋諸腦後。

唯一比較確定的是，她們都不會去提及旅行時發生的爭吵及其他。反正後來順利地下山，也就沒什麼好再提。相對的，上課時她們開始不由自主地聊起許多閒話，然後因為聊得太盡興，霞小姐說都沒怎麼上到課，要延後下課的時間。百紅答應了，但隨後她們又在聊天，又再延後。最後往往演變成要額外找時間補課。一旦碰在一起，又會忘記要老實上課，搞得三天兩頭就要見面。

到後來，霞小姐甚至提到，她們這些大學新秀在民謠居酒屋的春季表演又要開始了，距離「葵之鄉」並不遠，可以從同一個電車站走去。當百紅下班，正逢霞小姐要前往表演。

「要不要約在車站附近見面？」霞小姐提議。

「在那種時候約見面？為什麼？」百紅反問，但答案她心知肚明。她只是想聽霞小姐親口說出來。

「妳打工那麼久，又是體力活，吃點東西再回去呀。」

「我回家吃就行了。」

「妳真討厭。就是找個藉口見妳不行嗎？」

「那樣的話可以。」

那車站並非什麼大站，周圍都是平凡的在地小店，百紅不無得意地看著身穿昂貴和服的霞小姐，就像普通的大學生似的，跟她一起待在速食店吃漢堡，或是一起在百元商店裡對生活小物挑挑撿撿。天氣逐漸熱起來，有時兩人聊得高興，連走在路上都要手勾手擠成一堆，她們也不嫌熱，只覺得稀鬆平常，彷彿事情本該如此。

百紅逐漸聽聞更多霞小姐的私人生活。她一直覺得霞小姐應該是好人家出身。霞小姐自己不這麼覺得，因為西部這邊最不缺的就是有悠久歷史的古老名門，不過她的家境仍算不錯，是傳承已久的小康商人家。她的老家在觀光客最密集的市中心，做的是味噌的中盤生意。

「那妳坐過夏天祭典時的山車嗎？」百紅不禁有些驚訝。像這樣子，在知名祭典中成為整座城市的焦點，對出身「他們」的百紅而言，實在難以想像。

「何止坐過，小時候每年都要上去敲鉦呢！中學以後就不上去了，但也還是要穿著浴衣在底下顧攤。」

「太棒了吧！」

「會覺得棒的人都不是當地居民。」霞小姐苦笑：「特別是小孩子，大家都覺得煩。鉦跟太鼓的演奏都很單調，還要敲整晚上耶！橫笛是最花俏、最出風頭的，但又只有經驗豐富的長輩才可以吹。大概只有我，每年上去敲，一點都不會膩，可以重複一遍又一遍，大家都誇我很有耐心……那時我就知道，我以後不管做什麼工作，也一定會一直演奏音樂。要是曉得那就是我接觸音樂的契機，我爸媽應該會後悔送我上去吧。」

儘管上有兄姊，但霞小姐是子女中最能幹的，因此她父母希望她能招贅，最終接下家業。他們的算盤打得務實，但畢竟是古都人，倘若女兒想學些傳統技藝，也是大力贊成，認為對陶冶身心非常有益。是以，當讀小學的霞小姐主動要求學當時正流行的民謠三味線，父母二話不說，送她進最好的教室。

「剛開始會覺得女孩子想學點傳統才藝，當然非常好，可以顯得有教養，但後來發覺我是認真想走這條路，就千方百計要阻止。」

「怎麼阻止？」

霞小姐很罕見地用鼻子哼了一聲。「那就別提了，想到就不愉快。」

過了一會，她自己又忍不住說起來：「我從國中就加入邦樂社，本來想考有音樂班的高中。大概就在那時，我爸媽發覺我對音樂是認真的吧，每天都在勸我打消念頭，更搬出『如果想念音樂班，那就自己出錢』來壓我。我當時沒能像百子這樣堅強能幹，想到要打工賺錢，我就……最後妥協了，進了升學率高的學校，但從那之後，跟家裡的關係就很不好。特別是關於音樂的事。在高中我還是加入了邦樂社，這類音樂的社團，不都有發表會、比賽什麼的嗎？每次到要表演的時候，我爸媽就把我的三味線藏起來。」

雖是陳年舊事，霞小姐回想起來仍忿忿不平：「我們是前段學校，大多數人心裡只想著怎麼考上好大學，所以那些對升學有幫助的社團才招得到社員，什麼英語會話社、科學研究社、校刊社之類。而我們邦樂社，加上我只有七個人啊！跟我同屆的新社員，更是只有我一個，等於是我一入社，就註定要當下屆社長了。他們居然把我的樂器藏起來，讓我不能練習、不能在比賽的時候放心上臺，還要慌慌張張到處借樂器！」

「那妳怎麼辦？」

「我後來也學乖了，我後來就不再帶三味線回家。遇到重要的比賽，也就不回家，留在外面練習。」

「妳離家出走嗎？」百紅覺得不可思議。如今看來處事圓滑的霞小姐，居然有如此剛烈的一面：「可是，那麼一來妳能住在哪裡呢？學校？網咖？旅館？」

霞小姐忽然又顯得尷尬起來。「學校一放學就鎖門了，旅館也不能練習，哪有地方可以待……我是住到認識的人家裡。」

看到她面紅耳赤的尷尬表情，百紅忽然心領神會。「是住到三味線的石田屋嗎？」

似乎沒料到百紅能夠猜到，霞小姐一臉詫異，連忙解釋：「因為……因為不只是我，我還帶著小霞——我的貓啊！只要我不在家，根本就沒有人會餵牠，我非帶牠走不可，這樣子能去的地方就更少了。我從小就認識石田老闆了，石田君還是我高中同學，常來社團幫忙看樂器，可以說這是自然而然的吧！」

聊到這方面的話題，她們兩人都意志消沉。其實百紅對此還頗有好奇，卻又不太曉得該怎麼開口、詢問得多深入。或許也是因為擔心霞小姐講出什麼不想聽的話，搞得更加尷尬。霞小姐也一副不想多說的態度，於是就不了了之。

有時候，百紅試圖找一些應該屬於她們兩人之間的話題。

「妳以前到我家來的時候，說是想要把自己的貓做成三味線皮，那隻貓難道就是……？」

「是啊，是小霞。我從以前到現在就只養過牠一隻貓而已。」霞小姐爽快回應，絲毫不避諱。

「為什麼妳會想那麼做呢？一般來說，養貓的人不都是愛護動物人士嗎？他們不都是很……很那個。」

反倒是百紅，講起這事有些忌諱。她想到曾經聽說過的，同行工坊收到的恐嚇信、騷擾與威脅。那些愛護動物人士，對於「人」這種動物，可絲毫不客氣。據說在十幾年前，各地方政府所捕獲的流浪貓狗，由於最終要送去安樂死，為了使資源不要白白浪費，有些鞣皮工坊會和政府簽約，接收安樂死後的動物遺體。但隨著愛護動物的意識高漲，此舉受到強烈抗議，如今所有的樂器用貓狗皮，都是從國外進口的。

「我是愛護呀！但妳也知道，我對傳統三味線音色向來不能妥協，因此那些屈就使用合成皮、袋鼠皮或小羊皮的替代方案，首先就不能考慮。」霞小姐說，顯然對這問題已思考許久，講得又是滔滔不絕。「但是，如果想著只要我自己養的寵物安然無恙就好，或是像多數的愛護動物團體的想法，只要國內沒有殺生就好，其他的別國的貓狗，為了供應樂器皮所需，被大批大批殺掉也沒關係，這樣難道算是愛護？我覺得很虛偽。妳有聽過『獻皮協會』嗎？」

百紅搖頭。

「啊……好吧，可見得我們不夠努力。」霞小姐苦笑。「那是一群既喜愛動物，又想保存傳統樂器音色的愛樂人士成立的，我也是會員。我們會製作貓狗名錄，把會員家裡面願意在死後捐贈出來的貓狗建檔，然後去聯絡樂器鞣皮工坊。假如有願意接收的地方，就會在貓狗死後，把牠們的皮捐獻出去，希望用這種方式，或多或少減低一些為了製作樂器而產生的殺生。」

「完全沒接過這種聯絡。」

「怎麼會沒有，我不是就跟妳爸接洽，然後被拒絕了嗎？不過這也不是第一次了。目前我還沒找到地方願意收下小霞，想想真的是……牠一直在冷凍庫裡，被冰成那樣一塊……」

「不要做就好了嘛。幹麼做這種讓自己難受的事。」

「不行、不行。」霞小姐固執地搖頭。「特別是我還靠演奏維生，知道有很多貓狗為此喪命，更不能假裝沒看到。當然啦，工坊那邊不接受，也是很自然的。好不容易可以大聲宣布『如今所有的皮都是進口的，沒有任何一隻日本的貓狗為此受苦喪命！』卻偏偏在這時，要他們收下我們捐獻的貓狗皮，人家一定也很為難。」

「我爸說再過不久，手工鞣皮這行也會消失，全部都會外包到國外去。」

「是啊，現在已經看得到徵兆了，修補琴面的小破損，會用到小塊的貓皮貼紙，那個就是國外做的。但這未免太奇怪了！」

霞小姐顯得相當不平。「真正有需求的是我們，掌握技術的也是我們，只有我們自己才知道要的是什麼，如今卻把這些工作全部扔到國外去。國外其實並不了解什麼樣的品質才合格，就靠大量生產來彌補。從前是要多少生產多少，現在嘛，一次量產個幾百幾千張，讓日本來的買家從裡頭選幾十張……如此一來，豈不是殺得更多？然後自己的貓狗過世了，卻送到火葬場裡燒成灰燼，一點資源都不留。所以我跟石田君老早就討論好了，假如我們要養貓狗，一定把牠的皮捐出來……」

霞小姐忽然停下來，一副說溜嘴的樣子，大概是因她又順口說到石田君的事。百紅看了覺得不忍，假裝沒聽到似的，順口就給她臺階下：「雖然妳的考量聽起來很有道理，但是讓自己的寵物被剝皮，這還真不是一般人受得了的。我覺得妳很堅強呢。」

「唉，誰知道呢。我只是這樣計畫的，要是小霞真的變成了三味線，我有沒有勇氣彈牠，連我自己都不知道……」

見她順理成章沿臺階下來，巧妙閃躲掉關於石田家少爺的話題，百紅又覺得看了有氣。那個人，簡直在任何話題都能出現，躲也躲不開，牢牢靠靠地跟霞小姐的過去夾纏在一塊。

更令人生氣的是，霞小姐對他的態度始終曖昧不明。這種時候，百紅就格外想要捅她一刀。

「所以，妳跟那個石田先生還在吵架嗎？」百紅問，故意又把話題扯了回去，並且惡意的看著霞小姐一臉驚慌。

「我們很少見面，因為他在中部的樂器學校進修，只有週末才會回來。」

「他不聯絡妳嗎？那麼，妳就不會聯絡他？」

「錯的又不是我，為什麼是我要主動？」

「嗯……所以妳打算順其自然囉？」

霞小姐偏開頭沒看她，模稜兩可的答道：「是啊……」

春天早已過去。照理說霞小姐在去年提過的新教室應該完成了，可是她一直沒有開口邀百紅換地方。百紅也不問，反正她還真不想去那間據說在石田屋裡的新教室。她暗自希望，霞小姐跟石田屋乾脆地鬧翻，不要再開什麼音樂教室算了。她做夢都會夢見霞小姐煩惱地宣布教室開不成了，要另外找地方，在找到之前，得繼續跟她一起在這些個混亂、廉價的卡拉ＯＫ店上課。這夢實在太不切實際，連在夢境中，百紅都曉得那不可能是真的。

有那麼一天，她跑了一趟位在市中心商店街的石田屋，特地選在中午時分。她估計這個時段多數店家才剛開門，霞小姐不可能在這時候有課，也就絕不會撞個正著。

店面有些狹小，不過裝設著非常現代化的透明自動門，周圍鑲著淡色的櫻桃木框，增添些許古典味，店頭擺了一盆含苞的紫陽花。兩側分別是一家貝殼與銀飾的首飾店，以及一家素雅的時裝店，櫥窗裡展示著麻製的米色夏裝跟草編女帽。市中心的商店街觀光客不少，許多店家都把他們當作主力客群，專賣一些顏色鮮豔但製作粗糙，刻意張揚日式風味的小物件，但這幾家店都十分素雅，應是為了滿足在地人需求所設。

當真來到店門口，百紅卻沒有勇氣踏進去，眼見對門是一家蕎麥麵店，便往麵店裡去，坐在面對窗戶的位置，叫了一碗最樸素的陽春細麵默默吃著，吃得半點滋味也無。

透過石田屋店頭的玻璃櫥窗，可以看到明亮的店內中央販售一些零件小物，兩側掛滿樂器，裡面則有榻榻米，上頭擺了些拆解後的三味線，最深處似乎有門，通往狹小黑暗的樓梯。自動門上貼著三味線教室「戀絃會」招生中的宣傳海報，上頭用彩色筆繪著粉藍、粉橘的音符和菊花紋，就像西洋音樂教室的海報一樣，很有霞小姐那種和洋不拘的風格。

不過真正讓她倒盡胃口的是，店門口深綠色底色的招牌上，寫有石田父子的名字：「石田總一郎」跟「石田絃貴」。百紅忽地意識到那教室名稱：「戀絃會」。原來那個名稱，特意選用糸部的「絃」字，指的不是三味線的琴弦啊。當她意識到這一點，頓時覺得再也吞不下任何一口麵，只能快快起身結帳離開。

百紅覺得霞小姐從沒說過到底喜不喜歡石田先生，但倒是很擔心外人不曉得他倆是一對的。為了顯現出「天生一對」的效果，無論是在山上的音樂會那回，或是這椿替教室取名字的事，都顯得太過矯揉造作，跟她平常的傳統典雅一點都不相襯。

回去的路上，百紅不搭電車，徒步而行，一面想像那對男女走在路上的模樣。他們從高中就認識，而且還是能借住在對方家裡的關係，可見得從當時就是情侶，或至少是關係相當好的青梅竹馬？那麼，他們有做過所有古都情侶都會做的蠢事嗎？好比在盛夏夜晚，穿著花紋相同的情侶浴衣、手牽著手去看祭典？或是到著名良緣勝地的古老神社裡，在連理夫妻樹前，祈求愛情長久？

還有更愚蠢的。這是個悶熱的陰天，天色仍亮，但雲層厚重得彷彿隨時都會化成雨點墜下。當百紅走到鴨川附近，聽到施工的敲打聲陣陣不絕，右岸開設河岸餐廳的那一帶，如同往年一般，已經在引流上搭建起夏季夜晚用的川床。多數川床都在晚上才營業，有些店家趁這時，請來師傅進行補強工作。在那一成排川床下方，鴨川防波堤上毫無遮蔭的河邊小路，便是情侶們最喜歡的散步道，可以就地坐下看河景，或眺望不遠處的東山。

在這裡，霞小姐跟她男朋友，也曾跟著大批其他的傻瓜情侶檔一起沿著河邊漫步，然後旁若無人地親吻，惹得在場的其他情侶紛紛起而效尤，引起一波四下蔓延的親吻漣漪——當地學生族都會戲稱，或說蔑稱那種在鴨川河邊沉浸在兩人的粉紅色世界裡的吻為「鴨啾」——霞小姐幹過「鴨啾」這類庸俗至極的蠢事嗎？想到這裡，百紅就覺得真心想掐死那個男的。

她一面陰鬱地想著，一面走過鴨川上的大橋，還沒過到一半，就有大顆水珠掉到身上。她正想著這不知是從哪濺來的水花，又是一顆落在掌心，沉甸甸的。不遠處正在處理川床的師傅那邊，同樣傳來一陣驚呼，吆喝著要拿出遮雨的藍色帆布。

初夏的梅雨季來臨了。

6

梅雨季節，氣溫驟降，天氣似乎走上回頭路，又回到春天那種冷涼日子。差別在於一旦雨勢暫時停歇，陽光乍然直射，猛烈的熱度一下子讓周遭變得溼熱難耐，彷彿在提醒人們季節確已更迭。

百紅依舊常跟霞小姐見面。霞小姐說，百紅的琴藝原本就頗為扎實，與其急於學更多技法，不如經常出去走動，觀摩實際演出，更能開拓眼界。她總是要找這許多藉口，不過百紅也就依著，反正不管理由如何，總之可以見面就好。百紅以大弟子的身分跟隨演出，在一旁幫忙組三味線、換樂器或調音，偶爾也上場伴奏。

為了在上場時不顯突兀，百紅也得穿和服，霞小姐說她有多的，雖說是件樸素的小紋，不是昂貴的高級衣服。反正百紅如今對高級和服有點感冒，覺得這樣正好，隔沒幾天霞小姐就把衣服裝在紙袋子裡提來。

那是一件天藍底色的印花小紋，上頭點綴著開白花的花莖，搭配藕褐色格紋衣帶，整體來說有些老舊，不過還沒褪色，只是整體上顯現出一種經常使用的溫和感，所有銳利、鮮豔的成分都已被撫平。霞小姐甚至曉得該怎麼穿，不過想來這也是理所應當。畢竟一週內總有三、四場表演，要是每次都像那些貴夫人到美容院去請人幫忙穿，那還得了。兩人就在民謠咖啡廳的樂屋裡，七手八腳地忙起來。

當一切就續，霞小姐把百紅推到鏡子前面。她站在後頭，滿意地評論：「百子的身高跟我差不多，妳看，衣襬跟袖子都不用摺。」

「這是什麼圖案，柳絮？」

「才不是呢，是霞草！這是我剛出道時穿的衣服。」霞小姐說：「送妳。」

「真的？」

「反正我最近很少穿。年輕女孩穿比較好看。」

第一次收受霞小姐的禮物，百紅既高興又有些害羞，何況這衣服上的花色還隱藏著她的名字，更顯得別具意義。百紅照實說出心聲，霞小姐表示同感。

「這衣服雖說不貴，但也不是能輕易送人的。因為是百子，所以我才敢這麼做，我總覺得百子跟我是同類人。」

百紅一點都不明白自己跟霞小姐哪裡相同了。她們兩人，一是前途有望的青年民謠歌手，一是老人之家把屎把尿的照護臨時工。一是站在聚光燈下的三味線演奏者，一是身處暗影中的鞣皮匠人之女。一是身分正統的古都居民，具備參加祭典的資格；一是出身河川下游的不可言說之民，打開家門見到的是祭典過後隨水漂來的垃圾。她們兩人怎麼看都完全相反，不過霞小姐願意這麼說，即便不是事實，至少顯示她完全不在意身分，令百紅感到高興。

因為出去得頻繁，使得百紅在排值班表時頗有些遲疑。葵之鄉的那些職員跟婆媽們大概以為她交了男朋友，芹澤小姐就曾叨唸：「請假是可以，不過如果能早點安排，或者一開始就不要排班的話，對大家都方便，知道了嗎？——這是正式職員要跟妳講的話。」接著露出促狹的笑：「——以我個人來講嘛……所以說，都還順利嗎？」

「什麼事情順利嗎？」

「妳自己心裡有數就好。其實我一直覺得以學生族而言，妳打的工太多了。要是不缺錢，多出去約會很好啊！」

「喔。」

百紅任由旁人去誤會，不過也沒什麼好澄清的。跟霞小姐一塊出去工作，其實也跟約會沒什麼兩樣，儘管兩人聊的都是音樂的話題，但反正只要她倆一道，聊什麼都開心。

不過百紅確實有點煩惱，一方面是排班減少，存錢的速度自然變慢，可是她又對來自霞小姐的邀約全無抵抗之力。事實上，她根本每天都在等待聯絡，還為此辦了一支手機，就為了要跟霞小姐互傳簡訊。之前她根本沒想過，自己居然會需要用到這種東西。

另一方面，百紅也來到高二上的學期末，必須開始考慮未來出路。從前她沒有長留古都的打算，總是嚮往到外頭去，早日脫離這個一到夏天便會燠熱難耐的火盆，如今卻遲疑了。她開始想，或許不用這麼早離開，也許就近找個什麼專科學校，再讀點書、考個證照。只是這麼一來，究竟要讀些什麼，她得好好考慮。倘若父母不支持，又會再多一筆學費支出。各種因素相加起來，似乎都令她買下老家持分的日子越推越遠。

霞小姐不曉得百紅的煩惱。梅雨快結束的七月底，她問百紅要不要再到上回音樂祭的地方參加活動。

「又是音樂表演嗎？」百紅問。

「音樂人辦的活動嘛，表演自然是少不了的，不過這次我是去當聽眾的。而且重點也不在表演。七月最後一個週末，在林場旁邊的村莊正是農忙時節，主要是去那邊幫忙。」霞小姐說。

由於當地是個偏遠保守的務農山村，每次長假卻都會聚集一大群奇裝異服、怪模怪樣的音樂人，在安靜的森林裡大聲奏樂；加上隨之而來的觀眾，所有人的汽機車排放廢氣，看在當地人眼中，只怕觀感不佳。儘管他們要在水土保護區域活動，都是有提出申請並獲得地方政府同意，但為了音樂節的永續發展，幾個主辦人討論以後，認為需要安排一些與當地居民的互動，好讓村民們曉得，這些怪模怪樣的傢伙並非一群想躲在大眾看不見的地方搞破壞的烏合之眾。

至於什麼樣的活動對當地而言最有助益，因為都市化的關係，山村裡頭缺乏年輕人，這點在農忙時格外顯著。最終就這麼敲定，在主要農事進行的時節，他們也會舉辦小型的活動，先在白天帶領眾音樂人一起下田幫忙，晚上才在村裡表演。而在七月底，山村即將進行的農事是盛夏稻田的「送蟲祭」。

這活動是北島的稻米產區行之有年的傳統儀式，各地做法不一，總之是在夏季擇一吉日，出動壯丁或全村居民，持火把跟響鑼巡過稻田，象徵著送走田間的害蟲。不過百紅聽過的版本和這略有出入。

「是叫『送蟲』嗎？說得這麼直接？半島上都說要送走『實盛大人』。」百紅說。

「啊！一樣一樣，在這裡也是稱為『實盛大人』的。我只是不知道妳有沒有聽過，所以說『送蟲』。看樣子在西部這邊，不管是北邊南邊，大家都說『實盛大人』呢！」

對霞小姐而言，此事還有其他意義。三味線民謠發源於民間，與農家生活作息非常相關，因此有許多的務農歌、收穫歌。霞小姐說她也想實際體驗，一定能讓她對民謠有更多理解。

百紅答應要去。除了對打工時數減少有所顧慮以外，她沒有不答應的理由。至於她的顧慮，就不必讓霞小姐知道了。

同樣又是漫長的搭車、轉乘過程，光是移動到當地就花去整整一天。不過當百紅下了車，呼吸到山中冰涼的空氣，明明是梅雨尚未完全結束、暑假即將到來的溽暑時分，那片人造杉木林裡的空氣依舊清新冷冽，令她精神為之一振，覺得花那麼長時間搭車都值得。

何況在一路上，百紅都跟霞小姐偎在一起。不同於上回她們還不是很熟悉，禮貌但拘謹地並坐著，現在可完全不一樣。何況她們是來幫忙農事的，霞小姐自然不會穿什麼華服，而是識相地穿了不怕髒的粉色T恤跟黑色牛仔褲，又令百紅大感驚奇。她當然知道霞小姐有普通衣服，不過牛仔褲，實在太難想像。穿和服的霞小姐固然美麗，舉手投足因受到服裝束縛而更顯優雅，不過百紅發覺她更喜歡眼前穿著輕便、隨意蹺起腳的霞小姐。這可不是輕易看得到的，也就有一種特殊的親密感。她倆就像一對極其普通的學生族夥伴，手拉著手吱喳說話，或者不說話，望著電車窗外綿延的大湖。百紅覺得她簡直可以望著這片景象直到時間盡頭。

來幫忙的人數沒有音樂節那麼多，民宿前的草場一片冷清，除了民宿老闆自己的廂型車之外，還有四輛小車，以及一輛白色休旅車，旁邊搭了一頂帳篷。看樣子車主對帳篷住宿的喜好相當強烈，明明飄著細雨，不太適合露營的。其餘人等都住在民宿裡，百紅上回沒有仔細看過房屋內部，如今才第一次看清楚。她們上回聽演奏的、有緣廊的大房間，算是民宿的餐廳兼客廳，除此之外只有兩大一小的三間客房，都是鋪著榻榻米的通鋪。她倆被安排在小的那間，說是因為大客房那邊的房客是幾個家庭跟他們的朋友，都帶著幼童，索性把有孩童的通通安排在同室。

她們住的小間是三人房，一拉開紙門，只見在最門邊的位置已經鋪好床墊，枕頭旁放著兩個背包，都是黑色的，就只有這麼一點行李。民宿老闆說，她們今晚的室友是攝影師，或說本業是美髮師、興趣是攝影之類的，總之現在出去拍雨景。雖說不曉得何時回來，至少晚餐之前都會待在外面，因為她已事先用過晚餐。

百紅當然巴不得如此，可以的話最好給她們雙人房，不過現在這樣也跟雙人房差不多。上次來的時候，霞小姐大概考量到自己是主辦單位邀來的表演者，老是逗留在公共區域，跟其他前來攀談的音樂人或觀眾東聊西聊，到處周旋。百紅以為這回也是如此，因此她們吃飯泡澡後，霞小姐沒有留在客廳，反而跟著她回房間，然後在鋪好的、帶有櫥櫃木頭味的墊被上滾成一片，絲毫沒有要再出去的跡象，很令百紅高興。起初她還有些不放心，問道：「妳不用去跟其他房客聊聊嗎？」

「我幹麼那樣啊？」霞小姐瞪大眼睛。「明天就要下田，下田耶！今晚我只想跟百子在榻榻米上滾來滾去。」

「是嗎？那好極了。」

這下百紅就真的安心了。

她們的房間位在玄關鞋櫃的後面，整個晚上不時會聽到人員進出、開門關門，以及放鞋子的聲音。只要有鞋子被放進鞋櫃，就會令房間的薄牆為之咚咚作響。雖說外頭正在下雨，但那麼一點細雨絲，還不足發出聲響，蓋不掉玄關的雜音，說實在的有點吵，不過她倆趴在床墊上聊天，用霞小姐的隨身聽聽音樂——她還去櫃檯跟民宿老闆借了幾片CD，興奮地啪嗒啪嗒跑回來，說是借到了罕見的寶物、已故大師的民謠演奏——不知不覺中，竟還是睡著了，大概是整天搭車太累的緣故。

也不曉得過了多久，朦朧間百紅覺得周遭陡然一暗，有人把她們忘記關的白色日光燈按掉。百紅不禁睜眼，瞥見房門大開，那位應該就是所謂攝影師的房客，正背著走廊光坐在門口，就著微弱的光線收東西，大概是雨衣之類的物品。儘管脫掉了雨衣，那人身上穿的防潑水夾克仍窸窣作響，惹得百紅益發清醒。

雖然如今四下一片黑，但對方想必也是把房內看得一清二楚，這才關掉電燈的。百紅決定還是別再裝睡，早點讓這尷尬的場面結束。

「——晚安。」百紅說。

「啊，晚安，吵醒妳了呀，抱歉啊。」房內昏暗，百紅看不清女人的面容和表情，只看出她那背光、紮起的鬈髮邊緣透出冷冽的藍紫。看來民宿老闆沒記錯，這位應該跟美髮業有點關係。

「不會，沒關係。」

百紅躺的是自己的床位，是霞小姐離了位置，回想起來，應該是聊天聊到一半，就這麼倒在百紅身上沉沉睡去。何況百紅自己也把她攬過來，如今要推也推不回去。百紅只好認了，小心翼翼起身，改睡到霞小姐的床位上。

祭典舉行時間在傍晚，早上是自由行動，不過多數音樂人都晚起。直到下午，他們一行人先幫忙拔除田間雜草，再和村民一起綑紮祭典用的火把。百紅的老家雖有田，但都是淺山丘陵地的果園，她沒有下水田的經驗，覺得挺新鮮。

相較下霞小姐雖興致勃勃，卻也有些遲疑，明顯不知道該怎麼做。她戴著遮陽帽，手上有橡膠手套和袖套，沒有雨鞋因而穿著拖鞋，全副武裝的模樣。她看看百紅，又看看不遠處其他人的反應。帶孩子那幾家，他們的小孩已經玩在一塊，毫不猶豫地跳下田，一陣高呼：「水是熱的！是溫泉耶！」

「別傻了，稻田裡哪有什麼溫泉。」

「是真的！」

聞言，霞小姐也把手伸進水裡，然後詫異地對百紅道：「真的耶！是溫水。」

七月末的稻禾即將抽穗，田間水位不用太高，約莫就一根手指深，在直射陽光下一整天已然晒熱。雖說如此，水中生物依舊活躍，漂著青萍和淺褐色帶斑紋的巨大蝌蚪，偶爾可見同樣花斑的澤蛙。

百紅本來踩著拖鞋下水，可那鞋底一旦接觸泥濘，很快就卡住，每次舉腳都頗費力，當真是「拖泥帶水」。她搞得煩了，拔下鞋子往田埂上丟。霞小姐看得大樂，跟著把袖套、鞋子都脫掉，丟往岸上。她們光腳繼續忙，沒多久霞小姐忽然驚聲大叫：「百子！百子百子百子！」

「怎樣？」

「妳看！」

她指著百紅的腿。百紅偏過頭去，看見一隻水蛭正叮在左小腿後面。

「喔！這個啊。幸好也沒多大，看來才吸上來不久。」

「妳的反應也太淡定了！」

「因為又沒事。」

百紅伸手捏住滑溜的蛭身，水蛭不願離開，牢牢吸住。百紅用力一扯，蛭身無聲斷開，擠出一縷暗紅色血液，順著她的小腿流下。霞小姐忍不住驚呼，百紅皺起眉頭，彎身撈起田水洗手。

「好了，這樣解決了。」

「哪裡解決了，可以這樣硬拔的嗎？都不用乾淨的水洗一下？」

百紅聳肩。「洗也沒用，嘴大概斷在傷口裡了。水蛭的嘴吸力很強。待會上岸再挖。」

「不要這樣啦！現在就處理！」

霞小姐幾乎是推著她上到田埂，然後匆忙跑去找民宿主人，說是要去跟他拿醫藥箱。百紅覺得好笑，才流一點血就這麼大驚小怪，卻也高興能被霞小姐關心。她正喜孜孜地坐在田埂上等，忽然覺得後頭有人在，一轉頭，發覺那跟她們同房間的攝影師，正在後面的樹蔭下。

大白天裡，百紅總算看清楚那人的模樣，年約四十後半的女子，染著一頭誇張的紫髮。梅雨季末，只要不下雨的日子，氣候便很悶熱，那人卻穿著卡其色的長版夾克，肩上斜掛著相機袋。

見到此人令百紅有些尷尬，但不說點什麼，似乎更為尷尬。早上起來的時候，百紅很慶幸攝影師已不在房內，否則不曉得會用什麼眼光看她們兩個。至於霞小姐，自然是什麼都不知道。

她向那人點頭致意，那人也回禮。

「聽說妳是攝影師？」百紅問。

「是啊。」那人左右顧盼，明顯流露出對此稱號的得意神色。「妳有看到掛在民宿客廳裡的月曆嗎？」

「有。是妳拍的？」

「是啊。」

「我怎麼記得那月曆上寫的名字是個男人。」

紫髮攝影師急忙辯解：「一部分是我的老師，一部分是我拍的。妳大概看到老師的名字，但我拍的也不少啊。我們無償出借那些照片，把賣月曆的錢捐給民宿辦音樂節。」

「是喔。」

講到這裡就沒話說了，可是攝影師全無要離開的跡象，大概還在等待什麼好鏡頭。百紅正苦思著要再找個什麼話題，攝影師自顧自地開口。

「我不懂音樂，不過這裡的音樂節可以見到許多有個性的人，拍他們很有挑戰性。」

「誒，這樣啊……」

「上回有個鼓手給我看他的內褲。」

「男的嗎？」

「男的。」

她是在描述一樁性騷擾事件嗎？百紅心想。但攝影師倒沒露出受害者的憤怒不平。

「他說，他現在跟女朋友分隔兩地，很想念對方，所以把她的內褲穿在身上。黑色的女用內褲，有蕾絲跟珍珠的那種喔！也不知是真是假。也許是瘋狂的愛，也許只是他自己愛穿女用內褲，找個藉口而已。」

「這樣啊……」

攝影師走開了。百紅不明白那關於內褲的話題有什麼用意，是在安慰百紅說她們不算最怪的嗎？還是純粹找個話題閒聊？正想著，霞小姐拎著醫藥箱跟一瓶礦泉水，小跑步回來，百紅也就把問題拋諸腦後。

因為被虎視眈眈盯住，百紅只好老實坐下來處理傷口。她用指甲掐，找不到那水蛭嘴，霞小姐把消毒後的棉花棒遞過來。百紅嫌那太鈍，把棉頭拔掉用木棒子挑找，霞小姐又是驚呼連連。

百紅一陣好笑：「夠了，怕就不要看。」

「妳對待傷口的方式太可怕了！」

「沒什麼可怕。人每天吃動物血肉，跟這差不多。」

「才不一樣！動物又不在自己身上，但腿長在自己身上啊。」

百紅睨了一眼。

「沒什麼不一樣。」

霞小姐嫌她亂來一通，堅持要幫忙包紮。百紅閃躲幾下，都沒辦法躲開，只好投降，乖乖坐定不動。霞小姐做事仔細，但百紅看來覺得有夠溫吞的，拿沾了碘酒棉花棒一點一點輕碰，好像以為自己拿的是長矛還是火鉗似的。

不遠處有座神社，是傍晚送蟲祭的出發地，村民已全數出動，聚集在有好幾棵大樟樹遮蔭的神社前廣場，用稻草和竹竿、草繩製作「實盛大人」與祂的坐騎。這部分比較複雜，而且必須遵照古法，不是民宿這一行人能插手的。他們只能過些時候再去，幫忙製作火把。

村民們帶了不少孩子來參與。上回長假的時候，她們也曾搭車匆匆經過這裡，可沒看到這麼多小孩。她倆眺望神社那邊洋溢慶典氣氛的熱鬧景象，不一會，幾個孩子興高采烈地抬著一具中型犬大小的稻草馬出來，頭頂上插著兩片綠葉充當馬耳。馬被搬運到鳥居外的柏油路後，穿白衣的村民便將之高高立在兩支竹竿上頭。看樣子坐騎已就緒，靜候「實盛大人」披掛上陣。

「其實我一直搞不懂，蝗蟲神為什麼要騎馬。」百紅說。

「蝗蟲神？」霞小姐不解其意，挑起眉頭。

「實盛大人呀。」

「啊──他啊！他不是蝗蟲神。」霞小姐笑起來。「實盛大人是武將，武將的冤魂！所以才要騎馬。妳沒聽過祂的故事嗎？《平家物語》。」

百紅搖頭。她當然曉得《平家物語》，課本裡有節錄開頭部分，只是她向來對課業不太關心。沒選進課本裡的段落，自然更加陌生。

霞小姐說起那典故。源平戰爭中，年近七十的平家老將齋藤實盛，在其他盟軍皆敗逃而去之際，獨自留在篠原，迎接一場必敗之戰。篠原靠近實盛的故鄉，即便知道勢必戰敗，他也想服膺中國的「衣錦還鄉」，因此特地請求主君允許，穿上緋紅錦緞的直垂，並且用墨汁染黑鬚髮，免得老邁的自己被年輕力壯的敵軍看扁。

最後，敵軍果然斬殺了這位老將，可是無人知曉平家軍隊裡有這麼一位將領。特別是當時的武將決戰，都必須互報姓名，但實盛面對對手「報上名來！報上名來！」的吆喝，一聲不吭，遂無人知曉紅衣將領的名姓。直到他們靈光一閃，將實盛首級浸到篠原戰場旁的池塘清洗，露出霜雪般的白色鬚髮，方才發覺，戰場上陌生的紅衣將領，原來是老將實盛。

「《平家物語》裡，實盛的故事到這裡結束，可是位在實盛故鄉的西北部，一直流傳著實盛死不瞑目、到處作祟的奇聞。想必是在自己故鄉附近沒能打勝仗，反而被敵軍斬首，心有不甘吧。」

霞小姐唸起了一個句子。從節奏聽來，百紅曉得那是古文，應該是某種詩句，卻不知道那是在描述些什麼。見她滿臉疑惑，霞小姐補充：「能劇《實盛》，講的就是實盛死不瞑目，化成幽靈現身的故事。」

吾乃實盛之幽靈。魂雖已赴冥途，魄仍徘徊此世，
皆因執心深重，
至今歷二百餘年矣，
尚且載浮載沉，
於篠原池波間。
既非晝亦非夜，
既非夢亦非實，
徬徨於內心幽闇中。
惟此執念，
仍藏於篠原，棲居草葉之下——
衰草覆霜翁震顫，衰草覆霜翁震顫。

「活著的時候明明是那麼驕傲華麗的武將，死後卻躲在古戰場的草葉底下，好幾百年都無法超渡，瑟縮顫抖。這巨大的反差，就是實盛傳說迷人的地方吧。」

「我不懂。就算他無法超渡，那跟蝗蟲有什麼關係？」百紅問。

「聽說在決戰的時候，實盛的戰馬踢到收割後留下來的稻草頭，絆了一下，就這樣分出勝負的。實盛因此怨恨稻禾，每年夏天都要領著蝗蟲去稻田作祟。說起來，實盛的戰敗跟稻草哪有什麼關係，就算他是在河邊迎戰，憑著敵軍年輕力壯，他終究會輸的，卻硬要怪到稻田的錯，好執拗的人啊。」

霞小姐笑起來。「不過我挺喜歡的。他的這種就算旁人不能理解，就算破壞規矩，也一心只想貫徹自己的執

念，曲曲折折的性子。」

「跟妳有點像。」百紅說，不禁笑了。

「什麼！哪裡像了？」

「就是妳剛說的那些。」

「哪些？哪裡像了？」

她們包紮完畢，收拾了東西，順著田埂走到鋪平的田路上，要去還醫藥箱。因為剛拔完草，兩人一身汗水與草屑，小腿沾著泥巴。

沿著田路有一條水圳流過，比稻田裡的水深一些，約莫膝蓋高度，水勢湍急，不時濺起水花，裡頭還有飄搖的翠綠長草，看起來清冽冰冷。她倆頂著一個下午的太陽，百紅恨不得跳下去洗一洗，偷眼看著霞小姐，雖沒表現得像她這樣明顯，卻也是眼巴巴望著水圳中清澈的急流。

在即將走到田地最末端時，老遠她們就看到路邊相當熱鬧。這裡有個十字路口，水圳在此轉彎，匯集成一汪不深的水池，一部分水流則通過涵洞流往下一段田地。幾個當地孩子坐在池邊，雙腳泡在冰涼的水裡打水。另有一個兩、三歲左右的小女孩，媽媽是這回跟她們一起住在民宿的幫手，被媽媽牽著站在水圳裡。她媽媽撩起一點水花潑在她身上，小女孩放聲尖叫，興奮地直拍手。不一會，岸上那群孩子紛紛跳下水去，那些帶孩子的幫手們也隨之躍入，把那有坡度的長長水圳當成滑水道，順流滑下。水圳底下並未鋪設石子或水泥，他們這樣子滑，把底部的泥巴都翻攪起來，令那滯留池成了一汪泥漿，所有人也都不在乎，大人小孩浸在泥水裡玩成一團。

霞小姐停步，絲毫不掩豔羨之情。「啊！真好！假如我以後有小孩，我一定也要帶他們到田邊這樣玩。」

「妳沒玩過嗎？水圳啊、泥巴之類的。」百紅說。

「怎麼可能玩過？我完全就都市人，而且我爸媽一定受不了的，讓小孩子穿著溼衣服，滿身泥巴跑來跑去。

我小時候完全沒這種機會。」她憂鬱地說。

「幹麼等以後？還要等生孩子？」

百紅搶過醫藥箱放在路邊，抓著霞小姐的手跑到水圳前，二話不說自己就先跳下水。霞小姐有些遲疑，百紅向她伸出手：「來嘛！我抓著妳，不會滑的。」於是她也就抓住百紅伸出的手，小心翼翼地下水。

「好冰喔！」霞小姐驚喜地大叫。

「因為是活水嘛。」

剛開始她還有所顧忌，站在水圳邊緣，只是清洗手腳，搓著褲管上的泥巴，但不時有人大剌剌從她們身邊滑溜而過，跌進泥漿般的滯留池裡，濺起一片泥水，淋往她倆身上。霞小姐又是一陣搓搓洗洗，百紅大笑，朝她潑水：「還洗呢！我幫妳，這樣更快！」霞小姐也不甘示弱地還手，搞得兩人渾身溼透。

既然都已這副模樣，也就不在乎弄得更溼，百紅拉著霞小姐上岸，跑到水圳上游一點，跟著其他人一起跳下水圳，把那當成滑水道，一路滑到滯留池裡。

她們玩得正起勁，從池子裡爬出來打算再滑一回，百紅一面揪著霞小姐衣服的後背，幫她撿掉黏在上面的草屑，忽見那背脊像凍結似的僵住了。百紅抬眼，才發現岸上有人走近，是個年輕男子。

「……霞。」那男人說。

百紅跟著僵住，如遭雷擊。不知道為何，她直覺地曉得，眼前這男子就是那位她倆都不願提起的，三味線石田屋的繼承人。

大概是因為身邊多是皮革職人，百紅一直認為石田屋的少爺也會是職人型，沉默寡言、不擅說話、技術扎實。也許就像她父親，木雕般渾厚、誠實牢靠。如今實際見面，發覺完全不是那麼回事。石田屋的少爺穿著簡單的白衣黑褲，高瘦冷淡。不遠處停放著他的車，老舊的深藍色小車，有點褪色，卻擦得晶亮。

見她倆察覺到他的存在，他又走近一些，踩著與車同樣晶亮的焦糖色皮鞋，小心翼翼閃過地面上所有的積水和泥巴，每一步都精確踩在青草上，腳步帶著自信、倨傲與嫌棄。他一點都不像與木器相處的職人。倘若有人說他是關在無塵無光的工作室，透過桌檯式放大鏡修理珠寶或高級鐘錶的工匠，也完全不奇怪。

「別誤會，我可不是來找妳的。」他說。

「那你來幹麼？」霞小姐立刻回嘴，反應很快。

「茂村前輩託我修樂器，我正好經過，想說這邊在鬧什麼。」石田先生說，不帶感情地掃視她倆一眼，又看看後頭那群還在泥漿裡喧鬧的人群，皺起眉頭，稍微站遠些。

「真想不到啊，霞。是說妳真髒。帶著那一身別想搭我的車。」

「少來，誰要搭了？你大可把你那輛高級車開得遠遠的。」

儘管雙方說的全都是拒絕的話，百紅卻聽得喪氣。他倆的對話節奏，聽起來確實像已經鬥嘴十幾年那般，默契十足。

石田先生點頭。「那就好。民宿見。」

他轉身回到車上，發動引擎揚長而去，旋風似的，扔下一臉忐忑的霞小姐，跟心情跌到谷底的百紅。

7

「妳又開始瘋狂排班了啊？高中放假了吧，不跟男朋友出去玩嗎？」

暑假到來，當百紅交出新的排班表，芹澤小姐如此調侃。百紅心情鬱悶，勉強投以無奈的眼神。當然，她完全沒有跟任何人討論的打算。

「我錢不夠用。」她說。這也不全是謊話。

「啊，原來如此，說得也是。那就好好存一筆再出去玩吧。」芹澤小姐回應。

回想起先前在山上的送蟲祭，猶如噩夢一場。自從那男人出現以後，霞小姐便魂不守舍。儘管她似乎想表現出一切如常的樣子，但百紅看得出來，她根本沒決定好要站在哪邊。既然如此，百紅覺得不如趁勢推一把，往自己有利的方向。她先隨口讚美石田先生幾句，說他挺斯文的之類，句句言不由衷，然後話鋒一轉：「不過，他講話挺冷淡的啊，看上去也不像要道歉的意思呢。」

「是啊……」霞小姐答道，顯得心不在焉。

「我雖不知道你們為什麼吵架，不過這種時候，一直耿耿於懷、在意對方一舉一動的人就輸了。」

「是啊，妳說得很對。」霞小姐苦惱地回答：「我也知道是這樣，所以這回本來就已經決定，要把吵架的事丟在山下，到了這裡就是要專心在眼前，要跟百子好好體驗一番農村生活的。」

話雖如此，霞小姐仍是一副六神無主的模樣。當她們到神社去幫忙綑火把，並在祭典開始時，持著點燃的火把穿過田間，跟在穿白衣的村民們護送「實盛大人」的隊伍裡頭，情況更形顯著。霞小姐完全沒在留意風向，因此當山風吹拂，所有掉落的火星都往她臉上飄，她才赫然驚覺自己拿火把的方向不對，驚叫一聲差點就要鬆手，百紅趕緊上前幫忙扶著，才沒讓燃燒的火把掉在鋪滿乾草的田埂上。

至於那石田先生，確實是個奇特的人。祭典的隊伍最終會在天色全黑以前，將「實盛大人」送到村外的溪流邊，連同所有火把一塊燒滅，再讓灰燼隨水流去，然後折返回村內的活動中心用晚餐。民宿老闆連同其他幾位受他邀請的樂手，也會在用餐的當下表演一些餘興節目，而石田先生也等在那裡。他打開琴箱，拿出受託送來的樂器，是一把深色的古典吉他。百紅完全看不出它的特別之處，不過其他樂手顯然知道。所有人都驚呼起來，為那樂器嘖嘖稱奇。

民宿老闆相當得意。他高舉著那把吉他，向觀眾——主要是村民們介紹，說那本是一把大師製作的名琴，由於面板和背板都有損壞，才讓他用低於行情的價格買到。他委託製琴師傅石田先生加以修理，並指定使用取自村落後山竹林裡的苦竹，象徵著西洋古典吉他終於在此落地生根。

「非常不容易，極大的挑戰。我一年半前就委託出去了，到今天才回來。想想看：要把圓形的竹桿刨成細片，壓成平面，再聚合為一整張平板。石田先生本來不肯接，說這主意實在太亂來了，不過最終還是拗不過我的請求。我們為了要用哪種木材，討論、試驗了非常久，差不多就跟我適應山上沒有水電的生活一樣久，最後才選定，要用比較有彈性的苦竹。」

民宿老闆說得熱情洋溢，一面拍打石田先生的肩膀，尋求他的贊同：「過程雖然辛苦，但最終我們還是辦到了。連樂器都可以適應本地的風土，適應力更強大的人類，一定可以做得更好。你說是不是？」

百紅曉得，這場聯誼會是為了讓音樂人與村民相互了解。是以，無論心裡實際的想法如何，都該順著主辦者民宿老闆的話說。不過百紅心裡不暢快，看到一片和樂融融的景象，還真希望來個什麼意外插曲，打斷這一切。出乎意料的是，她所期望的插曲立刻出現，居然來自石田先生。

「如果只是要做出一樣的形狀，只要硬度夠，什麼垃圾都能用，拿塑膠都能做得。」他冷哼一聲，對自己的作品充滿不屑：「問題是被這樣子改動後，這把樂器還能算古典吉他嗎？是你堅持要用本地樹種，我才這樣改。要是讓我作主修復，在還沒找到相同等級的木料前，我都不會開工。」

雖被石田先生的冷水潑得滿頭滿臉，民宿老闆似乎早有心理準備，立刻回敬：「相同等級的木料，你指巴西玫瑰木？而且還要三、四十年前的舊木料？現在哪還有那種東西，就連國外也很少了。照你這樣說，豈不要天荒地老的永遠等下去！」

「對。」

民宿老闆仰頭大笑。「別這麼說嘛！用竹子做不也別有味道？能彈耐用，是可再生的當地資源，運輸上不會造成多餘的碳排放。有了這回經驗，你難道就沒發覺竹子的妙用？現在國內竹子普遍長太多了，應該好好運用，搞不好三味線也能這樣試呢！」

「這你大可放心，我永遠不會蠢到拿竹子做三味線，天塌下來都不會。」石田先生說得毫不客氣。「爛音色聽久了，耗損的是自己的聽力。現在這麼多人學音樂沒兩下就放棄，就是聽信廠商推薦的便宜低階樂器，粗糙濫製，發出的音色讓人受不了，還以為是自己沒有恆心。殊不知之所以學到一半不想學，就是因為樂器不正確，彈出來的聲音沒半點魅力。」

他瞪了民宿老闆一眼。「我們半點都沒交集吧。」

「對！真的！你這樂器狂人！你都怪在樂器身上，音樂的好壞成也樂器敗也樂器，好像樂器的缺點不能用技術彌補，那叫我們這些演奏者該怎麼辦呢？是不是都不要練習，大家努力存錢去買百萬名琴就是了？」

「那倒也不是。」

民宿老闆仰頭大笑。

「好吧，總之我知道了！巴西玫瑰木是吧？民宿外頭的空地剛好有一片合適的，我現在就來種，先等個三、四十年讓它們長大，砍下來後再放個三、四十年，讓它成為徹底風乾的老料，然後再交給你修理成『正確的』古典吉他吧！」

「可以啊，屆時我們都還活著的話。」

這種自以為是的傢伙有什麼好，百紅著實想不透，不過她可以看出來，此人對樂器的堅持，與霞小姐不相上下。

半夜，百紅發覺霞小姐起身，披衣出去，緊接著就聽到玄關傳來拿鞋子的聲音。她出門到外頭去了。第一時間百紅直覺想要追出去，但真追出去又如何？她該說些什麼？民宿周圍的腹地頗有範圍，該如何找到霞小姐，何況往好處想，石田先生也不見得就在外頭，或許霞小姐只是到外頭散心。百紅左思右想，僵在被窩裡動彈不得，腦內思緒混亂如泥漿。終究她還是沒能採取行動，糊裡糊塗睡去。醒來時，天色已晚微亮，而霞小姐也回來了，正背著她折棉被。

顯然霞小姐想裝得若無其事，不過百紅明確感到一股終結的預感。果不其然，吃早餐的時候，石田先生走來和她們坐到一塊。霞小姐有些僵硬，但石田先生一副稀鬆平常的模樣，好像冷戰也好、和好也罷，這一切都與他無關的樣子。他甚至向百紅搭話：「我聽說過妳。妳就是霞的開門弟子。」

百紅實在不太想理他，但還是回道：「我也有聽說過你，聽說你們認識很久。」

「是啊，久到所有不堪的一面都見過了。」

「你說這算什麼話啊！」霞小姐抱怨。

「難道不是事實嗎？妳應該是特別寵她，才會帶她來的吧。看這女孩子，被妳唬得一愣一愣。妳從以前就喜歡在女孩子堆裡找崇拜者，有夠虛榮的。」

石田先生滿臉輕蔑，不過百紅看得出來，自己似乎不是他輕蔑的對象。他繼續說：「別看她一副端莊的樣子，那只是假象。真相是：她根本就是披著女人皮的色鬼大叔啊！她從以前就特別喜歡年輕的女弟子。雖說我要是開邦樂教室的話，跟其他來學琴的老頭子老太婆比起來，我也比較喜歡年輕的女弟子。」

百紅很想迎面給他一拳，打歪他那副自以為是的乾淨金框眼鏡跟高挺鼻梁。這傢伙，如果是都懂得而來說這番諷刺話，那絕對值得掄上一記；如果是啥都沒搞懂——百紅覺得這個可能性比較高——那更應該揮上一拳，虧他還是霞小姐的青梅竹馬，兩人認識那麼久呢。

想歸想，她畢竟不知道該怎麼打架，只能恨恨盯著，一心想著眼前這張臉如果流鼻血外加眼眶瘀青的話，一定很好看。石田先生本人，則對她充滿惡意的視線無知無覺。接下來的行程同樣難捱，他們變成三個人一塊行動，霞小姐甚至在最後的最後，回程時刻，告訴百紅說石田先生願意載她倆回古都，好像那有多值得感激一樣。

百紅聽得又驚又怒，連假裝感激他的好意都無法，立刻拒絕：「我就不用了，我跟民宿其他人一起搭老闆的車就好。」

霞小姐不說話，一臉複雜地看著她。倒是石田先生回應：「妳傻了啊，茂村前輩也只是載你們到電車站而已，還不是要再轉搭電車。幹麼這樣多花錢又多花時間。」

百紅聽得更氣，覺得這人實在無禮之至。「真的不用了！我就是想多花時間慢慢看風景。」

「是嗎？那好吧。」他聳肩。

臨去前，霞小姐說會再跟她聯絡。百紅期望得到一些解釋、說明還是安撫，好比替他的無禮道歉云云，結果等到的是霞小姐的簡訊。上頭說最近有些私事，想把課程暫停一陣子。反正緊接著下來是高中的期末考、暑假跟盂蘭盆節，想必對百紅來講，停課的時機正合適。

百紅看著那簡訊一肚子火，覺得霞小姐避不見面，好像在指責她做了什麼錯事一樣。她思忖自己從沒說過什麼明白話，照理說這模糊仗大可繼續打下去。她甚至都打算留在古都，好繼續跟霞小姐來往了，如今卻被莫名其妙地掃到一邊去。

8

霞小姐再度和她聯絡，已是接近秋分時候的事了。百紅正在值班，新聞上播送著各地農田間彼岸花盛開的情形。在那些一閃而過的景象中，百紅赫然看見那個山間小村，舉辦音樂祭的地點，在她們曾玩滑水玩泥巴的田間水圳邊，如今也盛開著一整列鮮紅的彼岸花。看到那景象，百紅不禁久久無法言語。

霞小姐在簡訊上說，想要約她到北邊的河濱公園「散散步，也許喝個茶」。公園位在流經古都的河川上游兩側，附近除了有府立植物園，還有許多別具風格的咖啡廳，不過百紅完全不認為自己有辦法坐下來喝什麼下午茶。

她臨時把傍晚的值班調開，一下課就匆匆忙忙趕往約好的車站，霞小姐已在剪票口等著。一陣子不見，百紅覺得她好像消瘦了，也可能是衣服的關係。已進入秋天，但九月白天氣溫仍高，霞小姐穿著淺綠色的單衣，遠看似乎是素色的，走近才發覺由於特殊織法的關係，整匹布料都帶著橫向凹凸紋，而且在胸口、袖襬的地方，散落幾個淺青瓷色的桔梗紋。

見到她來，霞小姐笑了笑：「穿制服的百子！這真罕見。」

「是啊。」

「我好像是第二次看到吧。這麼看來，百子果然是學生呢。」她感嘆著。

兩人離開車站附近的住宅區，沿著河岸行走。儘管左手邊就是車行快速的河濱道路，往來車輛不甚密集，加上隔著一片草地，上頭間隔種植著樹形魁梧的染井吉野櫻、櫸木與黑松，也就不覺嘈雜。右邊就是鴨川上游的賀茂川了。上游處水勢不大，河中央設有飛石，可以一路過到對岸，不過今天是平常日的午後，水邊沒有人。她們交換了一些瑣碎的日常生活，聊得沒滋沒味。

「之前趁著連假，我去了一趟南方的半島，去看妳說的梯田、柑橘園、大河跟古老的神社。本來也想看看著名的風傳降，但季節不對，藍天白雲的，半點霧氣都沒有，很可惜啊。」霞小姐說。

「等再冷一點，或春假的時候去，機率比較大。」

百紅答得心不在焉。她不在乎霞小姐去了哪裡，也明白這些閒話都只是某種鋪墊，替一些她可能不想聽的正題暖場。何況她還在為上回不愉快的道別方式耿耿於懷。

「嗯，是很想去，就是距離遠了些，一定要過夜，那就要等比較長的連假了。我在半島上看著那些山，一直在想百子的老家，不知道在山中的什麼地方。一看到路旁有類似的農家，就趕緊走近想要找『川口』的門牌。完全沒找到。」

「那裡是我媽的娘家，不姓『川口』。」

「啊！真的耶！我大概熱到傻了吧，到底在想什麼……」

就這麼說著，沿賀茂川往上游走。所有路樹依舊青翠，看不出季節變換的跡象，但岸邊不見鷺科鳥類佇立守候。倒是在泛著金光的河面上，已有早到的度冬雁鴨。

百紅停步下來看鴨子，霞小姐跟著駐足。紅色嘴喙的川秋沙，雄鳥頭部羽毛是閃耀金屬光澤的黑綠色，雌鳥則有茶紅色的蓬鬆頂毛。整群飢餓的小傢伙們在平靜無波的水面上忙碌，不停地迴旋兜轉。

「我託以前的師姐幫忙，輾轉打聽到半島上幾位不錯的三味線演奏家，這回去也特地跟這些人約見面。」霞小姐又說。

「實際見面後，裡頭確實有一位很優秀的，她的民謠優雅爽朗，作風也很開明，跟我目前走的綜合流派很相似，應該有很多值得學習的地方。百子有說過未來打算回老家住是吧？如果妳還有心想繼續學三味線，我可以幫妳介紹到合適的教室。」

總算聽懂她的意思後，百紅不禁大為光火：「找我出來就為了說這個？」

「不只是這樣……也想看看妳過得好嗎？」

「不好。」

她們來到橋頭，繼續沿河走會有一些咖啡廳。百紅瞄了一眼霞小姐腳上的白色珠光草履，知道那是高檔貨，既怕髒也不方便長時間行走。她右轉往橋上走，霞小姐只遲疑了幾秒，沒說什麼，跟著過橋。河對岸沿路兩側是樹齡不大的銀杏道，右邊隔著樹籬的就是植物園了。銀杏的葉子都還綠著，不過裡頭夾雜幾株母樹，結實纍纍，散發出特有的餿水酸腐味，秋天的氣味。

這些季節變換的跡象，全部都令百紅惱火。無論她過得如何，季節照樣毫不留情更迭。在她看不到的地方，霞小姐也遵照季節轉換穿上紋樣合宜的秋裝，妝點得毫無破綻。一切如同既往，不會因為百紅的在或不在而有任何變化。一切徵兆似乎都在告訴她，霞小姐看重她的程度，遠不及她對霞小姐的重視。

氣氛尷尬，可是霞小姐好像沒有就此解散的意思，依舊跟在她旁邊走，一路來到植物園北門。她們短暫討論後，決定買票入場。門票價格不高，畢竟是要掏錢，仍有效阻隔了大部分閒散人等，使得園內多數時候冷冷清清。外加場地寬闊，很適合邊散步邊談話，特別是百紅如今內心怨恨，還真希望看到霞小姐走到扭到腳的痛苦模樣。

「不只是妳有想過未來的計畫，我也有我的規劃。」進到植物園內，見周圍人煙稀少，百紅滔滔不絕訴說她的計畫，包括留在古都附近的專科學校，以及未來想繼續從事照護工作。

她以為霞小姐聽了就算不贊同，至少也該有點感動，因為百紅為了留在古都而考慮了那麼多，但霞小姐只是很冷靜地反問：「所以，妳留在古都的主要目的是什麼？」

「我的意思是說，一切都可以跟以前一樣！妳不用幫我找教室，因為我可以繼續跟妳學琴，也可以在妳表演的時候去幫忙。」

霞小姐搖頭：「以前……以前是我太輕率了。我不該麻煩妳那麼多，也不該帶著妳到處跑。我比較年長，照裡說應該要更穩重點，是我沒有考慮清楚。」

「妳沒考慮清楚？」百紅不禁提高語調：「但我可不覺得自己有什麼考慮不清，或是做得後悔的地方！完全沒有。何況，妳不是說演奏音樂裡最高的境界是即興作曲，而那首要的，就是遵照自己的心意嗎？我現在這麼做，就是誠實遵照自己的心意。」

她們正走到一處岔路口。植物園內的園路是鋪設平整的灰白色水泥地，右邊岔出一條碎石子小徑，通往有水車的照葉森林。每年晚秋時分，水池上紅葉倒映的光景，將吸引許多遊客來訪拍攝，不過現在仍是一片蓊鬱。百紅也不商量，逕自走上碎石子路，霞小姐跟在她身後，嘆了口氣。

「百子，很多事情不光靠誠實就行得通。我覺得百子跟我是同類，比起面對活生生的人，我們對物都更加迷戀。妳一時氣憤決定留下來，未來遲早還是要後悔。我看過妳在山上的樣子，妳在山裡朝氣蓬勃又迷人，跟妳在老人院裡的工作樣子完全不同。」

「少瞧不起人！我可以繼續做看護的工作，別說得好像妳很懂似的。我都已經去看過學校了。妳可以為了永遠演奏三味線，跟不感興趣的人在一起，我當然也可以做不喜歡的工作啊。」

「那不一樣。我跟石田君認識很久了，我們有同樣的理想。我們從很早以前就計畫好，將來要開一間音樂教室兼骨董樂器的修理店，他會負責修復，而我負責演奏被修好的老樂器。我們是可以處得來的。」

「妳別以為我看不出來。難道這陣子，我們去聽音樂節、去外面表演、參加送蟲祭，妳通通覺得不開心？」

「開心呀，通通都很開心。」霞小姐低聲說。「但是那些開心的祭典跟表演，都是很短暫的、剎那之間的煙火，終歸是要回到日常生活。當我回到日常，我不想再把日子過得更複雜了。光是像現在這樣，我演奏著跨流派的音樂，就已經是大多數邦樂人眼中的異類，要做的抵抗夠多了。我不想在其他方面還要抵抗下去了。」

她柔聲說著，話中內容卻銳利無比：「如果是百子跟我，在音樂教室裡，妳可以負責什麼呢？」

百紅氣極，二話不說猛往前走，把走得慢的霞小姐拋在後頭。這個人，怎麼就不會動搖，不會像她這樣心煩意亂，形象盡失地高聲說話？就連走在難走的碎石路上，也沒有抱怨，就這麼一聲不吭地忍受呢？

她努力想著還有什麼更惡毒的話，飛快搜尋著最能傷人的句子。石田屋有說過，霞小姐從以前就喜歡女弟子，可見她的嗜好有目共睹，說她假清高夠狠嗎？或者，她曾說過她的師傅比親生父母還來得更親，只是如今她演奏著不同於師傅的跨流派音樂，所以不能提到師傅的名字——「妳所謂對音樂的堅持就是像這樣嗎，一路上把身邊的人一個個拋開？」這種程度夠嗎？

她專注於自己的心思，沒仔細看路，接近水邊的時候，草叢裡一隻青灰色幾乎與人同高的大蒼鷺，赫然驚飛而起。百紅也嚇一大跳，踉蹌幾步差點摔倒。

「百子？百子妳還好嗎？」遠遠地霞小姐嚷著，似乎想要趕過來，但又沒辦法走得更快。

百紅忽然就回過神來。現在說些有的沒有的，其實都沒意思了。終究沒什麼好爭的，無論任何人，任何男人女人，都敵不過一樣事物的地位——霞小姐不是說過了嗎？她們倆很相像，都強烈地執迷於物。

百紅站定了，轉過身去。

「我從來就不叫百子。」百紅說：「清水小姐，要我聽妳的建議，倒也不是不行。妳說過想把妳的貓——叫小霞是吧？妳想把牠做成三味線皮？妳把牠交給我，全權交給我。那樣的話，我就聽妳的。」

霞小姐的臉色一下子變得煞白。

終於，擊中了要害。百紅想著，並且不無沮喪地發覺，這麼做其實也沒令自己感到更好過。

9

自從向霞小姐說出鞣皮的提議，百紅幾乎夜夜難眠。一旦思及此事，便坐立不安。百紅覺得自己像個求婚後等待回音的人，差別在於她得到的答案，即便是接受，恐怕也不會像求婚成功那樣令人高興。

那時她們在植物園裡，當霞小姐總算回過神來，她考量到的是百紅的技術問題。

「所以說妳會鞣皮囉？鞣製三味線皮？」

「會。」

百紅賭氣似的果斷回答。想了一想，還是決定說實話：「沒有試過樂器皮，但是從前在山上，我鞣過很多中陷阱的野豬皮跟鹿皮。」

百紅挑戰似的看著霞小姐，想看她會不會露出退縮的表情。霞小姐沉吟一陣。

「大家都說石田君不會看人臉色，對周遭缺乏觀察，滿心只想著做樂器。妳應該也是這樣想的，不過有些時候，他的觀察真的很犀利。小霞……小霞的名字是石田君取的。」

她焦躁地絞著雙手。「我剛養的時候，本來有取別的名字。我那時離家出走，每次都得帶著貓，否則家裡沒人會餵牠。可是牠非常討厭離家，每回都讓我滿房間上竄下跳的抓貓，抓得我滿手血痕。我跟石田君抱怨，說我明明是為了貓好，她卻一點都不領情，他聽了就取笑：『妳想來硬的逼貓就範，跟妳父母對付妳的樣子，不就一模一樣？因果報應啊。妳反抗爸媽，馬上就輪到妳的貓女兒反抗妳。』於是他就叫牠小霞。」

她瞪視著百紅，眼神堅定。「我覺得他說得很對。小霞牠……小霞牠就是我。」

百紅不置可否。她當然知道那貓很重要，否則怎麼會把牠當成條件？不僅如此，她還要追加。「順帶一提，如果妳願意交給我，我還會需要一具可以重新鋪皮的琴身。妳得連貓帶琴交給我。」

三味線製作的分工極細，有百紅家工坊那樣的鞣皮師，還有負責木頭骨架的製琴師，好比樂器行的石田屋。除了這兩者，另外還有把琴皮蒙上琴身的鼓面師傅。百紅不曉得石田屋的本事有多大，是否連蒙皮都有能力包辦，不過她當然不希望他參與進來。

在那當下，霞小姐沒有給出具體回應。至於百紅，一方面她希望得到慎重的答覆，好證明自己不是被單方面看輕。如此說來，考慮得比較久似乎正中下懷，可以解釋成對這項提議的尊重，但有些時候，她又覺得實在等太久。連續好幾晚，她都在噩夢中反覆回到植物園的水濱，見到霞小姐一笑置之，說這主意實在太誇張、太幼稚，只是氣話，全無技術的百紅憑什麼處理她的愛貓，她不可能當真——然後百紅就會帶著憤怒的眼淚醒來。她坐在黑暗裡，努力說服自己，說霞小姐從來就不會嘲笑人，之所以音訊全無，是還沒考慮完畢。

同時，百紅也意識到不能繼續如此。她得找些事情來忙。她甚至拿起了教科書。明明暑假還沒結束，而且她對課業的態度，向來都是敷衍過關，對書本沒有太大興趣。但如今，舉凡似乎能夠轉移注意力的事物，她都願意嘗試。至少比把時間都花在眼淚跟蒙著枕頭尖叫來得務實。

認真讀書也沒多久，百紅赫然驚覺，眼下另有她急需習得的技能——她只考慮到霞小姐的拒絕，萬一她答應了怎麼辦？百紅雖然鞣過皮，但那都是在山上，處理外婆打到的獵物。那種鞣皮只是堪用而已，成品不過就是地墊、椅墊，偶爾多花點心思作成提袋。就算在製作過程中產生刮痕、破裂、皺褶，也都無所謂。

但是說起三味線的琴皮，那麼纖細的物品，她真的一竅不通。即便是一流的三味線演奏家或製琴師，恐怕都不敢宣稱他們能像鞣皮師那樣，通曉皮的好壞，更遑論製作。

念及至此，百紅趕緊走下樓，到家裡一樓的工坊。

他們家是一幢口字型的兩層樓建築，中間無遮蔽的天井是風乾場。從前所有鞣製工坊都需要這樣一片場地，視鞣製的皮革種類而定，動物體積越大，風乾場也要越寬廣，不過如今大多數工坊為節省場地，外加想保持低調，多半引進室內烘乾機，只剩下少數如他們家依舊遵循古法。

工坊後方是一條無法迴轉的窄巷，僅供貨車在夜晚出入。從面向街道的工坊前門看進店內，只會看到褐色的玻璃門，門上僅貼著「川口商店」字樣，連電話號碼也不寫，此外就是辦公桌和電話，極其低調，不想要讓人看出店家做何種生意。百紅的大叔、嬸嬸跟母親，負責後勤與內務工作，好比叫料跟出貨的聯絡，便是在這間小辦公室裡進行。此外，也會到後頭做些清洗打掃的雜務。

家裡真正稱得上師傅的，是百紅的父親跟單身的二叔。他們的作業場位在左右兩側，其中一側有冷凍櫃、浸漬槽、削皮場跟溫控箱。貨車送來的原料，是從國外進口的冷凍原皮，除了剝下、裁切之外，並未經過其他加工，連皮帶毛。他們會先將原皮送進冷凍櫃，等到要處理之際，再移進半個人高的塑膠浸漬槽解凍，加入藥劑。

由於遵照古法，他們家使用的藥劑僅僅只有碳酸鈉，與肥皂原料並無二致，不會產生刺鼻氣味。其他工坊可就不一定了。這與動物體積有絕對關係。從前他們這條街上曾有牛皮廠，使用的浸漬槽巨大如橫向放置的水塔。由於無法靠人力攪拌，靠著電力令那槽體本身不斷轉動，就像巨大的老鼠滾輪。輪上有個開口，讓人看到陳年血漬與不知何種化學藥劑的浸液在裡面翻騰。這一切，都令那滾動大槽像地獄中的血池。百紅對那鄰家大槽實在心懷恐懼，一方面也因為她哥在還沒離家前，曾恐嚇說，有小孩子掉進這惡臭的浸漬大槽裡，沒爬出來，就像掉進運轉中洗衣機的倒楣老鼠般淹死，嚇得她離那間工廠老遠。

幸而他們家自家的工坊規模小得多，血量也少，藥劑單純。確實有血的味道，無法避免，但還有其他更多氣味。被太陽晒得滾燙的水泥地濺上水漬的土壤味。溼潤皮革披上風乾板，令那木板溼了又乾、乾了又溼，濃厚的木頭味。冒著白色泡沫的鹼水流往水溝，浸潤四周的青草散發出草味。在多種氣味的烘托下，血味鈍化成鏽蝕金屬似的背景氣息，存在得理所當然，就像剛過去不久的盛夏中的蟬音。他們的師傅不必像一般的皮革職人，穿上罩住全身的防水衣，父親跟二叔僅穿深色衣服上工，如果進行有水的工作，頂多再圍一條圍裙。有時，他們處理的是已洗淨的皮革，或是在對面房間把晾晒後的皮革分類，便會在榻榻米上進行。父親戴上眼鏡，二叔打亮燈光，兩人跪坐著細細揀選，模樣一派斯文。

即便這些事情每天在她眼皮底下進行，百紅從來沒有像現在這般仔細觀察。如同母親總是灌輸的，她應該要往更好、更高的地方去，而且飛出去後就不要回頭，混跡人群之中，把那些無須向外人道的出身拋在腦後。如今她總算有興趣來細看比較，倒看出一番過往所不了解的纖細之感。她自小看慣，相比之下，當然也對自家的工坊有所偏袒相關。

百紅盤算，剝下生皮的部分她可獨立完成。場地方面也沒什麼困擾，找個沒人在家的日子，在浴室裡頭，應該就能全數解決。問題在那之後。鹼水的濃度、分量，該怎麼調配，多久翻攪一次，這些細節，都令她很難不用到工坊的浸漬槽。

她瞪著冷凍櫃前那群亮橘色的大塑膠槽思考，覺得或許可以利用一下皮革浸漬的時間差。

為了保持每隔幾天都有浸漬完成的生皮，工坊一般都會用上兩個槽，彼此浸漬的時間差個一、兩天左右。有時訂單較多，還會啟用到第三、第四槽。每一槽浸泡加解凍的時間是三天。百紅的辦法是，先把生皮置入第一槽，然後在浸到第二天時，把那先撈出來換放到第二槽裡。如此一來，在第一槽到第三天要全部清空的時候，她偷偷放入的那張特別的皮革，就不會跟著被倒出來。

這部分的流程姑且還可以解決，但在那之後，浸漬完成後的處理，包括去毛去脂、打薄、拉平上板，全都仰賴職人的經驗和技術，百紅還真不知道能怎麼辦才好。她特地找好工坊進行原皮去毛的日子，向「葵之鄉」請假，待在工坊裡遛達，假裝百無聊賴的悠晃，實則打算觀察工坊的工作。

只不過她的出現實在太不尋常。百紅本想偷偷觀察，但那天進行的削毛作業沒什麼聲響，隱藏不住她的腳步聲。父親聞聲立刻抬頭，質問道：「有什麼事嗎？有事之後再說，現在正忙。」

「沒什麼事，只是看看。」

「看什麼？」

「鞣皮呀。」

「有什麼好看，妳對這種事情向來不感興趣。」

「其實最近有點興趣。」百紅頓了頓，假裝不過是隨口說說，實則她早已想好藉口。「之前學期結束的時候，學校在做志願調查。我還沒什麼特別想做的事，所以想先看一看家裡的工作怎麼做的。」

父親跟二叔交換一個眼色，帶著輕視笑起來。百紅雖知道他們沒什麼惡意，純粹覺得不可能，還是有些不高興。

「不管是怎麼做的，也跟女人家無關。這行最根本的是力氣，是體力活，妳做不來。」父親說。

「我力氣很大。」

她父親舉起手邊的刮毛刀。「妳拿看看啊？」

百紅走上前，接過那把形似剁肉刀的方形刮毛刀。刀尖比一般的菜刀來得鈍，為了避免太鋒利的刀刃會直接劃破皮革。父親一鬆手，百紅的手臂頓時往下一沉，被刀子的重量狠狠往下拉。

「看吧。」父親說，把那柄刀拿回去。「讓開了，溼的。」

他把浸漬完成後溼淋淋的毛皮從塑膠桶中撈起，甩上傾斜的木板檯子。毛皮色澤發黑，父親手持刮毛刀，重重落在皮面上，然後順著木板角度往下推，動作看似輕柔穩定，卻見他沒推得幾下，額上逐漸浮出汗珠，而毛根和肉屑也被刮離，在木板下方堆積，形成一層如水溝底溼泥那樣的油垢。推了一陣子後，皮革開始變得平滑，露出雪白如紙的表面，開始變成百紅熟悉的三味線琴面模樣。

百紅步出工坊。這實在過於困難，她完全不曉得該怎樣模仿，如此高等級的力量、技術跟經驗。

過沒幾天，她的煩惱還來不及解決，霞小姐的簡訊來了。

毛皮是透過冷凍宅配送來的，百紅有聽說過這種服務，不過倒是第一次收到冷凍包裹。本來她擔心宅配公司會開來整臺冷凍車，就像他們工坊叫貨一樣，那可太醒目了。她很認真思考，要不要打電話到宅配公司，約在路口攔截之類。好在那宅配員居然騎機車來，身上斜揹著保冷箱，令她鬆一口大氣。

包裹有兩個，分別是常溫下的易碎物和冷凍包裹。霞小姐照她的提議，把琴身也送來了。可以不用直接面對面令百紅鬆一口氣，又有些不高興。她沒想過霞小姐會同意，只是出個難題想令對方痛苦，但是當霞小姐還真顯得很煩惱，考慮了這麼多天，她反倒更不愉快。明明霞小姐面對她的時候那麼冷靜，談到貓的事情就完全不一樣。想到自己竟然不如貓，簡直太過分。

她本來預估包裹裡面還會有信，一封美麗謹慎，符合一切該有的禮數，卻因此而令人感到故作疏遠、讓她讀後更加抓狂的信，但兩個包裹裡，除了緩衝泡棉跟保冷袋以外，就是該來的物品。沒有信也沒有紙條。這樣倒好。百紅想著，她們倆就該這樣，不必再說其他多餘的話了，各自盡自己的責任就好。眼下必須思考的，是鞣皮工作該怎麼進行。不能夠拖太久，必須趕在開學她變得更忙之前解決，何況時間越久越容易被發現。她可懶得解釋，工坊的冷凍櫃最深處，為何會塞了一隻完整的死貓。

機會不難等，早秋有許多聯誼會，沒隔幾天她就等到一次皮革同業們的聚餐，全家都要去吃晚飯。她聽到這消息，下午就先回家一趟，把那冷凍包裹拿出來放臉盆裡退冰，藏進床底下。

百紅假託說晚上要趕作業，實則留在家裡處理毛皮。趁著家中空無一人，她甚至連躲到浴室裡都不用，大方把臉盆端進工坊裡。

在剛收到冷凍包裹時，她曾打開稍微看一下，有看到一些鮮豔的亮橘色，但當時還沒完全解凍。如今徹底舒展開來後，她才發覺這隻貓咪小霞，長得實在有夠平凡——是一隻白底、橘斑、側腹帶虎斑，有著毛絨麒麟尾的三花貓。她本以為，像霞小姐那樣的淑女，養的應該會是品種貓，或至少是全身同色，渾身雪白或煙灰，或者襪子貓之類，經過仔細挑選、特別的寵物。沒料到小霞竟然這麼普通，小野貓似的三花貓。她幾乎可以想像，當時跟她差不多年紀的霞小姐，穿著學生制服，揹著琴袋，滿腦子叛逆想法，卻在放學路上遇到可憐兮兮的流浪貓小霞。

百紅越想越覺得不忍心，趕緊站起來，走到工作室的角落裡。那裡有座工具架，頂層有一臺收音機，她按下電源鈕，從那流瀉出她從未聽過的演歌歌曲，唱著明天的幸福在何方云云。她聽不下去，絲毫不能轉移注意力，遂轉往別臺，津輕民謠赫然噴發而出，三味線在背景中狂亂演奏，如同暴雪、如同憤怒的動物生靈，把她嚇一大跳，趕緊轉往別臺。這次是西洋流行音樂，同樣是不曾聽過的歌曲，不過這麼一來她反倒安心。一面聽三味線音樂一面處理生皮，實在太過殘酷，而英文聽起來，無論是對她或對小霞而言，應該都是同等陌生，也可以說是比較公平。她遂在那不知名的旋律中，轉身回到工作檯前。

解凍後的貓咪身體柔軟，指甲剪得平整。百紅從未仔細端詳過寵物，不曾想過居然需要對動物的指甲下功夫，覺得很驚訝。她不敢多看，迅速執行她的工作，大致上檢查一輪確認損傷狀況。看起來表面傷勢幾乎沒有，而冷凍造成的損壞，她則看不出來，總之目測有八成的完好度。接著開始動刀，樂器皮的特殊之處在於，必須自背部入刀，而那比腹部堅硬太多。百紅不曾試過，父親和二叔大概也沒經驗，畢竟他們工坊收到的，都是已經剝好的生皮，她覺得一點都不順利，冷汗直冒，就怕這剛開始的第一步驟，就把事情完全搞砸。搞了老半天總算結束，邊緣比她原先所估計的還來得更不平整，幸而最重要的腹皮，倒是沒有任何損傷。至於粗糙的邊緣，她看過工坊的作業流程，知道那最終是要裁掉的，也就不太需要擔心。

只是光為了搞定這最初的一步，已讓百紅渾身溼透，力氣耗盡。她從前剝過山豬皮，那時候是跟外婆一道，把她們打到的巨大山豬王，其中一隻後腳綁上麻繩，繩子的另一端拉上樹枝，好讓牠整隻懸空，然後她倆圍上去，用匕首慢慢切開皮肉間的連繫，把那像厚重冬季大衣似的豬皮逐漸褪下來。那山豬比她本人還重，而且單單是要剝皮，就得耗去整個下午，但是跟那比起來，百紅覺得處理眼前這隻小動物更來得膽顫心驚。她決定就此告一段落，其他事情，以後再想，便拿出事先準備的乾淨塑膠袋，先把生皮套起來。繼而又想到，將來若是要浸鹼水桶，這麼平凡的一張三花皮，只怕跟其他花貓攪在一塊，沒兩下就分不出彼此，於是又上樓拿針線，趁著毛皮在解凍狀態尚稱柔軟，在右後腳上縫了一段紅線當記號。

這些步驟都完成後，她把毛皮封進等大的塑膠袋，再捲起來，直放入大型夾鏈袋並封好口子，藏進工坊冷凍櫃深處不起眼的角落。她把一些冷凍櫃開口附近的白霜刮下來，撒在夾鏈袋上，讓它遠看像是冷凍櫃底層累積的結霜。如此，應該可以確保短時間內，暫時不會有人對這白色結冰的角落產生興趣。最後才清理工作檯，把工坊還原成原本的樣子。

10

百紅認定自己的計畫萬無一失。就她觀察所見，一如她向來對工坊裡的事務興趣缺缺，父親跟二叔同樣也對周遭環境的變化缺乏認識。諸如家裡玄關的鞋櫃被老媽扔掉、偷偷換新，她那對堂弟妹最近會在早晨望著浴室鏡子十幾分鐘，就堂弟嘴上那一丁點絨毛似的鬍子交換意見，父親全都視而不見。他就是這樣的人，肯定不會注意到冷凍櫃深處發生什麼細微差異。百紅該擔心的是之後，不過那大可慢慢思考。因此隔天早上，她心安理得出門。

當她回家吃過晚飯後，父親提議說要解說工坊的運作給她聽，百紅完全沒有多想。

「現在嗎？可是我很累了耶。」她只是這麼回應。身旁的母親，跟著露出稱許的表情。初枝現在已經不期待女兒成為音樂能手，但仍不贊成她參與家裡的鞣皮生意。

父親並未就此放棄。「只要一下就好。妳不是最近挺有興趣的？」

「有是有，但是經營方面的事……」

「女人在工坊裡，不做經營還能做什麼？妳想參與的話，當然就是管帳。」

「妹妹的算術一塌糊塗……」初枝插嘴，想幫百紅把事情推掉，但父親很堅持：「她現在不來，白天還不是在工坊裡轉來轉去？不如趁現在沒在作業，好好講個清楚。白天我忙，妳那時候來，我可沒空搭理。」

百紅不情不願地跟著父親下樓。她對工坊經營毫無興趣，只想知道鞣皮的實做步驟，不曉得能不能趁著跟父親獨處的時候，從他嘴裡套出什麼訣竅。她胡亂想著，跟著走進空無一人的作業室，眼看父親沒有拿出帳本，而是打開冷凍櫃，才發覺大事不妙。

父親把那塊裹在塑膠袋裡的生皮拿出來，攤在工作檯上。

「這是什麼？」他問。

第一時間百紅想要否認，但轉念一想，假如她堅稱不知，搞不好會讓父親把這塊莫名其妙的不明生皮拿去丟了，只好說道：「怎麼發現的？」

父親點頭。「所以果然是妳。我一早進來，打開收音機，聽到的是美國電臺。這收音機十幾年來沒人動過它。我就順便找了一下妳還動過哪些東西。」

原來如此。百紅意識到，那天她只想著把工作檯回復原狀，完全沒想到收音機的事。

「這皮剝製的方法跟我們進的原料不一樣，比較粗糙。妳是怎麼弄的，怎麼能把原皮弄成這樣？」

「這不是我們進的原皮。」百紅低下頭，開始感到緊張。「我剝的。」

「妳是說妳剝了皮？所以原本牠是一整隻貓？」

「我會剝皮，我在外婆家都有剝過。」

「外行人不要瞎攪和！」父親朝她大吼：「妳從哪弄來貓的屍體？撿來的？還是什麼人給妳的？」

百紅低頭不語。

「不管怎麼來的，我們為什麼不接受國內的貓狗，理由妳又不是不知道。妳想在外面讓人指指點點，說妳是貓狗殺手嗎？妳會因此而找不到工作、沒辦法結婚，妳承擔得起嗎？知道嚴重性就別鬧了。」

與其說是因為父親的怒吼而震驚，百紅覺得比較像是不知如何是好。她跟父親從來就不熟，無法預料到父親會作何反應，更別提去思考自己該怎麼應對。面對百紅的沉默，父親吁了一口氣。

「明白的話，就把這拿去處理了，看是要丟掉還是埋了。」

他轉身出去，到工坊中央的天井廣場。

百紅僵立原地。上回看到父親發怒，已是非常久遠以前的事，而且那時她跟父親之間還隔著母親。當時她還在學琴，初枝吵著要解約定存，給百紅去租和服、付「月謝」，參與傳統音樂教室中的各種活動。讀小學的百紅在旁邊一聲不響，只能由著母親主導一切。如今她親自面對，發覺自己完全不懂怎麼跟父親打交道。

然而事已至此，她不能就此放棄。首先，丟掉是不可能的，她不會允許這事發生，即使無法親自進行鞣製。那麼，把生皮狀態的小霞還給霞小姐，讓她再去找尋其他工坊呢？這念頭只閃現一秒，她立刻知道絕不可行，那一定會讓霞小姐情緒崩潰，那是個看到一點血就大驚小怪的人。倘若父親真的不願意這張皮在自家工坊被處理，百紅也得負責到底，親自尋找其他能夠鞣製的場所，她答應好要這麼做了。

既然如此，最可行的做法仍是繼續試著說服父親，死纏爛打也要說到他答應。

打定主意後她推門出去，秋天的空氣沁涼如露，近處傳來螽斯的鳴叫聲，他們家明明沒有草地，不知那些秋蟲躲在何處。父親正在抽菸，只見一片黑暗中，他的手上有一星橘紅色。百紅忽然意識到，就如同她跟父親說話感到手足無措、緊張不已，父親是否也一樣，不知道該如何面對她才好？

想到這裡，她覺得比較有勇氣了。

「我們不能偷偷鞣製嗎？沒有人知道它是不是國內產的皮呀。」她走上前去說道。

「妳就是不死心，是吧？」

父親對著空中，長長呼了一口煙。「要是妳在功課上，還是以前學音樂的時候，有現在這種執著的一半就好。這些才是真的對妳有幫助的，更別提我們那時花了那麼多錢。」

百紅從不曉得父親會在意這些。她向來覺得他捨不得的是錢，對於女兒到底是在學三味線還是出門打工，他一概搞不清楚。猶豫了一下，她覺得可以透露部分實話：「……其實，我之前還有在彈。最近也有彈。」

「是嗎？彈三味線？妳自己在練，還是有在跟人學？」

「我去了一種，像是連鎖鋼琴教室的地方。」

「有那種地方？」

「是比較新的，洋派作風的教室。現在很多邦樂教室的經營，都已經西洋化了。」

「但我沒聽到妳練琴。」

「我都到卡拉OK店練琴。我不想在家裡練，媽媽她……我不想給她錯誤期待，覺得我還會回原本的教室去。」

「是嗎？」父親沉吟。「妳有在彈啊。」

百紅點頭。她不曉得向父親揭露她還在彈三味線的事情到底是利是弊，不過從剛才在飯桌上，父親假借說要帶她去看工坊的經營云云，至少可以知道，父親不打算把這些事告訴母親。

「妳怎麼付的學費？」

「我其實有打工錢。」

「是嗎，妳付得起？」父親沒有追問打工的事。「不都還要參加什麼賞花會、納涼會之類的？」

「現在的教室純粹就彈琴，不像以前那麼花錢，但我偶爾還是有跟老師出去表演。」

百紅不曉得應該透露多少。她從未想過要告訴任何人，她與霞小姐一起參加的那些活動，那些在荒山野嶺、民謠咖啡廳、安養機構與老人院的義務表演。如今她首次回想並試著述說，發覺自己講得頗像一回事。

父親聽著，沒有繼續抽菸，香菸在他手上燃燒，剩到最後的一小截，他向牆壁把那星火焰捻熄。

「三味線音樂我是一竅不通，我負責的就是皮而已。不過既然妳還有在彈，那就不算完全的局外人。」

他的話令百紅燃起一絲希望。

「我真的很需要處理這塊皮。」她說。

父親沒有答話，轉身走入工坊裡，百紅緊追在後。他把那塊包裹塑膠袋的生皮連同袋子攤在工作檯，戴上眼鏡仔細地打量。

「這塊皮，有些地方剁太薄。」隔著袋子，他指向皮面上幾個凹陷的角落。「幸好多是在邊緣，也不是不能閃過。要製成樂器皮，或許也還可以。新的一批會在後天浸漬，妳的這塊，到時候就一起進桶。先說好，這事不能讓外人知道，就我們自己曉得，妳明白吧？」

百紅猶豫。「可是，這是『獻皮』……」她囁嚅道。

「啊……」父親會意：「所以說，這貓的主人知道了？這個獻皮者可靠嗎？」

「非常可靠。我會跟她說，一切都是我處理的，有問題找我就好，不要牽連到家裡其他人。」百紅急著說。

「妳也是我們的一員，是不是妳獨自處理的有什麼分別？人家終歸都會算在我們帳上。但是，好吧，事情就這樣。」他轉身把那塊生皮收進冷凍櫃，跟之後要進桶的原料放在一塊。背對著百紅，他繼續說：「聽說妳哥，最近也去了製皮場工作。牛皮的。」

「他不是在念書嗎？我之前聽說的是他在念書。」

父親聳肩，一副天知道是怎樣的姿態。「別告訴妳媽——他離家之前，我有給他一筆錢，讓他去讀觀光科，因為他說喜歡電車，想進電車公司，說電車員工都是讀觀光的。後來又說執照不好考，他要改去做旅館業，反正還是照舊繼續念觀光。但是最近，大概是也沒繼續了，我從關東的熟人那裡聽到，他進了牛皮廠。」

百紅沉默聽著。在他們的每戶人家裡，總會出現一、兩個漂泊不定的子女，自幼頂撞父母，奮力衝撞現況，想要到外頭翱翔闖蕩出一片天。在百紅家裡，這樣的人是她哥。多數人在外漂流幾年後，仍會重重摔落下來，回到原先自己唾棄的家族事業去。

「我們這些人好像就是這樣。無論喜不喜歡，無論花了多少時間心力在外面，最終都還是會回到皮革業。所以他終究是回來了，雖然我看短時間內大概不敢回家，怕被我們發現。」

父親轉身面對她。「而現在，妳也回來了。沒辦法，這大概就是我們的命。」

受到與父親談話影響，百紅回到房間後，很難得地想起她哥。哥哥的年紀跟霞小姐差不多，境遇卻大不相同。他在高中畢業後就離家獨立了，那時人還在古都，但老是忙些亂七八糟的東西，每回聽到的都不一樣。

先是在一家沒沒無聞的通訊公司，那公司小到他一人要兼內務和外勤。百紅完全無法想像，個性強硬的哥哥要怎麼挨家挨戶按門鈴推銷，央求人家放棄原本的電信契約，改簽他們公司的。他們似乎有一套神祕的話術，只要照表操課，就能讓人一旦開門聽推銷，不出半小時，便會點頭簽字。問題是那契約生效得花上兩個禮拜，在漫長的等待中，有些客戶忽然就會回過神來，打電話要求取消。那陣子，哥哥即便回到家，手機也片刻不能關機，不時就會在飯桌上、在半夜的客廳裡，對著手機好言相勸，或大聲咆哮。

後來他辭職了，說是不想做這種低聲下氣的工作，寧可去賺花力氣的快錢，於是跑到工地當水泥工，並在那段時間養出一身隆隆肌肉。父母對此都流露出明顯的失望，只有堂弟把他當英雄，主要是因身材的關係。而他為了盡情享受堂弟的豔羨目光，每次回家，總是穿著無袖內衣走來走去，大秀肌肉。再來就是到首都讀書的事了。

至於跟百紅，他們從小吵架，長大後也沒說過幾次話，一點都不熟。在小時候，哥哥跟她住同一間房裡，分別睡雙層床的上下鋪。他們什麼都能吵，床位的事情也吵，拔頭髮擰手臂掐脖子，鬧得不可開交。百紅睡在頂上，向來都很羨慕哥哥占據不用爬梯子的下鋪，而她哥的剝奪感更大，認為她根本不該出現，搞得他什麼都得和她分享。

吵最凶的時期，當然是初枝開始砸大錢讓百紅租衣服，全力參與三味線教室的活動之際。正值國二叛逆期的哥哥，某天把她所有的三味線用品，包含樂器本身，另外還有樂譜、琴架、備用弦、調音器、教室頒發的獎狀云云，一古腦地全掃出房門外。不過他生氣歸生氣，也曉得初枝收藏的那柄紅木三味線身價不凡，因此樂器被小心輕放在地。其他便宜雜物，橫七豎八攤倒一片。百紅現在回想起來，多少有點哭笑不得。

此事的後果，是父親的一頓好打，而哥哥也學到教訓，就是不要在父母眼皮下動手。他還真能忍耐，藏起怒氣直到暑假，他們照例被扔到半島上的外婆家。某天下午，哥哥說找到一棵從前不曉得的野胡桃，要帶她去撿。

他還真的領她到一株高聳的胡桃樹前。那樹藏在林地邊緣的破口，看樣子在早晨光照應該甚好，不過在下午時分，受到山影籠罩，樹底陰涼黑暗，樹幹在無光的那一側覆滿青苔。外加地勢傾斜，胡桃落下後都滾往低處，堆積在不易靠近的石縫裡。

百紅還在思索要怎麼下到斜坡撿拾，哥哥就已用童軍繩把她綁在樹上，得意大笑，拍掉雙手上的青苔屑，一陣風似的揚長而去。

由於自小早已習慣，百紅當然不會害怕野外。她比較怕她哥。她認為，以他倆險惡的交情，哥哥一定能夠狠下心，永遠把她綁在那裡，並且隱瞞到底，她要不餓死要不渴死。明明眼前是掉落一山坡的野胡桃，她卻會在樹幹上化作一捆白骨。

她為自己可怕的想像抽抽噎噎一陣子，不過到傍晚，哥哥還是回來了。他先恐嚇她說絕對不能說出去，否則將面臨更嚴苛的處罰，這才把人放開。

她那時候也不曉得在怕什麼，真的沒有去告狀，讓外婆把晚歸的兩人都臭罵一頓。隔天百紅就發燒，臥床不起，而他們的外婆，應該有察覺到某種端倪。她有事要去鎮裡，臨走前指著屋外一落木頭，要哥哥沒劈完不准離開。

劈木柴是最無聊不過的差事，加上耗費體力，跟處罰差不多。百紅躺在榻榻米上，兩眼迷離瞪著天花板的方形木格子，一面聽著緣廊外的院子傳來劈柴的聲音，原木碎裂得啪嚓響，劈完的木片被扔進柴堆裡，喀啦喀啦落下。所有聲響皆毫無規律，有一搭沒一搭，擺明做得完全不甘願。

沒多久後聲音停歇，她哥失去耐性，但又不敢離開，生怕外婆會突然冒出來。他一下跑進廚房拿飲料，一下子又在院子裡不知道玩些什麼，百紅聽見汽笛似的悠長響聲，模模糊糊間，她以為自己乘郵輪漂在海上，像在電視上看過的情景。下個瞬間又轉醒過來，發覺她哥正趴在房門口的木板上看她。

要不是因為燒得神智不清，想到昨天那筆綁在樹上的帳，百紅絕對不會主動跟哥哥說話。

「剛剛那是什麼，有什麼聲音？」她問，不確定自己聽到的是真有其聲，或只是夢境的回音。

「葉笛。」

哥哥手上拿著幾片葉子，說著就放一片在她唇上。她吹那片葉子，半點聲音也無。

「妳要把邊緣壓緊，嘴再高一點。」

她用發燙的手按住葉片，同時努力噘起嘴唇，還是不成功。哥看了哈哈大笑：「妳是章魚嗎？」

他伸過手來按那片葉子。大概因為發燒的緣故，百紅覺得他的手又冷又粗糙，很像昨天她背貼著一下午的胡桃樹皮。百紅奮力吹幾下，終於發出一聲刺耳響音，但也感到頭痛欲裂，眼前金星亂舞，遮蔽所有景物。

「我不行了，要繼續睡了。」百紅說，重重閉上眼，感覺到嘴上的葉片被人拿開。

「妳睡妳的啊，反正又沒事。我就在外面看著。」

轉眼間，他已失去教她的耐性，兀自吹著他自己的葉笛揚長而去，像大船揚帆啟航。那大概是百紅覺得他最像兄長的一次，但即便在那時，他仍像一陣大風，從來就定不下來，一下颳向東，轉眼又向西，片刻不得閒。

關於山上的回憶，使百紅感到許久未曾有過的平靜。儘管霞小姐說起在山上的生活，說那是非日常、一場短暫的祭典和煙火，曲終人散後，還是要回到城市裡的現實生活，但百紅覺得她終究和霞小姐不一樣。她果然還是會回山裡去的，那才是她的日常與宿命。

11

當浸漬結束，可以開始鞣製生皮的時候，季節也正式入秋。自從父親答應要處理百紅的皮革——他倆姑且稱那是百紅的所有物——等於把鞣製的重責整件接去。百紅對此惴惴不安，她只相信自己，偏偏在鞣革方面，她必須承認自己懂得太少。父親是經驗老道的工匠，可是到底有多厲害，她實在無從分辨。她既沒看過其他人的手藝，也不清楚什麼樣的皮革才算得上鞣製精良。唯一能做的，就是每當父親要處理她的那塊皮，她就趕緊跑到旁邊監看。

剛開始父親對此不以為然，他剛把浸泡後的生皮拿上斜板，要刮去毛髮跟肉屑，一面動手一面唸個不停。

「妳到底要看什麼？難道我在這行做了這麼久，會失敗不成？」

「這種事誰也說不準，說不定你會手滑。」

百紅據實以告，父親登時惱怒。「太可笑了！」

「她也不見得就是懷疑你技術不好嘛。」二叔在旁緩頰。「那是她接下來的工作，總得親眼看著直到完成，對客戶才有交代啊。你該把這想成負責任的表現。」

百紅拚命點頭，表示正是如此。父親聞言，表情略有緩和，不過依舊嘴硬。

「那也沒什麼好看的。就這麼反反覆覆地刮上好幾回，完全一樣的流程，很枯燥的。」

「沒關係，我喜歡枯燥。」

「隨便妳。」

百紅看著他進行跟上回一樣的作業，把毛髮和仍連在生皮上的肉屑，用鈍頭的刮毛刀順著斜板往下推。

「從前這些東西，毛呀什麼的，可是一點都不會浪費。我們會把比較長的毛，特別是白貓的背毛收集起來，賣給做毛筆的。聽說那是高級細筆的材料，漆器畫工用的。」父親說。

「那現在呢？」

「現在？就跟妳看到的一樣，通通變成垃圾了。這些毛，如今都只能丟掉，沒人敢收了。」父親看了她一眼。「妳要試著刮看看嗎？」

「刮毛嗎？」

「是啊。現在這個還算簡單，妳要試也可以。越往後面的活越精細，就完全不能讓外行人碰了。」

百紅接過那柄鈍刀。有了上回的經驗，她比較有心理準備，不覺得刀子有那麼重了，不過推動起來還是費力。泡過鹼液的毛與肉色澤發黑，她覺得自己好像在池塘底的淤泥裡尋找掉落的寶物之類，滿手發黏發黑，外加滿頭大汗。過了好一陣子，那皮終於開始露出一絲白色表面，如同從烏雲後方浮出的新月。她不禁吁了一口長氣。

「還早咧。」父親說，把刮刀接過去。

他們一直忙到整塊皮都變成白色的，光潔如紙，這階段的工作才算完成了。接下來，毛皮要進入旋轉式洗皮機，把人工沒能除去的毛根等雜物，利用離心力將之甩至表面。接著，則是要再把毛皮放上工作檯，用類似刮毛刀的鈍刀——這回是刮脂刀，將浮到表面的毛根、皮革裡的油分，殘留的鹼液等等，通通刮除。在除脂作業中，生皮將被刮到極薄，除了角質層以外再也沒有其他成分，因此變得容易破裂，是以一面作業還要一面噴水，保持溼度以維持彈性。到了晚上，還要放入電子式的鹼水保溫箱浸泡。

除脂工程並非一蹴可幾，需要好幾天的時間，反覆進入洗皮機，重新撈出來處理，到晚上再放入保溫箱。總共要進行四、五回合之多。從這裡開始，就完全不是百紅能插手的，她只能在旁默默觀摩。

去除脂肪的作業進行將近二十天後，整張皮革光滑潤澤，半可透光，宛如宣紙。父親似乎終於習慣百紅老是在旁邊盯著，偶爾他心情好，就會順便發表一下自己對鞣皮的想法。他教百紅把溼漉漉的生皮拎起來，對著陽光打開，透過光線觀看上頭的紋路，可以分辨出皮革品質的優劣。

皮革正中央成對的兩排黑色圓點是乳頭的痕跡。在乳頭周圍，如果生皮帶有深淺不一的白色橫紋，便是好皮革的徵兆。

「這是腹肌發達的結果。」父親解釋。「不僅在視覺上看得出來，之後打釘上板，要把皮革拉開，屆時也可以感受到，有橫紋的皮革彈力強韌。那些動物保護團體總是喜歡醜化我們，說我們愛捕懷孕的母貓，懷越多胎的母貓越好，因為那樣的貓肚子延展性特好，其實是錯的。那種皮反而太薄，軟趴趴的沒彈性，最後都是變成補強貼片。還有，說我們喜歡偷家裡頭養的家貓，因為那樣傷疤比較少，那也是錯的。」

「是嗎？但我看工坊裡出的皮，真的很少帶傷疤。」百紅說。

「因為那是客人的要求！現在的生皮，都是幾百幾千張的從國外進口，數量一多，客人就會挑挑揀揀，想要挑看起來最漂亮的，我們只好在一開始就把有傷的挑掉。從前不是這樣。在還沒有進口的時代，哪有得挑？每張皮就算帶再多傷，還是被當成寶貝珍惜，大家不會像現在這麼浪費！」

父親帶著怒氣，相當不以為然。「真要我去評價的話，在野外翻垃圾桶、到處打架的流浪公貓，全身肌肉結實傷痕累累，彈性才好呢。玩也玩過了，凶也凶過了，傷也受過了，貓就該活成那樣子嘛！啥都不懂的外行人，才會想把我們說成罪無可赦、殺生眾多的樣子。又是偷人家的寵物，又是殺懷孕的母貓。」

「照這個標準，那小霞……我的那張皮，既是母貓又是寵物，一點傷都沒有，就會非常糟糕囉？」百紅聽著，心情沉重起來。她還真不願意跟霞小姐說，她的愛貓等級太低，只配當作補強貼布。

「母貓也不見得不好。那張還沒出桶，到時候才知道，不過基本上只要是貓皮，該有的就會有。」

他放下那張被評為「特佳」的橫紋皮，拿起另一張缺乏紋路的。他讓百紅觀察，即便沒有發達腹肌所產生的橫紋，整塊皮的厚薄，仍會依部位有所不同，對著強光可以看出生皮的透光度深淺不一。

此即最初的樂器工匠找上貓皮的緣由。原本三味線的祖先三弦，鋪的應該是蟒蛇皮，然而在溫帶國家沒有相似材料可以運用。貓皮在同一張皮革上，剛好具有較為堅硬厚實的肩膀部位，以及柔嫩輕薄的肚腹部位。小範圍內具備不同的彈性與厚薄，得以在彈奏時產生多變的共鳴，這便是三味線那儘管高亢，卻並不乾淨清脆，帶著陰翳氣氛的「濁音」來源。

在生皮上所有油脂都去除乾淨後，便進入最後一道重要工續：上板，將皮革釘在木板上晾乾。上板是另一個考驗職人手藝的時刻，因為皮革不光是攤平而已，還得延伸、拉薄，直到適宜的厚度，方可用釘子固定。整塊皮要固定完成，總共需要將近八十支釘子。

儘管如此，父親畢竟熟練，只消二十分鐘便完事。他左手摸向放滿長釘的塑膠盒，右手的木鎚敲打不曾停歇，看也不看就抓過釘子來，固定在皮的邊緣上，百紅不曉得那是怎麼辦到的。當她問起，父親乾笑：「很簡單，敲到自己的手指一千次！」

上板後的皮革整個攤平，足以讓百紅看見皮的全貌。她發覺自己剝的那塊生皮，邊緣果然令人羞恥地殘破。此外，還拖著一隻長長的右後腳，腳上縫有紅線，她特意留下來的記號。在整個製程中，父親每次見到就唸一次，老想把那裁掉，說她這種作記號的方式奇醜無比，影響他工作的心情，百紅只能極力勸阻：「再留一下子就好！再留一下！反正最後修邊的時候一起裁嘛。」

百紅盯著這唯一一塊拖著後腳的生皮，父親站在她身後。

「現在妳知道，不照規矩來的原料有多難看吧？我們這些工坊，首要任務就是遵照傳統的規矩。」

他嘴上這麼說，不過既然已來到鞣皮的後段步驟，也就不再堅持要對付那隻可憐的後腳。百紅則覺得有些不服氣，特別是想到她跟隨霞小姐學習的「無流派」音樂。

「所以這就是製作的標準嗎——有沒有符合『傳統』？」她問：「可是這些規矩，一定也是在過去，依照某些三味線奏者的需求訂定的吧。如今三味線的演奏已有很大不同了，有很多新流派，甚至有『無流派』，你怎麼知道傳統的規矩，還能不能符合今天的三味線音樂？」

「其他行業的傳統我不知道，但在我們這行，規矩之所以存在，總是有理由的。」父親說。

「但你又不懂音樂，根本不曉得那些原理……」

「我是不懂。」父親打斷她。「但所有的樂器工匠，所有做手工皮革的，一定都在學徒時期，見識過師傅展示『一流水準』的好皮。那可真是……」父親似乎在思索用詞，不過很快便放棄。「總之，好東西不用多說，見過就知道不一樣，品質會說話。只要見識過最高級的手藝，就知道傳統沒什麼好質疑。你會知道，不要去思考什麼自作聰明的辦法，不必求新求變，人該做的，反而是把自己倒空。全部清空，變成技術的容器。」

「你的意思是，在做這些工藝的時候，人不需要主見？那你做跟其他人做有什麼區別？我們家工坊跟其他的，又有什麼區別？」

「別人的事我不知道，所有人管好自己就好，不過人幹麼非要有主見？」父親固執地說：「傳統的東西就是這樣：只有在你打從心底不再有任何質疑，徹底把自己清空的時候，反而會覺得……覺得被填滿了，成為某種巨大東西的一部分。所以這問題，也可以說是人跟自己的問題吧？我常覺得，對任何事都要講求自己的想法意見，這實在是太……現代？太外國？我說不上來。不過我們的祖宗，顯然不是那麼想的。妳看過禪庭吧？那些枯山水，用石子鋪成，沒有山也沒有水，所以叫枯山水。」

「你會去看庭院？」百紅愣看著他。父親對傳統的想法，明顯跟霞小姐不一樣，但是不知怎麼，他竟然也用傳統庭院當例子。

「我看庭院怎麼了？妳現在才知道？古都這邊多得是名園，我挺喜歡的啊。」父親惱怒反問，指著工坊中央的天井晒皮場。

「家裡的晒皮場，在建築物的中央留出一個空洞，不是嗎？雖然一方面是工坊確實有晒皮需求，但在另一方面，傳統的京町家也都是這樣蓋的，不會全部蓋滿，一定會留出幾個空洞做坪庭。枯山水也是同樣意思，空空如也。」

「不懂你的意思。」

「意思是，我覺得在現代，每個人都把自己看得太重要了。可是這樣的現代想法才產生多久？明治維新後，不也才一百多年？我們的祖宗，可是在這裡生活過幾千年啊！他們的生活智慧不在於強調自己，比較像留出一個空洞。人要是願意放下主見，留出這麼個大洞，就能全心全意地接收另一種，比自己更巨大的東西。」

父親吁了一口氣。「那究竟是什麼，我說不上來。我從小成績就不好，不喜歡讀書，這種問題不是我該想的。妳聰明，給妳去想吧。」

父親起身活動筋骨，順便把上板完成的皮革搬運到工坊的角落陰乾，百紅跟著幫忙搬運，兩人陷入沉默。

釘好的皮革要完全乾透，須在室內放置三至四天，最後還要搬到室外，晒上半天左右的太陽。她搬了一把椅子，放到那些陰乾中的皮革跟前，坐在那邊盯著它們看。偶爾，皮革會在冰涼乾燥的秋天空氣中發出啪嚓、啪嚓的聲響，彷彿活物。有時，那聲響還會此起彼落，好似皮革們在互相溝通唱和，替未來即將展開的樂器生涯預作演練。那是皮革纖維逐漸風乾收縮所發出的聲音。

12

當風乾作業完成，最後的步驟，是將皮革依照厚薄大小，揀選分類出等級。百紅很想快點知道小霞的等級落在何處，不過父親把那跟所有其他風乾完畢的皮革堆疊成一落，戴上眼鏡，慢吞吞地依序挑揀，並不給那塊皮任何特殊待遇，百紅只能耐心在旁看著。

除了依據皮革本身的厚薄、彈性作出區隔，父親手邊還有一塊跟琴身一樣大小的木框。他會將那逐一套在皮革上比劃，看皮革的大小是否足以覆蓋住整個琴面，並稍微裁掉不平整的剝製邊緣。不僅如此，他解釋道，好的貓皮的行話叫作「四個皮」，意思是琴身正中央剛好要包含四個乳頭的痕跡；最理想的覆皮方式，則是一張完整的皮革剛好能夠切成兩塊，包覆住琴的正、反面，並且在兩面都恰巧各有四個乳頭痕跡。

「這不是理所當然的嗎？」百紅指著那皮革問。「每塊皮不都是有八個黑點——乳頭的痕跡，切成對半就會是四跟四，有什麼難的？」

「理論上是這麼說，實際上妳看，把琴身模子對到皮革上，會發現乳頭的排列不一定是工整對稱的。這時候就要調整模子的位置，無法放在整塊皮的正中間，必須上移或下移，然後就會壓縮到背皮能用的範圍。最終造成雖然正面的皮革有對稱，但是背皮卻無法對稱的情形。這就算不上好皮。」

父親把那塊因「空間不足」，導致稱不上是好皮的皮革拿起，放往左手邊。他又看往下一塊，同樣放進左邊的皮堆上。

「仔細去看的話，其實要在正反面都能對稱，還真的不太容易，更別提有時還會碰到六個乳頭的貓呢！生物的東西，畢竟不是工廠製品，不會總是按照人的意思生長。」

「前後對稱的話有什麼差別嗎？」

「我們只是收到需求，代代都按規矩供貨。至於有什麼差別，這要問會彈琴的人。妳在彈的時候有聽出什麼不同嗎？」父親按低了眼鏡，從鏡片上方露出一雙裸眼看她。

「我……我不知道，我的技術還不夠格用到貓皮琴。」百紅說。

「那麼或許有一天，妳可以回答自己的疑問吧。工匠畢竟是工匠，我們懂的不在音樂。」

百紅不吭聲，心底覺得不會有那麼一天。自從暑假在山上不歡而散以後，她再也沒有練過琴，三味線又被塞回櫃子深處。她已經打算在完成鞣皮約定後，再也不要跟這樂器有任何瓜葛。

「好了，現在來看這塊吧，腳上繫紅線的貓。」父親把眼鏡推回去，拿起小霞的皮革。那條紅線歷經多次反覆浸泡鹼水，顏色都有些褪了，整根線也散成一束毛絨絨的紅色纖維。百紅趕緊坐直了，打起精神。父親將皮革對燈光看了一會兒，放上工作檯，先把有紅線的後腳裁掉。

「厚度普普通通，彈性略差。」他把琴身框子按到皮革腹部。「四個點也沒辦法對稱，無論正面反面都沒辦法。總體而言，是普通乃至偏下的皮革。」

「這樣啊……」

百紅難掩失望，雖說這答案並非不能預料。霞小姐說過小霞是隻老貓，而且還在冰箱裡冷凍了至少一年，想當然耳，皮革狀況不會太好。甚至該說，能夠鞣製到最後一步，沒有在中途破裂損毀，都要感到慶幸了。

大概是百紅的失望表現得太明顯，父親說：「會想『獻皮』的客人，品質一般都不是他們的首要考量。比較重要的通常是紀念性質。」

「是沒錯……」

「這麼說吧，我對自己的手藝是很有自信的。當初我師傅第一個認可，說可以出去自立門戶的徒弟，只有我一人。」父親摘掉眼鏡，揉了揉眼，再度端詳那皮革。「別家工坊的製品，要是被撥子劃破，可說是就全廢了。

很多鞣皮工坊不懂得怎麼處理邊緣、腋下、四肢這類比較堅硬的地方。他們把精力都花在腹皮，也就是最有彈性，會鋪在琴身正中央的部分。」

「意思是說腹部的處理其實不重要嗎？」

「不，當然重要！最重要了，但我的意思是，不能只處理腹部，其他地方不怎麼顧啊。別家的皮只有腹皮鞣得最完備，但那偏偏也是最容易劃到的地方，所以呢，你花大錢裝了一張新皮，彈過幾回撥子劃到、破了，那就再見。皮就全廢了，只好扔掉。但我鞣出來的不一樣。」

父親說得口沫橫飛。「從中央到邊緣，全都悉心處理過。就算正面琴皮破了，可以上補強貼皮，或是換到背面繼續彈。就算兩面都貼上補強貼皮，也可以撐好一陣子，不必急著換新。要是破得更大，不得不換新了，這拆下來的舊皮，也還能裁成小塊，當成下一塊琴皮的補強貼皮。總之，我們家出去的東西，是能陪著彈奏者走得非常久，非常遠，再怎麼耗損，變得越來越小，品質都還是很整齊……」

「……一直為人所用，直到壽命盡頭？」百紅接口。

「對，直到盡頭。直到化成碎片為止，它都會履行樂器零件的責任，陪伴主人到最後一刻。」

「聽起來不錯。」

「何止不錯。告訴妳的客人，不可能找到比這更好的了。」

百紅把霞小姐送來的琴身，跟著整批鞣製完成的皮革，一道送去專門製作三味線琴身的工坊。當鋪皮完成、寄還回來的時候，時序已經入冬。她有想過要讓事情簡單一些，好比說向霞小姐要地址，讓工坊直送她家，可是有一回父親居然問起這件事。大概因為這是「獻皮」，才讓他想要多問幾句。

百紅照實說，父親卻皺起眉頭：「樂器製作的工坊一般不會面對客人。妳讓他們直接寄貨去人家家，這不合規矩。再說是我們發出去的委託，難道不該寄還回來，先讓我們確認一下品質？」

被嘮叨一番，她覺得父親說得有理。她的確不能因為不想面對霞小姐，就疏忽工坊應當負責的最後把關。跟霞小姐之間，果然還是公事公辦最為恰當。百紅寄簡訊去約時間，回信來得很快，不過地點有些出乎她預料，居然在民謠咖啡廳。

重新踏進咖啡廳的樂屋讓百紅小有感慨。鋪著榻榻米的樂屋跟廚房位在同一條長走道上，就著薄薄一扇木板拉門，可以聽到外頭內場工作人員為了備餐忙進忙出的腳步聲。她跟著霞小姐進過樂屋兩次，以弟子的身分陪同伴奏，那時她有點緊張，在樂屋裡換完衣服等待上場的時刻，只能一直盯著拉門上的菱紋。

而今，樂屋的一切如同往昔。霞小姐妝化得很濃，穿著很有喜慶風味的黑底紅椿和服，葉片上撒著金邊，正準備要在晚上演出。她們倆簡單寒暄，幾個月不見都有些尷尬。百紅隨便拋了個話題：「妳可以在咖啡廳的新年會上表演啦？我記得去年還不行呢。」

「是啊，我有受邀，今晚是我一個人的獨奏會。」霞小姐說，看起來氣定神閒，甚至還有些意氣風發的架勢。

「嗯，我有看到店頭的海報。」

說是海報，其實就是一張貼在餐廳菜單底下的米色和紙，用毛筆字列出今晚的表演者、流派與頭銜。百紅完全不曉得霞小姐何時多了一個新頭銜。「今年西部民謠大賞的新任優勝者？什麼時候拿的獎啊？」

「秋季大會的時候。」

「秋季……十月嗎？」那是百紅正跟小霞的生皮奮鬥的時候。她想到當時自己正苦惱著該怎麼偷偷摸摸剝皮，以及後來總算可以光明正大地進行，那一遍又一遍的去油脂手續。這麼想著，她不禁有氣：「哇！那妳真能把握時間耶。所以說，當我在忙著剝小霞皮，搞得滿手血淋淋的時候，妳都在練琴唱歌，準備參加比賽，取得一個新頭銜囉？哇，妳真有心情。」

「不要這樣講話。」霞小姐略帶責備地說。

「事實如此嘛。」

「妳不要老是怪我無情，妳自己不也是。是妳主動提議要把我的貓拿去鞣製的，說的時候連眉頭都不皺一下。」

遭受反駁出乎百紅的預料，她愣了一下，不知如何回應。她不曉得霞小姐也會覺得怨恨。為了掩飾，她裝做懶得再辯，轉身拿過樂器工坊寄來的紙箱。

「……看樣子沒什麼好說了。看貨吧。」

她打開一層又一層的氣泡紙，拿出那顆被光潔如宣紙的新皮覆蓋的琴身，霞小姐瞪大了眼。百紅把琴身交過去給她檢查，同時拿出裝有匯款單的牛皮紙信封。

「如果沒問題的話，金額跟之前報價一樣，妳直接匯款就可以了。」

她正起身打算要走，霞小姐叫住她。「等一下。妳不想知道效果如何嗎？妳家工坊鞣製出來的皮革……」她指著自己帶來的行李，百紅這才留意到，霞小姐帶來了兩個琴箱。看樣子，除了今晚表演要用的三味線以外，這顆琴身的其他組件，也被一併帶來了。

「我現在就想組裝起來試彈，妳不聽嗎？」

百紅聞言停住了。霞小姐的眼神中有一種銳利、堅硬的光芒，百紅覺得似曾相識，後來她想起是外婆。秋冬清晨，天色微亮，有鹿在不遠處啼鳴，而外婆提起獵槍，也會露出這樣的凌厲眼神：躍躍欲試，幾乎可說是目露凶光。

百紅看了內心有些複雜。一方面她感到安心，霞小姐對三味線如此著迷，遠遠凌駕於對其他事物，而且今後也都將如此。另一方面，為音樂癡迷的霞小姐看來無堅不摧，像是鎖在透明外殼裡與世隔絕。只要有三味線在手，便圓滿自足。這讓百紅看了，不禁就想狠下心把那殼子砸得粉碎。

她坐回榻榻米上。「也好，那就來聽一聽吧。是不是還可以點歌？我想聽妳唱《露珠與芒花》。」

聽到這話，讓霞小姐的臉像被風吹動的池塘，一下子皺了。百紅覺得心臟一陣收縮，但仍咬牙說下去。

「如何？我就想聽這首，妳要彈嗎？」百紅堅持道。

「——好。」

霞小姐把琴箱拉過來打開，快速組琴，先把琴桿穿過琴身。琴軸原本就已裝妥在琴桿上了，亮黃色的蠶絲琴弦也整把掛在上頭。她把那一圈圈的琴弦卸下來，抓住紅色的音緒繞過琴身正面，固定在琴桿尾端，並搭上琴馬，最後將捲軸捲緊。一連串動作行雲流水，迅捷而熟練。她往左手拇指與食指之間戴上防滑套。

霞小姐俯下臉來，不想讓人看清楚神情似的，百紅只看到她緊咬的下唇。終於她下定決心似的拿起撥子，欲撥又止，才撥出第一個音。百紅立刻察覺不對，這曲子並非《露珠與芒花》——

二人情誼　如水之出花　滔滔滾滾……

才唱開頭一句，負責捲住最粗弦的一之琴軸忽然嘶了一聲，像憤怒的貓咪拱起背脊發出警戒聲，琴弦一圈圈跳開崩落。她倆都嚇一跳，百紅也是頭一次看到霞小姐組琴沒有組好。霞小姐左手胡亂摸上一之琴軸，快速轉軸調弦，右手依然緊捏著琴撥不放，繼續撥弦，硬是要讓曲子持續下去。

百紅看她執意而為，內心有些震撼。她想到從前霞小姐也老是叮嚀，說不要一彈錯就停下來，琴沒調好也停下來，每次演奏都要有「一旦曲子開始，無論如何都要彈到最後」的打算。百紅很理所當然地問了為什麼。

「我從前也有問過我的老師，她說是因為妳將來上臺，要是在正式來的時候遇到同樣情況，觀眾可沒耐心等妳停下來調弦或重彈，所以只能選擇撐完。」霞小姐回答。

「但我沒有要當演奏家。」

「嗯，我也覺得這個答案對一般學生不適用，他們又不一定都要當職業音樂家。」霞小姐說。「我覺得是因為，民謠的存在是為了溝通，傳達情感跟意念。所以彈錯或音不準、失態了又何妨？那都不影響傳達。中斷或停止重來才會有影響，感覺像話說到一半沒了把握。因此無論如何，都不要在曲子的中間停住或猶豫。」

如今霞小姐親自演奏，也真的沒有停止。即便一之弦的音準整個跑掉，她還是努力要在琴弦上摸出相近的音，讓曲子持續下去——

塞源堰流　也無從遏止　此身因果
哪怕旁人　橫加勸阻
亦不作　亦不作　斷念之想

不到兩分鐘的短曲，轉眼間便結束了。撥子從霞小姐手中滑落，玳瑁琴撥掉落在榻榻米上發出輕微鈍響。她彎下身摟著三味線，肩膀劇烈顫抖，用低得幾乎不可聞的聲音說：「是……是一張配得上這把琴的好皮……」

「嗯。」

百紅偏過頭去不看她，看向木板拉門。「那就好。如果妳覺得是那樣的話，就好。」

門的另一邊，為了準備晚上營業的匆忙腳步聲從來就沒停過，新的夜晚要開始了。當她們擦乾眼淚從這房間走出去，一切日常照舊運作，就像她們從未認識，什麼都沒發生過一樣。

十四、二揚調

1

冬玫在淺眠之中，察覺周遭一片大亮。她睜開眼，見到銀白色的柔和光線，不知何時穿透了房間的毛玻璃窗，無聲無息爬到她的床頭。

她躡手躡腳起來，披上外套，出了房間掩上門，跪坐在緣廊上。透過緣廊外側的窗戶，見那銀晃晃的光源就等在外頭，而原先她以為透明平坦的玻璃窗，居然有些厚薄不均，令那光源被橫向拉開，歪扭著，像倒映在波紋凝固的水上。

冬玫又打開外側的拉門，總算得到那一輪已有缺損，不再圓滿整然，卻仍光潔銀白，浩浩蕩蕩正從東天要翻上天頂的月亮。她敞著拉門，在冰冷的空氣中坐在緣廊外側仰望。

過沒多久，她聽到身後木門被拉開，有人來到緣廊下。不像冬玫躡著手腳行走，來人腳步穩健篤定，因為在此屋居住甚久，熟練避開會發出聲響的地板木條，流暢靈巧挾來溫風一陣。

相較於行走間的輕盈，來人從黑暗裡開口，既殺風景又直白：「怎麼，結果妳不是要去廁所啊？」

冬玫轉過頭來笑一笑，指向外面。廊下那片疏於整治的花圃滿是枯草，但在夜晚看來竟不覺得狼狽，一片瑩然有光。

「我以為地上那片銀色是結霜了……」她說。

聞言，對方一本正經回答：「冬天已差不多到盡頭，而且水氣很少。現在的季節不太會結霜，只會一天比一天暖。妳笑什麼？」

「沒，看妳答得那麼認真。」

畢竟出身不同的文化圈，即便在同一個情境下，人家聯想到的就是跟她不一樣。不過那無所謂，已經無所謂了。冬玫換了話題：

「我小時候住的房間朝向西邊。從前只要我在半夜被亮醒，一定是因為月光。月亮來到我窗前了。除那之外，周遭再也沒有其他光源。但上次我回老家，發現房間整晚都亮著。周圍蓋起高樓大廈，把天空都遮住，那些住戶的光透進來。無論多晚，總有幾戶會亮燈，於是我房間整晚都被照亮。我明明知道，可是大概因為習慣，我總以為那還是月光……」

照亮此地的是真正的月光，同一輪月亮。冬玫偏著頭望向廊外，繼續說道：「很奇怪，我們那裡靠近海邊，從前都是人家不要的荒地，但現在……西半部的都市居然已經長那麼大了，大到連海邊都成為鬧區。」

「妳要回故鄉的話，我可不會攔妳。」似乎聽得出她的言外之意，對方說：「我不跟人玩那種拉拉扯扯、說永遠歡迎啊想念啊之類的把戲。愛留就留，愛走就走，別問我意見，妳自己決定。」

「我知道啦。」

冬玫想了一下：「要是人經歷過重大轉變，北島這邊有沒有什麼習俗或做法，可以用來改運的？讓人覺得可以重新出發？」

「嗯，我們會去一些自古以來都說是靈力強大的地點吧。是說妳現在已經在那樣的地方了，而且還是最強大的一個：死亡與甦生之地。」

「這樣啊……」

「南島呢？你們沒有嗎？」

「我們啊……我們一般會去改名吧。換用新名字，重新出發。」

「聽來也是不錯的做法，而且很具體。那妳要改名嗎？」對方在黑暗裡沉吟。「『冬玫』，玫，May……」

「可別建議改成『五月』喔，那跟原來的有什麼不一樣。」

「有什麼關係，五月很好啊！有新綠，有許多節日，而且在那時候，短暫、令人期待的夏天就要來了。五月是立夏的季節。」

「妳也期待夏天嗎？」

「當然了。所有北島人，無不期待夏天。」

兩人陷入沉默。冬玫轉頭，望向廊外月光傾灑的大地。

十五、二揚調

1

立夏的返鄉之路並不輕鬆。雖說去年的橘園打工讓她存下一點錢，但在北島住過幾個月後，收支近乎打平。她不想身無分文回家，於是挑了最便宜的方式。

當時還沒有廉價航空，百紅告訴她，最常用的交通手段是渡輪。沒有直達航班，立夏必須搭電車離開半島，回到早先她下飛機的商業大城，那裡的港口有渡輪碼頭。渡輪以載貨為主，載客是附加的生意，因此票價確實便宜，跟從半島搭到商業大城的電車票價相去無幾。船會一路經過神戶、廣島、鹿兒島、奄美大島，最終抵達介於北島與南島之間的，中間的群島。從那裡，她可以換乘小型交通船，往南島的基隆或宜蘭。

也許是時間點的緣故，下午的渡輪碼頭極其冷清，候船大廳空無一人。二月底的北島還在放寒假，但學生都早在月初便已返鄉。至於旅行，中間的群島最負盛名的是水上活動，在冬天並不當季。

立夏枯坐到夕陽西下的乘船時刻，總算來了幾個乘客，否則她真擔心渡輪根本停開了。有一個拚命擺弄著照相機的老先生，三個打算在長假來一趟跳島冒險的男大學生，以及一個帶著幼女的年輕母親。這一丁點客人上船後，船就一直停泊在碼頭，好像就此遺忘他們的存在。

啟航時間是半夜十二點。立夏先去看過客室，一間教室似的木板間大通鋪，沿牆壁擺放整排棉被。她已坐了整個下午，不想繼續坐在裡面，遂到其他地方逛逛。

客室對面有三間淋浴間，到處貼滿節約用水的標語。走廊盡頭是一間食堂，沒有供餐，椅子都倒置在桌上。只有賣零食的投幣機亮著，發出嗡嗡的馬達運轉聲，看樣子今晚的伙食只能靠這幾臺機器。食堂旁邊有一間貼著「圖書室」字樣的等候間，靠牆放有一排綠色塑膠皮長椅，椅面都已龜裂，地上用三個紙箱裝著些舊書。再往前去，有一道樓梯往上，但是被一道黃繩子擋住，中間掛起一張寫有「非工作人員勿入」的牌子。

沒有船員，也沒有引擎聲，舉目所及一片蕭條頹敗，立夏覺得好像登上一艘幽靈船。

終於在走廊盡頭，死寂的景物出現一點變化。有一扇白色的門，她推門出去，發覺置身船尾甲板，高高在上的渡船令她得以俯視碼頭。岸上總算有點人煙，雖說在一片黑暗中，只看得到他們穿的反光背心，一個個黃色的V型在岸上移動。以及轉來轉去的堆高機，正在運送成捆的方型貨物。

她回到客室休息，直到半夜被汽笛長鳴聲驚醒，整間客室都被引擎的轟隆運轉震得晃動不已。立夏抄起外套，穿上鞋子，奔往船尾甲板，赫然發覺老先生跟幾個大學生也都在，一群人趴在欄杆望向碼頭方向，要看渡船出港。只見船尾在水面上拖出兩道白色水花，引擎轟隆，四周瀰漫柴油燃燒後的廢氣味，船體鬧哄哄滑入黑暗中。

那四人看上一陣子，陸陸續續都走了，剩立夏獨自留在甲板上。甲板上有一張破舊躺椅，昏暗中看不出顏色，摸起來又冰又沙又黏，所有支架都已生鏽，無法調節角度。立夏稍微試坐一會兒，確定椅子還牢靠，不會突然垮掉，便在夜空下躺平了。

海風冰冷，帶著廢氣味與鹹腥味，她在大衣底下覺得自己越縮越小，瑟縮顫抖，牙齒格格作響。夜空則益發濃黑深沉，隨著咖啡紫色的城市光線被遺留在後頭，渡船逐漸駛入一片凝凍如固體般的漆黑，但她隻身在此，不覺得有絲毫不安。只要知道船正往南去，她便不害怕。

2

船隻到港，恰好是中午時分，航程十二小時。立夏不曉得自己會暈船，走出船艙被炙烈的陽光當頭一澆，差點連船梯都下不了。好不容易勉力抓著扶手下到岸上，她就蹲在水泥地上乾嘔起來。

沒有任何人走上前來關心，但她也不需要，立夏就這麼大剌剌趴跪在碼頭上。隔一陣子覺得好些了，遂站起來，拍掉膝蓋上的灰塵，揹起行李往前走。

按照原訂計畫，她走進渡船等候室研究開往南島的船班。踏進去的瞬間，忽然就來到一個吵鬧的新世界，裡頭人員紛沓、嘈雜不休。有帶著一家老小的南島人，她聽見熟悉的口音；有一整個旅行團的北島老年人，身穿夏威夷衫，或是印有琉球紅型、苦瓜圖案的衣服，無論男女都戴著草帽。大概是因為南島位處緯度更南，他們總認為那邊應更有熱帶風情，有白沙灘、驕陽、椰子樹、茅草屋或草裙舞之類。立夏暗自祝福他們，在踏上基隆或宜蘭後，被此時應有的綿密霧雨澆熄幻想。一群年輕的北島男人，看來是公務旅行，在輕便的休閒裝束之外，行李箱上綁著西裝袋。他們大剌剌討論著想快點見到「南島女人」，說她們不裝模作樣，容易搭訕，只要用日文跟她們講話，向來都能得到不錯的反應。

身為「南島女人」，立夏忽然感到不想再跟這些人共處一室，也不能想像跟他們一起搭船。如同那日她在車站裡，準備搭上前往機場的電車，卻突然決定出站那樣，這一回，她也義無反顧走出去。

刺眼的白光中，路兩旁種植巨大的蒲葵當行道樹，電線桿下有開著紫紅色花的日日春。隔著一道鐵絲圍籬，後方是整片防風林。看著那細碎的針形葉子在風中搖曳，乍看下以為是木麻黃，但海風拂來帶著晒熱的木香。她赫然發覺那是松樹。

熱天裡種出來的松樹，成長緩慢，樹形歪扭。靠柏油路車道的一側，整排的矮灌叢是開紅花的矮仙丹花。這些混合雜處，令立夏覺得熟悉又困惑。整條商店街都拉下鐵門，門上漆著令人陌生的姓氏：大工、大濱、金城、知念……她繼續前行，眼看來到一交叉路口，忽用側眼瞥見，旁邊小巷有一男子悍然站立，身型黝黑龐大。立夏被這埋伏嚇一大跳，定睛細瞧，發覺那原來是一件衣服，人形的潛水衣。在民宅外頭，沿樓梯綁著一支長長的PVC水管充當晒衣桿，桿上有好幾件，都拖著長長的腳，腳尖漉溼滴著水珠。

終於，她望見一家旅館的招牌。旅館外面種著鐵樹跟白水木，另外還有一排檳榔。看樣子，此地居民把檳榔當成棕櫚樹的一種。不曉得他們對檳榔果理解多少。立夏暫且拋去一切想法和成見，像沙漠旅人發現綠洲般，栽進黑洞洞的店內。

3

人們都說，中間的群島是上天眷顧的幸運地方，大概就像當地民謠詠唱的那般，是「彌陀之世」——神明護佑的福地。大戰期間，這些群島剛好被美軍的跳島計畫略過，未曾受到大規模戰火波及，只有過零星空襲。沒有被投下燒夷彈、毒氣彈，不曾有過登陸戰，也沒有發生過上級要求百姓集體為國殉死的慘事。這裡的市鎮普遍保有過去的樣貌，道路蜿蜒狹小，曲曲折折，並且三不五時就能撞見民謠餐廳。

充斥樂音的島嶼。

立夏也去了。聽過百紅的經歷，她莫名覺得民謠餐廳令人感到安心親切，儘管在此之前，她不曾涉足那樣的所在。

明月何皎皎　恰如日當午
潮退沙灘顯　美童出門時……

那歌手撥弦的右手很少動，弦音只是聊做點綴，歌中每個句子卻都迂迴婉轉，緩緩爬升，在最高點用裝飾音層層纏繞，像夜蛾盤旋出不規則的舞步。像某種祈禱文，卻又不似多數宗教歌曲的積極熱烈，而是安靜清越，對著悠遠的夜空訴說。那歌描述一女子，午夜時分偷偷出門。適逢滿月高掛，海水大退潮，女子扮成男裝走過沙灘，瞞著家人要去會情郎……

若不見情郎　妾命亦可拋

立夏忽然萌生一種想法，而且感到非得實踐不可。她必須那樣做，來填補心中的某塊地方。她瞄準空檔，在一曲奏畢時走上前去，先讚美歌手的歌藝，然後問：「這歌的旋律好特別，是傳統音樂嗎？」

「是的，八重山民謠。因為是二揚調的曲子，特別高亢。」歌手說。

「二揚調？」她覺得似乎在哪聽過，想必是聽百紅說的，只是詳細內容記不太清。不過既然曲調的話題對了，而且也確實是傳統音樂，那麼此物，應該就是她所想的那種樂器沒錯。那個百紅曾揚言說過要放棄，卻在多年之後，在與冬玫相識時，終究是陪在身邊度過寒暑，度過秋雨、霜雪和月夜的三味線。

「這是三味線對吧？」立夏問。

歌手搖頭。

「這是三線。」

他的日語帶有濃重口音，即便句子很短，立夏仍聽得不太真切。她又問一次：「你指的是三味線？」

「三線，我說的是三線。」

「那是三味線嗎？」

歌手依舊大搖其頭：「沖繩三線。」

「三線」跟「三味線」在日文裡差了好幾個音，立夏心底覺得有些奇怪，但在此地，在中間的群島，用字遣詞跟北島或南島都不同。很多東西在此地都另有稱呼，而且本地人對這些稱呼相當堅持，好比風獅爺被叫成「獅子」，樂曲被叫成「節」。

是以，倘若三味線在此地的名字是三線，似乎也不令人意外。她便放寬心，篤定回答：「對，就是這個，三線。我想學三線，哪邊有在教嗎？」

十六、本調子

1

天色微陰，逸荷站在基地正門口，向東眺望底下的城市。

這地方是城市西側的制高點，看夜景的好所在。以海拔而言，與此地遙遙相望、城市東側的頭嵙山系其實地勢更高，視野更好，不過那底下的市街不夠熱鬧，沒什麼燈火。西側這邊原本是一片荒地，經過都市重劃後街道筆直，燈海閃爍，商家林立。

此地稍微往南，是都市重劃的重點地帶。有新建的市政府跟商業大樓群，如果有好的瞭望點，那裡的夜景應該更壯觀，不過這山丘到了那段偏偏凹陷下去。那地方舊名望高寮，如名稱所示，本該是大肚臺地的制高點，但因為藏有大量統治者興建的砲臺，在戰時密集的砲火轟炸下幾乎被夷為平地，再也無高可望矣。

無論如何，這些都不會比最開始發生美軍登陸戰的南部來得悽慘。

在一切都過去七十多年後的今天，空襲與戰火留給城市的是整齊的市街，標準的方格狀規劃。舊有的彎曲巷弄、不工整的老宅，全在砲火下化作灰燼，留下令都市設計者得以大筆揮灑的平坦焦土。緊接著形成的就是夜景，因為夜景要好看，需要制高點、筆直的道路、整齊的路燈與繁忙的人類活動。無論在南島或北島，那些以夜景聞名的地點，要不是近幾年才開發的市郊新興區域，便是空襲造就。所有的古厝、老樹、廟宇、蜿蜒小巷都燒滅，池塘埤潭溪流蒸發崩解，才有今日重劃區的千萬夜景。

簡直可說當年的轟炸，就是為了如今的夜景與高層景觀豪宅所做的初期投資、預先整地。

逸荷把視線從傍晚時分的城市移開，轉回基地大門邊。若非今天他們在大門口活動，絕不可能有此展望。平時抗議者常活動的側門那裡，是啥視野都不用提的。

今天一整天都沒遇上工程車，大概是灌漿過後待乾的休息日。待得久之後，逸荷多少也能看出工程進行的步調。有工程進行的日子，為了防備試圖阻礙車輛進出的抗議者，基地每個門口都會站上一整列警衛，而且都採用他們南島人，不知該說是方便溝通勸阻，還是要讓他們自己人煮豆燃萁。那些時刻，陳抗者靠近基地的門口周邊都會被驅離，包括大門口左側的停車場和右側停有一架展示用Ｆ14的飛機公園，全部變成閒人勿近的區域，空氣中彌漫緊張氣氛。

在工程稍歇、彼此都閒散無事的日子裡，警衛就都躲進氣派的大警衛室去了。大門口一片空蕩蕩，不見任何人影，抗議者們可自由晃蕩。逸荷跟著立夏到門口採草。這事不太容易，因為門口的草坪給修剪得整整齊齊，得往邊邊角角找，才會遇到割草時意外逃過一劫的長草，但立夏偏又不要那些。以種類而言，門口的雜草算是青草茶裡的常客，如鬼針草、小葉桑、青葙、葉下珠、大飛揚草之類，然而立夏偏不採那些生長得青翠健旺的。她要找停車場外圍靠近馬路的草坪上，飛機公園的紅磚走道細縫裡，那些被人踐踏得格外低矮的，或是車道邊緣柏油路面破碎處，被工程車與軍用卡車的廢氣熏染、掙扎求生的殘株病草，說它們才堪稱基地植物的代表。

用這種材料煮的青草茶。逸荷暗忖：簡直是要毒死自己人。

眼看立夏收集得差不多，她們離開停車場往外走。在最靠近路口的路燈上有一根粗鐵絲，圍著燈柱繞了許多圈。以那鐵絲為附著點，掛了一大串花裡胡哨的什物。最多的是乾枯的草葉，打成某種十字結；有幾個竹葉小包，中央繞著棉線，形似鹼粽；有細小的千羽鶴，每一串都是依彩虹色系排列，幾十串紮成一大捆如巨大的流蘇穗子；還有一枚手掌大小的白色海螺殼，殼上伸出長而微彎的枝狀物，使整個螺殼遠看像一隻無主的白色斷掌。

立夏把那些已然枯萎的草葉除去，風乾發黃的鹼粽解下，用新鮮芒草打上新的十字結。

「魔法小道具。驅魔、避邪兼許願。」對上逸荷投來的疑問眼神，立夏指著那些叮叮咚咚的懸掛物回答。「基地就像這塊土地上的『魔』啊。」

逸荷湊上近前，發覺那鹼粽似的東西還真的是食物，裡面包著白麻糬，在熱天裡已開始散發餿味。

「基地的人允許你們掛這些東西嗎？」

「當然不允許。」立夏說：「就跟抗議一樣，你掛我拆、你拆我掛。他們也習慣了，有時候我們會正好遇到美軍的人從裡頭出來，會對我們說『今天也來啦，辛苦了』、『這個做得很漂亮』、『貝殼有什麼含義，可以告訴我們嗎？』之類。」

「然後就拆掉嗎？」

「對，然後就拆掉。」立夏笑起來。「不過在這件事上，彼此都有一定的默契啦。好比他們不會把掛東西的鐵絲也拆掉，或是像貝殼這種能夠再利用的，就不會拿去扔掉，會放在草坪上給我們領回。而我們要是看到今天的小道具被拆掉，也不會強行掛回、跟人家拉拉扯扯僵持不下。就明天再來掛。」

「我以為搞抗爭要很凶才行。」

「立場上當然不會退讓，但是搞成那麼僵，就會很難持久啊。」

「持久。」逸荷喃喃唸著：「是要持續多久？看起來沒完沒了，而且——抱歉這麼說——能有什麼成效嗎？」

立夏回以苦笑，開始往外走。她們步上基地外的道路，往側門附近的抗議帳篷方向前進。「有效沒效，我們很早就放棄去問這問題了。」她頭也不回的說：「如果我們停下來、不表達反對，他們會認為已經沒有人反對。

他們以為大家都願意了。要讓他們知道事情不是那樣的，沒有人願意讓基地在這裡。沒有人說他們可以隨意徵地、擴建。就算沒有成效、沒有力量，我們還是反對。」

「所以，即使知道完全阻擋不了工程車進去，也還是要每次每次都擋在它前面？」

「是的。我們團隊裡有人，妳之前有看到蔡阿嬤吧，頭髮全白的老太太？她已經表態二十幾年囉。」

逸荷皺起眉頭，整件事實在太像螳臂當車。兩人無言地往前走，氣氛變得有些沉重，逸荷換了個話題：「所以貝殼究竟是什麼意思？」

「啊，那個啊。那是石垣島和八重山群島那邊的民俗，認為手掌形狀的角螺，或是殼緣波浪狀的硨磲貝可以避邪。」

談到過往經歷，立夏的語氣變得比較輕鬆：「我沒有求證過，但在很多農業社會裡，最初的邪神通常指火災。」

「所以才要用水裡的貝殼嗎？」

「對對，而且能帶有彎曲造型、看起來像波浪的更好，更吉利。」

「火災是最初的邪神，這還滿好理解的。」逸荷回頭看向來時路，由於她們剛走過一個大彎道，儘管地勢仍高，底下的城市已經要看不見了。

「之前有說過妳沒有直接回南島，而是在中間的群島下船……」

「是的，就在石垣島。」

立夏的語氣帶著感慨。「那個時候真的是，什麼都不懂啊……我根本分不出三線和三味線有什麼不同，覺得都長得一模一樣，不就是有三根弦？琴柱長長的，右手上拿個什麼東西去撥弦？所以就是它沒錯啊——就這麼誤打誤撞，學上一件跟我原本預期完全不同的樂器。」

「會想學三味線，果然是在北島上受了百紅小姐的影響？」

「並不是說我就想變得跟她一樣，但……」

立夏偏頭思索，想說些什麼，但隔了一陣子，終究無語。她重整思緒，用輕快的語氣開口：「是說，妳已經跟著我們忙一整天了，還要繼續訪談啊？夏天天暗得晚，雖然現在看起來還亮，但應該超過六點了吧。妳還要繼續工作，不去吃晚飯嗎？最近我覺得妳實在很工作狂耶。」

「妳說得很對，我真的就是。我平常都很準時吃飯。因為如果不按時吃，我就會忘記有那麼回事。」逸荷笑著回答。

「太可怕了！我以前在上班的時候也差點變成那樣，但待過農園以後，吃飯就成了我的精神寄託。妳也該對吃的多點關心。」

「好吧。」

逸荷笑著敷衍，拿出手機要看時間。忽然她發出困惑的驚歎聲，令走在前面的立夏跟著停步。

「沒什麼。只是這真奇怪。」逸荷說：「有個不認識的號碼，打了快十通給我。」

2

在急診室等候時，逸荷覺得自己被一股不明所以的高昂情緒包圍，坐立難安。儘管母親中風昏倒在散步途中，這種事沒有任何值得振奮之處。

只是一切的發展，都與她預期的大相逕庭。母親的血壓向來有點偏高，但還算在正常值內，逸荷從沒想過中風的可能性。她以為自己將要面對的，是母親越來越不良於行，進而坐上輪椅。接著她就得改裝家裡，丟掉會擋路的椅子櫃子，弄些斜坡扶手什麼的。為了那種種開銷，她得在南島上進個什麼公司，弄上一份無趣乏味、但終歸能賺錢的工作。然後在每天下班後，她會走進陰森的公寓老家，與坐輪椅的母親一起吃頓陰森晚飯，一如老媽期望的「全家一起」。在那本就很難下嚥的進食過程中，老媽會從頭到尾不知歇止的碎碎唸，抱怨女兒不爭氣不孝順，為的不外乎就是那椿她沒走上音樂之路的陳年舊事，才會淪落到如今社畜一頭、不上不下的境遇；抱怨自己勞碌大半生，最後還要落得坐輪椅的悲慘下場……整幅畫面就像刻劃中年危機的美國電影，只是換成女性版本。

沒想到結局是這樣降臨的。跳過中間整段美式電影情節直奔終點，來得措手不及，就像天空驟然破裂當頭砸下。但逸荷沒有恐懼慌張，甚至也來不及悲傷，只是帶著恍然大悟的心情，驚嘆地想：「原來如此，原來是這樣的結局！我等到了，終於。總算可以不用再等了！」

守在急診室期間，護士建議逸荷可以先回家休息一趟，等到安排好手術時間會再通知，但她根本休息不了，回不回家實質意義不大。天剛亮，連衣服都沒換的她又直奔醫院，駕車沿著貫穿城市的大道一路向前。

過去因為不是她開車，從沒發覺這路有這麼長。那時候它的名字還不是什麼大道，叫作中港路，因為起始於市中心，穿過城市最為繁華的新興區域，也會穿過有基地的山丘，終結於港邊。沿途先是擁擠得容不下路樹的舊城區，從二段開始，成為被兩道分隔島切分成內外車道的四線路。等到所有分隔島和道路兩旁的路樹，都變成耐鹽抗旱的樟樹，便代表出了市區，往丘陵地爬升。

大道穿過的丘陵兩旁，一側有醫院，另一側是上回她和阿茂送卡比去帶工作坊的大學。醫院門前岔出一條較小的街道往東去，街口有早餐店跟小吃，還算是尋常的生活風景，接著是賣醫療復健器材的，再往下走就是賣棺材的、火葬場、靈骨塔，以及一大片土葬墳場，後面這些構成完備的產業鏈。

她在很小的時候來過這裡，沒留下什麼好印象，如今重看更覺得如此。醫院門前的三岔路，簡直是一則具體明白的象徵：人一旦出了醫院，要不康復痊癒，往左側向著大學的方向回市中心；要不回天乏術，往右轉到東邊街上，接受一條龍服務去也。象徵做到如此明顯，實在不忍卒睹。

母親的娘家就在城裡，外公、外婆也都曾住進同一間醫院，並且在出院之際通通往右轉，接受一條龍服務去了。外公過世時逸荷已經上小學，當然明白發生什麼事。她母親在靈堂上哭喊得歇斯底里、搥胸頓地，被姨丈阿姨們攙扶出去。母親是長女，照理說應該主持葬儀大事，但她哭叫得太厲害，後來眾人決定等待火化的時間裡送她到一旁的大學散心。逸荷也被送去了，阿姨們還把她拉到一旁，交代她要多安慰媽媽。

天知道那有多不容易。她一路看著老媽在醫院裡對護士跟看護尖叫推打，指責她們照護不周，又在百貨公司裡挑選當壽衣的西裝時，把店員介紹的一疊襯衫通通掃落在地，自己再跪地痛哭。面對這些光景，還是小學生的逸荷嚇都嚇死了，根本不敢走近她媽周邊半徑三公尺內。

因此，當她們母女倆獨處在大學內那片相思樹林，逸荷壓根沒去跟媽媽說任何話。她拿了一根枯枝去挖樹幹上的白蟻道，讓各種不同形狀、尺寸的白蟻跌落而出，假裝看得深感興趣。至於母親，一直坐在原地紋風不動，一身白衣白褲在微暗的林下十分搶眼。她左肩上別有一塊麻布，不過因為被阿姨披上軍綠色夾克所以看不見。那時母親留有及腰長髮，綁成一條極長的麻花髮辮，同樣垂在左肩上。就這樣枯坐整個下午。

然後到了等待進塔的空檔，老媽把逸荷拉到一間無人使用的靈堂痛打，罵她沒心沒肺、鐵石心腸，阿公過世還有心情玩。隔幾年換外婆過世，差不多的歷程又重演。這回逸荷不敢挖白蟻，不敢吭聲，就跟她母親坐在相思林裡整個下午，相對無言。

如今逸荷來到跟老媽當年差不多的年紀，也給她遇上類似的境遇。由她打理，當然不會是母親那般光景，因為她更務實、辦事得力，對後事的看法和上輩人不同。那回的白蟻事件，老媽曾罵她鐵石心腸，但她覺得自己沒有那種沉重渾厚的東西堵在胸口。她的心臟大概像鈦金屬，上一代人絕對無法想像之質地，輕薄堅硬不會生鏽，遇火變色。像來自外星球的礦物。

她先傳訊息給葳音跟南音社，說家裡有事，要請個無限期的長假，也不管對方回覆與否，果斷關掉新訊息通知。接著按護士開出的採買清單，到東街採購照護用品。向加護病房交付了東西後，還不到探視時間，逸荷便在家屬等候室裡用手機搜尋中風的資訊。

大部分資料都描述小中風患者極可能完全復原，這有點讓人氣餒，不過一切都還未有定論。而且無論老媽的病況是輕或重、無論要花幾年，她反正是會負起全責妥善處理的，當成她自己在人世間最後的任務般盡心盡力。她改查看醫院病房的種類跟價碼。以及保險，她趕忙打開記事本，提醒自己要回家找保單。

那是一段炙熱、刺眼、昏頭脹腦的日子，如同正午豔陽映在一潭充滿渾濁綠藻的魚腥死水上發出的粼粼反光。氣溫直線升高，南島的北、南、東部都沐浴在梅雨裡，只有中部大城死守著一塊雨雲破口，依舊晴天，飛塵漫布。逸荷得在最塞車的通勤時間出門，好趕上加護病房開放時間，並且無可避免地在正午開車折返。一切無生命之物都在此刻發出強光，大樓的玻璃帷幕、刺眼光滑的鄰車、柏油路面泛出一汪海市蜃樓，照得她像兩旁路樹一樣焦黃委頓。

一旦擺脫強烈的日照，等在前頭的換成另一潭死水，即便加護病房的主色系是淺橘色，少女風格的馬卡龍色系，本應溫暖而富朝氣。主治醫師說儘管手術成功，但術後恢復狀況各有不同，家屬應當多向病患說話，有助早日恢復意識。

「把她拉回來吧。」那中年的主治醫師從綁帶式綠口罩後頭說著，一副家屬鐵定知道該怎麼做的語氣。

望著被剃成光頭的母親，逸荷著實不知有啥好說。要是聊她的工作，說她沒當成音樂家但最近正在採訪音樂家，那可好極了，只怕拉回的是母親的舊恨；要是講她身為女兒的親情跟孝心，她們從不談這些的。

無話可說，她只能哼歌，小聲唱著南管曲，避開所有相思閨怨，挑些《渡遠荊門》、《拾棉花》、《山不在高》這類無關痛癢的古典詩詞、民間小曲。剛開始在病房裡哼哼唱唱著實尷尬，但她努力說服自己：這絕不會比她對著無意識的母親單方面聊天來得更尷尬。唱來唱去，母親看來不太有變化，她也就逐漸壯起膽子，不再對曲子內容挑三揀四了。

她不再避諱什麼曲子，就揀喜歡的來唱，有時根本也不記得歌詞，畢竟她對演唱的部分不熟，只能哼出三弦的旋律。好歹是有得唱。於是她想，這些看似冷僻無用、不夠精確精緻的民間音樂，和她那三分火候七分荒廢的技藝，終歸是有一點點作用了。

這樣每日奔走，哼哼唱唱度過十幾日，母親逐漸甦醒，帶著右半身麻痺轉進普通病房。多數時間母親都在昏睡，一旦轉醒，便是混戰的開始。因為麻痺，連帶有半邊臉部無法控制，不能講話，只能發出含混不明的聲音。逸荷以為自己已逐漸曉得如何照看病人，沒想到不懂的東西那麼多。不能暢所欲言的母親時時陷入暴怒，好幾次逸荷來探望，發覺母親被護理師綑綁在床。

她不得不僱請看護，從旁學習照護、引導復健。她並訝異察覺，來自西邊大陸上的看護人數真多。一到中午時分，茶水間響徹南腔北調的中文。北島對來自海外的照護人員要求甚嚴，又要照護執照、又要日語檢定、又要團進團出，這些人遂挾著語言相通的優勢，以及南島相對寬鬆的標準，通通到南島來工作。逸荷發覺在醫院照護的第一線上，就像一個沒有國界的世界，有的只是肉體。衰病的肉體、強健勞動的肉體，或她那得過且過的肉體。一切的頭銜、階級、種族、年紀，都再無意義。而她能插手負責的，只有不用出到太多蠻力的工作，諸如倒空尿袋，擦拭身體，時刻監測引流管的液面高度，後來還加上端來尿盆端走便盆云云。至於要怎麼把人換掉全身衣服，或是輔助從床上坐起，她完全幫不上忙。

在此期間，逸荷的手機除了蕨音的來電，還常收到不認得的奇奇怪怪來電。不用回撥也知，應是南音社的社員打來慰問。徐老師對社課的執著人盡周知，就連腳痛復健不能親至的日子，都還派女兒代打，而今竟連女兒都請假，足可見非同小可。

逸荷沒有儲存社員們的手機號碼，分不清楚誰是誰，不過對這類電話，她一概裝聾作啞，訊息不讀不回。她只處理跟看護的通訊，光是這個就夠忙了。某天蕨音還跑到她家按門鈴，透過對講機講了一大串屁話，總之是要她務必回去工作。

「我把作品內容改了。之前妳覺得太歡樂太綜藝，我現在想改成行動藝術，把妳的採訪逐字稿，用強力水柱打在地上，從美術館沿路一直打到基地。還有妳提到的青草茶，我也打算結合那個，安排一個沿路採草煮茶，跟路人分享的活動。妳覺得如何？這是妳會喜歡的類型吧？」蕨音央求著。

這些話題，如今一點都不能吸引她。眼看來軟的無效，蕨音轉用工時、請假規定、違約金之類的話題威脅，可是她也不在乎。到後來，蕨音似乎有些生氣，講起重話來：「立夏姐一直在問妳跑到哪去。妳媽病了我知道，但妳對家人負責任講道義，對朋友就不用？可以這樣做一半跑掉的嗎？妳從來不是這種人，不要假裝妳覺得開天窗無所謂。我們認識太久了。」

可惜蕨音再怎麼生氣，把旁人嚇到都死一地了也嚇不倒她。從學生時代就如此。

「啊，是喔，妳很懂我，比我自己更懂？不就真了不起、好棒棒？不巧我就這麼不負責任。沒空就是沒空，我還管啥天窗？連屋頂都掀了再叫我看啊。」她就這麼回答了，順手往老朋友丟個滿頭尖刀。

這是一個可悲的弔詭：如果是不熟的人，她至少還會強打精神拿出社交性的一面，努力擠個好理由讓對方滿意離去，但面對老友，演戲無用，她連裝都懶得裝。人總是拿自己性格裡的刀和刺去扎熟人。

南音社的電話持續打來，不過數量和頻度都逐漸減少，最後就剩唯一一支號碼，依然不肯放棄。逸荷猜是社長。除了社長以外，她沒跟什麼人熟，而就算老媽有什麼好姊妹在社團，畢竟女兒跟媽媽不同，碰了她接連這麼多天釘子，大概也都知難而退。唯獨社長，一打再打，每日按三餐招呼，不知怎麼就不嫌煩。

反倒逸荷這邊先煩了。某天她一直忙到快下午三點，終於等到母親睡去，得以溜到家屬休息室去泡一碗麵。她不敢在病房泡，怕味道太香，苦了一整房吃流質病人餐的患者，但休息室沒桌子，放椅子又怕弄髒，從頭到尾只能火燙地擱在自己手上腿上。偏偏選在這手忙腳亂的時刻，手機響起，讓她氣到接起來了。

「社長嗎？對不起啊，這陣子都沒辦法接你電話。我媽住院了。」她用社交性的、帶歉意的語氣說，心裡其實半點抱歉也無。「什麼？你說什麼？」

聽上一陣，她才會意過來，電話那頭的人在呼喚一個名字，對她而言非常陌生的稱呼：「小徐？妳是小徐，對嗎？」明明她不姓徐，是要她講幾次。

是誰來著，那個會如此稱呼她的人。

「阿茂師兄……？」

3

阿茂想來醫院探望，就跟所有打電話來的人想的一樣。他甚至還加碼，說要幫忙看顧。逸荷將心比心思考：倘若今天換成自己被剃光頭、半身癱瘓臥病在床，不僅無法言語，還要人把屎把尿，絕不希望被任何同住家人以外的人看到。因此她在第一時間婉拒了。

只是她跟阿茂的溝通，向來有些雞同鴨講。她不斷強調別來別來，阿茂也不斷追問哪間哪間，最後逸荷先說溜了嘴。轉眼間，阿茂就提著水果禮盒站在醫院走廊上。

做到這地步，她要趕他走也太不近人情，只能在嘴上碎唸：「你會想到她，我們很感謝啦。但心意到了就好，她會明白的。」

阿茂搖頭。「她明不明白我不管，我來幫忙照顧她。」

「別啦，不要麻煩。你的工作怎麼辦？」

「只要事先排假就好。我可以跟妳輪流來，這樣妳就不用請那麼多天看護。看護很貴。現在應該又更貴了。」他仍堅持。

講到錢的事，逸荷不禁有點被打動。說實在的，她真擔心經濟問題。每天兩千多元的看護費，她的帳戶只出不進，不知能支撐多久。

儘管如此，這提議仍不應輕易接受。

「你現在是這麼想，但我只怕你沒幾天就受不了。」她陰惻惻地說：「徐老師現在的樣子，跟你過去認識的，恐怕有點不一樣囉。」

說有點是客氣了。母親雖然甦醒，畢竟傷到腦部，很多事情似乎仍在狀況外。有時她會忽然拒絕用餐或更衣，誰勸都無用。

因為母親難以表達，前幾天逸荷想到，或許可以試著筆談。偏偏母親唯一能動的左手捲曲，握不住原子筆。反覆試了好幾次，發覺粗筆似乎是最好的，遂拿了一疊報紙跟白板筆來。母親抖抖瑟瑟的嘗試，塗過一遍又一遍，搞了老半天逸荷才發覺，這反反覆覆的不是在亂畫，而是一直在寫同一個字：死、死、死……

她立刻搶下那疊紙筆。

「什麼啊，原來妳也想死？早說嘛。這不是好極了？早說啊！妳以為我準備不了嗎？」

她當著看護的面撂狠話，之後一定會被眾人大嚼舌根，不過她才不管。當天一回家，立刻直奔母親臥房，把那存放藥品的抽屜整個扯出來。母親長年失眠，史蒂諾斯、景安寧等處方藥家裡不缺，清點後藥量綽綽有餘。她把所有藥品堆到餐桌上。要怎麼做，她暫且先不想細節，反正把人弄昏後多的是方法。

那堆藥如今仍在餐桌上，逸荷每天回家盯著看，心裡有種病態的痛快。

「你現在看到她，可能只會覺得可怕。」逸荷坦白地說：「與其那樣，我想她比較喜歡你記得她以前的樣子。」

「就這間嗎？」阿茂回答，停下腳步。

逸荷還在猶豫到底要不要讓阿茂見母親，但來到病房門口，畢竟會不由自主地放慢。阿茂筆直奔進去，東探西探，沒兩下就摸到母親床邊。他一把丟下禮盒，蹲到床邊抓起她的手：「徐老師！老師，我是葉茂。阿茂啦。我來看妳了。」

逸荷在旁看得心底直冒火。親女兒都沒這麼肉麻的。

從此，她再怎麼口頭上回絕都沒用了。阿茂摸清楚她們所在的病房位置，每週至少會來兩天，怎麼唸都不走，一副他就看定的樣子。逸荷思忖，他們之間連普通的溝通都雞同鴨講，半點不來電，他不可能是為了要追求她。應該也不會是要追求她母親。至於母親在從前，也不過是個普通中學的平凡老師，既不是能讓學生成績突飛猛進、舌燦蓮花的名師，春風化雨的等級也很一般，沒有當選過優良教師或拿下師鐸獎。她從沒聽說母親做過什麼足以改變學子人生的大事。

每當她詢問阿茂如此盡心盡力的理由，得到的答案都是一樣的。

「徐老師以前很照顧我。」阿茂一邊說，一邊按摩母親的腳掌。左腳按完換右腳，全部按完後，又抓著她小腿作屈伸運動。

「但她是我媽，又不是你媽！」逸荷很想對他這樣大喊，終究忍住了——「但你只是她從前教過的學生。學生對老師，沒必要做到這樣吧。」

「徐老師以前很照顧我。」依然只會重覆這句。

逸荷實在沒有多餘的精力追究這事。她還有很多事要忙。以母親的狀態，遠遠不能回家自理，但同一間醫院只能住三十天。為了找能夠銜接的復健醫院，她已聯絡得焦頭爛額。反正他看起來也無惡意，就由得他去。

何況她也發覺阿茂陪病的好處，不僅是經濟方面的。看護之前就曾警告，多數患者都感到復健劇痛難耐，但由不得他們任性而為，得好好把握術後三個月內的黃金復健期。實際上也是如此，只要逸荷在場，母親便咿哦怪叫哀號，聲音格外響亮，外加丟東西、扯點滴等小動作，搶到紙筆就要寫說想死想死、女兒不肖折磨我，拚命耍賴作怪。

一旦換成阿茂在場，所有症頭就都不見了。徐老師似乎想起從前當老師的架子，一聲不吭、皺緊眉頭，但是要她舉腳便舉腳，要她推球便推球，乖順得很。

逸荷心底不是滋味，又無計可施。許多時候她明明人也在醫院，卻不敢走進病房，只能偶爾到房門口查看，再躲回家屬休息室去，怕被母親發現。阿茂雖有幫忙，更多時候是什麼都不用做。他只要坐鎮在病床邊滑手機，光是存在本身就能產生威嚇作用，像自帶力場。

更多時候，逸荷覺得自己處在夢遊或半昏迷狀態。她與看護各分攤一半的夜晚時間。大半夜裡，已經拔掉尿管的母親相當頻尿，幾乎每個鐘頭叫醒她去端尿盆，又不一定解得出來。或是喊冷，額外拿來的棉被蓋上身後又喊熱，堆在床上又嫌擠；等到把棉被搬開收進櫃子裡，又開始喊冷。以及她總是在嫌吵，無論是鄰室病患與家屬的交談，裝載儀器的推車轆轆經過，走廊上的腳步聲……母親會大力推醒逸荷，要她去叫他們安靜點，不要從這間病房前通過。主治醫師說，這是因腦部受過損害，五感失準之故。

睡眠不足，逸荷覺得自己大概也五感失準了。醫院裡的冰冷空調直吹她的喉嚨，讓她聲音沙啞、皮膚粗糙、髮如乾草，渾身血液退縮遁入肉體深處。她懷念室外不受人工調節的氣候，在這季節裡粗魯天然的熱浪。她想浸泡在那溼熱空氣中，衣服黏膩，毛孔大開，汗水一道道滑過，然後再大口大口灌下清冽冷水……她好想念雨。有時午後天色驟變，一片烏黑，伴隨陣陣悶雷，可就是不下雨。快到端午了，再不下雨的話，梅雨季就要結束了。

有人在她旁邊坐下，整排塑膠椅的金屬支架為之晃動。只聽啵一聲，那人打開某種碳酸飲料，泡沫就在她身旁沙沙作響。人為製造的清涼聲音。

「結束啦？」逸荷喃喃說道。

「結束了。妳可以進去了。」

「沒關係，我再坐一會。」她能感覺到自己的嘴在動，但幾乎睜不開眼。幸好她在北島早已練就出滿嘴的客套話，做夢都能說。「真謝謝你啊，這樣大老遠跑來。還一個禮拜兩次，真辛苦了，真不好意思。」

「她這樣算狀況不錯的。我爸以前更慘。」

「你爸……？」

「我爸以前也中風過，還中好幾次。」

「後來呢？」

「後來？後來他就往生了。」阿茂把原本拿在手裡的可樂往扶手一放，冷冷說道：「活該，他自找的。」

被他這麼一嚇，逸荷驟然清醒。

「死於中風嗎？」她問。

阿茂聳肩。「不知道。他酒喝很多，身體裡面早就壞了了，這病那病，也不知道哪個是原因。應該全都不行吧我看。比起他那樣，徐老師是很有希望的，進步得很快。上一次我看她腳都還不能彎，但今天……」

阿茂兀自唸個不休，逸荷忽地想到，他其實很能說，從他們以前討論樂器製作的事情可見一斑。只要她能問對方向。她老追問為何他要來照顧老媽，因此只會得到同樣的回答，其實應該換個問法。

「所以你以前顧過病人？就是你爸嗎？」她問。

「很久以前的事了。算是他的報應吧，要被我顧。我從小跟他就不親。他喝很多酒，一發酒瘋就會打人，推我去撞牆。」阿茂說。

逸荷高興地發覺，這回總算讓她按到神奇開關。阿茂繼續說：「我不想跟我爸待在同一個屋簷下。幸好學校有晚自習，我沒錢繳，但還是可以在學校待到很晚，待到那些晚自習的同學離開、學校鎖門。早上比較麻煩，沒地方去，那時候沒這麼多便利商店。天一亮我就出門，但只能坐學校門口。徐老師發現了，就每天早上五點多來幫我開教室門。她說反正她住很近，沒關係。這樣持續了兩年多。每天，是每天喔。直到我畢業，老師跟我是每天最早到校的。」

「……怎麼，原來是真的啊。」

「什麼是真的？」

「真的有學生一早在學校等她開門。」

「有啊。」阿茂一本正經回應：「就是我啊。所以現在輪到我來陪她，應該的。」

逸荷不置可否。過了好一陣，她警醒起來，豎起耳朵：「你有聽到嗎，那什麼聲音？」

「妳說剛才那臺推車？載血壓計的……」

「不是。」

她站起來左顧右盼，可是在這間建築物正中央的休息室，一扇窗戶也無。她走出去，快步來到走廊中段的茶水間，總算在最深處放有拖把跟水桶的地方，找到一小片高高在上、不能打開的氣窗。

就算不能開窗也無所謂，對她來說很足夠了。

「果然，果然是雨聲。」她轉頭向跟著踏進來的阿茂說，滿懷欣喜。「下雨了……」

4

中部的雨，不下則已，一旦決心要下，通常便是毫無保留的傾盆翻倒，打在傘上每一顆雨滴都沉甸甸。

基地的一切籠罩在雨裡，似乎變得不那麼尖銳了。那些要死不活的相思樹和樟樹、門前站岡的守衛與F14飛機公園、圍牆頂上的帶刺鋼圈、不開花的肥綠九重葛，都蒙上一層煙灰色薄霧，守衛穿上墨藍勾銀線的雨衣。

停妥車後，逸荷撐傘沿著圍牆緩慢行走。仔細想來，這好像是她頭一回在雨天來基地。望著那些被雨浸溼的布條標語、無人的帳篷、充滿泥濘的塑膠地墊、鋪在地上吸水的瓦楞紙箱，感到一切既熟悉又陌生。她離開還不滿一個月，卻覺得已是上輩子的事。最近的生活完全被帳單、復健醫院的聯絡方式、尿盆便盆輪椅、成人紙尿布、甘油球等等什物占滿。

停車場的大構樹旁邊架設起只有兩張榻榻米大小的簡易舞臺。尺寸雖小，至少頂上有遮雨棚，棚前牽過一串彩色燈泡與色紙剪成的小旗子。臺側貼有一張手寫海報，大概是今天的節目單。觀眾席那側就不費事了，幾張紅色塑膠圓凳、野外摺疊椅和充當座位的大石頭，全都暴露在雨裡。儘管如此，現場已有點人氣，也擺起賣吃食飲料的攤位。一些明顯不是抗議人士的學生族和年輕人，三三兩兩撐著雨傘在等待，也有人穿著超商的透明雨衣並戴登山用圓盤帽，有備而來的模樣。

逸荷在構樹的另一側找到立夏。看來因應週末音樂會，抗議行動的事務中心被搬到這裡，連同那只煮青草茶的大鍋。立夏沒有在煮茶，正在和其他人交談。她今天應該也要上臺，特地穿了一件藍染的棉布洋裝，頭髮往後梳，露出戴著針式耳環的兩耳，腰上紮了一條米黃色的方格布充當腰帶。她注意到逸荷撐傘走近，眼光往這邊飄來，一面揮手朝著現在正講話的對象，似乎趕快要做個了結。

「嗨，好久不見。」逸荷在遮雨棚外，微微揮手致意：「實在很抱歉。」

立夏離開雨棚快步走來，伸開雙手，一把將她抱住。

「是在抱歉什麼。妳還好嗎？有好好吃飯嗎？我跟蕨音小姐說，希望妳能回來把訪問做完。妳若不回來，我也不要繼續了。」她又問了一次：「妳還好嗎？」

「還行吧。謝謝妳啊，把我說得這麼重要。」逸荷勉力用輕鬆的態度回應。

「是重要啊。」

立夏咧嘴露出笑容，神情坦然幹練。逸荷心想，這是真正的友愛，或單純是受訪者的任性，不想在訪問後期跟不熟的人打交道？

兩人先聊到逸荷母親的狀況，逸荷不想多談。她今天來這裡，算是為重回工作崗位所做的熱身，不過一時之間提不起太多精神。立夏似乎看得出來，在工作人員的雨棚底下騰出一個位子給她坐，說雖然不是正對舞臺，從側邊這裡也是看得到的，又不用跟其他觀眾一樣站在雨裡。

逸荷對她的盛情頗為感謝，也覺得不好意思，嘴上直說：「妳去忙妳的，別顧慮我。」

「我沒什麼好忙，還早得很，我們最後才要上臺。還有這個，來，喝茶。」說著遞上一杯熱飲。看著那黑褐色的液體，逸荷不由得苦笑：「基地特調。」

「是啦，但今天的不一樣。妳喝看看。」

逸荷依言喝了一口，一股子嗆鼻的臭草味，跟從前幾次都差不多。有咸豐草那標準青草茶的微苦中略回甘，桑葉的溫厚清苦，雞屎藤遮掩不住的臭氣，黃花蟛蜞菊的澀味，以及基地四周揮之不去的灰塵與柴油廢氣、無以名狀的怪味。除那之外，茶是甜的。

「偶爾吃點糖，不犯法嘛。」立夏笑說。

知道逸荷不想多提家裡的事，立夏隨意介紹在場子上忙碌的團體或個人。有從南部前來聲援的其他反美社團、蝴蝶保育志工隊、里山聯盟之類的組織。逸荷感到意外，立夏解釋，南部畢竟是最初發生登陸戰的地點，那裡的反美組織更多，規模也比中部大。

至於前來表演的音樂人，組成就更多元了。不拘樂種，只要認同此地集會目的者都能參加，也因此匯聚了使用不同語系的漢人、南島原住民，甚至也有少數北島人。

「還有琉球人呢。」立夏說著，揚聲叫住恰巧走過的黑島。黑島穿著米黃底色、褐色縱紋薄布的傳統服裝，逸荷發覺，那布的花色正是立夏腰帶的顏色，看來那布是他們團隊的標誌。黑島的腰間繫著白色格紋的藍底編織細腰帶，衣襬只到小腿肚，露出底下一雙毛絨絨的腳，腳上踩著草鞋，在雨中已滿是泥濘。

「大和民族的衣服叫和裝，這位琉球人，你穿的這身該叫做琉裝嗎？」立夏調侃。

「琉裝是沖繩本島人穿的，當官的人才穿。」黑島一臉不悅，但對於如此對話，似乎也相當習以為常：「我們八重山人，穿的衣服不叫琉裝，叫『芭紗』！種田的衣服。」

「他們島跟島之間，自我意識很強烈的。」立夏解釋。

「你們還不是，那個南北什麼……南北戰爭！」

「啊……？喔我懂了，你想說『戰南北』？島上的北部人怎樣想、南部人又怎樣想之類的。」

「對。」

逸荷不禁感嘆：「你對南島真了解，連戰南北都知道。」

「這很好懂啊。這種事在哪裡都有，對吧？」黑島說著，一面跟立夏交換會意的眼神。場上忽然傳來一陣騷然之聲。逸荷往聲音來源望去，見到一組人馬正準備上臺，看來表演即將開始。那團體成員清一色理平頭，鬍鬚剃得乾淨，穿著簡便的T恤牛仔褲，卻引得眾人議論紛紛。連逸荷都轉過頭來問立夏：「這些西洋人……是美軍吧？看起來不像軍眷。」

「是啊。」立夏一陣苦笑。

「他們是基地裡的一個自組樂團。有一次我們在唱七〇年代的反戰歌曲，他們隔著牆跟我們一起唱。很好笑喔，明明是在那時候根本還沒出生、超年輕的小朋友，居然會唱那些老歌。後來比較熟了，看到我們辦音樂會，主動跑來問說能不能參加。」

逸荷皺起眉頭：「美軍跑來參加反基地音樂會，不會被打嗎？」

黑島跟立夏都大笑起來。

「剛開始大家都有同樣的顧慮！但結果還好，挺順利的。後來就滿常來的。」

「你們有問他們的立場嗎？」

「立場……」立夏沉吟著：「也不必特別問吧？他們當然曉得這是什麼主題的活動。」

「選曲跟技術也還不錯，這比較重要。」黑島說：「這是音樂會，就讓音樂去說話。」

立夏也補充道：「要是真有人因為立場問題打起來，那就是我們主辦者的責任了。我們得確保他們不會被打才行。畢竟他們除了是美軍以外，首先是身為個人，代表的是他們自己呀。」

他們聊不了多久，有個一身黑衣的工作人員冒雨跑來，說起照明之類的話題。逸荷想起，眼前這兩人不但之後要上臺表演，又算是活動的主辦者，想必雜務頗多，趕緊說道：「你們去忙吧，不用招呼我沒關係的。我反正就一直在這邊。」匆匆忙忙把兩個人趕開。

剩下她獨自待在遮雨棚下。儘管不太懂得這類流行音樂樂團的好壞，現役美軍成員出現在此，確實很吸引眼球。她帶著好奇注視他們走上走下，搬動樂器。旁人似乎也都帶著同樣想法，她可以感到場上所有人的注意力，像聚光燈似的打往臺上。有像她一樣好奇旁觀的，也有不友善且敵視的，等著看笑話的……在這種場子上，不友善的視線居多，也絕對可以理解。

但她也能明白黑島所謂「讓音樂去說話」。總會有些無話可說也無須和解的時刻，只能倚賴音符填滿；而人們無論境遇如何大好或大壞，也必會從身邊揀出一些足堪使用的，無論是珍貴的蟒蛇皮、有爭議的貓皮、堪稱朽木的梧桐泡桐，甚至是ＰＶＣ水管，做成樂器，陪人走過灰燼似的，或是烈火正熊熊燒灼的眼前路。

那樂團忙了一陣子，總算在舞臺上就定位。唱的當然是英文歌，逸荷從沒聽過的歌曲，但意外地輕快，也挺容易聽懂——

我口袋空空身無分文
沒有火箭無法上太空
但我還在呼吸　還看得見
心臟狂跳像個漏水幫浦
當夜裡你求救無門　驚慌失措無可遏止
當你搭到可能翻覆的小舟
我可不會去搖它　因為大海不認識我

我可不會去搖它　因為大海不認識我
當你不能擁有所愛　你就學會愛你所有
當你不能成你嚮往　你就學到成為另一種人
當你不能獲你所需　你就明瞭那令你斷送美夢的事物……

逸荷想起，她最近雖每天睡不了幾個鐘頭，倒是有做夢，足以見得夢與睡眠時間長短不太相關。她又夢到自己來到地府花園，大概是前陣子在加護病房，她老是唱南管曲給母親聽的緣故。因此在夢中，她以為自己再度受人委託，要去找尋山頂上的命運樹，內容還跟上次的夢交疊在一起。

這回的山丘，不再是老公園裡有著望月亭的小丘。這山如此高聳陡峭，如此乾涸枯槁，飛砂走石塵埃漫天。她揮汗如雨地走，不經意地回望身後，發覺底下街道筆直，是接近傍晚時分的城市精華區。路燈盡亮，燈火通明，是無數高樓聳立的千萬夜景。

不知道還好，一旦發覺，可讓她大為著急：所以這座山，是基地所在的山丘，大肚山臺地了。那範圍可是大得不得了，她該上哪找之前見到的連理雙生樹？

她慌慌張張猛往上跑，拚了命快跑，幸虧在快到山頂時，她又看見望月亭了。亭子還在，那樹也就一定在。就在亭子後面。

她大大鬆一口氣，往那掛滿奇怪東西，又是貝殼又是千羽鶴、又是枯草打的十字結的樹木走去，把樹幹上那些亂七八糟的東西移開，糾結的棉繩扯掉。仔細一瞧，卻發覺這樹並非連理雙生，而是三生——原本同根的樹木，從基部裂成三株，一面繼續糾纏，一面往上生長。朝向山坡下方城市的兩株，半側焦黑，形容憔悴。由於樹勢不夠健全，連帶的病蟲害上身，吹綿介殼蟲、蚜蟲、紅蜘蛛、葉蟬等害蟲蔓延，分泌出的蜜露把兩樹僅存的幾片葉子淋得黏膩發黑。樹幹上白蟻蟻道縱橫，顯然木質部也有多處壞死。

靠後方的那株就比較幸運了。受到兩株兄弟樹的庇蔭，它的損害沒那麼大，得以從熏黑的樹幹中重新抽芽，長得比前兩棵樹都更高更好，葉片光鮮翠綠，滿樹生花。

她滿懷痛惜的走上前，想辦法打理燒傷的那兩株樹，順手從地上撿起枯枝去刮除白蟻道，心裡一面納悶是哪來的火？

忽然間她意識到，樹幹的燒焦面都朝向山下。猛一轉頭，只見山底下，原來那亮晃晃一片並非重劃區的千萬夜景，而是沐浴在砲火與空襲中的城市，火光直沖天際，將已然入夜的周遭照耀得如同白晝。怪不得樹上要掛貝殼，她在夢裡昏沉地想：因為火是最古老的邪神。

就在她望向燃燒的城市啞口無言之際，有人打從坡底上來，走得顛簸。逸荷曉得，那是她認識的人，只是沒想到是這副模樣：一身白衣白褲，上身披了件軍綠色夾克，長長的辮子垂在左肩。那姑娘邊掩著臉躲避飛散的火星，搖搖晃晃走上山坡，身上夾克已被燒出好些黑窟窿。逸荷看了，不禁就罵起來：「幹麼把自己搞這麼狼狽？」

罵歸罵，她曉得為什麼。不是受到城市空襲波及的關係，一定是因為棺木要被火化的時候，身為長女的那姑娘站太前面了。因為法師千叮嚀萬囑咐，要長子女靠近火化爐，並且大喊「阿爸快跑、阿母快跑」，這樣死者的靈魂才不會被火燒到。該死的迷信。

在那當下，在逸荷還只能躲在相思林下挖白蟻的年紀，她連正眼看著對方都不敢，現在當然不同了。她仔細端詳來人，發覺她倆年紀相去無幾，說不定她還大一點。她已好久不曾見到此人這副模樣，感覺像在注視陌生人。而或許，她就是該把對方當成意外相逢的陌生人。因為人在面對陌生同輩甚至小輩，才能真正的和善且仁慈，甘願付出好意，不抱任何期待。

一旦她把來人當外人，便能清楚判斷誰強誰弱，誰該主導情勢，遂搶先開口：「妳找個地方坐下來看就好，我來做就行。我會做，這事我一個人就行。」

辮子姑娘似乎開口欲言，她趕忙打斷：「妳坐著別動啦！坐著就好。不要瞎忙不要說話了。這是我的樹，不管是好是壞都是我的。我來承擔就行，妳別操心了。」

逸荷說罷，隻身一人拖著桶子梯子爬到樹梢，賣力擦洗那一樹黏膩黑漬、介殼蟲的白色棉絮。她憤怒痛惜的眼淚甫溢出眼眶，就被身後的熊熊大火烘乾，而且攀上梯頂她才發覺，枯枝竟有那麼多，幾乎觸手所及的每個枝條都是脆裂、早已蛀空的。但她還不要放棄，奮力從梯子頂上伸長了手，一枝一枝逐個摸去……

幸好她醒了，醒來發覺大夢一場，並且看見整座城市籠罩在雨裡。如此一來，夢中的火焰無論再怎麼熾烈，必定都在這場即時雨澆灌下熄滅。

舞臺上的美軍樂團仍在演唱，唱那首關於徒勞的輕快歌曲，跟她在夢裡做的差不多徒勞——

沒人給我任何承諾
我手頭沒東西現寶
除了口袋裡的詩集
我可能會爆肝　但我心坦蕩
我言辭真實　一如藍天
當夏日來臨　眾人徜徉藍天之下
讓陽光溫暖皮膚　造成曬傷

但我們兩眼發亮
像彗星填滿夜空
滑落似銀色的列車……

忙完一輪的立夏，這時回到遮雨棚下，蹲到她身邊。逸荷有點動容。立夏今天是個大忙人，居然還不忘時時過來關切。看來這幾個月的採訪，究竟是讓她交到朋友了。

「妳今天能待多久？」立夏問。

「沒辦法太久，我還要趕回醫院去。」

「那好可惜，我們今天壓軸啊。」立夏眨眨眼，又趕緊表達安慰之意：「總有機會的，先把自己的事處理好了要緊。」

逸荷對她的好意報以微笑。「是啊，我看再過一年半載，也很難跟基地做出了結。你們的週末音樂會，只怕會沒完沒了的一直辦下去。」

「不知該說是好慶幸或好可怕啊。」立夏苦笑。

有團體上臺開唱，使得原本可能還在基地周圍閒晃、不曉得會場在何處的觀眾，如今聽聲辨位，逐漸聚攏過來。那是群色彩斑斕的歡快人群，老遠便能聽見他們愉快的交談聲。乍看之下，那些人的年紀和氣氛頗似舊時代的嬉皮，只是外觀裝備皆大升級。無人披頭散髮或流露出嗑藥後的迷茫，各個眼神清亮，妝髮精緻，身穿上下兩截式鮮豔色系的登山雨衣，也有人穿動物圖案的斗篷雨衣。腳上若不是塑膠涼鞋，便是進口雨鞋，或套有透明鞋套的運動鞋，手上揮舞著手機以便定位，幾乎人人自備水壺跟環保杯。即便雨箭仍不停擊打，他們顯然一點都不感到煩惱。

新人間叢書 362

波間弦話

作　者—柳丹秋
副總編輯—羅珊珊
責任編輯—蔡佩錦
校　對—江淑霞　蔡佩錦　柳丹秋
內頁排版—新鑫電腦排版工作室
封面設計—朱疋
行銷企劃—陳玉笈

總編輯—胡金倫
董事長—趙政岷
出版者—時報文化出版企業股份有限公司
108019台北市和平西路三段二四〇號四樓
發行專線—（〇二）二三〇六—六八四二
讀者服務專線—〇八〇〇—二三一—七〇五
（〇二）二三〇四—七一〇三
讀者服務傳真—（〇二）二三〇四—六八五八
郵撥—一九三四四七二四時報文化出版公司
信箱—10899臺北華江橋郵局第九九信箱

時報悅讀網—http://www.readingtimes.com.tw
思潮線臉書—https://www.facebook.com/trendage
法律顧問—理律法律事務所　陳長文律師、李念祖律師
印　刷—勁達印刷有限公司
初版一刷—二〇二二年八月二十六日
定　價—新臺幣五八〇元

時報文化出版公司成立於一九七五年，
並於一九九九年股票上櫃公開發行，於二〇〇八年脫離中時集團非屬旺中，
以「尊重智慧與創意的文化事業」為信念。

波間弦話 / 柳丹秋 著. -- 初版. -- 臺北市 :
時報文化出版企業股份有限公司, 2022.08
520面；14.8 x 21公分. --（新人間叢書；362）
ISBN 978-626-335-655-9（平裝）

863.57　　111009636

ISBN 978-626-335-655-9
Printed in Taiwan